SF

プロテウス・オペレーション

ジェイムズ・P・ホーガン
小隅　黎訳

早川書房
6713

THE PROTEUS OPERATION
by
James P. Hogan

Translated by
Rei Kozumi
Published 2010 in Japan by
HAYAKAWA PUBLISHING, INC.
This book is published in Japan by
arrangement with
SPECTRUM LITERARY AGENCY
through JAPAN UNI AGENCY, INC., TOKYO.

マイクル・ロバートに捧げる。
この本のなかばごろに出現して、
ここに登場する偉いひとたちの仲間入りをした彼に。

プロテウス

ギリシア神話に出てくる海の老人で、過去・現在・未来のあらゆることを知っているが、それを明かすまいとしてさまざまな姿を装う。

彼をとらえ、無理にある特定の姿をとらせたときにのみ、未来を正確に決定することが可能になる……量子力学における波動関数の収束を妙に暗示する状況である。

以下の各位のご協力とご援助に心から感謝の意を表します——

ゲスト・キャラクターとして登場することに同意していただいたエドワード・テラー、ユージン・ウィグナー、アイザック・アジモフ

アインシュタイン書翰を再録する許可を与えてくださったニューヨーク、ハイドパークのフランクリン・D・ルーズベルト図書館

ジョージア工科大学化学学部のロバート・サミュエルズ

プリンストン大学のマーク・ルーパー、マイク・スクラー、ボブ・グロスマン

オハイオ州立大学物理学部のブレント・ワーナー

カリフォルニア州マーフィーズ、モーニング・キャヴァーンのスティーヴ・フェアチャイルド

カリフォルニア州バークレイのリンクス・クロウエ

カリフォルニア州ソノラ、チャーリー書店のチャーリー、ゲイリー、そしてリック

カリフォルニア州ソノラのラルフ・ニューマンとジャック・カッシネット

カリフォルニア州モンテカのドロシー・アルカイア

カリフォルニア州ソノラ、トゥオルム郡立図書館のディック・ヘイスティングをはじめとするみなさん
サンフランシスコ、トレジャー・アイランドの合衆国海軍
ヴァージニア州ラングレイ基地の合衆国空軍部隊
そして、もちろんのこと……ジャッキイ

登場人物

●《プロテウス部隊》

クロード・ウィンスレイド　部隊指揮官

カート・ショルダー　二十一世紀から来た技術者

モーティマー・グリーン　数理物理学者、部隊の主任科学者

ゴードン・セルビー　核物理学者、部隊の工学主任

アンナ・カルキオヴィッチ　ロシア出身の歴史学者（政治史専門）

アーサー・バナリング　外交専門家

ハーヴェイ・ウォーレン少佐　部隊の軍事面の指揮官

ハリー・フェラシーニ大尉　イタリア移民の息子、情熱的な人物

エドワード・ペイン大尉　医師兼化学技師（薬物の専門家）

マイク・キャシディ軍曹　通称〝カウボーイ〟。当意即妙、スケールの大きな人物

パディ・ライアン軍曹　爆発物と潜水技術の専門家

フロイド・ラムスン軍曹　侵入・格闘技術の専門家、ネイティヴ・アメリカン

●ニューヨークの人々
ジャネット　ナイトクラブ〈虹の端《レインボウズ・エンド》〉の歌手
ジェフ　ジャネットの弟、コロンビア大学の学生
アイザック・アジモフ　ジェフの友人、SF作家志望の学生
マックス　〈虹の端〉の経営者
ルー　〈虹の端〉のバーテンダー、緻密な男
ジョニー　通称〝J六つ〟。マックスに肩入れしている町の顔役
ブルーノ・ベルーシン　通称〝アイスマン〟。地域ギャングの親玉
ヴァルター・フリッチュ　忠実なナチ党員、素人スパイ

●科学者たち
アルベルト・アインシュタイン
エンリコ・フェルミ
レオ・シラード
ユージン・ウィグナー

エドワード・テラー

●アメリカ政府
フランクリン・D・ルーズベルト　第三十二代合衆国大統領
キース・アダムスン大佐　大統領の側近

●イギリス政府
ウィンストン・S・チャーチル　《プロテウス部隊》の工作で首相となり、第二次世界大戦を遂行
アントニー・イーデン　もと外相、チャーチル内閣で外相に復帰
F・A・リンデマン　オックスフォード大学の物理学教授、チャーチルの科学顧問

●ドイツ政府関係者
アドルフ・ヒトラー　ドイツ総統
ハインリッヒ・ヒムラー　ナチ親衛隊長
ラインハルト・ハイドリッヒ　保安本部長
ヴィルヘルム・カナリス大将　ドイツ国防軍情報部長

ハンス・ピーケンブロック大佐　情報部の秘密情報・課報部門主任
ヨアヒム・ベッケル中佐　その部下
ヘルムート・シュトルペ　ゲシュタポの警部

●ドイツ国内の協力者
グスタフ・クナッケ　ヴァイセンベルク工廠に勤務する科学者
マルガ　クナッケの妻

●〈パイプ・オルガン〉内の人々
カーレブ　転移操作主任のひとり
フェリペ・ファンセレス少佐　保安部長
プファンツァー　研究グループ主任
タン・セン　主任技師
ジョン・ホールマン　主任技師

プロテウス・オペレーション

プロローグ

一九七四年十一月二十四日、日曜日、ヴァージニア海岸の夜明けは荒れ模様だった。雲に覆われた湿った空から雨粒がぱらぱらと降り、気むずかしい突風が起伏する砲金灰色《ガンメタル》の海の波頭を白く砕く。その海面にまだら模様のカーペットを広げたように、泡立った航跡が東方の霧の中からまっすぐに伸び、攻撃型原潜U・S・S・ナーワールの針路を示していた。艦はすでに母港ノーフォークの視界に入り、大気を耳ざわりな嘆きで満たしながらゆっくり旋回するかもめの一群に、最後の数マイルをエスコートされている。不吉な船体の黒と、かもめとしぶきの汚れた白とを両極として、世界は濡れそぼった灰色で構成されていた。

灰色が似合いだ――ジェラルド・ボーデン中佐は、一等航海士と信号手を伴って、ナーワールの高さ二十フィートにおよぶ司令塔《セール》の頂上のブリッジから外を眺めながら、そう思った。色をもたらすのは赤ん坊、花、明るい朝、そして春、つまり新しいものの始まりである。しかし、死体の白さ、病人の〝灰色の顔〟、苦しみと疲労の〝土気色〟など、終わりの近づいたものからは、力や生気とともに色が流れ出していくのだ。未来のない世界が同時に色のない世界だというのは、いかにも似つかわしい。

少なくともなんらかの奇蹟なしには、彼が守るべく心をくだいている西側自由世界——というよりむしろ、その残存勢力——に、未来はない。太平洋における最近の日本の挑発行動は、オーストラリアを最終的に戦略上孤立させることを狙ったハワイ諸島への進攻の、かねてから予期されていた序幕である。このような侵略を、五年前日本帝国がフィリピンを併合したときのようにまたもや合衆国がおとなしく黙過することは不可能だ。そして戦いが始まれば、必然的にナチのヨーロッパ勢力と、それに加えてアジアとアフリカの植民地も引き受けることになるし、さらに南アメリカのファシスト国家群も間違いなく、最後の瞬間に戦利品の分け前を得ようとして首を突っこんでくるだろう。こんな賭け率で結果がどう出るか、疑う余地はまったくない。しかしこの国をはじめまだ生き残っている数少ない連合国は、もし避け得ないものならば、戦いつつ滅びる運命を甘受する決意をかためていた。ジョン・F・ケネディ大統領は、「もはや降伏なし」というアメリカの方針を、ことあるごとに口にしている。

ボーデンは視線を前方の港の入口から、ブリッジにいる四人目の人物へ向けた。ロシア風の毛皮の帽子のうしろの縁を風をふせぐよう下向きに折り返し、陸軍の作業服の上に落下傘兵の降下用スモックを着こんだその姿は、船の士官たちの海軍服のあいだではひどく際立って見える。彼が仲間ともどもナーワールにひろい上げられたときに着ていた職人用の仕事着から着替えたこの服装は、船の倉庫からの寄せ集めだった。ハリー・フェラシーニ大尉――陸軍の特殊部隊所属――は、四人編成の分隊と同伴の非戦闘員の一団を率いて、数日前、イギリス南西部海岸から出てきた漁船とのランデヴーで乗船してきたのである。その任務がなんだったのか、非戦闘員たちが何者なのか、そしてなぜ彼らが合衆国へ呼び戻されるのか、それを知りたがるほどボーデンは無知ではない。しかしアメリカ軍の中に、第三帝国とその版図に対する宣戦布告のない密《ひそ》かな戦いをすでに開始している部門があることは、明白だった。

フェラシーニはくっきりした、いまだに若さのまさった容貌の持ち主で、繊細なその輪郭はみごとに均整がとれ、肌はなめらか、口もとは神経質そうだ。色は浅黒く、目は大きく茶色で、物思いにふけった表情がいかにも名前にお似合いだった。故国の運命やデモクラシーの終焉について何か考えていたとしても、まったく表情には見せず、ぼんやりかすむノーフォークの輪郭に目を向けている。何一つ見逃さず、しかも長期間にわたって敵地で目立たないよう身を処していることに適応した熟練者のけだるさを見せて、その視線が動いていく。ボーデンは彼が二十代後半あたりだろうと踏んでいたが、めったに笑いを見せないことや常時身辺にただよわせている生まじめな雰囲気は、生活のために冷笑的になったもっと年長者の特徴であった。

いかにも、フェラシーニのような職業が、安全策としての不可解さと習慣としての無口を生むことは確かだ。しかしほんの数回、短時間の会話をしただけでボーデンは、この若い兵士のよそよそしい態度が職業上の習慣を超えたもので、彼や、ボーデンが今までの作戦で出会った彼のような男たちが、個人的な好悪や日常の人間的感覚に対して距離を置くため身につけている感情の欠落に近いものであることに気づいていた。それとも、当初は意味があったのに今ではなんの意味もなくなってしまった世界に対する身構えなのだろうか？　一つの世代全体が、自分たちにも未来はないという知識から身を守ろうとして、本能的に反応している姿なのだろうか？

「母港へようこそ、ナーワール」一等航海士のメルヴィン・ワーナーが外側の防波堤の端にある港務部長の詰所から光がきらめきだしたのを大声で読みあげた。「水先案内は発進ずみ、ひどい天候ですまない」

「早起きしたとみえるな」とボーデン。「きょう着くVIPを待っているのか、それとももう戦争が始まったのか」彼は信号手に顔を向けた。「返信しろ。〝ありがとう。お早い歓迎に感謝する。三百フィート海底《した》の天候はここよりよかった〟」

「ランチ接近、右舷前方」信号手のランプがかちゃかちゃいいだしたとき、ワーナーが報告した。外港に停泊中の光沢ある灰色の軍艦の列を身ぶりで示しながら、「巨大空母が一隻います。コンステレーションのようです」

「速度落とせ、前を開けて、水先案内を乗せる準備をしろ」とボーデン。ワーナーがこの命令をいくつもの指令に翻訳し、下へ伝達するあいだに、彼はフェラシーニの方をふり返った。

「きみたちを最初に上陸させるよ、大尉。可能なかぎり早く解放してあげたいのでね」フェラシーニは黙ったままうなずいた。

コネティカットにある海軍のVLF送信機から潜水艦が水中で受信可能な長波長で発信され、大西洋の真ん中で受信された通信は、フェラシーニ大尉とキャシディ軍曹に緊急任務があり、次の命令を埠頭で受け取るようにと伝えてきていた。「休みもとれないとはね」とボーデン。「こんなにすぐ行かなきゃならないなんてお気の毒に。しかし、いつもこうってわけじゃないんだろう？」

「まあ、いつもってわけじゃありませんがね」とフェラシーニ。

「おたがいのことを知りはじめたばかりだというのに」

「そんなものですよ」

ボーデンはもう一瞬相手の顔を見つめてから、ため息をつき、かすかに肩をすくめて会話の試みを放棄した。「そうだな、さあ、もう数分で埠頭に着く。下へ戻って、士官室にいるお仲間と合流したまえ」片手を前に出し、「乗艦ありがとう。助力できてよかった。次の任務がどんなものかは知らんが、幸運を祈るよ」

「ありがとうございます」とフェラシーニ。形式ばった口調だ。まずボーデンと、それからワーナーと握手しながら、「部下たちが厚遇を感謝しております。わたしも同様です」ボーデンはかすかに微笑し、うなずいた。フェラシーニはブリッジのハッチに入り、下に続く梯子《ラダー》を降りはじめた。

ブリッジの下の隔室から、フェラシーニは別のハッチをくぐり抜けて船の圧力殻の中へ入り、そこからさらにもう一つのハッチと第三の梯子《ラダー》を経て、操舵室の前端に出た――機械、コンソール、ダイアルのついたパネル、そして備品棚など、彼にはほとんど用途もわからない品々でごったがえしている場所だ。乗員たちが、二本の潜望鏡と巨大な海図テーブルから船尾側の両側壁に沿って続いている持ち場で、忙しく働いている。左舷には詰め物をされた革の椅子が二つあり、コックピット風の操縦パネルとフードつきの計器類が並んでいて、船の舵手と潜水士官の持ち場というよりは、飛行機のフライト・デッキのように見えた。座席についている安全ベルトが、ナーワールの機動能力を雄弁に物語っている。高速潜水艦操縦の動力学は、伝統的な意味での操船に類するものよりも、むしろ水中を飛ぶのに近いのだ。

ボーデンの副長と何名かの水兵とともに、フェラシーニは艦長室と病室のあいだの通路を抜け、旅のあいだ乗客たちの寝場所となっていた士官室へ向かった。そこでは、キャシディとふたりの二等兵ヴォルコフとブルゴーが、装備の荷造りを終え、イギリスから連れ出した八人が外へ出るのに適切な上着を着るのを手伝っているところだった。非戦闘員の何人かはいまだに疲れ果て、やつれた表情だったが、四日間の休息と適切な医療と、それにナーワールの豊富な食料のおかげで、青白い顔にもかすかな赤みがさしはじめていた。

「万事順調のようですな、ハリー」キャシディはのんびりした口調で言いながら、荷造りしていたバッグの最後の一つのチャックを締めた。「外はどうなってます？　もう着いたんですか？」

「いま港に入るところだ。水先案内が乗ってきた」とフェラシーニは答えた。

「で、なつかしき故国の様子は？」

「雨降りで、寒くて、風がある。全員用意はできているか？」

「ぜんぶできてます」

マイク〝カウボーイ〟キャシディはひょろりと背の高い体軀に無害さを装える呑気なけだるさを漂わせ、澄んだ青い目と、濃い黄色の髪と、見すぼらしい口髭を持っている。特殊部隊の兵士は常にふたり一組で行動するよう訓練されており、そしてもう彼は三年以上ずっとフェラシーニの相棒をつとめていた。気質や性格について心理学者が行なったあらゆる測定によれば、このふたりは性が合わないはずだったが、ふたりとも頑強に他の誰かと組むことを拒んでいた。

水兵たちが装備を運び出すあいだに、フェラシーニは士官室の人々を見まわしていた。彼らとこうして顔を合わせるのは間違いなくこれが最後になるだろう。狭苦しい潜水艦の中に四日間いて、おたがいのことが何かしらわかりはじめたばかりで、旅は終わり、みんな散り散りになっていく。この世はいつでもこうだ――不変のものなどありはしない。永続するものは何もない。根をおろせるものもない。そうしたあらゆることの虚しさに、フェラシーニは疲れを感じた。

ふたりの科学者、ミッチェルとフレーザーはイギリス秘密警察の刑務所の看守――実際には親衛隊《SS》の現地補充員の役割を果たしている――に似せた手製の制服の一部をまだ身につけたままだった。彼らはその服装で、ダートムーアの政治犯強制収容所から逃げおおせたのだ。

何年か前、高温腐食化学の専門家であるミッチェルは、一九六八年のドイツ最初の月着陸につながるはずの計画で働くことを強いられていた。フレーザーは、ベルリンの指令でイデオロギー上の問題で逮捕されるまでは、慣性誘導コンピュータの開発にたずさわっていた。スミスグリーン――もちろん本名ではない――はユダヤ系ハンガリー人の数学者で、信じられないことに、一九四一年元旦のイギリス降伏以来発見を免れていた人物だ。マリクニンは北シベリアのドイツICBMサイロから脱走したロシア人の奴隷労働者だった。そしてピアース――これまた疑いなく偽名だ――は六〇年代のアフリカ人大虐殺を生き延びるため、手と顔の皮膚を人工的に漂白し、髪を直毛にしていた。

それから、〝エイダ〟と呼ばれる女性がひとり、今も士官室のテーブルの一端にある椅子に座りこんで、旅のあいだほとんどそうしていたように隔壁をぼんやりと眺めている。イギリスは一九四一年に降伏したかもしれないが、エイダは降伏しなかった。リヴァプールの若い教師だった彼女は、目の前で、夫、父、そして二人の兄弟が労働力として狩り集められ、大陸へ連れ去られ、それきり消息を絶ったあの日以来、三十年以上もたったひとりでナチと戦いつづけてきた。復讐が彼女の生き甲斐となったのだ。偽造書類や、変装や、それにいくつもの変名を使って、彼女はドイツの総督ひとり、地方局長三人、それと二つのイギリス都市のゲシュタポ隊長、そして地方自治体内のイギリス人協力者数十名を含む百六十三人のナチを殺したといわれる。何度もとらえられて尋問や拷問を受け、六回死刑を宣告されたが、四回脱走し、二回は死んだものとして放置された。だがその彼女も今や五十代で燃えつき、憎しみと暴力の暮らしに、そして以前は爪があったはずの右手の指先のふしくれだった傷痕が物語る試練のために、老けこんでいる。彼女の戦いはもう終わったのだ。が、その頭の中に抱えている情報は値がつけられないほどのものだろう。

そしてフェラシーニの士官室検分の最後は〝ポロ〟と〝キャンディ〟というコードネームしか知られていない口髭の若者とブロンドの少女だった。ふたりとも作戦を終えて故郷へ戻るアメリカの情報部員である。フェラシーニは彼らが何にかかわっていたのかまったく知らなかった。そうしておく方がいいのだ。

振動が船体を震わせ、近くから機械の作動音が聞こえてきた。ここには無意味な演技も、再会を約すたぐいの儀礼もない。短い感謝と別れの言葉を交わしたあと、フェラシーニとヴォルコフを先に立てた一行は士官室の廊下へ出て、下の階へ下り、前方の魚雷保管室に入った。荷役用主《メイン》ハッチの一つがすでに開いている。ハッチ下の梯子《ラダー》のまわりに立っている船の士官たちとふたたび別れの挨拶を交わしてから、ふたりは客人たちを先導して輪形の帆布のシェルターを抜け、船の切り立った側面の頂上を飾る狭い作業用スペースに上がった。フェラシーニが先にタラップを昇ってすでに装具の陸揚げを終えていた水兵たちに合流し、一方ヴォルコフはハッチのそばに留まって民間人たちが濡れた鋼板を渡るのを手伝った。キャシディとブルゴーがしんがりをつとめた。

栈橋の高さまで上がったフェラシーニが最初に見たものは、民間人を運ぶために待っているバスの前に立った海軍大尉の姿だった。次に目に入ったのは、五十ヤードかそこら向こうに停まっている政府ナンバーをつけたオリーヴ色のフォードのセダンだった。その中には制服の運転手と、後部座席からこちらを見ているぼんやりとした人影。窓が曇っているため細部は見分けられないが、丸顔のシルエットと頭上にひらたく押しつけられたような縁の垂れた帽子は、ウィンスレイドでしかあり得ない。車にはためいているのが将軍の旗で、ウィンスレイドが実は軍人ですらないことも、問題ではない。実際、いつものことなのだ。予期しておくべきだった、とフェラシーニは思った。任務遂行中の隊員が、こんなふうに次の作戦のため、途中で押さえられる――現在の任務が公式に終わる前に――などという話は聞いたことがない。物事がひどく不規則な方向へ動きだそうとするときには、いつもどこかでウィンスレイドがからんでいるのだ。

大尉には民間人たちに関する引き継ぎ書類を受け取る権限のないことがわかった。彼の言葉によると、このバスは基地の向こう側の飛行場へ行くだけで、そこに各自の目的地へ向かう飛行機が待っているのだという。公式に民間人たちの警護を引き継ぐ人々は飛行場にいるわけだ。

「おれはここがどうなっているかをたしかめる」フェラシーニはキャシディに言った。「おまえがバスで行って、手続きを片づけろ。あとでひろってやるよ」

キャシディはうなずいた。「書類が不備だってんで、みんなが送り返されでもしたらことですからな」

「おまえたちもキャシディと行くがいい」フェラシーニはヴォルコフとブルゴーに向かい、

「向こうへ行けば、基地へ戻る便があるだろう」

三人はフェラシーニと別れの挨拶を交わし、民間人に続いて乗りこんだ。最後に大尉が乗り、バスは出ていった。顔を上げると、ナーワールのブリッジから見守っている白い帽子をかぶったボーデン中佐の姿が見えた。人影が手を上げ、数秒後、フェラシーニもそれに応えて手を上げた。それから装具袋を肩にかけると、向きを変えて、待っているフォードに向かって桟橋を横切った。

すでに車から出て前に立っていた運転手がフェラシーニのバッグを受け取り、後部へまわってトランクにしまいこんだ。車の中のウィンスレイドが横へ身を倒し、自分と反対側のドアを開けた。フェラシーニはそこに乗りこみ、ドアを閉めた。ふかふかした革ソファの感触と匂いに圧倒されて、彼はほっとため息をつきながら背を伸ばし、目を閉じると、いつになくいぜいたくで温かい感覚に包まれた貴重な数瞬を味わった。

「キャシディをひろわなきゃならんな」ウィンスレイドが、運転手の乗ってくるあいだに、はっきりとした発音の口調で言った。「どこへ行った？　空軍基地かね？」

フェラシーニは目を閉じたままうなずいた。「書類の手続きに行きました」

「空軍基地だ」ウィンスレイドが大声で言い、車はなめらかに走りだした。「さて、ハリー、今回はどうだった？」しばらくしてウィンスレイドは愛想よくたずねた。

「ええ、うまくいったと思います。計画どおりです。彼らを連れ出し、連れ帰りました」

「全員かね？　八人しか見なかったぞ」

「ロンドンから来ることになっていた三人は姿を見せませんでした。何が起きたのかはわかりません。プルートの考えでは、向こうの側に漏れがあったようです」

「うーん……ついてなかったな」ウィンスレイドは言葉を切って、この情報を心におさめた。

「すると、プルートが危険だということかね？」

「おそらく。用心のため、彼は作戦本部を閉鎖しました——ブリストルへ移動してそこで新しい店を開きます。おそらく一カ月以内に」

「なるほど……ところで、わが親愛なるフリヒター長官は？　お元気かな？」

「いやいや、ぐっすりおやすみですよ。もうこれ以上人質を吊るすこともないでしょう」

「それは気の毒にな」

フェラシーニはようやく目をあけると、ため息をつきながら座りなおし、同時に帽子をひたいからうしろへ押しのけた。「ところで、クロード、こいつはいったい何なんです？　作戦の報告には、それ相応の場所と手続きってものがあります。どうしてあなたが出てくるんです？　それになぜこんな車の中で？」

ウィンスレイドの声は平静なままだった。「今は単に個人的な好奇心でたずねただけさ。正規の作戦報告は、あとでしかるべき人々が聞くはずだ。だが、その前に、もっとさし迫った仕事があるのだよ。もう一つの質問に答えるなら、この車も単に報告を聞くために乗っているわけではなく、ある場所へ向かっているのだ」

フェラシーニは先を待ち受けたが、ウィンスレイドはそこで口をつぐんだ。彼はふたたびため息をついた。「わかりました。信じましょう。どこへですか？」

「どのみち空軍基地へ向かうことになっていたんだ――ニューメキシコへ飛ぶ」

「ニューメキシコのどこへ？」

「機密だ」

フェラシーニは別の手を試みた。「いいでしょう――で、理由は？」

「ある人々に会うため――きみも興味を持つこと間違いなしだ」

「ほう、本当ですか？　たとえば？」

「手初めにＪＦＫはどうだね？」

フェラシーニは眉をひそめた。ときたま人をからかう癖はあるものの、ウィンスレイドが軽口でそんなことを言うとは思えない。だが、にやりと笑うと、その白っぽい灰色の目は、縁なしの半円形の眼鏡の奥できらめき、ぎゅっと結ばれた薄いくちびるの端が上向きの線をかたちづくった。

少なくとも五十代後半で、丸顔で、血色は良く、似合いの鼻、中背、耳の上に見える白髪の房――陽気だが減量したピックウィック氏を演ずるのにぴったりの男だ。柔らかい縁のだらけた黒い帽子に加え、襟に毛皮の縁どりのある重い灰色のオーバーと褐色の絹のスカーフ、そして茶色の革手袋を身につけている。飾りの彫られた杖を膝のあいだに垂直に立て、その握りの彫刻を両手でつかんでいる。

誰もがウィンスレイドについて知っているらしいことは、おおむね必要最小限の範囲で、それも決して多くはなく、通常は彼自身がすすんで明らかにした事項にかぎられていた。ウィンスレイドがどういう人物なのか、今まで何をしてきたのか、フェラシーニにはまるで見当もつかないが、ただウィンスレイドがペンタゴンのあらゆる部門にフリーパスで出入りしていること、ホワイト・ハウスの晩餐に定期的に招かれていること、そして国じゅうの主要な科学研究施設の所長クラスのほとんどとファースト・ネームで呼びあう間柄であるらしいことはわかっている。そしてまた、何年も前からときたまかかわりあうたびに話してきたことから、彼が秘密作戦なるものに通暁している——それも理論上のみならず、困難な直接の経験に関してまで——という印象だけははっきりしていた。ウィンスレイドもおそらく、かなり昔に自分と同じような仕事をやっていたに違いない。しかしウィンスレイドが自分のことをめったに話さないため、それにも確信はなかった。

工廠から出る門に近づいて、セダンは速度を落とした。柵が上がり、海軍警察の伍長が通るよう合図し、ふたりの衛兵が捧げ銃をした。門をくぐり抜けると車はふたたび加速し、角を曲がって軍基地の方へ道をとった。

これ以上の問答を続ける気をなくしたフェラシーニは、口をぎゅっと結び、決然とあごを前に突き出した。ウィンスレイドは肩をすくめ、ついでほほえむと、脇の書類鞄に手を突っこんで、みごとなポケットサイズの携帯ラジオを取り出した。フロントパネルは黒、ノブは銀、飾りはクロムで、軍の諜報用のものを別とすれば、いままでフェラシーニの見たどれよりも小さく、前面には開き蓋のようなものがついている。

「日本帝国製だ」ウィンスレイドはその蓋を親指ではじくようにして開いた。「このへんではとうてい見られないが、向こうの子供たちはこんなものを路上で持ち歩いているんだ。こいつは磁気カセットテープ録音の再生もできる。聞いてみるかね？」彼は小さなカートリッジを取り出し、蓋のうしろの空間に差しこんで、ぴしゃりと閉じ、スイッチを押した。それからラジオを膝の上に置いて、座りなおし、フェラシーニの顔に視線を戻した。

フェラシーニは信じられぬ思いで見つめていた。スピーカーから流れ出たのは力強いスイング・ミュージックで、何本かのサックスから強弱のきいたベースまでが生き生きとしたリズムを刻み、一本のクラリネットが旋律をかなでている。今まで聞いたことのあるどれにも似ていない。七〇年代のポピュラーの傾向は、軍事的ないし愛国的なマーチと、アメリカはファシストになることでみずからを救うことができると信じている人々や終末と破壊を嘆く自由な心の若者たちの好むワーグナーや荒涼たる哀歌のごたまぜだった。しかしこいつは？ 気違いじみている。時局にも合わない――フェラシーニの気分にも、だ。

何小節か聞き取れないヴォーカルがハモってから、男声のソロで歌詞が入ってきた。ウィンスレイドはかたわらの肘掛けを指で叩き、ビートに合わせて頭を揺らせた。

　やあ、きみ、すまないが、
　あれはチャタヌーガ行きの急《チユーチユー》行かね？
　そうさ、そうさ、二十九番線さ。

きみ、一丁磨いてくれんかね。

フェラシーニは片手をひたいに当て、首を横に振って、疲れたようにうめいた。「クロード、ちょっと待ってください。こっちは何日も閉じこめられていた潜水艦から出てきたばかりなんです。向こう岸に六週間もいたんですよ……こんなものは今はいい」

ペンシルヴェニア駅を四時十五分前ごろに出て、雑誌を読んでるうちにボルティモア。

夕食は食堂車で、

何よりのおすすめは、

もちろんカロライナでのハムエッグさ。

ウィンスレイドは音量を絞った。「グレン・ミラーだ。昔はこいつで踊るのが好きだったと言ったら、信じるかね？」

フェラシーニは疑うように彼を見つめた。ウィンスレイドが本当に気が狂ったのではないかと、はじめて真剣に怪しんでいる目つきだった。「あなたが？　ダンスを？」

「そうとも」ウィンスレイドの目に夢見るような色が浮かんだ。「グレン・アイランド・カジノは最高の場所だった――ニューヨークのニュー・ロシェルの海岸通りのはずれにあった。

当時のあらゆるビッグ・バンドにとって、ここの契約は勲章だった。魅力であり、名声だった。メイン・ルームは二階で、大きなフランス窓から外へ出るとロング・アイランド湾が見わたせた。ウェストチェスター郡とコネティカットの若者たちはみんなあそこへ行ったもんだ。オジー・ネルソン、ドーセイ・ブラザーズ、チャーリー・バーネットにラリー・クリントン……実際のところ、ハリー、きみはヨーロッパ瓦解とナチのロシア核攻撃前の世界がどんなふうだったか、何も知らないと思うが？」

ウィンスレイドが手にしている機械を見下ろしながら、フェラシーニはもう数秒間だけ耳を傾けた。「筋が通ってない」

「筋が通らなくてもいいんだ」とウィンスレイド。「でも積極的な、自信に満ちたサウンドだ。気分が昂揚してこないかね、ハリー？　楽しい、自由な、生きた音楽だ——行き場のある、そしてそこへ行き着けると信じていた人々の音楽なんだ……本気で望めばなんでも手に入った人々のな。そいつがいったいどうなっちまったんだ？」

フェラシーニは首を振った。「わかりませんな。正直なところ、そんなことを気にしている場合でもないでしょう、クロード。いや、あなたが郷愁の旅に出たいとかいうんならそれはかまいませんが、わたしまで巻きこまないでほしい。キャシディとわたしを無線で指名してきた緊急任務……大統領と関係あるとさっきあなたの言われた任務について話しあうはずだと思っていたんです。だから、その話に戻りませんか？」

ウィンスレイドは音楽を消して向きを変えると、フェラシーニの顔を正面から見つめた。

一瞬にして彼の表情は完璧な真剣さを取り戻していた。「話題をそらしていたわけじゃない」と彼。「こいつがきみの次の任務なんだ……いや、われわれの次の任務というべきだったな。今回はわたしも一緒だ——わたしが《部隊》を指揮する」

「《部隊》ですって？」

「ああ、そうだ。これから面白い人たちに会いに行くと言ったろう」

フェラシーニは関係を把握しようと努力した。しばらくして彼は首を振った。「で、どこへ行くんです——日本？　日本帝国のどこかへ？」

ウィンスレイドの目が燃えた。「〝どこへ〟じゃない、ハリー。まったく〝どこへ〟も行かない。ここ、合衆国から動きはしない。〝いつへ〟と聞いてくれ」

フェラシーニはただぼんやりと彼を見つめるばかりだ。ウィンスレイドは失望を装って、ヒントを与えるかのようにラジオの方へあごをしゃくってみせた。「あそこへ戻るんだ！」

ついに彼は叫んだ。

途方に暮れて、フェラシーニはふたたび首を振った。「駄目です、クロード、まだわからない……いったいなんの話をしてるんですか？」

「一九三九年だよ、ハリー！　これが次の任務なんだ。一九三九年の世界へ戻るんだ！」

1

ロンドンの南二十五マイル、ウィールド地方に属するケント州の愛すべき町ウェスターハムの近郊にあるチャートウェル荘園とその地所は、起伏に富む森林や野原のただ中、イギリスの二月の午後の寂寞とした景観の中に、寒そうに弱々しく横たわる活気のない農村に囲まれていた。もっとも、今はいろいろな近代のしるしが散在している。緑に蔽われた山腹に広がる屋根の群、森に隠された道路に見えかくれするバスや自動車、南の沿岸部に向かう鉄道を支える橋や陸橋。とはいえ、風景の基調をなすものはもう何世紀ものあいだ変わっていない。

荘園の邸自体はどっしりとした二階建ての赤煉瓦造りで、一部はエリザベス一世の時代まで遡るという年代不詳の建物である。広々とした土地に立ち、道路からはカーヴした砂利道が伸びている。裏の芝生で母屋と離れから隔てられて、柵つきの家庭菜園、ばら園、温室、厩《うまや》、夏別荘などが陽気にとりとめなく散らばり、そのあいだを石畳のテラスとおびただしい植えこみが縫っている。流水は地下にある貯水池からポンプで汲み上げられ、養魚池、あひる池、滝、岩石庭園と循環してさらさらとあやすような水音で庭に活気を与える。頑丈で不変な、そして穏やかな家屋とその周辺全体が、安全、快適、気長な満足といったイギリス人の理想を要約している。

エッピング選挙区選出議員のウィンストン・S・チャーチル閣下は、二階の南側に面した書斎の机のうしろから、外の景色を眺めていた。こうした静謐さは、自然の秩序の一部としてひとりでに生まれたものではない、という思いが彼の心をよぎる。これは、わが国家が、崩壊、破壊、暴力といった力――決して国家が生んだわけではなく人間性の存在と同じくらい昔からその性質の暗黒面の一部として存在してきた――に対抗して生き残るため、何世代にもわたる苦闘の末に戦い取ったものなのだ。自由とは高い代価を払わなければ手に入らず、また生き延びるためにはそれを油断なく守らなければならない。窓下の庭と同様、長い時間をかけて注意深く栽培されてきた文明の花や実は、庭師たちが警戒を怠ればすぐに野蛮な雑草に荒らされてしまう。チャーチルはこの譬喩をいずれ使う場合のために短く書きとめてから向きを変え、サイドテーブルの上に点っているマッチ代わりの蠟燭から葉巻に火をつけなおした。そして机ごしに煙の流れを吐き出すと、五ヵ月前の一九三八年八月下旬に選挙民に向けて行なった演説を読み返しはじめた。

「……この平和な、よく法を守るイギリスの中心で、ヨーロッパに充満するすさまじい激情を思い浮かべることはむずかしい」あのとき彼はそう言った。「憂慮に満ちたこの月のあいだ、新聞に現れたレポートはある週は良く、次の週は悪く、次が好転すれば、その次はまた悪化するといったぐあいでした。しかしわたしとしては、ヨーロッパと世界のあらゆる情勢が、そう長くは先へ延ばせないクライマックスへ向けて着実に動いていると申しあげざるを得ません」

あれは英仏がミュンヘンでヒトラーと合意し、ナチの狼にチェコスロバキアを投げ与える前のことだった。雑草は庭を呑みこもうとしているのに、庭師はまだ眠りこけている。

チャーチル――彼と保守党内部の小グループ――は彼らの目を覚まそうとしてきた。内閣や政府内の地位からはずっと締め出されながらも、もう何年にもわたって彼らを目ざめさせようとしつづけてきたのだ。ヒトラーが政権を取ってわずか九カ月後の一九三三年に起こったドイツの国際連盟と軍縮会議からの脱退は、充分な警告となってしかるべきだった。しかしイギリスは気にもとめなかった。翌年のナチの血の粛清は、強力な工業国家が犯罪者に乗っ取られ、暴力団のえせ倫理に組みこまれたことの証しだったが、それも、ヒトラー伍長のグロテスクな政治的、社会的な実験を初期のうちに消し去れるはずの憤りをかきたてそこねた。そしてそのすぐあと、オーストリアの親ナチ派の早まったクーデター――このときオーストリア首相ドルフスが殺された――を終熄させたのは、西側ではなく、立場を変える以前のムッソリーニの、断固たる対応であった。

一九三五年の徴兵制導入と、空軍設立の公式発表とで、ドイツはベルサイユ条約に公然と挑戦したが、これに対して連合国は、ストレーザに陣取ってもったいぶった無意味な抗議を表明しただけだった。ついでイギリスは、まるであわててその埋め合わせをするかのように、ドイツにUボートを含む無制限の軍艦建造を認める海軍条約を――仲間のフランスにも相談せずに――締結してしまった。

「どんな代価を払っても平和を」というのが世論だった。その結果はどうだったか？　法外な代価が支払われたことは疑いようがない。連合国からイタリアは消え、アビシニアは厚顔な、いわれのない侵略に屈服した。日本は何の咎《とが》も受けずに中国一帯を略奪することを許された。失地回復を標榜するドイツの歩兵三個大隊によってライン西岸が占拠されたときも、フランスの大砲は何もしようとしなかった。スペインでは、不干渉が唱えられているあいだに、ドイツの爆弾とイタリアの弾薬の庇護下にフランコ政権が樹立された。オーストリアは暴力で奪われた。チェコスロバキアは力の脅迫の前に放棄された……そう、代価はおそろしく高いものについたのだ。

それで、得たものは？　一ペニーもない。その精算の前にもまだ戦いがあることをチャーチルは確信していた。

実際、結果は大きな損失だった。どのみち戦いになるのなら、西側が今、一九三九年に直面している状況よりも、昨年の九月の条件で戦う方が有利だった。当時チェコスロバキアはまだ無傷で、ヨーロッパでもっとも精強で装備の良い軍隊を保有していた。フランスはあのとき戦うべきだった、とチャーチルは確信していた。チェコがゴーデスベルクでのヒトラーのチェンバレンに対する最後通牒を拒否して軍を動員し、イギリス内閣もこれ以上の譲歩は許さないという決意を固めかけていた、一九三八年の九月に、戦うべきだったのだ。あのときなら、ソビエトはフランスの態度に同調するという協約にもとづいて、あとに続いただろう――ロシア人たちは行動したがっていたのだから――それによって、条約による義務はなくても、イギリスも引きずりこまれたはずだ。何はともあれ世論の圧力でそうなっただろう。そうなれば、ヒトラー主義を潰せる可能性は大きかったはずだ。

しかし現実には、チェンバレンは慌てふためき、傘を握りしめて、ミュンヘンからの召喚に応じ、総統の善意と誠実さとを信じて疑わないと公言しながら、犠牲者を脅迫者に手渡してしまったのである。

「われわれは徹頭徹尾敗北を喫したのだ」あのあとチャーチルは議会でこう述べたが、それは嘲笑と抗議の嵐に迎えられた。無我夢中の群衆は、チェンバレンがミュンヘンから戻るのを歓迎し、彼が「われらの時代に平和を」と約束して紙切れを振りまわすのへ有頂天で拍手を送った。

パリでも、路上のフランス人たちが、戦争が避けられたというニュースがひろがる中で喜びに泣いていた。「愚かものめが！」フランス首相ダラディエはル・ブールジェの空港から戻る車の中でつぶやいた。「自分たちが喝采しているものの正体を彼らが知ってさえいたら」

チャーチルはため息をつくと、読んでいた原稿を片づけ、スコッチの水割りのグラスをすすった。認めたくはないのだが、ときにはきわめて有望に思えた自分の経歴が、六十五歳になった今、追放者の孤独な終焉にしかつながっていなかったことを認めざるを得ないらしい。彼を政界から葬るお膳立ては、許容と融和政策が最終的には独裁者たちの欲望を満足させ、お返しに何がしかの譲歩が得られるという信念をいまだに捨てていない国家政策の設計者たちによって、もはや手配済みも同然のありさまだ。その信念が妄想にすぎないことが、もう今までに何度あばかれたことか？　それでもまだ、目をあけようとしない連中が残っているのだ。

しかしながら、政治生命の終わりが生涯の終わりを意味するわけではない、と彼は冷静に思い返す。とにかく最善を尽くして正しいと思ったものを支持してきたのだ――一度たりとも、自分の信じる倫理原則の導きから外れたことはない。自分よりはるかに成功した生涯を終えるときでも、そう断言できる男の数はあまり多くはないだろう。これ自体、充分な報酬である。彼には快適な家があり、献身的な家族がいる。ためしてみたい株式投機がある。十年前に書きはじめた『英語国民の歴史』は完成を待っている。それに、描きたい絵もたくさん……。

いや、なんにもならない。

彼は下くちびるを突き出して、首を振った。この悲しみと苦しみをまぎらわすことはできない。彼が落胆しているのは、個人的な不正のせいなどではない――結局のところ、政治生活に身を委ねる者なら誰しも、その種の危険は覚悟しなければならないのだ。そうではなくて、自由と民主主義の制度――これをひたむきに守ることを彼は自分のライフワークとしてきた――が堕落し、専制と野蛮、そして洗練と文明に対するあらゆるアンチテーゼの前に屈服するのを見守ることになるだろうという予想のためだった。こんな状況から世界が何も学ばないとしたら、その行き着く先は大災厄以外の何ものでもない。

しかし、どうしてこんなことになったのか？　一部の人々が装っているような目の見えない人間など、いるはずがない。たった一つの説明は、彼らが現実から目をそむけている、ということである。

そのことが彼をいっそう不安にしていた――彼を追放した影響力の強い社会＝政治サークル内の一派の動機への疑いである。西側諸国は返済能力のないドイツに貸付けをしすぎていた。断固たる行動一つでヒトラーに終末をもたらし得る状況が、あまりに何度も見えすいた口実で放置された。あまりに大量のナチのプロパガンダが英仏の新聞に自由に流されすぎた。西側の指向をお膳立てする人々や世論を形成する人々の中にも、ナチズムの擁護論が多すぎた。

結論は自明である。富裕階級と特権階級が、復活し再武装したドイツ――ナチであろうとなかろうと――をロシアに対する楯と見たのだ。さらに西方へひろがってこようとする共産主義の脅威を食い止める障壁を立てることで、彼らは自分と自分の家系を守ろうとしたのだ。

それに与《くみ》するなど、チャーチルの思いも及ばぬところだった。泥棒を防ぐために人殺しを雇うという行為は、正当化のしようがない。チャーチルがボルシェヴィズムの支持者でないことは、神のみぞ知る。また生涯を通じて主張してきたことのどれについていまさら口をつぐむつもりも、チャーチルにはなかった。しかし忌まわしい一つのイデオロギーへの対応策が、第二のイデオロギーを世界に負わせることであってはならない。たとえ結果がどう出ようと、ゲシュタポやSSやその他全体主義ナチ国家の呪うべきさまざまな組織を、不運と無力に長年耐えてきたヨーロッパの人々に向けて解き放つことを正当化できはしない。

机上の電話の音に、彼の思考は遮られた。受話器を取り上げ、もう一方の手で葉巻を口から離して、荒っぽい口調で、「もしもし」

「サンディス夫人がロンドンからおかけです」秘書の声が、彼女が仕事場にしている階下の部屋から告げた。チャーチルの長女ダイアナのことである。「どうしてもお話ししたいとのことで、申しわけありません」

「ああ、いいとも、メアリ。つないでくれ」

「かしこまりました」ブーンという音につづいて、カチリという音。

「もしもし？　もしもし？……聞こえますか？　あら、混線してるわ！」

「お話しください、サンディス夫人」カチリ。

「パパ？」

「ああ、ダイアナかね。どうした？　なにかまずいことでもあったかね？」

「いいえ。何も。ダンカンとわたし、町にいるあいだに少し買物をしようと思っただけ。それに、今夜はたぶん芝居を見に行くから、お夕食には戻れないと思うの」

「わかった。知らせてくれてありがとう。エルシーには話したのか？」

「メアリが伝えてくれるって。何か、こっちにいるあいだにしてさしあげることがあるかしら?」

「うーん……何もないと思うが……それだけかい? メアリの口ぶりじゃ、生死の問題みたいだったがね」

ダイアナは笑った。「もちろんそれだけじゃありません。パパにご挨拶して、お元気なことをたしかめたかったの。けさ、お風邪みたいな声をしてらしたから。お忙しいところお邪魔じゃなかったかしら?」

「おまえが邪魔なんてことはないさ。ああ、元気だよ、ありがとう。ちょっとした鼻風邪だったらしい。すばらしい夜を過ごしたら、あとで顔を見せてくれるだろうね?」

「きっとそうしますわ。用事はそれだけ。じゃ、今夜は遅くなりますから」

「いいとも。それじゃまた、ダイアナ。ダンカンによろしくな」

「はい、それじゃ」

電話は切れ、チャーチルは受話器を戻した。危機へ突進していくヨーロッパという不気味な亡霊に心を戻したとき、ある列車事故を歌った詩が心に浮かんだ。彼は椅子から立ち上がって、窓の方へ向かいながら、同時にぼんやりとつぶやいた。


ガタガタ列車を運転してるのは誰?

車軸はきしり、連結器は引っ張られ、

すごいスピード、ポイントはすぐそこ、
なのに居眠り運転士には何も聞こえない。
闇に光る信号も見えない、
ガタガタ列車を運転してるのは死神なのさ。

ブライトンの学校へ通っていた少年のころ、パンチ誌のマンガでふと見かけた詩である。

「えへん」背後でメアリが遠慮がちに咳払いした。

チャーチルがふり向くと、彼女は戸口に立っていた――控え目な感じの中年の女性で、顔色は血色に乏しく、茶色の髪をうしろできれいに束髪にまとめている。無地の黒いスカートと、肩にひだのある白いブラウスを着ていた。いくらか当惑気味の表情で手にしているしわくちゃの茶色い紙は、小包からはがした包装紙らしい。もう一方の手に何か小さな包みがあった。

「なんだね、メアリ」チャーチルはたずねた。「どうしたのかね？」

メアリは部屋に入ってきた。「書留でほんの二、三分前に届いたんですけど」ひどくふしぎそうな口ぶりで、「とても変なんです。こんなもの、今まで見たこともありません」

「なんだって？　こっちに見せたまえ。何がそんなに妙なのかね？」チャーチルは彼女に近づいて包みを手に取り、机に戻って調べにかかった。ふつうの書籍くらいの大きさで、白い厚紙にしっかりとくるまれ、いくらか持ち上がった角《かど》からみて、どうやら粘着性らしい光沢のある透明なテープで封をされているらしい。新種の梱包材だろう、と彼は思った。側面に太く黒字でメッセージが書かれていた――

ウィンストン・S・チャーチル下院議員閣下
最高機密

チャーチルは眉をひそめ、包みをひっくり返した。ほかにはなんのしるしもついていない。

「うーん。たしかにちょっと変わっているな」彼は考えこんだ。「書いてあることは読めるね。ではそのとおりにやった方がいいだろう、どうかね？　ご苦労さん、メアリ。置いていっていいよ」彼は腰をおろし、椅子をぐるりとまわして机に向かい、もう一度包みをひっくり返した。そのとき、彼は、数歩ドアへ向かいかけたメアリが不安げに立ちどまっていることに気づいた。「何かね？」彼は苛立ちの出た声で、「今度はどうしたんだね？」

メアリは包みの方へ神経質そうな視線を向けた。「わたし、ただ……その、つまり……危険じゃないでしょうか――無政府主義者の爆弾か何かでは？　警察へ電話して、調べてもらう方がいいと思いますけど」

チャーチルは顔をしかめて、包みを見おろした。それから首を振り、気短そうに手をひらひらさせながら、「ああ、なるほど、無政府主義者の爆弾ね。安手のスリラー小説の読み過ぎだよ、メアリ。たぶんバーナード・ショウか誰かのつまらん冗談さ」メアリはもうしばらくためらってから、うなずいて部屋を出ていったが、あまり楽しげではなかった。チャーチルはもう一度机に向きなおると、抽出しの中をかきまわして大きな鋏を出し、包みを開けはじめた。そうしながら、自分がいつもより少々慎重になっていることに、彼は気づかずにはいられなかった。

厚紙を何枚かかさねた中に、蓋のついた箱が入っていた――箱も蓋も見慣れない乳白色の、透明で適度にしなやかなプラスティックである。以前、似たようなプラスティックが実験的な電気器具に使われているのを見せられたことはあるが、それが一般に出まわっているとは知らなかった。これが進歩というものだ、と彼は思った。

蓋はさらに透明な粘着テープで留められていて、内部は実際上重さゼロに等しい粒状の詰め物――これまたはじめてお目にかかる――で上まで満たされていた。その中から出てきたのは、チャーチルが今まで見たこともない、みごとなカラー写真が数葉。小型の電気部品らしい一群の工作品、煙草の包みよりも小さくて前面の長方形の窓の下に数字や記号の書かれた小さなボタンの並んでいるひらたい金属の箱、そしてもう一つ同じような箱――ただしこっちは分解されていて、驚くほど入り組んだ内部がむきだしになっている。そして、最後に折り畳まれた便箋が一枚。

チャーチルは写真の一枚を手に取ってみた。写っているのは飛んでいる飛行機だが、それは彼にとってまさしく革命的な形をしていた。細長い針のような機首、後退した翼、それにプロペラがない。裏の説明は――〝超音速ジェット推進の迎撃／爆撃機。速度、音速の二・

五倍以上。航続距離、空中給油なしで三千四百マイル。上昇高度、九万フィート。武装、無線誘導赤外線探知空対空ミサイル八基、射程二十マイル〟

「いったいなんのことだ？」彼はぼんやりとつぶやいた。顔が理解できないというしかめっつらになった。

次の写真に写っているのは、光沢のある先のとがった円筒で、砲弾に似ているが、何階分もの高さがあることが、そばに立っている人物からわかる。裏の説明によれば、巨大なロケットだという。見慣れない機械や建物やそれになんだかよくわからないものの写真もあった。説明によると――〝原子核エネルギーを工業的規模で利用する反応炉。人工超ウラン元素二三九番を燃料に使用。出力八百メガワット〟

今度は完璧にめんくらって、チャーチルは写真を下に置くと、ボタンのついたひらたい箱の分解されていない方を手に取った。ざっと見ていくと、小さなスイッチが〝ON〟〝OFF〟という文字の間にあり、〝OFF〟の方を向いていた。〝ON〟の方へ動かすと、ボタンが並んでいる上の長方形の窓に、一連の数字が現れた。〝クリア〟と書いてあるボタンを押すと数字は消えた。数字ボタンを押すと、数字はまた現れ、さらに調べていくと、〝＋〟〝－〟その他のボタンで簡単な計算ができることが判明した。徐々に、この道具が、もっとほかの、彼が仮に理解したことがあったとしてもとうの昔に忘れてしまっている分野の計算にも使えるのではないかという気がしてきた――本来の彼なら、誰よりも先に不可能だときめつけるはずの憶測だった。

その意味が理解できたとき、チャーチルは呆然自失のていだった。最新の卓上計算機のデモンストレーションを見たことがあるが、これに較べると絶望的なまでに単純で不体裁だった——重くて、うるさくて、レバーや輪軸を詰めこんだオフィス用電動タイプライターなみの非能率的なしろものだ。しかしそれでもなお、彼はそれが現代の奇蹟の一つであることを確信していた。とすれば、彼がいま手にしている道具を生み出したのは、どういう種類の技術なのか？　いったいどこからやってきたのか？　彼は便箋を手にとり、開いて読んだ。

拝啓　チャーチル様

このような異端的なやりかたでご連絡申しあげることをお許しください。しかしながら、状況が普通でないことは認めていただけると存じます。

同封の物品の重要性それ自体に驚かれたことと思います。西側自由主義の安全と未来について、いろいろお話ししたいのですが、時間がありません。そこで、勝手ながら、来たる水曜日、二月十七日の十二時三十分に、ドーチェスター・ホテルの一室に昼食の席を用意いたしました。そのさい、わたしと同僚を紹介させていただきたいと考えております。

お知り合いを三名様お連れくださいますよう、心よりお待ち申しあげます。人選はご判断にお任せいたします。申すまでもなく、思慮分別および信用度において疑問の余地のないかたをお選びくださるようお願いいたします。

日時のご都合がよろしければ、ホテルの副支配人ジェフリーズ氏（電話メイフェア二二〇〇）宛にご確認をお願いいいたします。

敬具
ウィンスレイド

「信じられん！」チャーチルはつぶやいた。もう一度、注意深く手紙を読みなおし、ついで品物を一つずつもう一度調べたあと、彼は椅子にもたれたまま長いあいだしかめつらで考えこんでいた。が、ついに彼は品物を一つにまとめて、机の中にしっかりしまいこむと、電話を取り、受け台を揺らしながらダイアルした。

「はい、チャーチル様？」メアリの声が答えた。ほっとしたような声だった。

チャーチルの口調は真剣だった。「オックスフォードに電話して、リンデマン教授をさがしてくれんかね、メアリ。人間に可能な限りの速さでここへ来てほしいと彼に伝えてくれ。面白いものがあるんだ……彼が目をむくようなものがね」

2

黄昏の忍びよる中、ダッジの一九二九年型三トン・トラックは、車体をきしませながらセントルイスの郊外にさしかかっていた。金の非合法取引で手に入れた現金を使ってアルブカーキの競り市で買い求めた雑多な中古車のうちの一台である。バルブを磨きなおし、タイミングを合わせなおして、キャブレターを清掃し、調整していくうち、何週間か前よりはかなりまともな音を出すようになった。ニューメキシコは何日も後方になったが、ニューヨークはまだ何日か先だ。ハリー・フェラシーニが一九三九年初頭のアメリカ中部と東部を車で行くのはもうこれが三度目で、すでに彼はうんざりしていた。

「ロマンスと魅力の時代だよ、ハリー——興奮と、そして自由の」ウィンスレイドは、集中訓練の何カ月かのあいだにそう約束した。《プロテウス作戦《オペレーション》》の十二人のメンバーとその装備が、ニューメキシコ州ツラローサの最高機密施設における非物質化とそこから三十六年前に戻っての再構成——フェラシーニには理解できない次元や波動や力場がかかわってくる過程だ——を行なう前のことである。「ゲーブルとガルボ、キャグニィとボガート、ウォルト・ディズニーの大作」ウィンスレイドは熱っぽく語った。「ベーブ・ルースがブルックリン・ドジャースをコーチしていた時代。オーソン・ウエルズはラジオで『宇宙戦争』の妙技を終えたばかり。ジョー・ルイスは、挑戦者をぜんぶノックアウトしている最中。シナトラはハリー・ジェイムズと共演しはじめたばかり。当時は戦時産業が市民を徴用することもなく、政府配給のものなど何一つなく、州外の旅行にも許可なんて必要じゃなかったんだ」

たしかにそのとおりだ、とフェラシーニは認める。それでも、ウィンスレイドが隠された過去の何かに誘導されているか、あるいはノスタルジーに記憶を曇らされているのではないかという疑いは去らない。こんな光景に、とくにロマンティックなものなどありはしない——一つの国が夢に酔って、みずからを欺き、忘却への道を下っていくあいだ、海のすぐ向こうでは虐殺が始まり、人々が家から引きずり出され、街頭で裸にされて叩きのめされ、茶色のシャツを着た暴漢たちの命令が、何世紀にもわたって人々がなんの恐れもなく歩いていた町々で、いまや法律と化しているのだ。

《プロテウス部隊》の一九三九年到着からすでに一カ月が過ぎていた。そのあいだにフェラシーニが見たのは——十年にわたる不況時代の痛手のせいで、毎日を生きていく以外のエネルギーを見出せないでいる貧民たちだった。世界を両手で遠く離した新聞の中に閉じこめ、分割払いで手に入れた家庭と映画の国のファンタジーという孤立主義の繭によって、やっと取り戻した地位を守ろうとしている中流階級だった。手すりと薔薇の上に月光が射し、サテンのガウンと白いタキシードが舞う名士たちのきらめきと輝きの世界へ逃避していく金持ちの子弟たちだった。——みんな、真実を無視すれば、向こうもお返しにこっちを放っておいてくれるとでも思っているかのように。

つまり、ほんの少数を除いたみんながそうだったのだ。たとえば、ニュージャージーのカクテルラウンジで、彼とキャシディが出会った大戦の老兵は、声高に中立法を非難し、海軍を再建し陸軍を拡充しようというルーズベルトの動議を称揚した。すると国内問題優先《アメリカ・ファースト》のバッジをつけた女性がわめきだして、男を戦争屋と呼び、彼女と一緒の男が暴力に訴えようとするや、バーテンダーが男を——戦いを開始しようとした平和主義者ではなく、老兵の方を——外へ放り出した。みずからを守ろうとする国を無分別だとして糾弾する世界の典型だ、とフェラシーニは思う。いまこの周囲に満ちあふれる状況こそが、彼のやってきた三十数年の未来の世界の根元であり、原因なのだ。

これこそ《プロテウス作戦》が変更しようとしているものである。だが個人的にハリー・フェラシーニは、成功の見込みがあるとは思えなくなりはじめていた。

前方に照明の輝きが現れた——二本のポールについた二個の明かりで、それが道端の食堂と、駐車しているトラックの輪郭を、町の暗い影を背景に浮かび上がらせている。濃紺のウールの縁なし帽を耳の下までおろし、色あせたダンガリーの作業服の上に厚いオーバージャケットを着たキャシディは、助手席で長い痩せた身体を起こすと、それを指さした。「あそこだ。あそこがいい——この前の旅で停まった場所です。それに、胃袋が食事の時間が近いって言ってますし。どうです、休憩しませんか？」

「同じ場所を使うのは好ましくない」とフェラシーニ。「町の向こう側へ出れば、もっとあるだろう」

「どうしたんです、ハリー？　あそこのステーキ・アンド・オニオンを覚えてないんですか？　それに、皿洗いのかわいい娘がいたし――胸と尻だけでできてる娘《こ》ですよ。色目を使われませんでしたか？」

「その点が問題なんだよ――覚えられたくないのさ」

キャシディは両手を宙に投げ出した。「ハリー、それじゃまるで、パラノイアだ……ミズーリ州の真ん中のこんなところで、ゲシュタポか何かにぶち当たるとでも思ってるんですか？　海も越えていないのに。ここはまだわが家の芝生の上なんですよ」

「やれやれ、キャシディ。わかってるはずだ」

「ええそうですとも、ハリー、いいでしょう」キャシディはため息をつき、ぐったりと座席に腰を落とした。

もちろんフェラシーニの言うとおりなのだ。あれから二カ月の間には、どんなことだって起こり得た。たまたま誰かが、トラックや、顔や、もれ聞いたことなどを覚えていただけでも、何がどう変わっていたか見当もつかないのである。

訓練プログラムの中には、操作技術の背後にある物理学理論についていくらかの概念を与えるための一連の授業があったのだが、フェラシーニが本当に理解できたのは、ツラローサの基地の地下に建設されたマシンは物体や人間を過去へ送ることができる、ということだけだった。ウィンスレイドがかかわっていた計画とはこれで、そのため彼はしばしば科学者たちと討議を交わしていたのである。

前もって実際に過去へ人間を転移させる実験は、一度も行なわれなかった。科学者たちがどういう内容のものか細部は語らずただ〝有望〟とのみ表現する予備実験がいくつか行なわれていただけだった。どうやら急速な世界情勢の悪化のために、あらゆる解答が出るのを待たず急いで計画を進めざるを得なかったらしい。

三カ月後、ツラローサ施設の地下深くにある大きな部屋の中で、小型飛行船大の卵形のカプセルが、青っぽい光の中、ごたごた並ぶ機械と配線に囲まれた台座の上から青白い一閃の輝きとともに消滅し、それより三十六年前に、位置ミスへの予防措置として五千フィート上空に移動して再出現した。ひと揃いのヘリウム袋が自動的に膨らんで、カプセルを地上に降ろした。十五分後、フェラシーニは《プロテウス作戦》の他の十一人のメンバーと一緒にニューメキシコの砂漠に立ち、一九三九年一月の夜空を見上げていた。時間旅行者たちは、自然科学の歴史全体を通じてもっとも恐るべき成果ののち、気球で目的地に到着したのである。

ツラローサにあるマシンは、厳密にいえば一方通行の道具、つまり〝発射装置《プロジェクター》〟であり、そして一九三九年一月が、過去に手を伸ばせる最大〝射程〟だった。往復の連絡を完成させるには〈帰還門《リターン・ゲート》〉と呼ばれるマシンを向こうの端で建設する必要があるため、必要な部品のすべてはカプセルに積まれていた。訓練中に行なわれた組み立て演習の時間測定にもとづき、計画立案者たちは〈帰還門〉が使えるようになるまでの期間を四、五カ月とはじきだしていた。

作戦の最初の目的は、単に二つの時代の合衆国政府間の対話を開始することにあり、これを成就する前に騒ぎを起こすことではなかったので、一九七五年の政策担当者たちは、〈帰還門〉の建設は密かに進めるべきであるという結論を出していた。さらに、のちのちの補給と交信を楽にするためには、東海岸の大都会が好ましい。そこでフェラシーニをはじめとする作戦の合衆国グループ——公式には〝シュガー〟の名で知られる——が、建設部品をニューメキシコの一時保管場所からブルックリン河岸に借りた倉庫へ輸送することとなったのだ。装置の心臓部に当たるコンピュータや電子機器など、未来の製品であることをごまかしようのない部分は、トラックを使って自分の手で運んだ。大きな構造材や、分解したカプセルの部品などは、それとわからぬようにわざと一九三九年でも手に入る材料で作られているので、アルブカーキへトラックで運んだあと、鉄道で送られた。

作戦の第二の目的は、《プロテウス世界》に大災厄をもたらした一九三九〜四〇年のイギリスの政治情勢に介入することだった。この方は、ブルックリンの〈帰還門〉の完成を待ってからというわけにはいかない。崩壊を繰り返すまいとするなら、ヨーロッパの切迫した事態の進展に対して、西側の指導者は即時行動を起こさなければならない。そこで、ウィンスレイドほか二名から成る作戦の英国グループ〝キング〟は、DC‐3でニューヨークへ、そこから先は船で、まっすぐにロンドンへ向かった。パン・アメリカンのリスボン行き大型飛行艇の便が就航したのはこの年の後半のことである。

イーズ橋でミシシッピ河を渡ってから、ふたりは町はずれのインディアナポリス道路に沿った二十四時間営業の食堂でトラックを停めた。店の裏手の駐車場は暗かったが、食堂に入ると、そこは暖かく、くつろいだ雰囲気で、黄色っぽい照明、食物のいい香り、そして石炭ストーブが隅から熱を放っていた。二十人くらいが、テーブルやブースに座っている。ほとんどがトラック野郎だ。ずっと奥の、湯気の立ちこめるキッチンの給仕口《ハッチ》の向こうで、筋骨隆々のコックがハムエッグと牛のリブの皿をがしゃりと置く。すぐ手前のカウンターでは、がっしりしたメキシコ人風の女性が立ち働いている。壁には、ポスター、新聞の切り抜き、野球選手の写真などがピンどめされており、コーヒー沸かしのそばの棚に置かれた巨大な木製のラジオは、今ではフェラシーニにもそれとわかるようになったデューク・エリントンを流していた。訓練中、暇なときには、《部隊》の全員がこの時代のレコードや映画に浸かりっぱなしでいたのだ。

フェラシーニとキャシディが靴の泥と雪を払い落とし、コートを脱ぎ、カウンターへ行ってステーキ・ディナーを注文するあいだ、誰ひとりこっちに注意を向けるものはなかった。ふたりは各自コーヒーを取って、向こうの隅の空いているブースへ持っていった。近くの席では小奇麗な身なりの若者たちがわいわいやっていたが、耳にとどく会話の断片からすると、こんな場所にしては少々知的すぎる内容のようだ。

「暖かいですな」キャシディはカップを口から離すと、頭にへばりついた髪を指でくしゃくしゃやりながら、「ここを出たら、しばらく交替しましょうか？」

フェラシーニはうなずいた。「そうだな、ひと休みしたい。何時間か眠ることにしよう」

「四日間の旅、あと二十四時間です。州間道路を乗りついで行けばいい」キャシディは椅子で手足を伸ばし、まわりを見ながら、カップを口へ持っていってひと口飲んだ。「まだ、こんな状況が身につかないんですよ、ハリー。何をするにも、書類もいらなきゃ、許可も不要だなんて……クロードの言ってたとおりだ――ここの連中は誰でも、やりたい放題のことをやってる。あれはこの作戦の売りこみ文句だとばかり思ってたのに」

「ふむ」とフェラシーニ。

キャシディはふいに身をのり出して、何か企んでいるときのしぐさでフェラシーニを見つめた。「ハリー、ときどき思うんですが、ええと、つまり、クロードは、こんなところを突つきまわして時間をつぶすよりも、もっとでかいことができると――わかってもらえますか？　マシンが手に入ったからには、やりたいことはなんだろうと……」

「気でも狂ったのか？　たわごとはよせ」

「いや、まじめな話ですよ。だいたい、もとの世界には何があるっていうんですか？　あっちでは、すべてが終わってるんです」

「だからこそ、われわれがここにいるんだ――すべてを変えるためにな。未来はあれとちがったものになるんだ、いいか？」

「つまり、あらゆるものが、ってことですよね――おれたちがいずれ、あのマシンを抜けてもとの世界へ戻ると、すっかり新しい世界があるっていうわけですか？」キャシディは納得していないらしい。「でもそう簡単にはいきませんよ、ハリー。それにクロードや向こう側に残っている科学者たちも——みんな、確信ありげな声を出して何もかもうまくいくみたいに見せかけてましたけど、本気で耳を傾けてみれば、連中にも何もわかっちゃいないんです。こいつがどういうふうに働くのか、あの人たちもはっきりとは知らないんですよ」

　フェラシーニは眉をひそめた。「おいおい、キャシディ、もうそろそろここがどんなぐあいで、ここの連中がどんなふうか、わかってきてもいいころだと思うがね。ここの間抜けどもに囲まれて暮らしたいと本気で思うのかね？　こんな事態を引き起こしておいて、そっくり投げ出したんだぞ。本当に何が起きているのか、鼻先より向こうは見えないんだ。過保護の子供しかいない国みたいなもんさ。つまり——」

　キャシディは片手をあげた。「ええ、ハリー、わかってます——その話はやめましょう」つまり、また議論をむし返すのはごめんだというわけだ。フェラシーニは肩をすくめて黙りこんだ。キャシディは座りなおすと、あたりを見まわし、しばらくしてからまた身をのり出して、肘をテーブルについた。「これだけ働いたんだから、ニューヨークへ着いたら休暇《R&R》をとっていいんじゃありませんか——少なくとも、一日か二日は。つまり、仕事のしすぎと疲労や何かで、道路からとび出してモーティマーの部品を曲げちまうような危険は冒したくないってことです。どう思います、ハリー？　四十八時間をとるべきだと思いませんか？」

　もとネヴァダの空軍高等兵器システム開発＝試験センターの所長だったモーティマー・グリーンが、この作戦の科学技術グループを構成する三人の中の主任格である。したがって彼は、〈帰還門〉の組み立ての責任者であり、またチーム全体の副指揮官として、ウィンスレイドがロンドンにいるあいだ、〝シュガー〟を預かっていた。

フェラシーニはかすかににやりとして、肩からコートをはずすと、椅子の背にふわりとかぶせた。「そう、おそらくなんとか理屈をつけられるだろう」と彼。「だが荷物を運ぶ方が先だ。そのあとで、四十八時間をもらう件をモーティマーに話してみるさ」

キャシディはテーブルごしに、さらに身をのり出した。「この前の旅のとき、西三十四丁目のあそこで話しあった連中のことを覚えてますか？」くちびるをなめ、声を内緒話のレベルまで落とすと、「どのみちイーストサイドにゃ、ああいった高級娼婦がたむろしているらしい。一ドル半あれば充分――」そこで言葉を切ったのは、メキシコ人風の女性が近づいてきて、厚切りのパンの入ったバスケットと料理の載った大皿二枚をテーブルに置いていったからだ。

キャシディが話を再開しようとしたとき、近くのテーブルにいたグループの話し声が急に大きくなり、彼の注意を惹いた。声の主は髪をグリースで固め、海老茶色のブレザーを着た丸顔の若者だった。「コグリンが言ってるとおりだ。どうして外国の戦いに巻きこまれなきゃならないんだ？　前にも一度保釈金を払ってやったはずだが、それがなんの役に立った？　やつらはその借金も返していない。言わせてもらうなら、そいつが二九年の恐慌の原因なんだ」

「わたしの言いたかったのもそれよ」青いコートの女性が、テーブルの向かい側から言った。「どうせどの政府もぼろぼろになってる。戦争はあそこの風土病なのよ。ヒトラーがうまくやって、あそこを残らず掃除してくれればいいんだわ。そうなりゃいいのよ」

「そうだ、そうだ」女の隣にいた金髪の男が賛成した。「結局、彼は自分のものを取り返すことでプライドと規律を修復しているだけなんだ。フィオーナの言ったとおり、もう少しやれば、それでみんなうまくいくさ。だいたい、ほかに誰かいるのかい？」

「そうだねえ、チェンバレンがいるけど……」海老茶色のブレザーの男が強い皮肉をこめた口調で言った。誰かが忍び笑いをもらした。

金髪の男のもう一つ隣に座っていた痩せた若者が眉根にしわをよせ、目を見ひらき、上くちびるに指をあて、頭上でメニューを揺らしてみせた。「きのう、わたくしは再度ヒトラー氏と会談してまいりました」とりすましたイギリス風のアクセントを真似て彼はそう宣言し、仲間たちは爆笑した。

フェラシーニは苦い顔で皿を見つめながら、怒ったように食物を嚙んでいる。「ハリー、どうして、あんなものに腹を立てているんです？」キャシディが言った。「連中が何を言おうとなんの違いもありゃしませんよ」

「ああいう連中が多すぎるんだ」フェラシーニはつぶやいた。首を振り、「この国にはもうチャンスはない、キャス。何もかも終わりだ」

隣のテーブルでは、海老茶色のブレザーの男が話を続けている。「さあ、事実を直視しよう。ファシズムはうまく働いているみたいだ。工業化時代には、ほかに有効なシステムがないんだろう。つまり、民主主義は、土地を持った貴族やら何やらの時代には申しぶんなかったんだが、その結果たどりついたところを見るがいい」

「えらい人たちに教えてあげなきゃ」と青いコートの女性。「そのことを理解しているのは、ほかには共産主義者だけよ」

「そうだとも。そして誰もがその意味はわかっているんだ」と金髪の男。

「世界の怠け者よ、団結せよ！」痩せた若者が、お定まりのロシア風演技で叫んだ。

キャシディの忍耐が、ふいにぱちんとはじけた。なんの警告もなしに、座ったまくるりと身体をまわすと、フォークを脅かすように水平に構え、端にステーキのかけらを突き刺したまま上下に揺らした。「今すぐその話をやめた方が身のためだぞ」目を細め、低い陰険な声で彼は警告した。「おまえたちはあそこにいたわけじゃない――何も知らんくせして」視線だけは離さず、彼はフェラシーニの方へあごをしゃくってみせた。「この男が見えるか？ 彼は知ってるんだ。二年間スペインで、エイブ・リンカーン旅団に志願していた。ファシストのやつらの爆撃を受けて、それ以来頭の調子がよくない。そんな話を聞くと、すぐ気むずかしく、怒りっぽくなるんだ――この大きな目が見えるだろう？ だから暴れてほしくなかったら、いますぐ口をつぐむんだ、いいな？」

フェラシーニは小さくうなった。しばしのぎごちない沈黙のあいだ、キャシディはもじゃもじゃの口髭の下で口をへの字に曲げたしかめつらのまま、フォークごしに意地悪い目で相手を見つめつづけた。やがて、娘のひとりがふんと鼻を鳴らして顔をそむけ、何もなかったような声を出そうと骨折りながら、気どった口調で、「誰か『二十日鼠と人間』を読んだ？

スタインベックの本は、まるで目に見えるみたいに……」会話が再開され、キャシディは満足したようにうなって向き直った。食堂内では、ほかの誰ひとりとして気にとめた様子はなく、それ以上は何事もなしに夕食は終わった。

出る用意ができて、フェラシーニは手洗いに入り、キャシディは正面ドアのところで待っていた。ところが、フェラシーニが出てくると、キャシディはそこから中へ戻って、レストランに通じるポテトの袋と野菜籠の積みかさなった暗く狭い廊下に立っていた。いつものんきそうな雰囲気は消え、猫のように張りつめている感じだ。「どうした？」とフェラシーニはたずねた。

「男がトラックのまわりをうろついてる」低い声でキャシディ。「向こう側へまわるところをちらりと見ました」

「強盗だと思うのか？」

「おそらくは」

「ほかに仲間は？」

「いえ、でも外は真っ暗です」

「どうする？」

キャシディは暗がりの中で、廊下から外へ通じている裏口に向かってうなずいた。「囮をおいて、ひとりがこっち側から出て援護するんです。どうですか？」

フェラシーニは前へ進み出て、ドアのガラス板に顔をよせた。頭を左右に動かして、外の光景を可能なかぎり見てとってから戻ると、そっけなくうなずいた。「誰が囮になる？」かたくなな沈黙。彼はあきらめたようにため息をついた。「わかったよ。おれがやる。おまえは好きなようにやれ。五分後に出る」キャシディは音も立てずにドアを抜けて消えた。フェラシーニは手洗いに顔を洗いに戻った。

　五分後、出てきた彼は、ふらりとレストランの中へ立ち戻り、キャンディを二本買った。それからコートを着て外へ出ると、駐車場の暗がりの中へ歩を進め、トラックの向こう側へまわりながら、同時にコートのポケットの中をまさぐって、キーをさがすふりをした。

　フェラシーニが車にたどりつくと、前方から男が現れ、近づいてきた。彼方の街灯の明かりで、男の姿はシルエットしか見えない――背は高く、肩幅も広いが、猫背だ。柔らかいフェルト帽をかぶり、ぼろぼろのコートを着ている。フェラシーニは緊張して待ち受けたが、男は数フィート手前で立ちどまった。「あのう、あんた、海岸の方へは行きませんか？」ぜいぜいと息を切らした声で、「乗せてもらえませんか？　女房と三人の子供がカンザスにいるんで……どうしても仕事がほしいんです」

「できないんだ、すまんが」とフェラシーニ。「規則なんだ。上役がいつも目を光らせてるんでね」手をポケットから出して紙幣を一枚さし出した、同時に、あらゆる神経線維を緊張させて、背後の気配をさぐる――忍ばせた足音か、あるいは腕を振りおろそうとするさいに息を吸いこむかすかな音か。姿を隠している相棒のタイミングと判断に、全幅の信頼を置く瞬間である。「一ドルある――食事でもするがいい」

暗がりの中だったが、男が目をまるくするのがわかった。「一ドルも！　ねえ、あんた本当に――」

「持ってって、何か食うんだ。中にはもっと人がいるぞ」

男は紙幣を手に取り、何かぼそぼそと感謝の言葉をつぶやくと、食堂のドアに向かって足を引きずりながら歩み去った。フェラシーニの背後の暗闇から、音もなくキャシディが実体化した。「問題なし、ですか？」軽く失望したような声だった。

「ああ――単に仕事をさがしている男だったよ」

しかし、用心が第二の天性となってから、すでに久しい。フェラシーニはキャシディにキーを投げた。五分後、車はふたたびインディアナポリスへ向かっていた。

3

過去をいじくりまわすたぐいのあらゆる過程は、通常の基準に照らせばおかしいと判断されるような何かを内包せずにはいない。事実それは、常識、論理、それに因果律といった、伝統的なすべての概念をめちゃくちゃにしてしまうのだ。

一九七五年、ツラローサで建設されたマシンの、過去のある時点に組み立てられた〈帰還門〉と交信する能力によって生じたそのおかしな点の一つに、〈帰還門〉が実際に出来てさえいれば、そのあとそれを組み立てるさいにどんなことがどんな順序で起きようとなんの違いもない、ということがあった。したがって一九七五年のマシンは、その〝射程〟を適当な値にとりさえすれば、作動開始後すぐに、一九三九年中頃で稼動している完成済みの〈帰還門〉と連絡がとれることになる。一九七五年側の出来事の順序からいうと、一九三九年一月へ送られて〈帰還門〉を組み立てることになっている《部隊》はそのときまだ出発していないわけだが、そんなことは問題ではないのだ。

こういう可能性が現状の異様な論理に内在している以上、作戦の立案者たちが、《部隊》を送る最終決定をくだす前に、システム全体の理論的有効性をたしかめるのにこの事実を利用しないはずがない。そう、まさにそのとおりのことが行なわれたのである――一九七五年のマシンの建設が単純な通信文を受信できる状態まで進展するとすぐさま(物質を取り扱うにはもっと本格的な設備が必要だったが)、一九三九年五月からの《部隊》が無事にたどりつき、〈帰還門〉を予定どおり組み立てていることを裏づける通信が現れた。これが、万事申しぶんないことの証明として、《部隊》が聞かされた予備〝テスト〟の内容であった。

ケネディ大統領は、最終的な〝実施〟命令を承認し、《部隊》は〝投射〟能力を持ったために最小限必要な施設が完成するとすぐに出発した。物理面のこれ以上詳しい研究は、もし《部隊》が送られなかったらどうなるか――どちらにしろ通信ははっきり届いているのだから――という一見逆説的な問題ともども、あとで誰かに面倒を見てもらおう、ということで合意ができていた。要は、出発する《部隊》が、一九七五年側の不確定世界から無事に脱け出せたことがわかれば、それでよかったのだ。

「うん、うん、アンナ、きみの言いたいことはわかる。でも、現状で望み得るかぎり、一応の保証は与えられていたんだがね」《部隊》の主任科学者で、アメリカ〝シュガー〟グループの長であるモーティマー・グリーンは立ち上がると、まわりの木枠をあけるのに使っていたバールを手にしたまま肩をすくめてみせた。「さし迫った状況からして、理論的に未知の要素すべてを検討するというわけにはいかなかったんだよ」

グリーンは五十代前半、中背で、肩幅は広く、がっしりとした印象的な顔に濃い太い眉と、

四角い顎、そして白い刈りこまれた口髭を生やしている。禿げたドーム形の頭には、耳のす
ぐ上からうしろを半月形にふちどる髪――彫刻家が偉人の彫像を作るよう依頼されたとき、
用いたがるたぐいの風貌である。海老茶と黒の細い縞の入った白シャツの袖を肘の上までま
くりあげ、その上に赤いサスペンダーを着けている。
この時代に関することの専門家として参加している政府所属の歴史学者アンナ・カルキオヴィッチは、物件リストのチェックに使っていたクリップボードごしに疑わしそうな視線を向けた。痩せた身体つきで灰色の髪を持った彼女は、もう四十代半ばだが、その細面は、若いころの優雅で印象的な線を保っている。彼女は、一九五〇年にドイツと日本による最終的分割が行なわれる直前のソビエト連邦から逃れてきたのだった。「あのときあれだけの情報で行動しなければならなかったのはわかっています」と彼女。「あの決断がいいかげんだなんて、言ってやしません。でも、〝ランダムな統計的攪乱〟くらいじゃ、げんに起きたことの説明がつかないんです。誤りがあったという事実は動きません」

そこはコードネームで〈門番小屋《ゲートハウス》〉と呼ばれる建物――〈帰還門〉を収容するために、ニューヨーク・ドック社からブルックリンのヴァン・ブラント通りの外れに借りた倉庫――の裏手の広い空き地だった。倉庫の正面は、見た目より丈夫な梱包や荷箱の偽壁によって仕切られている。その背後の窓や入口は密閉されている。そして建物全体が、この時代の電子機器マニアなら一年分の給料を投げ出してでも学びたがるだろう一連の探知器や監視装置によって守られていた。

「誤りか、たしかにね」とグリーンは認めた。「しかし、それが重要なことかね？　大事なのは、〈門《ゲート》〉が動いていたということだ。そうするためにわれわれはここにいるのだし、今はそのことだけを考えていればいいんだ」

「でも、それがわたしの言いたい点なんです」とアンナ。「通信の一部分が誤っているとしたら、ほかの部分が信用できるでしょうか？」

グリーンは別の木枠の上面をはずして、荷箱を持ち上げにかかった。「通信が来たということは、〈門〉が動いているということだ。少なくともそれだけは真実だ」

「でも、いったいどうしてマシンの位置などという基本的なことが違っていたんでしょう？　何かひどく奇妙なことが起きたんですわ。それが心配なんです」

問題は、そもそもブルックリンの倉庫にたどりつく予定などなかった、という点にあった。今回の作戦を支配する奇妙な論理の上では不可能なはずはなかったので、一九三九年なかばからの通信は、チームが〈帰還門〉の建造に適した場所をさがしまわる手間を省くため、すでに取得済の場所、つまりその通信を送っている場所の詳細を知らせてきていた。その通信によると、そこはジャージー・シティのある工場で、共同所有者の兄弟が賭博の借金で財政的困難に陥った結果、空き家として即売に出されたものだとのことであった。ところが、グリーンとアンナが即時取引のつもりでジャージー・シティに飛んでみると、その建物は使用中で、まったく売りに出されてなどいなかった。そこであわただしく不動産屋をまわった結果、なんとかこのブルックリンの倉庫を手に入れたのだった。

何がまずかったのだろうか？　どう考えても、《プロテウス部隊》に、自分自身を迷わせる理由があったとは思えない。もし通信が本当にジャージー・シティの基地からきたものだったのなら、なぜその場所が使えないことになったのだろう？　またもし別の場所からきたものなら——今となってはそうとしか思えないが——なぜあんなことを言ってきたのか？

「そうだな、アンナ、でも今のところ、心配してもなんの役にも立たないよ」とグリーン。「現在やらなければならないのは、急ぐこと、そしてまだ渡る必要のない橋などあまり気にしないことさ」荷解きしている木枠に目を戻すと、「さて、どこまで行ったんだっけ？……こいつは、ＪＳＫ‐２３共鳴器らしいな。リストはあるかい？　三十七番のはずだ」

「ええと……ああ、あったわ——二ページ分ある」

「作動回路《アクチユエーター》の部品はどうなっている？　もう来てることになっているかね？」

アンナはせわしなくページをめくった。「ちょっと待って。いいえ、まだ来ることにはなっていないわ。一次回路はフェラシーニとキャシディの五号車の中。現在、インディアナポリスとここのあいだのどこかにいるはずよ」

「そうすると二次回路はまだアルブカーキだね？　いつ来るんだ——ウォーレン少佐とライアン軍曹の六号車でかい？」

「ええ、そうよ」

「けっこう。そうすると、こっちとしては——」言いかけた言葉を、近くの柱に掛かった古めかしい電話機の耳ざわりな音が遮った。「失礼」彼は部品と箱のあいだをすり抜け、受話器を取った。「もしもし、ゴードンかい?」建物正面のオフィスで書類を分類しているゴードン・セルビーから以外にはあり得ない——今この建物内には、ほかに彼しかいないのだから。セルビーはグリーン率いる科学者グループのひとりであり、また《部隊》の工学主任として、兵士たちが〈門〉を組み立てるさいの監督係も兼ねている。軍隊のメンバーは全員護衛をつとめるのみならず、そうした作業ができるように集中技術訓練を受けていた。

「え?……本当かね?」電話機に向かうグリーンの声が興奮した口調になった。「いいニュースみたいじゃないか、ゴードン? なるほど、で、なんと書いてある?」

グリーンが耳をすましているあいだ、アンナは別の木枠の中身を取り出して並べることに注意を戻した。グリーンが現状の矛盾を、内心では口にするよりも案じていることを、彼女ははっきりと感じていた。もし、何がまずいのか説明できるのだとしたら、どうして彼はそうしないのか? もしできないのなら、いったいどこに確信など持てるというのか?

だが物問いたげに顔を上げるアンナの前で、受話器を置くグリーンは満面に喜色を浮かべていた。「オフィスに今しがた電報が届いた。ロンドンのクロードからだ。何もかも計画どおり進んでいるらしい。水曜日、ドーチェスター・ホテルでチャーチルとその三人の同僚と昼食をともにするそうだよ!」

4

ウィンスレイドがロンドンを訪れるのは、これが最初ではなかった。少々変わった意味合いでだが、実はこの一年以内で二度目の訪問ということになる——《プロテウス世界》で、彼は全体主義の独裁国から逃れてきた科学者たちの持っている情報を評価するためヨーロッパ諸国を巡回する合衆国の情報収集班の一員として、一九三八年の八月、このイギリスの首都にやってきていた。そして今、《プロテウス作戦》の異常な状況のせいで、そこから十ヵ月後の同じ場所へ、三十七歳年をとって戻ってきたのだ。

一九四一年元旦の、イギリスの不名誉な降伏に続く数年のあいだにも、彼はロンドンを訪れている。一九六〇年まで、彼は種々の合衆国使節団や外交任務などの陰にかくれて、スパイ活動に従事していたのである。しかしその年、ドイツの西側との公的な外交関係は、ハイドリッヒがボルマンの暗殺を演出し、ついで精神的な衰えを理由に七十一歳のヒトラーを引退させたあと、新たな総統《フユーラー》として権力を握るに及んで、事実上終わりを告げた。その後もウィンスレイドは、のちに《プロテウス作戦》として実を結ぶことになった仕事に関連する隠密旅行をいくつか行なっている。

〝キング〟グループの一員として合衆国からやってきて気づいたのだが、そうした後年の訪問が、彼の記憶を曇らせていたらしい。彼が覚えているロンドンは、くすんだ幻滅と敗北の町で、バッキンガム宮殿には帝国《ライヒ》の総督が駐在し、屋根の上には鉤十字が翻り、門には黒い制服に身を包んだSSの歩哨が立っていた。〝議会の母《マザー・オブ・パーリアメンツ》〟の生まれたホールの前の丸石を敷きつめた古い通りを長靴があざけるように踏みしめていく音を、彼は聞いた。夜間外出禁止や、深夜の逮捕や、板を打ちつけられた店の並ぶ通りを、彼は覚えている。背をかがめた、やつれた顔の女たちが、手押し車を引きずって道路をなおしていたのも見た――男たちは征服されたロシアでの強制労働に連れて行かれてしまったのだ――そのかたわらでは、ぼろをまとった子供たちが、塵芥のトラックからこぼれたものを奪いあっていた。国民の財産が帝国銀行《ライヒスバンク》の金庫を満たすために運び去られ、国宝の美術品が〝祖国《ファーテルラント》〟の栄光をいや増すために、あるいはベルリン郊外のカリンホールにあるゲーリングの展示用公邸を飾るために略奪されるのを、彼は見まもってきた。灰色と、恐怖と、絶望と、陰鬱さが、すべてを蔽っていた。そして、何年にもわたるその種の記憶による先入観が、若いころに見たロンドンの光景――はるかな昔のことだが、同時にこの〝今〟からはほんの少し前のことでしかない――を霞ませていたのだ。

しかし今、ウィンスレイドは、かつてと同じ色彩と活気に満ちた世界をまのあたりにしながら、山高帽に細い縦縞《ピンストライプ》の服、雨が降っても決して開かれることのない固巻きの傘という、非番の近衛士官の〝制服〟を陽気に見せびらかし、カート・ショルダーとアーサー・バナリングとともにハイド・パークを横切っていた。カーキ色の作業服姿の騎兵隊員たちが、ロトンロウで一般の人々にまじって乗馬の練習をしている。カップルや、昼食後の散歩に出た人人が、サーペンタイン池のほとりを散策し、その水面では少年たちが模型のヨットを走らせ、水辺の木のベンチでは老婦人たちがあひるに餌をやっている。その背後の屋外音楽堂では、磨きたてた金管を陽光にきらめかせ、チュニックの深紅を緑に際立たせた近衛歩兵連隊のバンドが《モンテカルロ・マーチ》を演奏している——その陽気なクライマックスの斉奏は、パークレーンとナイツブリッジの遠い交通騒音をあっさりかき消してしまった。

　この数日で、彼はすべてを思い出していた——ブルームズベリーやメイフェアにある、もう何世代にもわたってニューヨークの五番街やローマのコンドッティ通りの華やかさがあればいいのにと言われつづけている小さなガラス張りのディッケンズ風の店構え。耳ざわりなほど陽気なビリングスゲートとコベントガーデンの市場や、それと対照的に重々しく落ち着いたペルメル街と、そこにある紳士のクラブ。ソーホーのレストランから漂ってくるエキゾチックな海外の香り。ピカデリー・サーカスのボブリルとギネスのネオンサイン。黒いアップライトのタクシーと、ブースのジンやゴールドフレイク煙草の広告をつけた赤い二階建て《ダブルデッカー》バス。ガタガタ音を立てて電車の走る地下鉄《アンダーグラウンド》。ホルボーンをゆらゆら揺れながら走る端の丸い市電《トラム》。赤い石積みのずんぐりと丸いアルバート・ホール。トラファルガー広場。記念塔。ウェストミンスター寺院。ストランド街のシンプソンの店のビーフ料理。磨かれた木材と艶消しガラスでできた飾りドアのある、チャリントンのスタウトとワトニイのビターをポーク・パイかソーセージ&マッシュポテトと一緒に出してくれるパブ。子供のおとぎ話にある、夜になると生命を持つ玩具のように、そのすべてが、まるで魔法にでもかけられたように、ふたたび本物となったのである。

「そう、ヨーロッパのかなりの部分が、まだこんなふうなんだ!」ウィンスレイドは、仲間の方をふり返ると、大きな声で、「パリ、ストックホルム、ブリュッセル、アムステルダム、コペンハーゲン——ぜんぶまだ自由なんだ。大気の匂いで違いがわかるだろう? こいつが、この作戦の狙いなんだ。これを見ることで、決意にも弾みがつく」

広い歩幅でゆったりとウィンスレイドと肩を並べて歩いていたアーサー・バナリングは、あいまいなうなり声で答えた——背筋をまっすぐに伸ばした長身、秀でた顔だちと物腰、髪は銀色、きちょうめんな身だしなみ。黒いオーバーとホンブルグ帽を身に着け、革の書類鞄をかかえている。「そうかもしれない。しかし決意と結果とは同じものではない。チャーチルたちの反応がわかれば、もっとすなおに喜べるんだろうが……いや、ひょっとしたら悲しむことになるかもしれないがね」

バナリングはイギリス人で、そのせいか、めったにどっちつかずの言いかたをくずしたことがない。もとイギリス外務省の役人で、《プロテウス部隊》の外交面を担当している。一九四〇年までヨーロッパの政治に深くかかわっていたが、その年、彼の部局はカナダに移動し、それ以後はアメリカ国務省とともに仕事をしてきた。今回の帰郷という経験で、ウィンスレイドほど心をゆすぶられていないらしいのは、おそらくイギリスに住んでいて、思い出がしっかりと根をおろしていたせいだろう。そしてさらには、彼がイギリス人であるからだろう。

ロンドンへ到着して以来、バナリングは通行人の顔をじろじろ見る――とくに外務省のあるホワイトホールの近所で――という何かに取り憑かれたような癖を身につけてしまった。無邪気な何も知らない昔の自分自身にいつ出会うかもしれないと思うと、その魅力に抵抗できないのだと、彼は面白がるウィンスレイドに告白した。これもまた、彼らのいま立たされている状況によって作り出された奇妙な状況のひとつである。

《部隊》の科学部門でモーティマー・グリーンの次席を占めるカート・ショルダーは、何も言わず、ウィンスレイドの反対側を歩いていた。背が低く痩せぎすで、筋ばった四肢と、彫りの深い顔と、刈りつめた鋼鉄のような灰色の髪の持ち主である彼は、一九五五年、ウィンスレイドが行なった別の作戦行動によって、ドイツから脱出して以来二十年間、合衆国で暮らしている。

スタンホープ門から公園を出て、ドーチェスター・ホテルへとパークレーンを横切るあいだ、先頭に立ったウィンスレイドは傘を高く掲げて車の交通を抑えた。予定より三十分も早かったが、昼食会用の個室にはすでにテーブルも置かれ、準備は整っていた。ウィンスレイドは、部屋の中に用意するよう手配しておいた小さなバーからアペリチフを出すように言い、一同はその飲物を持って座につくと、チャーチル一行の到着を待った。

バーには、ヘイマーケットにあるフリブール&トレイヤーで買ってきたチャーチルお気に入りの銘柄の葉巻一箱と、大量のブランディとポートワインが用意されていた。ショルダーはベルモットをすすりながら、ほかのボトルにも物珍しげな視線を走らせた。ふと、選り抜きの果物とトマトジュースが並んでいるのに目をとめると、「なるほど。まだリンデマンだと思っているんですね？」そう言って、ほかのふたりに眉を上げてみせた。

ウィンスレイドはピックウィック氏タイプの眼鏡ごしに、軽くほほえんだ。「まあ、用意しておくだけなら害にはなるまい」

「では一ポンド、受けますか？」バナリングはショルダーにたずねた。

「お望みなら五ポンド」とショルダー。「チャーチルはこの件の重要性に気づいたと思う。大学のなんでも屋ではなく、政府の専門委員会へ持っていったはずです。ティザード説へ五ポンド」

「受けた」バナリングは首を振った。「まだドイツ人的な考えかたが抜けないようですな、カート。報告の公式ルートなど問題じゃない。チャーチルは手続きよりも友情に重きを置く男だ。リンデマンに五ポンド」

「すぐにわかるさ」ショルダーが、ぼそりとつぶやいた。

ウィンスレイドが、チャーチルの連れをこちらから指名してやるのを控えたのは、主として、《プロテウス世界》のありかたについて対立している歴史家たちの理論を、彼らにチャーチルの選択を予想してもらって誰が当たるかを見ることで、試すためであった。もっとも、出された候補者の数は比較的少数で、この点では心強い意見の一致が見られた。

誰もが認めた最初のひとりは、もと外務大臣——つまり、アーサー・バナリングのかつての上司——のアントニー・イーデンで、一九三八年初め、チェンバレンがムッソリーニの機嫌をそこねないためルーズベルトをつめたくあしらったのに異を唱え、職を辞した人物である。大多数の人が二番目に選んだのは、ミュンヘン協定にさいしてただひとり内閣を辞職したもと海軍大臣のアルフレッド・ダフ・クーパーだったが、ほかにもブラッケン、ウィグラム、モートン、それに首相の兄オースティン・チェンバレンといった名前が候補に上がった。

チャーチルが一行に加えると思われる技術専門家については、意見が分かれた。作戦立案者のあるグループは、オックスフォードのクラレンドン研究所長で実験哲学——当時は物理学をこう呼んだ——教授のF・A・リンデマンを予測した。彼はチャーチルの古くからの私的な友人で、チャートウェルに取りつけた泉水システムについて助言などもしている。彼はまた煙草を吸わず、酒も飲まず、おまけに菜食主義者だったので、そのため飲食物を揃えることが必要だった。一方、別のグループは、防空に関する政府の科学的調査委員会の議長であるヘンリー・ティザードを推した。一九三九年に、この委員会は通過する飛行機の起こす電波騒乱の報告の調査に手をそめ、それがのちにレーダーと呼ばれるものの開発につながることとなった。

こうした名前のリストはごく短く、いったんチャーチルが最初の接触相手に決まると、あとはほとんど自動的にできあがった。が、そもそも彼をこの役割に選ぶまでが、それよりずっと骨の折れる作業だった。

《プロテウス作戦》の立案にかかわった政治史家たちは、〝キング〟グループがまず誰に接触すべきかを絶え間なく論じあってきたが、候補に上がったどの名前も、この作戦の重要性を負うに足りる満場一致の信任を得るにいたらなかった。結局、ウィンスレイドが、当の時代にカナダとアメリカに逃れて生きのびたイギリスの政治家や王室の人々に次のような質問をすることで、この問題を解決した――〝もし一九四〇年のイギリス崩壊を食いとめるチャンスがあったとしたならば、今からふり返ってみて、誰が一番適任だったでしょうか？〟聞かれた人々の大半が〝ウィンストン・チャーチル〟と答えた。意外な答申だった。《プロテウス世界》の専門家たちが推薦した中では、あまり目立たない名前で、どちらかといえば知られていない人物だったからである。彼らの意見によれば、チャーチルは、昔の経歴こそ華やかで大人物の可能性を見せていたものの、一九三九年初頭には、単なる一政治家というだけの存在になってしまっていたのである。

　アン女王軍総司令官としてブレナム、ラミイ、ウーデナール、そしてマルプラケイの戦いで勝利をおさめた初代マールバラ公爵の直系として生まれたチャーチルは、まず軍務につき、インドとスーダンで第四軽騎兵隊の士官として勤務した。その後、ロンドン・モーニング・ポスト紙の記者として南アフリカの戦争に従軍し、待ち伏せを受けた列車の救出とボーアの捕虜収容所からの脱出で名をあげた。一九〇〇年にイギリスへ帰って政治の道に入り、一九一四年までにはいくつもの官職を経て、大戦勃発時には海軍大臣になっていた。しかし一九一五年、ダーダネルス奪取失敗と、それに続くガリポリ作戦失敗の責任――おそらくは不当な——を負わされて内閣を辞職し、ふたたび軍人としてフランダースの前線へ戻った。

彼の政治的名声は、戦後の一時期にやや回復を見せていたが、イギリスのインド政策に関する決定的な意見の相違のため、一九三〇年代前半のマクドナルド連立内閣から締め出され、続くボールドウィン内閣でも閣僚序列から除外されて、結局イギリスの最終的没落までずっとなんの影響力も持たずに終わった。一九四〇年末にドイツ軍が上陸するや、意見を同じくする隣人たちとともに、抵抗するなという政府の命令を拒否して、門に築いたバリケードの前に現れた最初のドイツ軍に対し銃と軽機と迫撃砲一門で戦いを挑んだすえ、全員が殺されてしまった。チャーチルは長いあいだナチに目をつけられていたひとりで、ロンドンへ入城したヒトラーはわざわざ車でケントまで出向き、チャートウェル荘園の廃墟を眺めて悦に入った。

したがってチャーチルという男は、ある程度成功した政治家で、高潔の士で、なかなかの勇者であることは間違いないものの、《プロテウス作戦》の立案者たちが求める救世主として選ばれるほどの何かを表に見せてはいなかった。ときには衝動にかられて、実務的にことを運ぶべき発想のロマンティックな面に心を奪われてしまうようなところもある。保守党内の旧態依然たる人々の中では、自由主義的な改新派として知られていたが、それでもいろいろな意味でうしろ向きの帝国主義者だし、なによりも、とうに全盛期を過ぎている。おまけに事実上、追放されて野に下った人物である。

しかし、ウィンスレイドとバナリングとアンナ・カルキオヴィッチはさらに調査と長い討議をかさねることで、この問題に違った光を当ててみせた。一九一四年から一九一八年までのなまなましい記憶に恐れをなし、また東にいる〝赤い〟厄介者のことを忘れていないイギリスは、このときまで、長年の妄想でみずからを欺き、人間の善意が現実を変えられると信じているかのように行動してきた。むろんそのイギリスは、真実――快適な妄想の基盤たる神話を粉砕する真実――に耳を傾けることを拒んでいたのだ。いろいろな人々がそれぞれの役柄を演じながら、そのイギリスを代弁していた。

しかし、今やイギリスは目をしばたたいて大きく見ひらき、状況を確認しようとしていた。ミュンヘン協定後の短い幸福感のあと、国のあちこちで人々は、自分たちが生きているあいだの平和すら購われたという自信が持てず、恥辱と罪悪感も宥められていないというありのままの事実に気づいた。そしてそのとき以来、新聞はまだその事実を暴こうとせず、ほとんどの人は気づかないふりをしているわけではないというふりをして日常の仕事を続けてはいるものの、全市民にガスマスクが配られ、あらゆる都市に防空壕が掘られ、海岸沿いには奇妙な鋼鉄製の格子状構造物が間隔を置いて出現し、ハリケーンとスピットファイアの工場は二十四時間休みなしの稼動を続けていた。

ようやく国家全体が、これまで無視していた警告を心にとめはじめたのだ。今や、求められているのは神話ではなく、事実なのだ。空虚な保証ではなく、向かうべき方向なのだ。この新たな、目覚めたイギリスを代表するにふさわしいのは、古い、眠れるイギリスが拒絶した人々のはずである。そして、そういった人々を引きよせる重力の中心にいるのがチャーチルだった。

さらに、ウィンスレイドたちには、チャーチルがしばらく政界から追放されていたことさえも、最初に考えたような障害ではなく、むしろ利点であることがわかってきた。公のイメージと世評を近年の政策によって汚されていない、その行動に対して責任を追及されるおそれのない人物を接点に選ぶことには、何がしかの意味があるだろう。ふいに、旧時代の人々の答申が意味をなした、というよりむしろ、いままでずっと明白だったように思われた――そして結局チャーチルが満場一致で選ばれたのだった。

しばらく話をしてから、バナリングは時計に目をやった。「もうそろそろ来るはずだ」

「ああ、チャーチルは時間厳守で知られた人物だからな」ウィンスレイドは箱からとった葉巻を吸いこみ、ゆったりと煙を吐き出した。外見はリラックスしているように見えるが、目には興奮のきらめきがある。

「彼に会うのを楽しみにしていたようですな」その顔を見つめながらバナリングが言った。

「あの男、わたしの嫌いな美徳は何一つ持っていないし、わたしが敬愛する悪徳はぜんぶ持っている」とウィンスレイド。うなずきながら葉巻をもうひとふかしして、ちょっと考えこむと、「それだけじゃない――ここに戻ってきていると思うだけで、うきうきしてもいるんだ。つまり、アーサー、アメリカの問題は、野蛮から直接堕落へと向かった点にある。通例あいだに入る文明という時代なしにね」

「うむ――そいつはチャーチルからのいただきですな」とバナリングが告発した。「彼の論文のどれかで読みましたよ」

「いただき？　ああ、そうかも知れん。ふたつの世界にまたがる剽窃というのは、法律的に成立するんだろうか？　どんなものだろうね」

カート・ショルダーは自分の飲物をつくづく眺め、それをグラスの中で一方へ、次には反対方向へ、ぐるぐるとまわした。「ドイツでは問題は違っていた」と彼はつぶやいた。「あそこは、堕落を楽しむ機会などまるでなしに文明から野蛮へ向かったんです」

そのときドアがノックされ、支配人が姿を見せた。「ほかのかたがたがいらっしゃいました、ウィンスレイド様」と彼は告げた。「ウィンストン・チャーチル様ほかお三方《さんかた》でございます」

「わかった、たいへんけっこう」ウィンスレイドはうなずいて立ち上がった。「すぐにお通ししてください」

支配人は脇へドアを押さえ、肩幅の広い、ずんぐりした人物を招き入れた。薄い赤い髪、喧嘩早そうなあご、縞の三つ揃いに水玉の蝶ネクタイ――写真や文書を何時間も見てきた《プロテウス作戦》の人々にはすでにおなじみの顔だ。そのうしろに続くイーデンは、背が高く、きれいにウェーヴのかかった黒い髪と濃い口髭を持ち、やはり三つ揃いを着ている。イーデンと並んで現れたダフ・クーパーはそれより背が低く、後退した生えぎわ、まっすぐな口、率直な顔立ちと穏やかな思いにふける目とで、すぐに見分けられた。最後に現れたのは、これも、黒い口髭を持った背の高い人物で、イーデンよりさらに堅苦しく古風な服を着こみ、部屋に入って来ながら疑り深そうに眉をひそめてあたりを見まわしている。バナリングが口の一端をぴくりと上に曲げ、ショルダーのほうへ満足げにすばやくうなずいてみせた。技術専門家はリンデマンだった。

バナリングとショルダーはグラスを置いて立ち上がり、ウィンスレイドの左右に進み出て、客人たちを迎えた。

5

ウェイターたちが皿を片づけて立ち去ると、あとにはサイドテーブル上のホットプレートの上に、淹れたてのコーヒー・ポットが二つだけ残された。ウィンスレイドはバーテンダーに言いわけしながら戸口までついていき、送り出したあと、鍵をまわしてドアをロックした。それきり席へは戻らず、手をうしろに組み、部屋の一方の窓のそばへゆっくりと歩み寄った。

食事中の会話はずっと社交レベルで続けられ、二つのグループ間には打ち解けた話しあいのムードができ上がっていた。内心の当惑と好奇心にもかかわらず、客たちはホテルの従業員たちの前で疑問の答えを求めることをさし控えていた。が、今やもっと真剣な話題に入るべき時が来たのだ。葉巻に火をつけて椅子に座りなおしたチャーチルは、好奇心でいっぱいの視線でウィンスレイドを追う。部屋は静まりかえった。

「チャーチルさん」歩きつづけながら、ふり向かずにウィンスレイドは口をひらいた。「あなたはH・G・ウエルズの作品がお好きだとうかがっていますが」

「いかにも」とチャーチルはうなずいた。むっつりと手もとのブランディ・グラスに目をやり、鼻を鳴らすと、「ここ数年、気ままに読みなおす時間がたっぷりあったことは認めなければなりますまい。そう、ウィンスレイドさん、ウエルズの思索や予言はなかなか面白い。未来を予言する能力というのは、結果がどう出ようと、それ自体敬意に値する芸術だし、政治家もそれに挑戦する。しかし政治家は、あとで、なぜそうならなかったかを説明することもできなければならない。しかしまた、なぜそんな話を？」

ウィンスレイドは遠まわしの答えかたをした。「彼の小説『タイム・マシン』はいかがですか？　お読みになっておられますか？　もしそうなら、どうお考えですか？　あの前提条件はもっともらしいと思われますか、それとも真面目にとるにはこじつけが過ぎると？」

チャーチルは手のグラスからひと口ゆっくりとすすり、そして眉をひそめた。リンデマンは座ったまま、目に見えて身体をこわばらせ、口をへの字に結んだ。イーデンとダフ・クーパーは不思議そうに目を見あわせた。このほんの一瞬に、彼らがこういう可能性を考えついていたことがはっきりした。それこそウィンスレイドの期待どおりだった。この概念を心の奥にしみつかせ、会談前にその衝撃を散らしておくため、わざと数日の余裕をとったのだ。そうすることで、信じがたい話に圧倒されて受け入れかねている相手を納得させるだけの仕事に午後の大半を浪費するという危険を、最小限にとどめることができる。

ウィンスレイドはくるりと身体をまわして、テーブルに向きなおり、誰も座っていない椅子の背に手を置いた。「われわれが本物であること、それから、とにかく馬鹿げた悪ふざけを試みるたぐいのものでないことは、すでに納得していただけたものと信じています」と彼。その表情は真剣そのものだ。昼食のあいだ保っていた陽気さは影もかたちもなかった。「あなたがたの忍耐力にこれ以上の負担をかけないため——そう、われわれは未来からやってきました。正確には、一九七五年のアメリカ合衆国からです」

彼の言葉を迎える仰天した顔を見返しながら、彼は続けた。「この年までに、西側民主主義世界は、北アメリカ、オーストラリア、そしてニュージーランドの三国に縮小していました。現在成長を続けている全体主義制度は、世界支配を目指す兇悪と暴力の三十年間で、ヨーロッパ、アジア、アフリカの全土を征服しました。南アメリカの国家群もすでに同様のイデオロギーに染まっています。今、西側の残滓は、一九三九年の人々には想像もできない破壊力を持つ兵器で行なわれる最終的な闘争に直面しています。形勢は圧倒的に不利です。生きのびる望みはありません。残された道は、高貴な滅亡だけ」ふと言葉を切り、テーブルの周囲に目を走らせるウィンスレイドの声は、ささやきくらいにまで落ちていた。「しかし、もし変えられるものならば、それを変えようとわれわれは戻ってきたのです」

長い沈黙が続いた。バナリングとショルダーが無表情に待ちうける前で、客たちはこの瞬間まで内心で保留してきたことの真相をようやく正面からとらえ、その意味を考えはじめていた。

ついにリンデマンが首を振りながら言いだした。「わからない。本当にわからない」同僚の助けを求めるかのように左右を見やりながら、「そう、あなたがたが出して見せた証拠には、なんの欠点も見つからなかった……あのいろんな小物をウィンストンが見せてくれてから、ずっと調べていたのに……しかし、このこと全体がいかに途方もない話に聞こえるかは、言うまでもないでしょう」腹立たしげに、彼は両手を投げ出した。「もしその話が真実なら、因果律と常識はどうなるのです。さきほど変えたいと言われたその未来から、どうしてやってくることができたのですか？」

イーデンも、ようやくそれまでの催眠状態から醒めはじめていた。「どうも意味をなさないんじゃないかな？」放心したような声で、「あなたがたが——何年と言われましたか？——一九七五年の状態を変えるのに成功したとすれば……そのあなたがたが出てきた未来はもう存在しないわけですね？」

「とすると、そもそもあなたがたはどこからやってきたことになるんです？」とダフ・クーパーがしめくくった。要点はつかんでいるが、同じくらい迷っている口調だ。

ウィンスレイドは、この質問を予期していたように平然と答えた。「完璧な説明はできないのです。使用されたマシンは、切迫した緊急の状況下で建造されました。問題の理論面を徹底的に洗うだけの時間はなかったのです」

リンデマンは座り心地悪そうに身じろぎした。「そのマシンですが、どういう物理法則にもとづいて作動するのですか？　一種の乗物か、そういったものですか？」

すでに、昼食時の会話で、ショルダーが科学者であることは明らかにされていた。ウィンスレイドは、そこから話を始めるよう彼にうなずいてみせてから、やおらテーブルに背を向け、窓の一つからハイド・パークの木々の梢を眺めてたたずんだ。ショルダーは咳払いをして、テーブル上で両手を組み、口をひらいた。「量子力学の波動関数は、実際のところ、高次元のモードのあいだを移行しながら存在しているより複雑な実在の、時空的部分集合にすぎません。波動関数の収束とは、単にこの超領域内の事象がわれわれの存在する部分領域に局所化するということです」

チャーチルはイーデンの視線をとらえ、とまどったように肩をすくめてみせたが、そのまま何も言わず葉巻をくゆらせつづけた。その動きを見て、リンデマンが言葉をはさんだ。

「ウィンストン、原子の粒に対する現在の見かたについての話を覚えていますね。波動関数というのは、ある粒子を観測するための実験が行なわれたとき、それが時空的にどこで見つかるかを示す確率の変化の数学的記述です。実際に実験が行なわれ、結果が得られたとき、波動関数は可能な解の一つに〝収束〟したと言います。それが起きるまで、粒子の位置と運動は不確定なのです」

チャーチルはうなずいたが、当惑の表情は変わらない。「それで、彼がいま言った〝より複雑な実在〟とは何かね？」

「そうですね、われわれの物理法則——われわれが知覚する空間と時間から成るこのおなじみの宇宙に存在する——で描写される波動関数は、より大きな何かの一部にすぎない……われわれの、そして他のより高位のモード——〝次元〟と言ってもいいわけですが——のあいだで持続的な振動状態にある〝超波動〟関数といったものがあるわけです。しかしこの超波動関数は、質量＝エネルギー量子——ある種の粒子——として、いわばこの宇宙に当たるわれわれの亜領域に実体化するというかたちで局所化されます。波動関数が収束するというのは、そういう意味だと考えていいでしょう」

ショルダーはうなずいた。「そしてたまたま、それを別の部分領域へ再局所化させること——言いかえると、そこへ物理的に投射すること——も可能であることが判明したのです。さらに、こうした投射の一部には、われわれが時間や空間と認識している軸上の座標変換が含まれています。したがって、理論上、われわれは、単なる時間旅行のみならず、広大な宇宙の距離をもカバーするための基盤を手に入れたわけです」

「そうすると……ちょっと待ってください。それはどういうことですか？」とリンデマン。

室内の沈黙を破るのは、ウィンスレイドが窓の外を眺めながら吹いている単調な口笛の音だけだ。「しかし、いま言われたのは、素粒子が他の〝場所〟に広がっている振動パターンの物質的凝集だというだけの話ですね。それを〝蒸発〟させ、どこか他の場所に再凝集させることもできる、と」リンデマンがようやく反論した。「巨視的な物体を、ここからそこへ送る、という話ではありません。どうしてそういうことができるのですか？」

「数多くの量子的事象を、巨視的なレベルに相応の効果を及ぼすようなやりかたで相関させることが可能になる場合があるのです」とショルダー。「たとえば、霧箱の中での凝集跡のすべては、ただ一つの粒子の通過によって引き起こされます。多数の励起された原子の相関的緩和がレーザーのコヒーレント光を生み出すのも、その一例です」

「レーザーですと？」

「おっと、忘れていました。いずれ説明します。今のところは、巨視的な物体を規定する一体化した波動関数のパターンを同時に再局所化することができるのだ、とだけ申し上げておきましょう。言いかえるなら、一個の物体を、そのまま別の部分領域へ移すことができるわけです」

話はさらにしばらく続き、最後にショルダーは、それに必要な設備の大要を述べた。リンデマンの質問が具体化してくるにつれて、答えるショルダーの口調は言い逃れじみて感じられた。ついにリンデマンは言った。「悪気はないのですが、ショルダー博士、その基礎となる物理学についてはほとんど何もわかっておられないようですね。実のところ、それでよくそんなマシンが建造できたものだと、言いたい気がする。あなたが設計者のひとりだと思っていたのですが？」

ショルダーは両手をひろげ、首を振った。「そういう印象を与えていたとしたら申しわけない。違います。わたしは単なる――なんというのでしょうか？――この計画で働いていた、いわば現場の職人のひとりにすぎません。理論の一部はわたしにもよくわからないのです」

「量子力学《カンタム・メカニックス》の職人《メカニック》ってわけかね？」チャーチルが口をはさみ、ひとりで高笑いした。

「おかしな話だ」とリンデマンはつぶやくように、「いやしくもこういう企ての責任者なら、誰かひとりは理論に精通している人間を送りこんでくるものと思っていたのですが。そして帰還のための作業をニューヨークで進めている別のグループ――そこにも理論家はいないのですか？」

「いるはずがないのです」とショルダー。「そのような人間は、一九七五年にはいなかったのですから。もうおわかりでしょうが、マシンが設計されたのは、そこではないのです。われわれの世界ですらありません。それはまったく別の時代で、二十一世紀の最初の四半期に成されたいくつかの発明にもとづいて設計されたのです」

リンデマンはすっかり当惑したようだ。「わかりません。二〇〇〇年代まで設計されなかったのなら、どうやって一九七五年で建造できたのですか？　馬鹿げている」

「なぜなら、一九七五年でわれわれが組み立てたマシンは、最初のものではないからです」とショルダー。「最初のマシンは二〇二五年に造られ、これは一九二六年のドイツで組み立てられた〈帰還門〉に連結されました。そしてみなさん、その〈帰還門〉はまだ、今この瞬間も、そのドイツ領内で作動を続けているのです！」

ウィンスレイドがくるりと窓からふり返った。「あなたがたが的確に指摘された明白なパラドックスがあるにもかかわらず、われわれが過去を実際に再処理できるものと信じている理由はそこにあるのです。つまりそれがすでに一度成されたらしいのです。窓の外に広がるこの、みなさんがよくご存じの問題と危険を抱えた世界は、その結果なのです。干渉を受けて、前に存在していた、ほかの世界から変えられたものなのです」

張りつめた沈黙があたりを包んだ。イーデンは片手で顔の上半分を蔽い、ゆっくり首を左右に振りながら、静かにうめいた。「なんということだ」

チャーチルは突っかかるように下唇を突き出して、まずウィンスレイドを、それから次にショルダーを、厳しい目つきでたっぷりと見つめた。やがて、ゆったりとした慎重な声で、

「われわれ全員を心の底から混乱させ驚愕させて必要な話をすっかり聞かせるあいだ引きとめておくのが狙いだったとしたら、たしかにもう轟きわたるほどの成功をおさめられたようだ。が、だとしたら、その混乱の一部なりと、今すぐにも吹き飛ばしてくださるようお願いする。ひとつ、ことの起こりから始めていただきたい――それがこの途方にくれんばかりの年代のもつれの中のどこであるとしても――そしてそこから、なるべく論理的な順序に近いかたちで話を進めてほしい。われわれ全員、それを願っているものと思うが」

その言葉を予期していたかのようにウィンスレイドがうなずいた。「ここにいるカートは、実は二十一世紀からやってきた人間なのです。そこから始めましょう」リンデマンはしびれたようにどさりと椅子に腰をおろした。イーデンはまだ顔を半分手で蔽ったまま座りこんでいる。ウィンスレイドはほほえんだ。「しかし、その前にみなさん、もう一杯注ぎましょう。ちょっと失礼」

ウィンスレイドはバーに向かい、飲物を注いで、テーブルにまわした。話の意味を汲み取ろうとして広い額に十字のしわをよせていたダフ・クーパーは、身をのり出して両肘をテーブルにつき、両手の指を組み合わせた。言葉だけはビジネスライクにきびきびと、「そうだ、ことの起こりから始めるのがいい。ではショルダー博士、あなたはどこで、いつ生まれましたか？」

「ドイツのドルトムント市で、一九九〇年七月十五日に生まれました」即座にショルダーは答えた。

「それで、ご年齢は？」

「今年で六十九年生きてきたことになります」

「二〇二五年から過去へ遡ってこられたのですね？」

「そうです」

ダフ・クーパーはちょっと考えこんだ。「しかし、一九九〇年から二〇二五年では、三十五年にしかなりませんが」

「直接一九七五年へ戻ったわけではありません。わたしは一九四一年へ行き、それから三十四年後の一九七五年にもう一度同じ過程を経てここへやってきたのです。三十五たす三十四は六十九です」

「ほう」ダフ・クーパーの落ち着きはどこかへ行ってしまった。椅子に深く腰をかけると首を振りながら、途方にくれたように仲間ひとりひとりの顔を眺めた。

ショルダーはかすかな笑みを押さえきれなかった。「まず、わたしがもといた世界のことを少しばかりお話しするのが、いちばんいいでしょう」と彼は提案した。ほかの人々は黙って、待ち受けている。ショルダーは語をついで、「その歴史は、一九二〇年代なかばまでは、この世界と同じでした。大戦は一九一八年の休戦と、それに続くベルサイユ条約で終結しました。ドイツはワイマール憲法の下で、自由な民主主義国家として再構成されました。一九二五年に締結されたロカルノ条約によってイギリスとイタリアは仏独国境をどちら側の攻撃からも守ることを約束し、一九二六年、ドイツは国際連盟に加盟しました」

た。イーデンはようやくふたたび姿勢を正して、ショルダーのよどみない話しぶりに聞き入った。「ところで、違いが生じてからは？　何かが起きて、あらゆるものをどこか違った方向に向けたというようなお話でしたな」

「視点を混乱させないように」アーサー・バナリングが警告した。彼は昼食のあいだは饒舌で、イーデンとは外交談義に花を咲かせていたが、そのあとの技術上の議論にはまったく口を出していなかった。「カートがいま話しているのは〝本来〟の状況のことです。そこから何か方向が変わったとしたら、それはわれわれの今いる世界――この世界――の方へなのです」

「うーん、そうか……」とイーデン。「当然ですな。そういうふうには考えていなかった」

ショルダーは話を再開した。「二〇年代の後半ずっと、ヨーロッパは回復を続けました。もちろん一九二九年のアメリカ合衆国の株式と有価証券市場の暴落は、世界的な景気後退の引金となりましたが、損害がひどくなる前に、事態は収束されました」

「面白い」とイーデン。「すると、われわれが潜り抜けてきたような世界不況はなかったということですな？　どうやって避けたのです？」

「どのみち、そうひどくはなかったのです」とバナリングが言った。「一九三〇年のドイツ首相は、カトリック中央党党首のハインリッヒ・ブリューニングでした。彼は国民党の実業家フーゲンベルクと手を結び――」

「いや、違う。わたしはその年、そこに居あわせました」リンデマンが割りこんだ。「ヒトラーがフーゲンベルクと同盟した、ということですね？」

ショルダーが首を振って、鋭くリンデマンを見つめた。「いいえ、違います、教授。わたしのもといた世界では、ヒトラーはドイツ政界の極右に位置する無名の人物にすぎず、結局なんの役割も演じなかったのです」

リンデマンはさらに何か言おうとしたが、チャーチルが手を上げた。「終わりまで聞こうじゃないか。教授《プロフ》」と彼はささやいた。

バナリングが続けた。「ブリューニング＝フーゲンベルク連合は、一連の大胆な財政政策を導入し、それが経済回復のためのヨーロッパ共同計画の第一歩となりました。基本的に、この計画に含まれていたのは、恵まれぬ人々への広範な政府補助金、新技術への重点的再投資、そしてアジアおよび極東を中心とする海外貿易の復興でした。日本はのちに犬養政権の下で重要なパートナーとなりました」

「犬養、ですと？」イーデンは繰り返した。「しかし彼は暗殺されたのではなかったかな？右翼の闘士が、彼の調印した海軍条約に逆上して……」

「そう、この世界ではね」とショルダー。「しかし、いまわたしの話している世界では、その事件は起こりませんでした」

バナリングは、ショルダーの言葉を相手がのみこめるまで間を置いてから、話をつづけた。

「ヨーロッパと日本のイニシアティヴがフーヴァー政権に感銘を与えて、アメリカもみずからの政策を修正するに至り、その結果生まれたのは、保護貿易と破滅的な競争に代わる全世界的な協力と発展への同意でした。三〇年代の中ごろには、以前よりも広い基盤の上に繁栄が戻っていました」

「うーん……その経済的処置の実際上の詳細についてですが」と、イーデンが口をひらいた。

「どういう——」そこでチャーチルのしかめ面《つら》に気づき、すばやく手を上げた。「でも、そのへんはいつかまたの機会にしましょう」

「そう、またの機会にな、トニー」チャーチルはうなった。ショルダーに目を戻すと、「それで？」

ショルダーは肩をすくめた。「その効果はすぐに広まりました。〈東欧ロカルノ条約〉が一九三五年にワルシャワで調印され、ドイツとロシアのあいだにある国々の国境を保証しました。西側諸国が相違点を友好的に解決する態度をはっきり示したことによって、ロシアの外国人嫌いはゆるみはじめ、緊張緩和に伴い、西側に出現しはじめていた右翼的反動は衰えていきました——たとえば、ムッソリーニは一九三七年に退けられました。ソビエト連邦はヨーロッパやアメリカ合衆国に匹敵する超大国となり、その結果起こった競争によって、ヨーロッパの植民帝国は徐々に解体を迫られることとなりました。地域的紛争は各処で発生を続けましたが、全体的には一九二〇年代の〝繰り返すまじ〟という理想主義がようやく現実のものとなり、世界は、相違を解決する手段としての戦争に背を向けたのです」

「何か、あまりに理想的みたいだが」ダフ・クーパーがつぶやいた。

「何よりも、その時代の後期に出現した兵器が、いずれにせよ大がかりな戦争を時代遅れのものにしたのです」とウィンスレイド。「世界は別の手段に目を向けざるを得なかったのです」

ショルダーは話を続けた。「二十世紀の後半、あらゆる地域で社会が近代化していくにつれ、技術上の革新が富の第一の源泉となりました。ついには、情報処理と作業の自動化のための革新的電子技術、生物科学の進歩、宇宙旅行の可能性のデモンストレーションなどとともに、原子核に集中している巨大なエネルギーの利用が成功し、成長の限界と資源の有限性に対する危惧は永久に断ち切られました」

「そうすると、原子力は実用になるのですね？」とリンデマン。「その点で、キャベンディッシュ研のラザフォードとよく議論しているんです。それに、さっき言われた兵器ですが、それも原子力ですか？　わたしの以前の見積もりでは、一基でＴＮＴ数百トンに等しい爆発力を生み出せるはずですが」

「実際には、数万トンですよ、教授」とショルダー。「さらに熱核融合兵器になると、一千万トン単位です」

「なんと！」

ショルダーは続けた。「二十一世紀に入ると、両陣営とも競争の圧力によって極端な教条派は影をひそめ、資本主義社会は社会主義的に、共産主義社会は営利的になっていきました。汎地球文明が確立されたわけです。生活水準は飛躍的に向上しました。あらゆる人々に機会が与えられました。教育の普及が、自由、思想の独立、そして個人主義を生みました。政治的、人種的、宗教的な狂信の時代は過去のものとなりました。それを支えていた大衆運動は民衆の支持の衰えにつれて消滅しました。理性が情熱に打ち勝ったのです。はじめて、本当に庶民の時代がやってきたのです」彼は両手を投げ上げ、こういうこと全体のどこに意義があるのかと問いかけるかのような奇妙な吐息をついて話を終えた。

短い沈黙が訪れ、そのあいだに客たちは、そこまでの話を嚙みしめた。やがてチャーチルが口をひらいた。「ユートピア物語みたいに聞こえる。だが、あなたは、何者かがそれを変えるために過去に干渉したと言われる。誰が、どうしてそんなことを望んだのです？」

「もちろん大多数の人々が望むわけはありません」とショルダー。「しかし、一部に、その状況をユートピアとは思わない人々がいました。伝統的な独裁階級や、支配層のエリートたちは、人々がもはや自分たちを必要としていないことを知った……というよりは、もともと必要としていなかったという事実を悟ったのです。彼らの権力と特権はすっかり衰えていました。すでに彼らは絶滅寸前の種と化していたのです」

ダフ・クーパーが、話の先を読んでうなずいた。「そのとき、さきほど言われた科学上の発見があったのですな。なるほど。その〝独裁者たち〟が先んじて新知識に手を伸ばし、彼らに有利な方向へ歴史を変えるのに使用した。そういうことですね？」

ショルダーはうなずいた。「彼らは、本来自分のものと考えている富と特権を享受することができるはずの世界を保持する機会を手に入れました。みずからの失敗に学び、それをただすチャンスをとらえたのです。今度は同情とか平等とかいう一見高邁な原理に屈してはならない。あらゆる権力を掌握することで社会の変化に抵抗し、冷酷さと脅迫と無制限な力の行使によってみずからを保持しなければならない。その完遂のためにナチの体制が樹立されました」

ウィンスレイドが、もたれていた椅子から身を起こして前に進み、テーブルの端に立った。

「人数では小さなグループでしたが、すでに下り坂にあるとはいえ、かなりの影響力を残していました。富裕な家系の支配グループが、共通の生存本能からたがいに引きつけ合い、国際的な秘密結社が生まれました。その組織はいみじくも〈オーバーロード〉と呼ばれました。秘密裡に科学者社会と接触できる地位を利用して、彼らはブラジルの奥地でプロジェクトを開始しました。その装置は機密保持のために、〈パイプ・オルガン〉の名で呼ばれました。約一世紀過去への〝投射〟が可能でした——正確には一九二五年へです」

「そこで働いておられたのですね？」とリンデマンは確かめるようにショルダーを見やった。

「そうです」

リンデマンは当惑げに眉をひそめた。「でも、そこが何なのか、誰も知らなかったのですか？　それは無理だ。そんな大きな科学的躍進を秘密にしておけるわけがない」

「〈パイプ・オルガン〉のおさめられた基地は、公式には宇宙空間での物体移動の革新的方法に関する実験施設ということになっていました」ショルダーは答えた。「その時間旅行理論の面は発表されませんでした」

「しかしそこで働いていた人々、つまり科学者たちはどうなんです？　知らないでいたはずがない」

ショルダーはうなずいた。「ええ、どういうシステムかは知っていました。しかし、何に用いるのかは知りませんでした。リンクの向こうの端にあるのは、時間内の移動にともなう因果のメカニズムを研究するために建設された単なる研究ステーションだと聞いていたのです。〈パイプ・オルガン〉の真の目的を知っていたのは、上級の科学者と職員から成る内部グループだけでした」

「すると彼らはあなたがたに対して、秘密主義をどう正当化していたのですか？」とリンデマン。

「時間旅行のような途方もないものによって起こり得る影響を、公表の前に厳密に評価する必要がある、というのが根拠でした」とショルダー。「もっともな用心に思えました」

「なるほど」リンデマンはうなずいた。満足したようだ。

チャーチルは葉巻を吸いこみ、今までの話を思い返しながら、ゆっくりとうなずいた。

「彼らの目的はソビエト連邦を滅ぼすことだった」断定的な口調で、「そのゆるぎない出現こそ自分たちの不幸の根元だと気づいたので、それを滅ぼそうと思い立った。そしてこれを実行する棍棒がドイツだったわけだ」

「まさにそのとおりです」とウィンスレイド。

イーデンは当惑したようだ。「すると、その〈オーバーロード〉組織が実際にナチを創造したのですか？……いや、ちょっと待って――そんなはずはない。ナチは一九二五年以前から存在していました」

「掘り起こして利用したのです」とウィンスレイド。「〈オーバーロード〉の世界の過去にも、ナチ党は出現していましたが、なんの役割も果たせませんでした」ふたたび窓ぎわをゆっくりと歩き出しながら、「過去に手をのばす技術を獲得した〈オーバーロード〉は、ソビエト誕生前後の時代の歴史記録を分析し、手に入れた後知恵で、自分たちに有利なように操作できそうな事態の記録をさがし、それを発見しました。大戦のあと、一九二〇年代初期のバヴァリア地方で展開した状況に絶好の機会を見つけたのです」

「なるほど――ヒトラー伍長の登場だ」チャーチルはつぶやいた。

ウィンスレイドはうなずいた。「あの地域は、あらゆる種類の政治的過激主義、特にワイマール政治とそれに加担するあらゆるものに敵意を示す反動右翼運動の温床と化していました。解体された軍隊から流れてきた不平分子がぜんぶあそこに集まり、旧プロイセン近衛隊出身の士官に率いられる自由軍団となって、共産主義者と戦っていました。全員が、ベルサイユ条約の破棄、昔の保守主義と独裁制の復活をめざしていました」

ウィンスレイドは、これ以上説明する必要はあるまいとでも言うかのように、軽く片手を上げてみせた。「〈オーバーロード〉はその状況を調査し、国家社会党と呼ばれる政党に目をつけました――一九二一年以来、一九一八年イープルでのイギリス軍によるガス攻撃で一時的に視力を失ったもと歩兵伍長に率いられていたグループです。この党がほかと違っていたのは、右翼の目的と理想を支持しながら、左翼の方法を応用していた点にありました。ヒトラーは集団心理というものを熟知していました。彼は反共和主義という民衆の潮流に乗り、敗北と屈辱のスケープゴートをさがそうとするドイツの欲求を利用しました。同時に彼は、ドイツ人が条件づけられている権威ある人物への依存性を理解しており、したがって確固たる意思や決断力や暴力といったものに惹かれやすい傾向をも見抜いていました。また彼は、儀式、色彩、虚飾、そして何にもまして象徴といった疑似宗教的魅力によって、感情的興奮を呼び起こす方法を知っていました。悪用された彼の才能の中でも最大の思いつきの一つは、血のような赤旗の中の白丸に描かれた黒い鉤十字という、ナチ運動の紋章となったデザインでしょう」ウィンスレイドはテーブルの端でまた立ちどまり、一瞬訴えかけるように両手をひろげた。「なんとも恐るべき組み合わせです。しかしそれ自体では、ちっぽけな名も知れぬ政治討論集団を、一国を乗っ取るほどの闘争勢力とするには不充分でした。

ヒトラーは、〈オーバーロード〉が利用できるさまざまなアイデアを持ち、またそれを実行する推進力も備えていました……ただ彼は性急で経験不足でした。一九二三年、銃でバヴァリアの支配権を握ろうとする試みはみじめな失敗に終わり、彼は逮捕されてラントベルクで一年間の獄中生活を送りました。一九二四年に釈放されたとき、党と党誌は禁制となり、指導者たちは反目しあい、脱落していました。彼自身も公衆の前での演説を二年間禁止されました。ストレーゼマン首相の連合国との和解政策は順調に進み、フランス占領軍はルール地方から撤退し、そして、シャハト博士は、通貨を安定させました。繁栄が戻り、もはや誰ひとりナチズムのことなど聞きたがりませんでした。ナチの出番は不景気の時代にあったのです。ヒトラーは狂信者で、人種差別と憎悪のイデオロギーを説きつづけましたが、持続しうる機構を造り、保持しておく組織力はありませんでした。そして一九二〇年代後半における好況の波の高まりとともに、彼は消えていきました」

ウィンスレイドはため息をつき、悲しみを装った表情で聴衆を見まわした。「なんとも悲劇的な才能の浪費でした。もしヒトラーが党員を集め、組織し、党をそのまま保持する方法さえ知っていたならば、一九二九年十月のウォール街の崩壊に伴って戻ってきた不況は、利用するのにまさにうってつけだったのです。もちろんヒトラーはそんな未来のことなど知るよしもなかった……しかし、〈オーバーロード〉は知っていました。彼らは来たるべき状況に乗ずるために彼がなすべきこと全般の計画書を用意しており、二〇二五年からの最初の運動員は一九二五年のドイツに現れて彼の教育を開始しました。つぎの年には彼らの〈帰還門〉が稼動し、双方向の接続を完成させました。それ以降のあらゆる出来事は〈オーバーロード〉の計画どおりに展開したのです」

ウィンスレイドは言葉を切ったが、聴衆は驚愕のあまり、なんの反応も示せなかった。そこで彼は続けた。「さまざまな策略によって、もとの〈オーバーロード〉の世界では単なる景気の後退だったものが、この世界で見られた世界的不況にまで拡大されました。たとえば、さきほど申し上げたブリューニング＝フーゲンベルク同盟は、ヒトラーとフーゲンベルクの協力行動に妨げられ、実現しませんでした。犬養暗殺は、そのためとくに二〇二五年から送りこまれ、一九三二年二月にハンブルクから東京行きの船に乗った三人のスパイの手で実行された経済破壊活動の一部でした」

ウィンスレイドは、テーブルごしに彼を見すえている疑わしげな四人の視線に答えて、重重しくうなずいた。「そうです、みなさん。いま存在しているナチの言動すべては、現在よりほぼ一世紀未来から、この瞬間にもドイツで作動している双方向転移路を通じてなされている指示によるものなのです。一九二六年以来ずっとそうなのです。結果はわざわざ申し上げるまでもありません。今のわれわれの世界では、ヒトラーは二〇年代の終わりに消えませんでした。ウォール街が崩壊し、世界がよろめいたとき、彼は人々の失望と災難、そして戦後ドイツの恐怖、怨念、不安定、希望といったものすべてに乗じるための宣伝をすっかり準備して、待ち受けていたのです。

そう、実際、姿を見せぬ味方の助けによって、ヒトラー伍長が二度目の今回こそ事態をみごとに自分好みの方向へ持っていったことが、これでおわかりいただけたと思います」

6

朝の冷たい光の中のナイトクラブは、かつらをとり、化粧を落とした昨夜ひと晩の愛人、もしくは上映が終わって明かりのついた映画館に似ている。魔法と装いは消え去り、はじめからそこにあった現実だけが残っているのだ。

ハリー・フェラシーニはカウンターの前にあるテーブルで、あくびをしながらブラックコーヒーをひと口飲んだ。ほんの数時間前まであたりを占めていた、きらめき、色彩、スイングする肉体、そして笑顔といった狂騒の世界が脳裡をかすめる。今、この場所は変容を終え、前には陰になっていた天井下のパイプやダクト、スポットライトのあいだにぶらさがったケーブル、壁の裾の削られたペンキの跡などが、明るい黄色い光ではっきりと見てとれた。ほとんどのテーブルの上には椅子がさかさまにのせられ、あいだの通路のカーペットは巻きとられ、赤いフランネルのシャツを着た白髪の管理人がズボンのうしろのポケットに雑巾をぶら下げた恰好で床にモップをかけている。キャシディとあと何人かはまだカウンターにいて、棚に品物を並べ戻しているバーテンダーのルーと話をしている。ジャネットがダンス・フロアの端に立って、ハスキーな沈んだ声でリズムを外した《煙が目にしみる》《スモーク・ゲッツ・イン・ユア・アイズ》を口ずさんでおり、うんざり顔で煙草をくわえたピアノ弾きがそれに伴奏をつけている。いつの間にか彼女は、セーターとスラックスに着替えていた。フェラシーニは思い出そうとした……そう、彼女は明日の午前中にリハーサルがあるからということで、午前二時から三時くらいのあいだひと眠りしに家に帰ったんだ。つまり、今はもうその明日になっているというわけだ。

羽目をはずした一夜のほかの部分がどんなふうだったか、記憶はもはやとぎれとぎれにしか残っていない。彼とキャシディは西三十四丁目の店から取りかかったのだが、そこでキャシディは緑色のドレスを着た赤毛の娘のボーイフレンドとひと悶着起こした。アコーディオン弾きのいる小さなバーでアイルランド人三人とつきあい、どこかほかのところではもと兵隊だったという男の身の上話を聞かされ、それからコーラスガールを連れた水兵がふたりいて、〝通りをちょっと行ったところのいい場所〟をしつこく売りこもうとしたポン引きがいて、そのあとジャネットと彼女の友だちのエイミーに会い、いろいろと話をし、ジャネットが週に四晩歌手として働いているこの店へ一緒にやってきた――フェラシーニはここの名前も覚えていなかった。もしエドの誕生日ということでなかったら、おそらくこんなひどいことにはならなかったはずだ。

だが当のエドはもうとっくにどこかへ消えており、今はその相棒でこの店のオーナーのマックスが隣のテーブルで、市の税金と修理費用についてふたりの男と不平を言いあっているところだった。背が低くずんぐりした身体つきで、広い日焼けしたひたいに縮れっ毛を垂らし、ネクタイとベストをゆるめ、上着を隣の椅子に投げかけているマックスは、まるで憂慮を生きがいにしている男のように見えた。ジャネットに紹介されたあと、フェラシーニとキャシディがすっかり気にいった様子で、閉店後も居すわる連中の仲間に入るよう誘った――その中の五、六人はまだいろんな姿勢で部屋のあちこちで眠っている。どうやらマックスは、上納金を搾《しぼ》り取ろうとするこの地域のけちなギャングとのいざこざに巻きこまれていて、そのため自分の面倒を自分で見ることくらい知っているタイプの男の固定客を増強しようとつとめているらしい。

一九三九年のニューヨーク市は、フェラシーニが慣れていた厳しい権威主義のアメリカの冷たい単調さとはまるで違っていた。マンハッタンを歩きまわり、ざわめく群衆を見まもり、店のショーウィンドウに飾られた品物を眺めているだけでも、彼には一つの経験だった。選びたい職に自由につけ、金さえ支払えばなんでも買え、行きたい場所にはどこでも行け、能力があれば何にでもなれる人々の中にいるのは、まるで初めて新鮮な空気を吸ったような気分だった。もちろん、この図式には見苦しい底流があるわけだが、それは自由というコインの不可分の裏面なのではないだろうか？　人々がなりたいものになれる社会では、悪人になるやつもいるだろう。自然のままなら、スペクトルは両方向へ広がるのだから。

だが同時にフェラシーニは、怒りと苛立ちをも感じていた。彼がまのあたりにした不況後のアメリカ――アルブカーキからニューヨークへ乗ってくるあいだ、折々に話をした農夫や、牧場労働者や、鉱夫や木こりや工場労働者や、商店主やトラック運転手などの中に見ることのできた真のアメリカ――は、心身ともにいくらか落ちこんではいたものの、贅肉が減っただけかえってたくましくなり、ヨーロッパの多くが犠牲にした個人の自由という理想を失うことなしに最悪の事態を乗りきったことを誇りに思っていた。ここには、ヒトラーを引き裂く力を持つ同盟の核となり得るものがある。

しかるにそのアメリカは、今のところいたずらに徹夜のパーティにうつつを抜かしている——そうこうするうちにヨーロッパはナチの手に落ち、日本はアジア侵略を開始し、ついにはロシアが滅ぼされる。そしてようやくアメリカは目を覚ますが、そのときにはもう手遅れなのだ。見せかけの光や偽りのきらめきは去り、残るのは冷たい灰色の陰気な夜明けばかり。クロードはそのすべてを変えられると信じていた。フェラシーニには、クロードが狂っているとしか思えない。

「そうしようぜ、ハリー」隣のテーブルからマックスが声をかけた。

「え？　ちょっと聞いていなかったんだが」

「あんたとカウボーイにゃ、これからちょくちょく来てもらいたい。マックスの知り合いは顔がきく。一流の場所にでも苦労なしに入れる。いろんな女の子に会える——いい娘ばかりだ、わかるな？……マックスは身内にゃやさしいんだ」

「ほう、そいつはいい。ためしてみるよ、マックス」

「ほら見ろ——ハリーは切れる男さ。だからそう言ったろ？」

「職業はなんだい？」マックスと一緒にいるふたりの男の片方が、飲物を片づけながらたずねた。先刻マックスがジョニーと紹介した男だ。

フェラシーニが手をひろげて見せたちょうどそのとき、パールという名のブロンドがカウンターからやってきて、するりと向かいの椅子に座った。「今のところとくに何も」と彼は答えた。「こちらを少々、あちらを少々……そんなぐあいでね」

「今は何を?」

「ここともニューメキシコのあいだでトラックの運転」

「力仕事をしたことは? 手助けがいるんだ。いい金になる――週五十、それ以上になるかもしれん」

「シドは彼が軍隊上がりだって言うんだ」マックスが割りこんだ。「シドにはわかるんだ。そうだろう、ハリー?」フェラシーニは肩をすくめた。

「軍隊じゃないわ」しわがれ声でパールが言った。「国務省がパリの大使館でやってる秘密のスパイ活動にかかわってたのよ。カウボーイがカウンターでその話をしてくれたわ。本物の王女様をオーストリアかどこかから密出国させたんですって。ねえ、マックス、どうしてこんな面白い人たちが、もっとここに来てくれないのかしら?」

フェラシーニはのどの奥でうなると、コーヒーを飲みに戻った。パールがその話のあとを続ける前に、ジャネットが歌を終えてテーブルにやってきた。「どうかしら?」彼女はマックスを見てたずねた。

「明日からは毎日来てくれるかね?」

「ええ、それがお望みなら。もちろんですわ」

「あの青いドレスを着てくるんだぞ。フリルや何かのついた、胸があいてて、たっぷりとその……わかるね……」マックスは胸の前で手をカップ形にしてみせた。「ええ、ジャネットはため息をついてうなずき、あきらめたようなほほえみを浮かべた。あの青いドレスをね」

マックスはすばやくうなずくと片手を上げた。「よし、よし、そして、さっきのを歌うんだ。なかなかいい歌だ」

「じゃ、これできょうは終わりね」ジャネットはそう言うと、フェラシーニを見おろした。「あなたとキャシディが地下鉄でアップタウンまで辛抱できるなら、おふたりに遅い朝食を用意するわ。そこで身体も洗えるし、ジェフにも会ってもらえるし。どうかしら？」ジェフというのはジャネットの弟で、彼女が歌を歌っている理由のいくぶんかは、彼をコロンビア大学に行かせる手助けのためだった。彼はそこで州の奨学金をもらって化学を勉強している。ふたりは一緒に、モーニングサイド・パーク近くのアパートに住んでいた。

「いいね」とフェラシーニ。顔をあげてカウンターごしに、「おーい、キャシディ。ジャネットが朝食を食べて、弟さんと会わないかって言うんだが、どうする？」

「なんだって——朝食を？」

「そのとおり。ジャネットのところで——そしてジェフに会うのさ、覚えてるか？」

「ああ、ジェフね、もちろん——化学者だっけ」キャシディはカウンターの椅子からそろそろと下り立った。「ジェフに会って……それから朝食にしないと」今まで話していた相手にぼそぼそと言いわけする。

「なんてことなの」パールが煙草に火をつけながらつぶやいた。「あたしは家に連れてく男を見つけるのに骨折ってるのに。ふたりも連れていくなんて」

フェラシーニは立ち上がり、ジャネットにコートを着せかけながら、「取引き成立だ。でも地下鉄はなしだ。一緒にタクシーで行こう、いいかい？」

パールは大仰に天井を見あげた。「なあんだ、キャデラックじゃなかったの？　おやまあ、ジャン、お気の毒に。これからが思いやられるわ」

「夜は運転手を帰しちまうんでね」合流しながらキャシディが言った。

マックスが椅子に腰をおろし、顔を上げた。「じゃ、さっきの話を忘れないでくれ、ハリー。また来るんだぞ、いいな？　それもしょっちゅうだ」

「できるだけくるよ」とフェラシーニ。

「仕事の話をしたければ、ここへ電話をくれ」とジョニーが言い、フェラシーニに名刺を渡した。〝J・J・J・J・J　ハリントン・エンタープライズ〟それと電話番号が書いてある。

フェラシーニはうなずいた。「どうも、ジョニー。覚えとくよ」

両開きのドアをくぐって彼ら三人はクラブを出、短い廊下を歩き、通りへ出る階段を登った。

「それ、なんです？」名刺をポケットにしまおうとするフェラシーニに、ジャネットの向こうからキャシディがたずねた。フェラシーニは彼に名刺を手渡した。

「あの男はヨーロッパから密出国したがっているオーストリアの王女たち全員のニューヨーク代理人なのさ」とフェラシーニ。「きみらはおたがいもっとよく知り合った方がよさそうだ」

ジャネットは二十代の後半あたりで、小さな丸顔が、わずかな受け口と高めの頬骨と、それに少女っぽく上向いた鼻のせいで、魅惑的というよりはむしろ可憐に見えた。緑がかった青い目は大きく、まつ毛も長く、いたずら好きそうな口もとにはにっこり笑うたびにえくぼができる――あんな夜のあとだというのに何度でもだ――そして黒っぽい赤褐色の髪は彼女の顔のまわりを、今の流行らしいゆるい房や波となって躍っている――きっちりと束ねられた面白みのない七〇年代の代表的なスタイルとはまるで違う。昨夜ほんの少しでも眠ったせいか、元気を取り戻しているようだ。フェラシーニとキャシディは、タクシーでブロードウェイ沿いにセントラルパーク・ウェストへ向かうあいだ、彼女に会話のほとんどをまかせることで満足していた。

「父は技術者だったの。わたしが十五のとき、鉄鋼会社の一つに職が見つかって、一家はペンシルヴェニアへ移ったんだけど、そこで何もかもが崩壊して、会社は縮小せざるを得なくなって、父は一時解雇《レイ・オフ》されたの。ほかに職はなかった――誰もがそうだった――そしてとうとう、おきまりの簡易アパート《ライト・ハウスキーピング・ルーム》にたどりついて……」

「灯台《ライト・ハウス》?」キャシディが聞きかえした。「海岸のどこかかい?」

ジャネットはふしぎそうに、その言葉がジョークなのかどうかと疑うような表情で彼を見つめた。「違うわ……そういう呼び名なのよ。キッチンにはふたロバーナーのレンジが一つ、戸棚の中の冷蔵庫には二日に一回五十ポンドの氷が運びこまれる、廊下にあるバスルームは一フロア全体の共用、スラム街のはずれにあるブラウンストーン造りでエレベーターもないアパート、支払いはぜんぶで週七ドル」

「わかってる」心得顔でフェラシーニはうなずいた。「それで、あとの家族はどうしたの? きみとジェフだけだといったよね?」

「母は冬に外で働きすぎて肺病にかかったの」とジャネット。「でも、ちゃんとした治療を受けるお金がなくて、三三年に死んじゃった」苦悩も自己憐憫もない淡々とした声だった。「パパはジェフとわたしをニューヨークへ送り返して、弁護士をやっている従兄のスタンのところへ預け、自分は西へ向かったの。オレゴンとかカリフォルニアには仕事がありそうだったから。職についたら仕送りをしてくれると言ってたけど、届いたのは何ドルか同封された手紙何通かだけ」肩をすくめ、ほほえんで、「それでも、まあ忘れてはいないってことね。最後のたよりは一年以上前で、そのときは、サンフランシスコを母港にして日本やその他へ向かう貨物船に雇われたって書いてきてたわ」

「で、そのスタンという人の家族はどうかなったのかい?」とフェラシーニ。

「あら、まだ同じところにいるわ……だって大きな持家にずっと住んでるんですもの。でも、ジャージー州でスタンの弟が商売に失敗して、それから別の従弟がミシガン州でフォードを一時解雇《レイ・オフ》になって、みんなが家族を連れてやってきたの——七部屋と一つの風呂に十二人よ。二年ほどその状態が続いたわ。兎みたいに野菜ばっかり食べながら、代わりばんこに誰かが失業対策の仕事をもらうことでつないでたようなもんだけど、その仕事もたいてい数カ月しか続かないし。だからジェフ——頭のいい子よ——が奨学金をとってコロンビア大学に入り、わたしが〈虹〉で仕事ができるようになったとき」

「〈虹〉だって？」とフェラシーニ。

「マックスの店よ。〈虹の端《レインボウズ・エンド》〉。今そこから出てきたばかりなのに、覚えてないの？」

「ああ、そうだったっけ……」

「どうやったのか、マックスが誰か知り合いを通じてアパートを手に入れてくれたの。大学から二ブロックしか離れていないから、ジェフには理想的。それにわたしがダウンタウンに仕事に出るのも簡単なの。歌のほかに、昼間は商店でも働いているのよ。でも、きょうは休み」

「マックスがアパートを手に入れてくれたって？」キャシディは驚いたような声を出した。

「ええ、小うるさいときもあるけど、根はいい人よ」とジャネット。

彼女の部屋は、七番街とセント・ニコラス街のあいだのどこかで、百十六丁目の南、ちょうどスペイン・ハーレムの端に当たる路地に面した、いかにもくたびれた感じの正面だけ石造りの三階建てのアパートのてっぺんにあった。向かいのビルとのあいだに小さな囲い地があり、その上空にかかった紐から洗濯物がぶら下がっている。たくさんの子供、犬、そして屑入れの缶。

最後の階段は暗く、がたついていたが、部屋自体は、召使がたくさんいた昔のゆったりした家向きのかさばった家具がそのまま残っていたため窮屈ではあったが、暖かく、清潔で、けっこう明るかった。部屋二つと小さなキッチンだけだが、明るい色のカーテン、たくさんの装飾や小間物、何枚かの家族の写真の入った額、壁にピンでとめられたありきたりな山や花や湖の絵などで、華やかに仕立てられているのは、どれもこれも、ジャネットの女性らしい手が加わった結果であるに違いない。

入口に近い方の部屋は階段の踊り場に接していた。その部屋の真ん中を占めるテーブルにジェフが座って、取り散らかした工具と、一部分解されたトースターをじっと見つめていた。ラジオが点いていて、三人が入ったとき、ちょうどウィストフル・ヴィスタ通り七十九番地のモリーが、がらがらがしゃんと物の落ちる音と一緒に「その戸棚をあけないで、マッギー！」と金切り声をあげているところだった。

ジェフはいかにも学生然とした青年だった。やせっぽちと言っていいくらい細身の体格で、ひたいからもじゃもじゃの髪を垂らし、青白いしかつめらしい顔が厚縁の眼鏡を支えている。チェックのシャツの上に袖なしのプルオーバーを着こみ、着古した感じのコーデュロイのズボンとズック靴を履いている。背後の棚は、本と取り散らかした紙の山を詰めこまれ、壁は科学関係の図解や図表、紙の束を止めたクリップ、ニューヨークの街路図、雑誌から破りとった飛行機の写真、それに戦艦の内部図解などで埋まっている。窓ぎわの寝椅子に半分かかっている毛布は、そこで彼が眠ったことを示していた。奥のドアの向こうに当たるもう一つの部屋がジャネットのだろう。

「ジェフ、こちらがハリー、こちらがキャシディ」とジャネット。「けさ話したふたりよ——ゆうべエイミーと一緒に出会った人たち。マックスのところにわたしが戻ったときにもまだいたので、何か食べさせてあげようと思って誘ったの。おふたりさん、これがジェフ」

「やあ」ジェフはあいまいな声で答えた。顔にも反応の色はない。ジャネットはコートを脱ぎ、奥の部屋へ消えた。数秒間、沈黙が訪れた。キャシディはテーブルを見おろし、顔をしかめた。「トースターのこと、知ってますか?」ジェフがたずねた。

「組み立てた方がよく動くってことくらいは知っているがね」とキャシディ。ジェフはよそよそしい表情でうなずいた。「ところで、きみは化学者を目ざしているって話だったけど?」

「ええ、実のところまだ何にもなっていないけど。でもどうしてですか? 化学には詳しいんですか?」

「いや、ぜんぜん——砂糖や塩の話をするのにも外国語を勉強しなきゃならないってことくらいのものでね」

「ああ、それで思い出した——」ジェフは首を巡らして、ジャネットが入っていったあと開いたままのドアの方へ声をかけた。「砂糖とミルクとパンがなくなってたから、半ドル持って角の店で買ってきたよ。お釣りは缶の中に入れといた」

ジャネットが戻ってきた。「ありがと。おかげで下へ行かなくてすむわ。さあ、ジェフ、コーヒーを入れて朝食を用意するあいだに、その上を片づけてちょうだい」

食事のあいだの話は、映画や、流行歌や、〈虹の端〉の常連のことだった。ジェフは自分が会った連中の大部分をあまりよく思わず、単なる飲んだくれと決めつけているようで、おそらくそれが、フェラシーニとキャシディに見せた冷淡さの理由と思われた。フェラシーニがジェフに、卒業したあと化学のどの分野の専門家になるつもりかとたずねた。ジェフはしばし考えてから聞きかえした。「核物理学というのを聞いたことがありますか？」

フェラシーニは、もちろんというように片手を上げてみせた。「少しはね」

「ここ十年間に、この領域ではいくつか心をそそる発展がありました」とジェフ。「とにかく理論上では、ごくわずかな量のある物質から、簡単に全世界の需要を満たすだけのエネルギーが得られるはずなんです——たとえば、ガソリンの何千倍ものエネルギーがね」彼は警戒するような視線をフェラシーニに向けた。「気ちがいじみて聞こえますか？」

フェラシーニは上手に、いくらか疑わしげな表情をして見せた。「そうだな、おれは、誰かが証明してみせないかぎり、不可能なものなんてないと思うよ……それもいずれほかの誰かがやり遂げちまうまでのことだがね」と彼。「誰よりもその道に詳しいはずの思いあがった連中が大勢、蒸気機関は動かないはずだとか、飛行機は飛ばないはずだとか——そんなようないろいろなことを公言した例もあるしね」

テーブルの向こうでキャシディがうなずいた。「そうとも。おれだって、もし賭けなきゃならんというんなら、ここにいるジェフみたいな連中が原子ガソリンを――どんな名前だっていいが――どうにかして最後には作り出すって方に賭けるね」

この反応にジェフは元気づけられたらしい。「ほかの人たちより、考えが広いようですね」

キャシディは肩をすくめ、いかにも太っ腹な態度で答えた。「クラブをうろついているのは、飲んだくれと怠け者ばかりじゃない。おれたちみたいなわけ知りの知識人にぶつかることだってあるさ、そうだろ?」

ジェフはジャネットににやりと笑いかけ、ふいにすっかり打ちとけた様子を見せた。「このふたりは合格だ。ずいぶん目が肥えてきたね、姉さん、いい線いくかも知れないよ」

「あら、ジェフ、そう言ってもらえて本当に嬉しいわ」と彼女。

ジェフはフェラシーニとキャシディに目を戻すと、「つい最近、核化学界の真の大物のひとりがコロンビア大学にやってきたんです」と告げた。「奥さんがユダヤ人だったので、イタリアを出なきゃならなかったんです。エンリコ・フェルミ。この名前、聞いたことあるでしょう」

フェラシーニは眉をひそめた。たしかに聞いたことのある名前だ。フェルミは、フェラシーニの生まれる前、四〇年代前半に、合衆国が総力を上げて取り組んだ核爆弾の突貫計画にかかわっていたのではなかったか? アメリカの計画は、ドイツが一九四二年――ソ連侵攻の二年目――に突然原爆を生み出して世界を仰天させたあとに始まり、そして合衆国に二十年の猶予を与えるのにかろうじて間に合ったのである。

枢軸側は一九四〇年代後半まで、ソビエト帝国の掃討と分割を完了してその新たな領土の支配と植民にかかることで手いっぱいだった。ついで中東と西アジアで反ナチ・イスラム教徒の叛乱が起こり、おかげでアメリカは技術のギャップを縮め、実用になる爆弾を開発するための余裕を与えられた。こうして、その直後の北アメリカ攻撃は避けられた。その代わりに、枢軸側は注意を五〇年代後半から六〇年代にかけて南方のアフリカへ向け、ファシストのイタリアとスペインに植民帝国を与えるために、ナチ式の圧政と虐殺の恐怖を黒人たちに加えた。

キャシディとジェフが奨学金や仕事の見通しについてジャネットと話を続けているあいだに、フェラシーニは椅子の背にもたれて、窓ごしにマンハッタンの屋根の棟を眺めていた。話し声が遠ざかっていくように思われ、気がつくと彼は、この作戦とその中における自分たちの立場について思いに沈んでいた。

アメリカの原爆は一九五一年後半まで実現しなかった。一方、ドイツはロシアに最初の原子兵器を一九四二年の七月に投下している。とすると、一九七五年で〈帰還門〉がつながるのを待機しているケネディの特殊部隊は、イギリスとフランスを立ち上がらせ、合衆国をも参戦させることで、どうしてヒトラーを阻止できると思っているのだろうか？　アメリカが原爆を製造するのはまだ十二年後のことであり、それが今もしナチを引き受けようなどとしたら、結果はただ一つ、ソビエト連邦とともに完膚なきまでに破壊されてしまうだけだ。フェラシーニが考えつくたった一つの解答は、ヒトラーの原爆を相殺する爆弾をケネディが一九七五年から西側に送ってよこすことだった。しかしそうなれば、間違いなく結果は、両陣営が別々の未来から補給を受けての全面破壊しかあり得ない。

もちろん、そのあいだに何かが起きて、ナチが核戦力を奪われれば話は別である。通常の保安上の理由から、《プロテウス作戦》におけるウォーレン少佐指揮下の分隊の正確な役割は明らかにされていなかった。〈門番小屋〉警護役とは聞かされていたが、兵士たちの誰ひとりとして、それがすべてだとは信じていない。ツラローサでの訓練中、彼らはこの特殊部隊に属する全員が秘密任務についたことがあるのに気づいていた。全員がナチ支配下のヨーロッパにおける隠密任務の経験者なのだ。何より驚くべきことに、全員が一度か二度はドイツのライプツィヒ地方――百マイルばかりベルリンから南西に当たる――に行ったことがある。こういったことが単なる偶然ではあり得ない。

そして、ウィンスレイドがかかわっているかぎり、何事も単なる偶然で起きたりはしないことを、フェラシーニはよく知っていた。

7

最終的に合衆国情報局によるナチズム背後の真相解明につながることとなった手がかりの発端は、核物理学の誕生を迎えた一九三〇年代の科学界にまで遡る。

その年代の初期、当時ローマ大学に働いていたエンリコ・フェルミは、ケンブリッジ大学のチャドウィックが発見したばかりの中性子を物質に射ちこむという方法で、人工放射性同位元素をつくり出す可能性を思いついた。つづいて彼は、その線に沿って一連の実験を開始し、かずかずの論文を発表した。しかし一九三八年後半、彼はノーベル賞を受け取りにストックホルムを訪れた機会に、妻のローラおよびふたりの子供を連れてムッソリーニのファシズムから西側へ逃れ、その仕事は中断されてしまった。

しかしながらそのときまでに、同様の研究は別の場所――とりわけ、パリのジョリオ・キュリー研究所とベルリンのダーレムにあるカイザー・ヴィルヘルム化学研究所――でも進行中だった。ウランに中性子を射ちこむ実験の結果は途方にくれるものであった――反応生成物の分析で、人為的に活性化された重原子核の崩壊から生じるはずのラジウムなどの重元素が見つからなかったのだ。そして一九三八年十二月、ついにベルリンのオットー・ハーンとフリッツ・シュトラスマンの行なった実験により、ウランの中性子射撃では、予測されていたラジウムその他の元素はまったく生成されず、バリウムやクリプトンなどもっと軽い物質ができていることが決定的に証明された。当面、専門家たちは満足のいく説明を与えることができなかった。

ハーンは、この不可思議な結果を詳述した手紙をふたりのもと同僚であるリーザ・マイトナーに送った。彼女はオーストリア系ユダヤ人で、ヒトラーがオーストリアを併合したのち国外逃亡を余儀なくされ、今ではストックホルムのノーベル研究所で働いていた。たまたま、コペンハーゲンにあるニールス・ボーアの理論物理研究所でボーアとともに働いているマイトナーの甥のオットー・フリッシュが、クリスマスを彼女のところで過ごしにスウェーデンを訪れており、このふたりが何が起きたのかを解明した。

ウラン原子核は、単に中性子を吸収して予測されたような重い不安定な同位元素とはならず、もとの重さのだいたい半分の軽い元素の原子核に分裂するのだ。自然の放射能崩壊では、粒子一個が放出されるだけなので質量の変化は比較的小さく、したがって内部結合エネルギーはわずかしか解放されないが、この反応ではウランの原子核は二つに分割され、言いかえると〝核分裂〟して、膨大なエネルギーを生じるのである。

クリスマス休暇が終わると、フリッシュはこのニュースをデンマークへ持ち帰ったが、ちょうどそのとき、ボーアは第五回ワシントン理論物理学会議に出席するため合衆国に向けてコペンハーゲンを出発するところだった。ボーアがこの発見を一九三九年一月二十六日、会議で発表するや、議場は狂乱した科学者たちの嵐と化した——多くは黒タイを締めたままの姿で出口を駆け抜け、ジョンズ・ホプキンズ大学や、カーネギー研究所や、コロンビア、シカゴ、プリンストン、バークレイ等々のそれぞれの実験室へ、追試をしに行ってしまったのだ。

実験により、核分裂の実用性が確認された。ただしそれは単なる原子的事象としての話である。この、理論上は可能な原子核からのエネルギーを、使えるスケールで引き出す以前に解決しなければならない問題のリストは、おそるべき量にのぼった。したがって当初の興奮がおさまると、アメリカの科学者たちは、なんらかの実用的装置——爆弾にせよ動力源にせよ——の可能性が見えてくるまでにはまだ相当の年月にわたる忍耐と根気がいることを覚悟した。

それだけに、一九四二年、ロシアに用いられたドイツ兵器のニュースはショックだった。専門家の誰ひとり説明ができなかった。独裁国に対するそれまでの寛容と好意の政策を急遽撤回したバートン・K・ホイーラー大統領——ルーズベルトが公職を退いたのち、強い孤立主義を標榜して一九四〇年に選出された——は、アメリカの同様の計画を最優先事項に指定した。同時にホイーラーは、ドイツの研究開発成果の驚くべき速さについて調査し評価することを、さまざまな秘密情報機関から選抜したグループに指示した。かくして、科学的情報の収集に専念する専門家の新たな集団が生まれ、やがてそれが大きく育って、政府のあまり宣伝されない部門の一つとして確立した。この集団は〝SI‐7〟と呼ばれた。

現場からの距離、ナチ支配下にあるヨーロッパでの困難な活動、そして敵の厳重な秘密主義など、すべてが前進をさまたげたものの、断片がしかるべき場所へ落ちつくにつれて現れてきた絵は、ドイツの核計画全体に何かひどく奇妙なものがあることを示していた。ハーンとシュトラスマンが一九三九年初頭に結果を公表したあと、爆弾や原子炉に関するドイツ人の理論的な論文がいくつも科学情報誌に載り、さらにもっと進んだ研究が、軍の兵器部門、帝国教育省、郵政省の研究所、それにいくつかの私企業で開始された。しかし、これらの活動はうまく統合されておらず、ドイツはチェコスロバキアで得た鉱山から鉱石を輸出することをすばやく禁止したものの、いろいろなグループが金属ウランやその酸化物をはじめとする各種の資源をめぐって争い、情報の隠蔽や、全体主義的官僚政治の下ではありがちな、嫉妬による反目などのため、計画は全体としては行きづまっていた。

このような制約下では、どんな計画だろうと、原子爆弾の製造までわずか三年ぐらいでこぎつけられるはずがない。そして事実、SI‐7が掘り出してきた記録によると、ドイツにおける原子炉の建設はまだ非実用的な試みのごった煮にすぎないし、まぎれもない理論上のミスが半年以上も発見されないままでいるかと思うと、兵器製造には欠かせないはずの大規模な工業設備は影もかたちもない。にもかかわらず、どこからともなく、一九四二年の夏に核兵器は出現した。どうやって――これは長いあいだ謎のままだった。

一九六〇年代初頭、SI‐7のその後の努力により、ナチの核研究の謎がその種の唯一の例ではないことが立証された。同様の不整合が、ドイツの技術開発の他の分野――たとえばナチの軍事・宇宙計画に応用された電子技術、コンピュータ技術の進歩、そして高機動航空機の開発など――にも存在していた。どの事例でも、現れた革新はその明確な起源を確認することができず、これらもまた時代に先駆けてどこからともなく湧いて出たもののように思われた。

これが、ナチ体制から予期されるものとはまるで相反することから、ますます不可解さは深まった。支配派閥の絶対的な力を永続させる以外になんの目的も持たず、ナチズムは自由な表現と反対意見を窒息させ、あらゆる形態の独創的な思考を抑圧して、みずからの不毛なスローガンと愚かな教義を押しつけようとする。このような体制は自由な科学的探究の真に創造的な過程を支えることができない。まったくの寄生虫なのだ。物質的な富を創造できずただ略奪をこととするのと同様、新たな知識を創造する能力を持たない。手に入る出来あいのものを力によって徴収し、消費するだけなのだ。

徐々に、隠された共通のパターンが現れてきた――真の革新は国内で進行中のどの発見過程にもよっていないことが明らかになった。そのすべてが、事実上科学のあらゆる分野で一九四〇年あたりに始まるほんの数年という短期間に起きた概念と理論の突然の驚異的な飛躍から発生しているのだ。その後、新発見はふいに終熄し、〝高原《プラトー》〟を形成する。そのおかげで合衆国は追いつくことができたのである。まるでヒトラーの口座に、次の二十年間に引き出すための情報の前渡し金が振り込まれていたかのようだ。それはいったいどこからやってきたのだろうか？

その答えは、ヨーロッパ崩壊以来クロード・ウィンスレイドが手がけていた、SI‐7と重複してはいるが別途の活動から出た。二十年以上にわたって、ウィンスレイド指揮下のグループは、二〇年代、三〇年代に遡る物語をつなぎあわせており、それが、新たな事実がところを得ていくにつれて、ますます奇怪かつ法外なものになっていったのである。中でも特筆すべきは、ドイツの極秘記録保管所から盗み出した文書で、そこには今まで誰も聞いたことのない人名や、場所や、組織への言及があった。専門家さえ知らない多くの科学的概念と理論の記述もあった。さらに、ドイツで普通に暮らしてきたかのように偽造された経歴を持つ人々——実のところ彼らはSI‐7の注意を引きつけた科学情報と同じようにどこからともなく現れている謎の人物だ——の名前が何度も出てくる。そして何より奇怪なのは、記録に残された時代ではなく二十一世紀のことと思われる事件や日付への言及が繰り返されていることだった！

それこそがあらゆる謎を一つにまとめる糸口だ、とウィンスレイドのグループは推測した。信じがたいことだが、ナチズム、ヒトラーの台頭、今世紀初頭の全体主義論の流布といった現象のすべては、二十一世紀からの工作と遠隔操作を受けていたのである。ウィンスレイドのグループは、過去との連絡をスタートさせた〈パイプ・オルガン〉装置およびそこへ戻るための〈帰還門〉をおさめる〈ヴァルハラ〉と呼ばれるナチの秘密施設の図面と設計データさえ手に入れた。いろいろな理由で未来から送られてきた人々の一部は、ナチの指導者たちが四〇年代の中ごろに〈ヴァルハラ〉を破壊したとき、二十世紀に取り残されて、まだドイツ国内にいた。最大級の保安体制下にあったにもかかわらず、その何人かは接触を受けて、密出国に成功し、ホワイト・ハウスで直接事情を物語った。カート・ショルダーはそのひとりであった。

六〇年代後半に大統領命令で行なわれた詳細な研究により、理論上あいまいな問題はいくつか残っているものの、すでに集められた情報だけで〈パイプ・オルガン〉型の装置を合衆国内で建造できる可能性は充分あるという結論が出た。西側は、避けがたく思われた終末を、みずからの歴史に干渉することで食いとめられるかもしれないのだ。

しかしながら、ここに一つ大きな制約があった。そうした装置の〝有効射程〟――到達し得る過去への最大時間――は、動力源から得られるエネルギー密度に比例するのである。〈パイプ・オルガン〉は、きわめて高密度な核融合を利用しており、一九二五年まで百年を遡ることができた。七〇年代後半の世界では、核融合技術は手に入らない。次善のものは専用の高温核分裂で、計算の示すところでは、それによって得られる最大射程は核融合の三分の一強といったところ、つまりマシンと〈帰還門〉用の部品を組み立てるのに四年かかるとすれば、一九三八年後半か一九三九年前半あたりが限度ということになる。

この日付以前の時代は〝凍結〟されている――手がとどかない――したがって変えることはできない。当時の世界ですでに起きていたことは動かせないわけだ。ドイツで地歩を確立したヒトラー。ヒトラーによるライン西岸、オーストリア、チェコスロバキア接収。ミュンヘン協定。スペイン内戦。ムッソリーニのイタリア支配。アビシニア侵略。満州における日中の衝突。これらすべては既定の事実であり、回避する道はない。

一日が過ぎるごとに、さらに二十四時間分の出来事が、変え得ない歴史の経過の上に凍結していく。ケネディ大統領はただちに突貫計画を開始するよう指令した。そして《プロテウス部隊》は四年後の一九七五年に、予定どおり出発した。

8

「驚くべき物語だ！」バナリングが《プロテウス作戦》にいたるアメリカの科学諜報活動の話を終えると、アントニー・イーデンは声をあげた。いつものとおり一分の隙もなく、焦げ茶色の杉綾模様のスリーピースに身を包み、チェンバレンの傘と同じく周知のシンボルとなっているホンブルグ帽をかぶっているイーデンは、そのあとしばらくのあいだ、タクシーの窓からじっと外に目をすえていた。トラファルガー広場の一隅の渋滞が、尖ったヘルメットをかぶり襟の高いチュニックを着こんだせいうち髭の巡査の断固とした指示によって整理されると、タクシーはふたたび走りだした。「それで、一九六八年に月にたどりつくというハイドリッヒの予言は結局どうなりました？」と彼はたずねた。「本当にそんなことが？」

バナリングは首を振った。「ナチの宇宙計画は、予測されていたとおり、主として技術革新の貧困のせいで、行きづまりました。ストックが底をついてしまったのです。対するにアメリカは、あらゆる国からの才能ある亡命者を大量に受け入れ、成果を蓄積していました。両陣営は同じ年——一九七〇年——に恒久的な有人軌道ステーションを打ち上げました。事実、当時までに合衆国は、いくつかの分野では先を越していました」

「しかし、結局衝突を避けるには充分ではなかった」とイーデン。「独裁者たちもしばらくは手詰まり状態でしょうが、しかし彼らには粗削りの暴力と、世界の資源の大半を押さえているという利点があります。時がたてば水をあけられるだけだと気づいたら、間違いなく……」バナリングはその先を言わず、空っぽの手を振ってみせた。

イーデンは濃い口髭を指でなぞった。「わからん、月に着陸するとは……ウィンストンの持っているH・G・ウエルズの小説の中の話みたいだ。そんなことが可能だと思いますか？」

「ええ、もちろんですとも」バナリングが請け合った。「実際、カートがやってきたもとの世界では成功していたのです。もし、国じゅうの努力が国土の防衛とナチに追いつくことにふり向けられていなかったなら、こっちのアメリカもやがて同じことをやってのけたに違いありません」

「成功したんですと？　では、実際にあそこへ行ったと——人間が月の上に？」

「ええ、一九七〇年代の後半に」

「驚きだ！　そこで何が見つかりましたか？」

「多量の岩と塵が。でもこれはわたしの専門じゃないんです。興味がおありなら、カートが戻ったときに聞いてください。そういう話ならいつでも喜んでしてくれますよ……とにかく、まだリンデマンの質問攻めで頭が混乱していなければの話ですがね」

カート・ショルダーは、この数日間、適当な偽名を使って、リンデマンと一緒に、オックスフォード、ケンブリッジ、そしてエディンバラの物理学研究所、それに、リンデマンがかかわっている政府機関のいくつかでも行なわれている防衛関連施設の見学に出向いている。ショルダーは、リンデマンがかつてドイツを訪問したさいに脱出計画のお膳立てをした、アーウィン・シュレーディンガーやマックス・ボルンなど、この時代の有名な物理学者たち何人かに会いたいと考えていた。

ウィンスレイドはバナリングやイーデンと一緒にホテルを出たのだが、チャーチルをひろうため、ウェストミンスターでタクシーを降りていた。チャーチルは今日の午前中、個人的にチェンバレン首相と会談して、ヨーロッパの状況の重大さを銘記させ、軍隊の増強と工業生産の促進に力を入れるよう進言する予定だったのだ。ただし、今のところはチェンバレンに《プロテウス作戦》の秘密を明かす危険を冒すべきでない、というのが、ドーチェスター・ホテルでの最初の会合に居あわせた全員の一致した意向だった。イギリス社会の上流階級の中には、いまだにナチ主義に好感を抱き、その危険に目をつぶる有力者が多いし、それにチェンバレン自身の信頼性もいま一つはっきりしない。誰から情報が漏れていくかわからない。ベルリンに漏れることだけは、なんとしても避けたかった。

七月には、ニューヨークで建設中の〈帰還門〉が完成し、現在のルーズベルト政府を、ケネディ大統領と一九七五年に待機している特殊部隊に直接接触させられるはずだ。その時点で、《プロテウス部隊》の所期の目的は達成され、そのあとの成りゆきは彼らの手を離れる。当面の目標は、イギリスの準備を可能なかぎり進めさせることにある。そのためイーデンは、セシル卿にロイド卿、サー・ロバート・ホーン、それに、グリッグ、ブースビー、ブラッケン諸氏など、断固たる態度と防衛力の強化を主張している指導的人物を動かすための根まわしに忙しく、一方、ダフ・クーパーは、大衆紙の主幹たちに会見を求め、事態の切迫を大きく書きたてるよう要望しつづけていた。チェンバレンとその閣僚たちを直接説得する役目はチャーチル自身が引き受けた。ウィンスレイドは、この午前中の会見の結果について情報を交換するため、アテネ・クラブでの昼食に彼を伴ってくることになっていたのである。

アテネ・クラブで会う予定までまだ時間があるので、バナリングは以前ロンドンにいたとき好んで利用したコックスパー通りのはずれの小さなパブで食前酒でもどうかと提案した。イーデンは賛成し、少し行ったところでふたりは車をおりた。バナリングがチップをはずむと、運転手はかん高い声で、「どうも《ター》、だんな《ガゥ》」とあいさつした。そこは外務省からあまり遠くない場所で、イーデンと並んで歩きはじめながら、バナリングは通り過ぎる顔をじろじろ眺める無意識の癖を再開していた。

「今週はさがしても無駄ですよ、アーサー」それに気づいたイーデンが、にやりとして言った。「あなたはここにはいないのだから」

「え？　どういうことですか、ここにいないというのは？」

「好奇心が抑えきれずに特権を利用してしまって申しわけないが、ハリファックスと仕事をしている外務省の友人にあなたのことを調べてもらいました」とイーデン。ハリファックス卿は去年、一九三八年二月にイーデンがやめて以来外務大臣をつとめている。「前に言われたとおりあなたはあそこ、第十四課のソーンダース＝ブレンキンソンの下で働いておられますな」

「それを聞いてほっとしましたよ」かすかな憤りを声に込めて、バナリングは答えた。「しかし、今週あなたはボネのスタッフに会いにパリへ派遣されています。お忘れですかな？」

バナリングは一瞬眉をひそめてからうなずいた。「そう、そうでした――仏独親睦の件でだった。今週でしたっけ？」

「そうです。土曜日までは戻られない予定です」

間があいた。「いや、トニー、正直なところ当のわたしも、いまだにこのこと全体を信じていいものかどうか、確信が持てんのですよ」

ふたりはパブに入り、短い階段をのぼって二階のラウンジに入った。イーデンがカウンターでジン・トニックを二杯買い、いちばん奥のテーブルに向かう――そこなら詮索好きの耳も曲面の間仕切りと鉢植の植物で遮断されている。「しばらくぶりだ」座るなりイーデンが言った。「狭いがくつろげる場所ですな」

ドイツとフランスの友好協定は十二月に結ばれている。これによってドイツはフランスをイギリスとの同盟からはずすことを狙ったのだ。一九三四年の不可侵条約によってすでに、ポーランドは西側のきずなから引きはがされていた。しかしイーデンは、それら聖なる紙切れへの署名――信じる人々の前へ天界から降りてきた碑文でも扱うかのように儀式化された

——になんらかの意味があるのかどうか、大いに疑問に思っていた。「重要なことなどどこにもない」かつてのバルフォア卿の言葉だ。「そもそも意味のあるものすらめったにありはしない」

「それはどういう——?」バナリングが彼の顔を見つめていた。

イーデンは何かほかの話題がないかと心の中をさぐった。「昨夜ウィンストンのところでだが——あなたは初期のヒトラーの話を始めていた」と彼。「ところがそこへランドルフがやってきたので、みんな話題を移してしまった。たしかベルサイユ条約のことを……」

バナリングはうなずいた。ひと口飲んでグラスをテーブルに置くと、「われわれは二千年かけて、そうたいしたことを学んでいないらしい。ローマ人なら決して同じ間違いを犯すことはなかったでしょうな」

「ええ、マキャベリはわたしも読みました」とイーデン。

ローマ人は、打ち破った敵の扱いについて、ごく単純な方針をとった——ひどく寛大か、ひどく苛酷か、のどちらかである。負かした王を、奴隷、馬、衛兵、それにもとの王国では思いもよらなかったほどの武力を与えて宮殿に入れ、常にローマに忠実な強い防壁とするか、家族や家来もろとも永久に抹殺してしまうか、だ。怨恨を持つ理由のある者に、手を打つだけの力を残しておくべきではない、という原理である。ベルサイユ条約とそれ以後、連合国はその規範をことごとく破り、怨みを抱く強大な敵を残したのみならず、さらには彼ら自身を守る戦力さえも引き渡してしまったのだ。

「賠償金という概念自体がそもそも見当違いだったのです」とバナリング。「今どき戦争の費用を略奪で賄えるわけがない。近代産業経済は相互依存しすぎている。賠償は世界の金の流れを混沌に陥らせる役にしか立たない。アメリカはドイツに高リスクのローンで貸したうちの約五分の一しか取り戻せていないありさまです」

「当時もそれに気づいている人は大勢いました」とイーデンは同意した。「しかし、四年の戦争に耐えぬき、復讐を求めていた選挙民に、そう告げる勇気は誰にもありませんでした」

バナリングはうなずいた。「しかし、最大の誤りは、伝統的なドイツの権力構造に手をつけず、西側が課そうとしていた体制など受け入れるはずのない保守主義者と君主制主義者の支配をそのままにしておいたことです。革命の要素は最初からあった。かくてヒトラーは権力への道を見つけ、〈オーバーロード〉はロシアへ向ける武器を見つけたというわけです」

イーデンは椅子に座りなおし、ぼんやりと天井に目を向けた。「大変なショックだったでしょうな」ささやくように、「ヒトラーとゲーリングが、運動を助力したいという未来からきた人々に会っているところを想像してみるとね。人間はそういう事態にどう反応するものでしょうか?」

バナリングは驚いて、目をぱちくりさせた。「とっくにご存知でしょう、トニー」イーデンは笑い、ふたりはグラスを干した。

「もう一杯、どうです?」とバナリング。

イーデンはベストのポケットから時計を引っぱり出し、ぱちりと蓋をあけた。「いいですよ、時間はある。どうぞ」

「今度はわたしが持ちます」バナリングはカウンターへ向かい、一分後、おかわりを二杯持って席へ戻った。

「すると、そのとき〈オーバーロード〉が、ヒトラーの初期の作戦を引き継いだのですね?」イーデンはそう言って、バナリングに話の続きをうながした。

「そうです。次の段階の権力へ進むためにナチが具備しなければならない条件を彼らは示しました。本質的には、まず第一に合法的な外見――本物の革命は、法的に権力が確保されたあとではじめて起こるものです。第二に、乗っ取りにさいして軍を敵にまわさず味方につけること。そして第三に、少なくとも一部の大きな金融機関や企業の積極的後援が必要なこと。〈オーバーロード〉の代理人が、事実上、ミュンヘンにある党本部《ブラウンハウス》の中枢を動かしていました。彼らが組織化と党員拡大の計画を立て、ナチ党の青写真を描き上げました――あらゆる省や局を揃え、時が来れば一夜で現存の政府機関を一掃して取って代わる準備を整えた、いわば国家内国家といったものです」

「なるほど……まったくそのとおりのことが起きましたな」ゆっくりとイーデンは言った。すでに聞いた話を思い返すように、「そしてミューラーが首相を辞め、ブリューニングに代わった一九三〇年には、ヒトラーはフーゲンベルクと手を結んで、カートのやってきたヨーロッパに安定をもたらしたブリューニング＝フーゲンベルク連合を妨害した。そのあとブリューニングは多数派を維持できなくなった」

「際限なく選挙が繰り返されました」とバナリング。「ナチは、栄光の再建という夢を軍に売りつけ、共産主義者が入りこんできたら何が起こるか、という亡霊で実業界を脅すことで地歩を固めました」

「といっても、軍の内部にも手助けがなければ」とイーデン。

「そうです」とバナリング。「〈オーバーロード〉はベルリンでも、操縦できそうなヒンデンブルクの部下たちをつぎつぎに当たっていました。結局彼らに協力したのは、国防大臣グレーナーの右腕、シュライヒャーでした」

「ああ、するとシュライヒャーも一枚嚙んでいたのですな?」イーデンは、それで何もかもわかったというふうに、ゆっくりとひとりうなずいた。フォン・シュライヒャー将軍は軍関係の新聞や広報すべてを掌握していた。生まれついての策士で、二〇年代前半、ドイツの戦車と空軍士官を秘密裡にロシアで訓練することでベルサイユ条約の制限を回避した人物である。

バナリングは説明した。「〈オーバーロード〉の代理人は、シュライヒャーに、ブリューニングとグレーナーを捨てて、突撃隊と正規軍を合併して両者を合わせた武力でナチを押さえ、それから自分が支配権を握るという考えを吹きこみました。シュライヒャーはヒンデンブルクと話をつけて、ブリューニングとグレーナーがいなくなったあと、一時的な傀儡首相にパーペンを立て、そのあいだに合法的政府の最後の名残りは処分されました。そしてパーペンもまた捨てられました」

「シュライヒャーに道を開けるために。しかしその彼もまた、ヒトラーのための露払いでしかなかった」とイーデン。「いやはや、なんとも複雑きわまる話だ！」彼は長く息を吐き出すと、不思議そうに首を振った。

「いや、まだもっとあるんです」とバナリング。「シュライヒャーは、ヒトラーから離れてシュトラッサーについてくる――とシュライヒャーが聞かされていた――ナチ党員の一部との連合によって安定多数を形成できることを、ヒンデンブルクに請けあっていました。しかしこのシュトラッサーの一件は、シュライヒャーを踊らせるための罠でした。ナチは分裂せず、〈オーバーロード〉がずっと糸を引いてきた状況は、全ベルリンに発生した裏切りとなって実を結び、あらゆる隠れ家から敵が溢れだして、四方八方からシュライヒャーを引き倒しました。彼は三三年の一月末に辞任し、ヒンデンブルクは、ブロムベルクが軍の支持を保証するのを待ってそのあとにヒトラーを据えました。が、実はブロムベルクも一杯くわされていたのです。彼の思惑では、ナチは一般の国粋主義者の感情を利用して統一を得るための、一時的な方便にすぎなかったのですが」

イーデンは椅子に掛けなおし、ため息をつきながら、ヒトラーが首相となり、それまで脇に控えていたマシンが登場して正体を現したあと起きたことを思い返した。国家を動かすあらゆる機構――新聞、ラジオ、警察――は即座に徴用され、党への奉仕を強いられた。ナチに対するあらゆる反対は不法と宣告され、おとなしく降参するのを拒んだ者は恐怖によって鎮圧された。帝国の州ごとに総督が置かれ、ビスマルクも、カイザーも、そしてワイマール共和国もやろうとしなかったドイツ史上初めての中央集権が、わずか二週間で達成された。国会では、潜在的な反対派を逮捕するという簡単な方法で与党の絶対多数が保証され、その多数派はヒトラー内閣に独占的な権力を与える動議を可決するのに使われた。かくて、議会の同意によって、独裁制が合法的に打ち立てられた。同じ月、ダハウに最初の強制収容所が設置された。

いろいろな事件がふいにところを得て、イーデンはゆっくりとひとりうなずいた――たとえば、一九三四年のヒトラーの血の大粛清だ。これは突撃隊を一種の私兵化しようとする過激派を排除することで将軍たちを安心させるためのものと思われていた。真の目的がシュライヒャーやシュトラッサーをはじめとするすでに役割を果たし終え、多くを知り過ぎている人々の抹殺にあったことは明白である。

こうして、国内で足場を固めたナチは、ただちに対外政策の口火を切った。それは、西側連合の解体を試みる狙いを持った一連の故意の挑発から始まった。はたして、連合側は抗議し、怒り狂ったが、何一つできなかった。ヒトラーがはじめて対外的な賭けに出ようとしたとき、約束を堅く守ったのはイタリアだけだった。「一九三四年のオーストリアの事件は、なんだったのですか?」とイーデン。「わたしはあれを、誰は小突きまわしても大丈夫で誰は駄目かを見きわめるためのものと考えているのですがね。ウィンストンやわたしのような人々がいくらそう言いつづけても、誰も耳を傾けようとはしなかった」

「〈オーバーロード〉がムッソリーニを味方に誘いこむ必要があると結論したのはあのとき

でした」とバナリング。

「あの裏にもいたのですね？」

「もちろんです。彼らはムッソリーニに、アビシニアへ侵攻して、第二のシーザーになるという考えを吹きこみました。実のところ彼は、英国と国際連盟がいわれのない暴力に対してどう反応するかを見るための探査気球《バルーン》だったわけです。おかげでいろいろなことがわかりました」

「そのつぎがライン西岸ですな？」とイーデン。

バナリングは軽蔑したように鼻を鳴らした。「ヒトラーは怯えていました。軍には、フランス側がなんらかの行動に出る気配が見えたら橋を駆け戻ってこいという秘密命令が出ていました。だいたい彼があの挙に出たのは、〈オーバーロード〉が、もしやらなければ彼を排除して他の誰かともう一度はじめからやりなおすといって脅したせいです。彼の〝鋼鉄の意志〟や、いかにして将軍たちを掌握したかといったような話はぜんぶあとからつけ加えられたまったくのたわごとですよ」

その後、オーストリアが占領され、ミュンヘンでの取引きの結果チェコスロバキアのズデーデン地方がそれに続いた。そして今やリッベントロップは、すでによく知られた強硬外交で、ポーランドにダンツィヒ港、リトアニアにメーメルを要求している。

ふいにイーデンは自分の直面している任務に威圧を感じた。もう何年にもわたって、この忌わしい軍神《ジャガーノート》の山車は、イーデンが想像すらできない時代からの悪の天才と邪道の科学に導かれて、所定の進路をここまで驀進して来たのだ。たったひと握りの自分たちに、停めることはおろか、一瞬でもその向きをそらすことが望めるものだろうか？　七月に一九七五年からの助力を得るためのニューヨークのマシンが完成したとしても、ナチは二〇二五年の技術を手にしているとすれば、それがなんの役に立つというのか？

いずれにせよ、時間があまりにも少なすぎる。イーデンも仲間も知っていた――フランスとイギリスの崩壊と文明ヨーロッパの終末につながる大火は、今年、一九三九年の八月最後の週に、ドイツ軍のポーランド強襲によって始まる。ウィンスレイド一行が、ニューヨークのマシンの完成を待たずにまっすぐイギリスへやってきたのは、そのためなのだ。

バナリングはイーデンの目に忍び寄った寂寞たる表情に気づき、その思いを推測した。彼はグラスを飲み干し、テーブルに置いた。「さあ、トニー」静かな声で、「そろそろ行きましょう」

十五分後、アテネ・クラブでチャーチルとウィンスレイドに会い、昼食の席についたとき、チャーチルもまた落胆しているようだった。イーデンがチェンバレンとの会談の様子をたずねた。「あの男が馬鹿正直なのか、それともヒトラーが守ってくれるとまだ本気で考えている連中のお先棒をかついでいるのにすぎないのか、まるでわからん」とチャーチル。「しかし、どちらにしろ、はかばかしくなかった。チェンバレンはまだ、自分が独裁者たちと個人的に親密な間柄である以上、戦争に訴えるなど思いもよらぬことだと主張している。他人《ひと》を見る自分の目に自信を持っていて、ヒトラーは基本的に信頼できる人物だと考えているのだ」

「それじゃ、ヒトラーが今までやってきたことを、彼はどう見ているんです？」ウィンスレイドはたずねた。

チャーチルはため息をつき、食事を始めながら弱々しく首を振った。「自衛的近視眼の壁とでもいうのかな。同じ見地からものを見ようとはしないのだ」

短く重い沈黙が訪れた。「それから？」とバナリングが先をうながした。

チャーチルは口の中のものを嚙み終え、ワインをひと口すすった。「思いきって今後の予測を開陳してきた——あなたがたの言葉を信頼したことが間違っていなければいいのだがね。一カ月のうちにヒトラーはチェコスロバキアの残りを手に入れ、ミュンヘンでのご大層な約束はすべて無価値なたわごとだったことが暴かれるだろうと予言してやったのだ」これはもちろん、《プロテウス世界》の歴史で起きたことである。

「けっこう」ウィンスレイドは大きくうなずいた。「それで彼の反応は？」

「彼はこう言ったよ」とチャーチル。「ヒトラー自身が個人的な言質を与えてくれたからには、そのようなことは問題外である。ダンツィヒとメーメルはヨーロッパでドイツが要求する最後の領土だ、と」

チャーチルがチェンバレンに予言したとおりのことが、それから一カ月のうちに起きた。ナチは崩壊に瀕したチェコスロバキアの残りの部分への圧力を強め、三月の第一週にはスロバキアに独立宣言を強要した。年老いた大統領ハーハ博士はベルリンへ召喚されて圧力をかけられ、ドイツ帝国の庇護を公式に要請させられた。すでに国境に集結していたドイツ軍は、ただちに保護のため進軍してきた。三月十五日、つねづねミュンヘン協定でだましとられたと感じていたプラハへ意気揚々と入場したヒトラーは、ボヘミアとモラビアを帝国の〝保護領〟に加えた。最後に残ったもとチェコスロバキアの東端にあたるルテニアは、〝カルパト＝ウクライナ共和国〟として独立を宣言したが、二十四時間後にはハンガリーによって制圧され、併合された——ヒトラーはすでにここをハンガリーに〝贈って〟いたのだった。

議会演説でチェンバレンは、遺憾の意を表明したが、同時に、ミュンヘン協定でチェコスロバキアに与えられた保障はもはや有効ではない——これは外部からの侵略に対する保障であり、従ってこれによって立つ基盤は同国の内部的事情によって存在を停止したのだ、と主張し、世界じゅうの嘲笑を浴びた。

チャーチルとウィンスレイドのグループは、チェンバレンの態度になんの変化も見られそうにないことを、陰鬱な気分で受けとめた。チェンバレンが三月十七日にバーミンガムで行なう予定の演説にも、侮蔑で答える以外になさそうだった。しかし、予期せぬ出来事が起こった。バーミンガムで演説した彼はまるで別人だった——議会演説から四十八時間のあいだに、希望的な考えと幻想は雲散霧消し、はじめて目の前の状況に対して率直に嫌悪を表明する男になっていたのだ。《プロテウス世界》で行なった、国内問題に関する準備済みの演説を放り投げて、チェンバレンは手厳しく昨今の暴力沙汰を非難し、厳粛な約束を無視したヒトラーを個人的に酷評し、世界の完全制覇を目指すものとして公然と難詰することで演説をしめくくった。二日前、議会でチェンバレンは〝われわれは今の針路からはずれるべきではありません〟と言っていた。まさに百八十度の転回だった！

こうして《プロテウス部隊》は、今や直接に自分たちの干渉のせいで、国際情勢のレベルで変化を起こすことができたのだ。しかし、変わらなかった他のあらゆるものの多さ、そして八月へ向けて冷酷に進んで行くさまざまな出来事を見ると、努力の成果はみじめなほど小さく感じられた。

三月下旬、ドイツ軍はメーメルを占領した。

そして、この月の終わりに、イギリスとフランスはポーランドへの保障を発表した。

9

一九三九年に来ていることをキャシディが喜んだ理由の一つは、彼自身の未来に婚約者がいたからである。彼女は名をグウェンドリンと言った。うっとりするほどの美しさ、ほっそりとした肢体、高貴な立居振舞い、貞淑な人柄と心根、教養、洗練度、感受性、それに女性としての魅力――恋人として、仲間として、身内として、そして人生の伴侶として、まさしく最高の美徳の組み合わせだ。キャシディは彼女を見ていることに堪えられなかった――〝人生の伴侶〟という点がいささか不安なのだ。いつの日か、このような完璧さにふさわしい人物の型にはめこまれるのかと思うと、おじ気づかざるを得ない。しかし彼女の一家には、化学肥料で儲けた数百万ドルの資産があり、そのかなりの部分が次の年の元旦には、信託資金の満期によって彼女のものとなるはずだった。当面このナチ以前の世界は、そうしたことから離れているのにおあつらえ向きの場所のように思われた。

「ねえ、ハリー、これは要するに、分析的な考えを身につけ、客観的な位置に身を置くという問題なんですがね」とキャシディ。フェラシーニは補正機の屈曲部の成形部材の位置決めをしている。キャシディはかがみこんで様子を見、乱れた口髭の突端を怒ったように嚙みながら、縁に沿ってのぞきこんで並びぐあいを確かめ、やおらうなずくと固定ピンの箱に手を伸ばした。「何についても科学的にならなきゃ。ここの仕事を片づけて故郷へ帰るときまでには、FDRとJFKがなんとか歴史を変える方法を見つけだして、ヒトラーは出てこなかったことになり、軍隊なんかもうなくなっていて、われわれはみんなお払い箱です。で、ウェディング・ベルや何やってことになるわけで、そしたらみんなにバハマからヨットの写真でも送りますよ」彼は嬉しそうにくすくす笑った。

フェラシーニは頭部の柔らかいハンマーですりあわせを叩いて締めながら、「ほう、そうかね？　戻ったときそれだけ状況が変わっているとしたら、どうしてそれがぜんぶちょうどいいところで止まっているなんて確信できる？　戻ってみると、彼女はおまえのことなんて聞いたこともないなんてことになるかもしれんぞ。さて、科学的客観性は、これをどう見るかね？」

「その点は心配ありませんよ」キャシディは平然と肩をすくめた。「おれの方はまだ彼女を知ってるんだから。そうでしょう？　だから彼女を追っかけて、前と同じように、おれ独特の抵抗不可能な手を使えば、それでぜんぶうまくいく。ハリー、いったいどうしたんです？ときどき思うんですが、あなたは問題をさがしまわったあげく、自分でこしらえてしまうんですよ」

「しかし、少なくともおれは首尾一貫しているぞ」とフェラシーニは反論した。「ひと月前、おまえは、そんなに簡単には変わらないって言っていた——だからたぶんこのままここにいるのがいちばんだろうってな。それが今じゃまるであべこべだ。そう、こいつがおまえのもう一つの問題点だぞ、キャシディ——おまえは一貫性がないんだ。言うことが一貫しない人間に、どう話せばいいのかね?」

「しかし、おれが一貫して一貫性がないことは認めてくれますよね?」とキャシディ。フェラシーニはため息をついて身体の向きを変えると、次の成形部材を手に取った。

この《部隊》にいる三人の軍曹のうちでは最年長のパディ・ライアンが、乗っている梯子の上から肩ごしにふり返って下を見おろした。頭上にできかけている枠組みにパイプをつないでいるところだ。背は低いが肩幅は広く、丸いでこぼこの赤ら顔で、まっすぐな明るい褐色の髪を月なみに左で分けている。「ああ、まったくキャシディくらい運がよけりゃ、なんでも、どうにでもなりますよ。戻ったとき何も変わっていなくて、結局大戦争が起きたとしても、そいつは切り抜けて財産の使い道を見つけ出すでしょう。あの夜はどうです——三回でフル・ハウス二回とストレート・フラッシュ一回——こんなつきなんて聞いたことがありますか?」

「言ったはずだよ、科学的に考えろ、と」とキャシディ。

「どういう意味かね?」とライアン。

「いかさまをやったってことさ」フェラシーニが答えた。

倉庫の奥では三人目の軍曹フロイド・ラムスンが、火花の雨と断続的な閃光の中で構造材を溶接している。その手前にそびえ立つコンデンサーの棚の背後から、足音が聞こえ、すぐに、痩せて灰色の髪をしたアンナ・カルキオヴィッチの姿が現れた。茶色の作業服を着、箱を一つ持っている。その箱を壁ぎわの仕事台の上におろすと、彼女は水圧バルブや計器その他の部品を取り出しはじめた。

「やあ」とキャシディが呼びかけた。「あの申しこみはまだ生きてますよ。今夜町に出かけられるんです。まだ気は変わりませんか?」

アンナは仕事の手もとを見おろしたままほほえみ、顔を上げずに答えた。「おやおや、せっかちな人ね――それもいいおとなが。もっと自分を抑制するようにした方がいいわよ、キャシディ軍曹。それからなら、あなたと気が合うかどうか考えてみてもいいけど。でも求婚者がたくさんいて難しいことはわかってるでしょう」

「全員ぶちのめしてくれる」とキャシディ。

「あきれた――すごいお世辞ね!」

「そのあとあっさり捨てられますよ」とライアン。「やつにはもうひとりいるんです――大金持ちの女がね。みんなひっかかる」

「まさか、このキャシディ軍曹ともあろうお人がそのようなことを!」

それから一同はしばらく黙って作業に打ちこんだ。やがてライアンが口をひらいた。「まあ、よその誰かさんの方は、これから先あんまりいかさまで逃げるわけにもいかんでしょう。クロードと〝キング〟の連中がイギリス人のしっぽに本当に火をつけたみたいですから。まず二週間前、チェンバレンがやっとうしろ足で立ち上がって、ヒトラーを徹底的な嘘つきと呼んだ。それからイギリス人とフランス人がまともにやつに顔を向けて、ポーランドに手を出したら尻を蹴っ飛ばすぞと言った。いまや彼らは、手当たりしだい誰にでも保障の約束を配りまくってる。そう悪くはなさそうですよ」

四月の第一週、チャーチルがイギリス地中海艦隊の散り散りの配置に文句をつけているあいだに、イタリア軍はアルバニアに上陸してたちまちこの小国を接収してしまった。ギリシアとルーマニアの防衛に対する英仏の保障がそのすぐあとに続いたのだった。

「わかるでしょう、ハリー、もう何もかも変わりだしたんです」とキャシディ。「八月の戦争だって、なくてすむかもしれない。今から三カ月後にゃ、ここから送り出したJFKの核爆弾がヒトラーやファシストどもをすっかり吹っとばして、みんな家へ戻るんです」彼は帽子をあみだに傾けてもじゃもじゃの黄色い髪を指でかきながら、自分の作業の結果を検分した。「少なくとも、私だけはそうしますよ」誰かが聞いていようといまいとおかまいなしの口ぶりだ。

フェラシーニは継目のボルトをとめながら首をふった。「新聞に出ているあらゆることがクロードたちのせいだとは言えん。どのみちそのほとんどは、あっちの歴史でも同じように起きていたんだから」

「ハリーの言うとおりよ」とアンナ。「ポーランドやなんかに対する保障の約束は、わたしたちの世界でもあったことだし。新しく出来たわけじゃない——わたしたちが誘発したと主張できるものじゃないわ」

キャシディは鼻を鳴らしたが、一応それで口をつぐんだ。ライアンが梯子を降りてきて図面を調べ、さらにいくつか部品を集めながら言いだした。「筋がとおらない。ヒトラーにロシアを引き受けさせたいと思っている金持ちがいるところに、どうして保障なんか与えるんです？　どうしてかかわり合いになるような言質が必要なんですか？」

「ミュンヘン協定以降の世論の圧力よ」アンナが答えた。「わたしたちの歴史の場合、彼らは自分たちが本気でヒトラーを阻止する努力をしたと見せかけるために、ごまかしの戦争をやる準備をしていたのよ。失敗したとき、やってはみたんだと主張できるようにね。でももちろん、それがぜんぶ彼らの顔にバックファイアしてきたわけだけど」痛烈な口調だったが、同時にその奥にちらつく残忍な満足感を完全に押し殺すことはできなかった。つまるところ、あてがわれたのは彼女自身の国だったのだ。

「まるではじめから失敗するつもりだったみたいな言いかたですね」とライアン。

「もちろんそうですとも」とアンナ。「西側の貴族階級の有力者たちは、みんなそのつもりで、こっそり合意を与えていたんです。リッベントロップのロンドンとパリへの訪問は、ほかに何が目的だったと思うの？　メイフェアの連中に取り入るためだったとでもいうの？」

何かまずいものでも口に入れたかのような顔で、「だからこそヒトラーはあんなにも自信たっぷりに、自分とロシアとのあいだの道を整えることができたのよ。あれが名ばかりの反抗──うわべのゼスチュア──でしかないことを、彼は知っていたんです」

アンナはまだ一度も、ドイツと日本の猛攻のあいだのロシアでの経験を話したことがない。

フェラシーニの見たところ、いま目に映る厳しい断固たる顔立ちはあとから身につけた仮面で、その下の輪郭はまだ、かつて若く柔らかかった面影を残している。どこかで見た別の女性のことを思い出させる……リヴァプールから潜水艦でノーフォークへ連れ帰ったもと教師だ。あれは《プロテウス》の前の、最後のヨーロッパ作戦だった。彼女の名前は覚えていない。

「そうすると、今でもまだそのままなんだ」奇妙に単調な声で彼は言った。「海の向こうでは――味方の側にも、ヒトラーが阻止されるのを歓迎しない連中がまだいるわけだ。まさにわれわれは、すべての始まるところへ戻ってきているんだ」今まで、これほど強烈にそれが実感されたことはなかった。

「だからこそ、クロードはじめ〝キング〟の人たちは、あそこへ行ったのよ」とアンナ。

「だから、演説以外の変化もすぐに見られるようになるのを期待しましょう」

背後でキャシディは、完成した成形部材の溝の上に最後の補強材をのせた。「やっぱり核爆弾でぶっ飛ばしてやらなきゃ」陽気なハンマーの音を立ててそれを打ちこみながら、彼はつぶやいた。

正面のオフィスにつながる電話が鳴り、フェラシーニが受話器をとった。聞こえたのはウォーレン少佐の、静かだがさし迫った声だった。「キャシディを連れてすぐにここへ来い。ただし、ゆっくりと、何げない様子でだ。招かざる客が来ている。騒ぎに備えて、ほかのものはコンディション F《フォックス》 で待機させろ」

フェラシーニは復唱し、電話は切れた。「ウォーレン少佐だ」彼は受話器をもどしながら、「前の方で厄介事が起きるかもしれない。F警報発令だ。キャシディ、行くぞ——ただし、気楽にな」

キャシディとライアンが工具を置くあいだに、フェラシーニは脇の道具箱から四五口径のコルト・オートマチックを取り出し、着ているつなぎの内側に滑りこませた。それから後部のコンデンサーの棚をまわって、フロイド・ラムスンに近づく。ラムスンはトーチをおろし、不審そうに顔を上げた。「F警報だ」フェラシーニはそう言って通りすぎ、ビルの正面へ向かった。そのあいだに、ほかの者もそれぞれの武器を手にして背後に続き、所定の位置についた。

ライアンとアンナは〈帰還門〉建設中の区域を蔽い隠している鋼鉄で強化された木枠と梱包材のあいだを抜けて、正面に通じる二つのドアの一方を守りに行った。ラムスンはもう一つのドアへ向かい、ペイン大尉とともに裏で休息していたゴードン・セルビーがやってくるのを待った。フェラシーニとキャシディは倉庫の表区画へ向かった。

いつものとおり背広を脱いだベスト姿のモーティマー・グリーンが、トラックが二台駐車しているすぐ上の荷役台の上で、四人の男と向かい合っている。その数フィートうしろ、電話のある正面オフィスのドアのすぐ外に立っているのは、ハーヴェイ・ウォーレン少佐——茶色のコーデュロイのズボンにだぶだぶの緑のセーターに革帽子といういでたちだが、長身をまっすぐに起こし、青々とした剃りたてのあごを引きしめたその姿は、まぎれもなく軍人のものだ。台の下の駐車場の向こう、大きな正面ドアの一つに、はめこみの小さな通用口が開いており、その外に黒いビュイックらしい車の前部が少し見えている。

　話をしているのは、四人の頭株と覚しいひとりだった。だらけた、ねっとりとした感じの顔立ちで、厚ぼったいくちびる、ひろがった鼻、黒く冷笑的で、どことなく魚を思わせる目。ぴかぴかの帯のついた明るい灰色の帽子、あらいぐまの毛皮のオーバーに絹のスカーフ、鰐皮の靴といった派手なみなりだ。何歩かうしろに立っているあとの三人は、みな大柄で、肩幅が広く、なんとなく似た感じのダブルの背広とフェルト帽を身につけている。ガムを噛んでいるひとりはフェラシーニとキャシディが現れると、顔をかすかに動かしてそっちに目を走らせたが、すぐに視線を離すと無頓着にあごを動かしつづけた。グリーンは怒ったように口を固く閉じている。ウォーレンの方は、閲兵場での精査の目で訪問者たちを順々に眺めまわし、相手の力量を推しはかっている様子だ。

「このへんは少々危険な場所なんだよ――この岸壁沿いはずっとな」厚いくちびるの男が言った。一方の手をコートのポケットに突っこんだまま、もう一方の葉巻を持った手をそっちへ振ってみせる。退屈したようなもの憂げな声で話しながら、視線は建物内部の見えているところを隅から隅までなめまわしていた。「事故ってのはいつでも起きる、特に火事はね――大火事が。このあたりの桟橋には、あらゆる種類の物資が積まれている――おわかりかな？　不潔なもの、危険なもの――たとえば油、ペンキ、ガソリン……」彼は悲しげに首を振り、一インチの灰を床にはじき落とした。「わかるかね、じいさん？　どこで、いつ起こるか知れない。こういう場所はたちまち全滅だ。そうなったら大変……これがぜんぶ……あそこのトラックもみんな……莫大な損失だよ」

グリーンの顔が、禿げ上がった頭のてっぺんまで蒼白になった。白い髭がいっせいに逆立ったように見えた。「いくらだ？」彼はぶっきらぼうにたずねた。フェラシーニは一瞬キャシディと視線を合わせた。キャシディがこいつらにも核爆弾を食らわせたがっているのはたしかだ。しかし、軍紀の方が勝っていた。

「そうだな、この場所なら……」男はもう一度眺めまわして、投げやりなしぐさをした。「そう、月二百――火災保険と、放火に対する特別保護込みでね。必要な投資だよ、じいさん――いま言ったように、このへんは、いろんな連中が野放しなんだ」

グリーンは長く深く息を吸い、数秒止めて、鋭く吐き出しながらうなずいた。「よかろう。じゃあこれで出てってくれ。時間の無駄だ」

厚いくちびるの男は、ロボットのようにうしろに立っている三人のギャングの方をちらりとふり返り、それからグリーンに向かって満足げにうなずいた。「たいへんけっこう――頭のいい人がいると手間が省けてありがたい。そんなふうにすなおに協力してもらえると、あとで割引きできるかもしれん」

「ではもう行ってくれ」グリーンは繰り返した。顔がだんだん赤くなりはじめている。

男の表情がふいにかたくなり、もったいぶった雰囲気は消え失せた。「毎月、月はじめに」鋭い口調で、「ここにいる男のひとりが集金に来る。妙な真似をせんようにな、じいさん――場所と同じく、このあたりでは人間にも事故が起きる」そう言うと、男は部下たちにうなずいてみせ、先に立って荷役台を横切ると、トラックの止まっている地面まで短い鉄の階段を降りた。小さなドアを抜け、それを背後で閉める。数秒後、車のドアのバタンという音が外から聞こえ、エンジンをかける音が続いた。

まだ大きく息をつきながら、グリーンは他の人々の方をふり返り、荒っぽい足どりでその脇を通りすぎてオフィスへ入り、うしろ手に手荒くドアを閉めた。正面入口の外で車がバックし、それから停止し、前進にギアを切りかえて去っていく音が聞こえた。フェラシーニは緊張を解いた。キャシディは憤懣をぶちまけはじめた。「ただここに突っ立って、与太者がボスにあんなものの言いかたをするのをじっと見ているのが仕事なんですか？」彼はウォーレンに向かい、両腕を上げて大きな声で、「ぶっとばしてやりゃよかったんだ。おれたちゃ何なんです、ピクニックに来たガキですか？」

「教授の判断は正しい」とウォーレン。「たった二カ月のことだし、それに数百ドルがなんだっていうんだ？　もめれば注意を引くだけだ。その必要はない」むろんキャシディにもとっくにわかっていることだ。爆発したのは単なるうっぷんばらしにすぎない。彼はあきらめたようにうなずくと、そっぽを向いて、拳をもう一方の掌に叩きつけた。

「みんなに待機終了と言ってくれ」ウォーレンがフェラシーニに言った。それからグリーンのあとを追ってオフィスに入っていった。

「来い、カウボーイ」とフェラシーニ。「馬鹿はやめて、仕事へ戻る時間だ」ふたりは積みかさねられた梱包を迂回して、隠しドアの一つへ向かった。「モートはさっき、四重補正機を仕上げたら、今夜は休暇にすると言っていた。マックスとその友人に、仲間をふたりほど紹介できるんじゃないかな」

「あいつら、干し肉みたいにこの手で引き裂いてやりたい気分ですよ」キャシディが口の中でうなった。

「そいつは本物の戦争のときまでとっておくがいい、起こるとしたらだが」とフェラシーニは忠告した。

その夜、グリーンが軍人のうち三人までしかここを留守にすることに同意を与えなかったので、フェラシーニとキャシディはフロイド・ラムスンを〈虹の端〉に連れていった。ゴードン・セルビーもそれに同行した。フェラシーニにとって、ここは故郷からあまり遠くはない。彼が生まれたのはほんの数マイル北のクイーンズで、育ったのは川向こうのホーボーケン。タクシーで町へ向かう途中で車がブルックリン橋を渡ったとき、彼は記憶にあるマンハッタンとそのスカイラインが、いま見ているのとほとんど違わないことにもう一度心を打たれた。ニューヨークの建築学的特徴のほとんどは三〇年代の建築ブームとともに出現し、その後、海の向こうの大火事が世界の破滅へと成長していく年月のあいだにも、それを大きく変える時間や動機を持つ人間は現れなかったのだ。

彼の家族は、今世紀初頭のイタリア移民の継続的な波に乗ってアメリカに定着した。彼の父親が初恋の相手と一緒に大西洋を渡ったのは三〇年代——ハリーの生まれる十年以上前のことである。ムッソリーニみたいなふんぞりかえった愚かものの栄光に輝きをそえるだけのために、徴兵され、誰も聞いたことのないところへ送られ、身を守るすべもない現地人を戦車や火炎放射器や毒ガスで虐殺させられるよりは、移民として出国する道を選んだのだ。そこでふたりは結婚し、一九四七年にハリーが生まれる前、すでにふたりの息子とひとりの娘をもうけていた。そのときまでに父親は必死に働いて、クイーンズで成功している金物屋の共同出資者となり、そして誇り高い、愛国的な帰化アメリカ人となっていた。生まれたばかりの息子にはっきりしたアメリカ的な名前をつけることで彼はそれを祝った——周囲の親戚たちの家に大勢いる〝アントニオ〟や〝ロマーノ〟ではない名前だ。

しかし、ハリーは両親をまるで知らない。母親は出産時の合併症で死に、父はそれから一年としないうちに電気事故で死んだ。子供たちはいろいろな親戚に落ち着き先を見つけ、ハリーはホーボーケンに住む叔父の家で育てられた。

叔父のフランクは建設現場のとび職だった。夜には地区のジムでボクシングをやり、ときには地元のクラブでトロフィーと臨時収入を手にすることもあった。彼はハリーに、人間は自分自身や大切なものを自分で守らなければならないことを教えた。「そうしないと、外には自分のかせぎで手に入らないものを他人から取ろうとして待ちかまえている連中が、どこにでもいるんだからな」国と国のあいだでもこれは同じだとフランクはいつも言っていた。

もし、アメリカ、イギリス、あるいはロシアでも、まだ時間のあるうちに一致団結してヒトラーと戦う根性があったら、こんなふうにはならなかったはずだ。ハリーの父親もいつもそう言っていたという。「とうさんが生きてたら、さぞかし喜んだことだろうな」学校卒業後、陸軍に志願するとハリーが告げたとき、フランクは言った。

少年のころフランクの家で両親の写真を見ながら、もう少し生きていてくれたらよかったのにと思ったことを、ハリーは覚えている。ふたりが自由なヨーロッパで送っていた暮らしを、そしてふたりを逃亡に駆り立てた圧政の誕生を、彼は心に描こうとした。邪魔の入らぬ暮らしと好きなように子供を育てる自由を求めてこれほどの努力と犠牲を払ったのだから、もう少し長生きして生活を楽しむ権利はあったはずだと思うと、彼の心は痛んだ。心の中で、彼はファシストや、ナチや、そしてそれらにつながるあらゆるものを憎んだ。彼が陸軍に入ったのはおそらくそのせいだろう。

さきほど目撃した事件が、彼を悩ませた。悩みの原因は、あれほど腹立たしい状況だったのに、現実的にはモーティマー・グリーンはああするしかなかった、という点にあった。とすると、あれはつまり、ヒトラーの脅迫に対しても、民主主義は何もできないということなのだろうか？　もしそうだとすれば、この作戦は、はじめから失敗を運命づけられていることになる。

ウィンスレイドの際限ない自信が誤りだった例をフェラシーニは知らない。今回もその基礎がしっかりしていることがわかりさえしたらと、常にも増して彼は願った。でも、それはまだ知るよしもないのだ。

10

マックスの店はにぎやかで、今晩はジャネットが歌うことになっていた。ジェフは本と大学の友人から時間を割くことに決め、町にやってきていた。そのため彼は上衣とネクタイまで身につけていたので、分厚い眼鏡をかけた学究肌の顔で長髪をもてあましていても、どうやらそれほど場違いには見えなかった。事実、彼自身驚いたことに、今夜は楽しい晩になりそうだった。コロンビア大学の同じ学部の友人――アイザック・アジモフという名前の男で、いつかは有名なSF作家になるという望みを持っている――が、思いついたばかりの新しいアイデアを書いてしまいたいという理由で誘いを断わってきた。それでジェフは、いい話相手もなしに無内容なうるさいショーを見て退屈な宵を過ごす覚悟をきめていた。ところがそこで、ゴードン・セルビーに出会ったのだ。

「ウォルター・ジンがいろいろな実験を指揮してきたんですが、そこにシラードという男――レオ・シラードだったと思います――が加わっているんです」ジェフがセルビーに語る。

ふたりはカウンターに近い隅のテーブルに、フェラシーニとパールと一緒に座っていた。キャシディとフロイド・ラムスンはジヴを教わり、別のふたりの女の子と組んで混み合ったフロアのどこかで跳ねまわり、声をあげている。「シラードもイギリスへ脱出したハンガリー人ですけど、去年こっちへ移ってきたんです。とにかくそこで、ラジウムとベリリウムの混合物を中性子源に使って、酸化ウランに中性子を射ちこんでいるんです」

「そして分裂中性子を検出したのかね？」セルビーはふたたびたずねた。

ジェフはうなずいた。「そうに違いありません。ワシントンのテラーとマール・テューヴに、成功したというような電話をかけたそうです。たしかパラフィンを使って、〝光中性子〟と呼ばれるものを〝熱中性子〟のレベルまで速度を落としたとかいう話です」

セルビーは思わず口をすぼめた。痩せて、肌の浅黒い三十代後半の男だ。いつもは鮮やかなウェーヴで頭を飾っている濃い黒髪は、今は一九三〇年代のスタイルに短く刈りこまれ、髭は濃いけれども、きれいに整えられている。彼は、自分の仕事だけをきちんとすますと、自由時間の多くをニューヨークの書店や展覧会を歩きまわるのに費していた。おそらく将来高値を呼ぶはずの新人の作品を早めに手にいれるつもりなのだろうと、フェラシーニはにらんでいた。そういう過去からの密輸は規則違反だが、フェラシーニには、それほど過敏になる理由は見つからなかった。

「きみがそんなことまで知ってるとは、驚いたな」とセルビー。「もう学生がかかわっているとは思ってもいなかった」

ジェフはにやりとした。「いや、実は公式じゃないんです――ただその問題に興味があるんだから。それにこれだけ大きな大学だと……なんて言うか、ちゃんとしたルートで親しくなれば、話してくれる人はいつでもいます。学者は検閲なんてあんまり気にしませんからね」

「誰かほかの人にこの話をしたことがありますか?」セルビーは不安になってたずねた。

「べつに。一部の人たちが、今のところ、これについて神経過敏になっている理由はわかります。でもどのみち、先月の〈ネイチュア〉に発表されたジョリオの論文には、これと同じことがたっぷり書いてあります。それに、ジンとシラードはフェルミやあと数人の同僚と協力して、すぐにも自分たちの論文を出そうとしているという話です」

一九四二年のロシア作戦のためにヒトラーを核武装させるという〈オーバーロード〉の決定は、合衆国政府による集中研究が計画されているという誤認にどの程度影響されてのことなのだろうかという疑問が、セルビーの頭をかすめた。彼はそのあとの経緯を知っているが、ジェフはむろん知らない——まさにこのとき、物理学教授でコロンビア大学の物理学部長兼大学院長であるジョージ・ペグラムのオフィスでは、ここで行なわれているウラン研究の詳細の発表を自己規制すべきか否かについてえんえんと議論が戦わされていたのである。そしてシラードは、そこに内包される意味が政府の関与を正当化するに足る重大なものであることを、ペグラム、フェルミ、テラー、そしてテューヴに納得させたのだった。その結果、三月にペグラムは海軍作戦本部長に手紙を書き、革命的な破壊力を秘めた新しい爆発物の出現が迫っている可能性を警告した。しかし、それを裏づけて詳しく説明するためのワシントン訪問で、フェルミとテューヴは、変人扱いされ、事実上放り出された。合衆国の集中研究計画はこれでおしまいになったのである。

「最近聞いた話だと、フェルミは連鎖反応を維持できるくらい大きな炉《パイル》を建設したがっているそうです」とジェフ。「しかし減速材に炭素を使うか、重水がいいか、まだ決まらないらしい」それから好奇の目でセルビーの顔を見つめると、「普通の人たちより、この方面のことに詳しいみたいですね」と言いだした。「どこで勉強されたんですか？」

「ああ、西のバークレーで働いていたのでね」とセルビーは嘘をついた。そこなら充分遠いだろうと思ったからだ。「サイクロトロンさ」

「じゃ、ローレンスのところで？」ジェフは興味のありそうな声を出した。「ぼくの友人があそこへ移って行きました。今でも手紙をくれる――あそこで起きるあらゆることを知らせてくれるんです。ものすごい代物らしいですね」

「二年ほど前の話だが」あわててセルビーは言った。「遺産が入ったんだ。今じゃしばらくのあいだ、ひとりで田舎に住んで、読書と思索、それから残りの人生をどう過ごすかを考えて暮らしている。現在進行中のこととなると、どこの話にしろ何も知らないんだよ」

パールは煙草に火をつけるあいだフェラシーニとの話をやめ、それからテーブルごしににらんだ。「ねえ、あんたたち、ここにはあたしたちもまだいるの、わかってるでしょ」ハスキーだがなかなか魅力的な声を高め、「気分転換に少しは英語を話したら？　ハリー、この人たちが何を話してるか、わかる？」

「からっきしさ。放っとけよ」

「彼女の言うとおりだよ、ジェフ」セルビーはほっとして言った。「この話はよそう」

「女の子たちと近づきになりなさいよ、ジェフ」パールが誘った。「今夜はきれいな娘《こ》がいるわよ。ダンスでも申しこんでみたら？」

ジェフが鼻にしわを寄せ、首を振った。「まあいい――パスするよ」

「いったいまた、どうして？」

「ううん……あまりにもセックスの代用品みたいなんだ。ぼくは本物か、何もないか、どちらかの方がいい」

「まあ、言ってくれるわね！　ジェフ、それは新しい手なの？」

「わからない――そうかもね。それで、チャンスはあると思う？」

パールは顔をのけぞらせて、うれしそうに笑った。「あるかもしれないけれど、そんなにひっそり座ってちゃ駄目よ」そしてフェラシーニに目を向けると、「ほらね、ハリー。この子はまともよ。ジェフ、聞こえた？　あなたはまともよ」

「そう、そいつは嬉しいね」とジェフはまじめな顔で答えた。

「姉さんはもう出てきているはずよね」パールはあたりを見まわした。「どこかしら？」

バンドはテンポを落として、まつわりつくような《スムーチー》《いつの日か君に》《ホエン・ザ・ブルー・オヴ・ザ・ナイト》を演奏しはじめ、フロアの群衆はまばらになりはじめた。すぐにキャシディとラムスンが姿を現し、ふたりとも女連れでテーブルに近づいてきた。キャシディは、小柄な、明るい目をした軽快な感じの娘の腰に、手を軽くまわしている。彼は彼女をモリー、そしてその連れをネルと紹介した。

モリーはパールをすでに知っていたらしく、「あんたがその人と一緒だなんて！」と興奮した高い声で叫んだ。「本物の生きた爆撃機乗りを知ってるなんて、一度も話してくれなかったじゃないの、パール。あとほかに誰を隠してるの？」

「あら、そんな——もう忘れちゃったわ」パールはフェラシーニを見やり、あきらめたように肩をすくめた。

フロイド・ラムスンはキャシディと同じくらい背が高く、同じような痩せてしなやかな体軀をしている。しかし、きれいに剃った髭と浅黒い肌、それに高い頬骨、薄いくちびる、先細りの顔、細い目などにはネイティヴ・アメリカンの血統が見てとれた。ナイフ、ピストル、紳士的とは言いがたい素手による格闘、忍びに夜盗に錠前破りに金庫破り、およびそれに類するマーシャル・アーツのなんとも高貴な分野を専門とする男である。「ところで、会う予定だという歌姫はどこです？」ダンス・フロアの方をふり返りながら彼はたずねた。「もう出てきていいはずだと思いますが」

「興奮するなよ、フロイド」とキャシディ。椅子にどかりと腰を下ろし、モリーの抗議の叫びを無視して彼女を膝の上にさらった。「ハリーがそんなふうにはからったのさ。聞いても彼は答えないだろうけど、おれにはわかる。パイロットに神秘的な本能があることは知ってるだろう。夜間飛行のせいでね」

「あたしも変だと思ってたのよ」とパール。「だって、さっきからどこにも見えないんだもの」

テーブルの会話は別のことに移っていき、フェラシーニはグラスを手にとると少し身体を伸ばすようにうしろにもたれながら、同時に近くの人々に何げない視線をさまよわせた。ジョージ――ジャネットの伴奏をするピアニスト――がカウンターの椅子に現れ、飲物の上に背をまるめて座っている。何かで緊張し、神経質になっているらしく、グラスを持ち上げる手がはっきり震えている。バーテンダーのルーが近づいて何か言おうとしたようだが、彼特有のレーダーが強力な〝構わないでくれ〟信号をひろったらしく、そのまま無表情な顔で離れていった。どこかおかしい。

フェラシーニはもうひと口飲物をすすった。そしてグラスを置くと、口の中で言いわけをつぶやき、カウンターへ向かった。ジョージのそばで立ちどまったが、直接顔は向けず、「何があったんだ?」と、周囲に聞こえない程度の低い声で彼はたずねた。

ジョージはぐいと酒をあおったが、顔は上げなかった。「きみには関係ない、ハリー。これはただ……ここの問題なんだ。心配するな」声が怯えている。

「どういう問題だ?」とフェラシーニ。それから急に心配になった。「どうしてまだ演奏を始めないいんだ? ジャネットはどこだ?」

ジョージは正面の階段からクラブに通じる通路の方へあいまいに手を振った。「あそこでちょっとね。なんだかはっきりとは知らんが……マックスのオフィスで……」

フェラシーニは向きを変え、ジョージの指す方向を見た。入口の両開きドアの内側の一枚が開いている。その向こうの通路では、一群の人々がクロークの前で脱いだコートをまとめており、それより大勢の人々が通りから入ってきている。「いったい何――」フェラシーニが言いかけてすぐ口をつぐんだのは、そのときマックスのオフィスから三人の男が現れたからだ。そのうちのふたり……人々の中に混ざって階段をのぼって道に消える前にちらりと見ただけだが、昼間の厚いくちびるの男とガムを噛んでいたギャングを思い出すにはそれで充分だった。「よし、ジョージ。わかったようだ」おだやかな声でそう言って、彼はその場を離れた。

「行ったってどうにもならんよ」ドアへ向かって歩きだすフェラシーニに、ジョージが言った。

「見てみるよ」フェラシーニは陰気な声で答えた。

数秒後にフェラシーニが入ったとき、マックスのオフィスはめちゃめちゃだった。派手な壁かけ時計、花瓶、タイプライター、それに数枚の絵が床の上で砕けている。家具もいくつか壊れている。抽出しは引っぱり出されて、空っぽにされ、そこらじゅうに紙が散らばっている。マックスは机にもたれかかり、血のにじんだハンカチを鼻と口に押しあてていた。片目はすっかり腫れあがり、服も乱れている。フェラシーニが何も言えないでいるうちに、簿記係をやっている太った中年女性のマーサが、水音のする奥のバスルームの戸口に現れた。青い顔で、身を震わせている。

そのときジャネットの声がした。「ありがとう、マーサ、わたしは大丈夫よ。そこにいるのは誰？」

フェラシーニは硬い表情で部屋を横切り、マーサを押しのけて、洗面器の上にかがみこんでいるジャネットを見つけた。髪はくしゃくしゃで、頬の打ち身の上に濡らしたハンカチを当てていた。鏡の中にフェラシーニを見つけて、にこりとしようとした。「こんばんは――最悪のところを見られちゃったわね」怒りで顔面蒼白になり、声も出せないまま、フェラシーニは片手を伸ばして彼女の肩に触れた。

「あの男たちがやってきて――」マーサが口をひらいた。

「見た」

「ここをめちゃくちゃにして、マックスに言うことをきかせようとして、ジャネットをひっぱたきはじめたんです」とマーサ。「マックスが向かっていこうとすると、あのおかしな服を着た山猿のやつ……」

フェラシーニはジャネットの肩を抱き、オフィスへ戻った。「きみは大丈夫か」マックスにたずねる。

マックスは苦しげにうなずいた。「すぐ治るさ。マーサ、飲物を取ってくれないか――きついやつを」

ドアが開き、ジョージが入ってきた。立ちどまると周囲を見まわし、驚きに口をあけて、「なんてこった、知らなかった……話をしにきただけだと思った。知っていたら、あそこに座ってたりしなかったんだが、ハリー、本当だ……ぼくは――」

「わかってる」きっぱりとフェラシーニが言った。

そのときキャシディがすべりこんできて、うしろ手に音もなくドアを閉じた。ひと目で状況を見てとると、フェラシーニに、「あんたの出ていきかたを見ていたんですが――援護が要るんじゃないかと思いましてね」

「連中の正体がわかるかね？」フェラシーニがマックスにたずねた。「ねじろがどこにあるかとか、そういうことは？……」

「ジョニーが知ってるんだが、まだ来ていない」とマックス。「だから連中はこんなに早くやって来たんだ。少し前からあいつら、ちょっかいを出してきてたんだが」

キャシディはフェラシーニを見やり、急に不安にかられた。フェラシーニのこの表情は、前にも見たことがある。「ちょっと、ハリー、待ってくださいよ」警告するように片手を上げ、「おかしな考えを起こさないように、今は……」

一時間後、彼らはいくらか片づいたマックスのオフィスに戻っていた。〝J六つ〟のジョニーが到着し、少し話をしてから、彼はフェラシーニの質問にもっとよく答えられそうだという友だちを連れにバーへ出ていった。マックスが奥のバスルームに入ったので、フェラシーニとキャシディは当座ふたりだけになった。

「狂気の沙汰ですよ、ハリー」キャシディが、声を緊急の耳うちのレベルにまで落としてささやいた。「この作戦は優先度A＋で、これを危険に曝すことはなんであれ、絶対に何一つ許されないといつもおれに言ってるのは、誰です？　なんとかしたい気持ちはわかりますけど、やつらに手を出すわけにはいきません。つまらん考えはよしてください！」

「入るのか、抜けるのか?」フェラシーニは無表情にたずねた。決意した顔である。キャシディは絶望のため息をついた。間違いなくハリーは本気なのだ。

ふたりとも何も言えないうちに包帯と絆創膏姿のマックスがバスルームから出てきて、すぐそのあと、ジョニーともうひとりの男が廊下から入ってきた。ふしぎそうな表情をしたフロイド・ラムスンも一緒だった。ジョニーはフェラシーニのそばの机の角に腰をおろし、疑わしそうな目を向けた。「ハリー、あんたにはまだ相手のことがわかっていないと思うのだがね。〝アイスマン〟ブルーノは、ペラムにある家にほとんどこもりっきりなんだ――でかい家で、いつでもやつのゴリラどもが少なくとも数人ついている。まるで要塞みたいなもんだ。中に入ることもできまい」

「ほう、そうかね?」フェラシーニはぜんぜん信じていない口調で、「とにかく話してください、ジョニー」とうながした。

ブルックリン海岸の〈門番小屋〉の奥では、いつものとおり、夜どおし明かりが燃えていた。ウォーレン少佐、ペイン大尉、それにパディ・ライアン軍曹は、奥の区画でマシンのケーブルを取りつけていた。前面のオフィスでは、アンナ・カルキオヴィッチがモーティマー・グリーンに、ここ数週間行なってきた、毎日のニュースに出る事件を自分たちの時代から持ってきた記録の中の該当するものと比較する研究の概要を見せていた。彼女はそこにもさまざまな矛盾をリストアップしていた。

「一月の、わたしたちが到着した日付以前には、なんの違いもありません」と彼女。「しかし、そのあとずっと、こういうものが現れつづけているのです——たしかに小さな相違ですけど、これをどう説明すればいいのでしょうか？」そこで言葉を切ったが、グリーンは何も言わず、彼女が机にひろげた書類を冷ややかな表情で見つめているばかりだ。「ここにももうひとつあります。これ——二月初めのジョー・ルイスとジョン・ヘンリーの一戦。マイクロフィルムによれば、ヘンリーは第二ラウンドにフルカウントでノックアウトされています。しかし二カ月前のマジソン・スクエア・ガーデンでは、この戦いは第一ラウンドにカウント五でストップされています。それから、二月の法王ピウス十一世の死——ここでの報告よりも、わたしたちの記録では一日だけ早く起きています。ここにいくつか、同じ日の同じ新聞の紙面を並べてみました——どれも少しずつ違っています」アンナはため息をついて、その紙をほかの書類の上に投げ出した。「まだいくらでもありますが、どれも同じようなぐあいです。非常識な話に聞こえるのはわかりますが、でも、まるで……そう、どうも、違う世界にいるような感じなんです……でも、どうしてそんなことがあり得るのでしょうか？」

グリーンはかなり長いあいだ何も言わずに机の上を見つめていた。「ふしぎだ。わたしもそんな気がする……」ようやく、ぽつりと言った。それから突然座りなおすと、勢いこんで、「それでもわれわれとしては、そいつを気にして仕事を遅らせるわけにはいかない。いずれきみの調査も詳しく検討してみよう。それまでは奥でほかの連中の仕事を手伝ってやりたまえ。すぐにわたしも合流するよ」

アンナが去ったあと、グリーンはしばらく座ったまま、彼女が残していった書類のページを繰っていた。それから電話を取ると、まだ早朝であるはずのロンドンの、ハイド・パーク・ホテルの番号を告げた。交換手の言葉によると、大西洋横断電話はおよそ一時間待ちになるだろうということだった。グリーンは通話を申し込み、それから手近な仕事を手伝いに奥へ入っていった。

一時間半後、彼はふたたびオフィスに戻り、眠そうな声のウィンスレイドに話していた。

「士気を保つため、まだこっちでは誰にも話していない」と彼。「でも実のところ、大変なことになった、クロード——正真正銘のトラブルなんだ」

11

ミュンヘン危機のときチャーチルは、効果的な東部正面なくしてヨーロッパの安全はなく、またソビエトなくして効果的な東部正面はあり得ない、と言った。しかし、ナチズムに対抗して連合しようというソビエトの提案は拒絶されていたし、さらに、一朝有事のさいはフランスに同調してチェコスロバキアを助けることを義務づける協約まで結んでいたというのに、そのチェコの運命を定めるミュンヘン会議からもソビエトは締め出されていた。もっとも、アリバイ工作の部屋に被害者となるはずの相手を招く者がいるだろうか？

一九三九年の夏が近づくころ、英仏の政策決定には二つの異質の流れが影響を与えていた。その一方を代表するのは保守的な勢力で、ナチと共産主義の衝突はそう悪いことではなく、二つの体制が共倒れになってくれればその方が好都合という見かたをしている。この一派は、名ばかりのポーランド公約を受けいれる用意はしていたが、ポーランド崩壊後のいざこざにまでかかわりあうことになりそうなソビエトとの協定に引きずりこまれる気はさらさらなかった。それと真向から対立するのは、ウィンスレイド一行に舞台裏から動機を与えられて台頭してきたチャーチルとその追随者たちである。彼らはヒトラーが世界をどこへ導いていくかを知っており、西側とソビエトの違いなど放っておけばいつか解消されるだろうという考えかたをしていた。

その結果、イギリスの行動はあいまいなものになった。三月十七日の挑戦的な言葉のわずか一日後、チェンバレン首相は反ナチ共同戦線を論ずる協議会を開こうというソビエト外相リトヴィノフの申し入れを〝時期尚早〟として却下した——〝前回〟《プロテウス世界》で起きたのとまったく同じだ。四月、リトヴィノフはモスクワのイギリス大使に対して前回同様の公式提案を繰り返したが、イギリス政府は前と同じくそれを退けた。そして、五月にスターリンがリトヴィノフをモロトフに置きかえたのも、前と同じだった。リトヴィノフはロシアでもっとも有力な西側との共同安保論者で、《プロテウス作戦》の目的の一つはイギリスの政策を彼の辞任を防ぐ方向に変えることにあった。したがって、この件に関しても、ウィンスレイドとチャーチルは失敗を認めざるを得なかった。

その一方、イギリスは突然、陸海空軍を戦時兵力とするための予備役召集を発表した。〝前回〟には起きなかったことだ。

「おわかりでしょう。問題はチェンバレンが両立しない二つのゴールを追いかけている点にあるのです」客車のコンパートメントで、カート・ショルダーが、向かいの席に座っているリンデマン教授に話している。列車はエセックス州チェルムズフォードの市街地へ入ったところだった。フェリックスストウに近いボードシー荘園にある空軍省研究所で、ショルダーが適当な偽名を使ってワトスン゠ワットやヘンリー・ティザードなど政府系の科学者に会い、レーダーや航空機の迎撃法、戦闘機の地上管制システムその他の関連事項について意見を述べてきた帰りである。「さし迫った脅威にはちゃんと気づいているのに、まだロシアをヨーロッパでの大勢力として受けとめていない。ヒトラーをあらゆる保障で押さえながら、同時にロシアをはじきだそうとしている。あれではうまくいくはずがありません」

「いや、そうはいっても、この国だってもう歯をむきだしはじめていますよ」とリンデマン。「影響の一部はモスクワまで及んで、あそこでの相談をいい方向に変えるはずです」だが、あまり希望に満ちた声ではない。

「かもしれませんな」ショルダーもその点は同じだった。

モロトフが任命されて最初にしたことの一つに、ドイツへの関係改善の申し入れがあった。無視されるのを避けるため、チェンバレンもおそまきながらモスクワに駐在する代表部に命じてロシアとの対話を始めさせた。しかし《プロテウス部隊》の世界では、この対話は本心からのものではなく、西側は自分が逃げようとあがいている戦いにソ連を誘いこもうとしているというスターリンの疑惑を強めただけに終わった。そのため、八月になって、ヒトラーがポーランドへなだれこみ、連合国側が一、二カ月以内に事態を解決できるつもりで宣戦布告したとき、スターリンは一歩後退して、今まで彼らの乗っていた虎が百八十度向きを変えて彼らを食いつくすのを平然と見まもっていた。そして、その次には彼の食われる番がまわってきたのである。

「なんとも奇妙な存在になられたもんですな、カート」とリンデマン。もともと身うちのあいだでは、歯に衣着せない方で、異説にはわずかな忍耐力しか持ちあわせないという評価を受けている男である。しかし、当然のことながら、未来からの訪問者がかかわってくるところでは、彼もいくらか控え目だった。「あなたはもう二度もこの異常なプロセスをくぐり抜けて、二度ともスタート時点よりも過去にたどりついておられるわけだ。どう言ったらいいのか——そう、何か歴史を放浪するユダヤ人みたいな気分になりませんか」

ショルダーはほほえんだ。「でも少なくとも今回は、いい方への変化を感じています。この前いた世界では、ヒトラーの帝国の虚無主義《ニヒリズム》と、それに続くもっと悪いハイドリッヒの帝国を、たっぷり見せられました」

「信じられない気持ちですよ」

「まったくです。国家が個人の生活のあらゆる面に、権力とその存在を広げていたのですからね。何をした、どこへ行った、誰と会ってどんな話をした——すべてが管理され、検査され、統制されていました。あらゆる活動には報告が必要でした——切手収集クラブも子供のスポーツチームさえも」ショルダーは両手を高く上げた。「子供たちか！　いや、学校へ上がる前にもう人間性を無視した教えを吹きこまれてしまっては、子供などいないも同然でしたよ。人種と遺伝にかかわるナチの迷信が法律だったので、虚弱な子や知能の遅れている子は、一応役に立つようなら、断種されて単純な仕事を教えこまれました」

「そうでなければ？」

「強制安楽死プログラムに従って民族から抹殺されました」

リンデマンは恐怖に目を見はり、「まさか、そんなことが」と反論した。「どうやってそんなことを強制できたのですか？　つまり、もし両親が拒んだら？」

ショルダーはユーモアのかけらもない微笑を浮かべた。「拒まなかったのです。どういうことなのか、あなたには想像もつかないでしょう。家族という単位はもはや存在しなかったのです。個人など、なんの権利も自由もない、ただ国家に奉仕するためだけに存在する、いわば国家の所有物だったのです」彼は窓外を走る絵のような都会の眺めを身ぶりで示したが、列車がチェルムズフォード駅にすべりこむとその景色は消えうせた。「ここは別の世界なのですよ、教授──開化された自由な世界です。未来にはまだ希望があります。もちろん古風で時代遅れではありますが、肝腎な点では、わたしが本来いた世界に似ています」

「その世界は今では永遠の彼方のように感じられるでしょうな」とリンデマン。「二〇二五年を発たれたとき、おいくつでしたか──たしか三十五と言われましたな？」

「そうです」

「どなたか、その……」

「家族ですか？　ええ、いました。もうそのことは考えません。なんの意味もありませんから」

「ああ……申しわけないことを」

「わたしは物理学者で、惑星間宇宙船用の核融合推進システムの開発にたずさわっていました」ショルダーはリンデマンの気まずい思いに気づいて、そのまま話を続けた。「物理学の分野における新たな躍進は、わたしの仕事にとって重要なだけでなく、それ自体も面白いものだったので、わたしはだんだんこの分野に研究を集中しはじめました」肩をすくめると、「やがて〈オーバーロード〉の代理人たちが財政的に断わりようのない提案を持って現れ、いつのまにか、わたしはブラジルで働いていました」

「そしてそこから、一九四一年に創造されていたナチス・ドイツへ」

「そうです」

「そのあとは、ヒトラーのロシア攻撃用の爆弾計画で働いておられた」

「そのとおりです」

「爆弾はドイツ国内で製造されたのですか？」

「製造ではありません。未来から送られてきた部品から組み立てられたのです。〈オーバーロード〉はヒトラーに、生産工程全体を委ねる気はありませんでした。自分たちが上にいることを忘れさせたくなかったのでしょう」

リンデマンは鼻にしわを寄せ、拳でしばらくためらいがちにこすっていたが、「ええと、その……モラルの問題はなかったのですか――良心や何やの――つまり、そういう仕事をすることで？」

「ブラジルにいるあいだは、核爆発物がどこへ送られていくのか知りませんでした」とショルダー。「爆破とか掘削とか――そういったありきたりな土木工事に使われると聞いていました。それならどうということはありません」

「で、過去へ移られてからは？」

「そこでは環境が一変しました。選択の余地などまったくない。連中は二〇二五年に親戚のいる人々を使いたがりました――それを種に圧力をかけることができたからです」

「なんと恐ろしいことだ！」

「ナチの手法のほとんどは〈オーバーロード〉の発案です。ナチ自体はそれほど独創的ではなかった。一九二三年の小叛乱――才気や独創性の点ではほとんど見るべきものもない――あたりが彼らの限界でした」

列車が停止し、リンデマンはしばらくプラットフォームの動きを見まもっていたが、ようやく「それでどうしてあそこに釘づけになったのですか？」とたずねた。「それもまた強制されてのことだったのですか？」

「実のところ、はっきりしたことはわたしにもよくわからないのです」とショルダーは答えた。「何年かたって、二〇二五年に通じるナチの〈帰還門〉が破壊されたのです。その結果、わたしたちの時代からきていたかなりの数の人々は、それきり戻れなくなりました。何が起こったのかは知るよしもありませんが、おそらくソビエト連邦を始末したあと、これ以上〈オーバーロード〉の援助を仰ぐ必要はないとナチが判断したのでしょう。みずからの世界で無敵の勢力となり、世界制覇へのきれいな道が敷けたのですから。その後、わたしは別の方面へ徴用されました」

「それで〈オーバーロード〉は何が起きたか調べるために特攻部隊を送り出さなかったので

しょうか？」リンデマンは考えこんだ。「送れない理由はないと思いますが」

「送られなかったようですな……送られたとしても、わたしは耳にしていません」

「うーん……奇妙な話だ」しばしの間。「そうしてナチがなんの妨げもなしに世界を飲みこむ準備が整った——そしてそのとおりに事が運んでいった。とすると、そもそもあなたがやってきたもとの未来はどうなったのでしょう？　どうしてその変化と無縁でいられたのでしょうか？」

「わかりません」とショルダー。「とにかく、もう存在してはいないでしょうね」

「でももしそれが本当なら、どうしてそこにつながる〈帰還門〉が、今もドイツにあるのですか？」リンデマンが反論した。「それに、お話によるとそのつながりは、あと何年も壊れないはずなのに？」

「わかりません」とふたたびショルダーは言った。「わたしにも、それは謎なのです」

「では、今日か明日にでも、ニューヨークからよい知らせがくることを期待するとしましょう」

「そう願いたいものですな」

というのは、五月もう終わりに近く、《部隊》が出発前に受け取った情報によれば、最初の単純な相互通信は、ちょうどこのころ行なわれたはずだったからである。ただ、大西洋を越えての連絡が不確実なので、その成功の知らせがいつロンドンに届くかははっきりしない。

コンパートメントのドアが開き、花飾りのついた広いつばのたれた帽子をかぶった女性が、無数とも思えるバッグや袋やハンドバッグや包みを引きずるようにして入ってきた。「そこ、空いていますか？」息をはずませながら、「空いてます？　やれやれ、助かったわ！」

「お手伝いしますよ、奥さん」リンデマンは当然手を貸すつもりで立ちあがった。

「すみません。ご親切に。ちょっと——それ、気をつけて。割れ物が入っていますから」

この女性に続いて初老の牧師が入ってきた。さらに背広姿の男、チェックのツイードを着てハンチングをかぶった農夫とおぼしい赤ら顔のたくましい男、それに若い男女一組。その人々が押しあいながら席につくあいだ、リンデマンはその女性の厄介な荷物を頭上の網棚に載せようと格闘していた。ようやく隅の自分の場所に戻ると、置いてあったタイムズ紙を取り上げ、その女性が農夫と自分とのあいだに割りこめるよう身体をずらした。

「おみやげなのよ」腰をおろしながら彼女は説明した。

「ほう、そうですか」リンデマンは機械的に答えた。

「ほとんどはおもちゃなんです」

「なるほど」

「これからケンジントンにいる娘を訪ねるんですのよ」

「それはそれは」リンデマンの声に、うつろな恐れの色が忍びこんだ。リヴァプール・ストリート駅までずっとこんな会話につきあわされるのかと、ふいに気づいたのだ。

「娘には子供が三人いるの——わたしの孫ってわけ」

「それはお楽しみなことですな」

牧師は雑誌を開いた。農夫と背広の男はたがいになんとなく目を合わせないようにしているし、若いふたりはひそひそと、ささやきあいはじめた。リンデマンが新聞を折ってクロスワードをやろうとしたちょうどそのとき、女がまた立ちあがってコートを脱ぎはじめた。

「ほんとうにすみません――ここがこんなに暑いとは思わなかったわ」

「かまいませんよ、奥さん」とリンデマンはあいそよく答えた。

女性はコートを畳むと、ほかの持ち物の間に押しこんで、座りなおした。リンデマンは注意をクロスワードに戻し、同時にペンを求めて上衣の内ポケットを探った。そのとき、女性が膝にのせたハンドバッグの中身をひっくり返しはじめ、リンデマンは彼女の肘を避けるために、肩を引かなければならなかった。「あらまあ、ここに切符を入れたと思ったのに」と彼女。「もう一つの方だわ」彼女はまたもや立ちあがり、網棚の上のバッグを調べはじめた。リンデマンはまたしても場所を開けるために膝を動かし、身体をうしろにそらすと、彼女の謝罪の笑みに答えて丁寧にうなずきながら、くいしばった上下の歯を見せた。

ショルダーは手の陰でにやにや笑いながら目をそらし、列車が動き出すと外の景色を見やった。しかし同時に、その目には懸念の色が浮かんでいた。

これが、ナチの軍事大国と事を構えることを真剣に議論している国の住民なのだ。片田舎のエセックスでもその他の地方でも、表情に決意をみなぎらせた乙女たちが自転車をこいで村々をまわり、郵便局の掲示板に空襲警戒の公示を貼るのをショルダーは見てきた。退役した大戦の大佐たちが、クリケット用の芝生でほうきを持った農夫たちを訓練し、彼らのびっくり顔をガスマスクに押しこんでいるのを見た。日曜の夕べ、花火をバケツの砂と手押しポンプで消すという実演で、焼夷弾の処理のしかたを教えているところも目にした。何もかも、イギリス人が戦争の狂乱に突入する気でいることを示す、ちゃちな標本だ。こんなお遊びでヒトラーを阻止できるとみんな本気で信じているのだ。

だが考えてみると、彼らはショルダーの見てきたものを見ていない。核攻撃によって瓦礫の荒野と化したモスクワ、ポーランドの殺戮キャンプ内に築かれた死体の山、そして千人単位で縦穴に追いこまれ、ナパームで火葬されたアフリカ人のフィルム。彼らはどれ一つ見ていない。彼らはショルダーのいたところにはいなかった。理解できるわけがないのだ。

ウィンスレイドとバナリングはリヴァプール・ストリート駅のホームの端で待っていた。予期せぬ何かが起こったということだ。ここまで走ってきた名残りの蒸気と煙を吐いている機関車のそばで足を速めながら、ショルダーとリンデマンは、ふたりの表情からそれがいいニュースでないことを読み取った。

ソフト帽と茶色のトレンチ・コートを着たウィンスレイドは、列車から流れ出す人々の列から彼らを脇に引っぱりだした。「厄介なことになった」前置きなしに、声を低く抑えたまま、「けさ〈門番小屋〉は向こうとつながるはずだった。だが、うまくいかなかった。あっちの端からは何も来ない」

ショルダーは信じられない面持ちで彼を見つめた。「まったく何も？　チャンネルは正しく作動しているんでしょうね？」

「チャンネルは作動している」とウィンスレイド。「しかし向こうの端が、そのチャンネルを活性化してこないのだ」換言すれば、一九七五年で出発前に行なわれた確実なはずのテストが無意味だったということになる。

リンデマンは仰天したように、「どうするつもりです？」とウィンスレイドにたずねた。

「今すぐニューヨークへ向かいます。カート、あなたも来てほしい。アーサーはここへ留まって、チャーチル氏たちと任務を続行していただきたい――こうなると、ロシアを方向転換させることが、思っていたより重要になったようだ」

「海にまた一週間？」ショルダーはみじめなため息をついた。「船はもうこりごりですよ！」

「その必要はない」とウィンスレイド。「パンナムが開いたばかりの郵便航空路にイーデンが席を取ってくれた。明日の夜には到着する。それまでモーティマーは〈帰還門〉の作業を中断している」

ショルダーは、吐き気をもよおしそうな恐怖に胃をわしづかみにされて、駅の構内を見まわした。そこでは人々が再会し、抱擁しあい、両親が子供の手を引き、ポーターがいくつものトランクを手押し車に乗せている――みんなそれぞれの分を守って、誰にも迷惑をかけず、ただそっとしておいてくれることを望んでいるふつうの人たちだ。同時に彼は、一九四一年の降伏後にイギリスを訪問したとき目にした、打ちひしがれ、顔を曇らせ、痩せ衰えた人々のことを思い出していた。あれはもう、定められた運命なのだろうか？　あれを変えることなどはじめから不可能だったのかも知れない。

そしてこの思いをいっそうつらいものにしたのは、彼個人にとってこれが何を意味するかに気づいたことだった。彼は前の世界で三十四年を過ごし、ナチの征服というのがどういうものかをつぶさに見てきた。それがまたもや逃れるすべもなく、別の過去にとらえられて、もう一度あれと同じ災厄と絶望の日々を生きることになるのだろうか？

12

大衆映画の常識とはうらはらに、ドイツの警察や軍隊の使っている番犬は、薬物入りの肉を投げ与えるといった単純な手には引っかからなかった。調教師の与える餌しか食べないよう訓練されていたのだ。ペラムの〝アイスマン〟ブルーノの住居のまわりの庭内に放たれているドーベルマンが、そこまで厳しく訓練されているとは思えなかったが、フロイド・ラムスン軍曹が誰よりも手練れであるのは、一つには最小限の仮定しかせず、最大限の注意を払うことによる。彼は家からいちばん離れた塀のすぐ外に立つ樫の木の上から、アニスの実で香りをつけた古着を詰めこんだズック袋を放りこみ、夜間狙撃用照準器つきのエア・ライフルを使って、調べにやってきた犬を一頭ずつ即効性の麻酔弾で狙い撃った。昼夜長時間にわたって偵察した結果、犬が四頭いることと人間の警備員が巡回していないことはすでにわかっていた。

ラムスンが緑色の信号灯を二回点滅させるのを見たフェラシーニとキャシディは、表門の外の葉陰に隠れているパディ・ライアンに同じ合図を送った。それからロープと引っかけ鉤を使って塀をやすやすとよじ登ると、その上の有刺鉄線の中に引かれた電線を突きとめ、警報を鳴らさないようバイパスをつないだ上で、道を切りひらいた。そのあいだにライアンは門に近づき、あとで必要なときすばやく退却できるよう閂《かんぬき》の鉄棒を切断するための小さな成型爆薬を貼りつけた。そこに雷管を取りつけ、中から爆発させられるようにトリガー線の一端を門の内側へ投げこみ、反対の端を雷管につなぐと、そこから影の中へ後退し、塀沿いにフェラシーニとキャシディが登った塀の下へ向かった。ふたりがぶら下げたまま残していったロープを見つけ、向こう側で彼らに合流すると間もなく、ラムスンもそこに現れた。木から直接庭に下りて、夜のあいだずっと犬が眠っているように注射を打ってきたのである。ついで四人はまばらな一列縦隊で音もなく植えこみのあいだを縫いながら、黒々とそびえ立つ家の方へ向かった。

これよりさき、モーティマー・グリーンは、ゴードン・セルビーと前の夜からその朝まで長い時間をかけて行なったある種の実験のあと、理由は公表せずにマシンの工事休止を命じた。また、ウィンスレイドとショルダーも英国から急いで戻ってくることになったらしい。とすると、おそらくその実験がうまくいかなかったのだ。それが何を意味するのか、フェラシーニも詳しいことは知らない。だがこれで兵隊たちは余分の休暇がとれることになり、これこそ好機とばかりフェラシーニはほかの者を説きふせ、少し前から計画していたアイスマン訪問を実行に移したのだった。

午後から夜まで人の出入りを数え、現在ブルーノのそばには男が九人に女が三人いるという一応の計算が出た。一階と二階の窓はすべてがっちりした鉄格子つきで、おそらく針金入りだろう。また灯の点きかたから見ると、中にいる人々はほとんど建物前面の下層の部屋ばかりを行き来しているらしい。これは好都合だった。ラムスンは、いちばん楽な侵入経路として、裏のはるか高みの大きな切妻になった庇のすぐ下にある小さな丸窓を選んでいたからである。その窓には鉄格子もなかった――〝明らかに〟誰もそこには、近づくことすらできないだろう。

フェラシーニとキャシディは角をまわって北側の影に入り、壁とそこから張り出している縦溝のついた石柱とのあいだの凹みに手足を渡して登りはじめた。柱のてっぺんから先はおもにゴム底靴の摩擦を利用し、一つだけ厄介な場所ではスパイクをモルタルの裂け目に突っこんでのり越え、あとは装飾煉瓦の並びに沿って角まで水平に移動し、そこから屋根に登った。夜空高く、その姿が張りだしを越えて消えてから数分後、結び輪をつらねたロープの端が、目あての丸窓のすぐ上の庇から、ラムスンとライアンの待つ下の花壇まで垂れさがった。ラムスンがその梯子を登るあいだライアンは下をしっかり支えていた。そしてラムスンが窓の高さまで上がると、ライアンはロープを前後に引っぱってラムスンの身体を庇の下で揺らした。三回目の揺れでラムスンはロッククライミング用のあぶみ綱の先についた小さな鉄かぎを窓の縁に引っかけ、ついでそれに足をかけて、姿勢を確保した。彼の手で窓はすぐ開き、ラムスンは中へ入った。彼が押さえているロープを使って、上からフェラシーニとキャシディが降下し、同時に下からはライアンが登ってきた。

「ああ、ああ、わかっているとも」富豪趣味でダイヤモンドが好きなことから〝アイスマン〟の名で知られるブルーノ・ベルーシンは、広いマホガニーの机のうしろで椅子に背をもたせ、受話器に向かってうなずいた。煙の雲をぱっと吐き出し、葉巻を持つ手の親指をズボンつりに引っかけると、「言っただろう、ピート、要するにおれの考えは、西の連中がやっているのと同じことを、アトランティック・シティでもやることなんだ。サンタモニカでトニー・ストラーラが三マイル線の外側で浮かぶカジノに擬装しているあの船は、月三十万ドルがとこはもうけている——知ってたか？　そう、そのことさ、ピート——三十万——月にだぞ。そうとも、そいつをおれたちもやろうってわけさ、いいか？」

隅の安楽椅子で、カウンターの脇のスツールに片足をのっけて寝そべっていたブルーノの弟分のフレディ・ナンバーズが眉を上げ、ドアに寄りかかりガムを噛んでいるうんざり顔のワンラウンド・コナハンを見やった。コナハンは無表情なまま、ガムを噛みつづけている。

「そのとおり」ブルーノは続けた。「すべてはあのドイツっぽが、船と乗員と、そして事業ぜんぶを無条件でこっちへ譲りわたすかどうかにかかってる……そいつの名前はヴァリー・フリッチュ。借金で首がまわらなくなってるから、そこを締めつけられる……ああ、ああ、聞いてるとも、ピート。ヴァリーは今ここで、取引きの最中さ……まだだ、でも努力してる……わかった、決着がつきしだいこっちからかけるよ……大丈夫だ。信じてくれ、頼むよ。今まで約束を果たさなかったことがあるかい？」

ブルーノは受話器を下ろすとふたりに目をやった。「ピートは心配しだしてる。話し合いがどんなぐあいか、そろそろ見にいく頃合いだ、そうだな？」彼は自分の冗談に自分で笑いながら机から立って歩きだした。ナンバーズも立ちあがり、ワンラウンドは壁から身を起こし、ふたりは彼を追って書斎を出た。

彼らは厚いカーペットの敷かれた階段を降り、ドアがたくさんある豪華な飾りのついた広い廊下に出、通路の一つを通って、ちんぴらが賭博をやっているドアのない部屋を通り抜けた。そして最後にまた階段を降り、閉まったドアの前で立ちどまった。ブルーノが二回強くノックすると、内側からドアが開かれた。

その部屋に家具はほとんどなく、むきだしのテーブルと戸棚が一つ、それに粗末な木の椅子がいくつかあるだけだった。中にはブルーノの部下がもうふたり、ネクタイをゆるめ、シャツに汗の斑点をにじませて立っていた。三人目の、五十代なかばの男は、傷ついて、ぐったりとした様子で、テーブルに面した椅子にくずおれている。口の端から血を流し、苦しそうなあえぎに息が定まらない。

ブルーノは部屋を横切り、拳をテーブルの上に置いて立ちどまった。男を見おろし、とがめるように頭を振ると、「思ったほどきみが利口でないのは困ったことだな、ヴァリー。おかげでつらい目に遭わせてしまったようだ。さて、おれは理屈のわかる男だと前に言ったな。もう考えなおしたかね？」

「地獄へ行け、この豚野郎め」フリッチュは、こわばりかけた唇から苦しげに言葉を吐き出した。強いドイツなまりがある。

ブルーノの表情が暗くなり、その手がフリッチュの顔に激しい平手打ちを飛ばした。「そいつをもう一度言ってみろ、足をこんがり焼いてやる、わかったか？　もう我慢も限界だ。おれが本気になる前に、もう一度だけこの書類にサインするチャンスをやろう」

フリッチュは首を振った。「そんなことはしねえぞ。きさまこそ、自前の脂肪《あぶら》で揚げ物になりやがれ」

「強情な野郎だ」ちんぴらのひとりがつぶやいた。二百八十ポンドの巨体のせいで妖精の足《フェアリートーズ》と呼ばれている男だ。チャーリーという名のもうひとりは煙草に火をつけ、無表情に眺めている。

ブルーノはもう一、二秒のあいだ渋面をつくると、「ではあのご婦人を連れてきて、気に入るかどうか見るとしよう」ときっぱりした口調で命じた。ワンラウンドが向きを変え、ドアの外に消えた。

フリッチュの目が大きく見ひらかれた。「あれに手を出すな！」抗議して立ちあがろうとする。「そんなことは――」

フェアリートーズがひとはたきで彼をもとの椅子へ戻した。「ボスが話してるあいだは黙ってろ」

「なんのためにご一緒してもらったと思っていたのかね――ブリッジ・パーティか？」ブルーノがあざ笑った。「おれは忙しい男だと言っただろう。じゃれている時間はないんだ」

フリッチュははじめて心から怯えた顔になった。「だがそれじゃ、おれのやったあらゆることが……何年もあくせく働いてこの事業につぎこんだんだ。だのに、今の話はそれをくれてやることだ」首を振り、「あんたは値をつけると言ったんだから、値をつけてくれ……でもこれじゃ……」ふたたび首を振った。「まるで泥棒だ」

「おや！　では協力する気になったのかな？」ブルーノは満足そうにうなずいた。「ヴァリー、やっときみも話をする気になったわけかね？」

「ずっと話をする気はあると言ってた。だのに話すチャンスももらえなかった。おまえの話は、よこせ、よこせ、よこせ、そればかりじゃねえか」

ブルーノは椅子をうしろ向きにして腰をおろし、背もたれのうえに両肘を載せた。「わかったよ」ため息をついて、「もう一度いこうか。なあ、よく聞けよ、ヴァリー、ものには道理ってものが……」


あごを機械的に動かしながら、ワンラウンドは家の裏手の短い階段をのろのろとあがり、チンズに見張りをさせて女を残してきた部屋の前の踊り場にたどりついて、ドアをノックした。「チンズ、おれだ——コナハンだ」そしてノブをまわし、ドアを押した。中からはなんの応答もなく、部屋の中が妙に静かなのに気づいたちょうどそのとき、彼の肩を指が軽く叩いた。彼は機械的にふり向こうとした。

指をそらせて手のひらの付け根を見せた腕がピストンみたいに下から突進してきて、鼻の奥の神経叢にめりこみ、棒立ちになったその股ぐらを鋭く曲げた膝頭が襲った。声も立てず二つ折りになって気を失った彼のうなじを手刀がもう一撃して、しばらく目を覚まさないように処置した。

そのまま倒れようとする彼を、黒いフードをかぶった姿が支え、同じ姿をしたふたり目が部屋の奥から現れて足を持ち、ぐったりした身体を部屋に運びこんだ。鏡台のかたわらでは控え目な身なりをした平凡な顔立ちの二十代後半か三十代前半の女性が、怯えあがって立ちすくんだまま見まもっている。ふたりは荷物を、ドアから遠く離れたベッドの陰の床に、チンズの身体と並べて横たえた。ひとりがかがみこんでワンラウンドの銃をショルダー・ホルスターから抜き取り、ほかの武器をさがして手早く全身をさぐりまわし、満足したように身を起こした。

「あのう、あなたがたがどなたなのか知りませんが、わたしは関係ないんです」女が緊張した声でささやいた。「わたしはここの者じゃないんです。わたし――」

「しっ！」フードをかぶった手近なひとりがそっけない警告のしぐさでその言葉を遮った。もうひとりはドアの脇にしばらく立って耳をすまし、やがてうなずいた。

部屋を出ると、彼らは彼女を踊り場の向こうのバスルームへ連れていった。ひとりが錠前から鍵を取りながら、あまり手荒ではないがきっぱりした手つきで彼女を中へ押しこんだ。「そこにじっとしてろ」と彼はささやいた。「あとで戻ってくる」ドアが閉じ、鍵のかけられる音。そして沈黙が訪れた。

フリッチュは呆然としたように首を振った。「わからない……そうかもしれない。でも彼女には手を出すな」

ブルーノは馬鹿にしたような目つきでその顔を見やった。「条件を出せる立場じゃないってことが、まだ頭に入っておらんようだな。おまえには借金があり、その支払期限は過ぎているんだぞ」

「金はもっと出せる」とフリッチュは抗議した。「ここ数ヵ月、運がなかったんだ……ただ、もう少し時間があれば」

「時間はないんだよ。そしてわたしにはあの船がいるんだ。いつかを決めるのはわたしだ」

ブルーノはそこでふと言葉を切り、まごついたように部屋を見まわした。「ワンラウンドはいったいどうした？　あの女をここへ連れてこいと言ったはずなんだが」

ナンバーズは肩をすくめた。「トイレにでも寄り道してるんじゃないですか？」

「なんのために——飾りつけにか？　さがしに行け、トーズ。連れてこい」

フェアリートーズはうなずいて部屋を出ようとしたが、ドアにたどりついたとき、賭場にいたギャングの一人が反対側からドアをあけた。トーズは男を押しのけるように出て行き、ブルーノは苛立たしげに、「何が起きた、アーチ？」と入ってきた男にたずねた。

アーチはやってきた方向をあいまいに指さした。「電話が切れてるんです、ボス。すぐ知らせなきゃと思って」

ブルーノはまずナンバーズを、次にチャーリーをにらみつけた。「そんな馬鹿な——今ピートと電話したばかりだぞ。折り返しかける必要もある。よく調べろ」

アーチは肩をすくめた。「もう調べました。切れてます」

「書斎の内線はどうだ？」とブルーノ。

「わかりません」アーチはドアから首を突き出して、階段の上へ声をかけた。「おい、マック。書斎の内線もだめか？」答えがない。もう一度大声で、彼は呼んだ。「マック。どおーしたあー？　耳がふさがっちまったのか？」そこでふと眉をひそめると、「トーズ、そこにいるか？」と叫んだ。返事はない。彼は部屋の中をふり返った。「変ですな。トーズはいま上がっていったばかりなのに」

ブルーノとナンバーズは顔を見あわせた。ブルーノが、ふいに疑念を顔に表わし、不安げに椅子から立ち上がった。「何かおかしなことが起きている」そうつぶやくと、アーチを肘で押しのけて部屋を出、廊下を、そして階段の上をうかがった。どこからも、何かの前兆のような沈黙しか返ってこない。「アーチ、ナンバーズ……」彼はふたりの方へ順にうなずいてみせた。「見に行くぞ。チャーリー、おまえはここにヴァリーと残れ。出歩く気を起こさせんようにな」

彼らは階段をのぼって、フェアリートーズが行った方向へ向かった。賭場の壁には上着がかかっており、テーブルの端には飲みかけのグラスがいくつかあり、灰皿には吸いさしの煙草がまだ煙を上げている。しかし、誰の姿もなく、ブルーノが呼んでも答えはなかった。

「はじきは持ってるか？」ブルーノは低い声でナンバーズに聞いた。

ナンバーズは腕の下をさぐった。「書斎の椅子にかけたままです」アーチは自分の銃を取り出し、油断なく廊下を覗きこんだ。やはり誰もいない。

「上がろう。武器を集める必要がある」ブルーノはふたりに言った。「何か気味の悪いことが起きているようだ」彼はアーチに先に行くよう合図し、自分はそのすぐうしろについて、ナンバーズに後衛をつとめさせた。何一つそよともしない中を彼らは慎重にホールへ戻り、カーペットの敷かれた階段を二階へ上がった。

アーチがドアを通りぬけ、書斎に入った。それに数歩遅れてブルーノが中へ入ったとき、アーチはすでにうつぶせに倒れ、気絶していた。その身体の上に立ちはだかるように、背の高い威嚇的な人影がこっちを見ていた。黒いフードつきの、身体にぴったり合った上着を着、その上につけたベルトと装具に、銃、ナイフ、巻線、それに雑多な工具や小袋をぶらさげている。ブルーノは恐怖の叫び声をあげ、踊り場にとびだした。ナンバーズの姿はどこにも見えず、フードをかぶった第二の人影が手すりのところからふり向き、同時に下の方から何か柔らかいものがぶつかって家具の壊れる鈍い音が響いてきた。ふたりの黒装束はブルーノのシャツをつかむと吊り下げるようにして書斎に連れこみ、机のそばの大きな椅子の上に放り出した。ひとりが髪をつかんで頭をぐいと仰向かせ、平手でひとしきり左右交互にひっぱたいてから、指を伸ばしてみぞおちにジャブを送りこんだ。胸の中の空気が一度に押しだされてからっぽになり、呼吸が麻痺してしまった。

苦悶のあえぎ、そしてうめき声とともに、ブルーノは苦しみながら回復した。目の焦点が合うと、侵入者のひとりがカウンターの脇の安楽椅子にもたれて、瓶からビールを飲み、まがまがしい両刃の短剣の端でキャビアをすくって食べているところだった。男はフードをうしろに払いのけて、ものうげな目のついた細面と、ぼさぼさの黄色の髪と、たれさがった口髭を見せ、いかにも楽しげにブルーノを横目でうかがっていた。机と倒れたアーチのあいだに立っているもうひとりもフードを脱いでいた。油断のない細い目をした、頬骨の高い、一見平凡な感じの男だ。

「そしてひとりになりました、か」キャシディは机の端に置かれた缶からキャビアをもうひとすくいし、満足そうに舌鼓を打った。「いいかい、本当に手に余るようなしろものにかかわっちゃいけなかったんだよ……じいさん」

ブルーノはあごを震わせたが、しばらくはなんの音も出てこなかった。顔は青白く、ひたいには玉の汗を浮かべている。「あなたは誰です？　どういうことなんですか？」ようやくのことで彼は言った。つばを飲み、くちびるをなめ、目をおそるおそる一方からもう一方へ移しながら、「もしわたしのやった何かが、どなたか町のお偉方のお邪魔をしたというようなことでしたら、わざとやったわけではありませんので、わかってください。すぐにもとに戻します。誤解は解けるはずです」

キャシディは不快そうに顔をしかめた。ふいに空瓶を屑かごに放りこむと、ベルトから四五口径を取り、銃身と斜めに顔を向けたままブルーノの頭に狙いをつけた。ブルーノは恐怖に動顛して泣き声をあげた。キャシディは無造作に銃の向きを変えると、向かい側の壁にかかった写真の顔を撃ちぬいた。「山分けで、どうでしょうか」ガラスの散乱がおさまるのを待って、ブルーノは提案した。「半々……なんでもいい……どんな条件でも。わたしは道理をわきまえた男です」キャシディは目の前の机からインク壺を撃ちとばした。また間違ったことを言ってしまったらしい——ブルーノはごくりとのどを鳴らし、ふいにキャシディをふしぎそうに見つめた。「どこかでお会いしている……」

「われわれは連邦の保険会社許認可局の者だ」とキャシディ。「おもに火災保険担当だ。おたくのお客さんから苦情が来たのでな」彼はカウンターのうしろのボトルに一発、その上の鏡に一発、そして三発目で窓の脇の柱時計を撃ちぬき、ブルーノは銃声とガラスの粉砕される音に震え上がった。「おたくの許可が取り消されたことを公式に通告する。アンクル・サムは世評を考慮しなければならないのに、おたくはそれをきれいにしておく手伝いがうまくできなかったんだ。わかったかね——じいさん？」

やっとブルーノは思い出した。「ブルックリンの岸壁沿いのあの新顔……マロニーの古い倉庫にやってきた連中——あんたはあそこにいたな！」

「わかったようだな」とキャシディ。

門を入ってくる車のヘッドライトが窓を数秒間照らした——ライアンが門をあけたということだ。同時にドアのすぐ外で怯えた悲鳴が聞こえ、フェラシーニが、フリッチュと、バスルームに閉じこめられていた女性を先に立てて入ってきた。それと女がもうふたり——ネグリジェ姿で髪を乱したブロンドとバスローブ姿の厚化粧の赤毛だ。ブロンド女性の目は驚愕に飛びだしそうだった。悲鳴をあげていたのは彼女らしい。

「ご婦人さがしはハリーにまかせときゃ間違いないようだな」キャシディがつぶやいた。

ブルーノの目はフェラシーニを見てさらに見ひらかれた。「その人もあそこにいた！　ええと、あそこに何があったのかは知りませんが、これからは近づきません、きっとです。そんなつもりでは――」

「どうやら誰かさんのロマンティックな一夜の予定を台なしにしたらしい」フェラシーニが、ブロンドと赤毛に顔を向けてうなずいてみせた。「そこらの装飾と同じ口さ」

「そっちのふたりは？」とキャシディ。女性の方は男の傷を見てすっかり取りみだしている。

「こっちは無理やり連れてこられたお客さんだ」とフェラシーニ。「彼女の番がまわってくる直前にわれわれがやってきたんだ。ブルーノ、おたくのやり口は変わってないね、そうだろう？　ご婦人に対する礼儀を教えてやる頃合いのようだな」

キャシディの目がきつくなった。「ブルーノは顔にしわがよりはじめたようだな」と彼。「少しばかり伸ばしてやろう。どこかこのあたりにアイロンの置いてある洗濯室があるはずだ」小気味よい予感の笑い声をあげながら、彼は椅子から立ちあがった。ラムスンが脅かすように前に出た。ブロンド女が悲鳴をあげた。

「やめてくれ」ブルーノは金切り声をあげると、椅子からくずれおちてひざまずき、嘆願するように両手を組み合わせた。「手を引きます……言われるとおりにします。それでいいですか？　二度とご迷惑はかけません。ひとこと言ってくれさえすれば……なんでも」

「こんな日が来るとは思わなかったよ」新しい声が言った。「立たんでもいいぞ、ブルーノ――その方がお似合いだ」〝J六つ〟のジョニーが仲間ふたりを連れて部屋に入ってきた。そのうしろにはパディ・ライアンもいる。ジョニーはあたりを見まわして、口笛を吹いた。「これはこれは、ただの広言じゃなかったんだな！　ブルーノ、この連中がおまえの全軍を叩きのめしたんだ。いろいろ話すことがあるから聞く気になった方がいいぞ」

「連中は何者なんだ？」当惑した声でブルーノはたずねた。「いったいどうしておまえと組んでるんだ？」

「おまえは質問する立場にはない」とジョニー。「今のところはただ、おまえは、おまえの理解を超えたどでかい計画に、ブルックリンで首を突っこんだのだ、とだけ言っておこう。その計画を動かしている人々は快く思っていない、わかるな？」実はそれが彼の聞かされているすべてなのだが、それだけで充分だった。またヘッドライトの光が門を入って来た。ジョニーはフェラシーニに向き直ると、「ほかの連中もやってきたようだ。あとはわれわれだけでやれると思う。このまま立ち去りたければそれでもいい。どのみち、ここから先はおもにうちわの話だ」

「そうする方がいいだろう」とフェラシーニ。

ジョニーはフェラシーニと一緒にやってきた人々に目を走らせた。「その尻軽ふたりは知ってる」女たちの方へあごをしゃくりながらそう言い、「あとのふたりが誰か、わかるかね？」

「大丈夫──ブルーノにこづかれていた人たちだ。一緒に連れていこうか？」

「もちろん、いいとも……いや、かさねがさねありがたい」

「どういたしまして──喜んで」とフェラシーニ。彼は男と、彼と一緒の女に顔を向けた。

「乗っていくかね？」

「お願いします──連れてこられたんで」と男が言った。

「来たまえ。家まで送ろう」

13

〈門番小屋〉の建物のいちばん奥には、いくつもの部屋に仕切られた区画が何階かかさなっていて、一行はそこを居住区や娯楽室や、予備の作業スペースなどに利用していた。参考図書室兼オフィスとして使っている部屋で、アンナ・カルキオヴィッチはきれいに揃えて分類された新聞や雑誌とファイルの山に蔽われた大きな木製のテーブルに向かって座り、彼女自身の未来で記録された出来事との不一致をいつもどおりのやりかたでニュースからピックアップしていた。椅子の横に置かれた鋼鉄製のワゴンの側面にはマイクロフィルムのファイルの抽出しが並び、その上にビューアーが載っている。

仕事をしながら、彼女の顔は憂鬱そうだった。一行が今いる過去は、彼らがもといた未来で記録されていた過去と明らかに微妙に違っているのだ。モーティマー・グリーンが指摘したとおり、この作戦の目的はその未来を変えることにあり、そこに至る出来事を変えずにゴールへたどりつくことができないのはたしかである。しかし、どんなに想像をたくましくしてみても一行のやったことのどれとも因果関係のない事象に違いが見つかっているのだ。どう見ても筋がとおらない。彼らが単にここにいるだけで何かに影響が出たりするものだろうか？　グリーンは平静を装っているが、アンナはそれを、一行が士気を挫かれないように無理しているよそ行きの顔だと解釈していた。彼女はその疑念をゴードン・セルビーに打ち明け、彼もこの状況に苛立っていることを告白していた。

数日前から新聞は、イギリスのジョージ六世と王妃エリザベスのカナダ公式訪問と、そこでディオンヌ家の五歳になった五つ子に会ったことなどの記事を載せている。今アメリカでは、このあと国王夫妻がルーズベルト大統領の客として来訪するのを迎える準備が進められている。

《プロテウス世界》で記録されたとおり、チョクトー＝チカソー族の王女がハイド・パークで催されるホットドッグ・パーティでネイティヴ・アメリカンの民話を語り、公式晩餐会のあとのショーではケイト・スミスとアラン・ローマックスが歌うことになっている。

この訪問は、ヒトラーに再考をうながすための英米団結のデモンストレーションとして企画されたものなのだろうか、とアンナはいぶかしんだ。そうだとしたら、その発案者は、まだヒトラーを理解していない。ドイツ人の大多数もまだ理解していない。カート・ショルダーがウィンスレイドと一緒に合衆国へ戻ってきたあと彼と話してみたのだが、彼も今のところイギリスの防衛準備に実質的な変化を引き起こすことには失敗していることを認めた。

「三匹の子豚みたいだ――狼を締め出そうとして藁《わら》の家を建てているのさ」とショルダーは言った。現実の脅威さえなければ、笑い話ですませることだったろう。

一九三六年の退位さわぎのとき王兄エドワードを支持した確固たる王権主義者ウィンスト

ン・チャーチルは、《プロテウス部隊》の存在を国王に語り、この訪問を機に英国国王の個人的なメッセージとしてルーズベルトに秘密を知らせたいと考えた。しかしながらウィンスレイドはこの提案を拒否した。自分の受けた命令では、英米両国にまたがる問題は一九七五年への接続が確立されたのち、しかるべき人々によって処理されることになっている、と主張したのだ。

だが実のところ彼が気にしていたのは機密保持だった、とショルダーはアンナに語った。七〇年代のはじめにカナダで行なわれた王のふたりの娘エリザベスとマーガレットとの会見では、王個人を疑ういかなる理由も見つからなかったが、それでもウィンスレイドは、ヨーロッパ貴族や王族の一員を巻きこむのは気が進まなかった。家系や社会的なつながりのネットワークは、不安定で信頼できない。しかし、はっきりそう言うことでチャーチルを怒らせる危険を冒したくはなかった。

万事そういうこみいった仕事の連続なのだ。アンナはため息をつくと、調べていた新聞に注意を戻した。労組幹部ジョン・L・ルイスと労働省長官フランシス・パーキンズ夫人の新たな労働協約に関する論争は《プロテウス世界》で記録されたとおりに報道されている。クラーク・ゲーブルとキャロル・ロンバードがいきなりアリゾナで結婚を発表したのも記録のとおりだ。フランコのマドリードにおける戦勝パレードも記録どおりに載っている。しかしアンナはここでまた違う記事を見つけた——手持ちの記録によるとアメリカ陸軍参謀総長マリン・クレイグは四十一年間軍務にあったのち、八月に引退している。しかし今、彼は五月に早くも勇退して、ジョージ・C・マーシャルとかいう男が後任になっているのだ。アンナは絶望的に首を振った。こんなことが《プロテウス部隊》のせいであるはずがない。どれ一つとってみても、法則も理由もありはしないし、彼女に識別できそうなパターンもない。彼女はノートにその内容と参照コードを書き入れて、次のページをめくった。

すぐに犯罪欄の〝アイスマンには熱すぎた〟という見出しのついた記事が目についた。アンナの知っている一九三九年の新聞には、この記事は存在もしていなかった。彼女はそのページを広げて読んだ――

ニューヨーク市警察長官は昨日、記者会見の席で、かねてよりいかさま賭博と保護に名を借りた脅迫行為の中心人物と見られていた好ましからざる有名人のひとりブルーノ〝アイスマン〟ベルーシンが、ギャング間の抗争によって町から追い出されたらしい、と語った。暗黒街の情報提供者たちによると、ベルーシンはライバルたちに町から放り出され、彼のしまは分断され消滅したという。

この発表に先立ち、ベルーシンの厳重に守られたペラムの邸宅は、謎の黒服の侵入者たちによる〝バットマン〟ばりの驚くべき攻撃を受けた。彼らは難攻不落と思われていた防備をものともせず、壁をよじ登って邸内に乱入し、ベルーシンを捕らえ、銃を持った子分四人を病院送りにした。

ベルーシンが五十二歳の現在までにかかわった事件の中には、かの悪名高い……

記事は続いてベルーシンの今までの犯罪歴と、彼のものと推定される最近の事件について詳しく述べてから、ペラムの出来事に戻った。

添えられた写真の何かがアンナの目を引いた。写真の顔にどことなく見覚えがあったのだが、思い出せない。彼女は首を振って読みつづけた。

事件のとき邸を訪れてその場に居あわせたひとりであるミス・サリー・ジャクスンは、彼らのことをこう述べた。「まるでコミック・ブックから出てきたみたいで、恐ろしかった――つまり、いつでもマスクやケープやそういったいろんなものを身につけてる男たちです。みんな大男――七フィートかそれ以上――で、黒い服を着て、映画に出てくる飛行機のパイロットみたいにいろいろなものをあちこちにぶら下げていました。ゴーグルとヘルメットも持ってたと思います……そう、そうでした――たしかに持っていました。屋根にパラシュート降下してきたに違いありません」

ふと、前に見た陸軍特殊部隊の訓練フィルムのことが頭に浮かび、アンナは椅子に座りなおした。急に考えこむように目を細くすると、彼女はふたたび写真に目を向けた。それから新聞を置き、立ち上がってオフィスを出た。

階下の、食堂兼娯楽室として使われている仕切られた空間の真ん中にある大きなテーブルでは、キャシディが、フェラシーニの配ったカードをひろいあげ、扇形にひろげたところだった。「ハリー、厄介なのはドイツ人がみんなロボットだってことですよ」手を調べながら口をひらくと、「やつらが幸せなのは、誰かの指図を受けてるときだけなんです。さもないとやつら、地面の穴と自分の尻の穴の見分けもつかなくなっておろおろしはじめる――わたしの言いたいことはわかりますね？」

「というよりは責任の放棄だろうな」とフェラシーニ。「指導者に決断をまかしちまえば、もしまずくいったとしても、そう、誰もが一緒だから、おれのせいじゃないって言えるわけさ」

キャシディは自分のカードに向かって眉をひそめながら、「おや、こいつはなんだ――ハリー、どこで覚えたんです？……いや、どっちにしろ、指導者連中が列を乱しはじめたらすぐに、そいつらぜんぶ撃ち殺しちまう方がずっと楽だったでしょうな。ロシア人たちはそうやったわけですよ。そのあげく出てきた連中が、殺した連中よりひどかったとしても自分たちのせいじゃない。少なくとも何かをしようとはしたんだから。わかりますか、ハリー、おれはロシア人の肩を持ってるんです」

《部隊》の医者兼化学技師で〈門番小屋〉の保安責任将校であるエドワード・ペイン大尉が、片隅の安楽椅子に座っていた。膝の上にのっているのは一ヵ月前からロング・アイランド北岸のフラッシングでジョージ・ワシントン就任百五十周年を祝って開かれているニューヨーク万博のカタログである。彼とゴードン・セルビーは、時間がとれ次第見に行く予定を立てていた。

展示は敷地千二百エーカーに及び、費用は一億二千五百万ドル――ペインはページを親指でめくりながら読んでいく。全体がいくつかの地域に分けられ、その一つ一つがぜんぶ、人類と文明の進歩に狙いを絞った展示に当てられていた。交通館に通信館……生産館、衛生・福祉館、政府館、教育館、娯楽館……それらが総合されて、この行事全体の底にある〝明日の世界を築く〟という中心テーマを支え、強調しているのだ。序文によれば、その趣旨は、今日の科学的、物質的成果の意義と、いかにして世界をスムーズに存続させ運営していくかを示すこと――現代社会の解釈とその未来像を提示することにあった。〝中央テーマ館〟では、観客たちは動くプラットフォームに運ばれて〝明日の世界〟を見ることができる。

ペインはひそかに鼻を鳴らした。その観客たちは、日本の重爆撃機によるカルカッタ空襲の炎も、シベリアや中東油田の奴隷労働キャンプも、ナチのいわゆる医師たちが麻酔なしに行なったグロテスクな医学実験も見てはいない。

キャシディとフェラシーニがカードごしに冗談を言いあっているにもかかわらず、〈門番小屋〉の雰囲気は張りつめていた。アンナは二階で仕事に没頭しているはずだ。セルビーはコーヒー・ポットの隣でひろげた〈ニューヨーク・タイムズ〉のうしろに隠れている。ライアンは棚のラジオから流れるエイモス・アンド・アンディの曲にぼんやり聞き入っている。ラムスンは自分の銃の分解掃除をしている――今朝からもう三度目だ。表側のオフィスでウィンスレイド、グリーン、ショルダー、そしてウォーレン少佐のあいだで行なわれている協議の結果が出るまで、みんな自分の感じている苛立ちを認めたくはないのだが、しかし同時に誰も無関心さを装うことはできないでいる。誰もがわかっているということを、誰もが知っているのだ。

計画のどこかがひどくまずいことになってしまった。《部隊》はもとの時代と連絡がつくはずだったのに、それがつかない。こっち側で何も起きていない以上、一九七五年側が通信連絡をつけた相手がここでなかったことは、今となっては明白だった。

ペインは医者で、物理学者でも哲学者でもなかったが、その彼にも、世界はただ一つではなく、ほとんど気づかないほどのわずかな違いから、はっきり区別のつくものまでさまざまなレベルでたがいに違った数多くの世界が存在していると考える以外に、この答えはなさそうに思われた。もしそうだとすると、一九七五年にあるマシンは、何かの理由で間違った世界につながってしまったのだろうか？　彼はあごをさすり、本を眺めながら、心ではそのことを考えつづけた。だがもしそれが真実だとしても、なぜそうした他の世界の過去にも《プロテウス部隊》がいたのだろうか？　送り出された《部隊》は一つだけで、その《部隊》は今この世界にいるというのに。だめだ、この説明は筋がとおらない。筋のとおる説明などここにもありはしない。

部屋の外から木の階段を降りる足音が聞こえた。数秒後、アンナが入ってきた。

「おや、おれが好きなロシア人のひとりがおいでになったぞ」キャシディは目を上げ、「また残業ですか、アニー？　さあ、ここへ座った。やりかたを教えますから」

「ありがとう、でもまた今度ね。残念だけど、予約券だけいただいておくわ」

キャシディはため息をついた。「ハリー、腕が鈍りましたよ。あなたは親友なんだから教えてください――どんなムードで持ちかければよかったんでしょうね」

アンナはほほえみながら、ペインの座っているところへ近づき、「エド、忙しい？」と声をかけた。

ペインは顔を上げた。「いや、みんなと同じで暇をつぶしているだけさ。どうして？」

「何週間か前の監視カメラの映像をもう一度見せてほしいの」

ペインはちょっとためらってからうなずき、読んでいたカタログを置いて立ち上がった。アンナに続いて食堂区画から外の廊下へ出る。あるドアにたどりつき、ペインがその鍵を開けると、そこは別のオフィスだった。

「映画、それともスチル？」中へ入りながら彼はたずねた。

「スチルがいいわ」とアンナ。「ここへ来たギャングに興味があるの――モーティマーと話した連中よ。とくにあのボスをもう一度見たいの」

ペインは金属製のファイル用抽出しに歩み寄り、最上段をあけて、インデックスを引っぱりだした。「あいつらの顔写真も引き伸ばしておくとよかったんだが」カードの一枚に目を通しながら、つぶやく。「ああ、あった」また別の抽出しを開け、いくつかの見出しをすばやく弾いてその次で指をとめると、建物のまわりに隠された保安カメラで撮った映画から起こしたスチル写真の入った大きな茶封筒の一つを引っぱりだした。「好奇心から聞くんだが、何に使うんだい？」アンナに封筒を渡しながら彼はたずねた。その声には単なる好奇心以上のものが感じられたが、彼女は気づかないふりをした。

「ちょっとたしかめたいことがあるの」アンナはあいまいに答えた。「ありがとう、エド。終わったらすぐ返すわ」

彼女は封筒を持って二階のオフィスへ戻った。その中で、テーブルに向かって座ると、写真を取り出し、厚いくちびるの男の写っている二枚と、さっき読んでいた記事についている写真を比較した。間違いない――厚いくちびるの男はブルーノ〝アイスマン〟ベルーシンだ。

アンナは椅子にかけなおし、これが何を意味するのかを思案した。ときどき気むずかしくはなるが、それでもモーティマー・グリーンは兵隊たちに心から好かれている――彼らに敬意を抱かせるような人物でなければ、はじめからこの計画には不適格となっていたはずだから、これは予想どおりの結果にすぎない。あの厚いくちびるの男の厚かましさに、彼らが、とくにキャシディが腹を立てたことは間違いないだろう。しかしそれだけでは動機が不充分だ。特殊部隊の厳重な規律のもとで訓練された兵士たちが、それくらいのことで個人的行動に奔《はし》るとは、とても思えない。ほかに何かあるはずだ。だが彼女は、この件で関連に気づいたのは自分が最初でないことにも勘づきはじめていた。見たい写真のことを話したときのペインの表情を、彼女は見たのだ。

テーブルの隅のインターコムのブザーが彼女の考えを遮った。片手を伸ばし、ボタンを押す。「はい？」

「アンナ、エドだ」箱からペインの声が雑音と一緒に流れ出した。「クロードたちが出てきた。食堂区画に全員集まってほしいそうだ。降りてきてくれんかね？」

「ええ、もちろん。写真も持っていくわ。知りたいことはわかったから。すぐ行きます」彼女はインターコムのスイッチを切った。

　そして、椅子から立ち上がったときアンナは、フェラシーニとキャシディが、厚いくちびるの男とその一味がニューヨークのなじみのクラブで友人を殴ったと話しているのを小耳にはさんだことを思い出した。その一人は女性で、とくにフェラシーニはがらにもなく怒った声を出していた——特殊部隊の兵士が課されている自制の限界を越えた興奮ぶりだった。

「ああ、そういうこと」アンナは穏やかにつぶやき、微笑を浮かべながら封筒に写真を戻した。「なかなかの女性に違いないわ」

　何もかもうまくいったようだから、いまさら騒ぎ立てても意味はない。だがむろん、みんなが同じように感じるとはかぎらないだろう。彼女は封筒を取りあげて、オフィスを出、下に向かった。

14

食堂区画に戻ったアンナを、表のオフィスから来て待っていた人々の視線が迎えた。カート・ショルダーはセルビーのそばに椅子を見つけている。モーティマー・グリーンはドアのすぐ横に立っていた。ウォーレン少佐は椅子を引いて、フェラシーニとキャシディがカードをやっていたテーブルに向かっている。アンナが椅子に腰をおろすまで、ウィンスレイドはゆっくりと部屋の中央の空間を歩きまわっていた。水玉の蝶ネクタイを締めている——チャーチルお好みのスタイルで、ウィンスレイドもそれが気に入り、借用していたのだ——しかし今はじめて、彼の態度は、少々風変わりで陽気なこの服装に似つかわしくなかった。ほかの人々は黙ってそれを見まもり、待っている。ようやくウィンスレイドは立ちどまると、居ずまいをただしてみんなを正面から見すえた。真剣な表情だ。

「先月」と彼は口をひらいた。「ヒトラーとムッソリーニは、われわれが予期していた全面的な軍事同盟を発表した。これを彼らは〝鋼鉄条約〟と呼んでいる。これによって彼らは、どちらかが交戦状態になったさいの武力による援助を約し、征服と支配という共通の対外政策を確認しあった。その翌日、五月二十三日——事象がわれわれのよく知っているコースをたどりつづけたとすれば――ヒトラーはベルリンで軍首脳部の会議を開き、さらなる成功を得るには戦いが避けられないと率直に述べたはずだ。事実、彼らの〈白の場合《ケース・ホワイト》〉――ポーランド攻撃の作戦計画――は、陸軍参謀からすでに提出されているだろう。ダンツィヒは口実に過ぎない。八月にヨーロッパを破局に投げこむ決定はすでにくだされているのだ」

ウィンスレイドは空の片手を軽く上げ、ぐるりと室内に目を走らせた。「この作戦の目的は二つある。第一に、ヒトラーの背後で動いている勢力を相殺するため、ここ合衆国に〈帰還門〉を設営すること。第二に、より切迫した目標として、イギリスとフランスの状況を改善すること」彼は大きく息を吸い、一、二秒とめてから、ふいに吐きだした。「全員に公式に伝えるのが、わたしの義務だと思うが、今までのところ、われわれはどちらの目的にも失敗したらしい。ヨーロッパに関する今日までの努力の結果が、失望以外の何かだったとはとうてい言えない。しかもここの状況はみんなも知ってのとおりだ。一九七五年への通信接続は予想に反して、いまだ確立されず、このまま永久につながらないという可能性も認めざるを得ない」

そこできっぱりと口を閉じると、無表情に聴衆を見かえし、言葉の意味が理解されるのを待った。沈黙が部屋を満たし、ついで鋭いパチリという音がそれを破った――フロイド・ラムスンが嚙んでいた鉛筆を嚙み切ったのだ。ゴードン・セルビーとアンナは床を見つめている。少し前から気づいていたことだ。ライアンはめまいを感じているようだった。

ペイン大尉が指先を眉間に持っていきながら、首を振った。「ではどういうことに……試験チャンネルが開かない以上、転移ゲートも動かないことになりますが」

ウィンスレイドは短くうなずいた。「そのとおり」

フェラシーニは最初麻痺したようにその意味が取れなかった。心にしみこむにはそれなりの時間がかかるだろう。理性のレベルでは言葉の意味はわかるのだが、感情は切り離されて、無意識のうちに気晴らしをさがしている。ふいにキャシディの表情——口をぽかんとあけ、ショックに目を見ひらいている——がひどく滑稽に見えた。

「おい、カウボーイ。結局、バハマからヨットの写真を送る話はお流れのようだな」そう言う自分の声が耳に届いた。キャシディはぼんやりと彼を見かえしたが、しばし呆然として口もきけないようだ。

モーティマー・グリーンがうなずいた。「ハリーはわかったようだな。クロードの言っているのは、つまり、帰り道はないかもしれないってことだ」

ウィンスレイドは眼鏡ごしにまばたきもせず、その顔を見つめた。「そうだ。思い違いがないように、その意味するところをはっきり説明しておこう。海の三千キロ向こうでは、ナチのマシンがすでに戦争へ向かっている針路に、日一日と勢いをつけている。計画は用意された。それに反対する将軍たちはすでに更迭された。ドイツ陸軍はわずか四年で、機甲師団九つを含む五十一師団に成長した——旧帝国陸軍が四十三師団から五十師団になるには一九一四年まで十六年かかったのにだ。同じ期間に、ドイツ空軍は無から出発して二十一飛行中隊、二十六万人にまでなった。そしてこれらすべてのバックアップとして、ヒトラーはわれわれよりもさらに五十年先の時代からの支持を保証されている。

さて、これを阻止するのに、こちらには何があるか？　最悪を考えて計画を立てなければならん――そこで〈帰還門〉の状況が変わらないと仮定しよう」ウィンスレイドは両腕を広げて身体を左右に揺らし、部屋じゅうのひとりひとりに訴えかけるように、「われわれだけ――ここにいる十一人とアーサー・バナリングだけで、もうすっかり敗北主義に陥っているフランス、疲れて冷淡なイギリス、冷笑的で疑い深いロシア、そしていまだにこの脅威が全地球的なものになっていることを理解していない事なかれ主義のアメリカに、できる限りの手を打つのだ」彼は肩をすくめると、ふたたび空っぽの手のひらを見せた。「一九七五年からは何も来ないだろう。準備を整えたケネディとその一隊が代わってくれる見込みはないし、増援部隊もないし、ヒトラーの原爆に対抗するための進歩した兵器もない。独力でやるんだ」

フェラシーニの心は激しくゆらいだ。少なくとも、物事をあるがままに語っていないとクロードを非難することは誰にもできない。だが、これがウィンスレイド一流のやりかたであることを、彼は知っていた。ウィンスレイドはあり得る状況のもっとも暗い部分で人々を打ちのめしておいてから、手に入るたった一つの希望は彼の提案しているものだ、という手で、一度に少しずつ立ち直らせていくのだ。これは最初、彼らの多くをこの作戦に引っぱりこんだときのやり口でもあった。

ゴードン・セルビーは波うつ黒い髪を片手でかき上げながら、ショルダーの方へ顔を向けると、「間違いないんですか、カート？」とたずねた。「どこが悪いのか、まるでわからないんですね？」

「そう、どのみち確信はありません」とショルダー。好奇心をそそる口調だ。「しかしこの謎にもっと光を当てる方法があるかもしれない、とは思います」

ウィンスレイドの目にかすかな光が忍びよるのにフェラシーニは気づいた。ふいに彼は、見なれた魔法のトリックがふたたび働いているのを認めた――あらゆる希望が一方の手の中でひと吹きの煙とともに消滅し、そのあと何かほかのものがもう一方の手に隠れているとうじれったいヒントが与えられようとしている。アンナ・カルキオヴィッチもそれに気づいた。彼女はウィンスレイドに一瞬眉をひそめて見せてから、「何がいいたいの、クロード。結局、まだできることが何かあると言うの――本気で？　でもどこから始めたらいいの？……時間はほとんどないのよ……」

そしてゴードン・セルビーが、「カートはもっと光を当てる方法があるかも知れないと言う、これはどういう意味です？　どうやって？　モーティマーは昨日、何が起きたか突きとめるには、アインシュタインか誰かが必要だろうと言ったはずですが」

突然、ウィンスレイドが顔をほころばせた。「ゴードン、そいつだよ！　そう、まさにそれをやるんだ。アインシュタインを巻きこむんだ！」

「なんですって？」セルビーは疑わしげに目をしばたたいた。

ウィンスレイドはとっておきの兎を帽子からつかみ出した。「彼はここから湾ひとつ隔てたプリンストンにいるじゃないか。違うかね？　それに、この計画の目的はフランクリン・ルーズベルト及び現在のアメリカ政府と接触すること、そうだな？　さて、われわれがJFKと連絡がとれないとしても、このまま計画を進めて自分でルーズベルトと話すことはできる。そして彼を通じれば、合衆国の全科学界を動かす立場に立つこともできるはずだ」

まるでそれが合図だったかのように、グリーンがドアのところから進み出、ウィンスレイドの脇に立った。「だが〈帰還門〉の建設工事は完成までやり抜く。つまり、まだ仕事は山のようにあるわけだ」と彼は宣言した。「ウォーレン少佐が本日午後おそく、新たな予定と休暇表を提示する。ところで何か質問は？」

まるで死刑の宣告を最後の一瞬に猶予されたようなものだ。まったく突然、すべてが過去五カ月間と同じ状態に戻ったように感じられた。誰もが安堵感と仕事へ戻りたい熱意に取り憑かれ、お喋りになった。

「どうやってアインシュタインに接触するんですか？」とペインがたずねた。

「まだわからん」とグリーン。「簡単なことじゃないぞ。電話じゃ何もできん――プリンストンの交換手たちは、彼のプライバシー保護について厳重な指令を受けている。変な電話がしょっちゅうかかってくるからな」

「チャーチルに出したみたいな手紙を送ったらどうです？」ライアンが提案した。

「そんなもの、あてにはできんよ」とウィンスレイド。「アインシュタインというのは、いわゆるうっかり教授の典型みたいな人物なんだ。毎日山ほどの手紙が届くが、誰がそれをあけ、どれだけが彼の手に渡り、さらにその半分がどうなるのか、誰にも見当がつかん。三三年に合衆国へやってきたとき、彼は大統領の招待状を読まなかったおかげで、ホワイト・ハウスの夕食会をすっぽかしちまった」

「まさか！」

「いや、本当の話だ。またあるときは、千五百ドルの賞金の小切手を本のしおりに使っていて、両方とも——本も小切手も——なくしてしまった」

「先にルーズベルトに接近したほうがよさそうね」とアンナ。

「そうしなけりゃならんかもしれん」ウィンスレイドはうなずいて、「しかし大統領にたどりつくのだって、朝飯前の仕事なんてもんじゃない。チャーチルに近づけたのは、あのとき彼が無冠の一市民だったからだ。しかし、いろいろな可能性がないではない」

ウィンスレイドの口調はさらに勢いづいた。「われわれのもう一つの目的は、ヨーロッパの戦争準備をもっとましなものにすることだ。とにかく当座のところ、勘定に入れていたいろんな資材なしでやらなければならんが、おかげで西側とロシアの軍事同盟が、前にもまして重要なことになる。これが、アーサーがイギリスに残っている理由の一つだ。対ロシア政策が突然このように重要になったので、アンナ、きみもアーサーやチャーチルに協力するため、向こうへ行ってもらわなければならなくなった。彼らは、ストラングの代わりにアントニー・イーデンをモスクワへ送ろうと運動を始めているんだ」

《プロテウス世界》では、ソ連との会談は暗礁に乗り上げていた。ポーランド、ルーマニア、それにバルト諸国が、ソ連軍の国境通過を拒んだため、ナチの攻撃に対するロシアの助力を本気で要請することが難しくなっていたのである。この状況を打開するため、モロトフはイギリス外務大臣のハリファックス卿本人の訪ソを要請した。しかしハリファックスはそれを断わり、ストラングという比較的下位の外務省事務官を代わりに送ったのだが、この男の限られた権限では、ことあるごとにロンドンへ指示を求める必要があった。

「そのためにアーサーを残してきたの？」アンナが眉をひそめてたずねた。

「そうだ」とウィンスレイド。

アンナの眉間のしわはさらに深くなった。《プロテウス世界》でウィンスレイドがケネディ大統領から受けた指令は、ストラングの代わりにイーデンをモスクワへ送る試みのことなど何も言っていなかったはずだ。したがってこれは、ウィンスレイドが自分で思いついたことに違いない。だが、もしそれがバナリングをロンドンに残した理由だとすると、ウィンスレイドは合衆国に戻る前すでに、〈帰還門〉がこれっきり動かないだろうことを――少なくともそれがはっきり予想できるような何かを――知っていたのだ。ふと、その心に疑惑が湧いた――ウィンスレイドは、決して自分からは明かそうとしないことを、あとどれだけ知っているのだろうか？

会議が終わると、ショルダーとウォーレン少佐はあとに残って、食堂区画での雑談に加わり、一方ウィンスレイドとモーティマー・グリーンは表のオフィスに戻った。ウィンスレイドがドアを閉め、グリーンは片隅のウォーマーにのっているポットからコーヒーを注いだ。

そこに砂糖をひと匙入れ、どっかりと机に向かって腰をおろすと、「こんなにうまくいくとは思わなかったよ、クロード」と彼は白状した。「あんたのやり口にはいつも惚れぼれする」だが、ウィンスレイドは葉巻を取り出し、壁に留められた大きな世界地図をぼんやり眺めている。グリーンはコーヒーをひと口すすった。「アインシュタインがどうにかできると思うかね？」疑わしそうな声だ。

「わかるものか」とウィンスレイド。「でも一つだけ確実なことがある――くじを買わないかぎり、当たりは手にはいらないんだ」

こんな答えではちょっと納得しにくい。「それで、もし彼にできなかったら？」とグリーンはたずねた。

ウィンスレイドは壁から向きなおると、上縁の平らな眼鏡ごしにグリーンを見つめた。

「よかろう、議論の都合上、できないと仮定してみよう」と彼は提案した。「どんな気がする？」

「個人的に、ということかね？」

「そうだ」

グリーンはふたたびコーヒーをすすった。「あんたとカートがイギリスから戻ってくるのを待っているあいだ、そのことはいろいろ考えてみた。わかってもらえるだろうが、クロード、考えれば考えるほど、それほど悪い話でもないような気がしだしたんだ。七五年にはなんのつながりもない。知ってのとおり、妻は八年前に死んだ。子供はいなかったし、親戚ともそう親しいわけじゃない……意味はわかると思うが……ほとんどの連中にはもう何年も会っていないくらいさ。一種のアカデミックな世捨人になっていたんだと思うよ——数理物理学と学生指導に埋没してね」鼻を鳴らし、「たぶんそれが家庭の代用品だったんだろう」「チームの誰ひとりとして、あの世界に強いつながりを持つものはいない」とウィンスレイド。「キャシディが誰にでも話しているフィアンセの一件だって、彼の言うほどまじめなものじゃない。実際、縁が切れた方がずっとましなくらいの……」

だがグリーンはほとんど聞いていなかったようだ。「しかしあの世界で学生たちがやることに、何か意味があっただろうか？」なかば放心状態で彼は言葉を続けた。「科学に、何か価値のある目的が残っていただろうか？　どんな未来があったというのか？　でも少なくともここにはチャンスがあるかもしれない」

「それでぜんぶかね？」とウィンスレイド。そんなはずはない、と彼の口調は言っていた。

グリーンはコーヒー・カップを見つめた。そしてふたたび視線を上げたとき、その目には新たなきらめきが現れ、きっと結んだ口にはある種の決意が見てとれた。「いや、まだあるとも」と彼。「あそこではあらゆるものが、すでに終わっていた。そう、アメリカは名誉ある伝統や何やに賭けて戦おうとしていたが、それも絶望的なゼスチュアにすぎなかった。われわれの生き方は終わっていたんだ。

しかし、ここは違う。たしかに問題はあるが、すべてが失われたわけではない。どうやればいいのかはわからないが、まだナチズムを阻止する方法があるはずだ」グリーンは手のひらを机に叩きつけた。「こん畜生。クロード、あんなものを見せられた以上、必要とあれば歯と爪ででも戦うぞ。少なくとも、ここには戦う価値のあるものが残っているんだ——変化させるために——別の方向へ向けてやるためにだ。それに、もしうまくいかなかったとしても、自尊心は無傷のままで滅びることができる。羊のように降伏した世界で、こんなことが言えるだろうか？」

ウィンスレイドは満足したようだ。「いずれほかの連中も同じように考えるだろう。事実、意識下ではもうほとんどがそう考えている。ここでもし、連中がこの見かたに順応しかけたところへ、アインシュタイン博士がもっともな理論づけでもしてくれれば、それで充分以上の効果があがるはずだ」

グリーンの顔を、ふと憂慮の色がよぎった。

「だが、彼への接近はすぐに始めないとな。つまり、兵隊たちに今そう約束したし、それにこの好機を逃すわけにはいかん」

「そうとも、心配するなよ、モーティマー」請けあうようにウィンスレイド。「結局、誰にもわからんことさ——もしかすると、もう勝利への切符を手にしているのかもしれないじゃないか」

短い沈黙が流れ、ウィンスレイドはようやく葉巻に火をつけた。グリーンは椅子に背をもたせかけると、じっとドアを見つめながら言いだした。「よかろう。ところで話題は変わるが、ブルーノ・ベルーシンの件をどうする？」

ウィンスレイドは青い煙を吐き出した。「うちの連中のしわざに相違ないとは思うが……」

「その点に疑問はないよ」グリーンは机の書類受けのいちばん上にのっている新聞の方を身ぶりで示した。「監視カメラの映像を二重チェックしてみた――どのみち疑う余地はなかったんだが――そう、あの男に間違いない。やつらが金を取りにくるはずだった今月の一日《ついたち》に、誰も来なかったんだから。マシンの仕事が中断して、特別休暇を出したときのことだ。弾薬在庫では四五口径五発分が不明になっている」

「で、これから査問と懲戒の手続きをとりたいと思うのかね」とウィンスレイド。

「まさか、このまま放っておくわけにはいかんだろうが」とグリーンは反問した。「どう見たって、挙げられる限りのあらゆる規則の大きな違反だし、それもこんな作戦の場合……それにハーヴェイ・ウォーレンのことも考えなきゃならん。もしわれわれが何もしなかったなら、彼の先任士官としての権威はどうなる？　立場はどうなると思う？」

「もちろん、きみの立場もだな」ウィンスレイドは穏やかにつけ加えた。

グリーンは抗弁しようとしたが、恰好をつけてみても無意味なことに気づいて、自分を抑えた。「そう」あごを突きだし、「わたしの立場もだ」

ウィンスレイドは眺めていた地図に背を向けると、葉巻をひとふかしした。「われわれに知られたと連中が考える理由はないがね」と彼は指摘した。

グリーンは顔をしかめ、落ちつかなげに椅子の上で身じろぎした。たしかにそのとおりではあるが、そんな解決で満足できるわけがない。「ちょっと待った。この〝シュガー〟グループをうまく運営していくのがわたしの仕事だ。もし誰でも好きなときに出ていって私戦を始めてもいいということになったら、どうしてやっていける？」

「特殊部隊の兵士は、軍隊という機械から出てきた単なる時計仕掛けの製品じゃない、と言ったら少しは違うんじゃないかね？」とウィンスレイド。「連中とはもう何年もいっしょに仕事をしてきた。全員、独立して自分の判断で行動できることを基準に選ばれ、訓練されている。伝統的な軍紀なんぞ役には立たん。正面から権威をふりかざしたりしたら、軽蔑されるだけだ」

「とすると、そういう連中の指揮をとるにはどうすればいいのかね？」とグリーン。

「こっちにも何かがあることを見せてやるのさ」

「殺し屋みたいに振舞って、作戦自体を危うくすることでかね？」

「いいや。自分で考えることでだ。ＳＳが創造したような心のないゾンビではなく人類であるという自覚によってだ」

グリーンはむっつりと相手を見つめた。「どういうことなのか、いま一つよくわからんが」怨みがましげな声。内心わかっていながら、そうたやすく認めるわけにはいかないという口調だ。

ウィンスレイドがその言葉を額面どおりに受けとめたのは、相手の立場を救うためだった。

「彼らの鬱屈した気持ちを理解してやってくれんか」と彼。「ナチの征服というのがどんなものか自分で見てきた彼らにとって、このヨーロッパで起こりかけていることの意味は明白だ。なのに今、独裁者たちの前で西側の指導者たちが並んで平身低頭している光景を見せつけられながら、こっちはそれに対して手が出せないんだ。

でも、もうひとりのヒトラー——ブルーノ——に対してなら、何かやってやれる。モーティマー、きみは数分前に自尊心のことを口にした。兵隊たちにもそれぞれの自尊心がある。世界の指導者たちが脅迫に対抗できなかったことを非難しながら、同時に親しい友人が脅迫されているのに対して何もせずにいられるだろうか？　わかるだろう、連中は、やらなければならなかったんだ。そうしないようなものは、はじめからこの作戦に選ばれなかっただろうよ」

グリーンはしばし疑わしげにウィンスレイドを見つめ、やがて、観念したようにうなずいた。「わかった、クロード。まだ完全に納得できたかどうかは疑問だが、その線で、知らないふりをするとしよう。しかし、ハーヴェイ・ウォーレンをどうする？　彼はここではわたしの次席にいる。無視されたと感じないで、これを受けいれられるだろうか？」

「午後、わたしから話してみるよ」とウィンスレイドは約束した。

これで室内の雰囲気はかなり明るくなった。「白状しなきゃなるまい——わたしも現場で見ていたかったよ」ウィンスレイドが突然しのび笑いをもらして言った。「ところでやったものの名前はわかっているのかね？」

グリーンは手の甲で口髭を拭くと、「ハーヴェイの意見だと、ナイトクラブで女性が殴られたときの反応から見て、フェラシーニが加わっているのは間違いないらしい。おそらくは彼が首謀者だろう。それにあの男はもう何カ月も前から沸点すれすれだった」

「うーむ、ハリーらしいな」ウィンスレイドは同意した。「そうすると自動的にキャシディも巻きこまれる——事実上フェラシーニのシャム双生児みたいなもんだから。それにまた、奇妙に聞こえるかもしれんが、あの男も強い信念の持ち主なんだ。ときどき社交上不快なほど個人主義をつらぬこうとするが、あれは一種の安全弁に過ぎない。ハリーにはそれがない。さて、ほかには誰かな？　思うに、フロイド——あの作戦には、いたるところラムスンの手口がスタンプで押したみたいに出てくる」

グリーンはうなずいた。「おそらく、ライアンも……」

「もう一人の大尉——エド・ペインはどうかな？」

「それはありそうにないね——ペインは理知的すぎる。それに、弾薬の不足を報告してきたのは彼だ。かかわっているとしたら説明がつかない。計画があったことさえ知らないんじゃないかな」

この査定が予想とぴったりだったかのように、ウィンスレイドはうなずいた。そしてさらに何か言おうとしたとき、ノックの音がして、ウォーレン少佐が顔を出した。「今、おじゃまですか？」と彼はたずねた。

「いやいや、入りたまえ、ハーヴェイ」とウィンスレイド。「何かね？」

言いたいことをどう言ったらいいかわからないというように、ウォーレンはちょっと混乱した表情を見せた。「ええと、さきほど言っておられた問題に関してなのですが——アインシュタインとの接触の件です。答えが見つかったかもしれません」

ウィンスレイドとグリーンは驚きに顔を見あわせた。「どういう答えだ？」慎重な口ぶりでグリーンがたずねた。

「ええと……」ウォーレンは目を肩ごしにうしろへ走らせ、「キャシディの話では、彼とフェラシーニが、アインシュタインの知人を何人か知っていると言うんです。その人たちがあいだを取りもってくれると……」

「キャシディが！」グリーンは叫んだ。「どうしてあの男が、アインシュタインとちょっとしたつながりでもある人間を知っているなんてことが可能なんだ？　いや、こいつは例の出まかせに決まっている。だいたいあいつは——」そこで、ウィンスレイドの身ぶりを見て、言葉を切った。

「続けて、ハーヴェイ」とウィンスレイド。

「馬鹿げた話なのはわかりますが、彼は本当に本気みたいなんです」とウォーレン。「その人たちは、コロンビア大の物理学者、たとえばフェルミなんかを知っているんだそうで……それにレオ・シラードの名前も出ました——アインシュタインとヨーロッパで二〇年代に一緒に仕事をしていて、ヒート・ポンプの共同特許を取った人物です」

グリーンはまるで狐につままれたような顔で椅子に座りこんだ。「フェルミ？　シラード？　キャシディみたいな男がどうしてそんな名前を知ってるんだ？」

「そこなんです」とウォーレン。「だから、どうも本当のことみたいに思えるんですがね。おまけにゴードン・セルビーも、二、三度一緒に町へ出たとき、その彼らの知り合いに会っていて、もしかすると何か脈があるかもしれないと言うんです」

15

アパートの入口に近い方の部屋で、しかめつらのジェフが、ふくろう然とした眼鏡ごしにテーブルの上の、カバーをはずされたぜんまい式蓄音機のターンテーブルとその内部を見つめ、ねじ回しで中の何かを調整しようと探っている。やおら七十八回転のレコードを一枚載せると、スイッチを〝演奏〟にし、針を下ろした。何秒かシャーという音がしたあと、楽しげだが雑音でかすれた歌声がブリキ缶を鳴らすような伴奏とともに部屋を満たした。

　真ん中のバルブを押すと、
　音楽がぐるぐるまわる《ザ・ミュージック・ゴーズ・ラウンド・アンド・ラウンド》。
　オーホー、オーホー、ホーホー！
　　そうしてここに流れ出す……

速すぎるし、きしみがひどい。ジェフはレコードを停め、ねじ回しをもう少しまわした。不吉なびいんという音が内部から聞こえた。彼はため息をついて、顔を上げた。

「できるかどうかわからないけど、やってみましょう。実はこの四月に、〈フィジカル・レビュー〉にシラードとフェルミの論文が出てから、急に様子が変わっちまったんです。かかわりのある人たちは一種の——そう、なんて言うか——自発的な自己検閲をしているみたいでね。あのあと、研究に関する情報はいっさい公表しないし、誰もがかたく口を閉ざしているんです」

「なぜだと思う？」キャシディの隣のソファに座っているゴードン・セルビーがたずねた。彼自身は百も承知のことだが、ジェフがどう考えているか聞きたかったのだ。

ジェフは肩をすくめた。「もし連鎖反応が可能だったら、通常の爆薬よりもはるかにでかい爆発を起こす方法が手に入るかもしれない。ドイツにも、ここにいる人たちと同じようにハーン＝シュトラスマン実験の意味を理解する能力のある人々がいる——たとえばハイゼンベルクです。彼らによけいな手がかりを与える危険があるからでしょう」

「その実験をやっている男——フェルミはどうだろう？」キャシディがたずねた。「彼になら近づきやすいだろう。会って話せる見込みは？」

「今はゼロです」とジェフ。「彼は夏のあいだ、ミシガンのアナーバーで講義をしているんです。ぼくが声をかけるとしたら、彼と仕事をしていたジョン・ダニングという男だけど、でもそれもむずかしくなりだしている。アジモフ——あいつはいつもあらゆることを知りたがるんだけど——は少し前にユーリィ教授から、それまでと同じ調子でウランの実験がどうなっているかを聞き出そうとして、危うく首を食いちぎられるところだったって。この件に関しては、あらゆる人が口をつぐんでいるんですよ」

ジェフの向かいで話に聞きいりながら、フェラシーニはむっつりとテーブルの上を見つめていた。どうしてキャシディは、誰に近づけばいいかを教えてくれそうなコロンビア大学の学生を知っていると正直に言わずに、直接フェルミとでも話ができそうな言いかたをしたのだろうか？　だからクロードやモーティマーも興味を示し、紹介を求めたのだ。しかしキャシディは、引っこみがつくあいだに手を引こうともせず、平然と話を進めた。「いいですとも、なんの問題もありませんよ。手配のためハリーとわたしに一日か二日ください、いいですか？」

そのあと、昔からキャシディをよく知っているウィンスレイドは、フェラシーニに本当のところをたずねた。しかし驚いたことに、ウィンスレイドは、黙ってこのアイデアを取り下げて別の道を求めようとはせず、フェラシーニには可能性は皆無としか思えない試みをそのまま進めさせた。そして今、はたしてフェルミはこの町にすらいないし、町にいる科学者たちとも話せそうな気配はないことがわかった。セルビーでさえ、一九三九年で通用している学問の自由なるものが、ジェフとの最初の会話で想像したほどのものではなかったらしいことを、今さらのように思い知らされたのだった。

フェラシーニにはウィンスレイドの真意がどこにあるのかわからなかった。キャシディの出まかせをたしなめるつもりだったら、こんなふうにみんなの面前で恥をかかせたりせず、もっと別の方法をとったはずだ。こういうやり方はクロードらしくない。

奥の部屋に通じるドアの脇に座ったジャネットは、顔を伏せて靴の爪先を眺めていたが、やがて、「いったいあなたがたの上司はどういう人たちなの?」と疑うようにたずねた。「どうしてそんな話をジェフのところに持ってこなきゃならないの? 筋が通らないわ。政治家か何かなら、学部長を通せばいいはずだし、科学者なら、あの大学の先生たちに知り合いがないのはどういうわけ?」

この質問はまったく予期されないものではなかった。「ヒトラーの方が先に超爆弾を手に入れる可能性を憂慮しているある業界団体を代表する人たちです」とセルビーが答えた。「ここのそれと似たような研究に資金を出すにあたり、ややこしいお役所仕事にかかわる前に、こちらの科学者から非公式に話を聞きたいわけです――その研究が予想どおりのものかどうかをたしかめるためにね」

「わかったわ」ジャネットはできるだけ納得した声を出そうとつとめた。

「レオ・シラードはどうかな?」セルビーはジェフを見やりながら、「彼もあの実験には一枚かんでいたね? それに彼はハンガリー人――やはりヨーロッパから来たひとりだから、ここの研究だけでなく、ドイツの方のことも知っているかもしれない」実のところセルビーにとって大事なのは、シラードがアインシュタインの古くからの個人的な友人だという点だ。しかし、この段階でアインシュタインの名前を出したら、話がよけいにややこしくなってしまう。

「さあね」とジェフは答えた。「あした、ダニングやそのほかの何人かに話してみます。どうなるかは、まだわからないけど」

この件について今晩のうちにできることは、もう何もなかった。会話は大学とその建物へ、モーニングサイド・ハイツ地区一般の話へ、そしてそこから、マンハッタンへの出入りの話へと移っていった。マンハッタンではまったく通りに出ることなく地下街システムの中だけで生活することも可能なはずだというのがジェフの考えだった。「あそこの地下には事実上もう一つの都市があるんです。軽食堂、床屋、靴磨きのスタンド、そのほかあらゆる店が揃っているし、大きなビルのほとんどは地面の下でつながっている。たとえば、コモドアに住んで、クライスラー・ビルで働いて、サヴァリン・ビルで食事をして、ブルーミングデールで買物をして、ブルックリンのセント・ジョージで泳いで、リアルトで映画を見て、もしそうしたければ市庁ビルで結婚することだってできる」

セルビーはふと手に取ったジェフの教科書に熱中しだし、一方ジェフとキャシディは、また蓄音機をいじりだした。フェラシーニが腹がへったと言いだし、ジャネットが隣のブロックにあるメキシコ料理店に持ち帰り《テイクアウト》の食物を買いに行くことになった。フェラシーニも一緒に行くと言った。

ふたりが路地に出たのは、もう宵の口だったが、うだるような昼間の余熱でまだ暖かかった。街灯がつき、それに乾物屋、肉屋、食料品店、八百屋などのあいだに混じって建っているバーやレストランや三流映画館の正面には、ネオンが輝いている。多くの店には、ここより数ブロック東のいわゆる〝スペイン・ハーレム〟を特徴づけるマンゴー、カッサバ、ピメントといった食材が並んでいる。大勢の人が歩いており、とくにプエルトリコ人とラテン・アメリカ系の人々が多い。子供たちもまだ通りに出ていて、街灯の周りで縄飛びをしたり、歩道で石蹴りなどをやっている。道端に捨てられたベッドのスプリングの上で跳ねている一団もある。それに街角やアパートの入口にたむろしているティーンエイジャーたち。花柄の綿のドレスや派手なシャツを着てアパート正面の階段に座りこみ、話をしたり、うつろいゆく世界を眺めたりしているずっと年かさの人々。

ヨーロッパはフェラシーニの生まれる何年も前にナチに屈服し、アジアとアフリカは彼がまだ子供のうちに併呑された。彼が世界とその現状を意識したとき、アメリカはすでに戦時経済になっており、誰もが避け得ぬものと認めた最後の決戦の準備にかかっていた。それが彼の知っていたただ一つのアメリカだった。しかし彼は、それ以前の時代のことを話に聞き、また本で読んでもいた——昔の生活はこんなものではなく、そしてロンドン、パリ、ウィーンといった名前を持つ謎と興奮で人を引きつける場所が自由世界の一部であって、みんな一度はそこを訪れることを願っていたという。それは前大戦後のほんの数年間、人々が何世紀にもわたる帝国主義の圧政に背を向けて、ようやくともに生きることを学びはじめた世界だった。そしてアメリカもむろんその例に洩れず、あらゆる人種、言語、皮膚の色、そして信条を持った群衆が、ニューヨークの街頭で肩をこすりあい、港にはいろいろの旗を掲げた定期客船が碇泊し、そして、東京を数時間の距離にまで引きよせた定期飛行艇が来たるべき世界の姿を示唆していたのだ。

そうした昔のアメリカの街を歩いているのは奇妙な感じだった。このまま進むべきだったのだ、と彼はひとりつぶやいた。周囲のあらゆるものに自由の匂いがする――彼の時代には欠けていた活気の感触である。なるほど、大不況の痕跡はまだあちこちに残っているし、国民が負うべき問題も多々あるが、その底には確固たる自信があり、問題を解決できるという確信は揺らいでいなかった。これこそ彼の、顔さえ知らない父と母が、世界を半周してたどり着いたアメリカだ――まだ自己に忠実だったころのアメリカなのだ。

「このあたりで生まれたって前に言ってたわね、ハリー?」歩きながら、ジャネットがたずねた。

フェラシーニは物思いから唐突に引き戻された。「ああ、そうだ、そのとおりだよ」

「どのあたり? たぶんもっと東――イタリア人地区でしょう?」

「あそこに親戚はいるけど、ぼくの一家はクイーンズへ引っ越してた。でもふたりとも、ぼくが赤ん坊のときに死んじまったから、ぼくはホーボーケンの叔父と叔母のところで育ったんだ」

「人が多すぎたから? その、ご両親が引っ越した理由だけど」

「いや、イタリア的すぎたからさ」

「おかしな話ね」

フェラシーニは肩をすくめた。「イタリア人、シチリア人――彼らはよく知ってるものに囲まれているのが好きだ。親しんできた暮らしかたや習慣を好むんだ。だから、移民たちが到着しはじめると、すぐに同じ村からやってきた同士が集まってしまう。たちまちジグソーパズルの断片を並べるみたいに、そこにもイタリアが浮かび上がってくる。そう、ぼくの父は、イタリアに戻ったような気分になるためにはるばるこんなところまで来たんじゃないと言った——アメリカ人になりに来たのだと。それで川の向こうへ引っ越したんだ」

「それで、合衆国へは、いつきたの？」

彼女はさぐりを入れようとしている。ふたりは七番街の交差点で立ちどまった。嘘をつく羽目になるのも、話の矛盾をつかれるのもまっぴらだった。「ねえ、ぼくらは夕食を買いに出てきたんで、反対尋問を始めるためじゃないと思うんだがね。そんな質問は願い下げにしたいな。どのみち何もかも昔のことだ。もうなんの意味もないだろう」

「立ち入るつもりはなかったのよ」とジャネット。「ただ聞いてみたかっただけ」

車の途切れを縫って通りを渡るあいだ、彼女は黙っていたが、渡り終えてしまうと、彼女はまた心をよぎる何かにゆり動かされる様子で、数秒ごとにフェラシーニの方をふり返り、不安げにその顔をうかがうのだった。目当てのレストラン——小さいが手入れのゆきとどいた感じでショーウィンドウには色とりどりの字で書かれた大きなメニューと持ち帰り《テイクアウト》品目のリストが窓に並んでいる——にたどりついたとき、彼女はもはや自分を抑えきれなくなった。

「あなたは何者なの？」まさに入ろうとしていたドアから脇へフェラシーニを引き寄せて、彼女はたずねた。そばで話をしているカップルの注意を引かない程度の、低い、しかし決然とした声だった。

「あなたがたみんな——キャシディもゴードンもフロイドもパディも——みんなよ。ジェフは、ゴードンの知ってることのいくつかに肝をつぶしたって言ってたわ——この分野でジェフをかつぐことなんてできっこないのに。なのに、それほどのことを知っているゴードンが、どうして大学の人たちにまったく知り合いがいないなんてことがあるの？　ジェフはあちこち聞きまわったけれど、誰ひとりその名前を聞いたことのある人さえいなかったのよ。

それに、あなたがたがアイスマンの一味を始末したやりかた——〝J六つ〟のジョニーがぜんぶ話してくれたわ。新聞に出ていた以外のことも、いろいろとね。マックスはあなたがもと軍人だからだって言ったけど、シドに話したら、彼はあんな芸当のできる部隊が陸軍にあるとは思えないって言ったわ」ゆっくりと首を振り、「悪い意味にとらないでね、ハリー——マックスがもういじめられないですむのはすばらしいことだし、それにとうとうブルーノへの借りが返せたと聞いて嬉しいのもみんなと同じよ。でもあなたは、わたしたちのためだけにやったわけじゃない。ブルックリンのあそこで、あなたがたがやってる何かにブルーノが割りこもうとしたからやったんだわ」

フェラシーニはごくりとつばを飲みこみ、内心の驚きが顔に出ないことを祈った。

「あなたがたがいなくなったあと、ブルーノがジョニーにその話をしたの」ジャネットはフェラシーニの表情の動きに答えるように説明を続けた。「わかるでしょう——何かひどく奇妙なことが起きているのよ。そして、その奇妙なものにかかわっているわたしもあまりよくは知らない人たちが、わたしの弟を、教授たちが話したがらずナチが大きな関心を寄せているものに巻きこもうとしはじめたので、わたしは心配になったの。ジェフはいろんな点で賢いのかも知れないけれど、ときどき他人を信用しすぎるところがあるの。だからわたしには関係のないことだ、なんて言わないでね――わたしにとっても大事なことなんだから。ハリー、あなたはただのトラックの運転手なんかじゃないわ。あなたも含めて、あの人たちは何者なの？　何が目的なの？」

フェラシーニは返事を待っている彼女を慎重に見つめた。頭のいい女であることは前からわかっていたが、今やその彼女が真相を明かしてもらえることを期待している。

「ゴードンの説明じゃ、だめなのか？」と彼はたずねた。

ジャネットは苦しげな表情を見せた。「実業家が科学者と話をしたいということはあると思うけど、その人たちがブルーノみたいな連中を追い払うのに私兵を雇ったりはしないでしょうね」

フェラシーニは、ため息をついてうなずいた。こうなると思ったのだ。セルビーはブルーノの一件を知らない。もし知っていたら、もっとましな説明を用意していたはずだ。

ジャネットは首を振った。「そうね、ハリー、あれじゃ説明になっていないわ」

フェラシーニは目を閉じ、指でまぶたをこすった。「きみもときには他人を信じすぎる方かい？」

彼女はまた首を振った。「そうは思わない。ジェフよりは世間を知っているから」

「ぼくなら信じられるかい？」

ジャネットはさぐるように彼の顔を見つめた。厳しい表情。その目はまたたきもしない。

「どういう意味かしら？」

「話せないってことだよ」

それに続く長い沈黙のあいだに、ふたりの目が必要なことすべてを伝えあった。彼女は自分を思考力のある人間として認めてもらうよう彼に求めた。彼はそれに応えた上で、今度はお返しに、彼自身の率直さと誠実さを認めるよう求めたのだ。やがてフェラシーニは口をひらいた。「ぼくらは外国政府の利益やなんかのために働いているわけじゃない。だから、もしそれが気になるのなら安心してくれ。ぼくらはまさにアンクル・サムのために働いているんだ。これで充分かね？」

ジャネットはもうしばらく彼の顔をじっと見つめてから、満足してうなずいた。「夕食を買いにいきましょう」と彼女は言った。

ウィンスレイドは、一九三九年前半に合衆国の核学界全体に広がった自粛意識のことはよく知っていたので、大学院生のひとりを通じて高度な情報を手に入れようとする外部の人間がどんな反応に出会うかについては、なんの幻想も抱いていなかった。しかし、隊員の中から最初に出た助力の申し出に対しては、たとえそれが誇張されたものであったにせよ、否定的な態度をとりたくなかった――とくに部隊が手ひどいショックを受けたばかりのときである。実のところ彼はこの状況を、とくにこうした提案をしてきた軍人たちの士気を鼓舞する好機と見たのだった。

しかし、この試みを成功させるためには、舞台裏で少々糸をあやつる必要がある。そういうことにかけては、ウィンスレイドは手練れだった。

たまたま、レオ・シラードは、ハンガリーを出て、合衆国にやってくるまでの数年間をイギリスで暮らし、そのあいだオックスフォードのクレランドン研究所でリンデマン教授と一緒に仕事をしていた。フェラシーニたちがチリやタコスやエンチラーダやホットソースといった食事をとりにマンハッタンへ出ているあいだに、ウィンスレイドはロンドンのアーサー・バナリングを電話で起こし、リンデマンをさがしてできる限り早く折り返し電話をくれるよう頼んだ。返事の電話は、一時間足らずのうちに〈門番小屋〉にとどいた。

「いや、〈帰還門〉のニュースじゃない」ウィンスレイドはリンデマンに告げた。「状況はまだ同じだ。それで、しばらくはこちら側でモーティマー・グリーンとカートの両方が必要になりそうだから、ゴードン・セルビーとアンナに最新情報を持たせてそちらへ送る。彼はなかなか事情通だ。そっちの役にも立つと思うよ」

「いいとも」とリンデマン。「しかし、そんなことでアーサーがわたしに電話しろと言うわけがない。もっと何かさし迫った用件のようだったがね」

「そのとおり」とウィンスレイド。「出発前に話しあった例のアイデアをもう少し考えてみたんだ」

「アインシュタインを巻きこむ話かね？」

「ああ、やってみる価値がありそうなんだ。あんたの言ったとおりだよ——最良の方法はシラードを経由することだろう。さて、事情を話していると長くなるから今は省略するが、仲間の一部がコロンビア大学で、シラードに連絡をつけようとしている。ここで問題なのは、コロンビアの人間は誰もこっちを知らないし、おまけにあそこの全員が秘密に関してパラノイアになりだしていることだ。そこできみの手を借りたいんだが、あらかじめシラードからコロンビアの連中に話してもらって、こっちの連中が自己紹介しにいったとき、それが怪しい者ではなく、しかも重要だということを納得させておいてほしい」

「うーん、ずいぶんまわりくどい方法みたいだがね」とリンデマン。「だがまあ、そのとおりにするよ。で、具体的にはどうすればいい？」

「うむ、できればあんたのいるイギリスからレオ・シラードに電話を入れて、つぎのように伝えてもらえると……」

ウィンスレイドが予想していたとおり、あくる日コロンビア大学のウラン研究グループに所属する人々に接近しようとしたジェフの最初の試みは、冷ややかな反応に出会った。誰もそのことを話そうとせず、誰も何も知らず、化学者のひとりなどはＦＢＩを呼ぶと言っておどかす始末だった。

そして突然、なんのはっきりした理由もなく、すべてが変わった。その日の午後、すでに落胆のどん底にいたジェフを、ジョン・ダニングが化学部までやってきてさがし出し、数時間前とはまるで正反対の態度を示して、彼をびっくりさせた。「さきほどは突っぱなして申しわけなかったが、こういう仕事を誰にでも突つきまわらせておくわけにはいかなかったんでね」とダニング。「しかし、理由はよくわからないが、シラードはきみが現れるのを予期していたらしくて、きみの話していた人たちにぜひ会いたいと言うんだ。直接電話してほしいそうだ」

コロンビア大学の構内からゴードン・セルビーはウィンスレイドにそのニュースを知らせた。

「よし、すぐシラードに電話しよう」ウィンスレイドはグリーンに言い、セルビーが電話を切るやいなやダイアルをまわしはじめた。「まだ大学にいるうちに捕まえられるかも知れん」

「だといいがね」心配そうにグリーン。「無駄にする時間はないんだから」

たしかに時間はなかった。この午後、アーサー・バナリングが、作戦のイギリス側でまた一つ失敗の記録がかさなったことを伝えてきたのだ。モロトフに会いにモスクワに行こうというイーデンの申し出は却下された。《プロテウス世界》で起きたとおり、ストラングが派遣されたのである。

16

エドワード・テラー博士は、肩幅のあるどっしりとした体軀を持ち、髪は黒く、眉は濃く太く、鼻は高く突きだした、いかつい顔つきの男だった。彼は一九〇八年ハンガリーの首都ブダペストで生まれた。生来数学と物理の世界にひかれ、二十代なかばから後半にかけてヨーロッパの名門校のいくつかに学んだが、時あたかも量子力学の夜明けに当たり、おそらく自然科学の歴史でもっとも刺激的な時代の一つだった。ミュンヘンではアーノルド・ゾンマーフェルト、ライプツィヒ大学ではヴェルナー・ハイゼンベルクといった巨人たちに学び、ゲッチンゲン大学と、コペンハーゲンのニールス・ボーア理論物理学研究所に勤め、ローマ大学でフェルミの催した科学集会にも参加した。ヒトラーが権力を手にするやイギリスへ逃れ、そのあと一九三五年には、ワシントンDCのジョージ・ワシントン大学の教授の椅子を提供された。そこではヨーロッパ時代にも同僚だったロシア生まれのジョージ・ガモフと組んで、核反応の理論研究を行なった。

一九三九年一月の第五回ワシントン理論物理学会議でボーアがあのハーン＝シュトラスマン実験の結果を発表したときにも彼は居あわせており、この夏までにはコロンビア大学で誕生したウラン核分裂研究グループに加わるよう、フェルミとシラードにうながされていた。それに応じてテラーはジョージ・ワシントン大学から休暇をとり、妻のミッツィともども、ひとまずモーニングサイド・ハイツのアパートに移ってきたところだった。フェルミが秩序を重んじる落ちついた性格なのに対し、シラードはしばしばかんしゃくを起こしたり、大言壮語することがある。意見が衝突することも多く、あまりそりが合わない様子なので、テラーは、自分がコロンビアへ招かれた理由の一つは、専門知識は別として、彼らが仕事を一緒にやっていくための仲裁役を果たさせることにあるのではないかとかんぐっていた。

ヨーロッパで起こりつつある侵略行為をなだめようとする試みが単なる弱さの表明としかとられないのを自分の目で見ていた彼は、いやおうなしに、本物の抑止効果をあげ得るのは強固な意志のみであり、ヒトラー主義を葬り去ろうとするなら結局戦争は避けられないだろうという結論に達していた。同胞のレオ・シラードと同様、テラーもすでにウラン爆弾が可能なことを固く信じており、またヒトラーが先にそれを手に入れた場合の成りゆきについて幻想をもてあそぶこともなかった。したがって彼は、アメリカ人の多くが少なくとも今のところ示し得る限界と見られる純粋な知的関心を大きく超えた真剣さでこの計画を見ていた。

七月初旬の晴れた日の昼食時、テラーはぎごちない足どりで――二十代のときミュンヘンの市電事故で片方の足先を失っていたので――西百十六丁目にあるコロンビア大学ロウ記念図書館前の広い階段をおりると、歩道に立ちどまって時計に目をやった。電話をかけてきたシラードはテラーに、理由は話せないが、今すぐ何もかも放り出してプリンストンのユージン・ウィグナー——これまた亡命ハンガリー人物理学者——と一緒にブルックリンの聞いたこともないような場所に来るようにと言うばかりで、テラーのいかなる抗弁にも耳を貸そうとしなかったのだ。いつものシラードの調子を考えても、なおそれ以上に興奮した口ぶりだった。

たぶん海軍との話がうまくいったんだろう、とテラーは心の中で思った。三月にそこから核分裂研究への公式支援を得ようとしたフェルミとテューヴの試みが不発に終わったにもかかわらず、シラードは七月にプリンストンで開かれたアメリカ物理学会の会議の機会を利用して、ロス・ガン海軍研究所顧問に同様の懇請を行なった。海軍部内でも目のある科学者たちは、ウランに対して興味を示していた——もっとも彼らは、その爆薬としての可能性に気づいたわけではなく、潜水艦の燃料としての価値を考えていたのだが、シラードは必死であらゆる手がかりを追っていたのである。

いや、そんなことではないはずだ、とテラーは考えなおした。シラードが追っていたのは、海軍の研究資金からたかだか千五百ドルかそこらを出してもらう話だった。もし色よい返事があったとしても、あの電話のような反応を見せるわけがない。

テラーはふり返って、建物の丸い外観を見あげた。周囲の赤煉瓦の建築物の中で、ローマ風のドームと古典ギリシア風の正面が不調和に混ざりあったその重々しい石造りは、ひときわ印象的である。ずっと前から図書館の役には立たなくなり、今はキャンパスの本部として使われている。おそらく、プリンストンで行なわれていた減速材の理論研究で何か成果があったのだろう、という考えが浮かんだ。それとも誰かが、ウラン二三五の濃縮法について新しい案を出したのかもしれない。

一九三九年夏現在、核研究者たちが直面していた大問題は、連鎖反応の開始と維持の方法であった。原子核内部に閉じこめられたエネルギーを解放できたとしても、もしウラン燃料内の核分裂一つ一つを引き起こすために中性子が外から射ちこまれなければならないとすれば、なんの役にも立たない。核分裂によって得られるエネルギーでは、中性子を射ちこむエネルギーを上まわる利得《ゲイン》が得られないのだ。一方、もし核分裂のさい放出されることが知られている中性子そのもので、別のウラン原子核の核分裂を起こすことができ、そしてそれを続けられるようなら、自給自足の連鎖反応がすみやかに始まり、以降は外部の助力なしに継続し、指数的増加率でどんどんエネルギーが解放されるだろう。この種のことがベルリンのオットー・ハーン研究所で起きなかったのは明らかである。もし起きていたら、科学界をかくも震駭させた結果を報告できるような人間は誰も残っていなかっただろう。

次の核分裂を起こすためには、放出された〝分裂中性子〟が別のウラン原子核に捕獲されなければならない。この事象の確率が中性子の持っているエネルギーにきわどくかかっていること、さらには分裂中性子の持つエネルギーがそのままでは高すぎることを、フェルミは立証した。したがって、連鎖反応を可能にするためには〝減速材〟――中性子の速度を遅くする物質――が燃料に加えて必要になる。シラードはその候補となる物質をいろいろ研究していた。重水が一面では有力だが、あらゆる条件を考慮に入れると黒鉛の方がよさそうだ、と彼は報告し、このときはじめてフェルミはそれに賛意を表した。しかしどれだけのウランとどれだけの黒鉛が必要なのか？　誰にもわからない。

実験サンプル内にあるすべてのウラン原子が分裂するわけではないことも明らかだった――幸運でもあった。分裂するのはほんの一部分――おそらく、とくに影響を受けやすい同位元素があるのだろう。ニールス・ボーアとプリンストン大学のジョン・ホイーラーは理論的考察から、核分裂はありふれたウラン二三八では起こらず、比較的少ないウラン二三五に限定されていると結論した。はじめは懐疑的だった合衆国の核物理学界もすぐにこの意見を広く受け入れ、純粋に同位元素二三五からなる金属内での高速中性子による爆発的な連鎖反応の可能性についての討論が始まった。これを得るためには――可能だとしての話だが――自然に存在するウラン二三五とウラン二三八の混合物の中からウラン二三五を分離し、濃縮しなければならない。だが求める種類は、百四十個の原子の中に一個存在するにすぎないのだ。またこの両者は化学的にはまったく同じで、質量の差にしても二百以上あるうちの三しか違っていない。それを分離するのは、容易なことではなさそうだった。

これが唯一の問題ではなかった。わずかな同位元素二三五を抽出する方法があったとしても、爆弾を造るに足る量が得られるだろうか？　アメリカ全土に存在している金属ウランは一オンスかそこらしかないし、どのみち、爆弾を造るのにどれくらいの量が必要なのか、誰にもわかってはいない。

背後でクラクションが鳴り、数秒後、ユージン・ウィグナーの車が歩道に沿って停まった。

痩せた体格で眼鏡をかけ、額の広い髪の薄い丸顔のウィグナーが、気楽に歯を見せて微笑しながら手を伸ばして助手席のドアをあけた。テラーより六つ年上で、つねに礼儀正しく上品な男だ。ふたりとも政治的立場は同じで、最初に会ったのは一九二九年、ハイゼンベルクに連れられてテラーと同僚の学生が出席したカイザー・ヴィルヘルム大学のセミナーでだった。そこにはアインシュタインも顔を出していた。

　テラーが乗りこみ、車は動きだした。「お待たせしたんじゃないかな」ウィグナーは高い声でいった。「ジョージ・ワシントン橋で渋滞に巻きこまれてね」

「心配ご無用。講義を一つキャンセルしなければならなかったので、今ついたばかりだった」対照的に太いかすれた声でテラーは答えた。

「どういうことなのか、きみもわたし以上にわかっているわけではなさそうだが」とウィグナー。「レオのやつ、かわいそうに、今にも心臓がとまりそうな声だったな」

「見当もつかないよ」とテラーは答えた。「いろいろ考えてはみたが……でもすぐにはっきりするだろう。場所はわかっているのかね？」

「ここより南の方、そして市の向こう側へ出るってことだけさ」ウィグナーはパネルの小物《グローブ》入れ《・ボックス》の中を探り、畳んだ街路図と、裏に道順を走り書きした封筒をテラーの手に押しつけた。

「エドワード、案内《ナビゲート》してくれ」

「なんだって――ぼくはこの町を知らないんだよ！　来たばかりなんだ」

「わたしもさ。知っている人間がいるとは思えないね」

「やれやれ、それじゃちょっと待って……ブルックリンか……湾沿いのどこかだと思うが、違うかな？　ああ、あった——川を渡らなきゃならんな。よし、ユージン、次を曲がる——カセドラル・パークウェイのはずだ。セントラル・パークの北にいるあいだに町を横切ろう」

彼らは二番街に出ると、それをたどってイーストサイドをチャイナタウンへ下り、マンハッタン橋でイースト川を越えてブルックリンへ渡った。が、そこで曲がるところを間違え、ぼろぼろの宿舎や油で汚れたレストランの並ぶ海軍工廠地区の汚い砂利道に出た。ようやくぬけ出すと、そこはフルトン通り地区の真ん中で、自動車、歩行者、それに騒々しい市電に取り囲まれ、高架鉄道下の薄暗がりの中で一日じゅうネオンが点滅しているダウンタウンの混乱に巻きこまれて、またもや道に迷ってしまった。

やっとのことで彼らは、大西洋向けとエリー湖向けの荷役埠頭が境を接しているあたりまでたどり着き、スピードを落として、巨大な灰色の倉庫や集積所、船渠、鉄道倉庫などに囲まれた迷路の中を、シラードが電話であわただしく伝えたとおりの道順をたどっていった。ようやく、狭い路地で隔てられている荒れ果てた古い建物の一群の裏手で、テラーはウィグナーに停まれの合図をした。そして桟橋の端に建っている、窓の黒いドアの閉じたどす黒い煉瓦造りの倉庫を指さした。一方の側はもっと大きな倉庫の陰になり、反対側には運河の上にかけられた鉄橋と鉄道の引込線がある。「あれに違いない」と彼。

ウィグナーは心もとなげに見つめた。「間違いないかい？」

「あんたの書いたメモがある。そのとおりの場所だよ」

「ますますおかしなことになってきたな」

ウィグナーはふたたび車をゆっくりと前進させ、倉庫の正面の大きな扉の前に停めた。外へ出るとテラーは油断なくまわりを見まわしたが、誰もいないらしい。そのとき、大きな扉にはめこまれた小さなドアが開き、しわくちゃの上着にゆるんだネクタイ、それに灰色のフランネルのズボンを身につけた人影が現れた。肩幅の広いがっしりした体格で、下ぶくれの顔にいかついあご、秀でたひたいに大きなロ――シラードである。

ふたりの男が一緒だった。ひとりは背が高く、剃りあとの黒々としたあごを生まじめに引き結び、だぶだぶのコーデュロイのズボンに格子縞のシャツを着、革の帽子をかぶっている。この男をシラードはアメリカ陸軍のハーヴェイ・ウォーレン少佐と紹介した。ウィグナーは心配げにテラーをふり返った。シラードはきらめくばかりの洞察力を持つ第一級の科学者ではあるが、仲間うちでは、ときには妄想と紙一重とも言えそうな想像力の飛躍で知られている。その彼も今回は本当にストレスにやられたのではないかと、テラーは首をかしげた。もうひとりは血色のいい顔に薄い灰色の髪をした男で、古風な半円形の眼鏡の奥では目が陽気に光っている。落ち着いた物腰で、きっちりと無地のダーク・グレイのスーツに縞のシャツを着こみ、赤でライオンのモティーフを入れた銀色のネクタイを宝石入りのクリップで留めている。彼の名前はクロード・ウィンスレイド、とシラードは言った。〝政府の代表者〟であるという。

彼らは倉庫に入り、トラックその他の車が何台も置かれている空間を横切り、短い階段をのぼって荷役台に上がった。ここで彼らはモーティマー・グリーンという五十歳代の、左右とうしろの灰色の髪以外きれいに禿げあがり、きちんと口髭を刈りこんだ男に出会った。ウィンスレイドは彼を〝同じく科学者〟だと紹介した。彼と一緒にもうひとり、顔に深いしわのある、灰色の髪を短く刈りこんだ、ひょろりとした感じの男がいた。その名はカート・ショルダー。やはりどう見ても科学者だ。言葉にははっきりとドイツ訛りがある。

「どこのご出身ですか？」好奇心をそそられて、テラーはたずねた。

「生まれはドルトムントです」

「あそこなら多少知ってますよ。アメリカへ来られたのは、いつですか？」

ショルダーはいわくありげに微笑した。「もう少しあとまで、その質問は置いておきましょう」と彼。一行は先へ進んだ。

ずっと後方の荷役台からかすかな明かりがさしてくるだけなので、ウィグナーとテラーには、暗い天井のすぐ近くまで積み上げられた荷箱や梱包以外に何も見分けられなかった。ウォーレン少佐は先頭に立って、突き出した箱の壁を迂回するようにその荷物のあいだの狭い通路に歩を進め、さらにもう一度曲がった。まるで軍隊の塹壕みたいだ、とテラーは心の中で思った。そのとき、木枠の壁の行きどまりと見えたものの一部がくるりと開いて、そこがカムフラージュされたドアであることがわかった――それもがっしりした造りのドアだということが通り抜けるときに見てとれた。

そして突然、彼らはまったく別の世界に入っていた——きれいに塗装された間仕切り、吊り天井、明るい照明。背後でドアがぴしゃりと閉じたとき、テラーとウィグナーは本能的にふり返ったが、驚いたことに、ドアだけでなく、最後列の荷物の山全体が、天井までとどく偽壁のカムフラージュになっていることがわかった。すぐそばに、彼らの立っている方に入口を向けた部分仕切りの部屋があった。ウィンスレイドはそこに歩み寄りながら、ついて来るようにと手招きした。

中には机が一つと椅子がいくつか。一方の壁には図や表がピン止めされており、反対側の壁に取りつけられた棚には自動拳銃が何挺かのっている。しかし、来たばかりのふたりの目を捕えたのは、奥のテーブルの上に載っている計器棚と電子装置だった。近づいてみると、驚愕はさらに大きくなった。

フロントパネルは小型だがスタイルは上品で、彼らが日常見なれたブラックボックスの不格好で乱雑なフロントとは似ても似つかない。スイッチやボタンのようなそれとわかる装置に加え、はじめて見るいろんなものがついている——何行もの文章を表示している発光スクリーン、輝く数字を中におさめた窓、小さなガラス戸の奥でリボンのようなものが巻きついた二つのスプール、奇妙な流線形の受話器。長方形のスクリーンのいくつかには絵が映っている——さっき通ったばかりの荷役台、意味のわからない別の室内の眺め、そして建物の外の様子を示す一連の映像。テラーはイギリスにいるあいだに〝テレビジョン〟の実験例をいくつか見ていたが、これほど鮮明なものはなかった。

ウィンスレイドはコンソールの一つを操作し、外の道路の一部を映しているスクリーンを指さした。その眺めが変化しはじめた——カメラが動いているのか、あらゆる路地を視野におさめるようにゆっくりと横に流れていく。彼が何列も並んだボタンの一列に何かを打ちこむと、空白だったスクリーンが生き返って、ウィグナーの車が少し向こうで停まり、それが向きを変えて近づき、駐車し、やがてウィグナーとテラーがそこから出てドアの方へ歩いてくるのを映し出した。「失礼なことは重々承知していますが、こういうものが必要なときもあるのです」ウィンスレイドが、ほがらかな声で言った。

隅に棚があり、箱、工具、ケーブルのリールなどの揃いと、それに奇妙な電子部品やその組み合わせらしいものがのっている。シラードが何かつまみあげるとウィグナーの手に押しつけた。それは緑がかった半透明な物質から成る薄板で、片側は銀色の線やその網模様に、またもう一方の面は何列もの小さな黒い長方形のカプセルと、きれいに並んだ色つきの円盤形と棒形の物体に蔽われている。シラードは黒いカプセルの一つを指さすと、「ユージン、これが電気回路のキャビネットまるまる一個ぶんなんだよ！ シリコン結晶の顕微鏡的な配列なんだ——真空管何千本かに相当する——部屋に入りきらないくらいの量だ！」ウィグナーは手の中で板をひっくり返し、途方にくれてそれを見つめた。テラーは怪しむように首を振った。

「これは何をするものか？」ウィンスレイドが彼らの疑問を代弁した。「そう、たとえばこういうことです」身をのりだして、タイプライターに似たキーボードを叩くと、すぐ目の前のスクリーンが生き返り、『指令モード《コマンド》』の文字が現れた。ウィンスレイドが『BASIC』という単語を打ちこむと、それはタイプするにつれて一文字ずつ現れてきた。明らかに彼は直接スクリーンに書いているのだ。『メモリ割当？』『ファイル？』などの質問が何を意味するにせよ、そのあとに続き、彼はそれぞれに答えを打ちこんでいった。まさに神秘だ。ウィンスレイドは実際に機械と相互作用している――対話しているのだ。

ついに『READY』という単語が現れ、ウィンスレイドは『RUN〝TICTAC〟』とタイプした。一瞬後、スクリーンのてっぺんに『コンピュータ三目並べにようこそ』という見出しが、そしてその下には見なれた井桁の格子が現れた。下端には説明が――『わたしは〝○〟を、あなたは〝×〟を持ちます』そして質問――『先手はどちらですか？〔Y／N〕』ウィンスレイドが『Y』を叩くと、すぐに隅の一つの枡目に〝○〟が現れた。

「やってみますか？」ウィンスレイドが口もきけないでいるふたりの客の方に向きなおった。「それともチェスがいいですか？」

「でもこんなものは序の口なんだ！」シラードが口をはさみ、ふたりに向かって興奮したように両手を振りまわした。「計算ができるんだ――代数に三角関数、双曲関数、マトリックス、何でもござれだ――それもほんの数秒でね！　情報の記憶もできる――どんなものでもだ。そいつを呼びだして、一瞬のうちに変更できる。絵も描ける――グラフ、関数、いろんな形。事実上英語を理解しているんだ！」

テラーもウィグナーも、すぐには筋の通った質問をまとめることができなかった。しばらくのあいだウィンスレイドはふたりにかわるがわる面白がっていないでもない視線を向けていたが、やおら口をひらいた。「シラード博士の言われるとおり、これはほんの序の口です。もちろん、あなたがたはわれわれが何者で、ここで何をしており、それがあなたがたにどうかかわりあってくるのか、いぶかしんでおられることでしょう。このような目に遭わせて申しわけありません。でも答えを知ったときには、これが無数の退屈な質問と起こり得る誤解を避ける最短の道であったことに同意していただけるものと確信しています。よろしければこっちへいらしてください、みなさん」

彼は先に立って、ビルの片方の端からほとんどもう一方の端まで広がっている高い隔壁のドアを抜けた。向こう側へ出たとき、ふたりは口をぽかんとあき、信じられぬ思いに目を見ひらいて、その場にたちすくんだ。

目の前にあるのは、ふたりが今までに見た何ものにも似たところのない巨大な機械だった。だいたいの形状は、どっしりした鋼鉄の骨組の中に水平に横たわる直径八ないし十フィートの円柱《シリンダー》で、その下面は床から六フィートほど上がった位置にあり、手前の端はほとんど頭上まで伸び出ている。反対の端は、もつれあうパイプやケーブルや、巨大な巻線や、輪郭に合わせた留め金具や、それに付随する格子組みなどの中に隠れていて、長さを判断することは不可能だ。骨組みの下の空間はさらに多くの機械類や電子装置で埋まっている。頭上には、何本もの鉄梯子を床に垂らした手すりつきのプラットフォームが円柱の側面から張り出し、シリンダーの中心線くらいの高さでそのまわりをぐるりと取り囲んでいる。テラーは大西洋の両側でいろいろ奇妙な実験装置や、あらゆる工業で使われる機械を見ていたが、これはそのどれともまるで似ていない。用途となると、想像もできない。

彼らはマシンの下に当たる床の上の狭い通路を、いくつもの作業台、箱、金属ケース、仕切りなどのあいだを縫い、縦横に走るチューブやケーブルの上を踏み越え、身をかがめて支柱や桁をよけながら進んだ。建物の奥の方へ向かう道を選びながら、ウィンスレイドはまわりのものについて、何げない口調で説明を加えた。

「五万ガウスを発生する超伝導磁石。この巻線は液体ヘリウムによって四度Kに保たれ、一平方センチメートル当たり二万から四万アンペアを伝えます。そう悪くはないでしょう？

毎秒ギガサイクルのマイクロ波で電磁エネルギーを発振する導波管。こだま原理による飛行機探知システムにはちょうどいいしろものですな」

四十フィート先の向こうの端に着いてみると、そこでシリンダーは、頭上の手すりつきプラットフォームの広い張り出しに面している鋼鉄の箱型の建造物となって終わっていた。ガレージの入口くらいの開口部が箱の中へ続き、その天井から滑車や鎖や巻きあげ装置が下がっている。

建物のいちばん奥で一行がマシンの収容されている空間を離れて別の隔壁ドアを抜けると、突然そこは家庭的なくつろいだ環境に変わった——戸棚と安楽椅子、カードの散らばったテーブル、そう遠くないところから漂ってくる料理の匂い。本、雑誌、片隅のコーヒー・ポット、低く流れているラジオの声など。そこにさらにふたりの男が待っており、ウィンスレイドが彼らをペイン大尉とラムスン軍曹——ともにウォーレン少佐と同じく陸軍の——と紹介した。《部隊》はぜんぶで十二人だが、ほかの者はいま別のところにいるということだった。

「さて、われわれは何者で、何を目的としているのか？」ウィンスレイドはくるりとふり返ると、テラーとウィグナーを正面から見すえた。「現在あなたがたがかかえておられる多くの問題をわれわれは解決することができます。たとえば、ウィグナー博士、あなたはシラード博士とともに、中性子減速材に関する数多くの疑問に答えを出そうとしておられる。黒鉛が適当なように見えるが、分裂中性子を捕獲に適したエネルギーまで減速するための距離を知る必要がある」そこでテラーに目を移すと、「しかし爆弾に使う場合、濃縮ウラン二三五は高速中性子で連鎖反応を起こすだろうか？　もしそうなら、どれだけの臨界質量が必要で、それをどれくらいの速さで結合しなければならないか？　まだまだありますよ」

テラーは雷に撃たれたように立ちすくんだ。「ちょっと待ってください」おののく声で、「どうしてわたしたちの研究のことを知ってるんです？　これは——極秘の分野なのに。だから……」そして首を振り、ウィグナーを見やった。「わからん。どうなっているんだ？」

「わたしにもわからんよ、エドワード」ウィグナーはまるで放心したようにウィンスレイドの方をふり返ると、「あなたは誰です？　政府のどの部局から来られたのですか？」とたずねた。

できる限り抑えていたシラードの感情が、ついに堰《せき》を切った。「あそこにあるのはタイムマシンなんだ！」片足ずつ交互に身をはずませ、いま来た方向に指を突きつけながら彼は叫んだ。「この人たちは、この世界のどこから来たのでもない。未来から——一九七五年から——戻ってきたんだ！」

テラーとウィグナーは顔を見あわせた。ふたり一緒にシラードへ、それからウィンスレイドへ目をやり、最後にまたおたがいを見つめあった。「狂ったんだな」テラーが平板な声で言った。だが同時に、その声の底には、彼がもうなかば信じていることを暗に示す奇妙な何かがあった。ウィグナーの目も同じことを語っていた。

ウィンスレイドはうなずいた。「そうです、われわれは未来からやってきました。ですから当然、ご研究のことを知っているわけです。しかしわれわれもまた問題を抱えています。あそこにあるマシンは〈帰還門〉と呼ばれているもので、その機能は、われわれ自身の時間への帰路の接続を確立し、これによって情報と物資をやりとりすることにあります。設計どおりに建造され、あらゆるテストの結果によれば、正常に働いています。それなのにまだ、一九七五年側と連絡がつかないのです。この状況がとくに奇妙なのは、出発前のわれわれ自身がこちら側との連絡に成功しているという事実がある点です」ウィンスレイドは両手を広げて肩をすくめた。「いったいどこが悪いのか、これから見つけなければならないのです」

17

ドイツという名の戦争遂行機械《ウォー・マシン》を指揮監督している巨大な軍官僚組織は、ベルリンのベンドラー通りに沿った重々しく厳めしい一群の建物に集中していた。このベンドラー通りと、ランドヴェール運河に臨む石造りの岸壁とが出会う角近く、幅広い階段をふまえて古典的な円柱をつらねた構えの奥に、国防省の建物がある。通りをもう少し行くとそこは陸軍参謀本部で、その灰色の自然石の複合体はティアガルテン公園のみごとに造営された緑地や池のあたりまで伸びている。補助運河の一つに沿ったティルピッツ・ウーファーと呼ばれる道路の七十二〜六番地を占めるのは、簡素な五階建ての花崗岩の建物で、これがアプヴェーア——ドイツ国防軍情報部——の本部である。

この建物の三階、すなわち情報部長ヴィルヘルム・カナリス海軍大将の公室より二つ下の階の角にあるオフィスで、ヨアヒム・ベッケル中佐は、ブレーメン支部からのいつもどおりの報告の写しを読んでいた。合衆国からのスパイないし一般調査情報のほとんどは、このルートで入ってくる。報告は、ステッティン＝マルメ＝コペンハーゲンを結ぶバルト海連絡船のもと船長で、もう五年もニューヨーク地域に住んでいながら、ずっと忠実な党員としてその運動に尽くしている男からのものだった。今も海運業界にいて手ごろな船を所有している彼と、ベルリンが接触を保っているのは、彼の地元の海に関する知識と、またこれからさき必要が生じたときそこからスパイを上陸させようという思惑のためであった。名前はヴァルター・フリッチュ。その彼が最近、彼の船を手に入れようとする犯罪者たちといざこざを起こしたらしい。

ベッケルは思わず頬をゆるめて目を上げると、向こうの隅の書類の散らかった机の陰で古ぼけたタイプライターを叩いている、小ぎれいでスタイルのいい、濡れ羽色の髪をした秘書に声をかけた。

「おーい、ヒルデガルト、ちょっと聞いてくれ。いつもアメリカから断片情報を送ってくるヴァルター大提督を覚えているかね？」

ヒルデガルトはタイプの手をとめた。「はい、船を持っている人ですね。今度は何をしたんですか？」

「ルーズベルトとユダヤ人どもが彼に目をつけたに違いない」とベッケル。「暗黒街の連中を送って彼を消そうとしたんだ」

「ご冗談でしょ？」

ベッケルはにやりとした。「どうやら何かの理由で船を手放させようとしてギャングが圧力をかけたらしいよ。かわいそうにヴァルターのやつ、ちょっとばかり手荒い目に遭わされた。一緒にいた姪もそれに巻きこまれた」

「何かひどいことに？」

「ああ、いや、まあ無事だったがね。ところがここに、どこからともなく出現して彼と姪の捕まっていた家を襲い、悪漢を打ち倒してふたりを救い出した謎の黒服の一団のことが書かれているんだ。ニューヨークの新聞にまで載っている――これがその切り抜きだ。これまでこんな話を聞いたことがあるかね？」

ヒルデガルトは長い黒いまつげの下から半信半疑の視線を返した。

「ええ、何十回もね」微笑を見せ、「彼が、その――情緒不安定ということはないんでしょうね？」

「まあ、ひどく誇張されていることは疑いなかろう」とベッケル。「おそらくギャング同士の抗争か何かにかかわりあったんだろうよ。しかし、きみの言うとおりだ――緊張にやられたのかも……」眉をひそめ、他人《ひと》ごとのようにつけ加えた。「あやつもいつかは、重要な作戦に必要となるかもしれん。信頼度がたしかめられるといいのだが……」

ヒルデガルトは机をまわって近づき、ベッケルの脇にあるファイル・キャビネットの一つを開いた。「アメリカの退廃に取りつかれたのですわ」そう言いながら身をかがめてフォルダーの中の文書を調べはじめた。

ベッケルは、きっちりした白いブラウスと黒いスカートごしに、彼女の身体の曲線を楽しげに眺め、手をのばしてその腰のうしろを軽く叩き、しばらく挑発するように指をさまよわせた。ヒルデガルトはとがめるように舌打ちしたが、身をよけようとはしなかった。

「今晩、夕食にさそってもいいかね？」ベッケルがたずねた。「またヘッフナーでどうだ？あそこのバンドが好きだったはずだが」

「でも、客種がよくないから」

ベッケルは肩をすくめ、「わかった。じゃあ、ほかのところにしよう」

「うーん……あなたの心の中にあるのは夕食だけじゃないって、何かが言ってますわ」

「どうしてそんな考えを？」

「あら、若くてハンサムな中佐さんはみなさん同じよ」

「おや、そうか？　でもどうしてそんなことを知っているんだね？」

「どうだっていいでしょ」

「よかろう、たしかにそのとおりだ」ベッケルは両手を上げてみせた。「すると、古きよきドイツの退廃の方はかまわんというわけだな？」

ヒルデガルトはほほえみながら、椅子に戻り、腰をおろした。「七時過ぎならご一緒できます。でもあまり強引なやりかたをしないで。当然みたいな顔をされるのはいやなんです」

ベッケルは机の上の報告に署名すると彼女の方へぽんと投げ出した。「どうすればよろしいのですか？」ヒルデガルトはたずねた。

「ふむ、あっさり捨てるわけにもいくまい。保留ファイルに入れて、そうだな、二カ月後にもう一度出してみるとしよう。そのときほかの事件との関連がわかるだろう。しかし、本当を言うとな、ヒルデガルト、きみの意見が正しいと思うよ——アメリカ文明のせいさ。友なる大提督はスーパーマン漫画の読みすぎで、そっちの方にしか想像力が働かなくなってしまったんだ」

18

イギリスのアーサー・バナリングから、ようやく重要な変化と思われるニュースが届いた──チェンバレンが、具体的な防衛策を固めるため高レベルの軍事会談を開こうというロシアの要求に応じたのだ。

《プロテウス部隊》のもとの世界では、イギリスとフランスの政府は政治的な取り決めもなしに軍事秘密を漏らすことを嫌ったため、一貫してこの提案を断わりつづけていた。そのくせ、モスクワへ送るのにストラングを選んだことでも明らかなように、とくに急いで何か条約を結ぼうともしなかった。このことがスターリンの疑念を裏づけ、ポーランド公約に引きこまれまいという決意を強めさせることになった──どのみちポーランドは相変わらずソ連軍の領内通過を許そうとしないのだから、これは理論的に当然のことだろう。

だがそれがイギリス内閣に、ソ連と防衛条約を結ばないための口実を与えた──その内心の意図は世界じゅうの誰の目にも見えすいていた。つまり、もし侵略されたとしても、それはもうポーランド自身の落度なのだ。

はたして、そうなった──四日後、八月二十六日のことである。世論を満足させるために、イギリスとフランスは、ヒトラーが予期していたとおり、ドイツに対してまやかしの宣戦布告を行なった。ポーランド作戦は、同じ月の月末には終わった。そのあいだ、スターリンはしっかりと腰をすえて奥をうかがわせぬ顔を見せる一方、舞台裏では自国側の準備を必死で進めていた。今やドイツとソビエトは国境線一本を隔てて向かいあっているわけだから、これまでの行動が何のための準備だったのか、もはや疑う余地はない。ヒトラーが西側でのごたごたから解放され次第、それはすぐにでも始まるだろう。

しかし今、この世界では、まだ七月だ。ふいに実現したソ連との結束は、ヒトラーが攻撃を始めるのを思いとどまらせるのに充分かもしれない、とアンナ・カルキオヴィッチは、ビスケー湾の灰色の、まだらに泡立つ水を見おろしながら思った。だがこれが、ヨーロッパの状況を救う最後の機会かも知れないのだ。こうしたあらゆる事件の一つ一つに、ヨーロッパがその手に落ちて盛大な搾取を受けるかどうかがかかっているのだ。

彼女の隣の席でゴードン・セルビーが、ぼんやりとめくっていた雑誌を閉じた。ふたりは就航したてのパンナム大西洋横断旅客便でマイアミからリスボンへ飛び、接続便待ちでデュアス・ノカス・ホテルに一泊したあと、ドーセット州プールへ向かう南アフリカ発の帝国航空の飛行艇に乗ったのである。

「どうかな、ぼくはなんとなくこのままでもかまわないみたいな気がしているんだが」セルビーは首をまわして身をのりだし、彼女の耳もとに話しかけた。昨日十二時間を空ですごしたあとなので、ふたりとももう十六気筒星形航空機用エンジンの絶えまない轟音にあまり邪魔されないですむ方法を身につけていた。「もしわれわれがこの時代に座礁したとしても、長い目で見れば、うまくやっていけるんじゃないかね」

アンナはまるでこの種の言葉を予期していたかのようにうなずいた。「それで、こういう成りゆきをクロードがあらかじめ知っていたのかどうか、気にしているわけね」

セルビーは驚いたようだ。「どうしてわかった？」

「わたしも怪しんでいるからよ」

「なるほど、で、どう思う？」

アンナは彼の顔をじっと見つめ、口をひらいた。「好奇心から聞くんだけど、それであなたにとってはどういう違いがあるの？　戻りたくなるような絆があるの？」

セルビーは首を振った。「実のところぜんぜんない」

「家族も何も？」

「両親はコンゴ侵略のときあそこにいて、脱出できなかった——父があそこで鉱山技師をしていたんだ。ふたりがどうなったかは、誰も知らない」

「そのときあなたはいくつ？」

「十二くらいだ。ちょうど学校の休みで合衆国に戻っていた。そのあとずっと孤児院で育ち、親しい友だちもいない。でもぼくは技術者になりたかった。そうだな……つまり、それが父に対する尊敬の表わしかただったんだろう。精神病医なら、ぼくが原子核工学にたどりついたのは、すべてがおしまいになる前に爆弾を造ってやつらに投げつけたいという無意識の欲求のせいだというんじゃないかな」

アンナはほほえんだ。「本当にそうなの？」

「わからんよ。でも、ケネディが立候補して、こづきまわされるのはもうたくさんだ、と言ったときには、みんなと同じくらい大声で応援したね」

「わかる？　わたしたち、みんな同じなのよ」とアンナ。「この部隊には、どうしても戻りたくなるような理由のある人間はひとりもいないし、そしてみんなヒトラー主義に返してやりたい借りがあるの。クロードはまるでそれを考えに入れて選んだみたいなのよ」

黒い尖った髭の下でセルビーはくちびるをすぼめた。「すると、〈帰還門〉がうまく動かないことをクロードは知っていたというのか？」

「わからないわ。ただ、彼にとってはこれが完全な不意打ちじゃなかったような気がするというだけ。最善を望んではいたけれど、起きてしまった最悪の事態にはしっかり備えていたんだと思うの」

セルビーはうなずいた。「言いたいことはわかる。たとえば、なぜ彼はこうした特殊な人選をしたのか？　〈帰還門〉を組み立てるには、腕のいい技術者何名かと技師二、三人で充分だ。歴史家や外交官が必要だっただろうか？」

「そのとおりよ。それにこれだけの数の軍人が保安のために必要だったのかしら？」とアンナ。「もしそうだったとしても、どうしてその人たち全員がたまたま海外での、それも特にドイツでの秘密活動の経験者なの？」

サンダーランド機はものうい爆音を立てて飛びつづけ、前方の地平線を包む霞の中にフランス海岸の一部が見えてきた。一、二分の沈黙ののち、アンナがたずねた。「クロードは〈帰還門〉が動くことを願っているのかしら、どう思う？　それとも、このアインシュタインの一件は、もう戻れないという考えにみんなが適応するまで士気を保つための手段にすぎないのかしら？」

「するとつまり、彼はわれわれの世界で失われた民主主義を故意に見捨てて、ここで違った結果を得ることに賭けたと、そう言いたいのかい？」

「そう――そのとおりよ」

セルビーはしばらく考えこんでから、首を振った。「そうは思わない。彼が今度のことに備えていたのはたしかだが、それでも〈門〉の接続のためにはあらゆることをやるだろう。仕事に必要なときには客観的にも打算的にもなるけれど、心の底では人間的な男だ。われわれを信頼して送り出した人々を完全に無視してあの世界を成りゆきまかせにしたりはしないと思う」

「どうしてそう考えるの？」

「ぼくがここにいて、この飛行機に乗っているという事実のせいだ」

「どういうこと？」

「ぼくの専門は核兵器で、ぼくがこの任務についた理由がそこにあることは間違いない。もしクロードが、暮らしやすい世界を造ってそこに住むためにここのヒトラーを打ち倒すことにしか関心がないとしたら、いちばん大事なのはアメリカの原爆計画を推進することだ。いいね？　さて、もしそれが彼の望みだったら、ぼくは向こうへ残ってその発足を手助けしていたはずだ」セルビーは軽く両手をひろげてみせた。「でもクロードはそうせず、われわれふたりをヨーロッパへ送った。なぜ？　ぼくをしばらく遠ざけて、科学者たちが当面の目標から注意をそらされないことを確実にするためだ――その目標は〈帰還門〉以外にあり得ない。だから、彼はアインシュタインの件では本気なんだ。ぼくは、こいつがうまくいかなくて自分たちの爆弾を作らなければならない場合の保険にすぎないんだよ」

アンナはほっとした表情で、「そうね」とうなずいた。「わたしもそう思う。そう言ってほしかったのよ」

そのあとしばらくふたりとも黙りこんだが、やがてセルビーが雑誌から目を上げて言いだした。「でもキャシディはどうなんだ？　あの男には戻りたがる理由がある」

アンナはふり向いた。「よく話に出るあの娘のこと？　あら、あれをそんなに本気にとっちゃいけないわ。キャシディの性分は知っているでしょうに」

「とすると、彼は婚約なんてしていないと言うんだね？」

「婚約はしているんでしょう、たぶんね。それとも、前に婚約していたのか……でも、結婚までいかなかったとして、本当にそれが悲劇だなんて思ってるの？」

セルビーは拳で鼻をこすり、気後《きおく》れしたような微笑を浮かべた。「そうも思わんが、これには最初からひどくおかしなところがある。つまり、キャシディは彼なりにいいやつだけど、浮浪者あがりみたいな男だ。その彼が、どうしてそんな家柄のところとかかわりを持ったんだろうか？」

「浮浪者ですって？」

セルビーは、腹蔵のないことを示すように両手を上げ、「そのはずだよ、違うのかい？率直に話そうじゃないか」

アンナはしばらく珍しいものでも見るように彼を眺めていた。「ゴードン、あなた、キャシディのことをまるで知らなかったの？」

「だって、何か知るべきことがあるのかい？」

「彼は南西部の大富豪の家の出なのよ――石油と鉱物資産の直系の相続人なの。でも、国家が窮地に立っているというのに、昔ながらのぜいたくな暮らしをしている周囲の人たちが嫌になって、そこを飛び出し、陸軍の一兵卒になったの。おっしゃるとおり、もしキャシディがときどきわざと装っているような変わり者だったら、クロードは選ばなかったでしょうね」

セルビーは驚愕の目で彼女を見やった。「どうしてそんなことを知っているんだ？」

「ニューメキシコに着いたあと、ハリーから聞いたのよ――何かの用事でトラックでアルブカーキへ向かっているときだったわ。ちょっとしたことでわたしがキャシディに少しきつくあたったことがあって、ハリーはその状況をすっきりさせようとしたの。あのふたり、本当にいい友だちなのね」

象徴的な話だ、とセルビーは思った。ハリーは部隊でとくに口が軽い方というわけでもないのに、どういうわけか、彼がこういうことをアンナに打ち明けたのは当然のように思えたのである。「うーん、ふしぎだ。どうやらきみは兵隊たちとうまくやっていくこつを知っているらしいな」

「実はふしぎでもなんでもないのよ」とアンナ。「若いころの話だけど、国を出るまで五年間、シベリアのパルティザンと一緒に戦っていたことがあるの。十七になるまでに十人のナチを殺したわ。十八のときには、SSの大佐がわたしの家のあった村の男全員の射殺命令を出したので、そいつとベッドに入って、眠っているあいだに喉をかき切ってやったし。わかるでしょう、ゴードン、特殊部隊の兵士とわたしは同じ言葉を話しているわけね」

〈門番小屋〉では、コロンビア大学の物理学部長兼大学院長のジョージ・ペグラム教授が、ここ六十分間に知ったことのショックで、食堂区画の椅子にぐったりと座りこんでいた。ウィンスレイド、グリーン、ショルダーなど《プロテウス部隊》の人々と三人のハンガリー人物理学者が、思い思いの場所に立ったり座ったりしている。ペグラムはずっと町の外へ出ていたため、シラードが〈門番小屋〉からテラーとウィグナーに半狂乱の電話をかけて以来すでに一週間がすぎていた。

「あなたの思考力が回復する前に言っときますが、ジョージ、そう、一見ありえないような論理的矛盾があることはわかっているんです」とシラードが言った。「しかしこの段階で、それと格闘してみてもなんにもならない。本当なんです——ぼくがやってみたんだから。みんなやってみた。イギリスのリンデマンもね。ここで必要なのは、異質の論理と、自明のものを疑って、誰もが見逃した角度から問題を見るこつを知っている心なんです。だから、アインシュタインが必要なんです」

「必要なのはアインシュタインだけではありません」部屋の中央からウィンスレイドが言葉をはさんだ。「最初の計画に従えば、大統領をはじめ政府筋の人間が何人か、すでにかかわっているはずだったのです。技術的な障害一つで、これ以上の遅れを許しておくわけにはいきません——とくにこれからはホワイト・ハウスからのひと声で、いろいろな資材を調達することが急務となるでしょうから」

「手短に言えば、アインシュタインを通じて大統領に接近するわけです」とテラーが念を押すように言った。

ペグラムは、まぶしげにまばたきし、首を振り、そしてようやく自分の声を取り戻した。

「ああ、言われる趣旨はわかるよ。しかし、それならいっそのこと直接ルーズベルトのところへ行ったらどうかね？」

「考えてごらんなさい、ジョージ」とウィグナー。「核分裂研究の援助を求める程度のことですら、政府に直接当たったフェルミとテューヴは変人扱いされて放り出されたんですよ。あなた自身もう一度あそこへ行って、今度はタイムマシンの研究をしているなんて言う気がありますか？」

ペグラムはむっつりとうなずいた。ウィグナーの言うとおりだ。シラードはほんの数日前、海軍の関心を求める二度目の試みを丁重にしかしきっぱりと拒絶する手紙を受けとったところだった。「アインシュタインの名声なら重みは充分だろう」と彼。「しかし、その手紙をルーズベルトに読ませる方法は？　つまり、いかに尊敬すべき人物ではあっても、こういう仕事の実行を彼に頼るわけにはいくまい？　いろいろな逸話はもうきみたちも……」

「その手筈も取り決めました」シラードは、少しばかり押しつけがましい口調になった。「オーストリア人の経済学者グスタフ・ストルパーが、最近、レーマン社の経済顧問で大統領の個人的な友人でもあるアレクサンダー・ザックスという男を紹介してくれました。このザックスに頼んで、アインシュタインのサインした手紙を個人的にルーズベルトに渡してもらう約束を取りつけたんです」

ペグラムはとびあがった。「この件を彼に話したのか？　なんてこった、レオ、こんな情報を漏らすなんて――」

「いや、もちろん、《プロテウス作戦》とか、ここのマシンのことは何も話していませんよ」苛立たしげにシラード。「ウランの研究と核爆弾の可能性ってことにしてあります。真相はあとで直接ルーズベルト本人だけに知らせます」

ペグラムはウィンスレイドをふり返った。「それでいいんですか、クロード？」

「ええ、大いに満足しています。レオはザックス氏に声をかける前に、その点をはっきりさせてくれましたし」とウィンスレイド。

これ以上言うべきことはない。ペグラムはもう一度見まわしてからうなずいた。「たいへんけっこう。アインシュタインに話をしにいきましょう。プリンストンで会議を手配してくれるかね、レオ？」

「彼はあそこにいません」とシラードは答えた。「どこかにキャビンか何かを借りて、ヨットを走らせに行ったと聞いています。だからまず、彼を見つけなければ」

そういうわけで、一九三九年七月三十日の日曜日、テラーとペグラムが〈門番小屋〉でグリーンと一緒にマシンの構造を調べているとき、レオ・シラードとユージン・ウィグナーはウィンスレイド、ショルダーとともにウィグナーの車で、ロング・アイランドのペコニック近辺のどこかにあるムーア博士所有の夏別荘をさがしていた。

19

午前三時過ぎ、〝あなたのよき友、ミルクマン〟スタン・ショウが、WNEWラジオのオールナイト放送で、コマーシャルの合間に楽しいニュースを喋っている。フェラシーニはあご、を胸につけ、椅子をうしろに傾けて足を食堂中央の大きなテーブルにのせた恰好で、うとうととまどろんでいた。キャシディは両手で広げた新聞に隠れて安楽椅子にひっくり返っているし、フロイド・ラムスンは床に座ってコーヒー・ポットのそばの壁に背をもたせ、手にした木片から、部屋を飾りはじめている木彫りの動物の一群につけ加えるためのふくろうを削り出している。〈門番小屋〉にいる部隊のほかのメンバーは、眠っているか、あるいはまだアインシュタインをはじめとする訪問者たちがマシンを調べるのにつき合っているかのどちらかだった。

フェラシーニは少年のころ住んでいた家を心に描いていた――茶色の屋根をした黄色い壁のその家は、フランク叔父の兄弟が持っているガソリンスタンドの近くにあった。彼の記憶にあるフランクは、痩せて筋骨たくましく、川向こうのマンハッタンにある建築現場から家へ戻ると、夕食のあいだずっと、野球と、釣りに出かける計画のことを話していた。新聞に悪いニュースが載ると、ナチがアジアやアフリカでやっていることが話題になった。フランクがそういう話をするとき、テレサ叔母はいつもひっそりと息をひそめるようにしていた。

　夜になると、フランクとハリーはよくラジオでボクシングの試合を聞いたが、そんなときフランクは実況放送に合わせてブロックしたり、ジャブを放ったり、一発一発の動きに合わせて身体を動かしてみせた。ときにはシャワーを浴びて着替えたあと、用具一式を詰めてクラブへ出かけていった――自分の試合か観戦である。そうした夜にはテレサ叔母がハリーと一緒に暖炉の脇に座り、ムッソリーニもファシストもまだいない昔のイタリアの話をしてくれるのだった。

　叔母の話に出てくるそのころの生活は、歌と、踊りと、村の教会の結婚式とで綴られる、なんとも単純で呑気なものだった。周囲の世界といえば、親戚や親しい友だち、それにビベント神父、町長のルイジ、馬車造りのディノ、牛乳屋のロドルフォなど、フェラシーニが子供心に描いたイメージを今でも思い浮かべることのできる人々だけに囲まれた、小さな生活共同体がすべてだった。その空想は、彼がそれを創り出した年齢相応の安心と満足を反映していた。後年の厳しい明け暮れに――たとえば極地訓練でグリーンランドの夜空へパラシュートで飛び出すのを兵員輸送機の中でじっと待っていたとき、あるいは犬を連れた追跡部隊が下の斜面をうろついているあいだ何時間もアルプスの尾根にじっと横たわっていたときなど――彼は誰もがおたがいに顔見知りで、みんなが自分の属する場所を知っているあの暖かい目のゆきとどいた幻想の世界を、懐かしく思い返すのだった。

そして今、ふしぎなことに、彼はこの一九三九年のニューヨークで、それときわめて近い何かを見つけたような気がしていた。自分たちの時代からの距離が彼らのあいだに、みんながいろんな意味で一つの家族に見えるような、一種独特の連帯感をつくり出したのだ。それに加えて、マックスの店やその上のインドカレーの店、同じブロックのムーニーのバー、通りの向こうの賭場など、いつとはなく馴染みになった場所の常連たちのあいだにも、彼のついぞ知らなかった友好的な親密感があった。

一月の時点では、四〇年代の大虐殺時代以前に当たるこのアメリカという国のありかたに軽蔑を感じていたことを、彼は覚えている。しかしそれ以後、彼の知覚の何かに変化が訪れていた。ルーズベルトのニューディール政策にはもちろん失敗や誤算が含まれていたが、にもかかわらずそれは、自助に必要な決意を人々から引き出すことに成功していた。そしてこの国民は素朴な楽天主義でそれに応え、三〇年代の経済的な嵐の時代を、哀れみや個人の自由の尊重といった基本的な人間の価値には傷一つつけずに乗りきってみせた。同じ問題がヨーロッパで解き放った専政、憎悪、リンチ、暴力といった力に膝を屈することもなくてすんだのだ。これは誇るべきことであり、そういうことのできる民衆には守るに値する何かがある、とフェラシーニは考えはじめていた。

「服役態度が良好なので、借金の二万ドルを払えば、アルフォンソ・カポネは十一月には仮出所の資格ができると、ここに出ているよ」キャシディが、読んでいる新聞ごしに告げた。

「どこにいるんだ？」ラムスンが床に座ったままたずねた。

「カリフォルニア州サン・ペドロ沖のターミナル島とかいうところだ」

「そうか、今度は更生して、道を踏みはずさないでくれるといいがな」ラムスンはものうげな口調で、「さもないと、ブルーノみたいに行儀を教えてやらなきゃならん」ナイフを下に置き、手の中の木のふくろうをまわして検分しながら、「結局のところ彼は、なんの容疑で捕まったんだい？」

「税金を納めるのを忘れたんだ」とキャシディ。

ラムスンは非難するように首を振った。「つまり、自分の上納金を払わなかったんだな？　なるほど、そういうことか」

ちょうどそのとき、マシン区画に通じるドアがゆっくりと開き、アインシュタインの姿が現れた。キャシディは新聞を置いた。フェラシーニはテーブルから足をおろし、居ずまいをただした。ラムスンはふくろうを脇に置くとぎごちなく立ちあがった。アインシュタインは片手を上げ、突然入ってきて申しわけないという表情を見せた。

「どうぞそのまま。かまっていただく必要はないのだから」部屋に入り、ゆっくりした足どりでテーブルへ向かいながら、いっぷう変わった強いなまりのある英語で彼は言った。「できれば、紅茶を一杯、ほしいのです。向こうではみんな政治の話をしていて——ああいう、わかる人にとっても退屈な話、わたしはわかるふりをする気にもなれない。そこで、バスルームはどこかとたずねて、逃げてくるというわけです」秘密めかしてフェラシーニにウィンクし、片手を口もとに当ててささやいた。「帰り道がわからなくて迷ったと言えばそれですむ。うっかり教授だと思われていることもなかなか役に立つものでね」

このときすでに、かなり薄くなった純白の髪を後光のようにまとってはいたが、アインシュタインは後年のよく知られた写真のイメージよりも目立って若く見えた。広いひたい、えくぼのある頬、そして頑固そうなあご。垂れ目のまぶたとよれよれの口髭の組み合わせは、もし両眼の輝きと口のまわりにちらちらと浮かぶいたずらっぽい軽い笑みがなければ、その顔をなんとなく、悲しげなせいうちみたいに見せたことだろう。すりきれた茶色のセーターと形の崩れたズボンを身につけた彼は、夕方早くシラードやウィグナーと一緒にやってきていたのである。

対する三人は数秒間ぎごちなくあやふやな目でおたがいを見つめあっていた。「紅茶か」ラムスンが口ごもりながら、「お湯はここにあります。でも紅茶がどこだか……」

「下の食器棚の中だ」キャシディがあわてて答えた。

「砂糖とクリームはどこだ」必要もないのにフェラシーニ。

「ああそうか……見てみます」

アインシュタインは椅子を引いてテーブルに向かって腰をおろし、同時にセーターの襟を引っぱって、シャツの胸ポケットからパイプを取り出した。「ご存じと思うが、今年でわたしは六十回目の誕生日を迎えます。だが、これまで一度も自動車の運転を習ったことはないし、カメラのややこしい仕掛けが使えるようになったのも、つい最近です——あちこち、あれこれいじりまわすところが多すぎてね、わかりますか」肩の高さにパイプの柄を立てて動かしてみせながら、「そこへ今度はあのマシンだ――神がこの宇宙を設計したとき何を考えていたかをちらりと見たと信じるほど愚かな、身も心も固くなったこんな年寄りに何ができるというのか。いつも自分に言いきかせているのだが、自然法則の中に複雑なものが見えるなら、その法則はまだ本物ではない。根底にある真理は、つねにもっと単純なのです。なのに、またこんなものを！　いま聞かされたあれと、自然は合理的で規則正しく、不当な悪意を持ってはいないという、わたしが後生大事にしている信念とを、どう調和させたらいいのです？」

ラムスンはしゃがみこんで食器棚に顔を突っこんだままだし、一方キャシディは新聞をきちんと折りたたむという時間のかかる仕事に没頭している。戦闘にさいしての頼り甲斐にかけてはみんな抜群なのだが、これはまた別もののようだ――ハリーがひとりで処理しなければならないらしい。

彼はつばを飲みこむと、自分がいま感じているよりは利口に見えるような返事をしようと意識的に努力した。「それは、なんとなく、奇妙なように聞こえますが……教授」そこでつかえてしまった。

「〝アインシュタイン博士〟でいい」とアインシュタイン。「それで、何がそんなに奇妙なのです、大尉。いや、アメリカ人風に名前で呼ぶ方がいいのかな？」

「ハリーで結構です――どうせここではみんなそう呼んでいますから……その、つまり、あなたが複雑なものに混乱させられているということがです。たいていの人は、あなたを、人間が到達できるかぎりに複雑なかただと思っています」

「それは違うよ、ハリー」アインシュタインは誘うような視線を左右に移した。「ええと？……」

「あ……はい、私はキャシディです」

「フロイドです」

「ハリー、キャシディ、フロイド。あのね、わたしは髭剃りと洗顔をいつも一つの石鹸ですませている。たいていの人は別々にしているようだね。しかしどうして二つの石鹸を使う必要があるのだろうか？　これもカメラのように生活をあれこれと複雑にするものだ——おかげで重要でないことに手を取られ、どうでもいいことを覚えなければならん。だから、わたしはいつも一つの石鹸だけを使うのです」

フェラシーニは当惑した。話に聞いたところだと、ここにいるのは、おそらく今世紀最大の科学者だ——おそらくはあらゆる時代を通じてもっとも偉大な頭脳の持ち主が、今、未来から来た人々と時間旅行の現実とに直面したところなのだ——だがその人物が、まるで温和なチャップリン風のおじいさんといった感じで、なごやかにカメラや髭剃り石鹸の話などをしている。フェラシーニは何を言えばいいのかわからなくなった。軍の訓練でも、こんな状況のことは教わらなかった。あとのふたりも同じことだろう。

「するときみたちは陸軍にいるのか」アインシュタインは、どこからか取り出した、すりきれた小袋《パウチ》から煙草をつまみ出してパイプに詰めながら、「キャシディとフロイド、あなたがたは軍曹だと聞いたが——そうかね？」

「そうです」とキャシディ。

アインシュタインはうなずいた。「若いころ、わたしはスイスで兵役を免れた——偏平足で静脈瘤があるからと言われてね。でも、おそらくあなたがたのやってきた世界では、もっときびしいのだろう。国全体が軍の兵営みたいになっているということだったが」

これはきわどい話題だった。前大戦のときドイツ軍国主義と事をかまえることに対して、アインシュタインは絶対拒否の態度をつらぬいている——下手なことを言ったら怒らせるのではないだろうか。キャシディは注意深く答えた。「もう政治や経済がどうこうという問題ではなかったのです。われわれに残された選択は、信じるものを捨てるか、それとも手にあるものすべてを使ってそれを守るか、この二つしかありませんでした。あなたも、世界じゅうで起きていることを目にされたら……」

「だがわたしはドイツで、もう何年も起きつづけていることを見てきた」とアインシュタイン。ほんの一瞬、その声にちらりと鋭いものが混じった。ラムスンが湯気のたつ紅茶を入れた琺瑯《ほうろう》引きのカップを前に置くと、ありがとうとうなずいてから、力を抜いてほほえみ、ため息をついた。「心配はいらないよ、キャシディ。人々は、何も理解しないで……」

「お望みなら、ドイツ語でも話を続けられますよ《ヴィア・ケンネン・ウンス・アウフ・ドイッチュ・ウンターハルテン、ヴェン・エス・イーネン・リーバー・イスト》」ラムスンが座りながら言葉を差しはさんだ。

驚きにアインシュタインの眉が上がった。「こいつは予想外だ——みなさんがド《ダス・ハーベ・イッヒ・ヴィルクリッヒ・ニヒト・エアヴァアールテット、ダス・イー》

イツ語を話すとは《ア・アルレ・ドイッチュ・シュプレヒト》！」

「全員、ナチのヨーロッパで仕事をしたことがあるんです」とフェラシーニもドイツ語に切り換えた。「こういう作戦に加わるには、ドイツ語が話せなければなりません」

「すると、どこで習ったのですか？」アインシュタインはテーブルを見まわした。

「陸軍の学校で。ほとんどがそうです」とキャシディ。「訓練はあらゆる点で徹底的なものでした。そうあって当然です——一度出ると通常何カ月にもわたって生命が的になるのですから」

アインシュタインはうなずいた。「たしかにそのとおりだ……ところで、なんの話でしたか？　ああ、そうだ——大衆は何も理解していない。一九一四年にわたしが戦争への協力を拒んだことで、わたしは、〝平和〟というのがお題目によって単なる幻想以上のものとなり得るかのように、平和のためにはどんな代価をも支払わせようとする、例の平和主義者のひとりだということにされてしまいました」

「そうじゃないんですか？」すでにアインシュタインも結局人間だという結論に達していたラムスンは、軽く驚いた声を出した。

「あなたがた三人がいた世界のようになるというのなら、違います」アインシュタインはマッチをパイプに持っていき、何度も吸いつけながら、「もちろん国家間の諸問題の解決方法としての侵略や暴力は非難します。長い目で見れば、より大きな不平や問題につながるだけですから。しかし、やむを得ず防衛の準備をすることはそれと同じではない。ヨーロッパを食いつくすあの怪物は、いわば文明組織の癌です。感染した身体は、抗体を動員してその異質のものを破壊します。惑星単位の器官もそうでなければならない。言いかえると、残念なことだが、力によってしか抑止できない悪があることをわたしは認めます。彼らの善性に訴えることは、ウイルスに道理を説くのと同じくらい無意味なのです」

そこで肩をすくめると、「だからベルギーで、若者は兵役につくべきだろうかと聞かれたとき、わたしは単にそうするだけでなく、喜び勇んでそうするべきだ、それがヨーロッパ文明を救う手助けになるのだから、と答えました。しかし、わたしの立場をずっと誤解して、わたしを守護神にしようとしていた平和主義者は怒りの声をあげ、わたしを〝裏切り者〟と非難しました」

「たぶん彼らは、むしろ前後が矛盾しているということで責めたのでしょう」とラムスン。

フェラシーニは驚いた。ラムスンがどんなことについてでも、うなり声か単語一つ以上で意見を表明することはめったになかったからだ。アインシュタインは三人みんなに同じ影響を与えているらしい。

アインシュタインは首を振った。「実は矛盾などしていない。わたしは軍国主義の礼讃や、どんな種類にせよ、力による自由の抑圧には反対する。二十五年前には戦争に反対することがこの目的にかないました。しかし、今日の状況では、自由諸国が生きのびる唯一の希望はその軍隊の強さにかかっています。したがって、表面上は違っても、両者は深いレベルで同じ目標にむかっているのです」ちょっと考えこみ、そしてふと目を光らせた。「あるいはこういうべきかもしれない――〝あらゆるものは相対的だ〟と」

フェラシーニはかすかにくちびるをほころばせて、キャシディの視線を捕らえた。キャシディは、この男は本物だ、とでもいうようにうなずきかえした。

ラムスンは椅子の上で身じろぎし、眉をひそめて、やおらアインシュタインを見上げた。

「するとあなたはあれを――われわれが残してきたような未来を――避けることは可能だとお考えなのですか？　あの混乱へ向かう過ちが避けられたとしても、その道がまっすぐ別の混乱に通じていないと誰が言えるでしょう？　無数の、あらゆる種類の過ちが、行手に待ちうけているんです」

アインシュタインは肩をすくめた。「かもしれないが、そうではないかも……わたしももうあらゆることを知っているほど若くはないのでね。そうしたことすべてにかかわらず、わたしはまだ人間を信頼しているのだと思います」

「年をとると知っていることが減るのですか？」キャシディは疑いをさしはさみ、眉を上げてみせた。

「おや、でもまさにそのとおりなんだからしかたがない」アインシュタインが請けあった。

「もちろん科学者は別です。はじめから何も知らないのだから」三人はけげんそうに顔を見合わせた。「本当です」とアインシュタイン。紅茶をすすり、パイプから煙の雲をふかしながら、「世界のほとんどは、いまだに科学とは何なのか、漠然とした概念さえつかんでいない。巨大な人喰いキャベツで世界を支配しようとしている白衣の狂人たちのことだと思っていたり……でも科学とは、電気や重力や原子みたいなもののことではありません。それらは科学的方法で調べられる対象にすぎず、科学とは手続きそれ自体のことです――そういうものを、いや、対象はなんでもいいが、それを調べる手順です。何が本当らしく、何が本当らしくないかという結論に到達するための手順なのです。それがすべてです。最終結果は一応頼りになる情報にすぎません。でも、何を信じるべきか――何が真理で何がそうでないか――を知ることは、おそらく人間が存在しはじめたときからずっと取り組んできたいちばん重要な問題でしょう。その答えを得たと主張するどれだけ多くの〝――イズム〟や〝――学〟が発明されたことか――そしてそれらの答えの価値は？」ぐるりと見まわす。三人は話の腰を折らぬよう黙ってその先を待った。

「そうした体系の多くは、これこそ自明と思われる何かを立証ないし正当化することから手をつけました。しかし、もし本当に真理が知りたいのなら、この方法で先へ進むことは期待できない。科学はそういうことはしません。その目的は実際にそこにあるものを――現実にあるがままの世界を――理解することであり、そしてその現実がどういうものであろうとそのまま受けいれる……あなたやわたしの先入観や、賛同を得なければならない人の数などには、なんの影響も受けません。真理は何物にも動かされず、干渉もされない。科学者が討論技術にあまり注意を払わないのはこのためです。そういうものは法律家と神学者に任せておけばいい。自説を提示するさいの言葉の巧みさや感情的な訴えかけは、それが正しいか否かにはなんの関係もありません」

「考えてみればわかりきったことですね」とキャシディ。「簡単な常識にすぎない」

「しかし、キャシディ、それこそが科学のすべてなのですよ」とアインシュタインは言った。

「きちんと方式化された常識。目的は世界をあるがままに理解することで、とくに誰かに何かを納得させることではないから、詐欺や、とりわけ無意識の自己欺瞞が入りこむ余地もない。自分自身を欺きとおすわけにはいかない。自分の誤りを見つけそこなえば、最終的には、こしらえた飛行機が飛んでくれない。自然の法則を欺くことはできないのです。だから、科学の手順という織物自体の中には、基盤となる強い倫理則が織りこまれていることになる――この点が見落とされていることがあまりにも多い。人間活動のほかの分野でも、真理がみな同じだったらすばらしいと思いませんか？」

アインシュタインはカップを置くと、座りなおしてテーブルの上に両手を広げた。「そんなわけで、科学は、真理と思われるものを支えてやろうとはせず、それとまるで正反対のことをします――考え得るかぎりのやりかたでその説を打ち倒そうとする。そのために実験が立案される――理論の誤りを証明するために。そしてもしその理論が生きのびれば、それだけ強力になるわけです。こうして進化の過程のように――いや、まさしく進化の法則によって――科学はつねにみずからを試し、訂正していきます。科学は疑問、挑戦、異議、批判によって成長します。それをもっとも無情な精査にかけるのは科学自身なのです。こうして、科学は健康を保ち、たくましく成長していくのです。

それにしても、信奉者たちを別の意見や違った説明に触れさせようとしない思考体系の、なんと哀れでか弱いことか――そのような体系は、答えられない質問を禁止し、太刀打ちできない相手を抑圧せざるを得ない。そのあげく、しぼんでいき、死んでしまう。結局いつでも、抑圧する側がその犠牲となるはずの人々によって葬られることでけりがつくのです」

アインシュタインは口からパイプを離して重々しくうなずき、「ヒトラーと彼の〝千年帝国〟もそうなるでしょう」と聴衆に請けあった。「だからこそ、みなさん、わたしは人間を信じつづけているのです」

20

古典的ニュートン宇宙は、ビリヤードボールのような粒子が、原則的には無限に小さなスケールまで作用する簡単な法則に従って、重力と電磁気力できまる軌道を描きながら、飛びまわり衝突しては跳ね返っているという秩序正しいものだった。したがってそれは巨大な機械であり、観測の精度と必要な観測の数に限界があることが、任意のある瞬間における宇宙のあらゆる部分の運動を正確に記述することを妨げているにすぎない。とすると、この機械の過去と未来のあらゆる状態、そこですでに起こったあらゆること、今起こっていること、将来起こるあらゆることは、すべてを包括するそのスナップ写真にニュートンの法則を適用し、時間軸上を前後に外挿することで計算できる。そういう途方もない計算が実際に可能かどうかはこのさい問題ではない。いずれにせよそこから、宇宙は決定論的なものであり、未来の事象のパターンは、惑星の公転やぜんまい仕掛けのおもちゃの部品の関係位置と同じく、過去の状態の必然的な結果として現れるものだという結論が出てくる。これは快楽主義者や、良心の呵責に悩む犯罪者たちにはいいニュースだったかも知れないが、人間の自由意思を信じ、それが人類の未来を形づくるのに、なんらかの役目を果たしていると信じたい人々は、心おだやかではいられなかった。

しかし、十九世紀も終わりに近づくころから、既成の理論の背中には、一つまた一つと反駁できない実験データの重荷が積みかさねられていき、そして一九二〇年代には、それに続く物理学の革命が、亜原子の領域を単にニュートン世界のミニチュアとする考えかたを永久に粉砕してしまった。そこにあるのは直観的に慣れ親しんだ、空間内で明確な位置を占め、正確な軌道に沿って動き、通常のものと同じような振舞いをするビリヤードボール風の物体ではなかった。その世界を構成しているのは、日常のレベルとほとんど類似点がなく、量子力学として現れた抽象的な数学記述でしか厳密には表現できない、こみいった新しい概念の実体だったのである。

とくに重要なのは、量子力学の世界の事象が決定論的でないということだった——与えられた現在の状況が、それによって自動的に決定される未来の状況を容赦なく引き出しているわけではないのだ。たとえば、一般に粒子と称されるものは、点状の〝位置〟を占める固い不変の〝物体〟であることを止め、物理学者が〝波動関数〟と呼ぶもの——空間を動きながら拡がり、つねに形と密度分布を変化させている振動する霞——に変わった。ではその霞はなんでできているのか？

物理的な性質を持つ何ものでもない。しかし別のそうした実体に遭遇すると——たとえばそれについて何かを見つけようと設計された測定機器と相互作用すると——その相互作用によって、それはもっと一般的に〝粒子〟と考えられている特性を身につけ、即座に霞があった場所のどこかに位置を占めるのだ。正確にどこなのかは、誰にもはっきりとはわからない。どこにどのくらいの確率で、としか言えない。ある地点で粒子の見つかる確率は、一瞬ごとに、振動し変化していく霞のその地点における密度で与えられる。

だから、量子力学のビリヤードは、それぞれに煙幕をめぐらせた中を激しく動きまわっているボールを使って行なわれるわけで、ある衝突の結果がどうなるのかをあらかじめ精密に予測することは不可能なのである。しかし、どうなりそうかを予測することは可能で、その予測が正しいかどうかは、ある事象を何回も繰り返し、種々の可能な結果が実際にどれだけの頻度で起きたかを観測するという実験によって試すことができる。そういった予測にもとづく判断により、量子力学はおそらく科学史上もっとも成功した理論であることが明らかになった。

宇宙はもはやぜんまい仕掛けではない。しかし自由に表現される人間の意思で形成できる粘土細工に戻ったわけでもない。可能性の法則が、決定論のそれに置きかわったのだ。宇宙を動かすさいころという概念は、厳密な因果論の宇宙以上に人々を悩ませた。その中でも最も注目された例が、アルベルト・アインシュタインだった。

「ニールス・ボーアとわたしは、このことを何度も何度も検討してみた」彼がドイツ語で、ウィンスレイド、ショルダー、テラー、そしてシラードに話している。そこは〈帰還門〉のシリンダーに沿ったプラットフォームの下にある、散らかった道具置き場だった。彼らはこのシステムの一部を調べているところで、一方、配電パネルと真空ポンプが形作る仕切り壁の向こうでも、ウィグナーとグリーンおよび《プロテウス部隊》の面々が、テストのいくつかを繰り返していた。「いつものことだが、スロット・マシンの果物の絵の一つになるという考えは、歯車の歯になるよりも気にいらないね」とアインシュタイン。「だからわたしは、この理論はまだ不完全なのだと見ている。不確定性が出てくるのは、実験が、さらに細かいレベルで作用している変数を見つけ出せるほど鋭敏でないせいです」

シラードは首を振った。「そうは思いませんね。そういう変数の実験的証拠がないかぎり、それが存在するという考えを正当化することはできませんよ」

「わたしも同じ意見です」テラーが言った。「実証されているのは数式だけで、ほかには何もない。隠れた変数という思いつきは、あなたの思想的な信念を満足させるだけで、なんの役割も果たしていませんよ。それじゃ物理学じゃなくて形而上学になっちまいます」

「するとあなたは、どんな解釈にも加担なさらんわけですな」とショルダー。

テラーは両手を広げた。「何か基盤さえあれば、どんな解釈でも考慮しますよ。しかし、直観だけにもとづくものだったら、それはおそらくは誤認を招いて、手助けよりは妨げになるでしょう。もう何度となく見てきたことです」

「ほかにはどんなアプローチがありますか?」とシラード。

「数式に、自分の説明をさせてやることです」とショルダーは答えた。「解釈を与えようなどとしないで」

アインシュタインの顔に夢見るような表情が浮かんだ。今まで腰かけていた箱から立ちあがると、ゆっくり向こうの壁の方へ歩きはじめ、工具ロッカーの前で立ちどまった。手はまだうしろに組んだまま、「そう、哲学的には、なかなか面白い提案だ……」と彼。

ほかの人々はしばらくそっちを見まもっていたが、ショルダーが言葉を続けたので目を戻した。「量子の世界を、記号が可能性だけを表わす一種の幽霊のような世界と見るのは根本的な誤りではないでしょうか？　量子力学の記号が、古典理論のそれと同じように実在を忠実に表わしているということはあり得ないでしょうか？」

「忠実に？」テラーはあいまいにシラードを眺めてからショルダーに視線を戻した。「そうですね、どんなことでもあり得るとは思いますが。でもその意味は？」

シラードは眉をひそめて、考えこみながら、「どうやったら、そんなことが可能になるんです？」と異議を唱えた。「ある物体を表わす波動関数の変化のしかたは二つあります。まず、微分波動方程式の記述に従って連続的で予想可能な時間的展開ができる。あるいはまた、別の物体の波動関数と相互作用することもできる——たとえば電子と測定機器との相互作用ですが——この場合、変化は不連続で、出てくるのはそれぞれ与えられた確率を持つ相互に背反する一連の可能な結果の中の一つです。しかしこの両者は根本的に違います。はじめの方は閉鎖系の場合だが、あとの方はそうではない。これを文字どおりに理解しようとすると矛盾が出てくるに違いありません。こういう本質的に矛盾のあるモデルが、どうして実在を表現できるのですか？」

「問わなければならないのは、実在に対するわれわれの見かたかもしれないぞ」アインシュタインは工具ロッカーに向かってそうつぶやき、ついでふり返って、こっちへ顔を向けた。

「いいじゃないか、数式に自分の説明をさせてみよう。二十一世紀では、そいつはどういう説明をしているのですか、ショルダー博士？」

「最近の物理学は、波動関数が可能な結果の一つに収束するさいの相互作用の過程——お望みなら観測と言ってもいいが——を重要視しています」とショルダー。「どの結果に収束するかは確定できませんし、さまざまな可能性は確率分布でしか定められません」二十世紀の科学者三人は期待して待った。ショルダーは続けて、「しかしこの収束の過程と結果への確率の割当ては、その系の力学方程式から導かれたものではありません。それらは、形式上必要とされる先験的《ア・プリオリ》な申し合わせから出てきたものです——何から何まで、数分前テラー博士が言われたような形而上学的な仮定にすぎません」

短い沈黙があった。「しかし、波動関数を収束させるのに、ほかにどういう方法が？」困惑の表情でようやくシラードがたずねた。

「収束させなければいいのです」とショルダー。誰ひとり、その論理に異議を唱えることはできなかった。

シラードは片手を眉間に当てて、もみ始めた。「しかし波動関数を結果のどれかに収束させないと、ぜんぶこっちに残ってしまう」のろのろした口調で、「そうすると、それらぜんぶが現実だと仮定せざるを得ないのでは？」

かすかな理解の閃きがアインシュタインの目に浮かんだ。考えを口に出す前にもう一度調べなおそうとするかのようにちょっと間をおいてから、彼はゆっくりと何度もうなずきはじめた。「なるほど、それが正直な態度というものだ、違うかな？」なかば自分に言い聞かせるように、「数式をありのままの意味でとらえるだけにして、それが何かを意味するはずだとか、何かあるはずだというわれわれの考えかたとかの先入観にとらわれないようにすることだ」

「そのとおりです」とショルダー。「最後までその線をたどって、それが意味するものを真正面から見すえてください」

その意味を理解して、シラードとテラーは目を見あわせた。そのときアインシュタインが、前より大きくうなずきはじめた。「そうだ。どうしていけない？」ささやくように、「真の宇宙は、われわれがかつて想像したこともないほど大きいのかも知れない――驚くべき複雑さを持った巨大な重ね合わせ構造《スーパーポジション》をなしていて、その中ではあらゆる相互作用が、枝分かれしていくすべての結果の集合を生み出している。そしてどれかの枝がほかのどれかより〝現実〟であると指定するようなものは数式の中に何もないのだから、どうしてすべてが等しく現実ではあり得ないのか？」

「わたしの理解が正しいかどうか、たしかめてみたいんだが」シラードが、ショルダーに言った。「つまり、もしある事象に可能な結果がn個あるとすれば、自然がどういうやりかたにせよその一つを、思いのままに、あるいは偶然に選ぶというのは、真実ではない――そういうことですか？」

ショルダーはうなずいた。「なぜほかのものではなく、その一つを、という点でです」

「なんの規則もなしにだ。なんの理由づけもなしにだ」とアインシュタイン。「それこそわたしがいつも、神はもてあそばないと言っているさいころなんだ」

「で、その代わりになるものは？」とテラー。

「ぜんぶです」ショルダーはあっさりと答えた。「さいころが振られるとき、状態ベクトルの分解が、六つの異なる世界――すべて等しく現実で、それぞれが異なる結果を含んでいる――につながる枝分かれした関数を表わしてはいけないでしょうか？」

テラーは電気パネルのそばの椅子にどっかりと座りこんだ。シラードは立ち上がってそわそわと歩きまわり、あごを拳でこすりながら、必死でこの提案と心の折りあいをつけようとした。

アインシュタインはショルダーに目を向けた。「そうすると予測が不可能なのは、六つの可能性の中から一つの結果が無作為に選択されるからではなく、個人が六つの選択枝のどれを経験するかが不確定だからだ。言いかえると、どの結果が当人の自意識と関係するかだ。記憶とは、それ以前の相互作用の結果の相関集合で、つねに枝分かれしていく可能性の木をたどってきた経路のようなものなのだ」

「そうです」とショルダー。

短い沈黙が訪れ、静寂を破るのはシラードの足音と、向こう側でペインが誰かに向かって数字を読み上げる小さな声だけとなった。「しかしそれでは、六つの世界のそれぞれに少しずつ違ったその人物のコピーがいることになる」ようやくシラードが言った。そのまま絶句して、大きく目を見開いた彼の表情が、すべてを物語っていた。「実際にはあらゆるもののコピーだ――世界、あらゆるもの――それもたった六つじゃなく、あらゆる場所であらゆることが起こるたびに……」

「やっとわたしにも、これがどこへつながるのかわかりはじめてきたようだ」アインシュタインが言い、パイプを取り出して、煙草を詰めはじめた。

シラードは続けた。「あらゆる原因が、たとえいかに微視的なものだろうと、終局的には宇宙全体に影響を及ぼすことができる。もしカートの言うことが本当なら、あらゆる星で、あらゆる銀河で、宇宙のあらゆる遥かな片隅で起こるあらゆる量子的遷移が、宇宙を無数のコピーに分裂させていくことになる……無数のコピー世界の一つ一つが毎秒無数の割合で増加していくわけだ……無限に枝分かれしている木……その中のどこかでは、起こり得るあらゆることが起きている……」

「宇宙は思っていたより大きいとわたしの言う意味がわかったかね」とアインシュタイン。

「われわれが知覚しているものは、全体のほんの無限小の一部、記憶と印象の相関集合として全存在の中をたどった一本の経路にすぎないことがこれでわかった」彼はパイプをふかしながら満足したようにうなずいた。「気にいったと言わざるを得ないね。あらゆる原因について起こり得る結果がぜんぶその中にしっかりとおさめられているのだから、全体的な効果としては決定論的だ。しかしながら、個人の経験としてたどられる経路はどういう機序によるのかはまだわからないが、われわれが自由意思と呼ぶものの影響を受け得る。そう、みなさん、わたしはずいぶん気が楽になりましたよ」

あとのふたりも全体の意味をのみこんで、ゆっくりとうなずいた。現在の状況からは発生し得ないはずの多数の未来がどうして存在し得るのかが、ようやく明らかになったのだ——たとえばヒトラーが、歴史上ナチス・ドイツなど存在したことのない二〇二五年と、どうして通信できたのかが。カート・ショルダーがあとにしてきたナチズムの知られていない未来へと続く一連の事象も、可能性とその結果の枝分かれしつづける木のどこかにまだ存在しているのだ。事実それは、ナチのいない無数の未来——その中には無数のカート・ショルダーを過去へ送った未来が無数にあり、また疑いなく、そうしなかった未来も無数にある——を含む大枝へとつながる、無数の線の一つにほかならないのである。

そして一九七五年からの通信接触の何が悪かったかもはっきりした——どういうわけか混線が起きて、彼らは目当てとする自分自身とではなく、別の一九七五年からやはり別の一九三九年へ行った彼らの別版と接触していたのだ。

だがこれは、〈帰還門〉を作動させるという当面の問題に関しては、なんの手助けにもならない。〈帰還門〉は、主投射器が一九七五年から〈帰還門〉を作動させると同時に必要な動力をも——〈門番小屋〉がブルックリンの電力網を吸いつくしてしまうのを避けるため——一九七五年から送ってくるのに答えて受け身で動く〝従属〟装置なのである。こちらから呼びかけるようには設計されていないのだ。しかしショルダーの言ったことにもとづけば、一九七五年にある膨大な数の主投射器が呼びかけを試みているはずだ。それなのに何も起きない。どこかで何かが、根本から間違っているのだ。

シラードは奇妙な目でショルダーを見た。「どうも納得できない。そういうことがぜんぶわかっていたのなら、なぜ、イギリスにいたときにリンデマンにもっと詳しく説明しなかったのですか。電話で話したとき、彼はそうしたことを薄々さえも知らないようでしたが」

これまで黙って議論に耳を傾けていたウィンスレイドが、その場所から向きなおった。

「わたしがカートに、イギリスにいるあいだは要点をぼかしておくように言ったのです。あそこの状況がはっきりせず、漏れる危険もあったからです。今ここで議論されていることのほんの断片でさえも、ドイツに聞かれるわけにはいきません。しかし、われわれが助力を必要とする理由はもうおわかりでしょう。いったい、ニュージャージーの工場から連絡をつけた部隊は、われわれがまだ理解していない何を知っていたのでしょうか？」

アインシュタインはうなずいた。「この奇妙な新領域の物理学をもっとよく理解しなければならない。それは、この実際の問題に取り組むあなたがたの役にも立つでしょう。今ここに、完全作動状態の通信リンクの一方の端がある。もう一方の端が話しかけていることもわかっている。それなのに、何もやってこない。これを説明できるのは何か？　興味深い問題だと思いますね」

マンハッタンのちょうど反対側で、ジェフとその級友アジモフは、講義が終わって、コロンビア大学のシャーマーホーン講堂の階段をおりていた。「いつか時間をとって町に出て、あの人たちに会ってみたらどうだ」とジェフ。「前に言ったゴードンって男、原子物理学のあらゆることを知ってる。どこでそいつを手に入れたのか、まったくたまげるよ」

「そうしよう……いつか暇が見つかったらな」とアジモフ。「でも今は別のアイデアの話を考えているんだ」

「おや、今度はなんだい」

すぐにアジモフは乗り気になり、歩きながら身ぶりをまじえて話しはじめた。「いいかい、巨星の重力井戸深くにある惑星に宇宙船が不時着しているんだ。乗員たちは救難信号を送ろうとしている。しかし重力場による時間の伸びのせいで彼らの時間経過はゆっくりになり、発進する電波の周波数がぜんぶシフトしていることに気がついていない……」

「そんなに重力場が強いところで生きていられるのかい？」疑わしげにジェフはたずねた。

「ああ、そう、その点もどうなるか考えていることの一つさ」とアジモフは認めた。「でも、どう思う？」

ジェフはしばらく考えこんでから、首を振り、「うまくいきそうにないね」と疑わしげに答えた。

21

夜はまだ宵の口で、〈虹の端〉の中はかなり静かだった。カウンターにいるのは二、三人、テーブルについているカップルやグループがもう少々。ほとんどは、帰宅を前に一時間かそこら、酒と雑談で疲れをほぐしている勤め人たちで、常連はまだほとんど来ていない。ヴァルター・フリッチュがドアのところでコートを預け、黒い眼鏡をかけたまま、照明に目が慣れるまでしばらく立ちどまって見まわしていても、誰ひとり注意を払うものはいなかった。やがて彼はフロアを横切り、カウンターの空いた椅子の一つに座った。

「いらっしゃい」バーテンダーのルーが、フリッチュが座るのをぶっきらぼうに迎えた。「なんになさいます？」

「こんばんは。そうだな、スティンガーを一つ」

「スティンガーね」ルーは背を向けるとグラスに手を伸ばした。

フリッチュは単に念のために、もう一度店内を見まわした。あの夜、フリッチュと姪をマンハッタンまで連れ帰ってくれたふたり――金髪で髭面の大男と黒い髪でオリーヴ色の膚をしたその連れ――は、どちらもいない。ギャングらしい連中を連れて、あとからあの家に乗りこんできたジョニーと呼ばれていた男も見えない。いくらか安心してフリッチュはカウンターに向きなおり、グラスを手にとった。

あの新聞記事に名前の出ていた女をさがし出すのは、さほど難しいことではなかった。彼女が、〝J六つ〟のジョニーがいつも出入りしているというこの〈虹の端〉を教えてくれた。しかしその彼女も、キャシディとかハリーとかいう男のことは、今までに聞いたことも見たこともなかった。

前回の通信でベルリンが彼の報告に言及しなかったのはがっかりだった。こっちの言うことを真面目にとっていないらしい。とすると、彼らに自分の存在価値を納得させられるような何かを手に入れなければならない。ヨーロッパの状況はクライマックスへ向かって流れており、このような重大時局にこそ、世界じゅうのあらゆる場所にいる忠実な党員たちが最大限の努力をするべきなのだ。それに加えて、フリッチュ自身も知りたかった。

「気分のいい場所だ」とフリッチュ。「今がいちばん混んでいるわけではないだろう」

「おそくなればもっと活気づきますよ」ルーは口の奥で答えた。

「ここへくるのははじめてだ。ついでだが、わたしの名前はヨハンだ」

「ああ、ようこそ」

フリッチュはゆっくりひと口飲むと、グラスを置いた。「ちょっと、その、教えてもらえるかな。旧友がときどきここへ来ているという話なので、さがし出したい」

「いいですよ」

「名前はキャシディ——背が高くて、黄色の髪で、口髭がある。ハリーという名前の友だちがいる」

「ハリーとキャス？　わかりますとも、ときどき来ますよ。ここ一日二日、来てませんが」

「今晩はここへ来るかどうか、知らないか？」

「すみませんが、まるで」

「わかった。ありがとう」フリッチュはグラスを手に取り、ルーは氷を補給しに少し向こうへ離れていった。「もうしばらく会っていないが」ぼんやりとフリッチュは続けた。「このところ何をしているかね？　知らないか？」

「これっきゃ知りませんね」

ピアニストのジョージが、隣の椅子で向きを変えた。そこで小耳にはさんでいたらしく、

「少しならわかりますよ。今はブルックリンのどこかでトラックを運転してる。誰かそう言ってなかったっけ？」ルーに目を向けたが、ルーは眉をひそめて首を振ると、カウンターの向こうの端へ行ってしまった。その警告にジョージは気づかなかった。「橋の南の岸壁の近くにある倉庫の一つだった」フリッチュに向かい、「誰かもとのマロニーのところだと言ってたようだが——そう、たしかそうだ——マロニーのところだ」

「その場所をもう一度教えてください」のり出しながらフリッチュが言った。

ルーは向こうの端で背を向けたまま、オリーヴやピクルス・スライスやプレッツェルの皿を並べながら、ふたたび首を振った。〝J六つ〟のジョニーがハリーやキャシディのような

連中のやっていることに対してわれ関せずですませている以上、ほかのみんなもそうしていればいいはずだ。ジョージは口かずが多すぎる。いつかそのせいで面倒に巻きこまれるだろう。

同じ夜、ブルックリンの方では〈門番小屋〉の一行が、八月最初の一日を、ルーズベルト大統領に近づく計画の仕上げに費やしていたが、本質的な点にはなんの変更もなかった——核分裂研究の重大さと核爆弾の可能性が、公式筋の注意を引くための口実に使われ、本当の話はトップレベルとの接触ができてから明かされることになっていた。ヒトラーや〈オーバーロード〉に、〈パイプ・オルガン〉技術が自分たちの独占物ではないかもしれないと疑わせるような危険を冒すわけにはいかない。したがって、《プロテウス作戦》の存在やその目的については、わずかなヒントも書類に書きとめるわけにはいかない。

八月二日、テラーとシラードは、今度はテラーの一九三五年型プリムスで、アインシュタインに署名してもらうよう作られた手紙の最終稿をたずさえて、ふたたび彼の借りている夏別荘へ向かった。その手紙は次のようなものであった。

拝啓

E・フェルミとL・シラードの最近の研究が原稿のまま、わたしの手もとに届けられましたが、それによってわたしは、近い将来、ウラン元素が新たな、そして重要なエネルギー源になり得るという期待を持つにいたりました。すでに発生している状況のある面は、政府当局による慎重な対処と、場合によっては迅速な行動を必要とするもののように思われます。よって、以下の事実と勧告を閣下にお伝えすることが、わたしの義務と考える次第です。

過去四カ月のあいだに、フランスのジョリオならびにアメリカにおけるフェルミとシラードの研究によって、大量のウランの内部で連鎖反応を起こすことが可能になる見込みが有望となりました――これによって、膨大なエネルギーと大量のラジウム類似の新たな元素が生成されます。近い将来これが達成されることは、今や確実のように思われます。

この新たな現象はまた、爆弾の製造に結びつくでしょう――確実にとは申せませんが、きわめて強力な新型の爆弾が製造されるということも考えられます。この種の爆弾が船で運ばれ、港で爆発させられれば、それはたった一個で、港全体をその周囲の地域とともに破壊しつくすことでしょう。しかしおそらく、この爆弾は空輸には重すぎるでしょう。

合衆国には、ごく貧弱なウラン原鉱が少しばかりあるにすぎません。カナダと、旧チェコスロバキアには、良質の原鉱がいくらかありますが、ウランの供給源としてもっとも有力なのはベルギー領コンゴであります。

このような状況からして、政府と、アメリカで連鎖反応の研究をしている物理学者集団とのあいだに、なんらかの永続的な接触を保つのが望ましいと思われます。それを達成する一つの道は、閣下の信頼される、非公式な立場で動けそうなかたに、この仕事をお任せになることです。その任務は次のような内容になるでしょう。

（a）政府の各部局に接近して常にその部内者に最新の進展状況を伝え、政府のとるべき行動について勧告すること。とくに合衆国へのウラン鉱の供給確保の問題に格別の注意を払うこと。

（b）現在大学の研究室予算内で行なわれている実験による研究を加速すること。研究費が必要なら、この目的に貢献したいと考える個人と接触することによって資金を調達し、あるいは必要な設備を持っている企業の研究所の協力を取りつけること。

現にドイツは、接収したチェコスロバキアの鉱山から産出するウランの売却を停止したと聞きおよんでいます。早くもそのような行動がとられたことを、ドイツ国務次官の子息であるフォン・ヴァイゼッカーが、現在ウランに関するアメリカの研究のいくつかが繰り返されているベルリンのカイザー・ヴィルヘルム研究所にいるという事実にもとづいて、ご理解いただきたいと存じます。

敬具

一九三九年八月二日

ロング・アイランド、ペコニック、
ナッソー・ポイント、オールド・グローヴ通り

アルベルト・アインシュタイン

ワシントンDC、ホワイト・ハウス
アメリカ合衆国大統領　F・D・ルーズベルト様

シラードはこの署名ずみの手紙をアレクサンダー・ザックスに渡し、そのさいザックスの助言で、低速中性子による連鎖反応はもはや成功したも同然であり、高速中性子によるそれは、確実性こそ少ないものの、爆弾を作る見込みは充分、という自分のメモをつけ加えた。そしてザックスが自分で添え書きをして書類を完成させ、ルーズベルトと会うための手配をしに出かけていった。

こうして、一時はすべてがうまく動きはじめたように見えた……。

だがそれも、すっかり動顛したアンナ・カルキオヴィッチがロンドンから電話をかけてくるまでのことだった。

「クロード、ここの人たちのやったことが信じられる？」ぎょっとするウィンスレイドの耳もとに、悲鳴に近い声で、「チェンバレンったら、モスクワの軍事会談の代表に、骨董品の提督を送ったのよ——今にも退役名簿に載りそうな男を！　一緒に行く幕僚たちだって、単なる戦術家ばっかり——戦略の経験なんてまるでない。それに経験があったとしても、交渉での決定権がない。あれじゃまるでギルバート&サリバン・オペラだわ。それだけじゃないの。クロード、これが信じられるかしら——船で行くのよ！」

「馬鹿な！」

「ソビエトにしてみれば、なにしろミュンヘンで締め出しをくらったあとだし、がまんもこれが限度と思うでしょうね。スターリンはヴォロシロフやシュポシュニコフといった、ソビエト軍部でも最高の人たちを立てている——本気なのよ。なかみのある話をしたがっているのよ。これじゃ、まっすぐヒトラーの腕の中に飛びこませるだけだわ」

はたして、予期せぬ好機の到来に気づいたヒトラーは、モスクワにいる大使に、ドイツが関係の改善を求めていることを示唆するよう指図した。ロシア側の反応は積極的で、八月の第二週、ドラックス提督の一行がまだバルト海をのんびりと北上しているあいだに、ヒトラーは、ドイツ外務大臣リッベントロップをソビエト首相との直接会談のために派遣することを提案した。スターリンは、そのための条件として貿易信用協定で気前の良い譲歩を引きだしたのち、同意を与えた。八月二十二日、リッベントロップが翌日モスクワを訪れることが公式に発表された。

ポーランド侵攻を回避する望みに関するかぎり、この成りゆきには破滅的な意味があった。リッベントロップがベルリンを出たとき、すでにウィンスレイドは大西洋上をイギリスに向かっていた。今回は、軍事的状況を直接視察し、またイギリス軍の指揮官たちに会うため、ウォーレン少佐が一緒だった。そこには、七月に《プロテウス世界》から実体化するはずだった援軍の代わりをイギリス陸軍に求めることの可能性を探る目的もあった。

ウィンスレイドとウォーレンは、八月二十五日の早朝ロンドンに到着した。そのときすでに、ロシア＝ドイツ不可侵条約は署名を終えていた。ヒトラーのポーランドへの道が大きく開けたのだ。

22

ちょっとイギリスを離れていたおかげではじめて本当に気づいたことなのだが、ウィンスレイドが戻ってみると、そこには何か違った雰囲気がひろがりはじめていた。はっきりとでも劇的にでもなかったが、それは人々の心や気分の微細な変化と、それを反映した新聞の論調に表われていた。あるいは悪いことばかり予測している自分が性急すぎたのかもしれない、と彼は思った。チャーチルたちのたゆまぬ努力は、結局それなりの成果をあげているのだろう——おそらく時がたつにつれて、その成果の重要さが証明され、それ以外のすべては時間に洗い流されてしまうのだろう。

「殴りあいを始めるなら、今がその潮どきだって、あたしゃ言いたいね」ウィンスレイドとウォーレン少佐がハイド・パーク・ホテルにチェックインしたとき、荷物運びのポーターがエレベーターの中で意見を吐いた。「ヒトラーさんはずっと厄介ごとを求めてたんだから、そろそろそいつをくれてやりゃいいんだ。ロシア人? あたしにとっちゃ同じことでさ。この前のときはぜんぜんいいとこなかったもんね!」

こうした新たな判断と決意は、政府の上層部にまで浸透しているらしい、と、次の朝、アントニー・イーデンとホテルに朝食を取りにやってきたバナリングは言った。ナチ＝ソビエト条約が公表される前日、イギリス内閣はポーランドに対する保障にはなんの影響もないことをふたたび断言した。条約から二日後の八月二十五日には急遽在ロンドンのポーランド大使との交渉が進められ、その日のうちに正式な条約の調印まで漕ぎつけた。これは前の世界で連合国がとった態度とは、まさに対照的だった——あそこでは、ロシアの助力受けいれをポーランドが拒んだことが、保障の無効化を宣言する言いわけに使われた。今回は、ロシアとドイツがしっかりと——とりあえず当座は——結託しているにもかかわらず、保障はぐらついていない。

ヨーロッパのいたるところで政況は混沌とし、もはや戦争までせいぜいあと数日の余裕しかないことを疑う者はいなかった。二十五日が終わるころ、ドイツ外務省が、ポーランド、フランス、およびイギリスの大使館、領事館に、ドイツ市民を最短ルートで退去させるよう命じる電報を打ったというニュースが入った。モスクワではヴォロシロフが、もはや有用な目的を失ったという理由で英露会談を打ち切った。ベルリンに駐在していた英仏の通信員は国境を去り、一方、そこに残った中立国の記者たちは、市街全域に対空火器が据えつけられ、爆撃機が絶えまなく東へ向かって頭上を飛んでいくさまを報じた。

《プロテウス部隊》のメンバーと、秘密を明かされたほんのひと握りの人々だけが知っていたことだが、このとき前の世界ではヒトラーはすでに、翌八月二十六日土曜の早朝四時三十分にポーランド侵攻を開始するよう命じていたのである。ソビエトとの結託がなくてさえ、そうだったのだ。公然たる戦争という最初の大きなギャンブルに対する唯一本物の危険が除去された今、ヒトラーが、この外交上の勝利をフルに利用して、所定の計画を能うかぎりの速力と戦力をもって推し進めることを、誰が疑えただろうか。

ところが奇妙なことに、そうはならなかった。二十六日の夜明けは、ポーランド猛襲の知らせなしに過ぎていった。正午近く、イーデンが、ナチ最高司令部の最後の瞬間における疑念と躊躇の表われと見られる情報をたずさえてきた。前の晩、スウェーデンのダーレラスという名前の実業家が、ゲーリングに派遣された仲介人として現在の状況への〝理解〟を求めるドイツの気持ちを伝えるため、ロンドンにやってきた。そして今朝早く、それとは別に、在ベルリンのイギリス大使サー・ネヴィル・ヘンダースンが、現外務大臣ハリファックスのもとへ、イギリス帝国の保全を約し、それが脅かされた場合にはドイツが守ることを保障するというヒトラーの非常識な提案をたずさえてきた。してみると、ソ連が中立になり、軍の準備が整い、〈オーバーロード〉が背後にいるというのに、力には力でという決意を連合国側が示したたったひとつの身ぶりで、最後の瞬間にヒトラーのためらいを引き起こすのには充分だったのである。思えば、もし最初からこういう前例が出ていたなら、ここ数年の事態の推移はどれほど違っていたことだろうか。

ダーレラスはその晩、どっちつかずの返答を持ってベルリンに戻り、翌八月二十七日の朝、ヒトラーとゲーリングが徹夜で考え出した六項目の提案覚え書きを持って、ふたたびロンドンを訪れた。しかしその提案は、すでにヘンダースンが伝えてきているものとは違い、ミュンヘン以来身にしみているきまり文句の繰り返しを感じさせた。チェンバレンは、そんな表現ではどんな解釈でも考えられるという疑念を表明し、公式の返事をヘンダースンに届けさせる前に、その非公式版をダーレラスに持たせてベルリンへ送り返し、相手側の反応を電話で報告させることにした。ドイツとの友好関係を望むイギリスの立場は本質的には変わっていないが、もしポーランドが攻撃されることがあれば保障の約束は守られるだろう。イギリス帝国を守ってやるというドイツの申し出は丁重に辞退されたわけである。

ヒトラーはこの見解を、イギリスがポーランドをただちにドイツとの交渉に入らせるよう説得するという条件つきで、受けいれることに同意した。そこでハリファックスは、ワルシャワのイギリス大使に打電し、その件でポーランドの同意を得るとともに、承諾の旨をヒトラーに伝える役割の委任を求めさせた。ポーランドはこれに応じ、ヘンダースンは八月二十八日の夕刻、親衛隊《SS》の儀仗兵に迎えられてベルリンへ到着し、イギリスの公式通達を手渡した。

関係者の中でもだまされやすい人々は、これで平和は保たれたと喜んだが、ヒトラーのやり口を見慣れている人々は、醒めた静観的な態度を保った。その分別は、二十九日の朝ロンドンに届いたドイツの公式回答によって裏づけられた。それはまず、イギリスとの友好を購うためドイツの死活にかかわる権益を放棄することはできない、と述べ、続いてはいつもながらの、ポーランドの犯罪的挑発行為に対する弾劾演説と、ダンツィヒ及びポーランド回廊の返還要求、そして最後に、誠意の表われとして八月三十日までに全権を委任されたポーランドの使節をベルリンへ急派するようにと迫る内容であった。

最後の部分に罠があった。ヒトラーが指をぱちりと鳴らすとポーランドがあわてて使者を走らせることを期待するような、その尊大な言いまわし——明らかに、すでに犠牲となった国々の高官たちに与えたたぐいの待遇を故意に示唆するような——で、この要求は、ポーランドの拒絶を確実なものにしていたのだ。もしポーランドが交渉係を送るのを断わるか、あるいは送ったにしてもヒトラーの条件が拒絶されれば、ポーランドは〝平和的解決〟を却下した責任を負うことになり、イギリスとフランスはこの件から手を引く大義名分が得られるわけである。

「こんなことが本当に起きはじめたなんて、ふしぎな気分ね」正午過ぎ、最新のニュースを聞こうとウィンスレイドの部屋に一行が集まったとき、アンナ・カルキオヴィッチが畏怖にみちたささやき声で言った。「歴史がわたしたちの知っているものから、刻一刻と実際に変わっていく。それもわたしたちのしたことのせいで。薄気味悪いわ」

ダフ・クーパーが考えに沈んだ顔で、つぶやくように、「今この瞬間、ヒトラーはわれわれ以上に混乱した気分でいるかもしれない。彼はわれわれがあなたがたの世界と同じように、逃げだせる最初の機会をとらえると確信していたはずだ」

「それでいま起きていることの説明がつく」バナリングはうなずいた。「彼はわれわれに逃げ道を与えようとしているんだ。彼も〈オーバーロード〉も、何かが変わったということは知らない。知りようがない。彼らはわれわれの一九七五年とそこに至る歴史にかかわりを持っていないのだから。彼らがつながりを持っているのは二〇二五年の〈オーバーロード〉の世界だけで、そこではこういう状況は起きなかった。あそこでは、ナチは何年も前に消えていたんだ」

このときはもうイギリスの外交官や大臣の中にも、ふたたびミュンヘン協定を、と考えるものは誰ひとりいなかった。ポーランド人たちはむろん一顧だに与えなかった。ワルシャワ駐在のイギリス大使はハリファックスに向け、彼らは国の代表を送って、いじめられ、恥をかかされるよりは、むしろ戦って滅びる方を選ぶだろうという観測を打電した。もしヒトラーが本気で交渉するつもりなら、どこか中立国で、対等の立場で交渉しよう、というのがポーランド側の答えだった。

かくて、ヘンダースンは八月三十日の深夜、ドイツ外務省を訪れて、イギリスとしてはドイツの要求に応ずるようポーランドに勧めることはできない旨の覚え書きを手渡した。ドイツ外務大臣リッベントロップは、最悪時のヒトラーさながらのヒステリックな口調で威嚇しようとしたが、今度ばかりは、侮辱と脅迫によるショック戦術も功を奏しなかった。ドイツの通訳官がのちに〝二十三年間でいちばん猛烈だった〟と述べたほどの白熱したやりとりがつづき、ときにはイギリス人の方がドイツ人より大きな声を出し、ある瞬間にはふたりとも椅子を蹴り、今にも殴りあいになりそうなほど激怒して机ごしににらみあった。約束のドイツ側の提案をヘンダースンが要求すると、リッベントロップはそれをドイツ語で読みあげたが、あまりに早口だったためヘンダースンには二、三の要旨以上のものはつかめず、おまけにリッベントロップはその原稿のコピーを渡すことも拒んだ。ポーランド側が要求されたとおりの全権大使を送ってこなかったのだから、どのみちこれは反故《ほご》同然だというのがその理由だった。

ヘンダースンが次の日、遠まわしにゲーリングからようやく写しを手に入れてみると、そこに盛られた条件はまことに寛容な――それも法外なほどの――ものであることがわかった。もしこれがポーランドの政府に伝えられていたら、実りある交渉の基盤となったことは疑う余地もなかった。しかし、ヒトラーにはそんな気はまるでなかったのだ。これはドイツ人民と外国の観測筋を欺くために用意されたにせものにすぎず、それでもその夜、八月三十一日の九時に行なわれたヒトラーの放送では、かなりの成功をおさめた。

そのときすでに決断はくだされていたのだ。狂ったようにヨーロッパ各国の首都を駆けめぐって夜まで続いた土壇場外交のあがきもすでに無意味なものとなっていた。正午三十分過ぎにヒトラーは、翌一九三九年九月一日夜明けを期して、ポーランド攻撃を開始する最終指令を発していたのである。

チャーチルは、ようやくイギリスに根をおろしはじめた挑戦の種をさらに播くため、フランスへ行って最後の努力を続けていたが、八月の終わる数日前に戻っていた。その妻クレメンタインも三十日にダンケルク経由で帰ってきた。ふたりは事態の展開の中心に近づくため、ピムリコのビルに持っている住居《フラット》へ移ることに決めたが、そこへ到着したとき、ちょうど届いた新聞は、全段抜きの見出しで、絶え間ない空爆の援護下にドイツ軍がポーランドになだれこんだこと、またイギリス陸軍に動員令がくだり、市街から子供たちの疎開がすでに始まっていることを報じていた。唯一ほっとするのは、イタリアは局外にいるというムッソリーニの発表だった。ムッソリーニは、フランス陸軍とイギリス地中海艦隊を相手にすることを考えて、二の足を踏んだに違いない。〝鋼鉄条約〟などといってもその程度のものだったのだ。

その同じ午後、《プロテウス部隊》の努力によって国家的決意が醸成されたことを象徴する、もとの歴史では起きなかったもう一つの出来事があった。チェンバレン首相が、もはや戦争を避ける見込みはないことを知って組織にとりかかった戦時内閣の一員となるようチャーチルに要請したのである。チェンバレンの目がようやくしっかり開かれたのだ。今この世界で始まろうとしているのが、国際世論を満足させるための単なるまやかしの戦争でないことは、もはやなんの疑いもない。ただし、彼がこの仕事をやりとげるだけの力量を発揮できるかどうかは、また別の問題である。

その夜九時、サー・ネヴィル・ヘンダースンは、もしドイツ軍が撤退しなければ、イギリスは躊躇なくポーランドへの責務を果たすという公式の警告をリッベントロップに手渡した。一時間後にはフランス大使がまったく同じ言葉づかいの通達を渡した。もしドイツが西に鋒先を向ければ、まず矢面に立つのはフランスである。九月二日午後、チェンバレンは下院で演説するとき、フランス軍の動員を容易にするために時間を稼ごうとした。しかし議員たちはそれを許さなかった。ポーランドでの三十九時間にわたるいわれのない戦争で彼らは、怒り、苛立ち、そして、政府席から漂ってくるミュンヘン協定的臭気を感じさせるあらゆるものに対して、必要以上に懐疑的になっていた。白熱した討議の末、政府の立場は不安定になり、国民が求めている答えを、それも早急に出さないかぎり転覆するだろうことが明らかになった。

《プロテウス部隊》が動きださせた事態の推移は、すでに彼らの影響力の及ばぬ彼方へ去っていた。当面のところは単なる観察者の立場まで退いて、外務省の混乱した人々のもたらす話や、パリとの絶え間ない電話のやりとりや、フランスと連名で出すという最後通牒のうわさなど、手に入る現状の断片的な絵をつなぎあわせながら見ているしかない。

そして翌日、日曜の早朝のニュースは、首相が午前十一時十五分、国民に演説をすることを予告した。ウィンスレイドたちはその放送を聞く前に、チャーチルと朝食をともにした。

社交上避け得ぬ成りゆきとして、《プロテウス》の人々が、クレメンタインに正体を明かすか、それとも嘘をつくか、の二者択一を迫られる時期がやってくることは、最初から明白だった。チャーチルが後者を問題外としたので、彼女はもう彼らが何者であるかを知っている。彼が彼女をフランスへ連れていった理由の一つは、現場と切り離された環境でこの問題を切り出すことにあった。彼女は最初のショックのあと、レディとしての人格と教養にふさわしい落ちつきでその事実を受けいれていた。

「あなたがたが一九七五年からおいでになったのなら、よろしければ、わたしたちみんながこれからどういうことになるのか、詳しく話していただけませんか……それとも、あなたの世界ではどうなっていたか、だけでも」彼女はロンドンへ戻ってきた夜の夕食で、ウィンスレイドに言った。「誰だって知りたいことですもの」

「話すことはできます」とウィンスレイドは答えた。「しかし、本当に話してほしいとお思いですか？」

しばらくの沈黙のあとで、彼女は言った。「いいえ……よく考えてみると、あまり賢いこととは思えませんわね？」

「たいへん賢いお考えだと思います」

「こういう問題を論じたことがおありですか？」

「いいえ」

「それが立派な先例ですわね、ウィンスレイドさん。わたしもそう思いますわ――それを守ることにしましょう」

しかし九月三日の朝、全員の心は現在だけに集中していた。十一時が過ぎると、朝食のテーブルの会話はまばらになり、空気は重苦しくなった。やがてアナウンサーが首相を紹介し、緊張しているが決意に満ちたチェンバレンの声がラジオから流れてくると、フォークの音はやみ、ティー・カップも脇へ置かれた。

「ダウニング街十番地の執務室からみなさんにお話ししています。今朝、ベルリンのイギリス大使は、ドイツ政府に、ポーランドから侵入軍を即時撤退させる用意があるという通知が十一時までに来なければ、われわれは交戦状態に入ると述べる最後通告を渡しました。はっきり申し上げますが、いまだそのような保証は得られておりません。したがって今、わが国はドイツと戦争状態にあります……」

演説の終わったあと、長いあいだ一座は静まりかえっていた。ようやくチャーチルが口をひらくと、「この瞬間の重大さにもかかわらず、わたしはある種の高揚感を抑えきれないでいることを認めねばなるまい。華々しき古きイギリスは、相変わらず平和好きで用意も整っておらぬとはいえ、ふたたびその務めへの召喚に応えようとしている。あなたがたの世界におけるわが国の屈伏と抹殺の経緯に大きな失意を味わったあとでは、こうなって実のところ心に安堵と静穏すら覚える」彼は一、二秒言葉を切り、悲しげに首を振った。「しかし、どれほど多くのものを犠牲にしてきたことか。ライン国境、イタリア、オーストリア、チェコスロバキアの要塞線、そしてポーランド……すべては失われた。何年か前に勇気と決断を奮い起こしてさえいたら、どれほど違っていたことだろうか」

「本当に」とアンナ・カルキオヴィッチが答え、ちょっとのあいだティー・スプーンをもてあそんでから、ふたたび顔を上げた。「でも長い目で見れば、これが最善の道だったということになるかもしれませんわ」

チャーチルはめんくらった顔になった。「どうしてかね？」

「なぜなら道義上、西側の資格証明が、いまや疑問の余地のないものになったからです」と彼女は答えた。「譲歩、理性、妥協、和解などのあらゆる試みが失敗し、残された手段が武力しかなかったことを、世界じゅうが見とどけてくれました。最終的にアメリカを味方にするチャンスがあるとするなら、これがそうです。そしてこれは、あなたがいま言われたことをぜんぶ一緒にしたよりも価値があるはずです」

「ただしむろんのこと、アメリカが舞台に登場するまで生きのびられるとしてです」とウィンスレイドがつけ加えた。

「そう」冷淡にアンナ。「もちろん、いつだってそうですわ」

建物の外のどこかで低いうなりが始まり、たちまち高くなって、持続的な高い響きになった。防空演習ですでにおなじみの音——敵爆撃機が接近しているという警報だ。「ドイツ人の手の早さだけは認めなきゃいけないわね」とクレメンタイン。

一同は、何が起こるのか見ようとしてビルの屋上にあがった。ロンドン市街の屋根や尖塔が、周囲一面に九月の太陽を浴びてひろがっており、上空には、見まもるうちにも、銀色にふくらんだ何十もの対空阻塞気球があたりからゆっくりと昇っていく。下の通りでは、鋼鉄のヘルメットをかぶった対空監視員たちが、散り散りの人々をシェルターへ向かわせている。誰もが小さな四角い箱を肩から紐でぶらさげている——中身はガスマスクだ。明るい赤の郵便ポストには、黄色の警報パネルが取りつけられ、ガス攻撃があればその色が変えられることになっている。とうとう、来たるべきものが来たのだ。

「もうすぐわかるな」チャーチルは煙草をくわえたまま、ウィンスレイドにつぶやいた。ウィンスレイドは市街の彼方に目をすえたまま、うわの空でうなずいた。

《部隊》がやってきたもとの世界では、戦争の勃発からしばらくのあいだ、ほとんどの人が必至と信じていたイギリスとフランスの各都市への大規模な空襲は行なわれなかった。ドイツ軍がポーランドにかかっている最中に西側で行動を起こすことをヒトラーは望まず、そしてとにかく、ポーランド援助の口実が消滅すれば連合国側は手を引くものと期待していたのである。この世界でその点が何か変化したと仮定する理由はない。

しかしチェンバレンの政府で顧問をつとめている分析家たちは、むろんそれを知るよしもなく、交戦の初日とそれに続く六カ月間に予想される死者と負傷者の数の身の毛もよだつような予測を出していた。一都市の全住民が爆弾とガスで狂乱状態に陥り、社会機構や医療活動も壊滅するという予想に取り憑かれて、政府は大量の死体を石灰坑に投げこんだり底開き船《ホッパー》で海に捨てるなどの秘密処理計画まで用意していた。

バナリングがこれらの事実を示したときは、チャーチルでさえ、チェンバレンに対する見かたを和らげた。「平和以外の道はそれしかないと彼が信じていたのなら、軽々しくミュンヘンでの倫理的怯懦ぶりを非難するより、もっと寛大になることもできたろうな」とチャーチルは認めた。「それでも戦うべきだったとは思うが、買い求めた一年の余裕を高いだけの値打ちがあると彼が考えた理由はわかる」

《プロテウス部隊》の世界では、ドイツ空軍《ルフトヴァッフェ》は一九四〇年の末までイギリスには鋒先を向けなかった。「もしそのパターンがこの世界でも維持され、かつまた神の恩寵あってわたしが事態の進行に影響を及ぼせるようになれば、わが方の準備は整う。そして今回は、どんなことが起ころうと、われわれは降伏せんぞ」チャーチルはむっつりと請けあった。

ウィンスレイドはしばらくじっと彼を見つめた。「神がいると、本当に信じているのですか?」好奇心からの質問だった。

「それは問題じゃない」とチャーチルは答えた。「とにかく、いるという前提で行動すべきなのだ」

そして彼らは、一本のブランディその他チャーチルの言うところの〝気つけ薬〟を持って、通りを百ヤードかそこら行ったところにある地下のシェルターへ向かった。三十分後、警報は誤報だったことが判明し、彼らはもとの住居《フラット》へ戻った。


その午後おそく、チェンバレンは再度チャーチルに連絡をとり、戦時内閣の椅子に加えて海軍大臣の職を提示した——一九一四年の大戦勃発時にチャーチルのついていた地位である。チャーチルは即座に受諾し、その夜六時には、昔のオフィスへ戻っていた。前回在職時に造った地図ケースがそのまま椅子の脇には残っており、その中には海軍情報部がカイゼルの外洋艦隊の動きを書きこんだ北海の地図がそのまま入っていた。〝ウィンストン戻る〟の報は海軍省から帝国海軍のあらゆる艦船と基地に伝えられた。

こうして、大きな歴史上の事件——何がいつ起きたかという——に関するかぎり《プロテウス部隊》があげた正味の成果は、イギリスの戦争参入を三日遅らせたことだった。年代記的に言えば、そうたいした違いはない。

しかしその底流をなす〝いかに〟そして〝なぜ〟の点で、違いは世界じゅうに満ちあふれていた――希望への裏づけと言おうか、何カ月も一行がひと筋に待ち望んでいた変化が、ふいに奔流となって押し寄せてきたのだった。

23

今のところ仲間のうち五人まで――バナリング、アンナ、セルビー、ウィンスレイド、そしてウォーレン――がイギリスに出向いているので、〈門番小屋〉の車の利用はめっきり減っている。そこで、フェラシーニとキャシディはエド・ペインと一緒に、セダンをひと晩借りて町へ向かった――黒塗りの、タンクのように頑丈な一九三六年型四ドアパッカードで、フロントガラスは分割式《スプリット》、フェンダーは丸く、フロントグリルがあり、内側にはぜいたくな革の香りがただよっている。河を越えてマンハッタンへ入り、マックスの店で停まって、ジャネット、パール、エイミーの三人をひろい、それから市街地を北へ出はずれて、ロング・アイランド湾沿いにイーストチェスター湾より少し北の海岸をめざした。グレン・アイランド・カジノへ行くというのは、ずっとフェラシーニの心にあったことだった。ヴァージニアの潜水艦泊地から乗ったリムジンの中でウィンスレイドから話を聞いたのは、もう一千年も前のような気がするが、それ以来一度は見てみたい場所だったのである。フェラシーニがとくにこの夜を選んだのは、ちょうどグレン・ミラーのバンドが演奏しているからだった。

到着したとき建物のまわりの駐車場はもうほとんどいっぱいで、そうこうするうちにもひっきりなしに門を抜けて車が入ってくる。すっかり高揚した気分で彼らはてんでに車から降りると、ドアに集まる人々の流れに合流した。暖かい穏やかな夜で、あるかなきかの風がまわりの木々をかすかにそよがせている。カジノは、漆黒の雲一つない空にかかる半月の光に銀のさざ波を立てている湾の静かな水面をバックに、フラッドライトの光を浴びて立っていた。

おもちゃの笛を吹いたりいろんな騒音を立てているパーティ帽をかぶった一団のあとに続いて、彼らはドアにたどりついた。その一団のひとりの娘が、風船をひと抱え持っていて、それを愛想よく差し出した。「今日、結婚したところなの。風船持ってって」エイミーがふたつ取って、ドレスの胸の前に結びつけると、ジャネットはきゃっきゃと笑った。キャシディはどうやってかマックスの店で手に入れたダービー帽をかぶっている。パールは夕方から何かしらを祝っていて、すでにほろ酔いかげんだ。いい夜になりそうだった。

ホールは人でいっぱいで、騒々しかった。向こうの端のスポットライトに照らされた壇上に、海老茶色のブレザーに黒のネクタイをつけた音楽家たちの姿が見えた。すでに《茶色《リトル・ブラ》の小瓶《ウン・ジャグ》》の激しく華麗な演奏がフル・スイングに入っていた。照明は柔らかく、空気はくすみ、フロアでは白いタキシードとイヴニング・ガウンから、タータンシャツとデニムに至るあらゆる服装の一大集団が跳ねたりくるくるまわったりしている。大勢の人で混みあった長いカウンターが一方の壁に沿ってそのなかばまで伸びており、ほとんど満席のテーブルがフロアのまわりの空間にぎっしりと詰めこまれている。

そのあいだを縫うように奥へ進んでいくうち、グレン・ミラー本人が立ちあがってトロンボーンのソロを始めた。フェラシーニは足をとめ、見つめた。ヴァージニア州ノーフォークのあの日以来見せられたたくさんの写真で、いまではおなじみの特徴ある横顔――きれいに髭を剃った顔、秀でたひたい、後退しつつある生えぎわ、金ぶちの眼鏡――は、この距離でも見分けがつく。ツラローサでの訓練期間中、フェラシーニは宿舎の寝棚にひとり横たわってこの種の音楽に何度も聞きいり、どんな作戦になるのかを思い描こうとした。今この瞬間、ついに過去は蘇ったように思えた。それとも、もう過ぎ去った〝現在〟がついに死んだのだろうか？

「おーい、ハリー、こっち――テーブルを見つけた」キャシディの声が、一瞬の幻想から彼を引き戻した。

ジャネットがフェラシーニの手をつかみ、引きずるようにして、ほかの連中のあとを追った。「どうしたの、ハリー？　これまでバンド演奏を聞いたことがないみたいに思われるわよ」

両隣のテーブルの人々のあいだに残された狭い空間をなるべくうまく利用できるように椅子を並べて、彼らは座った。一つ足りなかったので、エイミーがキャシディの膝の上に座った。キャシディはにやりとして、思わせぶりに風船の上に手をおいた。かわいい顔、カールの先を耳の前までとび出させたブロンドの髪、そして二〇年代のフラッパーを思わせる、ストレートな水色のドレス。彼女とキャシディは、彼女とジャネットがはじめて会った彼とフェラシーニをマックスの店に連れて行ったあの夜以来、折りを見ては何げない感じでうまくやっていたのだ。エド・ペインがなんとかウェイトレスをつかまえ、飲物を注文した。

パールはハンドバッグに手を伸ばし、煙草に火を点け、箱とライターをテーブルに置きながらたずねた。「それで、ゴードンはどこへ行ったの？　もう何週間か、見ていないわ」

「出かける必要があったのよ」エイミーが答え、「どこへ行ったって言ったかしら」とキャシディにたずねた。

「ヨーロッパさ」

「言わないで――絵を見にいったのね」パールが言い当てようとした。「ゴードンは収集家か何かなの？　いつもどこかへ絵を見にいっているわ」

「今回は単なる仕事さ」とフェラシーニ。

パールは首を振ると、ため息をついた。「ねえ、あたしは、まだあなたがたがどんな仕事をしているのかも、知らないのよ。何か秘密なのか、それともあたしが鈍いだけなのか、それともなんなの？　話を聞くたびに混乱するわ」

「どうして、今ごろそんなことを？」とジャネット。「今日は特別な夜だと思っていたのに。パーティはどうなったの？」

「そうとも、パーティはどうした？」キャシディが応じた。「もう五分以上ここにいるのにまだ誰も踊ってないじゃないか。いや、思うにこれは――」

エイミーがかん高い声を上げた。「ちょっと、やめてよ！」

「風船が割れちゃったんでね」

「風船のジョークを聞いたことがあるわ」とパール。「風船ダンサー、ええと……つまり風船だけしか身につけていないその娘に男が言うには……」そこで言葉を切り、眉をひそめた。

「いいえ、ちょっと待ってよ……あら、忘れちゃったわ。あたしったらいつもこうなの」

「コスチューム・パーティに現れた女の子、身に着けているのは黒いブラと黒い靴だけ」とペイン。期待を込めてテーブルを見まわした。

パールは肩をすくめ、エイミーは眉をひそめた。

「いいわ、教えて、エド」とジャネット。「答えは何なの？」

「スペードの五さ！ はっはっはっ！」ペインは嬉しそうにテーブルを叩いた。キャシディはうなり、みんなもそれに和した。

フェラシーニがにやりと笑って口をひらいた。「黒くてぱりぱりしていて、天井からぶら下がっているものは何だ？」誰もわからなかった。彼はイタリア系アメリカ人だから、いつもならポーリッシュ・ジョークになる話だった。だが、ふいに前日、西からポーランドになだれこんだヒトラーの軍隊に加えて、東からはソビエトまでがあの不運な国にとどめをさすため予告もなしに攻撃してきたことを思いだした。その種のジョークにふさわしいときではない。「下手くそな電気屋さ」ポーランド人のとは言わなかったがこれで充分で、みんな笑った。そして飲物が到着し、しばらくジョークは忘れられた。

パールはひと口大きく飲んだあと、座りなおして目を閉じた。いやいやをするようにゆっくりと首を振りながら、「まあ、どうしよう……あんまり早くから飲むんじゃなかった。もう少し発散させないと」やおらペインに目を向け、「どうしてまだ踊ろうって言ってくれないの、エド?」

「踊ろうか?」ペインは機嫌よく応じた。

「男はそうでなくちゃ——あたし、はっきりした人が好き。いつまでも言ってくれないんじゃないかと思ったわ。踊りましょう」ふたりは立ちあがった。ペインは彼女の腕をとり、ダンス・フロアの、今は《カラマズー・ズー・ズー》で跳ねまわっている群衆の方へ連れていった。

いつのまにかエイミーはキャシディのダービー帽をかぶっていた。「どうしてクラブであの娘に、南アメリカで密輸をやってたなんて言ったの?」とがめるように向きなおって、彼女はたずねた。

キャシディは無実を主張するしかめ面《つら》になった。「おれが? いつ?」

「そうよ、あなたよ——先週の金曜日」

「どんな娘に?」

「ぴっちりとしたドレスの、馬鹿みたいな娘よ。誰のことか、わかるでしょ」

キャシディは手のひらを上に向けた。「わかったよ、白状する。若くて純真なせいか、おれは嘘がつけない。きみを嫉妬させるためにやったんだ。それでこっちのチャンスが増えるんじゃないかと思って——競争相手ができたと思えば、もっと軟化するだろうってね」

「キャシディ、あなたったら！　信じられないわ」

フェラシーニは黙りこんでいた。心の目で彼は、つぎつぎと飛来する急降下爆撃機《ストゥーカ》が編隊をくずしては守りのない町の上空へ急降下《ダイヴ》していく光景を、そして燃えるわが家をあとに子供連れの難民が残った家具を手押し車にのせて押しながらどこまでも続く道をとぼとぼ歩いているさまを、思い描いていた。それが今この瞬間、人々が飲み、笑い、踊っているあいだに起きているのだ。なぜかそのすべてに、非現実的な雰囲気がまとわりついている。

ジャネットの手が彼の腕に寄りそうのが感じられた。「さあ、ハリー」耳もとで、ささやき声が、「ふさぎこんでいるときじゃないわよ」

そのとおりだ。今できることは何もない。彼はうなずき、無理に笑顔をつくった。「じゃ、そのことをうまく納得させてほしいね」

「ダンスはどう？　わたしは申し込まれるのを待ったりはしないから」

「今は体操する気分じゃない。もう少しテンポの遅いのを待たないか？」

「いいわよ」

少したって曲調がゆるく甘くなったとき、ふたりはかなり長く踊った。ジャネットはあまり喋らなかったが、まるで言葉にしたくない何かを全身で伝えようとしているかのように、ぴったりと身体をくっつけていた。フェラシーニは彼女の親密さと柔らかさを楽しむことに満足する一方、心の中では、ひとりの女性が今のところ、少なくとも象徴的な意味では進んで彼のものになっているという、奇妙な感覚を味わっていた。これもまた彼にとっては、はじめてのものだった。彼の世界では、人々はめったに自分を誰かに与えたりはしない。あの未来は、そういったことをするにはあまりに短く、苛酷だったのだ。

そのあと、ふたりはテラスへ出て、周囲の人々と一緒にしばらく新鮮な空気を吸い、ロング・アイランドの海岸に沿った明かりのネックレスと湾に浮かぶ船の色とりどりの灯火を眺めた。ジャネットはしばらく彼の腕に抱かれるように寄りそっていた。が、やがて身を離すと、ちょっとのあいだふしぎそうに彼の顔を見つめた。「ハリー、あなたを怒らせたりしたくはないんだけど……そうね、あなた、女の子とあんまりつき合いがなかったみたいね、どう？」

怒ったりする理由は何も見つからなかった。彼はかすかにほほえんで、肩をすくめた。「あんまりなかったね」そう答えるのがいちばん簡単だった。彼がいたのは絶えず脅威と危険のつきまとう、誰もが時間は限られているという思いを抱いて毎日を暮らしている世界だった。そういう状況下では、セックスはストレス解消法としてかなり自由に手に入ったが、たがいに深く立ち入ることは、痛みと喪失の危険が大きすぎるため、たいてい避けられていた。この世界ではまるであべこべだ。人々は感情の鉤をたがいに引っかけあい、所有すべき対象がありもしないうちに所有しようとしている。それがまるで暗黙の規則と慣習を隠した地雷原のように見えたので、彼はそういうものにはかかわりあうまいと心を決めていた。それとも、これは単なる理由づけなのだろうか？　間違ったことをして拒絶される危険を冒したくないだけのことなのではなかろうか？

ジャネットは、彼の率直な答えを、救いを求める信号と読み違えた。ふたたび近づくと、彼のくちびるにキスし、肩ごしにささやき声で、「あたしがいつもこんなことをする女だなんてとらないでほしいんだけど、ハリー、そうしてもいいのよ……つまり、ふたりだけになれるの。ジェフはおそくまでやることがあって、今夜は二、三人の友だちと大学に泊まるから。アパートは空っぽなのよ」

フェラシーニは水面に視線を落とした。「きみをそこまで深入りさせていいのかどうかわからないんだ」

ジャネットはくすくす笑いだした。「ハリーって、ときどき本当におかしなことを言うのね。あなたはよその惑星から来たんじゃないかって思うことがあるわ」

「ぼくが言いたいのは、そう遠くないうちに出かけていってしまうということなんだよ」と彼。「正確にいつかはわからないし、どれくらいの期間かも見当がつかない。だからきみを……」

ジャネットはさほど驚いた様子も見せなかった。「海外へ行くの？」

「そうだ」

「でも、戻ってくるわよね？」

「もちろんだとも」

だがジャネットはそれだけでは安心できない様子で、「ええと……それは、危険なの？」

「ねえ、そいつは言えないんだ……前に話したじゃないか」

ジャネットはすいと身体を引いて、じっと彼の顔を見つめた。「少し前からなんとなくそんな気がしていたわ。ジェフは自分なりの説を立てているのよ。聞きたい？」

「聞きたいね」とフェラシーニ。

「彼の考えだと、政府はヒトラーの動きを気にしているし、とくに例の爆弾をナチが手に入れることを心配している。だから、あなたがたは、ヨーロッパへ潜入して彼らの計画を妨害するために訓練された、軍の秘密部隊だろうって言うの」

「戦争が起こってもいないのに？」

「それが問題じゃないくらい重要なことだっていうのがジェフの考えなの。どのみち、この調子じゃ、戦争になる可能性は大きいわ。それにもしそうならなかったとしても、たぶんイギリスを援助するようなかたちでこっそり行なわれるでしょう。二、三カ月前にイギリスの王様が大統領に会いにきたのもそのためじゃないかってジェフは言ってるわ」

「すばらしい推理だね」とフェラシーニは認めた。実際にどれほどすばらしいかを隠せるだけのポーカーフェイスを保っていられるといいのだが。「それについて、ぼくも何か意見を述べなければいけないのかい？」

ジャネットはため息をついた。「いいえ、別に。でも、いつどこへ行ってしまうにしても、あたしがあなたのことを考えているってことは知っていてほしい、それだけ。どういうことかわかるでしょう？　何が起きても誰も気にかけていないなんて思わないでね」

フェラシーニは彼女を引きよせ、長いあいだその顔に見入った。彼女はまばたきもせず、彼の視線を受けとめた。「本当だね？」ようやく、彼は言った。

「本当よ」彼女はうなずいた。

彼は一瞬ためらってから、「少し前に言ってたジェフの件だけど……」

「もし行ってしまうのなら、あなたの方もあたしを覚えていてくれると思いたいの」

「抜けだして、タクシーを見つければ、それで……」

「ちょうどあたし、ここにコートを持ち出してきてるのよ」

「ああ、そうだな、わかってる」

「何も見逃してはいないってわけ？」

「チャンスはいっぱい見逃してるけどね」

ジャネットは笑って、彼の手を取った。「じゃあ、今度のは見逃さないで。さあ、行きましょう」

24

九月十一日、フランクリン・デラノ・ルーズベルト合衆国大統領は、チャーチルに、そのイギリス海軍大臣復帰を祝い、個人的なレベルで今後も連絡を保ちたいという奇妙な手紙を送った。

一国の首長がこのような関係を他の国のひらの大臣——それも外交を扱う立場ではない——に対して申し出るというのは、どう控え目に見ても異端的な行動である。そしてこの出来事でさらに注目すべきは、このふたりがそれまではほとんど知り合いですらなかった、という点である。一度だけ、ごく短時間、一九一八年にルーズベルトが合衆国の海軍次官として出席したロンドンのある昼食会で顔を合わせているが、そのさいもどちらかが相手に何か強い印象を与えた様子はない。それ以来ずっと、ナチズムの危険に対する評価が一致していることを別とすれば、ほとんどの問題で両者の立場は、いちじるしく違っていた。チャーチルの厳格な保守的、伝統的姿勢と、アメリカの組合やアメリカ自由主義の指導者と認められる人々に偶像視されているルーズベルトの実用的な経験主義とのあいだには、およそなんの共通項もない。ニューディール政策に対する見かたも、放任主義的資本主義が転覆したあとも超然として、時節が来れば難破船も立ちなおると主張した前大統領フーヴァーとまったく同じだったチャーチルは、かつてルーズベルトの〝富と実業に対する無慈悲な戦い〟をやめるよう要望したことがあり、そのときルーズベルトはチャーチルを、過去をふり返ることしか知らぬ時代遅れの政治家ときめつけた。とすると、この突然の共感と団結の身ぶりを、いったいどう説明したらいいのだろうか？

その答えは、両政治家が、内政問題を超えたところにある二十世紀の戦略的現実に関して、共有している認識の中にあった。ふたりとも、世界制覇のきわめて重要な道具としての海軍力の役割を、そして両国が――実際には西側自由世界全体が――英米協力による制海権に依存せざるを得ない現状を理解していたのだ。

ルーズベルトは、アメリカの戦略家兼海洋歴史家だったマハン提督――その著書を彼は若いときに読みあさっていた――の説に従い、将来におけるアメリカの国防の鍵は海軍力にあること、またさらに、日独の興隆と均衡を保つためにはイギリス海軍と競争ではなく協力していく政策を生みだすことが必要なことを認めていた。蒸気と電気がアメリカの海という外堀を埋めた今、この国は、ハワイ諸島からライン河までの広大な領域を占めるたった一個の文化圏となってしまった。アメリカの権益と安全の保障がイギリス艦隊にかかっているのと同様に、イギリスのヨーロッパで勢力均衡をはかる動きも西半球におけるアメリカの再保険を頼みとしている。共通の敵に背中合わせで立ち向かっている両国にとって、おたがいの海軍力は、双方の背後を守るのに欠くことができないのだ。

この利害の一致はイギリスも認めており、それが米西戦争にさいして好意的な中立を守ったことや、またドイツに先んじてハワイとフィリピンを併合するよう暗黙のうちに合衆国を励ましたことの第一の理由だった。アラスカの国境紛争において、またパナマの管理権を求めるアメリカの主張に対して、イギリスが示した譲歩もこれで説明される。アメリカの方も一九一七年の大戦参戦でしっかりそれに報いていた。

アメリカとしては、英仏が倒れるのをそのまま放置しておくわけにはいかないのだ。世界の民主主義を守るという高貴なたてまえはあるものの、本音はつまるところみずからの隠家を救うためで、それには持てる国を略奪しようという持たざる国の動きを抑えなければならず、そしてその防衛の第一線がマジノ線なのである。これは一九一七年には正しかったし、今回もまた正しい。

ルーズベルトは手紙の中で、彼とチャーチルが大戦で同じような地位にいた偶然に言及していた。それに続けて、現状は〝本質的に同じ〟という意味深長な言いまわしをした。この手紙は、全世界的な戦略家である相手にはわかる言葉で、両人の視点と目的は同じだという合図を送っていたのだ。

同じように広い視野でものを考える人間が、議会にもっと大勢いてくれるとよかったのに、とルーズベルトは、〝執務室《オーバル・スタディ》〟に使っている部屋の机に向かって座りなおしながら、そう思った。ちょうど、コーデル・ハル国務長官とハロルド・イックス顧問が、三人の上院議員と一緒に部屋を出ていくところだった——彼が署名したことを後悔している一九三五年の中立法の件で相談にきていた人々である。今月——十月——の終わりには、その中の、武器を紛争当事国のどちらにも輸出することを禁じた条項を緩める件について、投票が行なわれることになっている。

彼は行政棟の公式オフィスよりも、ここで仕事をする方が好きだった。濃い緑のカーテンと、白い壁と、更紗《チンツ》張りの家具を備えた快適な部屋で、この場所に彼は、自分で持ちこんだ何十ものこまかい装飾品や家族の形見、山のような本と切手アルバム、無数の船の模型、それに海図や絵のコレクションの中から選び出した逸品などで、個人的な感触を与えていた。執務用の机はヴィクトリア女王からの贈り物だ。かつて北極の氷に捕えられ放棄されたイギリス船が、のちにアメリカの捕鯨船によって救出され、合衆国政府が修復してイギリスに返還したことがあり、これはその船の材木から造られたものである。

一九三二年以来大統領職にある、このとき五十七歳のルーズベルトは、灰色に変わりはじめた薄い髪と、すぐに歯を見せる明るい笑顔の持ち主で、金縁の鼻眼鏡を角張ったいかつい顔に似合いの大きなまっすぐな鼻にかけていた。大柄な体軀は生まれつきだが、がっしりと張り出した腕と肩は、十八年前の小児麻痺《ポリオ》で両脚が不自由になってから身についたものだ。なみの器量の人間なら、その病気で万事は終わりになっていたはずだが、彼は敢然と政治の土俵に復帰してニューヨーク州知事になり、ついで全国的な不況の到来がおそらく史上最大の問題を政府に突きつけていた時期に大統領となった。そしてはなばなしくその問題と取り組んだ。その施策の本当の効果を、後年の安全な場所から財政や経済の専門家がどのように評したにせよ、彼の〝最初の百日《ファースト・ハンドレッド・デイズ》〟の迫力だけでも、連邦政府が全力をあげて自分たちのために動いているという考えを人々に吹きこみ、やる気を起こさせるには充分だった。下降の一途をたどっていた景気と信用の指標は安定し、次の何年かでふたたび上昇に移り、そして一九三六年の彼の再選は、民衆の支持による地滑り的圧勝となった。
しかしこの第二期は、予想されたことだが、さらに険しい道であることが実証された。彼自身の言葉によれば、彼とニューディール主義者たちは〝塹壕に隠れていた欲張りどもの憎しみを買った〟のだ。〝大恐慌〟の最悪の時期が過ぎると、極右勢力はその隠れ場所から出て来て、かつて民衆が知恵の証しと見ていたえせ知識の無力さを暴くことで彼らの自負を台なしにした人々に対し、攻撃をかけはじめた。別の側面でも、司法部の機構を変えようという彼の運動――実際にはニューディール政策の一部が最高裁で何度か憲法違反と判断されたあとその見解をゆるめさせようとしたもの――は、計算が甘かったことがわかり、失敗に終わった。この経験は、彼個人の人気が依然高いこととは関係なく、アメリカには個人への信頼を超えて尊重されるある種の原則や慣例があり、それに干渉しようとする試みは本能的な疑惑の目で見られるということを端的に示すものだったと言える。

　その原則の一つが、せっかく旧世界から離れていられるのだからこのままでいよう、世界を半周して逃げてきたあのごたごたに子供たちを巻きこむなどまっぴらだ、という決意である。人々のこのような気持ちを反映しているのが、議会で確固たる一翼を占める孤立主義者たちで、アメリカが生きのびるためには遅かれ早かれ参戦しなければならないことをルーズベルトが個人的に信じていたとしても、こういう国家的認識を造りなおそうとするからには、当然ながらよほど注意深く歩みを進めなければならなかったのだ。

実はつい最近まで、彼はそういう努力に意味があるのかどうか、まるで確信が持てないでいた。ミュンヘン協定とそれに続く一連の出来事で彼は絶望の極に達し、一九三九年の夏にはもうこのまま公職を退いて家族とともに個人的な趣味を楽しむことで残された年月を過ごそうかとまで考えはじめていた。しかしポーランド問題の土壇場で示されたチェンバレンの思いもかけぬ決意の固さが、彼に新たな力を与えた。ついでチャーチルが、まず戦時内閣に列し、続いて海軍大臣に任命されたことが、昔の希望にふたたび火をともした。チャーチルへの手紙は、抑えておくことができなかった歓喜の表明でもあったのである。

事実、事態の急転回があまりにも爽快だったので、いっそ慣例など無視して三期目の大統領に立候補してやろうかという考えさえ頭に浮かぶほどだった。が、むろん単なる思いつきである。これはまだ誰にも、エリノアにさえも話していない。

しかし今のところ、まず考えなければならないのは次の面会のことだ。面会担当秘書官のパー・ワトスンが外の廊下から次の訪問者の一行を案内してくるまでの時間に、ルーズベルトは急いで記憶を新たにするため、机上の書類の山のいちばん上に置かれたフォルダーを引き寄せ、開いてみた。

ああ、そうだっけ、こいつは、アインシュタインからの手紙を手渡そうとしてアレクサンダー・ザックスが二カ月待たされたあげく、ようやく十月十一日に手に入れたあの会談から派生したやつだ。アレックスには少々気の毒だったが、しかし、世界の火薬樽の導火線が燃えつきたばかりの今、大統領に自由な時間がどれだけあるというのか？　ルーズベルトはファイルの中の書類をめくり、アンダーラインを引いた部分と自分で書いた欄外のメモを走り読みした。コロンビア大学のウラン研究……莫大なエネルギー源の可能性……一個の爆弾で一つの都市を破壊……ナチの計画は？　彼自身とザックスとワトスン以外の出席者はふたりの兵器専門家、陸軍のアダムスン大佐と海軍のフーヴァー中佐だった。〝親戚ではない！〟ワトスンが会談の要約に出ている後者の名前のそばに冗談を書きこんでいる。ルーズベルトはにやりと笑った。十月十一日の議事録によると、この会談は、〝パー、行動が必要だぞ〟というルーズベルトの言葉で終わっていた。

その行動は、ウラン諮問委員会の任命という形をとった。議長は国立標準局局長のライマン・J・ブリッグスだった。委員会は第一回会合を十月二十一日に標準局で開く予定で、ザックスがその研究の関係者として名前をあげた科学者たちに招待状が送られた。

ところがそこで、ちょっと変わった事態が起きた。レオ・シラードがワトスンに連絡を取り、その日以前に科学者側を代表する人々を大統領に面会させるよう主張したのである。〝ぜひとも緊急のものであると要求された。十月十六日手配〟ワトスンのメモを読んでいるルーズベルトの片方の眉がぴくりと上がった。「要求だと？　これはまた」彼はつぶやいた。「いや、こいつは、いい子にしていた方がよさそうだ」そしてファイルを脇に置くと目を上げ、五人の客が一列になって部屋に入ってくるのを迎えた。

ルーズベルトはすでにアインシュタインとは知り合いだった。教授と、三年前に亡くなったその二番目の妻エルザが、ヨーロッパから移ってきたあと一九三四年のはじめに、ホワイト・ハウスの客として、一泊していたからである。実際にやってきたのは一九三三年だったが、最初の招待状はどこかでどうかなってしまったのだ。ルーズベルトはドイツ語に堪能だったので、彼とアインシュタインは、暗くなっていくヨーロッパ情勢と共通の趣味であるヨットについてたっぷり話しあうことができた。

アインシュタインの手紙で言及されていたハンガリー人科学者のシラードがそのそばに控えており、前回のメンバーだったアダムスン大佐も直前になってワトスンから呼び出され、一緒に来ていた。しかし、あとのふたりの名前は聞いたことがない――モーティマー・グリーン教授と、ドイツ人のカート・ショルダー博士である。

ルーズベルトは座りなおして、紹介の儀式が終わると例のとおり満面に笑みをうかべた。「さて」と彼はうながした。「始めようかね」

この場の重圧感のためいつになく神経質になったシラードは、椅子の端から身をのり出し、「大統領閣下、なんとも変則的な要請を受けいれていただき、ありがとうございました」と切りだした。「話が終われば、それだけの理由があったことを認めていただけるものと信じております。さっそく本題に……」

「そうしてください」ワトスンが口をはさんだ。「あなたがたを割りこますのに時間をつくらなければならなかったのですからな」

シラードはうなずいた。「実を申しますと、これからお話しすることは、ウランの研究とはなんの関係もなく、しかしやはり重要な問題であることに変わりはありません。われわれがここへ参上した本当の目的については、あまりに慎重さを要するため、いかなる形にせよ文字に残す危険を冒すことができなかったのです」アダムスンとワトスンは眉をひそめた。ルーズベルトはわずかにあごを突き出しただけだが、その動きが必要な質問のすべてを語っていた。

「ではよろしければ」モーティマー・グリーンが上着の内側に手をさし入れて一通の封筒を取り出し、そこから一枚の写真を引っぱり出した。なかば腰を浮かせてその写真をワトスンに手渡し、それを彼が大統領に渡した。《プロテウス部隊》が一九七五年から持って来たマイクロフィルムによる記録写真の一枚の引き伸ばしだった。

写真を眺めるうち、ルーズベルトの眉間にしわが寄った。そこに見ているもののあり得ない意味が心にしみこむにつれ、その表情は当惑から困惑の不信に変わった。顔を上げ、口をひらこうとするのへ、「いや、もちろん本物です、請けあいます」とシラードが言った。「毎日いろいろなことが起きますが、こういうことがめったに起きないのはありがたいことです」アインシュタインが助け船を出した。

ルーズベルトはまばたきして、もう一度写真に目を戻した。写っているのは派手に飾りつけられた大きなクリスマス・ツリーの前に集まった家族で、みんなほほえみを浮かべ、子供たちは晴着を着せられ、たくさんの箱や包みがまわりに置かれている。彼の一家、そして場所は間違いなく、オルバニーとニューヨークのあいだ、ハドソン川畔のハイド・パークにある彼の邸宅である。彼自身、エリノアと並んで中央に立っている。息子三人――ジョンとジェイムズとフランクリン・D・ジュニア――がいるし、娘のアンナ・エリノアもいる。それに義理の息子と娘たち、孫たち、それ以外の顔見知りの親戚たち。

問題は、こういう写真を撮ったクリスマスを彼が覚えていないということだった。一つには、従妹のひとりが膝の上に彼女の子供らしい赤ん坊をのせて座っているが、まだ彼女には子供がいない――つい最近婚約を発表したばかりだ。さらに面倒なのは、見間違いようもない自分の筆跡で右下の隅に記されたメッセージだった。そこに書かれているのは――。

キャスリンとジョンへ

この試練のときを和らげてくれる楽しい思い出とともに

愛情をこめて。

フランクリン・D・R

一九四一年、クリスマス

一九四一年？

ルーズベルトは写真を注意深く目の前の書類にのせ、さらにしばらく眺めてから、かたわらの箱から煙草を一本取り、パイプに差しこんだ。「説明してもらった方がよさそうだね」

やっと顔を上げながら彼は言った。

ようやく到達した最終決定は、ウィンスレイドが望んでいたとおり、〈帰還門〉の活性化に総力を挙げることを最優先とするものであった。成功すれば自動的に爆弾――一九七五年からの――が手に入る。ただしすでに動きだした原子力研究という次善の策も、うまくいかなかった場合の保険として当分のあいだそのまま進められる。この取り決めには、あとの方の活動が第一のものの好都合な隠れ蓑となってくれるという魅力もあった。

もう一つ、ルーズベルトが命じたのは《プロテウス部隊》の残り全員をワシントンへ呼び寄せることであった。「この連中全員に会いたい」と彼はワトスンに言った。「それに、合衆国の市民なら誰でも、大統領と話すことができるはずだ。彼らが別のどんなアメリカから来ているにしても、なんの違いがあるというのかね？」彼はしばらく考えこんでから、グリーンに目をやった。「ブルックリンのその倉庫にいつから閉じこもっているといったかな？」

「二月からです」とグリーン。

「そこにいる兵士たちは一九七五年から制服を持ってきているかね？」

「はい、もちろん」

「では、ここへやってきたときの制服を着てくるよう兵士たちに伝えてほしい」とルーズベルトは言った。「彼らの誇りと士気のためにそれがいいだろう」ワトスンに手をひろげてみせ、「合衆国陸軍の兵士が最高指揮官に会うのに変装してこっそりやってこなければならないとしたら、それこそ情けない話だとは思わないかね……それも、どこあろう、このホワイト・ハウスで？　誰かが詮索してきたら、目的は機密で、話す許可が与えられていないと言えばそれでいい」

十月二十一日に予定されていた標準局での会議は予定どおり行なわれた。アメリカの核兵器計画を開始するための六千ドルの支出が公式に認可された。会議録によると、アダムスンは、新たな可能性を考えたがらない心の狭い古いタイプの軍人だったようにみえる。一カ所、勝利をもたらすのは新兵器の工夫などではなく、士気の優勢だ、という彼の発言が記録されているのだ。もしそうなら陸軍の予算は三十パーセント削れるだろう、とユージン・ウィグナーは反駁した。ポーランドを粉砕したのはヒトラーの〝士気の優勢〟だったのだろう、とエドワード・テラーが言い、それでこの議論は決着した。

しかしこれは、結局のところ、公式記録用のものでしかなかった。

25

《プロテウス部隊》の世界の歴史では、ヒトラーは一九三九年十月六日、帝国議会《ライヒスターク》で、自分が和平を望んでいることを宣言する大演説を行なった。ベルサイユ条約でドイツに課せられた不公正を取り除く以上のことはしていないと主張し、ドイツと西側諸国のあいだにまだ残っている二、三の見解の相違を精算するための会談を提案したのである。しかし西側の指導者たちは、怒れる国際世論の凝視の中でいまさら手を引くことができず、かといって戦争に本腰を入れる気にもなれないで、ぐずぐずしていた。このためヒトラーは、彼らに戦争から手を引かせるにはもっと強力な理由づけが必要だと結論した。

来たるべきものに勘づいて安全への保障を増しておきたいソビエトは、ポーランド東部獲得のあと、フィンランドに国境の再編を求めて圧力をかけはじめ、ついに十一月末フィンランドに対して戦端を開いた。こうしてソビエトが当面そっちで手いっぱいなのを見たヒトラーは、ベルギーとオランダを通過してフランスを攻撃するための準備を命じた。悪天候のせいで何度か延期されたが、一九四〇年一月三十日、ついに西方への電撃戦《ブリッツクリーク》が開始された。三人のファシスト独裁者――ヒトラー、ムッソリーニ、フランコ――と国境を接し、最初から戦意のなかったフランスは、たいした抵抗も見せずに和睦を請うた。

モルペス・マンションにチャーチルが占有している階《フラット》の、照明を消して暗くした一室で、集まった人々の前のスクリーンに映されているのは、フランスの村々を通過するドイツ戦車の縦隊、活動中の砲兵隊、歯を見せているドイツ国防軍《ヴェアマハト》の兵士たちに見張られながら路上を行進する何千人もの泥まみれになった連合軍の捕虜たち、といったニュース映画の抜粋だった。映写機のうなりにかぶせてアーサー・バナリングの声が説明を続けている。「ヒトラーは、フランスを、ドイツ軍占領地区とフランス植民地を含む親ドイツ政権下の地区とに分割するという条件で、停戦に同意しました。フランスはこれを受諾し、海峡を渡っていたわが派遣軍は思いもかけぬ状況下に取り残されました。三月にはその部隊も降伏を余儀なくされました」

「撤退することはできなかったのか？」前列の真ん中に座ってスクリーンに顔を向けたまま、チャーチルが疑念を表明した。

「何もかもいいかげんだったのです」とバナリング。「誰もこのような猛烈な攻撃を予測していませんでした。軍隊には本物の戦争のための装備もなく、撤退の計画など問題外でした」

「うーむ」チャーチルはうなり声をあげた。

これよりさき、チャーチルは海軍省内の作戦室の真上にある一室に居を移し、職住密着をはかると同時に、このピムリコの住居を《プロテウス部隊》の作戦本部として開放していた。

暖炉のそばに座っているリンデマン教授も、作戦に科学的な分析と助言を与える〝統計課〟設立のためという名目で海軍省へ移っていた。今は一九三九年十一月で、戦争勃発以来《プロテウス作戦》のことを知っている内部サークルの人数もややふくらんでいた。

フィルムは、ドイツ兵士が博物館の壁を壊して鉄道客車一輌を外へ引き出しているところを映し出した。バナリングは言葉を続けた。「フランス降伏の正式調印は四月に、かつて前大戦を終わらせるためのドイツに対する降伏条件を口述するのにフォッシュ元帥が使った客車の中で行なわれました。この車輛はそのために、一九一八年十一月十一日にあったのと同じコンピエーニュの森の中まで運ばれたのです」

降伏手続きの光景がしばらく映されたあと、映像はドイツ軍の乗船とその船団の出港の光景に変わった。「五月にヒトラーの軍隊はデンマークとノルウェーを侵略しました。イギリスの立場はもはや絶望的でした――ノルウェーの港が、Uボートによる海上封鎖の強化を可能にしたからです。すでに連合は消滅し、また装備のすべては空軍の大部分と一緒にフランスで失われていました。結末が見えてきたので、ムッソリーニは参戦し、まずエジプトと英領東アフリカに攻撃をかけました。条約が禁じていたにもかかわらず、ヒトラーはオランのフランス艦隊を拿捕《だほ》し、これとイタリア海軍との協力によって地中海は枢軸側のものとなりました。われわれとしては地中海艦隊をジブラルタルへ撤退させ、エジプトの防備を放棄する以外に、道はありませんでした」

はるかな昔のことでもあり間近にさし迫ったことでもある苦悶の年月を思い出すバナリン

声は悲痛だった。「そのあとヨーロッパ全土が明白に勝っている側につき、すぐにわれれは圧倒されてしまいました。スペインは国境を開き、ヒトラーにジブラルタルを奪取さました。マルタも落ちました。バルカン諸国は枢軸国と提携し、イタリアの北アフリカ攻撃に呼応して、ギリシアとトルコを抜けてペルシア湾に迫る戦略的挟撃の一翼を形成しました。

　十一月、チェンバレンに代わって首相になったハリファックスは、エジプトを放棄せよというヒトラーの要求に応じ、休戦を求めました。しかしどのみち中東全体の崩壊は避けられない状態だったので、これにはもうなんの意味もありませんでした。将来アメリカの作戦基地となり得るものを抹殺するチャンスと見て、ヒトラーは、イギリス諸島への駐留を条件に持ち出してきました」

　画面に、びっしりと編隊を組んだドイツ空軍の爆撃機の大集団が現れ、それからもう見慣れてしまった爆発、火事、それに崩れるビルなどの映像が続いた。しかし今回そこに見えているのは、身近なこのロンドンの街路と建物だった。抗議のあえぎが見ている数人の口からもれた。バナリングは冷静にしめくくった。「帝国空軍《RAF》の残存部隊は、最初の三週間で全滅しました。これであらゆる防備は失われました。空からの爆撃に対しても、海峡の向こうの港に集結している侵略軍に対しても、立ち向かう手段はまったく残っていません。王室その他の貴顕はカナダへ移され、ドイツ軍はこの年の大晦日になんの抵抗も受けずイギリス上陸を開始しました。英国の降伏は、一九四一年一月一日に調印されました」最後のシーンはヒトラーが、機甲部隊《パンツァー》の戦車と灰色のコートを着たドイツ兵が並んでいるロンドンの街路を、祝勝パレードの先頭の車で意気揚々と行進している姿だった。

ウィンスレイドが映写機に歩み寄り、スイッチを切った。ドアのそばで、チャーチルの親友で側近のブレンダン・ブラッケンが明かりをつけた。雰囲気が晴れるまで数秒のあいだ重い沈黙が続き、ついで部屋じゅうのあちこちから、つぶやきやひそひそ話の声があがりはじめた。以前海軍でチャーチルの同僚だった軍令部長のパウンド提督が、バナリングに視線を向けた。「するとアーサー、あなたもそのときに脱出したのですか——その人々と一緒にぎりぎりで？」

バナリングは首を振った。「わたしは二カ月ほど前、十月にカナダへ移動した部門の一つと一緒に行きました」

やはり大戦以来チャーチルの親しい友人であるデズモント・モートンが、思案げにあごをさすった。もと砲術士官で、戦功十字章に加え、心臓に銃弾をくらったあとずっとその弾丸を体内に入れたまま普通に暮らしていることで知られた人物である。「とすると……あなたの〝コピー〟というかそういった誰かが、この瞬間にもロンドンのどこかを歩きまわっているということですか？」

「そうです」リンデマンが割って入った。「実を言えば、この一月以来、この男はなんとか自分をひと目見ようとしているんですよ」

「驚き入った話だ！」

スクリーンが巻き上げられ、その背後の、壁に固定された大世界地図が現れてくるあいだに、最前列の席からチャーチルが立ち上がった。うしろをふり返り、手を上げる。すぐに話し声は静まった。ウィンスレイドは前に出て、さっきまで座っていた椅子に戻った。

「さて、みなさんは、ほんの数カ月前までわれわれが向かっていた破滅の岩礁をごらんになったわけだ」とチャーチル。「しかし最悪の事態の避けかたがこれでわかったなどと思われぬように。それどころか、現在の状況はどちらかと言えばわれわれの干渉がなかった場合よりも悪くなったように見える。たしかにわが方の戦意は高まっているが、これに対して勝利への見通しは、ロシアが冷笑的中立から、ヒトラーとの積極的同盟に転じたため、当然それだけ弱まったことになる」

この世界で起きつつあることのどれだけが本当に《プロテウス部隊》の活動の結果で、どれだけが本来起きるはずのことだったのか、誰にもはっきりとはわからない。彼らの行動を一見なんの関係もない遠くの出来事につなげる因果の網の精妙さは、時として驚嘆に値するものがあった。

チャーチルは続けた。「ヒトラー伍長の十月六日の帝国議会《ライヒスターク》における〝平和演説〟は、どちらの世界でもあったということだ。この世界でわれわれの聞いたそれは、しかしながら、現在の状況について、わたしを名指しで非難している。《プロテウス世界》にいるわたしの分身は、なんの役職にもついていなかったから、すでにわれわれの活動がベルリンのナチ指導者の反応を変えていることは明らかだ。

さらにご存じのとおり、チェンバレンとダラディエは、ドイツ軍が武力で強奪した土地に留まっているかぎり、協議を考慮することさえ頑強に拒んでいる。前の世界では事態の目まぐるしさに腰を抜かして、答えるどころではなかった。この違いもまた、《プロテウス作戦《オペレーション》》に帰することができよう」

チャーチルは訴えるように両手を拡げると、「一方、ロイヤル・オークの悲しむべき一件もある」十月中旬、一隻のドイツ潜水艦が、スコットランドの北のはずれに当たるスカパフロウのイギリス艦隊母港の防禦線を突破し、停泊中の戦艦ロイヤル・オークを沈めたのだ。「これは前の世界では起きなかった。もし起きていたら、あらかじめ万全の予防策が講じられていたはずだ——それは、海軍省の長たるわたしが請けあう。われわれのしたことの何が、いかにしてこの変化をもたらし得たのか、知ることは困難だ。

しかし、十一月上旬のアメリカ議会における中立法の武器輸出禁止条項を廃止するという票決はどうか?」とチャーチル。この決定は、アメリカの武器弾薬を、現金払いでかつ買い手が自分の船で輸送するかぎり交戦国へ売ることを認めたもので、イギリスの海軍力を考えると、この措置は明らかに連合国側に有利だった。「これは単なる別時間線の気まぐれにすぎないのだろうか？　それとも、前の世界では希望を感じられなくなっていたルーズベルトが、われわれの土壇場での断固たる態度に元気づけられて議会への圧力を増したためだろうか？　もしそうだとすれば、相違をもたらしたのはまたしてもわれわれの功績である。

つまるところ、前の世界の大きな出来事は、この世界で起こることへの指針としてどの程度信頼できるのか？　われわれはそのパターンを夢中でさがしているところなのだ」

彼は言葉を切り、結びの前にぐるりと室内を見わたした。「ドイツの計画が前と同じ線で進んでいるなら、西部方面への電撃戦はすでに発令ずみのはずだ。単に悪天候のため延期されているにすぎない。結局前回は、一月の終わりに攻撃が始まったが、すべてが不確定だとすれば、今回もそうなるかどうか誰にわかるだろうか？　明日かもしれないのだ」

チャーチルは片手を上げ、強調するように人差し指を伸ばした。「しかしそれでも、この知識を政府全体に広める危険を冒すわけにはいかない。もしヒトラーや彼を操っているものたちに、この法外な時間技術がもはや彼らの独占物ではないことがわずかでも洩れてしまえば、彼らは一九四二年まで待たずに今すぐ核兵器を持ちこみ、ただちに勝利を手にしようとすると考えざるを得ない。こういうわけで、すべてはアメリカの科学者たちにかかっている。ここにいるわれわれは、しっかりと耐え、希望を持って結果を待つことしかできない」

話のしめくくりとしては少々あっけない結論だったせいか、部屋は静まり返っていた。チャーチルは先を続けるようウィンスレイドにうなずいて見せ、腰をおろした。

ウィンスレイドは立ちあがると数秒間、地図の方を見たまま胸の前で両手をこすりあわせ、それから一座の方へ向き直った。「しかしこれは、未来を予見できることによって、なんの利益も得られないということではありません」ぴしりときめつけるような彼の口調に、すぐさまざわめきが起こった。これこそみんなが待ち望んでいた言葉だったのだ。「率直に申し上げるとして、今われわれ全員が合意している保安措置が揺るがないものとしますと、今後二カ月のあいだに政府の政策に基本的変化は起きないでしょう。したがって、ベルギー攻撃は、前と同様一月下旬に起こると思われます。しかし今回は、ウィンストンのような人たちが手を尽くされたことにより、フランスは前よりも持ちこたえるものと期待されます」

ウィンスレイドは言葉を切ったが誰も口をひらくものはなかった。彼はふたたび一同に背を見せて地図を見つめ、それから片手を上げて、ノルウェーのぎざぎざの海岸線を指でなぞりながら、「したがって、あらゆる戦闘から遠いこの地域は、完全に落ちついているはずです。さて、われわれ一派は政府を支配してはいませんが、海軍は自由に動かせます——大臣と軍令部長が、今この場におられるのですから。

で、われわれの案出した計画はこういうものです——春の数カ月間、西部戦線に注意が集まるのを利用して、海軍を使ってここ、ノルウェー北部に部隊を上陸させます。表向きの理由は、スウェーデンを通過してフィンランドを援助するためということになります。われわれの世界では、フィンランドはロシアの鼻っ柱を折ったことで人々を驚かし、大衆の支持と同情を得ました。この世界でそれと違ったことを期待する理由は見あたりません。一方わが政府は、この作戦の目的が、ここ、ガリヴェールの鉱山からここ、ナルヴィック港経由でやってくるヒトラーの鉄鉱石供給を断つことだと信じるでしょう」

ウィンスレイドの頬に一瞬、ゆがんだ微笑が浮かんだ。「しかし真の理由は、五月に起こることがわかっているナチのノルウェー侵攻を出しぬくことにあります。これによってヒトラーに、鉄鉱石だけでなく、大西洋沿岸で手に入れたがっている追加のUボート基地をも与えないでおくことができるのです」

　聴衆がこの提案を噛みしめているあいだ、ちょっとした沈黙があった。ようやく誰かがたずねた。「ドイツが五月まで動かないことはどの程度確実なのですか？」

「確実なものなど何一つありません」ウィンスレイドは認めた。「しかし少なくともこれまでのところ、観測された時間線の相違は本質的なものではなく、細部だけのように思われます。この原則が維持されつづけるかどうかは、いくつかの事件が語ってくれるでしょう。例えばわれわれの経験によれば、ロシアのフィンランド攻撃は今から二日後に開始されるはずです。これがそうなるかどうかもまた、いいテストになるでしょう」

「そういう遠征を行なう準備はどうかね――つまり、訓練や装備は？」疑わしげにデズモンド・モートンがたずねた。「これまでドイツにどれだけ緒戦でやられたか、忘れんようにせんとな」

「ハーヴェイ、どうかね？」ウィンスレイドがウォーレン少佐の方をふり向いてうながした。

　ウォーレンはドアに近いイーデンとダフ・クーパーの側の椅子から立ち上がると、「満足できるほどではありません」と率直に認めた。「わたしが会って話した人たちがいまだに理解していない最大のものは、船に対する航空機の威力です。もしドイツ空軍《ルフトヴァッフェ》が作戦可能距離内に基地を設営できたら、やっかいなことになります。空母では地上基地の航空力に太刀打ちできませんし、どのみちイギリス海軍には充分な数がありません。戦艦は忘れることです。もうその全盛期は終わりました」

「しかしドイツ空軍《ルフトヴァッフェ》はフランスにかかりきりで、その近くにはいないと思うが」とチャーチル。「またもしドイツ海軍が邪魔しようとしたら、そう、そやつらの片づけかたはわかっている」

一、二カ所から笑いが起こり、誰かが質問を投げかけ、そして議論は、陸上基地と空母の航空機との、またそれと戦艦との相対的な利点についての技術論に移っていった。ウォーレンはウィンスレイドの視線をとらえ、一瞬じっと見つめた。ウィンスレイドは肩をすくめた。

もともと内輪の人々だけしか知らない、別の計画があったのだ。

ヒトラーの二〇二五年への〈帰還門〉はライプツィヒの近くにある——ドイツ東部、ベルリンから南へわずか百マイル以下のところだ。ヴァイセンベルクと呼ばれるその場所の、化学薬品ならびに弾薬生産コンビナートの真下深く岩盤を穿った洞窟の中である。それが存在を続けるかぎり、西側を効果的に防衛する希望はない。いまだに一九七五年と接続できたという知らせがないので、ウィンスレイドはそれを取り除くため独断で何か手を打つことに心を決めていた。

「われわれは戦車を渡す橋をかけるために先発した工兵隊にすぎないはずでした」と彼はチャーチルに語った。「しかし戦車がやってきそうな気配はありません。よってわたしは、これ以上待たずに、われわれ自身で目標を攻撃することを提案します。あのマシン抹殺が最優先でなければなりません」

かくてその抹殺を目的とする、規模はちっぽけだが測り知れないほど重要な《アンパーサンド作戦》が立案され、ヨーロッパの事件がどこかほかの方向へ注意を引きつけているあいだに決行されるということに定められていたのである。

計画の概略に暫定的に合意して、一同はウィンスレイドの予測が、前の世界同様にソ連がフィンランドを攻撃することで確証されるかどうかを待つことにした。攻撃は予定ぴったりの十一月三十日に始まった。情報が相変わらず本質的には頼りになることが証明されたのに勇気づけられて、ウィンスレイドはニューヨークに連絡をとり、そこに残っている部隊の軍人たちに、いつでもイギリスへ移動できるよう準備を整えて待機することを命じた。

26

ドイツ国防軍情報部《アプヴェーア》の秘密情報・諜報部門の長ハンス・ピーケンブロック大佐は、目の前の机の上で開かれたファイルを、半信半疑の面もちで見つめた。それからやおら手を伸ばすと、ベッケル中佐が机ごしに差し出しているアメリカの絵入りニュース雑誌から切り取った光沢ある数葉の写真ページを手に取った。

「で、これがその証拠かね？」彼は一枚目のカラー写真を調べながらつぶやいた。写っているのは、上品な家具の並ぶ広々とした場所で握手しているふたりの男と、それを後方から眺めている人々――この光景は十月の南北アメリカ国家会議後の会談を終えた南アメリカ諸国の代表二、三人が、ホワイト・ハウスの入口ホール内で合衆国の係員たちに別れを告げているところである。だがピーケンブロックが関心を示しているのは、前景の人々ではなく、そのずっと後方の、それも画面の端ぎりぎりのところにカメラマンがうっかりとらえてしまった、数人の制服姿の兵士たちだった。ゆるく一団となって立ち、面会の順番を待っているらしい。その中には民間人の服装の男も二、三人まじっている。

ベッケルは写真部門に依頼して作らせたその部分の拡大写真を手渡した。「よろしいですか……」一方に並んで立っているふたりの兵士――ひとりは背が高く、黄色い口髭を生やし、何か言いながら手を振っているところで、もうひとりは黒い髪をしている――を指さし、

「フリッチュがこの記事を送ってよこしたのは、このふたりが、前に報告したギャングの中にいたことを確信したからだそうです」ベッケルは、ひどく粒子が粗いが、上着の肩章と襟章が見分けられる、より大伸ばしの写真を手に取った。「所属部隊を確認しようと一応のチェックを行なったのですが、結果はおかしなことになりました。合衆国陸軍のどのマニュアルにも、その階級章の記録がないのです。制服自体をよく見ると、標準的なアメリカ軍の仕様とはいろいろ微妙な点が違っていることがわかります。これまた、よく似たものの記録はありません」

ピーケンブロックは椅子に座りなおし、両手の指先をあごの下で合わせた。それから立ち上がって窓へ歩み寄り、ベンドラー通りの流れを見おろしながら、「もう一度要点をさらってみよう」とようやく口をひらいた。「まず最初に、このフリッチュという男がどういうわけかアメリカのギャング一味とかかわりあいになって、ニューヨーク郊外のその場所へ連れて行かれた。ところがそこへどこからともなく、壁を歩いて登り、悪漢を素手で病院送りにしたというその謎のマスクの男たちが現れて、家を乗っとり、ライバルのギャングにあとをまかせた」

「ライバルのギャングと思われる連中に、です」

「どうでもいい。そしてフリッチュは、この件について、ニューヨークの新聞記事まで同封

して報告を送ってきた」

「そのときは、アメリカの犯罪者以外の何かと関係がありそうには見えませんでした」とベッケル。「が、それでもわれわれは、この件を再調査にファイルしました」

ピーケンブロックは片手を上げた。「きみの処置は正しかった。ともあれ、今や彼らは犯罪者ではなくアメリカ軍の兵士であることが明らかになった。また、今まで知られていない、おそらくは編成されたばかりの部隊に所属していることもだ。彼らはなみはずれた訓練を受けているようだ。その彼らがホワイト・ハウスに出現した……誰に会うためか？　大統領本人だろうか？　もしそうなら、その理由は？　彼らは何者だ？」

「少し考えてみました」とベッケル。

「それで何か思いついたのかね？」

「いや、もちろん単なる推測にすぎませんが、アメリカ軍は都市での隠密活動――サボタージュとか、暗殺とか、その種の任務――を専門とする秘密部隊を養成しているのではないでしょうか。あのギャング邸襲撃は、おそらく合法的には当局が手を出せない犯罪分子を抹殺するという社会的実益を兼ねた、実地訓練だったのです」

ピーケンブロックは眉を上げた。「警察には知らせないでという意味かね？　少々危険ではないかな？」

「本番での、よその国の警察ほどの危険はありません」ベッケルは指摘した。「実戦訓練としては最高でしょう」

「うーむ、そうだな——独創的だ、認めよう。それで？」

ベッケルは机の上のファイルを指さし、「フリッチュが突きとめたブルックリンの倉庫は偽装された作戦基地でしょう。わたしの見るところ、彼らは、大都市の中で相当期間にわたり犯罪者仲間に溶けこんで作戦行動を行ないながら、当局の協力もなく、当局にその存在を知らせることもなしに姿を隠していられるかどうかをたしかめるための、手のこんだ訓練を行なっていたのです。その効果を試したあとのワシントン訪問は、どこかで作戦に入る前の、いわば〝卒業式〟でしょう」

「たとえばどこで？」

ベッケルは肩をすくめた。「ルーズベルトが参戦したがっているのは周知の事実ですが、議会と大衆が公然とはそれを許しません。わが国に送りこまれると考えるのが至当でしょう——あるいはベルリンまでも」

「そして彼らの専門に暗殺も含まれるだろうと言うのだな？」

ベッケルは大きく息を吸った。「誰を目標とするかは明白です」

ピーケンブロックはうなずいた。彼自身の考えも同じ結論に達していたらしい。「それでルーズベルト本人がかかわっている理由も説明がつく」と彼はつぶやいた。

「まさにそのとおりです」

「ふむ……できればこの倉庫についてもっと調べたいものだな」とピーケンブロック。「フリッチュはだめだ——素人にすぎない。子供の本を読みすぎ、危険をかえりみない。誰かプロにやらせろ――マスケッティーアあたりがいいだろう。しかし押し入ったり、フリッチュが言ってきたような連中と顔をつきあわせるような無謀なことはしてもらいたくない。それだけだ」

「わかりました」ベッケルは立ち上がり、ファイルと書類を一つに集めた。

「その場所のことをもう少し知りたいだけだ。何が出入りしているか見当がつけばいい」とピーケンブロック。「控え目に――わかるな?」

「すぐに開始します」

「けっこう。ああ、それからベッケル――きみの秘書のことだがな。実に魅力的な女性だ。だが幸運の女神がほほえんでいることをあまり見せびらかすのは感心したことじゃない。いくつかの方面から嫉妬の声が聞こえている。総統がドイツ人をたくさんつくらせたがっているのはわかっているが、そのために見世物をやれとは言っていない。わたしの言う意味はわかると思うが?」

「はい、わかりました。申しわけありません。公私をはっきり区別するようにします」

「けっこう。もういいぞ。ご苦労。ハイル・ヒトラー」

「ハイル・ヒトラー」

27

フェラシーニが少年の頃、叔父のフランクは、一度だけ彼の生まれた場所を見せに連れていってくれた。そしてそのあともフェラシーニは、ときたま悲しみや孤独を感じた折りなど、クイーンズのその地域へ足をはこび、あたかもその町並みの記憶を共有することで顔も知らぬ両親に近づけるかのように、その両親の世界を造っている道を歩きまわったものだった。すすけた通りの角の、板を打ちつけられた廃屋だったと記憶している建物の二階の窓に、今は明るい赤のカーテンと植木鉢が見え、一階では自転車屋が営業している。その隣の、汚れた窓の奥に散らばるガスケットやファンベルトや缶や壁のボードに掛けられた工具などの見える自動車部品ディーラーだったはずのところは、忙しそうなデリカテッセンだ。その向こうの酒屋はやはり酒屋だった。金物屋もやはり金物屋だが、戸口の上にはブリキの風呂桶がぶら下がり、店内には灯油やテレピン油のドラム缶が並び、歩道のベンチには薪の束、ろうそく、麻糸玉、それにあらゆる種類のブラシが積んであるといった古めかしい構えだ。テレビ屋だったところでは野菜を売っているし、火事のあとで外構だけ残っていた空地には、木造部分を緑に塗った家があり、そのドアの脇の壁には子供がチョークで描いた落書きがあった。町並みは全体として見分けがつくし、それなりの痕跡がないではないが、彼の覚えている、はるか昔であるとともに別の世界の未来でもある、あの疲れきった単調な光景とは違う感じだった。この活気と生彩は、空想の中で彼が思い描いていたそのままだ。そうあってほしいと思っていたとおりのものだった。

フェラシーニは両手をコートのポケットに深く突っこみ、家や店の前をゆっくりと歩いていった。塀をめぐらした敷地の中の木立に囲まれた教会、丘の麓には学校、その向こうの中腹には病院——これが彼の生まれる前、兄や姉たちが育った世界なのだ。だが今またどうしてここへ足が向いたのか、彼自身にもまだよくわかっていなかった。だいたい自分が感傷的な性向だなどと考えたことは、これまで一度もなかった。

ウィンスレイドから特殊部隊に、イギリスへ移動準備の命令が来ていた。平服の米軍憲兵の一隊が〈門番小屋〉の警備を引きついでくれる。フェラシーニとしては、出発する前に一応見ておくべきだと感じたにすぎない。

好奇心だ、郷愁じゃない、と彼は自分に言い聞かせた。ジャネットは休みの日で、一緒に来たがったが、彼は断わった。なんとなく自分ひとりで来てみたかったのだ。あとであのアパートへ行って、彼女とジェフにさよならを言おう。

彼はしばらく角に立って、通りの向こう側の少し先にある両親の家を見つめていた。フランクがはじめて教えてくれたときにはもう荒れはじめていて、ひどく失望したことをフェラシーニは覚えている。しかし、いま見るそれは、木造部分にはペンキが塗られたばかりだし、カーテンは鮮やかだし、小さな前庭はきれいに刈りこまれて、いかにも快適で清潔に見える。軽く小雨が降りはじめた。フェラシーニはコートの襟を立てたが、角に立ったまま動こうともしない――彼の心は、叔母と叔父が話してくれた過ぎた日々の物語や、少年の彼が夢中で見入ったアルバムの写真の記憶で満たされていた。

黒いコートの女性が通りの向こうの角を曲がって現れるのを見たとたん、彼は自分が何を待っていたのかを悟った。彼の母親だった。その脇を彼女の袖をつかんで歩いている黒い髪の女の子は、一九三九年には四つだった姉のアンジェラだろう。彼は、ふたりが通りの向こう側を近づいてくるのを見まもっていた。小さくきゃしゃな母親は、手に持った買物籠の重みにかすかに背を曲げ、アンジェラはぺちゃくちゃ喋り、数歩ごとに一、二歩スキップしている。ふたりが家に着いて前庭に入り、門を閉めようとふり向いたとき、母親は一瞬手をとめて、帽子もかぶらずくしゃくしゃの髪をしたオーバー姿の若者が角から見つめているのへ、好奇の目を向けた。一秒のほんの何分の一か、ふたりのあいだの距離が、時間と同じように縮まって感じられ、そして彼は、写真でしか見たことのない顔を奥までのぞきこんでいる気がした――勇気と決意に満ちた、しかし同時に母にしかできない優しい顔。もっとむくわれてしかるべきだった苦闘と犠牲の生涯に縁どられた顔。だがすぐに彼女は向きを変え、家の中へ消えた。

しばらくしてフェラシーニはゆっくりともと来た道を戻りはじめた。頰につたうのは涙じゃない、と彼は自分に言いきかせた。雨が激しくなったのだ。要するに、好奇心でやってきただけのことなのだ。

次の日早く、コロンビア大学の化学実験室でジェフは作業台の下に設けられた用具入れの一つの前に身をかがめ、片手に今朝の実験に必要な装置のリストを持ったまま、もう一方の手で三脚《トリポッド》、ビーカー、ライプツィヒ凝集器、試験管立て、それにバーナーを、つぎつぎと取り出していた。それを終えたちょうどそのとき、視野の中に足が一本現れ、そこから上に痩せて背の高い、眼鏡をかけた人物が実体化した。「持ってきてくれたかい？」とアジモフはたずねた。

ジェフは用具入れの戸を閉めて、立ち上がると、「持ってきたって、何を？」とたずね、とたんに思い出して、心に罪の痛みを感じた。昨夜アパートにハリーが現れて、間もなく出発する、いつ帰るかはわからないと告げたのだ。海外に行くという話は前にジャネットから聞いていたので、その謎と興奮がアジモフの作品のことをジェフの心からすっかり追い出してしまったのである。

「読み終わったと言っていた原稿さ」とアジモフ。「重力場につかまって、周波数がシフトしているために通信できない宇宙船の話。今日返してくれる約束だったろう」

「ああ……うん、そうだった」ジェフは背後の椅子に乗せておいた鞄に手を伸ばし、中のフォルダーと紙を引っぱりだした。しかしそれをひっくりかえしてみるふりを始めながら、彼はすでにあの原稿が、前夜ハリーがかき集めて持っていった彼の私物のそばにあったことを思い出し、がっくり来ていた。ハリーが帰ったあともうそこにはなかったことも確実である。

「うーん……家に忘れてきたみたいだ」彼は口ごもりながら言いわけした。ジャネットがどこかにどけておいてくれた可能性だってある。

アジモフは失望に目を伏せた。「なんてこった、ジェフ！　今夜、思いついた変更を書き加えようと思っていたのに」苛立たしげな声。

「すまん、アイザック、つい忘れちまったんだ。今晩さがすよ」

「さがすだって？」アジモフは蒼ざめた。「ちょっと！　なくしたってんじゃないだろうね？」

「いや、もちろん、そんなことはないさ」

「わかった、それじゃ明日渡してくれ、いいね、ジェフ？」

「うん、明日」とジェフは繰り返し、ようやくのことで力なくほほえんだ。

ちょうど同じころ、出発を前にした《プロテウス部隊》の五人の軍人たち――フェラシーニ、キャシディ、ペイン、ライアン、それにラムスン――は、〈門番小屋《ゲートハウス》〉の食堂区画で各自の装具を荷づくりしていた。そのほかのイギリス向けの荷物や装備は、Uボートの危険を考慮してまったく同じものが二組、前もってリヴァプールへ船で送られている。彼ら自身はルーズベルトとチャーチルの幕僚たちによる内密の打ち合わせに従って、改造された合衆国陸軍爆撃機で飛ぶ予定である。公式記録では、この爆撃機は、長距離軍用機による大西洋横断輸送路評価のテスト飛行を行なうことになっている。そのあとがどうなるのか、彼らが知っているのは、ある種の訓練を受けたのち、〝どこか海外〟で実際の作戦に進むということだけだった。

「潜水艦で潜入するんだ」出発準備の仕上げに私物をかき集めながら、キャシディが言った。「見てろよ――まっすぐバルト海さ。潜水艦に五ドル」

「そんな危険は冒すまいよ」ライアンが言った。「バルト海はイギリスの潜水艦でいっぱいだ。ドイツの防衛網はいつでも警戒体制だろう」

「それじゃ、どこだい？」

「南から北上するのさ――地中海、イタリア経由でね」とライアン。「ほかにハリーを連れてきたどんな理由があると思う？　彼ならうってつけさ、ほら」

キャシディはラムスンに目をやり、「フロイド、おたくの推測は？」

ラムスンは肩をすくめて荷物をかつぎ上げた。「知ったことか？　推測したって何も変わりゃしない。空中投下かも知れんぞ」

モーティマー・グリーンとカート・ショルダーが、建物の正面まで見送ろうと待っていた。一行をロング・アイランドのミッチェル飛行場まで案内するふたりのＦＢＩ捜査官が荷物の一部を持ってくれた。一月以来いろいろな意味でわが家《ホーム》になっていた場所をもう一度見まわしてから、彼らはマシン区画とのあいだを区切っている隔壁の扉を一列になって通り抜けた。

何人かの科学者はいつもと同じように働いていた。アインシュタインはパイプをふかして、フェルミの説明に聞きいっている。エンリコ・フェルミは小柄だが精力的な、生き生きした褐色の目と、後退しつつある生えぎわで形成された広大なひたいの持ち主で、話しながら興奮したように手を振りまわしていた。シラードは忙しくコンソールの一つに向かっているし、テラーも十五分かそこら前に出てきているという。それに加え、兵士たちの出発による技術面の手不足を埋め合わせるためもあって、技術者と科学者がもう何人かグループに補充されていた。

アインシュタインとフェルミは一行が通過するのを見て、話を止め、別れの挨拶をしに歩み寄ってきた。シラードもコンソールから立ち上がって合流した。

「では、時が来たのだね？」とアインシュタイン。「こういうときには、なんと言うべきなのかな？　きみたちひとりひとりに、それぞれの神が——どんな神だとしても——ともにいますように。そして、自分の神がいない人には、そうだな、似合いのが見つかりますように。しかし、とにかく諸君、ご機嫌よう」

「幸運を」シラードは、いくつもの手と順々に握手しながらそう繰り返した。「こちら側でもきみたちの役に立つような何かがうまく行くことを望むとしよう」

「さよならじゃなく、〝また会おう《アリヴェデルチ》〟だ」とフェルミ。「いつかファシストたちが消えたとき、きみたち全員が戻ってくることを確信しているよ。その前に全アメリカが、きみたちと一緒に戦っているだろう。見ていたまえ」

テラーも別れの言葉を述べるぎりぎりの時間に姿を見せた。それから一行は倉庫の表区画を通り抜けて荷役場へ出た。そこにもうひとりの衛兵がバスの中で待っていた。

　バスがブルックリン橋を渡るとき、フェラシーニは川向こうの見慣れたスカイラインに目をこらし、そこで見たあらゆるもの——これまでその存在を想像したことすらなく、そして今はあとに残して行かなければならない——のことを考えていた。彼の生活は、いつもこんなふうだった。たぶんあの中には、見ないでおいた方がよかったものもあるかもしれない、という思いが、彼の心をいつまでも離れなかった。

〈門番小屋〉では、アインシュタインが、マシン区画のところから食堂区画へ入ってきて、コーヒー・ポットと紅茶沸《ティー・アーン》かしの置いてあるサイドテーブルにゆっくりと歩み寄りながら、

「午前中の仕事はもう充分やったよ。さて、少々くつろぐとしよう」とつぶやいた。建物の表側から戻って主《メイン》テーブルでコーヒー・カップごしに話しあっているショルダーとグリーンが、そっちをふり向き、目礼した。兵隊たちがひとりもいなくなったこの場所は、がらんとしてひどく静かな感じだ。アインシュタインは自分で紅茶をカップに注ぎ、スプーン一杯の砂糖を入れてかき混ぜると、近くの肘掛け椅子に座ってパイプを詰めなおしはじめた。隔壁の向こう側から人声が近づき、すぐにまたドアが開いて、シラードとフェルミとテラーが一緒に入ってきた。シラードがいつもながらの口調でまくし立てている。

「この重ね合わせ《スーパーポジション》の各要素において、その対象体系《システム》が観測者側の特定の固有状態を規定するわけだ。おまけに、その観測者体系《システム》の状態は、どれも、観測者がその特定の状態にあることを表わしているから……」

アインシュタインはため息をついて、紅茶をすすりながらあたりを見まわした。その目が、荷づくりの最終段階で兵士たちが捨てていったがらくたやごみの散らかった上をさまよい、最後に、自分の座っている椅子のそばであふれている大きな屑籠にたどりついた。そのいちばん上にタイプされた薄い紙の束があった。アインシュタインはそれをひろい上げ、膝の上にのせると、パイプに火をつけながら何げなく目を走らせた。「ほう、恒星へ向かう宇宙船だと？」口の中でつぶやいて彼はページをめくり、フェルミがコーヒーを注ぎに来たのへ足をどけて場所をつくってやりながら、椅子の背に深くもたれて楽な姿勢をとった。

「各要素において、その体系《システム》が測定値に対応する固有状態を保っていれば」とフェルミが肩ごしに言った。「その段階で前の観測の再測定が行なわれた場合、それによって発生する重《スー》ね合わせ《パーポジション》の要素は、どれも、観測者が前の結果と今回のとが一致するという記憶構造を持つことを示すはずだ。だから必然的にどの観測者も、ある状態にランダムに〝飛びこんだ〟その体系《システム》が、それに続く測定でもそのままの状態にあるのを見ることになる」

「そうだ、そのとおり」とテラー。「だがここで大事なのは……」

椅子でアインシュタインは楽しげにほほえみ、大きくうなずきながら、「うん、それでここに一般相対論が……なるほど、けっこう、けっこう……強力な重力場に捕えられるだと？……おや、これはちょっといただけないが……」

「各記憶過程が、可能な測定値の配分を与える」とシラード。「そしてその配分のそれぞれは統計分析に従うはずだ」

「そう、まさにそのとおり！」フェルミは答え、大きく手を振った。「それがわたしの言っていることだよ。伝統的な統計的説明は数式それ自体から出てこなければならないんだ。どの観測者も自分の宇宙が見慣れた統計的量子法則に従っていると演繹するようでなければならない。全体に共通の状態ベクトルが木となり、そのあらゆる枝が、われわれの見るような可能性宇宙に対応してくるんだ」

「これはしたり《マイン・ゴット》！」

アインシュタインの叫び声に会話はぴたりとやんだ。全員の注視を浴びながら、彼は奇妙な表情を浮かべてゆっくりと立ち上がった。読んでいた紙がその足もとの床にひらひらと落ちた。

「大丈夫ですか？」シラードは用心深くたずねた。

アインシュタインはその声も耳に入らないようだった。「通信がつながらないわけだ……両端の時間が同じ速さで流されていないのだから……」夢見るように彼はつぶやいた。

シラードはテラーを、それからフェルミを眺めた。誰もが肩をすくめた。ショルダーとグリーンは困惑の表情で見つめている。「すまんが、計算に戻ってもう少し考えてみなければ」アインシュタインはいまだにうわの空のような声でそう言い、ドアへ向かいながら、まだひとりでしきりにうなずき続けていた。「うむ、思いもよらぬところから一条の光が……そうかも知れない、そうかも」つぶやきを残して、彼はそそくさと視界から消えた。

28

イギリスへの飛行は途中何事もなく終わった。飛行機がスコットランド西岸のプレストウィックに着陸したのは、うすら寒い、霧のたちこめた十二月の明けがたで、ここで五人のアメリカ人は帝国海軍のポーテル大佐とコックス大尉の出迎えを受けた。到着した人々は疲れで目をしょぼつかせており、簡単な紹介のあと、全員がワゴン車に乗りこんで、十マイル先のキルマーノックへ向かった――そこからグラスゴー発のロンドン行き列車に乗るためである。灰色に湿った石造りの家々とその背後に濡れそぼったような丘陵が連なるばかりの寒々とした風景と冷えきった朝のとんでもない時刻にふさわしく、途中の会話は冴えなかった。

駅のカフェテリアは一行が着いたとき店をあけたばかりで、各自がチーズ&ハム・サンドイッチと濃く甘い湯気を立てている紅茶の一パイント・マグを摂る時間があり、おかげでこわばっていた手足はすぐに生気を取り戻し、頬にも赤味がさした。クリスマス・ツリーが一本、ストーブに近い片隅に置かれている。その前に陳列されている蓋をあけたバスケットの中には、いろいろな食物やお菓子、チャツネやピクルスや砂糖漬などの瓶、それに靴下、手袋、襟巻、耳蔽いといった編物類――それは婦人奉仕会の地方支部が〝前線の兵士たち〟に送っている慰問の品々だった。

ストーブのまわりに立って身体を温めているとき、ペインがアメリカの新聞の不まじめな報道ぶりを話題にした。「フランスに渡っている軍隊がやっているのは、ニュース映画に映してもらうための穴掘りとサッカーだけだというんですが、本当にそれしかあそこには書くことがないんでしょうかね？」

「専門家連中が何年も前から予告していたようなことがまるで起こらなくて、誰もがほっとしていると思いますよ」ポーテルは答えた。「空は何時間かのうちに翼端を接し合ったハインケルとドルニエで真黒になると言われていました。何千もの厚紙の棺が積み上げられ、国じゅうの病院が何エーカーもの空きベッドを用意して待機し……そして何も起こらなかった。もちろん、何事についても何かを知らないのは、すべて政府の責任です。しかしその責任をぜんぶかわいそうな老ネヴィルに負わせるわけにはいかんでしょう。決して悪いやつじゃないんだから——彼なりに最善は尽くしているんですからね」

疎開、軍の召集、そして重要人物や政府機関の再配置などで、イギリスじゅうの家庭の約半分で少なくともひとりが移動中といった状況のため、ロンドン行きの列車はたちまち通路まで荷物と人でいっぱいになり、その中にはカーキ色やネービーブルーや王室空軍《RAF》の制服も多数混じっていた。カーライルで兵隊が大勢乗ったが、それまでにポーテルの一行は首尾よくコンパートメントに入っていた。

「このひどい灯火管制のせいでどれくらい人命が失われたかは発表されていません」コック

ス大尉が言った。「しかしこれまでにドイツ軍から受けたものよりずっと大きな損害が出ているはずです。個人的予測ですが、いずれヒトラーとの関係を修復して、このまま引き分けってことになっても、ふしぎはありませんね。つまり、どちらかの側が真剣なら、もう何かやっているはずじゃないでしょうか？」

ロイヤル・オークの沈没ですら、ポーテルの頭の中では〝レーダー提督配下のやつらが演じた華麗なショー〟なのだ。フェラシーニは聞いていて信じられぬ思いだった。ぜんぶがまだ大掛かりなクリケット試合でしかないのだ。スポーツの勝負で相手側に〝一本取られた〟というだけなのだ。その〝六点打〟が八百人以上の英国水兵に当たることも、眼中にはないらしい。

しかし、とにかくイギリスは何かをしてはいる、と彼は思いなおした。

「アメリカの人たちはどう考えていますか？」とコックス。

フェラシーニは答えざるを得なかった。「正直なところ、こちらで戦いが起きていることも忘れている人たちがほとんどでしょうね」

列車はかぞえきれないほど停止し、また遅れ、キングズ・クロス駅に着いたときにはもう暗くなっていた。縁石と土嚢につまずきながら下車すると、そこは、見えない階段や街角や街灯、輪郭のぼんやりした建物、それに動きまわる人影などで構成された不気味な、黒い、頼りない世界だった。歩行者の姿が暗がりの中からふいに実体化する。そのほとんどが懐中電灯を持ち、身につけている腕章、コート、帽子、スカーフなどに最低一点は白いものを使っている。車道の車も、ヘッドライト蔽いの細いスリットから出る鉛筆のような光だけを頼りに、這うような速度で進んでいる。

ポーテルがタクシーをつかまえると言って闇に消えた。どうやって見つけるのか、フェラシーニには想像もできなかった。「おやおや、ブロードウェイがあんなにきれいだったとはこれまで一度も気がつかなかったよ」たたずんでいる一同のうしろのどこかで、キャシディの声がつぶやいた。

だがポーテルは明らかにこつを心得ているらしく、奇蹟的に思えるくらいの短時間でタクシーを連れて現れ、コックスがそこに一行の半分を押しこんだ。それから今のがまぐれでなかったことを証明するかのように、ポーテルはもう一度腕をふるって、また一台タクシーを見つけた。二十分後、彼らは全員アルバート・ホールにほど近いケンジントン・ガーデン・ホテルに集合した。すでに部屋はとってあり、そこにウォーレン少佐とゴードン・セルビーが待っていた。ニューヨークからの到着組が上で身体を洗い、新しい服に着替えるあいだに、ポーテルとコックスはウォーレンとセルビーに招ばれてバーで〝軽く一杯〟やったあと、これで預かり物は無事に引き渡したということで、そのまま立ち去った。残りの者たちはふたたび一室に集まって、ウォーレンがルーム・サービスを頼んでおいた遅い夕食をとることになった。

「マンハッタンとはずいぶん様子が違うだろう」一同が座るのを待って、ゴードン・セルビーが言った。「こんな中でタクシーの運転手がどうやって目的地にたどりつけるのか、いまだに見当もつかないよ」

「その灯火管制以外に話題はないのですか？」とライアン。

セルビーはにやりと笑った。「わたしにもイギリスの習慣が伝染《うつ》ったものとみえる」弁解するような口調で、「大きな恐怖が過ぎたので、文句が出はじめたわけだ――食料の配給のこと。部署に座ったまま一日じゅう何もすることなしにお茶を飲んでいる市民防衛隊のこと、徴兵された連中の妻たちがうけるけちな恩典のこと……」ひとつうなずくと、「でもたしかにそうだな、ほとんど灯火管制の話ばかりだ」

「列車はどうです――乗ってみましたか？」とキャシディ。「ちょいとしたもんでした」

「だが、このイギリスでは、あっさりここまで来られたぞ」とラムスンが思い出させた。「土地の警察署長《ポリツァイフューラー》に旅行許可のスタンプを押してもらう必要はなかったし、列車の上でゲシュタポが書類を調べに来ることもなかった。これまたちょいとしたもんだ」

「それは言える」キャシディも同意した。

「あわれをとどめたのは大きなおもちゃ屋だ」とセルビー。「どこも例年どおりの顔をしようとして、列車のセットや人形を山と積んだ中にサンタをぽつんと座らせているが、子供がひとりもいない。始まると同時にみんな町から疎開していっちまったんだ」

「またぼちぼち、おそらく、一年かそこらのうちには戻りはじめるという話だがね」ウォーレンがつけ加えた。

コーヒーには、カップ一つにつき角砂糖が一個しかついていなかった。各自にロールパン用のバターとマーガリンの小さな塊りが一つずつ配られ、ウェイターがどっちがどれかを教えた。

ウェイターが立ち去ったあと、フェラシーニは室内を検分するようにぐるりと首をまわした。

「この場所は話をしても大丈夫なんですか？」

ウォーレンはうなずいた。「大丈夫だ。きみらの着く前に調べておいた」

「では、任務の話を――次はどうなるんですか？」フェラシーニはたずねた。ようやく――これはもちろん、彼ら全員の心にくすぶっていたものだ。

「出かけていって、エイドルフの〈帰還門〉を取り除くんですよ」ウォーレンとセルビーが答える前に、キャシディが言った。「ハリー、どうして知らないふりをするんです？　誰も観光にきたなんて思ってませんよ」

それでも、全員の目はウォーレン少佐に釘づけになったままだ。彼は意外そうな顔も見せなかった。みんなもそれが当然という顔をしていた。彼はうなずいた。

「どこですか？」とペイン。

ウォーレンはフォークを口へ持っていく動作の途中で眉をひそめ、ためらいを見せた。

「はるばるやってきたばかりのきみらに今夜その話をするのは、あまり適切ではなかろう」と彼。「明日まで待たんか、どうだ？　忙しい日になるぞ。朝一番にわれわれはここへきみらを迎えに来てクロード、アンナ、およびアーサーと朝食をとる。そのあと全員で、作戦の予備説明のため、チャーチルとリンデマン教授に会いにいく」

「そのとき一緒に行くイギリス側の連中にも会うわけですか？」とライアン。

ウォーレンは首を振った。「その件は忘れろ」あとの五人は当惑の視線を交わした。

「イギリス側は、ないことになった」セルビーが言った。

「われわれだけ——ゴードン以外のここにいる六人でやるんだ」とウォーレン。「彼だけは、もしわれわれが失敗した場合に爆弾計画を手伝うため、ここへ残らなければならん」

ライアンは眉をひそめた。「すると、七月にJFKが送ってくるはずだった増援の代わりをイギリスに求めるという案は、どうなったんです？」

「ご破算だ」とウォーレン。「イギリスもフランスも、政治家どもは汚い駆け引きに夢中だし、将軍たちはみんな前の大戦に頭を隠して駝鳥ごっこをやってる。ロンドンの作戦本部はフランスにいる司令官とそりが合わない。そしてその司令官はフランス側とそりが合わない。そしてその誰もが陸軍大臣とそりが合わない。おたがいの背中にかくれて国王に直接文句を言いはじめている者さえある」ウォーレンは首を振った。「何もかもめちゃくちゃだ。クロードと話しあった結果、こっちはそんなものに巻き込まれずに、われわれのやりかたでがっちり固めていった方がいいということになった」

すると、たった六人の男が、おそらくヨーロッパじゅうで——いや、おそらくは世界じゅうで——もっとも厳重に防護された場所に突入しようというのだ。ウォーレンの言っていることの大きさに圧倒されて、フェラシーニはぐったりと座りこんだ。一瞬キャシディと目があったが、今度ばかりはキャシディも呆然としているようだった。見まもっているセルビーは、彼らの表情を疲労のせいにしておきたいらしく、「とにかく、長旅をしてきたあとだ。話は明日までとっておいて、今夜は眠ってくれ、いいな？」たしかにセルビーにはそれでいいはずだった。彼は行かないのだから。

キャシディは椅子の背に身体をもたせかけて、向こうの壁を眺めた。「われわれだけ。それとも、地元の連絡員くらいは使えるんですか？」

ウォーレンは顔のまえできっぱりと手を振り、「明日の朝まで、この話はもうひと言もするな」と命じた。それからセルビーに向かい、「ゴードン。さっき話してくれたピントの狂った馬と馬車の話をもう一度してくれんか」

「スコットっていう有名な古い帽子屋がロンドンにある」セルビーが話しだした。「そこではいつも配送に馬車を使っている——今じゃ一種の伝統になっている。きれいな木造部分はぜんぶペンキとニスで塗り分けられ、御者と従者はお仕着せを着て記章つきのシルクハットをかぶっているから、ひと目でそれとわかる。

さて、今朝、そいつが何もかもいつもどおりにボンド通りを速歩でやってくるのを見たんだが、ただ一つ、男たちは帽子を鋼鉄のヘルメットに換えていた——一応、戦争が終わるまでというつもりだと思うが」彼は首を振った。「ここの連中……どうもわからん……ヒトラーがこの国を蹂躙するのがそれほど必然なのかどうか、わからなくなったんだ。いまだにどっちかへころぶ可能性もあるという気がする」

「この前そうなったことはみんな知ってます」ラムスンが重い口をひらいた。「そのとおりだが、あのときは経営者が悪かった」とセルビー。「もしその点さえなんとかできたら……」

ペインは、その声の奇妙な響きを聞きとがめた。「何が言いたいんですか?」

セルビーは自信なげにウォーレンに目をやった。ウォーレンはほとんど目に見えないほどわずかに首を振り、そしてセルビーは会話を別の方向へ向けた。

その夜遅く、夕食会が終わってほかの者たちが寝についたあと、フェラシーニ、キャシディ、そしてエド・ペインは、ひとりでロビーの静かな片隅にいるセルビーをとらえた。「さっきのはなんの話だったんです、ゴードン? 経営者を変えるみたいなことを言われましたな」テーブルに向かった彼を囲むようにみんな腰をおろしながら、ペインがたずねた。

「いや、なんでもないんだ……」

「誰をだます気でいるんですか?」とキャシディ。「さあ——言っちまいなさい。知りたいんですよ」

セルビーはしばしためらったが、やがて長いため息をついて、うなずいた。「アンナが、クロードとアーサーはわれわれにも秘密で何か企んでいるに違いないと言うんだ」声をひそめ、「クロードは重要人物をもう何人か、アメリカで進行中の〈帰還門〉その他の秘密計画の仲間に入れた。この国の決意を固めさせるためだと言うんだが、アンナはそれが本当の理由だとは思っていない」

「とすると、どう思っているんです?」フェラシーニはたずねた。

「クロードの新たな干渉計画の一つだと言うんだ」とセルビー。「それには、この国の政策決定にたずさわるもっと大勢の人たちと、直接接触しなければならない――今夜ここへ来られなかったのも、ソールズベリー卿やレオポルド・エイメリーと夕食をともにしていたからだ。ふたりとも今まで政府の戦争処理の方針について強硬意見を吐いてきた人々の仲間だ。これが舞台裏で政治の糸を引くクロードの足場をひろげることはわかるだろう。チェンバレンはなるほど誠実な男という点では申しぶんないかもしれないが、ただ戦争指導者のがらじゃない。あの戦時内閣の中で、本物の闘争精神を持ち合わせているのはチャーチルひとりだ。アンナは彼のことを〝いわひばりの雛の巣に入れられたカッコー〟だと言ったよ。クロードはチャーチルがあそこにいるのを利用するための準備工作をしているのだと、彼女は考えているんだ」

「そう長くないうちに雛の何羽かは、はじき出されるということですか?」とペイン。

「そう」とセルビー。ちょっと言葉を切り、「イギリス政府全体をひっくり返すつもりでないとすればだが――いや、そうだと考えた方が、クロードとアーサーがあれほど隠しだてする理由の説明がつくだろう」

三人は驚愕の目で彼を見つめた。

「まさかそんなことが?」とペインが抗議した。「いくらクロードでも、そんな厚かましいことをやろうとするはずがない」

セルビーは奇妙な、ユーモアのかけらもない微笑を浮かべた。「ぼくもアンナにそれとまるで同じことを言ったよ」

「それで彼女は？」とペイン。

「同意はしてくれた」とセルビーは答えた。「自分の想像力がひとり歩きしただけだろうと言ってね。だって、こいつは、時間を遡って歴史を変えようと考えるのと同じくらい厚かましい話だろうが！」

29

日中のロンドンはフェラシーニから見ると、まるで戦時中の都市のカリカチュアだった。なるほど、表面的に戦時らしい装いはあらゆるところに見られる――板張りされるか、あるいはテープを縦横ななめに貼られたショーウィンドウ。頭上の気球。土嚢を積んだ入口の上に掲げられている公衆防空壕の所在を示す標識。歩道を歩いているたくさんの制服――しかし人々の態度はむしろ、客がひとりも来ないのに少々当惑しながらも平然と何事もないかのように振舞おうとしている豪華な仮装パーティの主催者のそれだった。九月にはアメリカの新聞が大きく書きたてていたガスマスクも、もはや持ち歩いていない人が多いようだった。

そうした装いのすべては、彼が合衆国を出る前から持っていた、イギリスはまだこれが戦争であることをはっきり意識していないか、いるにしても現代全体主義国家との戦争がどういうものか誰も理解していない、という印象を裏書きしていた。九月にはこの国はいやいやながらも〝我慢して乗り越えよう〟というムードに身を委ねていた。しかしそれ以来、政府側の広めた恐怖物語が誤りとわかって、人々は最初から自分の本能を信じて行動した方がよかったことに気づいた。今ではあらゆる権威が、公然と嘲笑はされないまでも、疑惑の目で見られている。外国人――ドイツ人にイタリア人にフランス人にロシア人、どれだって同じことだ――は、興奮しやすいだけでそれほど頭はよくないのだ。言い争いを整理して冷静に戻れるよう、しばらく放っておきさえすればいい。そうすれば、みんながこのおかしな服装やその他の馬鹿さわぎを忘れて、つつましいきちんとした暮らしに戻ることができるのだ。

しかし、同時にそれは、フェラシーニが前に知っていたのとはまるで異質の楽しいイギリスでもあった。何年もにわたる全般的な物質的かつ精神的な貧窮のあとにやってきた陰鬱さと打ちひしがれた絶望が、ここにはない。そしてどこにも鉤十字は見えない。もう何世紀も守られている伝説の中では、この国は自由なのだ。

だが、イギリスにとってはそれが問題なのだということも、フェラシーニにはわかりかけていた――彼らは単に、これ以外の状況になり得ることなど想像できないだけなのだ。

《アンパーサンド部隊》の予備説明会は、ホワイトホール通りに面した海軍省ビル地下の、チャーチルの命令で海軍の機密度の高い非公開行事のために常時予約されている特別室で行なわれた。現在イギリスにいる《プロテウス部隊》の十人、すなわちモーティマー・グリーンとカート・ショルダーを除いた全員が顔を揃え、チャーチル、リンデマン、それに議事録を取る腹心の秘書ひとりが同席した。

フェラシーニは《プロテウス作戦》の訓練中に、他の全員同様チャーチルのことをいくらか学んでいたし、〈門番小屋〉での数ヵ月間に読んだ本からも知識を加えていた。彼の知っているチャーチルは、前大戦中に周囲の支持を失い、イギリスの社会党と保守党の両方に等しく敵を作った人物であり、移り気で衝動的な性格の持ち主ということになっている。だがその反面チャーチルは、ほかの連中がようやく今になって気づきはじめた危険を、終始一貫して予見し警告していた数少ない人々の中のひとりであり、バリケードの陰で銃を手に、信じるものを守りつつ死んだのだ。フェラシーニの考えかただと、その経歴は、彼が単に悪いだけの人物ではあり得ないことを意味している。

それに加え、フェラシーニはいままで一度も、クロードの判断を疑う理由を見つけたことがなかった。部屋の片隅に立って紅茶をすすり——イギリス人がまず一杯の紅茶なしには何もできないことをフェラシーニはすでに学んでいた——部屋の中央の布で覆われたテーブルの脇に立ってウィンスレイドに官僚の強情な形式主義のことをこぼしているずんぐりとした赤毛のブルドッグあごの人物を見まもりながら、彼は早くもこのチャーチルが、イギリス人について自分が形成しつつある一般像の例外であることを見ぬいていた。一九七五年の世界で、クロードは作戦立案者たちに、チャーチルを第一接触者として受けいれさせるため懸命に戦った。チャーチルはまだ何も意見らしいことを言っていないが、すでにフェラシーニはその人柄に満足していた。ほかのイギリスやフランスの将軍たちや政治家たちなどのあいだがどうなっているにせよ、クロードは一行にいい世話役を見つけてくれたのだ。この国全体に対して同じことができなかったのは残念だ、とフェラシーニは思った。

会議はチャーチルの簡単な挨拶で始まり、その中で彼はイギリスに着いたばかりのアメリカ人たちに歓迎の言葉を述べ、手遅れになる前にもっと増援が来るといいのだがという希望を表明した。ついでウィンスレイドが鞭を手にして進み出、そのあいだにウォーレン少佐がヨーロッパ全図と、ドイツの一部を拡大した地図を正面の壁に引き下ろした。

「目標が何かを言う必要はないだろう」ウィンスレイドは快活な声でそう言うと、自分の推測を確認するためちらりと一座に目を向け、それからやおら鞭をあげてベルリンの南西百マイルほどの地点をさし示した。「今、この瞬間より、ナチの〈帰還門〉を〈槌頭《ハンマーヘッド》〉と呼ぶことにする。それはここ、ライプツィヒ地区、ヴァイセンベルクに近い化学薬品ならびに弾薬製造工廠の地下深くに位置している」そこで言葉を切り、反応を期待するようにあたりを見まわした。

「ライプツィヒ？」キャシディが声をあげた。ちらりとフェラシーニの方をふり向いてから、「たしか七一年か七二年に別の作戦で行ったところですよ……どこか地方の公文書館で誰かが複写した書類や何やらを持ち出すために」

「単なる偶然だ」はっきり嘘とわかるウィンスレイドの口調だった。ふり返って中央のテーブルの蔽いを取ると、そこにヴァイセンベルク工場群の詳細な模型が現れた。「諸君、これが目標だ」と彼は言った。

敷地はだいたい四角形で、縮尺を示すために入れられた見慣れた種類の建造物や車輛から推すと、一辺が一マイルかそこらのようだ。うしろの、おそらくエルスター川と思われる川に沿って伸びる土手のほとんどは、はしけ用の荷役桟橋と停泊設備になっている。側面の一方は、境界柵の外側に帯状の空地を残すよう伐採された森と接している。もう一方は登り斜面で、その先は川の屈曲部を見下ろすでこぼこの高地に続く断崖である。正面はずっとひらけた平地で、その先に、煉瓦造りの家並を主体とした労働者居住区が、ヴァイセンベルクの郊外の一翼をなしている。道路と鉄道の支線が貨物用入口から構内へ入り、本線の方は柵の外側に沿って少し離れた正門の前まで走っている。柵そのものはありきたりな産業施設用の、針金で編まれた高いフェンスで、一定の間隔をおいて投光器が据えられ、小さな通用門もいくつか設けられている。

オフィスや研究所と覚しい一群の建物が正門のすぐ内側に密集し、その背後には工場ビル、処理塔、貯蔵タンク、反応容器、煙突、大桶などがごった返しに並び、そうしたすべてが巨大化学工業プラント関係のあらゆる設備とともに、もつれあったパイプや道路や鉄道の引込み線や水路などでひとつに結び合わされていた。この模型の製作者は、本物らしさを強調しようとして、煙突の何本かに脱脂綿の煙をいくつかつけ加えさえしていた。

だが少し目を近づけて見たとき、フェラシーニはそこに何か不似合いなものがあることに気づいた。一度それが目にとまると、ますますその奇妙さがわかった。崖に向かう登り坂側のいちばん奥の隅に、ずっと小さな一区画が、いかにもあとからつけ加えられたように本来の敷地区域から突き出し、おまけに柵であいだを隔てられているのだ。また別途に敷地の外で枝分かれした道路と鉄道が、厳重に囲まれたその地域まで境界線の外側に沿って伸び、専用の見るからに手ごわそうな門を通って中に入っていた。

この付属物は、あらゆる点で場違いに見えた。その中に密集している建物は地に伏せたような格好で、窓がなく、頑丈そうな傾斜した壁を持ち、プラントの他の部分と関係ある何かというよりは、要塞か丸太の砦《ブロックハウス》を思わせた。周囲はたっぷり間隔を置いた三重のフェンスで囲まれ、フェンス間の地域はとぐろを巻いた有刺鉄線に埋めつくされている。四隅とその中間に設けられた監視塔にあるのは投光器だけではなさそうだ。

「ドイツ戦争経済の精髄だ」適当な間をおいてから、ウィンスレイドは説明を始めた。前へ出て、あちこちの細部を示しながら、「ほとんどの部分は基準仕様に従っている。ここのこの区域は大口の化学処理工場にすぎない。この内部フェンス――ここからこっちへこうまわっている――の中は、重砲弾と空軍用の爆弾を造っている弾薬製造区画だ。砲弾の充塡と組み立てはこの一群の建物で行なわれている……爆弾はこの一群だ……そして完成品は、ここの線路の行きどまりの最終保管所へ運び込まれてから船積みされる。一度かぎりの実験装置や、少量の試作品のようなものを扱う〝特殊〟部門もここにある。弾殻《ケーシング》の製造はここでは行なわれず、鉄道で運ばれてくる」

ウィンスレイドは角をまわって模型の後方に身を移した。「発電所はこの奥の石炭置き場と荷役埠頭のそば、そしてその隣は処理に使う蒸気をつくるための中央ボイラー室だ。正門の内側の建物は管理棟で、そのうしろが品質検査部門と研究所だ。ここ、正門のすぐ外のこれは工員用のカフェテリアと社交施設。これが医療センターで、これが実習生用の訓練学校だ」

誰も何も質問しようとはしない。いずれ出発のときまでには、作戦に参加する全員が、この場所を生まれ育った街と同じくらい知りつくすことになるのだ。ウィンスレイドはひとりひとりの顔をすばやく見まわしてから、語をついで、「しかし、すでに気づいた者もいるかと思うが、ここに一つ異常なものがある」その声に熱がこもり、彼は鞭を伸ばすと、囲いこまれた隅の離れに並ぶトーチカのような建物の一群を叩いた。「ここに、一九三五年、ドイツ軍需省が、爆発物とロケット推進剤に関する秘密計画のための研究実験施設を建設しはじめた。研究の性質上、また関係者が戦争は時間の問題と知っていたため、これは地下に設置され、地上部分は爆撃に耐えられるように造られた。ところが、二年後に基礎工事が完成したとき、ナチ最高司令部の命令でSSのトット機関がこの基地を接収した。そして、それまでバヴァリア・アルプスの山中――はっきり言うとベルヒテスガーデンのほど近くで、ヒトラーの山荘がそこに建てられたのはこのためだったのだが――に置かれていた〈ハンマーヘッド〉が分解され、ここへ運ばれ、ふたたび組みたてられたのだ」

チャーチルが口をはさんだ。「最初聞いたときには、きわめて重大な設備を弾薬工場のこんな近くに置くなど狂気の沙汰だと思ったよ。しかし、もし地表のあらゆる施設が一度に爆発しても、なんの影響も受けないだろうという話だったな」

「ええ、おそろしく頑丈なだけでなく、深さもありますから」リンデマンが請けあった。

ウィンスレイドは鞭を下に置き、片手を上衣のポケットにすべりこませ――彼はこの朝、イギリス海軍士官の服装だった――そしてもう一方の手を模型の上で大きく払うように動かした。「しかし一方、この場所にはさまざまな利点がある。警備の必要なことには誰も疑念を持たない。奇妙な外観の物体が出入りしても過度の興味を引くことはない。立派な道路や鉄道や水上輸送の設備もある。それにベルリンから気軽にやってこられる距離だ」

彼は向きを変え、しばらく模型に目を戻した。

「〈ハンマーヘッド〉を収容しているこの施設の地上部分は、工廠で働いている人々に〈砦《シタドル》〉と呼ばれている。一般の労働者はそこがSSの支配する場所だということしか知らない——近づくな、それに中で起きていることをたずねるな、というわけだ。〈ハンマーヘッド〉それ自体は数百フィート下った人工の洞窟の中にあり、天井も壁も床も厚み十フィートのコンクリートで防護されている。

両端に一つずつ、二本のエレベーター・シャフトがある。この、レールが引きこまれている大きな六角形の建物の下にあるのが主《メイン》シャフト、そして後方にある小さいのが非常用シャフトだ。どちらもそれぞれ、警報装置や装甲扉や監視所などのシステムに守られている。完全装備のSS歩兵三百人から成る守備隊が内部に常駐している。どちらのシャフトも、施設に二つの階でつながっている。その連結通路は監視口と銃眼で守られており、内部から密封できる。さらに予防措置として、その通路にはガス注入及び火炎放射用の装置も装備されている」言葉を切ると、ウィンスレイドはくるりと特殊部隊の面々に向きなおり、挑戦するようにほほえみかけた。

墓場のような沈黙が訪れた。チャーチルは興味津々の表情で、この話をはじめて聞いたアメリカ人たちの顔へちらちらと視線を走らせている。ようやくフェラシーニが無表情な口調で言った。「あのう……われわれ六人で、正面攻撃をかけることを期待してはおられないと思うのですが」

ウィンスレイドは、まるで今までの話がぜんぶ自分の冗談だったとでも言いたげな微笑を浮かべた。「ハリー、わたしが道理に合うと考えるものにだって限界はあるさ」

テーブルの方をふり返り、模型の可動部分をするりと外すと、そこに地下の施設とそこまで降りていく二本のエレベーター・シャフトの断面が現れた。その図には、地層、ダクト、排水路といった地下にあるその他のものも示されている。それにもう一本、ある種の垂直シャフトらしいものも見える。それは〈砦〉とその防衛線の外にあたる一般工場地区の下にあった。

「この地方で興った最初の工業は、中世期末、カリと岩塩鉱のまわりに発達した石鹼と染料の製造だった」ウィンスレイドは続けた。「もう一世紀以上も採鉱はされていないが、現在の工廠が建設されたとき、またその後の拡張時に、古い縦坑《シャフト》の一部がまだ存在しているのが発見された。多くは入口をふさぐかあるいは埋められたが、役に立つと判明したものは清掃され、維持された」彼は模型の断面に現れているその縦坑を示すと、「たとえばこれは廃棄物収集処理工場――そこのてっぺんのビルと背後のタンク群だ――の一つの下に今も存在している。不適当な物質間の――たとえば酸と有機物といった――危険な反応を避けるため、いくつもの廃棄物処理施設が設けられている。一般に固体の廃棄物ははしけで川下に運ばれるが、液体はこうした古い縦坑に投棄され、下の崩壊した切り羽や横坑に消えていく——手軽だし、安上がりだ」

だがそれ以外にもう一本、〈ハンマーヘッド〉施設の底部から斜めに下降して、主《メイン》プラント地区の下へ伸び、ずっと深いところでその古い縦坑とぶつかっている排水管のようなものがあった。ウィンスレイドは鞭でそれをたどってみせながら、「さきほど〈ハンマーヘッド〉の入っている洞窟はもともと秘密の化学実験用に設計されたものだと言ったが、したがって、それにも廃棄物処理システムが必要だった。そこで設置されたのがこの斜めの導管《コンディット》で、見てわかるとおり、主《メイン》プラントの処理坑の一つに排液を流しこむ仕掛けになっている」

そこでまた言葉を切り、眼鏡ごしに聴衆を見まわすウィンスレイドの顔には、抑え切れないほくそ笑みが浮かんでいた。「言うなれば、アルマジロの肛門だな」

「それがわれわれの潜入路ですね？」とライアン。今の彼は、たちの悪い冗談につきあう気分ではなかった。

「まさにそのとおり」

短い沈黙があった。ようやく、ペインが口をひらいた。「上に対してはこれだけ防備を固めていて、それなのに……こんなものが見逃されているとは、少々ふしぎな感じですが」

「この場所は当初の建設目的どおりの使いかたをされていないんだ」ウィンスレイドはみんなに思い出させた。「この導管は一度も使われていない。軍需省からSSが接収したときは、混乱と置き忘れられた青写真の山だった。今あそこにいる連中がこいつの存在さえ知らないでいるのはまず間違いない。こっちも自力でこれを見つけるには、膨大な探偵仕事が必要だった。一九三五年からの本来の建設計画にたずさわっていた技師連中を追跡して……あらゆることをやった」

「すると、われわれのやることは」キャシディが要約した。「戦争中のドイツのあっち側まで行き、そのプラントの中へ入って縦坑にもぐりこみ、数百フィート降下してからその導管を登って〈ハンマーヘッド〉へ下から侵入し、目標を爆破して、三百人のＳＳが巣をひっかきまわされたスズメバチみたいになってるのをかき分けて出てくる——それでいいわけですね」

「そうだ」ウィンスレイドは快活にうなずいた。「ただしあと一つだけある。導管と主処理坑の交わる点は非常に深い。そこに注がれた液体の表面よりも低いところ、それもおそらくはかなり下にあるものと考えておかなければならんだろう。これが、言うまでもなく、警備の責任者がこうした侵入方法の可能性を真剣に考慮していないと思われる、もう一つの理由だ」

「正確には、どういう種類の液体ですか?」疑念にみちた表情でフェラシーニがたずねた。

「見当もつかんね」とウィンスレイド。「プラントで予定されている処理作業の種類や、そういった条件でいろいろ変化するだろう。しかし一般的に考えられるのは、各種の酸の溶液、シアン化合物、窒化物、砒素化合物、有機物……言いかえるなら、毒性の高い、おそらくは腐食性の液体だ。また液面上にたまったガスも、まず間違いなく致命的だろう」今度は全員が呆然となって、言葉も出なかった。

ウィンスレイドは、わざとその気分のまま数秒おいてから、やおら口をひらいた。「だが、こうした万一の場合に備えて《部隊》がたずさえてきた密封容器の一部が、いまニューヨークから船でこちらへ向かっている。その中には、特別開発の防護服と呼吸装置などの装備一式が入っている。きみたちはまずその装備に慣れるため、ポーツマスの帝国海軍潜水艦学校の脱出訓練施設で教習をうけ、それから、今は水浸しで使われていないコーンウォールの錫鉱山というもっと現実に即した状況下で訓練を行なう。すでにその手配もできている」

定石どおりウィンスレイドは、まず最悪のものをまっこうから、いっさい包み隠しなく提示して見せたのだ。最初の衝撃が薄れ、やっと声が出せるようになると、すぐさま大量の質問が矢つぎ早に出はじめた。

そのしろものが腐食性だとわかった場合、その服はどれくらいのあいだもちこたえられるのか？　キャシディが知りたがった。場合による、とウィンスレイドは答えた。一行のひとりペイン大尉が化学者だったのも偶然ではないらしい。装備には小型分析キットが含まれており、この質問への答えはそのときの彼の分析結果次第なのだ。

どうやって縦坑を降下し、導管を登るのか？　ダービーシャーの石灰岩の洞窟で、短時間だがその装備を使った洞窟探険《ケーヴィング》の訓練を行なう。だが現場の縦坑の壁の材質は？　予想される壁面の状態は？　導管の太さ、勾配、それに滑りやすさはどれくらいか？

導管のいちばん上はどうなっているのか？　鋼鉄枠つきのコンクリートの台座にのった鋼

鉄の遮蔽板が、一インチ径のボルト八個で留められている。テルミット爆弾を使って、ボルトを押さえている固定ナットを溶かすことになるだろう。

それで侵入路ができた、そのあとは？　導管は〈ハンマーヘッド〉のポンプや空気循環装置その他の機械類がある最下層に開いており、〈帰還門〉があるのはその上の階だ。侵入者に対する警戒はすべて下ではなく上へ向けられているから、ここまで忍びこめるほど腕達者なチームなら、爆薬を仕掛けて安全に脱出できるチャンスはほどほどだろう。「もし忍びこめなければ……いや、そのためにこそ、われわれは先立つ訓練にこれほど重きを置いているのだ」

歩きまわる足音と、深く息を吸いこむ音だけしか聞こえない沈黙がしばらく続いた。やがてフェラシーニが口をひらいた。「襲撃のやりかたはよくわかりました。しかし防護服や武器や洞窟探険《ケーヴィング》その他の装具と、作業に充分な爆薬をどうやってドイツの真ん中まで運んで行けばいいんですか？」

「きみたちは運ばなくていい」とウィンスレイドは答えた。「作戦のその側面は前もって予測できない因子が多いため、まだ仕上がっていない。ふたりずつ組んで旅をすることになるが、こまかい点はこの次までおあずけだ――まだ日取りは決まっていない」

「中立国アメリカの、そう、新聞記者か何かを装って、スウェーデンかどこかからあっさりベルリンまで飛べませんか？」とライアン。

「そのあとずっと警察の監視下に置かれるので、問題がありすぎる」とウィンスレイド。

「その危険は冒さないのが最善だろう。装備を運ぶ件についてはいくつかの案を検討中だ。空中投下が一つの可能性だ。もう一つ、別ルートでこっそり持ちこむという手もある。繰り返すが、こまかい点は次回までに決める」

「現地でのコンタクトは？」ついにキャシディがたずねた。「地元の援助は期待できるんですか？」

それに応えてウィンスレイドはチャーチルへ質問の目を向け、チャーチルはリンデマンの方を見やった。リンデマンは咳払いをした。「ああ、わたしの分野ですね」立ち上がると二、三歩前へ出、「ご存じの向きもあるでしょうが、前大戦のあとわたしは何年ものあいだドイツで暮らしていたことがあります。ナチが権力を握ってから、わたしは何度か彼の地へ行って、危険にさらされているヨーロッパ人科学者、とくにユダヤ系の人たちが脱出して、西側で適当な仕事を見つける手助けをしました。レオ・シラードも実はこの件に関係していました。で、今の質問に答えると——できます。ここでは言えないあるルートを通じて慎重に照会をかさねてきたのですが、あなたがたに手を貸そうと思うくらいナチ体制に反撥していて、かつ充分信頼できるとわたしが考える人々の助力を手配することは、可能なはずです」

ウィンスレイドがそれにつけ加えて、「だがその人々については今はこれ以上言うまい。当然、各ふたり組は、自分たちの接触する相手の名前のみを教えられる」

もう一つしか質問は残っていない。ペインがそれをたずねた。「いつやるのですか？」

ウォーレン少佐が答えた。「今のところ、二月下旬を目標にしている」部下たちの顔を見まわし、サディスティックな目つきをして見せながら、「しかし、クリスマスをぬくぬく過ごせるなどと思うなよ。クロードの話にくわえて、もう一つ二つ用意しているものがある。みんな〈門番小屋〉では長いあいだ楽をしすぎた。来月中にその体調をもとに戻さねばならん。休暇中全員に突撃演習の訓練を予約しておいた——イギリス陸軍の客としてな」

アンナ・カルキオヴィッチはゴードン・セルビーとともに部屋の後方に座って、こうしたやりとりを反芻していた。部隊が一九七五年を出発するかなり前から、ウィンスレイドが、接触再確立失敗の可能性に備えて入念な予防措置を講ずるのを当然と考えていたことは、もはや明白である。このどれだけをクロードははじめから知っており、それに、まだ話していないことをあとどれだけ知っているのだろうか？　彼らの誰も、生還の可能性はゼロなのではないだろうか？　それも、最初からそのように決まっていたのではなかろうか？

それともあの説明には、目前の仕事をするために知る必要のあることしか誰にも話さないという、秘密と陰謀の中で仕事をしてきた生涯に植えつけられたクロードの習慣以上の悪意はないのだろうか？

いつもながら、クロードとかかわりのあるものは、どれもあいまいで、不可解で、疑わしい。アンナのような気性の激しい女性にとって、こうしたことの積みかさねから出てくるものはただ一つ——怒りであった。

30

一九三九年のクリスマス週間の訪れとともに、〈門番小屋〉で働く科学者たちは大きな興奮の時を迎えた。はじめて、〈帰還門〉に接続されているモニター計器が、パルス化されたエネルギーを捕えている徴候を示したのである。唯一の証拠は、コイルと真空管とわずかな電線とからフェルミが即席で組み上げた一種異様な装置につながった原始的なオシロスコープの画面上に明滅する輝線だったが、そのパルスの特徴は、長らく待たれていた別の宇宙間の接触がようやく始まったことを裏づけていた。物体の移送はおろか、意味のある情報を交換するまでにもまだやることはいろいろあるが、糸口はつかめたのだ。みんなにとって、これはすばらしいプレゼントだった。

真の偉人の一生を照らす説明不可能な突然の洞察力の閃きで、アインシュタインは決定的な重要性を持つ、しかし誰も問題にしなかった仮定——過去と未来の連結の両端で時間が同じ速さで流れているという——には証明された根拠がないことに気づいた。持ちこみのスナックと果てしないコーヒーを前に、何日も夜を徹して続けられた討論と理論化で、赤い目をしながらも興奮した科学者たちは、基本前提を調べなおし公式化しなおして、ついに数学モデルの改訂版をつくり上げた。そしてそのモデルから演繹された方程式は、まさにアインシュタインが示唆したとおり、結合の両端における時間の流れが同じではないらしいことを明らかにした。事実、両者は、両端の時間間隔の四乗の割合で違い、未来側の時間経過の方が少ないのだ。つまり、もしある距離だけ未来の時間が二倍遅ければ、その二倍未来の時間は十六倍遅いことになるし、その先も同じである。正確な関係は、実験によってしか決められないある定数にかかっているが、その値はまだ見つかっていない。

ともあれこれで、今まで接触がうまくいかなかった理由ははっきりした。一九七五年のマシンは、〈帰還門〉と接続して動力を供給する前に、まず所定の時空域を探査〝ビーム〟でランダムに走査して、深淵の向こうで超次元共鳴場の構造にぶつかったとき、はじめて連結が閉じられるのである。その探査ビームがロック・オンするためには、〈帰還門〉の側で発生させているある波動関数との精密な同期を達成しなければならない――ラジオで選局をするのに受信機を送信機と同じ周波数に同調させなければならないのと同じことである。同期は計時によって決まるから、両端での時間経過の差を見込んでいないかぎり、接続はうまくいかない。現実はこんなに――そう、なんとも――単純だったのだ。

基本的な誤りが暴かれたので、あとの仕事はかなり速やかに進むことが期待され、科学者たちは未知の定数を決定するための予備実験に取りかかった。それには電子機器のいくつかの作動域を修正する以上のことはほとんど必要なく、これは簡単な仕事だったので、最初の試みで早くも入ってくる信号がひろい上げられ、それが探査ビームの一部であることが確認された。パルスの速さその他のパラメーターを測定し、それを一九七五年から送信しているマシンの既知の設計データと対照することによって、一九三九年の座標系から見ると一九七五年の時間の歩みは五・七倍遅いことが判明した。

しかしながら、その接続を達成する作業は、ラジオのチューニング用のつまみを加減して正確な位置に合わせるように簡単にはいかない。カート・ショルダーをはじめ、盗み出したドイツの記録から大急ぎでシステムを建設した一九七五年の人々は、基礎を完全には理解していなかったので、〈帰還門〉は〝同調可能《チューナブル》〟な設計にはなっていなかった。そして固定されているそのモードは誤りだった。合うように修正するには、いくつかの部品の再工作と、そしていくつかの完全な再設計が必要だった。十二月なかばには、一連の必要部品の注文書と仕様書が、適当な研究所や工場に流された。ルーズベルトがかかわっているおかげで、最優先の受注を確保するために必要な権威の保証にはこと欠かなかった。

一度その作業が軌道に乗ると、科学者たちは、全体の改造が終わらなくてもこのマシンと一九七五年から走査している探査ビームとの部分的な相互作用は可能だという、前から出ていた概算の詳細を追うことに注意を向けた。やがて再工作部品の最初のものが到着し、取りつけられると、彼らはその計算による予測を実験でたしかめにかかった。

「閾値ぎりぎりだ」ショルダーが、制御パネルの一つの脇に置かれた軽い作業台の上にまとめて吊られている一群の装置につながった高感度の反照検流計をのぞきこみながら言った。「また上昇している……近い——一九・二。きわめて近いぞ……少し減少した、一八・九…

……八」

フェルミが見つめている小さなスクリーンに明滅する緑の輝線が、一、二秒のあいだふくらみ、また縮んだ。「今回のQは臨界の九十八パーセント以上だったに違いない」そう言ってパネルのつまみを調整すると、計器の読みを調べ、「ベータを五に落とした。電源を再充電して、あとはぜんぶ同じでもう一度試してみよう」

アインシュタイン、テラー、それに助手ふたりがそれを眺めている。アインシュタインはパイプをふかし、好意あふれる理科教師といった楽しげな視線を向けている。テラーはもっと熱心で真剣で、ほとんど四十八時間眠っていないため、目のまわりにくまができている。ちょうどクリスマス・イヴで、彼らはこの朝ニュージャージーの精密工作所からコロンビア大学に届けられた共振空洞装置の最初のひと組を、マシンに装着し終えたばかりだった。これだけで通信チャンネルを支えるのは無理だろうが、これが探査ビームを捕えるには充分な感度をシステムに与えられることを見越しての試みだった。成功すれば重要な里程標になるだろう。

「充電完了」とショルダー。彼の声は平静で事務的だった。「ループ励起。いいぞ……勾配上昇中」

フェルミが読み上げはじめた。「一九……一九・二……三……」彼は興奮にはっきりと緊張した。「・三五……四……ようし、いけそうだぞ！」

テラーが前に出て、フェルミの肩ごしにのぞきこんだ。「Qはもう臨界だな」と彼。

「一九・五！」フェルミは叫んだ。同じ瞬間アルミ板から大ざっぱに切りだされたパネルの片側のオレンジ色のランプが点灯し、その隣のダイアルの針が目盛ゼロから跳ねあがって、そのまま安定した。

疲れきったような微笑を浮かべるショルダーに向かって、フェルミは大声をあげ、その背中を平手で叩いた。「接触成功だ！」テラーがふたりの背後で叫んだ。「探査ビームが反応している！」アインシュタインと並んで立っている助手たちが喝采を送り、装置のまわりのそこここから、ほかの人々がいったい何の騒ぎかと顔を出しはじめた。

計器の表示により、〈帰還門〉システムは反応しているものの、そこに発生している部分共鳴は、探査ビームがロック・オンして補助チャンネルを開くにはまだ微弱すぎることが確認された。しかしながらこの相互反応自体、ビームの物理的変動に擾乱を引き起こすことで、それが何かに出くわしている事実を向こうの端の操作係に警告する効果はあるはずだ。またもしその状態を維持できるなら、たぶん励起回路を暗号パターンに従って断続させるといった方法で、ごく単純な通信を送信できるだろう。

実験が成功したらこれを試みようということですでに合意はできていたから、いまさら思案に時間をかける必要はなかった。接触を示す針が安定するやいなや、ショルダーは励起回路のスイッチをモールス電鍵代わりに使って上下させはじめた。〝P-R-O-T-E-U-S……P-R-O-T-E-U-S……P-R-O-T-E-U-S……〟

つかのまの接触が失われたとフェルミが告げるまで、彼は打ちつづけた。数分後にそれは一度回復し、ついで完全に消えた。「ここまでやれて幸運だったな」とテラー。「ずっと閾値ぎりぎりだった。位相変調増幅装置が到着するまでこれ以上の条件は得られまい」

「そのとおりだ」フェルミは椅子に腰を下ろした。「もう休暇が終わるまでは見られないだろう。みんなひと休みすることを提案するよ。ヒトラーがいてもいなくても、明日は妻のためにとってあるんだ……明日があるとしての話だがね。自由を守っても、もしその恩恵に浴する自由な時間がまったく得られないとしたら、なんの意味があるんだ？」

ほかの人々もそれに同意した。一同はシステムを停止させ、コートや帽子や家に持ち帰る書類を手もとに集めた。最後にひとわたり挨拶の言葉をかけあい、何人かはたがいに今夜おそく、あるいは明晩の夕食のときに会う約束をかわしてから、みんな思い思いにその場を去っていった。

テラーはフェルミを車で送ることと、またモーニングサイド・ハイツの自分のアパートへ戻る前にアインシュタインをプリンストンで降ろす役を引き受けた。「あのね、いま妙な考えが浮かんだんだが」三人が一緒にマシン区画を抜けて車の置かれている建物の正面部分へ入ったとき、フェルミが言った。「もし一九七五年であの信号が発見されたら、膨脹率はほとんど六だから、その世界では《プロテウス部隊》が出発してから二ヵ月かそこらしかたっていないことになるんだ」

「もし同じ一九七五年ならね」とテラー。「どれだけ多くの宇宙がわれわれのいるこの時空に探査ビームを向けているか、知る方法はないんだよ。正しい相手に当たったのかどうか、どうしてわかる？　またそれとは別の〝混線〟の確率もあるだろう。実際、そもそもこれら全体が、いったいどうやってもつれないでいられるんだ？」荷役場の階段を降りながら、彼は深いため息をついた。「わからないことが多すぎる」

フェルミも困惑していた。「その問題を考えることは同じだった。本能的にふたりはアインシュタインの方へ目をやった。「それでクリスマスをだいなしにする気はないね」一緒にテラーの車に乗りこみながら、彼はふたりにそう言った。

平服の憲兵が大きな扉の一つを開け、車はバックでそこを出た。夕闇が迫っている。空にはにわか雪が舞い、前に降った雪のぬかるみはまだ地面を蔽っていた。テラーがギアを一速《ファースト》に入れて走りだそうとしたちょうどそのとき、道の向こうから叫び声——女性の——が聞こえた。車内の三人は周囲を見まわした。

一週間かそこら前、真向かいの小さな倉庫とその隣の事務所小屋を借りた者がいる。夏以来ずっと空いていた場所である。ある日トラックが現れて、木枠の荷物をいくつか降ろしたが、それ以来〈門番小屋〉の警備係が目にした生活のしるしといえば、ひとりの女性が一、二度出入りし、一日じゅうほとんどずっと彼女の車が事務所の前に置かれ、窓の中に明かりがついていることだけだった。警備責任者の将校の要請で一応の調査がなされたが、不都合な点は何も見つからなかった。今その女性がこっちへ手を振りながら走り寄ってくる。

「行かないで——ちょっと待って！」彼女はあえぎながら、車のところへやってきた——おそらく四十代なかば、いくらか太り気味で、耳当てつきの毛皮の帽子をかぶり、厚いツィードのコートを着ている。テラーはハンドルをまわして窓を開いた。「どうも」と彼女は言い、窓枠にハンドバッグをのせて呼吸を整えながら、「お手数をかけてすみませんが、あたし、へまをやっちゃって。ヘッドライトをつけっぱなしにして、バッテリーが上がっちゃったんです。あなたがたのでスタートさせていただけませんか？　あたし、手まわしクランクは使えないので。ケーブルは持ってます」

テラーがあとのふたりをふり返り、うなずいて答えようとしたとき、ドアを開けてくれた警備係が近づいてきながら声をかけた。「かまいません、そのまま行ってください」とテラーに言い、それから、女に向かって、「奥さん、今すぐそっちへ行ってクランクをまわしてあげます」

「すみません、ご親切に」

「これも仕事の一部ですよ」警備係は歩きながらテラーに手を振り、車は道に沿って遠ざかって行った。それから警備係は向きを変えて、倉庫のドアを閉めに戻りはじめた。女はその後を追おうとしたが、彼は立ちどまり押しとどめるように片手を上げた。「いや、よろしければそこで待っていてください、奥さん。すぐ戻りますから」

〝マスケッティーア〟という暗号名を持ったその女性はおとなしくそれに従った。いま立っているところからでも、ドアの内側にたいしたものがないことはわかった。しかし車の中にいる三人の顔は、はっきりと見えた。アルベルト・アインシュタインの顔はすぐにわかった。あとのふたりは知らないが、車の窓枠からハンドバッグに仕込んだカメラでいい写真が撮れた。それに車のナンバープレートを記憶する時間はたっぷりあった。

31

一九三九年から四〇年にかけて、ヨーロッパの冬は、四十五年来の寒さだった。イギリスの周辺では英仏海峡が、フォークストンとダンジネスで氷結した。テムズ川はテディントンからサンベリーまでの八マイルにわたり固い氷と化した。ダービーシャーのあちこちで、吹き寄せられた雪は農家の屋根の高さにまで達した。

新年の五日目、陸軍大臣レスリー・ホーア＝ベリシアが辞任し、内閣改造が行なわれた――アンナ・カルキオヴィッチ言うところの、巣から押し出される〝いわひばりの雛〟の最初の一羽である。舞台裏からウィンスレイドとバナリングが操っている策謀が、明白な結果を生み出しはじめたのだ。しかしながら、そのあとが続くのか、あるいは間に合うのかは、また別の問題である。

フェラシーニなど《アンパーサンド部隊》の一行は、この件について、新聞に出た以上のことは知らなかった。その背後にあるはずのものを気にする時間もなかった。クリスマスと新年の期間を、彼らはダートムーアで行なわれるイギリス軍部隊の訓練に参加し、デボン－コーンウォール半島の風にさらされた広大な荒れ野のヒースや藪や丘や沼地のあいだで過ごした。公式には彼らは、どこか他に配属されるまで一時この部隊に割り当てられたアメリカ人志願兵として記録されていた。

　特殊部隊志願者に課せられる三ヵ月の適格審査の肉体と精神両面にわたる無茶な要求に較べれば、この訓練はなまぬるいものだったが、《アンパーサンド部隊》の誰もが、〈門番小屋〉の数ヵ月のあいだにウォーレン少佐が強制した美容体操と格闘技と水泳の課目をなつかしく思い出した。一ヵ月のあいだ彼らは完全戦闘装備で、足を取られやすい氷の張りつめた突撃コースを走り、悪態をつき、汗をかきながら登山ネットや、でこぼこの壁や城壁に取りつき、身体を引っぱりあげ、深い峡谷の上でぐらぐら揺れる板とロープの橋を渡った。まめが足のいつも見慣れた場所に現れ、固くなるまで、何日もてくてくと山野を横断した。野外の体育訓練で、飛び上がり、よじのぼり、飛び越え、組になって腹筋やスクワットを行ない、電柱を使った重量挙げ《プレス》――一本につき十人で――をやった。

　その過程で彼らは、ウォーレンがなぜ失われた援軍をイギリス志願兵で置き換える考えを放棄したのかを知った。おそらくは、理由を彼ら自身に見つけさせるのが、この訓練を手配した彼の目的の一部だったのだ。

　イギリスの兵隊たちが勇気や持久力を欠いているというわけではない。まるで正反対だ。英軍兵士《トミー》の多くは熱意にあふれて、勤勉で、あまり不平も言わず、兵士の運命である有無を言わせぬしごきとみじめなほどわずかな休憩を、陽気に受けいれ、身をまかせている。何年も続いた経済不振のあとのアメリカの若者たちと同じように痩せていて頑健な彼らは、海の向こうへ出向いて、任務を果たして、家へ戻ってくることを熱望していた。それがどういうことかも彼らは知っていた――今まで何度となくあったことなのだから。

これが問題だった。彼らは現在直面しているものをまるで理解していないのだ。

未経験で世間知らずの彼らは、とっくに存在をやめた世界に属する士官たちを全面的に信頼している。ドイツ人たちは〝口さきばかりの腰ぬけ〟だ、と、ウィガンから来たある上等兵は、缶詰めの牛肉と豆とグレービーの夕食のとき、アメリカ人たちに言った。「やつらは旗と楽隊つきの分列行進が大好きで、ポーランドみたいなちっぽけな薄汚い弱虫にはいばり散らすけれど、誰かが本気でどーんと立ちふさがれば、たちまちあわてふためいて巣へ逃げ帰るのさ」今度は一九一四年のときのような手落ちはない。今回はマジノ線があるし、その背後の連中も用意ができている。

何に対する用意が？　フェラシーニはいぶかしんだ。

戦闘訓練のほとんどは、小銃射撃と手榴弾投擲にかかわる数教程――限られた弾薬での――と古式ゆかしい銃剣教練で構成されていた。塹壕をどう掘って角材で支え、敷き板を張るか、帯紐にどう白い塗料を塗るか、そしてどうやって靴を磨くかを彼らは習った。皮肉だ――そう、これが一九一四年のことだったら、何もかも申しぶんはなかった。しかし今は一九四〇年である。

対戦車兵器はどうなのか？　前大戦の指揮官たちが腰をぬかすほどの速度で幹線道路上を突っ走り、航空支援を受けて前線の狭い正面を突破する、あの重装甲のかたまりをあしらう戦術はどうなのか？　ドイツの野戦トラクターは時速四十キロでゴムタイヤの六インチ砲を引いてでこぼこの山腹を登り、戦車のすぐ背後から近接支援を行なうことができる。静止したままの前線を想定し、そこから何マイルも背後に身を隠した固定砲列が、どうやってそれに対抗しようというのか？　味方の戦車と飛行機の協力はどうか？　ドイツの指揮官たちは、予期される高度に流動的な変化の早い状況下で軍の動きを把握しつづけるために無線を使っている。いまだに馬や徒歩での伝令に頼っている将軍たちには、情勢に影響を与えることはおろか、そもそも何が起きているかを知る望みさえないのではなかろうか？

元旦からすぐあとのある訓練課程で、膝まである騎兵靴をはき、ポートワイン色の顔に白いせいうち髭を生やした准将の教官が、小銃でユンカース八七急降下爆撃機――悪名高い〝ストゥーカ〟――とわたりあう方法について講義するのを、フェラシーニとキャシディとラムスンは信じられぬ思いで眺めていた。「落ちついていれば、きわめて簡単なことがわかるはずだ」と、耳をそば立てている兵隊たちに准将は請けあった。「恐れず立ち向かって、飛び立ったきじを射つみたいにやるんだ。ひとり一日ひとつがい撃てれば大猟ってわけだ――どうかな？」自信に満ちた笑いがこの意見を迎えた。アメリカ人たちは笑わなかった。

その次の日には、白兵戦の教師――新兵をこづきまわすことの好きなグラスゴー出の身体の大きなサディストの軍曹――が引き立て役にフロイド・ラムスンを選び、軍曹はあっというまに鎖骨にひびを入れ、首の軟骨を裂き、向こうずねを擦りむいてひっくり返った。キャシディは急いで、たまげている指揮官に、ラムスンは情緒不安定で有名なあるネイティヴ・

アメリカン部族の血を引いているのだと説明した。

「カスター将軍をやっつけた人々です」キャシディの言葉にラムスンは内心たじろいだ。「祖父の代までは人食いでした。彼の責任じゃありません……それに、斥候としては抜群です」

指揮官はラムスンに対して疑わしい点は善意に解釈することとし、せめて文明的なクリスチャンらしく行動するようつとめることだけを誓わせて、この一件を片づけた。そのあとキャンプからそう遠くないパブで、にやにや笑いを浮かべた英国の若者たちがラムスンにおごった何杯ものビールが、それを充分すぎるほど埋め合わせてくれた。

しかし、前の大戦をそのままもう一度戦うつもりで腰をあげたのは、イギリスだけではなかった。どちらかと言えばフランスはもっとひどいし、またフェラシーニたちがアメリカにいた一年近くのあいだに読んだり聞いたりしたことからすると、合衆国の将軍たちの大部分には、この惑星がメイン州より向こうへ続いていることがまだ充分に理解できていないらしい。これは彼らの変化への対応がとくに遅いということではない。いかなる社会でも、指導者や支配者たちは、変化にともなう混乱によって失うものは多く得るものは少ない。それゆえ彼らは一貫して社会の保守要素を構成することとなる。ここまでは歴史を通じて変わらぬ真実だった。今回違っているのは、一方の考えが、八十五年未来からの経験を持った心によって形成されていることなのだ。

そうはいっても、《アンパーサンド部隊》の六人は、九月上旬以来の四ヵ月間に西側の指導者たちがポーランドからもっと多くのことを学ぶべきだったという点で、ひそかに意見の一致を見ていた。

新年はベルリンでも、例年より寒く、氷が多かった。年来の絶え間ない痛烈なナチのプロパガンダにもかかわらず、国民の大多数は戦いを望んでいなかった。狂乱の歓呼の中を一九一四年のドイツ軍が行進して前線に向かった光景とは対照的に、ポーランド侵攻のニュースにも、通りは静かで人気《ひとけ》のないままだった。灯火管制、所得税に加算される五十パーセントの戦争税、ガソリンの事実上の消失、食料や石鹸や靴や衣服の配給制の導入、コーヒーの代わりに大麦の実を煎った粗末な代用品といったものに、平均的なベルリン市民は肉体的にはもちろん、心理的にも一九四〇年の寒さを感じていた。

ティアガルテン公園の風景は奇妙な対比を見せていた——凍った池で子供たちがスケートをしているすぐ近くに、土嚢で囲まれた高射砲が雪の積もったカムフラージュ・ネットをかぶって威嚇するようにうずくまっている。ピーケンブロック大佐とベッケル中佐はベンドラー通りからここまで昼休みの散歩に出てきたところだった。肩を並べてゆっくりと歩くふたりは、ともに帽子をまぶかにかぶり、顔を厚い外套の襟を立てた奥に引っこめていた。長靴の下で雪がざくざくと鳴る。

「身元確認を間違った可能性はないのか？」とピーケンブロック。話すたびに息が冷たい空気中で白い水蒸気となった。

ベッケルは首を振った。「顔は三人の専門家によって別々に確認されました。それに車はエドワード・テラー博士の名前で登録されています。絶対に確実です」

ふたりは黙ったまましばらく歩きつづけた。「それでどう結論するかね？」ピーケンブロックがたずねた。ベッケルはすでに、このピーケンブロックの質問癖が、決して恒常的なアイデアの貧困を意味するものではないことを知っていた。単に、自分の意見を声にする前に部下にたずねるのが、彼のやりかたなのだ。才能を認める助けになるし、イエス・マンを無力化できる。

「そうですね。これはアメリカ陸軍の中に、小さいけれども高度に専門的な、ゲリラの手法と隠密作戦の特殊訓練を受けている秘密の部隊があるということだと思います。彼らはニューヨークの偽装基地から実地演習まで行ないました」

「そのとおり」ピーケンブロックはうなずいた。

「そして今、アインシュタインがその同じ基地を訪れていることがわかりました。それだけではなく、同じ分野の専門家であるテラーとフェルミも一緒でした」ベッケルはちらりと自信なげに上官を見やった。

「ああ、そう、そうだとも」とピーケンブロックは答え、革手袋をした手を気短に振ってからまたポケットに突っこんだ。「そのとおり。アインシュタインは偉大な科学者だ。ゲッベルスが大衆向けにこしらえているたわごとなど気にするな。それから、このハンガリー人とイタリア人は同じ分野が専門だと言ったが、それはどの分野かね？」

「カイザー《K》・ヴィルヘルム《W》研究所《I》に照会を出しました」とベッケル。「一年ほど前、ここベルリンで重要な実験が行なわれ、それは原子の内部構造を研究している科学者たちのあいだに国際的な騒ぎを引き起こしました。ウラン元素に関するある原子反応が、多量のエネルギー──実際、莫大な量の──を解放するかも知れないと考える充分な理由が見つかったのだそうです。KWIの科学者の何人かは、いつかそれが工業や船などの動力の革命につながるだろう、と言っています。また、武器においてもです」

ピーケンブロックは眉をひそめた。「原子？　しかしそれはひどく小さいものだと言うじゃないか？」

「はい、まさにそのとおりです」

「驚くべきことだな。それはともかく……」

「テラーもフェルミも、その分野の研究では有名な人物のようです。事実、フェルミはその業績によりノーベル賞を受賞しています。が、それを受け取りにスウェーデンへ行ったとき、アメリカへ逃げてしまいました」

「ユダヤ人なのか？」

「彼の妻が──混血ですが」

「うむ──長い目で見た場合、そういった人々を大勢失ってもこちらは大丈夫なのだろうかね。まあいずれにせよ、われわれの権限外のことだが」

ふたりは凍った流れにかかる小さな太鼓橋のところで、反対側からやってきたやはりふたり連れの国防軍《ヴェアマハト》の将軍たちに出会い、不動の姿勢をとった。将軍たちは通り過ぎながら敬礼を返した。ふたたび歩きだしながら、ベッケルは続けて、「昨年、ウランに対する公的な関心がイギリスとアメリカとフランスで表明されました。またとくにアメリカでは、この件に関係のある研究について、出版される情報量の著しい減少が見られました。言いかえると、西側諸国は特別に強力な兵器というこの考えを真剣にとらえているように思われます」

「二年後に手に入ると総統がいつも言っておられる〝超爆弾〟と、何か関係があると思うかね？」とピーケンブロック。

「はい、そう思います」ベッケルは答えた。「どうやら両陣営は同じものに取り組んでいるようです」

ピーケンブロックはうなずいた。「そして今、アメリカ軍が、ドイツへ侵入してここで行なわれていることについてスパイ活動ないしは破壊工作を行なうための特殊部隊を訓練しているとすると、その科学者たちは、おそらく、目標のさがしかたとかそういったことについて、技術面の指示を与えにニューヨークの訓練基地に行っていたのではないかな？　これで筋が通る。総統を狙う暗殺部隊という考えは忘れていいと思う」

「わたしの結論も同じです」とベッケル。しばらくあいだをおき、その点についてピーケンブロックが何も答えそうにないのを見てとると、語をついで、「実は、さらに照合を行ないましたところ、まだその先がありそうなのです」

「ほう？」

「大西洋をはさんで両側にこれと関係する人々のある種のネットワークがあるように思われるのです。たとえば、フェルミとテラーはふたりともニューヨークのコロンビア大学にいます。もうひとり、シラードというハンガリー人もその仲間で、正規のスタッフではありませんが、通り沿いのホテルに住んでいます。さて、彼は以前イギリスでも同様の研究に従事していました。そのとき彼と一緒に仕事をしていた人々のひとりにリンデマン教授――チャーチルの個人的な友人でもっとも信頼されている科学顧問でもある――がいるのです」

「なるほど、そこで〝デア・リューゲンロード〟がかかわってくるわけか」とピーケンブロックはつぶやいた。〝嘘つき閣下〟というこの呼称は、チャーチルを意味する新聞の最新用語である。彼はまたしばしばその頭文字のＷＣ――ドイツのあらゆるトイレのドアに書かれている――でも呼ばれていた。

「リンデマンはこのドイツにも何年か住んでいて、シラードとともにユダヤ人科学者をこの国から脱出させる仕事にかかわっていました」ベッケルは続けた。「今、リンデマンはロンドンにあるチャーチルの海軍省の本部ビルに居を移しています。アインシュタインは一九三三年イギリスに行ったとき、チャーチルのチャートウェルの邸に泊まりました。アインシュタインとシラードはドイツでは同僚でした。テラーもそのときそこにいました。彼とフェルミも、フェルミがアメリカへ行く前にイタリアで会っています。こんなぐあいに同じ名前が繰り返し現れるのです。たしかにある種のつながりが見て取れます。まだうまい解釈は思いつきませんが」

小道が交差したところでピーケンブロックは立ちどまった。ベッケルも一緒に足をとめた。少し向こうでひとりの老女が石炭の袋を積んだ木のそりを引っぱろうとあがいており、小さな少年がうしろの雪の中でそれを押している。この冬いちばん払底していたのは石炭だった。伝えられるところでは、ベルリンの数万の家庭が暖房なしで過ごしているという。

「もし、彼らが全員そのネットワークの一部なら、アメリカのその部隊はまず間違いなくイギリスに立ち寄るんじゃないかな？——作戦のチャーチル側と調整を図ったりするために」ようやくピーケンブロックが言った。

「十中八、九そうでしょう」とベッケルも同意した。

ピーケンブロックはおもむろにうなずいた。「彼らが現れそうな場所に特別の見張りを置くように——たとえばロンドンではチャーチルの海軍省本部といったところだ」ゆっくりと考えこみながら、「われわれの推測の確認に役立つだろうし、彼らの目ざすものがもっと見えてくるかもしれん」一度言葉を切り、「ところで、わが国のウラン研究だが、そのうちどれだけがＫＷＩで行なわれているのかね？　ぜんぶそこに集中しているのか、それともほかの場所でも進行しているのか？」

「かなり錯綜した状況です」とベッケル。「ＫＷＩは陸軍省の後援を受け、フォン・ヴァイゼッカー教授の指揮下で研究が行なわれています。しかしこれとは別に、エーザウという名の教授がリンデンで教育省のための計画を立てており、また軍需省はゴットーにある研究所で何かやっています。これらがどう組み合わさるのかははっきりしません。ときどき思うのですが、わが国の悪魔的な官僚政治よりも、敵の行動の方がよほど探りやすいようです」

「まあいい、何が起きているのか、とくにそれがどこでかをしっかりとまとめてくれ」ピーケンブロックはきめつけるように、「このウランの件について、研究が進行中のおもな中心を表にして見せてほしい。そのアメリカの部隊がこちらへ向かったという風の便りが入ったとき、彼らの目標となるべきものがよくわかるようにな」

「すぐかかります」

「きみはいい仕事をしてくれた、ベッケル」ピーケンブロックは褒め上げた。「その調子で続けるんだ。まだ道は長いのだからな……ああ、そうだ、例のきみの秘書の件は、きちんとさせているだろうね？」

ベッケルの顔を当惑がよぎった。「あれはもうここにはおりません。ハンブルクへ転任しましたので」

「おや、そうだったか？」ピーケンブロックは心から驚いた表情をつくろいながら、「ああ、そうか、忘れていたよ。では、後任にはしっかりした態度をとるのだぞ」

「その点は大丈夫です」ベッケルはむっつりとした表情で答えた。「よこされたのは、少なくとも五十にはなっている老女です。馬車馬なみに太っていて、おまけに息がくさいのです」

ピーケンブロックは歩きながら、木につもった雪の模様に見惚れることで、部下の疑いに満ちた視線を避けた。「本当かね？　やれやれ、まあそんなこともあるさ。そうがっかりしたものでもなかろう」

一月十日《プロテウス部隊》の宇宙では起きなかった事件が発生した——ドイツ軍士官ふたりを乗せた飛行機が進路を誤り、ベルギーのメンヘレンに不時着したのだ。彼らはドイツの西向きの攻撃計画書を持っており、これは連合国の指揮官たちが予期し、かつ《プロテウス部隊》の歴史が確認していたとおり、オランダとベルギー強行通過という形をとっていた。ドイツの作戦参謀たちは、ひどい天候が続いているので攻撃を遅らせるようヒトラーに要請していた——これもまた《プロテウス世界》の事象と違っている。あそこでは状況はこれほど過酷ではなかったのだ。計画が漏洩したので、ヒトラーは譲歩し、西向きの作戦を春まで延期するよう命じた。

ヒトラーはまた、敵の手に落ちた作戦に固執するのは危険が多すぎると判断し、新しい計画を練り上げるよう命じた。とくに彼は、高速機甲部隊によってもとの攻撃地点よりはるか南のアルデンヌを突破するという第三十三軍団の新司令官フォン・マンシュタイン将軍が主張している案に深い興味を示しはじめた。フランス側は、この地域を戦車で通り抜けるのは無理だと考え、そこの防備にあまり兵力をさいていなかった。もしドイツ軍がこの地域に攻撃をかけたとしても、重火器を持ち出すのに六、七日かかるものと判断される——フランス予備軍が援護の位置につくのに時間の余裕はたっぷりあるはずだ。

フォン・マンシュタインもこの計算は認めていた。したがって、重火器の使用を提案してはいない。代わりに地上攻撃機を使おうというのであった。

32

飛びこみ《ダイヴィング》とスキューバ用具の使用は特殊部隊員の基本訓練の一部だ。パラシュート降下、スキー、登山、それに極地の氷原から熱帯のジャングルまであらゆる地域の横断旅行もまた同じ――つまり、敵と戦うのに利用できるありとあらゆる手段である。それに加えて、パディ・ライアンは以前フロリダの合衆国海軍水中偵察破壊訓練基地の教官だった――これまたウィンスレイドが口にしなかった偶然の一つだ。そういうわけで、一月の第二週に潜水艦学校に到着した《アンパーサンド部隊》は誰ひとり、足ひれ、マスク、ウェット・スーツ、ドライ・スーツ、それに水中呼吸装置などの説明を受ける必要はなかった。したがって、基本技術を取り戻すために一日練習したあと、彼らは残りの時間のすべてをポーツマスでの主目標、すなわち特殊装備――貨物はふたつとも無事にニューヨークからリヴァプール経由で届いていた――の使用法の学習に捧げることができた。

スーツは内被《インナー》と外被《アウター》から成っている。身体に直接当たるインナーは膚の近くに絶縁用空気の泡を捕える柔らかいスポンジ・ラバーで、その上を化学処理されたフランネルの層が蔽っている。アウターはフードつきで、パラフィン・ワックスをしみこませたオイルスキン二枚重ねの、身体の線にぴったり合わせたスーツである。一九七〇年代までに開発された水中服を基本として設計されたものだが、防水式の手首シールで取りつけられる長手袋、密閉をより完全にしたフェイスマスク、それに各人の識別を容易にするよう色分けされた固い外部ヘルメットといった要素がつけ加えられている。

この設計目標は、周囲の媒体とのあらゆる接触を防ぎ、断熱性を高めるだけでなく、もし漏れが起きた場合にスーツ内への液体の拡散を最小限に抑えることにあった——水圧によって液体が浸透してくる速度は、ほんの針で突いたような孔からであっても、驚くほどのものなのだ。もし縦坑を満たしているのが腐食性の液体で、誰かが大きな傷でも負ったら？　そう、これこそ軍医として選ばれたエド・ペインが、たまたま薬品火傷の専門家である理由の一つだ。

背中のタンクから圧搾空気を供給する通常のスキューバ用装具とは異なり、呼吸は胸につけた酸素再吸入装置で行なわれる——この方がはるかに小さくてすみ、制限ある空間で邪魔になることはまずない。それに加えてスーツには飽和磁気反応式の通話機が装備されていた——これならコードなしで数百フィートの距離までラジオと同じように機能するし、小型で、電子装置も重い電池も必要としない。

用いられている概念の中には一九四〇年代の基準からすると、新奇なものもある——例えば、深みで目を圧迫する不愉快なゴーグルの代わりに使われている一体型のフェイスマスクや、水圧の重みで肺が押しつぶされないよう作業深度の圧力に応じて空気を送る需要対応調節バルブなどである。しかしまったく受けいれがたい新技術は排除するよう注意が払われていた。だから、装具のどれかがドイツ側の手に落ちても、眉がいくつか上がりはするだろうが、それ以上の疑いを引き起こすおそれはない。

「いや、わたしの考えだと、こんなふうになるはずなんです」キャシディが、座ったまま身をかがめ、片足を十字桁の一つにのせて装具を調整しながら言った。「例の、一個の原子がひょいとまぶたを動かすたびに枝分かれする宇宙がどうのこうのという、カートの話ですがね」

「ああ」フェイスマスク以外すっかり身につけたフェラシーニは、深さ五十フィートの脱出タンクの上にかけ渡されている鉄格子のガントリー上の、ふたりが並んで腰をおろしている台座から身をのり出して、六フィート下のとろりと茶色っぽい水面を見おろした。ウォーレン少佐とペイン大尉は、ガントリー中央のもっと大きなプラットフォームの上に立っている。そこから二本の綱が下方へ伸び、ラムスンとライアンが障害物の除去作業に取り組んでいる底へと消えている。タンク内の水は、ヴァイセンベルクの縦坑の底の液体を想定して不透明な茶色に染められている。チームは手さぐりで仕事をし、ダイバーたちがふつう使う手信号の代わりに、接触信号《タッチ・シグナル》で話しあうことを学ばなければならない。この色はクロードの言うアルマジロの警句にぴったりだ、とペインは言っていた。

「そうしてできた宇宙はどれも、起こり得たはずのことから成っている可能世界の一つで、ほかのどれともどこかしら違っている」とキャシディ。

フェラシーニはうなずいた。「おれにもまあそういうふうに聞こえたよ」

「いいですね。すると、ひとたび二つの枝が分かれて、別々の方へ行ってしまえば、二度と交わることはない、そうですね？　言いかえると、一度なんらかの形で違う二つの過去が発生したが最後、その二つは決して同じ未来にはつながらない、ここまではいいですか？」

「わからん……まあ、たぶんな……だがいったいなんのことだ、キャシディ？　あれ以来――」

「ちょっと黙って、ハリー、これで筋が通るんですから。さて――」

「すまん」

「いいんです。さて、こいつを考えてください。もし人間や通信を――なんでもかまいませんが――過去へ送れるマシンを造ったとしたら、その作用が新しい枝を創造することになる――実際のところそれは、その何かが送られて過去に現れたまさにその瞬間に存在を始めるまったく新しい一本の木なんです。その新しい木の枝はどれも、前から存在する、その何かを送ってよこした未来へつながっている枝とは違ったものであるはずです。新しい枝にはその何か――たとえば、一九二六年のドイツのマシンのような――があり、前から存在していた方の枝には、それがないのですから、違っていなければならないはずです。したがって、誰かがそのマシンで過去へやってきても、前からそこに存在している時間線上のものを変えることはできないわけです。いま乗っている時間線――新しい時間線――は、新しい木をたどったどこか別のところへつながっているわけですから」

「ちょっと待ってくれ……」フェラシーニは片手を上げながら、キャシディの言ったことを考えなおしてみた。「なるほど、とすると……」絶句した彼の目が大きく見ひらかれた。

フェラシーニが何も言えないうちにキャシディは勢いよくうなずいた。「そのとおりです。〈オーバーロード〉の本来のシステムに対する理解のレベルも、少なくともここまでは達していたはずです。だから彼らが、ヒトラーにソビエトを始末させることで自分たちの状況を変えようとしたなどというのはとんだ世迷い言です。何をやっても、自分たちが今いる宇宙と関係のあるものを変えられないことくらいわかっていたはずですから」

「すると〈オーバーロード〉はいったい何を狙っていたんだろうか？」困惑の表情でフェラシーニはたずねた。

キャシディは肩をすくめた。「考えられるのは、彼らは自分たちの宇宙を変えようとしたのではなく、自分たちにもっと都合のいい新しい宇宙を造ろうとしたってことです。それから荷物をまとめて引っ越して、乗っ取ろうとした」

「つまり、ヒトラーがソビエトを倒して、彼らのために準備を整えてから、ということだな？」

「まさにそのとおりです――ただし、ヒトラーには別の考えがあって、彼らが移ってくる前に彼の側の連絡を断ってしまいました」

つまりはそれが彼の育ったもとの世界の由来だということになる。どうやらこの推論に穴はなさそうだ。が、その意味するところを考えているうちに、フェラシーニの顔には徐々に困惑の表情が忍び寄ってきた。「クロードも知っていたはずだ、と言うんだな――それを隠していたと」

「あるいは、間違って理解していたか、です」とキャシディ。

「クロードはめったに間違えることのない男だ」

「わたしもそう思います」

「しかし、もしクロードが知っていたとすると……」

「知っていたとすれば、われわれの宇宙にも同じ原理が当てはまることも知っていたはずです」キャシディが言い切った。「われわれがここで何をしようと、JFKやあとの人たちの残っているあそこの状況は変わらない。われわれがなんとかできるのは、現在われわれがいるこの新しい枝の未来だけなんです」

背後のプラットフォームで、ペインが電話を取って何か言い、肩ごしにウォーレンに目をやった。「ライアンから終わったと言ってきました。いま上がってくるところです」

フェラシーニとキャシディは次に降りるのに備えて、工具などをまとめはじめた。「で、何が言いたいんだ？」とフェラシーニ。「クロードも同じ考えを持っていたというのか――われわれのやってきたもとの世界には論ずるに足る未来はないから、もっとましなやつをこしらえてそっちへ移ることに決めたと？」

「あなたが彼だったら、どっちの世界に引退したいですか？」とキャシディ。

「この世界の行く末がどうなるのか、もっとよくわかったら話すよ」

「でも、少なくともここにはチャンスがあります。私の言いたいことはわかりますね？」

フェラシーニは立ち上がると、綱、ナイフ、そして工具ベルトを腰に締め、そのすべてが何かに引っかかったとき即座に外せるように留められているのを確認しながら考えた。「とすると、どうしてあの男はそれを誰にも言わないいんだ？」ようやく彼は言った。

キャシディは、それ以外の何を期待するのか？　といったふうに両手をひろげてみせた。

「われわれがここから戻れないとして——現に戻れないわけですが——もし本当にそうなったとして、われわれのうち何人が今、本気でこれをそんなにひどい仕打ちだと思うでしょうかね？　この場所に慣れるのに一年の余裕がありましたが、ここはむしろましな世界だったと言えるでしょう。今ではみんな適応しているので、クロードはもうあまり〈門番小屋〉の話はしません——気がつきませんでしたか？　今では〈ハンマーヘッド〉の話ばかりをしているんです。わかりますね？　彼が興味を持っているのはこの世界のことで、もとの世界のことじゃないんですよ」

「モーティマーやカートと一緒に向こうにいるアインシュタインやそのほかの科学者たち——あれは最初から時間の無駄だったというのか？　それをクロードは知っていたと？」

「確信はありません」とキャシディは認めた。「でもこれだけは質問させてください——出発前に片道切符になるという事実を知っていたら、あなたはこの作戦に参加しましたか？」

その週の終わり、訓練の進行状況を見にウィンスレイドがロンドンからやってきた。チェックのツイードの三つ揃いを着て、トップコートに肩までのケープに鹿撃ち帽子まで揃え、大きく曲がったブライヤーのパイプをふかしている姿は、まるで十九世紀のイギリスの大地主みたいに見えた。最新の諜報報告書によれば、結局ドイツの攻撃は一月末には実現しないだろう、と彼は言った。連合国側の決意の向上がその理由の一部だろう。また天候の関係もあるのだろう。誰にもはっきりとはわからない。しかしいずれにせよ、連合国の計画では、ドイツ軍が西向きに動きだす最初の徴候が見えたら、ベルギーへ軍を進め、可能な限り前方でドイツの攻撃を迎え撃つことになっていた。

ソ連にいまだに善戦しているフィンランドには大衆の支持が集まっている。しかし、ノルウェーとスウェーデンの政府は、それに手を貸して連合国の国内通過を許可することに二の足を踏んでいた。イギリス自身は、すでに戦争になっている以上、ナチに加えてソビエト連邦とも戦うことになるという言外の見通しに、なんの不安も持っていなかった。

「スターリンはヒトラーに劣らぬ悪玉だから、その一方を始末するのなら、ついでにもう一方も片づけちまえばいい、というのが連中の気持ちらしいな」とウィンスレイド。引き受けようと言っている当の相手が人口においては自分たちのちっぽけな島国の十倍を超えていることも、イギリス人たちはまるで苦にしていないようだった。

33

一月の最終日、〈門番小屋〉の科学者たちは、ショルダー言うところの〝部分共鳴〟を確保することによって、ふたたび一九七五年のシステムとの荒っぽい接触に成功した。クリスマス・イヴに達成された最初の接触から五週間後のことである。再設計部品の配達が遅れたり、また廃棄して再度発注しなければならないものもあったので、全体の進捗状況は目覚ましいというわけにはいかなかった。ショルダーは再度モールス送信で向こうの端の興味を引こうとしたが、新しいことは何も起こらなかった。当然ながらグリーンはウィンスレイドに電話をかけてこのニュースを知らせ、ウィンスレイドはまた何か進展があったらすぐ知らせてほしいと答えた。

ヨーロッパでは、前の宇宙でフランスを圧倒し、イギリスの敗北につながったドイツの西への強襲は実現しなかった。二月の最初の数日が過ぎると、心配しながら状況の推移をたどっていた内密の知識を持つ人々は、侵略はないものと結論した。ついに、連合国の決意の強化が成果をあげはじめ、よりよい方向へ歴史の流れを変えたように見えた。

安心しかつ勇気づけられて、チャーチルとその支持者たちは、《プロテウス世界》では五月に起きたナチのスカンジナヴィア侵攻に先手を打つための行動を起こすよう圧力を強めた。かくて二月五日、連合国最高戦争会議はノルウェー介入を決定した。採用された計画は、十一月にチャーチルのところでウィンスレイドが概説した線とほとんど同じで、すなわち、名目はフィンランド援助を掲げ、その一方、政府には、真の目的はスウェーデンからドイツへの鉄鉱石の供給を断ち切ることだと思いこませる狙いのものであった。

二月十六日、チャーチルから直接に指令を受けたイギリスの駆逐艦コサックがノルウェーの峡湾《フィヨルド》に入り、ドイツ船アルトマルクを臨検した。一応アルトマルクを捜索したことになっているノルウェー政府からは否定的な報告が入っていたのだが、海軍情報部はこの船に、十二月に南大西洋でイギリスとニュージーランドの軍艦に追い詰められて自沈したドイツのポケット戦艦グラフ・シュペーに捕えられていたイギリス人船員たちが乗せられていると見ていた。はたしてコサックから移乗した捜索隊は、船内に二九九名のイギリス人捕虜を発見、救出して、イギリス国民に大きな満足と喜びを与えた――国際法がなんと言おうと、くそくらえだ。

この事件は、もとより連合国のフィンランド援助という口実には惑わされていないドイツ最高司令部内にも、ある種の懸念を引き起こした。もしイギリスが捕虜何人かの解放などという些事のためにノルウェーの領海を侵すことをためらわないとしたら、ドイツへの鉄鉱石の供給を断つというより大きな目的のためには、ノルウェーの中立くらい気にもかけないだろう、とドイツ側は判断した。そこで、ドイツ海軍の司令長官レーダー提督は、ヒトラーに、ノルウェー侵攻作戦の予定を早めるよう進言しはじめた。

一方イギリスでは、《アンパーサンド部隊》がさらに三週間のあいだ、ダービーシャーの洞窟群を身一つでくぐりぬけ、コーンウォールの水浸しの鉱山に滑りやすいロープで懸垂降下し、泥水の闇の中で手さぐりの作業をかさねたすえ、海軍省の地下室でさらに詳細の説明を受けるために呼び戻された。

「諸君のスペインのビザは、CBSの表看板を通じて仕事をしている合衆国国務省の無名の人々によって手配された」ウィンスレイドが、デスクの向こうから、アメリカのパスポートをフェラシーニとキャシディに改めさせるために手渡しながら言った。海軍省に常駐のオフィスを与えられた彼は、ふたたびイギリス海軍の制服姿に戻っていた。「パリからマドリードまでは彼らが連れていってくれる。そこからきみたちはジョー・ヘネシーとパット・ブルースターの名前でローマへ飛ぶ――ともにCBSの取材記者と録音技師で、バチカンから新教皇の最初の一年をふり返る放送番組のため一緒にそちらへ向かっているという触れこみだ。イタリアは、ムッソリーニがスペイン内乱に援助をして以後、フランコ政権とうまく行っているから、このルートの旅はそれほどきびしく制限されていない」

キャシディは自分のパスポートを注意深く調べながら、「そしてもし誰かが照会したら、ローマのCBSのオフィスは、この男たちが現れるのを待っていることを認めてくれるんでしょうね？」と質問した。

「もちろんだ」

キャシディの隣の椅子で、フェラシーニは身分証明書、フランスとスペインの公式スタンプの押された旅行許可証、その他ウィンスレイドが取り出したさまざまな書類を吟味した──どれもイギリス軍情報部のMI－6の秘密セクションが唱える呪文によって出現したしろものである。出来はいいし、それらしく使いこまれて、古びた外観を与えられている。「これだとわれわれは今週、ニューヨークからフランスへまっすぐ船で来たことになっていますな」と彼。

ウィンスレイドは書類挟みを開いて一連の品物を取り出し、机の上に並べはじめた。「書類カバンに入れておく先週の月曜のニューヨーク・ヘラルド・トリビューン紙……土曜日の劇場の切符の半券二枚──ブロードウェイだ……三番街のメンズウェア・ショップのシャツとズボンの日付入り領収書……パリのホテルの住所へ宛てた妻からの手紙──消印はロング・アイランドのベンスンハーストで、子供たちのスナップが入っている──おめでとう」フェラシーニは一つずつ簡単に調べてはうなずいた。あらゆる洋服、靴、ポケットの中身、身のまわり品に何一つイギリス起源のものが含まれていないことは言うまでもない。

一方の壁ぎわの長椅子に座ったリンデマンが、三人のほかこの場に居合わせているただひとりの人間だった。《アンパーサンド作戦》を構成する三組のペアはそれぞれ、自分たちの偽装された身分とドイツへ入る道筋しか教えられない。フェラシーニとキャシディはウォーレン、ペイン、ラムスン、それにライアンがどうやって、またどういう名目で旅をするのか、何も知らされていない。誰と誰が組むのかもはっきりとは知らないから、万一最悪の事態になっても、この作戦に関係している他のペアの人相を描写することさえできないことになる。人相の知られているペアは、ひとりひとりよりも見つかりやすいのだ。

「ローマで諸君は身元を変える」とウィンスレイドは続け、彼は赤いバインダーに入った二つのファイルを手渡した。「到着したら、アメリカ領事館に接触しろ。そこで誰かが書類と所持品を新たなセットに変えるよう指示を与えることになっている。詳細はそのファイルの中だ。覚えろ。そして出発する前に戻すんだ。基本的には、きみたちはデンマークのニールス・ヨルゲンセンとイタリア人のベニト・カッサーラになる。一方は教師で、もう一人は画家で、ともに古代考古学に興味を持っている。この冬はイタリアで、ローマ建築と旧蹟を見て過ごした――それを実証するローマのスケッチと写真をたっぷり渡されるだろうし、それから自分の筆跡で写しなおす日記のたぐいもあるはずだ。そこからデンマークへ帰るため、ボローニャ、ヴェロナ、ミュンヘン経由の列車に乗り、途中ベルリンで、ハンブルク経由デンマーク国境方面行きに乗り換えることになっている」

そこで両手をひろげると、「しかし実際にベルリンで乗り換えはしない。もっと前のライプツィヒで列車を降りるのだ。時刻は夜だからもしライプツィヒ駅で見つかっても、外国人なので灯火管制に惑わされてベルリンに着いたと思った、と言い逃れることができる。確実に取り残されるため、列車が出る直前まで待って飛び降り、その夜はそれを理由にホテルへ泊まる」ウィンスレイドはリンデマンの方をふり返ると、眉を上げて、先を続けるようようながした。

リンデマンは一つ咳払いをして、「ホテルの予約や警察の検査などについては、のちほど現状に詳しい人間を紹介します」と話しはじめた。「さて、翌朝です。町の中心近くにラートハウスプラッツという広場があります。そこから出ている通りの一つがカンツラー通りと呼ばれる狭い砂利道で、その角には時計のついたビアハウスがあります。このカンツラー通りを少し行くと、外にホッフェンツォルレンという名前の出ている靴直しの店が見つかります。そこへ入っていって、かかと付けをしてもらったフロイライン・シュルツの靴を取りにきたと言ってください。そうすると、彼女の風邪はもう治ったか、とたずねられます。そこでこう答えてください。〝ええ、もうすっかり。なんともひどい冬だったからね〟」

「そしてそこから先は相手の指示に従う」とウィンスレイド。「そのさいの心得はふたりともわかっているはずだな」

フェラシーニとキャシディは目を見合わせたが、とりたてて質問することはなかった。

「装備はどうなるんですか？」キャシディがウィンスレイドに視線を戻してたずねた。

「空中投下せずに独立ルートをとることにした」とウィンスレイド。「ふたたび二つのコンテナで、それぞれが別々の道を行く。片方の中身だけで仕事には充分なはずだ」

〝独立ルートをとる〟とはこの業界の婉曲語法である。それは《アンパーサンド部隊》の六人の専門家よりも消耗品と見なされている人々によって別途に運ばれるという意味だ。もしコンテナの一個が敵の手に落ち、運んでいる人間がつかまっても、彼らはその中身も最終目的地も知らないし、コンテナがもう一つあることすら知らない。もしコンテナが二つとも失われても、少なくとも部隊は、何か別の手を使ってもう一度出なおす可能性とともに温存されるわけだ。

しかし、すべてがうまくいって、無名の〝別動隊〟——とリンデマンは呼んだ——によりコンテナのどちらかが安全な〝落下点〟に運ばれ、そして少なくとも《アンパーサンド部隊》のペアのどれか一つが現地側との接触に成功すれば、部隊はそのコンテナを回収することができる。しかし、よりいっそうの用心として、この二つの条件が満たされるまで、コンテナは回収可能とならない。

コンテナの所在はフェラシーニとキャシディがすでによく知っている標準的な六桁の数字による地図照合で表現される、とリンデマンは説明した。コンテナを無事に置いたあと、それを運んだ〝別動隊〟は、地方紙二つに別々の小さな広告を載せる。暗号解読法を知るものには、この二つの広告のそれぞれが数字の半分を与えることとなる。《アンパーサンド部隊》は一つの新聞のどの広告をさがすべきかを知っている。彼らの地元での接触相手が別の新聞のどの広告をさがすべきかを知っている。したがって、双方が出会ったときのみ完全な地図照合の再構成が可能になるのだ。第二のコンテナも同じ方法で手に入るが、もちろんその所在を示す二つの広告とそれを載せる〝別動隊〟グループは別のものである。

作戦完了後、脱出はバルト海沿岸沖での潜水艦とのランデヴーによって行なわれる。ベルリンのアメリカ領事館への暗号電話のかけかたも決められており、それによってランデヴーの日時が、ワシントン経由でイギリス海軍省とのあいだで取り決められることになっていた。出発は二月末だ。それまでの残り時間は、現在のヨーロッパの生活に精通することや、偽の身元を裏づけるための物語を頭に入れることなど、いつもながらの用心という雑用に捧げられる。

話が終わりかけたちょうどそのときドアがノックされた。外に立っていた海軍の歩哨がドアをあけ、チャーチルが進行状況をたずねに入ってきた。その日の新聞がコサックを派遣した彼の決断を讃え、これは政府が今後示すべき勇気の好例であると述べていたので、彼は上機嫌だった。「もしわが著名なる友人がいつもの葬式みたいなペースで動きだすのを待っていたら、彼らは全員捕虜収容所行きだった」と彼。チャーチルがチェンバレンに与えた最新の綽名は〝バーミンガムの葬儀屋〟だった。フェラシーニとキャシディが立ち上がろうとするのを手を振って椅子に戻し、立ちどまってふたりを眺めながら、両手のひらをこすり合わせた。「さて、この計画の印象はどうかね？　諸君は誰よりもそれに影響される人たちだ」

「ええ……徹底的に練りあげられているように思えます」とフェラシーニ。

「望み得るかぎりのフェイル・セイフですな」キャシディが同意した。

チャーチルは満足げにうなずいた。「ブラジルにいる男が、義母の遺体をどう処理するかと聞かれたとき、こう答えた。〝ミイラにして、火葬にして、埋めろ。危険は冒すな〟このような重要な企画では、これに匹敵する慎重さが適当だろう」

ウィンスレイドは思わず微笑を浮かべた。「どうしてブラジルなのですか？」

「かいもくわからんね。そう聞いただけだ」

「最後のふたりには明日話をします。それから先、今月中はずっと猛勉強と暗記です」とリンデマン。

「やれる自信はあるね」チャーチルはふたりの若いアメリカ人を眺めながらたずねた。

「もちろんです」キャシディは無責任に肩をすくめた。もし作戦が失敗に終われば、いま彼が何を言ったところでどうせ問題ではなくなるんだ、と彼は内心つぶやいていた。

フェラシーニはもっと慎重に答えた。「成算は高そうです。あなた方の側で何か思いがけない出来事でもあれば、それも役に立つでしょう」

「すばらしい」チャーチルはふたりに交互にほほえみかけ、「この作戦の成功にどれほど多くのものがかかっているかを説明する必要のないことはわかっている。だから激励演説などは省略するとしよう。しかし、なんと言おうか、この、海を越えた協力による冒険は、それが終了する以前に、われら両国の大同盟の先触れとなってくれそうな気がするよ。あなたの国の孤立主義という現在の風潮を考慮すると奇妙に聞こえるかも知れないが、そのたぐいのことはすぐに変わり得るものだ。ところで、おふたりは、わたしの母がアメリカ人であったことをご存じかな?」

彼らは昼食時まで話しあい、その時点でチャーチルとリンデマンは、何人かの提督たちとUボート対策を論議する約束があるからということで出かけていった。あとの三人はアーサー・バナリングたちと昼食をともにするようウィンスレイドが手配していた。彼らは部屋に鍵をかけ、二階上へ上がって、正面の入口から外へ出た。「もうこのロンドンにも慣れたんじゃないかな」フェラシーニとキャシディを左右に従えて、正面階段を元気よく足早に下りながらウィンスレイドは言った。「もとの世界で見たものとは大した違いだ。どうかね？」

「あの場違いな制服が一つも見えないのがいいですな」とキャシディ。「そうだ、ハリー、今いたこのビルがなんだったか、覚えていますか？」

「ゲシュタポの南東地区司令部」とフェラシーニ。

「そしてまたそうならないことを確実にするのが、この作戦のすべてだ」トラファルガー広場の方向へ歩き始めながら、ウィンスレイドが言った。

通りのほとんど真向かいの薄汚いオフィス・ビルに借りた一室で、望遠レンズつきのカメラを持った男が、海軍省の階段を下りる三人組を撮った乾板をはずし、午前中ずっとためてきた山に加えた。退屈そうにため息をつき、腕時計を眺めながら別の乾板をカメラに差しこむ――あと五時間、それから満員のバスで家に帰り、通りを下ったドライバー用軽食堂でパイとフレンチフライの夕食をとり、たぶん角のパブで一杯やってからウィルズデンの見すぼらしいワンルームのアパートへ戻るのだ。頭に浮かぶのはスパイ生活についてこれまで信じていたいろいろな話――酒と女と放蕩と興奮と……。なのにまだ、部屋とフィルムの金さえ貰っていないとは！

この月の終わり、フェラシーニとキャシディは予定どおり空路でクロイドンからパリへ発った。すでに他の四人は未知の目的地へ向けて、何日か前に消えていた。そしてその翌日、ウィンスレイドはニューヨークから緊急の電話連絡を受けた。〈門番小屋〉でふたたび何かが起きたのだ——一九七五年のマシンとの再度の部分的接触である。不安定でしかも断続的だが、今回は科学者たちもどうにかそれを維持していた。モーティマー・グリーンによると、いつ完全な接続ができてもおかしくない感じだという。

もし一九七五年との接触がさし迫っているなら、《プロテウス部隊》の長としてウィンスレイドがその場に居合わせるべきだ、という点で、全員の意見は一致していた。イギリスでの当面の任務は終了していたから、なおさらである。必要とあれば、《アンパーサンド作戦》は、次の週のあいだならいつでも停止させられる——ローマにいるフェラシーニとキャシディの場合はそこのアメリカ大使館へ連絡すればいいし、他の者たちにも同様の手段がある。しかしまず、できるかぎりすみやかにウィンスレイドを合衆国へ戻すことが先決だ。ルーズベルト大統領は、アンナ・カルキオヴィッチがその時代の政治を専門とする歴史学者だと聞いて大いに興味を示し、チャーチルを通じて、彼女もウィンスレイドと一緒に来るよう要請していた。ふたたび彼は、この旅行のためにアメリカ軍の飛行機を手配した。

「ちょっと想像してみてよ、昨夜イギリスの海軍大臣と一緒に夕食をしたと思ったら、今度は合衆国の大統領から個人的な招待」ロンドン北郊ヘンドンの空港に向かう帝国海軍の車の中で、アンナはウィンスレイドに言った。「ほんと、わたしこの世界じゃ有名人なのね！どうでしょう、このままもとの世界へ戻れなくても、あんまり気にならないかもしれないわね」

ウィンスレイドは微笑を浮かべ、冗談めいた言葉の裏で彼女がちらりと向けた鋭い視線に気づかないふりをした。「向こうは選挙の年だからな」わざとらしい口調で、「ルーズベルトは運動への助言を求めたいんだろうよ」

アンナはため息をついた。「ご存じかしら、クロード、すてきな贈り物は女をつけ上がらせるだけよ」

「いや、これが贈り物なんかじゃないことは保証するよ。むしろ大仕事が待ってるってことなんだ」

ふいにアンナの顔が真剣でよそよそしい表情を見せた。「これはいい知らせかもしれないわ」思いにふけったささやき声で、「本当、すごくいい知らせだわ」

「どうして？」ウィンスレイドがたずねた。

「ルーズベルトが、もう心の中では、三期目の出馬を決意したってことかもしれない」と彼女は答えた。「クロード、これこそ本物の、わたしたちの知ってるもとの世界からの逸脱になるんじゃないかしら？」

34

ウィンスレイドは真剣そのものの顔で、モーティマー・グリーンとともにアンナに続いて〈門番小屋〉正面の荷役場の階段を上がり、建物の後部を隠している見せかけの箱と木枠に向かって歩きはじめた。グリーンと一緒の車で飛行機を迎えにやってきた私服の憲兵ふたりは当直の報告のため、正面のオフィスへすでに消えていた。

「気に入らんな」とウィンスレイド。「不器用な素人仕事というのはもう一つ裏の見せかけかもしれん。国防軍情報部《アプヴェーア》の中央司令部からの書類がそいつのアパートで見つかったと言ったな？　そのことだけでも憂慮するに足る。カナリスは馬鹿じゃないし、部下にも切れ者が大勢いる」

「ああ、しかしその文書はどれもごくありきたりのものばかりだったがね」とグリーン。「とくにここやこの作戦のことを暗示するようなものは何もなかった。それにいやしくもフリッチュがプロだったとしたら、なんだろうとあんなふうに置きっぱなしにしておくはずがない」

「それでも気に入らん」マシン区画へつながる隠しドアへ、荷箱のあいだを縫うように進みながら、ウィンスレイドは繰り返した。「あとでそいつと直接話してみるとしよう」

空港からの車の中でグリーンは、前の日に建物のまわりをうろついていた男を警備員がつかまえた話をした——何年か前に移民してきたヴァルター・フリッチュという名前のドイツ人である。現在どこか他の場所で尋問を受けているが、予備照合で、FBIがすでに彼のことを知っていながら、正規のドイツスパイ網の圏外で動いている道化と見なし、わざわざ逮捕する価値がないものとして片づけていたことがわかった。実のところアメリカ防諜機関は、彼にある種の情報を掴ませてその進行をたどることで、ナチの情報収集組織の入り組んだもつれを解くのに役立てることを考えていたのだが、今にしてみればこの評価は、とんだ誤算だったかもしれない。もし〈門番小屋〉で進行していることについて、噂がベルリンまで届いていたとしたら、結果は悲惨なものにしかなり得ないだろう。

マシン区画は忙しそうだった。ライトが明滅し、頭上や周囲で機械がつぶやき、ぶんぶんうなり、読み出しスクリーンや制御パネルに向かって人々が働いている。カート・ショルダーはシラードともうひとりの技術者と一緒に、マシン下の空間の一つに置かれた、図面や書類をいっぱいのせた大きなテーブルのそばに立っている。フェルミはうしろの方で何かをいじくりまわしており、それを、アダムスン大佐——ホワイト・ハウスで最初にルーズベルトと会ったとき居あわせた——と、痩せた血色の悪い男——ここではじめての顔だ——が眺めている。テラーは頭上の通路上にいる誰かと話していた。

ウィンスレイドとアンナが戻ったのを歓迎して握手が一巡した。グリーンはその見知らぬ人物を、進行状況の報告書をつくるためワシントンからやってきた大統領副官のハリー・ホプキンズと紹介した。くだくだしい挨拶を交わすのが不適当なように思われる、期待に張りつめた雰囲気が、あたりに漂っていた。

「空の旅はどうでした？」ショルダーがたずねた。

「望み得る最高のものだったよ」とウィンスレイド。

「《アンパーサンド部隊》は？」

「全員予定どおり出発した」

「まだ西方への攻撃は何も？」

「ないね」

ショルダーはうなずくと一歩下がり、片手を上げて背後のパネルを示すことで、よりさし迫った問題に一同の注意を向けた。「さて、ほんの数時間前からですが、なんとも奇妙な状況が展開しているのです。今朝ようやく共役関数を安定させたのですが、今はシグマ－タウ・スペクトルに探査ビームの共鳴高調波が読みとれる――それも低レベルではなく、全開の強さでです」

ウィンスレイドの眉根にしわがよった。「ロー－シグマじゃなくて？」

「違います。それが問題なのです。ロック記号は明瞭で、疑う余地なしです」

ウィンスレイドの表情がさらに深刻になった。アンナのもの問いたげな表情に答えるように、「ロック・オンしようとしている向こうからの探査ビームに出くわした、ということだ。

ただしそれが単なる補助通信チャンネルではなく、本格的に転移ゲートを活性化する全出力ビームなのだ」ショルダーに向きなおると、「通信の方はうまくいかんのかね？」

「ええ、ぜんぜん。サブシステムは完全に死んでいます」

「来ているビームの方だが――ロック・オンできそうかどうか、試してみたのか？」

「まだやっていない。あなたがたがやってくる途中だったので、到着するまで待つことに決めたんだ」とグリーン。ショルダーに目をやり、「属性に何か変化は？」

ショルダーは首を振った。「とくになし。閾値の近辺でぐらついたままです。一時間ほど前に十五分間見失いましたが、それ以後はまたずっと来ています」

「しかし、いつ消えるかもわからんぞ」とグリーン。

計器の示すところによると一九七五年へ〈帰還門〉を連結するチャンスは今、ここにある。おそらくはあと何分かのうちに、数フィート頭上のシリンダーの中へ歩み入って、彼ら本来の時間へ戻ることが可能になるかもしれないのだ。

ウィンスレイドは腰のうしろで手を組み、床の上を少し向こうまで歩いていった。実は考えることなどほとんどないのだが、決断に身をゆだねる前に何か見逃したことがないかもう一度心の中をさぐってみるのが、かなり昔から彼の習性となっていたのである。

「この間欠性が心配なんです、クロード」ウィンスレイドの態度を躊躇と取って、ショルダーが声をかけた。「向こうの技師たちに、こっちのシステム変更の詳細を知らせることができれば、適切な補正ができるはずで、そうすればもっと安定した接続が得られるのですが」

「今やらなければいけないわ、クロード」アンナがうながした。「ドイツ側がわたしたちに目をつけている可能性があるのなら、一日でも失う危険は冒せません」

ウィンスレイドはふり返り、戻ってきながら、彼らの懸念にかすかな微笑で答えた。「では行くとしよう」ぐっと活気にあふれる態度になり、「よろしい。カート、すぐにロック・オン開始の準備を始めてくれ」

「わたしでできる」シラードが申し出た。ウィンスレイドは片方の眉を上げた。ショルダーはうなずいた。

「けっこう」とウィンスレイド。シラードはマシンのまわりの人々の分担を決めるために離れていった。「カート、情報をぜんぶまとめるんだ」ウィンスレイドはグリーンに目をやり、「つながったら、カートと一緒に行く。モーティマー、きみはここに残って指揮をとってくれ。アンナ、きみも一緒に来て、ここでこの一年間に何が起きたかを政治家たちに教えてやってほしい」ついでハリー・ホプキンズとアダムスン大佐に目をとめると、「それに、一応この時代を代表する誰かに来ていただくのも場違いではないでしょう」

ホプキンズは身を守ろうとするかのように片手を上げた。「いや、待ってください。わたしはただ受け身の観察者として来ているだけであることをお忘れなく。それが大統領命令です。そんなものにわたしを加えないでください」

ウィンスレイドはアダムスンに目を向けた。「キース、別の時間へのアメリカ史上最初の使節になるのはいかがです？」

「十三番目じゃないの？」とアンナ。「わたしたちはかぞえないの？」

「それは見かた次第さ」とウィンスレイド。「われわれは一九七五年からやってきた。今は一九四〇年だからそれより前だ」

アダムスンはあっけにとられた。「いや、正直なところどうしたらいいのか……こんなことに関する命令は何も──」

「くだらんことを」とウィンスレイド。「あなたが受けている命令は、あなたの自由になるあらゆる手段を使ってこの作戦を促進することです。さあ、これはその役に立つのです。これを……」ウィンスレイドはショルダーが書類を詰めこみおわった鞄の一つを彼に放ってやり、くるりと向きを変えると、背後の鋼鉄の階段に向かって歩きだした。アダムスンは途方にくれたように首を振って、ひとつため息をつくとそれに続いた。

ふたりは階段をのぼり、〈帰還門〉シリンダーの外壁に沿った手すりつきの通路の上を、進入口《アクセスポート》──シリンダーの一端にある箱状の建造物の中へ通じるドアのない大きめの戸口のような開口部だ──へ向かって歩いていった。ポートの前で通路は大きく広がって金網床の広いプラットフォームとなり、その上には頭上の桁から滑車と釣り上げ装置一式がぶら下がっている。どういうものをこの〈門《ゲート》〉へ持ち込むことになるのか──たぶん核爆弾もだろうが──誰にもわからなかったからだ。ウィンスレイドはそのプラットフォームの中央に、ポートに向かって立ち、アダムスンは頼りなげにその一、二歩うしろに立ちどまった。

一分かそこらたって、アンナがショルダーとともに合流した。ショルダーはもう一つ書類鞄をかかえている。フェルミが技術者のひとりを連れて現れ、グリーンがシラードとともに残っている下方の主制御エリアとつながったモニターのパネルに近づいた。プラットフォームの後方に、テラー、ハリー・ホプキンズ、アインシュタイン、それにコロンビア大学のジョージ・ペグラムなどを含む見物の一団が形成されはじめた。

静まりかえった中でフェルミと助手はヘッドセットをつけてパネルに向かうと、下の制御エリアからの指示に従っていろいろと調整を始めた。「場の連結が確立された」フェルミが告げた。「主要部分の読みは上昇中」

「もうすぐつながる！」ショルダーはウィンスレイドの背後に近づきながらささやいた。

「探査ビームが集中しています」ウィンスレイドはうなずいた。ショルダーのかたわらでアダムスンは正面の開口部の暗黒に目を据え、不安げに乾いたくちびるをなめた。

「ロック完了」とフェルミ。彼の前のパネルで一連のランプが色を変え、スクリーンの表示が別のデータ形式に切りかわった。「そう、二つとも……プラスだ」彼は電話から入った何かに答えて声を落とし、「九 - 八と八 - 八……そう……いや、そうは思わない。了解」彼はふり返り、プラットフォーム上の一団に目をやった。「シラードが何かダブルチェックさせている。あと一、二分かかります」

「まただ！」誰かが鼻を鳴らした。

「でもたぶんそれが最善だ」とショルダー。

沈黙が続いた。それを破るのは、ときどき下で飛びかう声と、ウィンスレイドが調子外れに歯の隙間で鳴らす口笛の音だけである。アンナは身動きもせず無表情にポートを見つめている。アダムスンは神経質に上衣のボタンをもてあそびはじめた。

その一、二分は果てしなく続くように思われた。ついで突然フェルミがパネルに向きなおり、ふたたび電話に応答して何度かうなずいてから告げた。「つながった！　ループは閉じた。いま動力を引き寄せはじめています」

その言葉が終わらないうちに、プラットフォーム上の人々は、構造物から伝わってくる穏やかな震動を感じた。写真の暗室のような鈍い赤い輝きがポートの内部を照らした。その向こうの内室《チェンバー》は長方形で奥行が深く、壁はむき出しのままだ。「来たぞ」とショルダー。ウィンスレイドはぐっとあごを引き、ポートに向かって進んだ。あとの三人も続いた。

「幸運を」うしろからテラーが声をかけ、他の声もこれに和した。四人はポートをくぐり、内室に進んだ。外に残った人々は内部が見えるように、固まりながら少し後退した。

輝きはゆっくりと均質なオレンジ色に変化し、空気自体が白熱しているかのように内室を満たした。その光を浴びて四人はじっと立ちつくしている。光はさらに明るくなり、人影はまるで実体を失いつつあるかのように半透明になっていった。オレンジ色は黄色となり、それから薄青になると、人影の輪郭が消滅した。紫、ついで黒、そして最後に沈んだ赤の輝きが戻ってきたとき、そこには……何もなかった。

内室はふたたび空となっていた。

同じころ三千マイル彼方のイタリアでは、ブレンナー・パス経由で北のドイツ国境へ向かう列車がローマを出て三十分ほど走ったところだった。「切符と書類を拝見」検査官の声が廊下の向こうから聞こえた。「切符と書類をぜんぶ用意してください」

「書類、書類、いつでも書類だ」緑のコートの女性と並んで座っていた灰色の髭の男が、ぶつぶつ言いながら、横の鞄の中をひっかきまわしはじめた。「もう十年ファシストの天下が続いたら、国じゅうすっかり砂漠になっちまう。何トンもの屑紙を作るのに木を使いはたしちまうだろうからな」

隣の女性は同じコンパートメント内の人々に神経質に笑いかけた。「ごめんなさい、主人ったら、疲れる旅だったもので、苛立っているんです。決して本気じゃないんです」

「なら、言わない方がいいんだ」真ん中の席にいた背広姿の男がかみつき、その向かいに座っている尖った顔の若い女性は不満そうに鼻を鳴らして目をそらした。フェラシーニは、緑のコートの女性に元気づけのウィンクを送りながら、内ポケットから彼とキャシディの書類の入ったフォルダーを引っぱり出した。その横でキャシディは黙って窓の外を眺めている。

廊下のドアが横に開き、濃い黒い口髭を生やした大男の検査官がコンパートメントに入ってきた。黒い制服の若い武装警官がふたり、外の廊下で待っている。検査官は順ぐりに、夫婦者と真ん中の席の男の書類を手に取り、検査して、何かつぶやきながら返した。次はフェラシーニとキャシディの番だ。

「デンマークのヨルゲンセンさんとカッサーラさんね」フェラシーニが手渡したフォルダー

を見ながら検査官は言った。すばやく書類を見終わると、「お友だちに、北国の冬は厳しすぎたというわけかね？」

フェラシーニはにやりとした。「暖かい土地へ行く口実ができたら、それを使え」子供のころからずっと話しているイタリア語である。

「それで、どういう口実を彼は掘り出したのかね？」

「尋問にはもったいないような言いまわしですな」とフェラシーニ。「わたしたちはふたりとも考古学者です。イタリアで冬を過ごしたあと、今度は論文を書くためにこの友人の家へ向かっているところです。シーザーたちが土と化し、偉大な帝国が廃墟となろうとも、わたしたちの仕事はなくなりません」この言葉にはムッソリーニへのあてこすりの含みもあった。ちょっとした無礼が、こういう状況ではむしろ助けになることをフェラシーニは知っている。逆らうまいとして気を使いすぎる人々は、しばしば何か隠しごとをしているのだ。

「あなたはイタリア語を話しますか？」検査官はキャシディにたずねた。

「ほんの少しだけ」

「けっこう」検査官はフォルダーを戻した。「ヒトラーがマジノ線を始末したら、調査しなきゃならん廃墟はもっと増えるでしょうな、たぶん」

「たぶんね」フェラシーニは中立的に繰り返した。

あとの乗客も無事に検査を通過した。仕事を終えると検査官は廊下へ戻り、コンパートメントのドアを閉めた。「切符と書類を拝見。切符と書類をぜんぶ用意してください」立ち去りながら彼は次の車輛に声をかけていた。

髭の男がシガレット・ケースを取り出し、尖った顔の若い女は新聞の陰に隠れた。背広の男はフェラシーニとキャシディの方へ顔を向けた。「わたしも考古学者なんですが」気どった口調で、「どの時代がご専門ですか？　わたしの専門は西ヨーロッパの中石器時代、とくにアイルランドとブルターニュ地方です。この地方から出土する細石器類の発達パターンは実に興味深い物語を語ってくれる。そう思いませんか？」

フェラシーニは内心うめき声を上げた。まさに懸念していたとおりの事態だ。が、彼が何も言わないうちにキャシディが窓からさっとふり向き、澄んだ青い目に炎を燃やしてコンパートメントの反対の端から相手をにらみつけた。「野蛮人や未開人の亜人間的文化に時間を無駄にする気はない」金切り声のドイツ語で、「人類の唯一の源は、帝国の公認科学で教えるとおり、非アーリア人の血に汚されていない民族的に純粋なゲルマンの始祖たる戦士部族の中のみにある。ほかはすべて、みずからの種族的退化を隠そうとするユダヤ人と退廃した研究者どものでっちあげである。彼らはいずれ根絶されるだろう。ハイル・ヒトラー！」

相手はぎょっとしたように座席に座りなおした。なんと、こういう種類の考古学者だったのか、とその表情は語っていた。「失礼」さむざむとした声で彼は言った。同時にポケットから本を取り出し、それに没入した。キャシディはそっけなくうなずくとふたたび顔を外へ向けた。その横で、フェラシーニは座席の背に深く背をもたせて、ゆっくりと音もなく長い安堵の息をつき、帽子を目の上まで引き下ろして眠りを装った。

四人を包んだ白く光り輝く霞はゆっくりとあせていき、本物の周囲が実体化した。前とは別の〝周囲〟である。

〈門番小屋〉マシンの内室は消え失せ、代わりに、二つの側面が頭上に向けて湾曲して短い大きなトンネルのような半円形の天井を形成しているもっと大きな空間内の、光沢ある金属床の上に彼らは立っていた。壁の表面は内部からの光で輝いている何か乳白色の物質で、肋骨パターンの起伏があり、それを一定間隔で並ぶ金属の環のような構造物が区切っている。両側面の壁と床とのあいだは、全長にわたって伸びる間隙によって隔てられていた。壁は同じ湾曲のまま下方へ続き、視野から下へと消えている。まるでこのトンネルの断面は円で、〝床〟はその真ん中に支持されたプラットフォームのようだ。正面でプラットフォームは大きな両開きの扉に続いている。その上の観測窓の向こうからは、いくつもの顔が見おろしている。

アダムスン大佐はただ呆然と立ちつくすことしかできなかった。ウィンスレイドはすばやく左右を見まわした。困惑し、自信なげな表情だ。アンナ・カルキオヴィッチは周囲の様子を見てとって、眉をひそめ、信じられないように首を振った。「クロード、これはなんなの？　わけがわからないわ。もとのニューメキシコじゃないわね。ツラローサのマシンとはまるで違うわ。今まで見たこともない」

「でもわたしはある」むっつりと、カート・ショルダーが言った。「ここは合衆国ですらない。これは〈パイプ・オルガン〉——ブラジルにある〈オーバーロード〉の秘密施設です。どういうわけかわれわれは二〇二五年に到着してしまったんだ!」

前方ではもう大きな扉が左右に開きはじめていた。

35

扉がすっかり開いて、明るく照明された前室《アンテチエンバー》が見えた。その左右の壁には外に通じる小さ目のドアがあり、正面の端にはまた同じような大きな扉がこちらを向いている。その上方からは、二つの壁で直角にはさまれたガラス張りのギャラリーが前室を見おろし、そこから手すりのついた階段が床まで下っていた。面長《おもなが》な顔に短い髭を生やし、ひたいの禿げ上がった背の高い男が、すでにその階段を、男女各ひとりをうしろに従えて駆け降りてくるところだ。上衣と明るい青のシャツの上に白い外套を羽織り、ネクタイはしていない。興奮しているように見える。その三人が階段を降りきったとき、横のドアの一つが開いて、さらに何人もの人々が興奮の身ぶりで何か叫び交わしながら前室に吐き出されてきた。

カート・ショルダーは大急ぎで考えを巡らせ、状況を把握しようとした。これはヒトラーのドイツから、全体主義国家の計画が立案された世界へ通じる接続の向こうの端なのだ。〈オーバーロード〉の工作員が、すでに大衆から見放されていた一九二五年のナチの指導者たちと接触するために出発した場所なのだ。

〈パイプ・オルガン〉発着にさいして、転移のタイミングがいつも厳しかったことを、ショルダーは彼自身の異様な人生で測るとすでに三十四年前にあたるここでの生活から思い出した。送受信の予定時刻表からのほんの数秒の逸脱ですら、現場の指揮者たちにヒステリーを起こさせるには充分だった。たぶんあの前室に出てくる人々の大混乱もそのせいだろう。どうしてそんなに重大なのか、ショルダーは正確には知らなかった。だがこれは、今の状況を救う最大の手がかりになり得るかもしれないし、少なくともこのまま急速に破滅へ転落するのを防ぐために利用できるだろう。

彼は急いでほかの三人にささやいた。「できれば、一時分散しましょう。全員が拘禁されて動けなくなったら、二度とは逃げ出せません。彼らの中にまぎれこむのに、牽制がいります。連中はナチ慣れしています——混乱させるには、どなり散らせばいい」

背の高い髭の男が一歩ドアから足を踏み出しながら、狂ったように手を振りまわした。「さあ！　早くそこから出るんだ。諸君は何者だ？　どこから——」

「われわれのことか？」ショルダーはウィンスレイドと並んでドアへ行進しはじめながら、憤慨した口調の金切り声で話を遮った。そのうしろでアダムスン大佐は、何分の一秒かためらったが、アンナ・カルキオヴィッチに横腹をつつかれ、急いであとを追った。「われわれが誰だだと？　われわれのことを知らないとすると、われわれとしては、きみが誰なのかをたずねなければならんな！　いったいこの出迎えはどういうことなのかね？」

痩せた男はあっけにとられた様子で、「そんな……これはきっと——」

「オーバーケルトナー氏はどこにおられる？」ウィンスレイドがドイツ語でどなった。「すでにお待ちかねだと聞いていたのに、ここには見えない。フライダーガウスもいない。なんたる無責任だ！　このつけは誰かに払ってもらうぞ」

到着した四人が前室に入っても、引き続き階段や横のドアから人々が入ってくるため、混乱はおさまらなかった。髭の男は向きを変えると、困惑の表情で手に持ったフォルダーに挟んだ紙をめくっている連れの男にたずねた。「どうなっているんだ？」詰問口調で、「いま出た名前だ――どこにいる？」

「申しわけありませんが、カーレブ主任……わたしは会ったことがないようです」連れの男は口ごもった。「どうも話の筋が――」

「そいつらをここから出せ」別の誰かが叫んだ。「TG二九七はすでに九秒遅れているんだぞ。マーテルズ、管制室を呼べ。今すぐにビームを出すんだ」

「呼んでますが、回線が埋まってるんです」

いたるところで声があがっていた。

「こん畜生、緊急コードを使え！」

「でも、あいつらは何者なんだ？」

「やれやれ、なんとも困ったことになったぞ」

「そう、そのはずだ。彼らがここにいるんだから。予定は間違っているに違いない」

「あり得ないことだ。しっかりしろ！」

「これはいったいどういう組織なのかね？」ウィンスレイドは声をかぎりにわめき立てた。

「責任者の馬鹿はどこにいる？」

反対側の壁のドアが開き、さらに大勢が現れたが、今度の人々は進行中の騒ぎには目もくれなかった。武器を腰につけ、白い帽子と黒っぽい繻子のような素材の制服に身をかためたふたりの男の指揮で、彼らはウィンスレイド一行が抜けてきたばかりでまだ開いている扉への道を確保し、それからさらに数人の男――ふたりは白いコート姿、残りは見慣れないスタイルの服装――が、見慣れた一九三〇年代の装いの小集団を先導してきた。これが出発を待っていたグループらしい。このときカーレブと呼ばれた男は、それ以外の人々を、もう一方のドアを抜けて、前室から連れ出すことにようやく成功した。

今度入った空間の近い方の端は、何もかもほとんど白一色で、柔らかいカーペットの上に椅子と低いテーブルが何組か置かれ、一方の壁沿いにはカウンターが伸び、ある種の応接エリアを思わせた。その反対側にはいくつかの椅子を前に、コンピュータ端末とおぼしいヴィデオ・スクリーンが並んでいる。さらに向こうでは、棚と色付き模様の衝立てが、計器室めいた後部区画を軽く仕切っている。そこには壁面パネルと電子装置つきの小部屋がいくつもあり、いちばん奥の、中二階のように一段低くなった床を占有している部分は、その向こうの広大な機械空間で行なわれる作業を見下ろす窓つきのバルコニーを形成しているように見えた。

いまだに手を振りまわし、大声で抗議しながら、ウィンスレイドはアンナとともにフロアの中央まで進み出た。アダムスンは本能的にあとを追いかけようとしたが、ショルダーがその袖をつかまえた。ウィンスレイドとアンナは注目の焦点となり、人々の流れが周囲を取り巻いた。ショルダーはアダムスンを突ついて、カウンターの端近くにあるドアへそっと近づいていった。

「どうか、落ちついて身もとを明かしてください」ついにカーレブが、果てしなく続くウィンスレイドの命令口調に業をにやして、それに負けぬ大声を出した。「こんなことを続けても何も解決しませんよ」

「わたしにそういうもの言いをするとは、自分を何様《なにさま》だと思っているんだ？」ウィンスレイドはどなり返した。

「わたしの名前はカーレブ。転移操作制御F‐1セクションの責任者です。わたしは――」

「なるほど、今すぐにそうじゃなくなるぞ！　制御主任を呼べ」

「そんな無茶な。わたしは――」

「わたしがそうしろと言うんだ！」ウィンスレイドは端末の一つに歩みより、かがみこむと、キーボードに何か打ちこんだ。スクリーンが一瞬明滅し、何が映るのかと部屋中の目がそっちに引き寄せられた。

「今だ」ショルダーはささやき、アダムスンを押しこむようにしてドアを抜けた。

そこは小さな部屋で、流しと蛇口、冷蔵庫、コーヒー・メーカー、いくつかの食品棚、それにひと山の箱があった。別のドアが向こう側に開いている。ショルダーはアダムスンに指さして見せ、そこを通り抜けて、打ち放しコンクリート壁の短い廊下が三本交わっている場所に出た。鉄の階段が上と下に向かい、どの廊下にもたくさんのドアがあり、ほんの数フィートのところにエレベーターがある。だがここではまだ現場に近すぎて、待つ危険を冒すわけにはいかない。そこでショルダーは一階だけ階段を降り、呼出しボタンを押した。

エレベーターは前後から入れるようにドアが二つあるタイプだった――ショルダーはすでにそれを知っていたようで、そのことをアダムスンはようやく理解しはじめていた。ふたりは中へ入ったが、階を選ぶ代わりにショルダーはもう一方のドアを開けて、反対側へ抜けた。それから、ふたたびドアが閉じようとしたとき中へ手を伸ばして、エレベーターを上へ向かわせた。その瞬間、一階上でドアがばたんと開く音が聞こえ、興奮した声がそれに続いた。ショルダーとアダムスンはすばやくそこを離れ、廊下をさらに数回曲がったところで、別のエレベーターを見つけた。このエレベーターで彼らはまた下へ向かった。

「キース、わたしは本来ならここにいたはずの人間なんですよ」エレベーターが揺れながら動きだしたときアダムスンの顔に浮かんだ表情をとらえてショルダーが言った。「ここはまさに、わたしがかかわりを持ちはじめたときのその場所なんです」

アダムスンはようやく気を取りなおした。「戻ったとき苦情を提出してやらなければならん」

「その当否はどこへ戻るかによりますな」とショルダー。

「どこへでも戻れるものとしての話ですよ」少し間をおいてから、またアダムスンが、「カート、すばやい対応だった。感心しました。ところで、ここからどこへ行くんです？」

エレベーターが停まり、ドアが開いた。ショルダーは片手を制止するように上げながら外を覗いた。それからアダムスンに合図して、急いで踊り場を横切り、一つのドアをあけた。その中は漆黒の闇で、騒音となま暖かい空気がどっと流れ出してきた。ショルダーが明かりをつけると、そこはモーターやコンプレッサーや空気循環設備やさまざまな導管でいっぱいの部屋であることがわかった。ドアのそばの棚にはバケツやブラシその他の清掃用具が入っていた。ビルの管理人が使うような小型の手押し車があり、その隣には鋼鉄のロッカーがあった。それを開いたショルダーは、満足したようにうなって、汚れた上っぱりを取り出した。

「ここにいれば数分間は大丈夫」上衣の上に上っぱりを着ながら、「まずは何かもっとましな服をさがしに行ってきます。いま着ているものは疑われやすい」

「それからどうするんです?」

「それから、われわれを助けてくれる気になりそうな人を訪ねます」

「誰を?」

「いや、ある意味では、すでにご存じの男ですよ」とショルダーは答えた。それから手押し車に洗浄剤の瓶二本とぼろ布をいくらか積んで踊り場へ押して出、秘密めかした微笑を浮かべながらアダムスンの当惑した顔の前でドアを閉めると、手押し車を押して歩み去った。

数分後、彼はこの施設のもっと下層にある金属加工兼機械工場にたどり着き、洗面所とシャワーの外にある更衣室に入った。職員用ロッカーの前で男がふたり、立ち話をしているので、ショルダーは彼らがシャワー室へ消えるまで瓶と掃除用のぼろ布を持ってあたりをうろついた。それからすばやくロッカーのドアを調べていくと、鍵の掛かっていないものをあさっただけで、彼とアダムスンのサイズに合うと思われる衣服を揃えるには充分だった。見積り違いを考えて、いくらかゆったりしたものを選び、それを手押し車の中へ放りこみ、白い作業衣を二枚束にして、上にかぶせると、ただちに彼はアダムスンを置いてきたところへ引っ返した。

ふたりは狭苦しい機械室で黙々と着替え、作業衣に留められたバッジの写真に誰かが目を近づけて見ないかぎりは〈パイプ・オルガン〉の本物の従業員として通りそうな姿でそこを出た。ふたたびエレベーターに乗ると、ショルダーは数階上のボタンを押した。エレベーターが動きだしたとき、天井のグリルから声が流れ出た。「全員に告げる。現在保安区域に無資格者が逃走中。保安チェックのため、持場を離れている者はすみやかに戻れ。各自持場で待機せよ。繰り返す……」

「ぎりぎりだった」とショルダーはつぶやいた。「数分後には上下の階の移動が閉ざされることになる」

エレベーターは停止し、ふたりは灌木の鉢植えやパステル調の壁画がある広い絨毯敷きのホールへ出た。人影がいろいろな方向へ伸びた廊下を思い思いの向きに急いでおり、そしてほとんど同時に着いた隣のエレベーターからも何人かが出てきた。「いったい何事なんだ。何か知ってるかね?」そのひとりがたずねた。

「手がかり一つない」苛立たしげにショルダーは答えた。「これまではどうだった? どうせまた訓練だろう」

「例によってか！　この場所で何一つ進歩がないのは、保安部だけだよ」

灰色の制服を着た警備兵の一隊が現れ、エレベーターの脇に扇形に展開した。「急げ」そのひとりがショルダーとアダムスンに言った。「放送を聞いたはずだ」

　ショルダーはうなずくと、踵を返して速足で歩きだした。アダムスンはぴったりとそのあとについて、いかにも行先を知っているかのような態度を保とうとつとめながら歩きつづけた。パネル張りのドアをいくつも通り過ぎ、やがてそれまでより広々とした感じの実験区域に出た——実験台、金属とガラスの部分を鮮やかに光らせた実験器具、机、コンピュータ端末、そして仕切られたオフィスの一群。ショルダーは先に立って、肩までしかない衝立てからガラス壁に囲まれた無塵室までさまざまなもので構成された迷路をあやまたず通り抜け、ある片隅のオフィスのドアに向かった。歩調を緩めもせずに中へ飛びこみざま、同じ一挙動の中でアダムスンにドアを閉めるよう合図した。

　中には机が二つ、奥の壁の前に向かい合わせに置かれている。その一方に座った男がびっくりしたように顔を上げた。「いったいなんだ？……」

　立ち上がって奥の予備の机の抽出しに何かを入れようとしていたもうひとりの男が、くるりとふり返ると、「あんたがたは誰です？」と憤慨した口ぶりで詰問した。「警報を聞かなかったんですか？　ここにいちゃいけない。どのセクションから来たんです？」

　ショルダーは悠然と微笑して見せた。「そうぴりぴりしなさんな、きみ。そこにいるエディみたいに、物事をもっと気楽に考えたらどうかな」

机に向かっている男が眉をひそめた。たぶん四十代なかばだろう、丸顔に大きな青い目と薄茶色の髪をした、実直そうな人物だ。その傍らのスクリーンにはぎっしりと数学記号が並んでいる。「どうしてわたしのことを？」うさんくさそうに口をひらくと、「わたしはきみを知らんが」

「本当に？」ショルダーはまるで楽しんでいるかのようだ。

エディは一、二秒のあいだ彼を見つめてから首を振った。「知らんね」

ショルダーは、まだ立ったままでいる若い方の男へ顔を向けた。白いセーターに黒いズボン、鋭くきびしい顔立ち、まっすぐな堅い黒髪と薄い頑固そうな口もと――明らかに容貌はドイツ人だ。「十七歳のとききみは、デント・ブランシュのスキー場で怪我をし、その痕が左の前腕から上腕にかけてはっきり残っている」ちらりとエディに目を移し、「ご存じでしたか？」

「いや、知らなかった」エディは煙に巻かれたような声を出した。「でも、どうして？　それがどうしたと言うんです？」

ショルダーは若い男に目を戻した。「その袖――傷痕を見せてほしい」

「なぜそんなことを？　それよりぼくはあなたがいったい誰なのか――」

「頼む」

それは頼みではなく、命令だった。男はためらったが、やがてうなずくと、セーターの袖を引き上げて、L字形の傷ついた皮膚を見せた。「満足しましたか？　では説明をお願いできますか？」

それに答えて、ショルダーは自分のコートの袖を引き上げ、シャツのカフスボタンをはずしてそれをまくり上げた。まったく同じ模様がそこにあった——三十四年の歳月を経て古び、かすれ、すっかり色あせてはいるが、見間違えようがない。「このとおり、わたしもカート・ショルダーです。エディ、ここはわたしがあなたの——少なくともあなたの分身の——助手として働いていたときのオフィスだった。そうです、この騒ぎの張本人がわれわれであることを認めます。保安チェックが終わるまで隠れるのに、あなたがたの助けがほしい——そのあとで事情を話します」彼は、かつて彼であった男の呆然たる顔を見返した。「カート、きみはきっと協力してくれるはずだ。結局、わたしはきみなんだし、それに、自分自身を困らせるようなことをしたくはないだろう？」

36

ライプツィヒは、ハリー・フェラシーニが覚えている彼の世界の一九七〇年代初頭の町には、まだなっていなかった。あの世界では、ナチがドイツの支配権を手に入れるあいだその国民を酔わせ、判断力を曇らせていた栄光、富、権力といった約束は、とうの昔に忘れ去られていた。誇り高く高貴な支配民族としての使命を果たすどころか、つかのまの恍惚から覚めてみると、彼らはあらゆる地位と権力を独占的に掌握する冷酷な自称エリートの奴隷となっていたのだ。彼らエリートは、いかなる倫理則にも従うことなく、みずからの種への忠誠以外には、なんの拘束も受けない。恐怖の抑制なき利用によって、身をまもるすべのない人人を意のままに使役し、全国民の資産を略奪して、彼らがシーザーさえ夢見なかったほどの快楽と栄華の中で追随者に取り巻かれて暮らしている一方、彼らの宮殿を建てた職人たちの子供はぼろにくるまって飢えていた。〈オーバーロード〉が再建を模索していたユートピアを、ナチの指導者たちはこのような形で受けついだのだった。

しかし、その発端のすべてがすでに姿を見せていることを、朝の光の中でキャシディと一緒に手をポケットに入れてゆっくり歩きながら、フェラシーニは見てとった。窓からぶら下がったナチの旗。鉤十字の腕章のついた茶色いシャツの制服を着て、親指を銀の鷲のバックルつきの黒いベルトに軽く引っかけ、ジャックブーツで道路の玉石を踏みならしながら人ごみの中をのし歩いていく若者。そして窓に板を打ちつけられた、ユダヤ人名義の店々。それに、恐怖——絶えず目を光らせている警官への恐怖、親戚や隣人や仕事仲間の誰が密告者かわからない恐怖、気まぐれな捜索と逮捕とむら気な取調べと審問抜きの拘留に対する恐怖——これらもまたすでに人々の顔に現れはじめていた。

歩きながらキャシディは両手を上げて背を伸ばし、「いやあ、ベニト、もう二度と大西洋横断便の座席のことで文句は言わないことにしますよ」とぼやいた。「あのひどい列車に一日半も！　あんなに何回も停まって何をやってたんです——ボイラーでも取り換えていたのかな？　まるで戦争でも起こってるみたいじゃないですか」

「座席のせいじゃない。おたくがひょろりとのっぽすぎるからさ。いつも言ってるだろう、上背がありすぎると」

「座席のせいですよ。何もかも、ミュータントと足を切られた連中のために設計されてるんだ……それにもしあんたが正しいとしても、わたしはどうすりゃいいんです？」

「もう遅すぎるね、ニールス。おたくは職業を間違えたんだ。バスケット・ボールか何かをやるべきだったんだよ」

「おや、そうですか？　だとしたら、この前この町へ来たとき、わたしの代わりに誰があんたの首を救ってくれたのかな？」

ラートハウスプラッツに着くとふたりは別行動をとった。市の立つ日で、広場は屋台と人でいっぱいだった。フェラシーニは道端のキオスクで新聞を買うために足をとめ、一方キャシディは道を横切って広場の中をうろついたすえ、やがてリンデマンが言った入口の上に時計のあるビアハウスの向かいの角の戸口で立ちどまった。そこからは広場全体と、カンツラー通りという標識が立っている丸石の敷かれた曲がりくねった路地の奥を見通すことができる。

一分ほど遅れてフェラシーニはそれと反対の側から広場に入り、ゆっくりと店の並びに沿ってビアハウスに向かって歩いた。カンツラー通りへの角を曲がり、片側だけの細い歩道に沿ってほんの少し行くと、〝ホッフェンツォルレン〟という看板のかかった靴直しの店が道の反対側に見えた。切妻が突っ立ち、窓にはやたらに鉛の枠がつけられ、緑色のドアはペンキが剝げかかっている小さな店だった。異常なものや怪しいものは何一つ見かけなかったが、それでもフェラシーニは次の角まで歩きつづけ、そこで雪解けのぬかるみに勢いよく足を踏みこんで立ちどまると、胸に両腕を引きつけながら急いで周囲を見まわした。それから向きを変えて、もと来た方へ引き返した。

はっきりした目的なしにぶらついているものはひとりも見当たらない。通りの向こうから誰かが店を見張っている様子もない。駐車している車には誰も乗っていない。通りの先をふり返ると、市場の向こうの戸口でキャシディが手を口に当てて、あくびをした。フェラシーニを追って通りに入った者はいない、という意味だ。満足してフェラシーニは道を横切り、靴直し屋へ入った。ドアがきしみ、頭上でベルがちりんと鳴った。

日の光に比べると中は薄暗く、かび臭さとなめし革のにおいが混じって漂っていた。数秒で目が慣れると、使い古した木のカウンターとその向こうの古靴の積みかさなった棚、靴墨と靴紐の載った小さな陳列台、そして空っぽのショーケースが見分けられた——戦時立法下で、本物の革は当分のあいだ姿を消しているのだ。棚の一つには、ハンマー、ナイフ、それに何挺もの鋏がごたごたとのっており、カウンターの向かいの、開いたドアのちょうど陰になる壁に、色あせた馬の絵が、ガラスにひびの入った額に入ってかかっていた。隅の小さな机には封筒と紙が乱雑に押しこまれている。その上のカレンダーはまだ一月のままだ。

奥へ続くドアから、工具を作業台に放り出す音が聞こえて、誰かがげっぷをする音と重い足を引きずる音が続いた。そして大男が現れた——黒い乱れ放題の髪ともじゃもじゃの濃い髭のせいで、まるで野蛮人のように見える。革のエプロンをつけ、シャツの袖をまくり上げて、がっしりした前腕と、その先の、煉瓦でも打ち砕けそうなハムみたいな拳をあらわにしている。左右にぐいと引いたくちびるのあいだから、薄闇の中でも輝いて見える強いみごとな歯並びがのぞいた。片足をひきずるようにして歩いている。

「おはよう」とフェラシーニは挨拶した。巨人は両手をカウンターにつき、口に出して用件を聞く代わりにあごを突き出して待った。「ええと……おたくの店にフロイライン・シュルツの靴があるそうだが」とフェラシーニ。「もうできているはずだと聞いたので」

「フロイライン・シュルツだね？」

「ええ」

「彼女の友だちかね？　見たことのない顔だが」

「友だちの友だちってとこかな。やってきたばかりなんでね」

巨人はしばらく無表情にフェラシーニを見つめた。「ちょっと待った」彼は向きを変え、足を引きずりながら奥の仕事場へ戻っていった。続いていろいろな音がしたが、そのときフェラシーニは、訓練された耳だけにわかる拳銃の撃鉄を起こすさいのかすかなカチリという音を聞きつけた。フェラシーニは即座に行動を起こし、戸口から直接見えない壁にはりついた。背後の棚を手さぐりし、ハンマーとナイフをつかんだ。

「ところでフロイラインの調子はどうかね？」戸口ごしに大男の声がたずねた。「風邪はもう治ったかね？」

「ええ、もうすっかり」フェラシーニは叫びかえした。「なんともひどい冬だったからね」

フェラシーニの耳は、撃鉄が下ろされ、安全装置がかけられ、その銃が隠し場所へ戻されるのを聞きとった。大男がふたたび現れたときには、フェラシーニはふたたび何げない顔でカウンターの前に立っていた。大男は、靴紐で結び合わせ名札をつけた婦人靴を一足、前に置くと、「札にある住所の家へ今夜、八時以降に行くこと」と声を低めて言った。「そこへ迎えが来る。ホテルには荷物を残してこなかったと思うが」

「ああ——駅の一時預けに置いてある」

「よかった。ではその預かり証をこっちへ」荷物は役目を果たし終えたのだ。ここから先は、フェラシーニもキャシディもイタリアで買った服には用がない。

「ありがとう」

「幸運を」

フェラシーニは数分後、広場の向こう側から一ブロック行ったところでキャシディと合流した。「大丈夫そうだ」とフェラシーニ。「とりあえず今夜行く場所がわかった。それまで今日いっぱいつぶさなきゃならん」

「映画にでも？」キャシディはため息をついた。

「そんなところだな。何をやっているかわかるか？」

「言っても信じてくれないでしょうね」

「なんだって？」

キャシディの指さす方をフェラシーニがふり向くと、そこに広告掲示板があった。今週のマルモル館《ハウス》の呼び物は、クラーク・ゲーブルの《地球を駆ける男》だった。「あと、イエローキャブと、通りのどこかそのへんにマックスの店があれば、申しぶんないんですがね」

一瞬、フェラシーニの心は、列車、飛行機、イギリスの冬を送った潜水艦学校と軍の突撃訓練、ロンドンのバス、大西洋を横断した合衆国陸軍航空隊の爆撃機といった百万光年を横切り、ブロードウェイと七番街の角の光と音をフラッシュバックした。なぜかふいに彼は、キャシディがこんなことを言わなければよかったのにと思った。

同じころ、そこから百マイルほど北に当たるキーリッツの町の近くで、地元のゲシュタポの警部ヘルムート・シュトルペは、この地区の秘密警察本部の管理室に立っていた。五、六人かそこらの制服姿のSS隊員と二、三人のSD――SSの情報部門――が周囲に立って、煙草を吸いながら何か話しており、一方部屋の奥の机の向こうでは、警察署《ポリツァイフューラー》長が電話に向かって大声でまくし立てている。車が停まる音、行進する大勢の足音、それに号令をかける声が外から聞こえてくる。

シュトルペと並んで立っている武装《ヴァッフェン》SSの分隊《ウンテルシャールフューラー》長の制服を着た若者は、おそらくまだ二十代なかばだろう。前夜の活動で精根尽きたかのように、髪はもつれ、顔には不精髭が見え、上着のボタンもかけていない。神経質に煙草を吸いながら、「でも、わたしはそこにいましたが、あなたはおられませんでした。あなたはハイドリッヒの部隊がポーランドでやったことをご存じないのです。国民も知りませんし、軍でさえ知りません。誰も話さないからです。みんな、われわれがあそこに派遣されたのは、後方のサボタージュやパルチザンを抑えるためだったと考えています。でもそうではないのです。彼らは、組織能力がありそうな人間と見ると、誰でも殺してしまうのです――教師、医者、労働組合員――何千人もです。それにユダヤ人も……」

シュトルペは平然とした表情で、「そんなことを話さないくらいの分別はあってしかるべきだぞ」と叱りつけた。こういう優しさが、前の戦いを敗戦に導いたのだ。こともあろうにSSの内部に――新たなドイツ騎士団となるべくヒムラーが選んだエリートの中に――その汚染の跡を見つけたことで、彼は腹を立てていた。「それに堪えられなかったのか？　それで送り返されたのか？」

その軍曹は聞いていなかった。「老人、障害者、子連れの女……そういう人々を雪の中で裸にして、機関銃で撃って穴に落としたんです。何千人も……毎日、毎日……」

「もういい」シュトルペはきめつけた。「国家は国民の意思を体現しており、それゆえ国家のあらゆる行動は合法である、と教わらなかったか？　向こうへ行って、前大戦でどれほど多くのドイツ人が売国奴と屑のせいで死んだか考えるがいい。今回はそうはならんぞ」そのときひとりの警備員がビルの奥へ続くドアから手招きしているのが目にとまった。「これから仕事がある。ひとこと言っておくが、軍曹、自分の舌を抑えることを学びたまえ。もう学生時代は終わったのだ」

誰かに彼の上官にこのことを伝えるよう言っておくことを心に書きとめながら、シュトルペは部屋を横切ってドアの方へ歩み寄り、廊下へ出た。その廊下に面していくつか部屋があり、それより先は留置場に続いている。警備員は医務室を指さした。シュトルペが入って行くと、そこでは警察医と助手がSSの少佐と少尉に見まもられながら、部屋の中央のテーブルの脇に立って、半時間ほど前に持ちこまれた四個の死体の最初の一つを調べているところだった。

「どうした？」彼はどっちつかずの声でたずねた。顔の吹きとばされていない部分から、テーブルにのせられているその死体は中年の男であることがわかった。上衣の一方の肩は凝固した血と砕けた顎骨の混じった組織でべっとりと蔽われている。医者が服を切り取るあいだに、助手はそのいくつものポケットをつぎつぎと几帳面な手つきで調べ、中身をサイドテーブルに並べていく。

「このうちの三人が二日ほど前の夜、ロシュトックの近くで小さな船から何かを受けとったところを発見したのが最初でした」と少佐が説明した。「もうひとりはあとで合流し、それから四人一緒にかぶを満載したトラックで南に向かいはじめました」

他の死体はまだ床の上で、運びこまれた担架の上に蔽いをかけられて横たわっている。シュトルペがその蔽いの一つをめくると、それは血に濡れた穴だらけのコートを着た十代の若者だった。「その船はどこから来たのか、何かわかったかね？」そう言いながら彼は蔽いをもとへ戻した。

少佐は首を振った。「誰も接近できないうちに逃げてしまいました。沿岸警備隊に警報を出しましたが、押さえそこねました。そこで、荷物を受け取った方を泳がせて、監視下におくことに決定しました——何を企んでいるのかを見るためです」肩をすくめ、「船ですか？おそらくデンマークかスウェーデンからでしょう……ひょっとするとイギリスの潜水艦からかも」

三つ目の死体は髭のある男で、頭の横に一つきれいな穴があいていた。「それで？」シュトルペはうながした。

「指示に不手際があり、ここから十マイルほど先の道路検問所の低能どもが彼らを拘留しようとしました。そこで武器が見つかり、彼らは抵抗しました。警備兵ふたりが殺されましたが、他の連中がなんとか釘づけにしているあいだにわれわれが駆けつけました。あとはご覧のとおりです」

シュトルペが四つ目の蔽いを取ると、生前はとても魅力的だったに違いない女性の、静かに眠っているかのような顔がそこにあった。しかしその顔は、仰向きに横たわっているにしては不自然に低く見えた。頭のうしろ半分がなくなっていることにシュトルペは気づいた。

「彼女が最後のひとりでした」少佐が説明した。「自殺です――口中を撃ちました」

「残念だ」シュトルペは蔽いを戻して背を伸ばし、「それほどの犠牲に値する何をか
ぶの下に隠していたのかね？」とたずねた。

「何もありませんでした。しかしトラックは二重底になっていて下の積荷は興味深いものでした。こちらへどうぞ――隣です」少佐は少尉にこのまま続けるよう合図すると、シュトルペの先に立って廊下へ出、小部屋の一つへ向かった。その中では、SDの警備係とゲシュタポのシュトルペの同僚エルヴィン・ペーナーが、ゴム引きの帆布で密閉されたいくつかの大きな包みを解いているところだった。すでに取り出された品物が二つの棚に並べられている。

シュトルペはまず、すべすべのゴム様の素材で造られている奇妙な黒い一体型のフードつきの服を手にとった。それをしばらく物珍しそうに調べていたが、やがて放り出すようにもとへ戻すとあとは順々にざっと目を通していった――バルブとチューブが取りつけられている一種の透明なマスク。工具や武器を帯びるための妙な金属のシリンダーや吊革のついた装

具、それに分厚い下着一式。もう一つの棚に移ると、大量のロープ、スナップリンク、ピトン、形も大きさもさまざまな正体不明の金属装置。「何かわかったかね？」彼はペーナーに目を戻した。

ペーナーは首を振った。「いくつかはまるで見たこともないしろものだ。やつら、消防隊に参加しようとしていたのか、アイガーに登ろうとしていたのか、見当もつかんよ。それから、もっと別のことも知りたいかね、ヘルムート？　そこの上にある袋には、ビスマルクでも沈められるくらいの爆薬が入っているんだ。これはもっと上へ知らせなければなるまいな」

とすると――のどの奥でうめき声をあげながらシュトルペはひそかに思った――今日の残りいっぱいは、この一件の報告書書きと関係書類への記入でつぶれてしまうことになる、と。

37

その住所は、市の中心の東に当たる見すぼらしい労働者居住地区の長屋の一軒であることがわかった。家具もまばらなその家の住人は、たったひとり、ミュラー博士と名乗る眼鏡をかけた痩せた禿頭の人物だけだった。『アメリカン・ゴシック』に描かれた農夫の姿をフェラシーニに思い起こさせる陰鬱な暗さを発散している男だ。口かずはひどく少なく、喋るときには緊張して神経質な声を出した。ふたりが質問を始める前に、彼は言った――いや、わたしはあなたがたが誰かも、どこから来たかも知らないし、知りたくもない。知っているのは、あなたがたを迎えに明朝誰かが来るということだけだ。そのあとどうなるかは、わたしの知ったことではないし、また、なぜわたしがこんなことをしているのかは、あなたがたの知ったことではない。――

どうしても必要になる新たな書類一式とともに、ミュラーは彼らの新たな身もとに適切な衣服を用意していた――フェラシーニには、しわくちゃの上下にチョッキ、ネクタイ、フェルト帽、それにオーバー。キャシディには職人用の革ジャケット、シャツ、セーター、それにコーデュロイのズボン。三人は一緒に黒パン、塩漬キャベツ《ザウエルクラウト》、そしてわずかなソーセージにドライチーズというわびしい夕食を食べた。それから、長旅に疲れたフェラシーニとキャシディはおやすみを言って、湿気と隙間風のひどい二階の部屋の床で、たった一枚の藁ぶとんの上で夜を過ごした。この場所は明らかに〝人間受け渡し所〟——鎖の中の一時的なつなぎの環なのだ。〝ミュラー〟は彼らが立ち去るとすぐに蒸発し、ふたりの足跡をたどろうとするどんな試みがなされようと、その跡はまさしくここで切れてしまうのである。

翌日、昼食を終えるまでの時間がだらだらと過ぎたあと、ようやくベルトつきのレインコートを着た迎えの男が正面玄関に現れて、グスタフ・クナッケと自己紹介した。背の低いずんぐりした体軀をきびきびと陽気に動かす、頼り甲斐のありそうな感じの男だ。黒い巻き毛で、かたく結ばれた口の両端が上向きに反り、黒い目は常時あらゆる方向へ注がれて何一つ見のがさないように見える。彼のくだけた遠慮のない話好きな態度は、ミュラー博士の禁欲的な静かな存在のあとでは実にありがたく、ほっと息をつきたくなるほどだった。

うるさい騒音と黒煙を出す、かつては良き日もあったに違いないフィアットでライプツィヒの街をあとにしながら、自分はヴァイセンベルクの工廠で働いている化学者だとクナッケは語った。今は消火と防護用の器具の開発にたずさわっている。妻も同じところに事務員として勤めている。時期が来るまで自分たちが〝フェルディナンド〟と〝ジャグラー〟——クナッケはフェラシーニとキャシディを《アンパーサンド部隊》のコードネームでしか知らないのだ——をかくまうことになっている。家にはふたりの鞄に入っているものを補充するもっと多くの服やその他がある。

「ガソリンは事実上、一般市民の手には入りませんが、この車は公用ですから」車を走らせながら彼は言った。「停められたときのために、これを。ヴァイセンベルクの労働者用のパスです。あなたがたは工場の保守監督官と電気工です。誰かにたずねられたら、われわれは今朝、重要な修理のための部品を取りにライプツィヒへ行っていたのです。ええ、その部品はトランクの中に積んであります。これがその受領書です。何を買ってきたかわかるように説明書を読んでおいてください」

「あとで工場に潜入するときも同じようにやる計画ですか？」とフェラシーニ。

「そうです」

「すると、あなたのところへ六人全員が集合するんですね」とキャシディ。

「そのとおりです」

ドイツへやってくるペアそれぞれに、あの靴直し屋のような、彼らがどこへ向かっているか知らない接触先がある。同様に、疑いもなく、クナッケは自分が〝受け渡し所〟から回収する人々がどこから来たのかを知らないわけだ。

「で、ほかの連中は？」とキャシディ。「もう誰か来てますか？」

クナッケは首を振った。「まだです。でも、まだ早いですから。その話はあとで……おっと」

ふたりの武装警官が前方の路上に立ち、三人目が片手を上げもう片方でまっすぐこちらを指さしながら歩いてくる。クナッケはその数フィート手前で車を停め、ふたりの乗客は緊張して待ち受けたが、その警官はすぐにくるりと背を向けるとあとのふたりの方へ戻っていった。前方に踏切があったからで、向こうから来る車も停められている。一分後、ごろごろとやってきた二輛の機関車に引かれて、まず一連の貨物車が、ついでそのうしろから、蔽いをかけられた野砲と、灰色に塗装され国防軍《ヴェアマハト》の黒い十字を描かれたタンクを積んだ無蓋車の列が続いて通っていった。

「どうです、これがわれわれの手に入れたものなんですよ」クナッケは両手を高く上げながら叫んだ。「詐欺、いつも詐欺です。われらが有名なレイ博士が誰でも手の届く千マルク以下の〝国民車〟を造ってくれる、そう総統は約束しました。そして、政府は前払方式を創案しました――うまいもんだと思いませんか？――ひとりひとりの労働者が週五マルク、あるいは倹約できるならそれ以上でも払っていく方式です。それで七百五十マルクを払い終えると、車がラインから出て来次第そいつを手に入れる資格があることを示す注文番号がもらえます。しかし手に入るのはその番号だけです。まだ誰も、一台の車も見ていません。そしてわれわれの金でファラースレーベンに建てられた工場――アメリカのフォードが毎年製造している以上の車を生産できるという触れこみでした――はタンクを造っています」ふたたび両手を上げ、「それがわたしにとって、なんの役に立つんです？　妻をタンクに乗せて買物に行けとでも？」

　フェラシーニとキャシディが思わずにやりとして顔を見あわせたとき、車はふたたび動きだした。助手席にいるフェラシーニは、今どのあたりか見ようとして座りなおした。そう、この地域は知っている。記憶どおりのところもあるし、かなり変わっているところもある———というより、そこはまだ変わっていないのだ。一種奇妙な逆方向のデジャ・ヴュであった。

カーレブ主任はすっかり困惑のていだった。マシン区画より上層の一室で、彼はテーブルの一方の端に腰を下ろしていた——半時間前にショルダーとアダムスンが消え失せたあと、ウィンスレイドとアンナ・カルキオヴィッチはこの部屋に入れられていた。とにかく何もかも筋が通らない。「あなたがたの意向が、言われるとおり害意のないものなら、どうしてあなたのお仲間ふたりはあんなふうに逃げたんです？」彼はたずねた。「まだ納得のいく答えは聞いていませんが」

「彼らに聞かないかぎり、どうしてわたしにわかる？」ウィンスレイドは反駁した。「たぶんここの連中はみんな気がふれているとでも思ったんだろうよ。どうしてそう思ったかは、わたしにはよくわかるがね」

カーレブに呼ばれてやってきていた銀髪の男が手を上げた。「その話はシェルマーが来てからにしましょう」と彼。ウィンスレイドに目を戻すと、「さて本題に戻って、あなたはナチのことを聞いたことがないと言われた。では、ヒトラー閣下とも無関係なのですか？」

「ヒトラーだと？」ウィンスレイドは困惑の表情で目をしばたたいた。「アドルフ・ヒトラーのことかね？」

「ええ、もちろん。ほかに誰かいますか？」

「あの狂人？　しかしあの男は暗殺されて……おっと、何年前だか忘れてしまったぞ。彼が何かとどういう関係があるというのかね？」

「それにわたしたちがそれとどうかかわっているというんです？」アンナ・カルキオヴィッチが口を出した。

「一九四〇年から来たと言われましたな」カーレブの言葉は再度念を押したにすぎなかった。

「そうだ」

「なのにそこにあの総統《フューラー》がいなかったとすると、あなたがたはどこから来たのです？」

「総統だと？」ウィンスレイドは無感動にアンナの方をふり返った。

「中央ヨーロッパ人民委員のことじゃないでしょうか」なんとか助け舟を出そうとしているかのような口ぶりで、彼女が言った。

「ああ、そうか、そうに違いない」ウィンスレイドは視線を戻すと、「今はたしか同志ゲオルギ・ユッセンクロヴォフのはずだ」

「ではその人の命令で来たわけですな」銀髪の男はそう結論し、これでようやくどこかへたどりつけたぞというようにうなずいた。

「違う」とウィンスレイド。

うめき声があがり、困惑の沈黙が続いた。「それでは」疲れたようにカーレブが、「もう一度最初からいきましょう……」

部屋の端で聞いている科学者のひとりが首をめぐらせ、隣に立っているもうひとりの方へ身体を傾けて、「まったく前例のない事態だ」とささやいた。「あり得ないはずのことだが、どうやらまるで異質の宇宙と混線したらしいな。前に入ったあの干渉波と関係があるに違いない」

クナッケの家は瓦屋根と蔦で蔽われた壁のがっしりとした立派な煉瓦造りで、ヴァイセンベルクから約五マイル離れた森と家々の静かな郊外のみごとな生垣と植込みに囲まれて、心地よさそうにひっそりと建っていた。ライプツィヒ大学で神学と哲学を教えていた自分の父が建てたものだ、とグスタフ・クナッケは言った。どうやらこの地方では長い歴史を持つ旧家のようだ。

クナッケはふたりを裏口から中に入れ、居間の火を起こした。これから午後いっぱい好きなようにくつろいでいてほしい、自分は工場へ戻ることになっているので、と彼は言った。夜おそく、妻のマルガと一緒に戻ってくるが、それまでは家から外へ出ないように、また暖炉の火を小さくして、この家が無人でないことを知られないように、ドアのノックや電話にも答えないように、と彼は警告した。

「ご近所ってものがあるんでね！」出ていきながら、彼は絶望したような声を出した。「自分の小心翼々とした暮らしが退屈だからというわけで、他人の生活にまで首を突っこもうとするんですよ。幸いこのあたりじゃ家々のあいだはかなり離れているし、木立も多い。しかし用心するにこしたことはない」首を振り、「クリスマスにはカードをよこすし、教会からの帰りには笑顔でおはようと挨拶するのに、ちょっとでも隙を見せたら、点数をかせごうとして警察へ駆けこむ。召使には威張りちらし、親分の前では這いつくばる。それが大部分のドイツ人の精神構造の一部なんじゃないかと思うと心配になるんです」

キャシディは寝具入れの一つで予備の毛布を見つけ、靴を脱いだあと、暖炉の正面の寝椅子《カウチ》に横になると、そのまま眠りに落ちた。フェラシーニは、状況が要求するときにはこれほど長時間休みなしにスタミナを保持しつづけ、またその必要がないときにはこんなに長いあいだ眠る能力を持った人間を見たことがなかった。彼自身は不安と苛立ちのせいで眠るどころではなかった。

家の中をうろつくことで彼は自分のいるところを確認した。地味だが、同時に優雅に飾りつけられた、風格のある家だ。鏡板張りの入口ホールと階段、ウォルナットとオークのどっしりした家具、食堂の戸棚の中の磁器とガラス器。図書室には床から天井までの本棚とグランドピアノがある。ピアノのそばに置かれた譜面台にはモーツァルトのソナタのスコアが開いたまま伏せられており、その近くの椅子にはバイオリンのケースが立てかけられている。

フェラシーニは行き当たりばったりに本を取り出して、ぼんやりとページをめくった。戯曲に詩――ゲーテ、シラー、シェイクスピア……『大作曲家の生涯』……芸術、歴史、園芸……別の区画へ移ると、『複素変数の解析関数』『微分幾何学と曲率理論入門』……『一九〇〇年以降の物理学』……そしてさらには『東洋の神話』『思索の歴史』。

徐々に心が萎えていくのが自分でもわかった。創造されたものはこんなにある。発見されたこともこんなにある。しかし学校で習ったことを別にすると、彼が教えられたのは殺しかたと壊しかたばかりだ。職人が生涯をかけて身につけた知識を用い、何カ月もかけて創造した作品も、ひとりの馬鹿にハンマーを持たせれば一秒で叩きつぶしてしまうことができる。この事実だけからすれば、値打のあるものは何一つ長続きしないはずだ。だがふしぎなことに長年にわたって都市や国家は成長し、芸術と科学の産物は増加し、文明はひろがって来た。これは人類の創造的、建設的な本能が破壊的な要素をはるかに上まわっていることを意味するのではないだろうか？　人類は、築き上げ保存しようとする圧倒的な強迫観念につきまとわれている。破壊という間奏曲は、そこからの例外的な逸脱にすぎないのだ。

もしそうだとすれば、彼のもといた世界全体は例外中の例外であり、彼自身もまた同じ例外の一部なのだ。あの世界とそれを形成した張本人によって自分がどれだけ多くのものを奪われたかが身にしみるにつれ、これまでもあまり深くないところに漂っていた恨みが、改めて表層へ湧き上がった。今、死んでしまった世界の遺品を前にして、このときようやく彼は、自分がこれまで戦争のプロとして相手にしてきた忌まわしい敵の真の正体を、完全に把握することができたのである。

ふいに目的意識はこれまでにないほど明確になった。まるで今までの彼の全生涯が、この瞬間のための準備だったかのように感じられた。破壊の技術として身につけたすべての知識と技能が、いまや自分を破壊者に仕立てた世界をある意味で破壊する任務に向けられているのだという思いに、彼は残忍で皮肉な満足感を覚えた。そして、もし成功すれば、彼は新たに存在を始める世界の一部として、前途にひらける新たな未来をわがものとすることになる。彼にはそこに自分の居場所を得る資格があるのだ。

クナッケ夫人は誇り高く端麗な女性で、容色は年とともに衰えず、かえって磨きがかかり、気品が身についていくタイプだった。恰幅のいい体軀を軽やかに動かし、鳥の濡れ羽色の髪にはつい最近灰色の縞が見えはじめたばかりで、それに引きしまった唇と、深い聡明な目をしている。「必要なだけずっといらしてくださってかまいません」フェラシーニとキャシディを二階の寝室に案内しながら彼女は言った。「ベッドはよく乾かしてありますし、そこの戸棚には着替えや髭剃りなどが入ってます」

その部屋には、ベッドが二つ、張り出し窓に長椅子が一つ、低いテーブルに向かって小さな安楽椅子が二つ、それに洋服簞笥と整理簞笥が置かれていた。棚には書物や前大戦の複葉機の模型などと一緒にスポーツのトロフィーがいくつか立っている。壁の写真には、ショートパンツに学校のブレザーを着てネクタイをしめた若者たちが何列かに並んで笑っていた。

「子供は息子がふたりです」とクナッケ夫人は説明した。「ヴォルフガングはベルリンで、グスタフみたいな化学者になろうと勉強しています」世の中の狂いを悲しむようにほほえんで首を振り、「もうひとりのウルリッヒは徴兵されて、今はどこかの砲兵中隊にいます」

「ポーランドへ行ったことになっている」グスタフが戸口で、空のパイプをくわえたまま言った。「しかし本当にそこにいないこともわかっているんです」いたずらっぽくウィンクして、「先週来た手紙に、マルガにヒルダおばさんのみたいな靴を送ると書いてあったのでね。でもヒルダおばさんは、オランダへ新婚旅行に行って、木靴を土産にくれたんです。だからウルリッヒの部隊は、秘密裡に西へ移動させられたものと思われます。そう遠くないうちに、その方面で何か大きなことが起きるでしょう、たぶんね」

息子が召集されて命がけで守っている政治体制にとっては敵に当たるふたりの男に、この人々が宿を提供してくれるというのは、いったいどういうわけなのか？　そのあとで夕食のとき、キャシディはこの問題を持ち出した。「どうしてこんなことをしておられるんですか？」と彼はたずねた。「なんと言うか、自分が奇妙な立場にいるみたいでね。どうしても気になるんですよ」

グスタフは皿の底に残ったスープをパンのかけらで拭いとった。「わたしたちふたりは、世界には地図に印刷された色よりもずっと深いところを流れるものがあることを信じている――そう考えてくださってけっこうです。旗や国歌や狂信的イデオロギーなどは、それに較べたらものの数にも入りません。それらははかない、ちっぽけな、人間のこしらえたもので、せいぜいわれわれの日常の暮らしにかかわってくるだけです。すぐに通り過ぎ、忘れ去られます。そんなもののことを宇宙は記憶もしないし、気にもとめません」

彼はマルガの方を見やった。彼女はひっそりと微笑し、彼の手をぎゅっと握ることでそれに応えた。グスタフは客たちに目を戻すと、「それとは別の、もっと永続的なものがあるのです――気まぐれに変化しないものがね」

「どういう意味ですか？」とフェラシーニ。

「ごらんのとおり、わたしたちはふたりとも科学者です」とグスタフ。「わたしは化学者だし、マルガはライプツィヒで人類学を教えていました」

「わたしは、現在の政治的要求に合った狂的な人種差別の教義を教えるよう要求されたので、辞職しました。〝ナチ科学〟！　彼らが若者たちの心へ注ぎこんでいるあの害毒に対して、わたしたちはあくまで戦うつもりです」

「もちろん、真実は、政治的要求になどなんの注意も払わない」とグスタフが続けた。「その点では、どんな種類のイデオロギーの要求にもです。真理は何があろうと真理であり、世界じゅうの誰が望んでもそれを変えることはできない。そして科学の目的は、宇宙をつくっている材料に固有の、そして人間の感情はもちろん、われわれが存在するか否かにさえまったく影響を受けない絶対的で不変のものを発見することです」

「まるで宗教みたいな口調で言われますね」とキャシディ。

グスタフはうなずいた。「アルベルト・アインシュタイン――むろん名前はご存じでしょう。わたしは彼を一度だけ遠くから見たことがある。そのときアインシュタインは、宗教の資格を持っているのは科学的研究のみだ、と言いました。もし宗教が絶対的かつ普遍的な存在を扱うものだと主張するなら、数学と物理を通じて示されたもの以上に絶対的で普遍的なものがあり得るでしょうか？　しかるに、世に宗教と称される体系は、いったい何を扱っているのか？　神の言葉だと勝手に思いこんでいるだけの人間の言葉――どんな人間が愛を交わすのに望ましいかとか、どんな本を読むべきかとか。どれもちっぽけな、人間の行動に関することばかりです。絶対的なものも普遍的なものもそこには何一つありはしない！　宇宙がこのちっぽけな泥粒の上に住んでいる道化者のことを気にかけていると思うなんて、人間はいったい自分を何だと考えているのか？　そういうことを気にかけるのは当の人間だけです。なのに彼らは、自分たちの小さな問題が宇宙規模の重要性を持っていると、自分に思いこませているのです」グスタフは怒ったように両手をふり上げた。「その同じ人間が、そういう口の下から科学者は傲慢だと言って弾劾する！　どうです！　こんな理屈に合わない話を聞いたことがありますか？」

「わたしたちは人類の進歩と自由の促進という概念を、政治や国家に対する忠誠よりも尊重しているのです」とマルガ。「この怪物的なヒトラーの体制がどこへ向かっているのかを理解している人々はほとんどいません。もしこれが阻止できなかったら、結果がどういう世界になるか、おわかりですか？」フェラシーニとキャシディは何も言わずに食事を続けた。

「食いとめなければならん」とグスタフは言った。「わたしたちは力の及ぶかぎりの方法で、その手助けがしたい。ほかのあらゆる問題は二の次です。あなたがたがここへ来た目的はその結果を早めることにある。これが、問題とするに足る唯一の点でわれわれを同じ側に立たせるのです」

フェラシーニがたずねた。「好奇心から聞くんですが、わたしたちの目的をどの程度ご存じですか？　どうしてここへ来たかについても？」

「そうたいしたことは知りません。わたしたちの役目はあなたがた六人を工廠の構内へ入れることだけですから」

「〃わたしたち〃ですと?」キャシディが聞きただした。「つまり、あなたと奥さん?」

「もうひとりエーリッヒというのがいます」とグスタフ。「信頼できる男です。でもいずれにせよ……そのあとですか? いや、それ以上の指令は受けていませんから、中へ入ってからのことはあなたがたがご存じなんでしょう。それ以上の助力が必要なら、たぶんそう言われるでしょうから」

フェラシーニはうなずいた。「それでけっこうだと思います。その話はまたあとにしましょう」

グスタフの目がきらりと光り、彼はしばらくフォークをもてあそんでいたが、「しかし、旧友のリンデマン教授がからんでいる以上、あなたがたがイギリスから来られたことは容易に推論できます。しかし言葉のアクセントからみるとイギリス人じゃない――むしろアメリカ人に近いようだ」ふたりがなんとも答えないうちに、あわてて片手を上げ、「いや、どうか何も言わないで。知らない方がいいんです。誰しも、自分が少々のものを知っていると思うと、他人に教えたいという誘惑には抵抗できないんじゃないですか?」

彼はナプキンを畳むとテーブルに置き、マントルピースの上の置時計に目をやった。「ロンドンのBBC放送がそろそろです。もちろん高度の違法行為ですが、向こうとこっちの宣伝を平均すると、いま何が起きているかについてかなりいい知識が得られる……と思います。

フィンランドとロシアのあいだはもういつ休戦になってもおかしくない。フィンランドはよく戦った。でもあの物量の差では、結果がどうなるか疑う余地はまったくありません」

彼はテーブルから立ち上がった。「それから、そう、残念ながらここにはジャズもスイングもありませんが、図書室にはクラシックのレコードがかなり揃っています。それとも、何か生《ライヴ》の方がいいかな？　マルガとわたしは、自分でいうのもなんですが、ピアノとバイオリンの二重奏をやらせたらなかなかのものなんですよ。そう言えば、ラインハルト・ハイドリッヒがバイオリンの達人だと言われているのをご存じですか？　ディナー・パーティで弾いて聞かせるので、ナチの指導者の夫人連中にはとても評判がいいんだそうです。音楽の美しさで人を感動に泣かせるほどの腕だと聞きました。あの男が――信じられますか？　これこそまったくなんという不可解な個性の混合でしょうかね」

活動休止の二日間が過ぎた。グスタフの話だと、あとの四人に関する知らせはまだ何もないという。新聞の小広告欄にも、輸送中であるはずの装具二組に関するものは現れなかった。

38

若い方のカート・ショルダーはあたりを見まわして近くに誰もいないことを確認してから、すばやくレーザー光学測定室のドアの鍵をあけた。中は暗い。がっしりした鋼鉄製の光学テーブルの上に取りつけられたいくつもの鏡やレンズや支持スタンドなどの器具の輪郭だけが、霞んだすみれ色の光の中にぼんやりと見てとれる。彼が小さな懐中電灯を出して、テーブルの下の墨を流したような暗黒の空間を照らしているあいだに、ショルダーとアダムスン大佐は箱や梱包のたぐいを脇へどけて自分たちの居場所をこしらえた。

「いまだに何がどうなっているのか見当もつかないが、疑わしきは善意に解釈しなければね」と若いショルダーは、這いこむふたりのうしろからささやいた。それから、入口に障壁をつくるのを手伝いながら、「ここで大丈夫なはずです。ここの検査が終わったら戻ってきます。せいぜい一時間かそこらでしょう」急ぎ足の足音が遠ざかり、そしてドアが閉まると同時に外からの光は消え失せ、鍵のまわる音が聞こえた。

ショルダーとアダムスンは居心地をよくしようと身体をいろいろ動かし、ついでしばらくのあいだあたりは静まり返った。やがてアダムスンがつぶやいた。「あんたがどこから来たかについて、彼らがあれほどふしぎがる理由がよくわからないのだが……つまり、ここの人たちは、こいつがどう働くか知っているはずですな？　この気ちがいじみた枝分かれ宇宙や、われわれが出てきたあのマシンの働きなんかも、ぜんぶわかっているはずなのに」

「そうでもないんですよ」ショルダーはささやいた。「そう、物理学の面はわかっていました――つまり、わたしが彼だったときにね――しかし、ここのシステムが実際になんのために使われているかは知りませんでした。ある無人の領域に置かれた純粋に因果律の実験専用の研究基地につながっているのだと聞かされていました。あとでこの世界から一九四一年のドイツへ抜けて、ヒトラーの爆弾計画にたずさわることになるまで、本当のことはわからずじまいでした。もちろん、その時点でわかってももう遅すぎたわけで、簡単に戻りの切符は出してもらえない。やがて、そのあと、ヒトラーがナチの〈帰還門〉を破壊し、わたしは本当に島流しになってしまったんです」

「すると、この場所でも、行なわれていることの真の目的を知っているのは、選ばれた少数者だけ、ということですな？」

「そのとおりです。おまけにそれ以外の科学者連中も、自分たちが機密度の高い情報を与えられていると信じています。一般大衆には、長距離にわたる物質の瞬間移動を可能にする物理学上の躍進という話しか発表されていないのですからね。その科学者たちはまた、秘密主義をきびしく受けとめています。誰もが、おそらくめったにたずさわるチャンスのないすばらしく刺激的なこの計画から放り出される危険を冒したくないのです」

「爆弾がどこへ行くのか、誰も怪しまなかったのですか？　あなた自身、その仕事をしていたと言われた。怪しいとは思わなかったのですか？」

「最終組み立ては向こう側、ナチのドイツで行なわれました。われわれは核爆発物が送り出されていることは知っていましたが、向こうでの土木工事用だと思っていました――トンネル掘削といった作業のためだと。別に異常な話ではなかったのです」

短い沈黙が続き、そのあいだにアダムスンは今の話を反芻してみた。「それで、その特権的グループ――知っていた連中は？」ようやく彼はたずねた。「なぜそんなものに協力したんです？　どんな得があると考えたのかな？」

「よくわかりません」とショルダー。「人間の動機を明確にすることなど、できるものでしょうか？　権力？　かもしれない。名声？　彼らはナチのユートピアで技術の高僧になることを夢見ていたのかもしれません」

「それで、何か計画はあるんですか？」ひと息ついたあと、アダムスンはたずねた。

「わかりません……適切な助力が得られたとして、やむを得なければ制御室のクルーに銃を突きつけてでも、来たところへわれわれを送り返させられるかもしれない。そのあとはもうなんとも……」

「言うは易く、行なうは難しですな」

「もっといい案がありますか？」

沈黙。

「いや……ないと思う」

「まずクロードとアンナがどこにいるか見つけないと」

「あのふたりはどうなったでしょう」

「時間の感覚がなくなっちまった」とアダムスン。「あのマシンから出てきてから、どれくらいたったかな？」

ショルダーは腕時計の発光文字盤の蓋をとった。「約四十五分です」

クナッケの家で、神経をすり減らす待機が一週間近く続いた——活動らしいことをしたのは、フェラシーニとキャシディが工廠全体の配置を外側から偵察し、情報を更新するためスケッチとノートを取った二日間だけである。そんなある夜、おそくまで出ていたあと家へ戻ったグスタフ・クナッケが〝ドルイド〟と〝サクソン〟の到着を報じた——エド・ペインとフロイド・ラムスンが無事にたどり着いたのである。クナッケはこのふたりを〝受け渡し所〟の一つでひろって、一マイルかそこら先の人のいない農場の納屋にひとまず降ろしてきたという。その農場は、前の所有者だったユダヤ人一家が強制的にもっと東へ住み替えさせられたあと、アーリア人系の新しい持ち主を待っているところだった。

その夜グスタフは厚いオーバーとスカーフと帽子を二着ずつ取り出し、マルガが用意したコニャック一本と食料の袋を持って、ふたりの下宿人と一緒に森の中の道をたどって新来者を迎えにいった。ペインとラムスンは納屋の干草置き場の中で暖かく快適そうにしていた。ふたりとも疲労し、腹をすかせていたが、体調はよかった。彼らはまずスウェーデンへ渡り、沿岸貨物船の乗組員としてダンツィヒ港に入った。そこからは赤十字の役員を装ってドイツへ入ることになっていた。しかしながら、ポズナニでのある出来事――疑り深い鉄道公安官と熱心過ぎた護衛兵が客車のトイレで首の骨を折られる結果となった――のあと、ふたりは列車から飛び降り、即席の判断による一時しのぎをかさねながら、残りの距離を踏破したのだった。

次の日、フェラシーニとキャシディが毎日見ていた新聞に、誰かが二十三メートルの織物を七マルクで売りたいという広告が出た。その数字は地図上の位置を示す六桁の数の奇数桁であった。同じ日グスタフが別の新聞でさがしていた広告が偶数桁を補った。地図を調べた結果、組み合わされた数字の示す場所は八マイルほど先の森林地帯で、目印になるものと言えば川を横切る小さな橋くらいしかないことがわかった。フェラシーニとキャシディはグスタフと車で道路上をその近くまで行き、あとは徒歩でその橋へ向かった。そこからあまり遠くないところに、木を切り倒したあとに残された粗朶と枝の山があった。イギリスから運ばれてきた装具二組のうちの一つがその下に隠されていた。

夜になって彼らは車で橋のところまで行き、貴重なその荷を納屋へ持ち帰るための何度かの旅の一回目を行なった。グスタフは呼吸装置のついた特殊スーツを見て興味を示した。「工廠内のわたしのいる研究所でもこれと同じようなものを研究している」と彼。「海軍との契約でね――水中で使うための酸素再呼吸装置です。あなたがたより何年も進んでいると思っていたのに！」

「ふしぎな気分ですね」それらの荷物を車のトランクと後部座席に移しながらキャシディが言った。「このしろものは現れたけれど、誰がどうやってこれをここまで持って来たのか、われわれにはたぶん永久にわからないはずだ。まだこのあたりには勇敢な人たちが大勢いるんですな」

「ああ、いるとも」フェラシーニはしばらく黙って働いていたが、やがてふとつぶやいた。「それにしても、もう一つの荷はどうなったんだろうな」

若い方のカート・ショルダーとエディが共同で使っているオフィスの奥で、エディは椅子に深く座りなおすと熱に浮かされたように首を振りながら、この部門の主任であるタン・セン博士を見つめた。「さあ、どうしてわたしがあなたとジョンをこれに巻きこむ気になったか、おわかりですね。気ちがいじみているのは承知の上ですが、反論の余地はありません――この男はカートです。これだけはどうしようもない。そして、この点を受けいれるなら、どんなに馬鹿げて見えようと、彼らの話を受けいれないわけにはいかないのです」

「間違いありません」若い方のカートが確認した。「彼の言ったいろんなこと――わたしの質問への答え――ほかにそんなことを知っているものはいません」

タン・センは両手の指を目にあてがてもみながら、「この世界で滅びかかっている特権階級のための避難所として、百年前の世界を乗っ取る恐怖と圧政の陰謀だって？　なんてことだ、わたしにはわからない……」

プラズモン理論でセンと肩を並べるジョン・ホールマンは、ショルダーを、驚異と疑念のないまぜになった表情で見つめ、「それで、誰がその陰謀に加担しているかというのかね?」とたずねた。「ここにいる人々のうち何人が〈パイプ・オルガン〉の目的を知っているんだろうかね?」

「カーレブとジュスティノー」とショルダーは答えた。「ミスコロピティス・クレイグ、クインシー、ボノリンスキー……そういった人たち――D6レベル以上の全員は間違いなく知っているでしょう。だいたい、そう、五ないし十パーセントでしょうか」

「ファンセレスと保安部の連中は?」

ショルダーは首を振った。「彼らは与えられた仕事をしているだけです」

「しかし、どうしてそんな大きな秘密が、これほど長いあいだ洩れずにいたんだろう?」ホールマンはあくまでも不服そうだった。「ここで働くそれ以外の全員――たとえばわれわれのような――が、今までずっとかつがれていたというのか? とても可能とは思えない」

「黒幕を見くびらないでください」とショルダー。「数は少ないでしょうが、まだ大きな影響力を持ったグループなんです。しかし、今ここで一から十まで話している時間はありません」

ホールマンはタン・センをふり返った。センは力なく両手をひろげて首を振るだけで、何も言わない。ついにエディがまた口をひらいた。「本当かどうかはいずれ自然にわかります。大事なのは、今どうするかということです」

ショルダーが先手をとって提案した。「CNを動かして、全面調査に持っていっていただきたい。それでもしここの中枢にいる連中が協力しなければ、CNはきっとCIAF軍を出動させてでも――」

「それはちょっと――」ホールマンが遮った。

「これしかありません」とショルダー。

「ブラジル政府はどうかな？　やっぱり同じ仲間でしょうか？」とエディ。

「あそこはもちろん〈パイプ・オルガン〉の存在は知っていますが、時間旅行による因果律研究基地の話をうのみにしています。だから機密扱いを続けようとするでしょう」

「ちょっと、誰か教えてくれませんか？」アダムスン大佐が当惑した声で言った。「そのCNとかCIAFとかいうのはなんですか？」

ショルダーが説明した。「今われわれのいるこの世界では、一世紀以上前の一九一八年に第一次大戦が終結して以来、大きな衝突は一度も起きていません。大国は何年も前に大規模な国軍を放棄し、それ以後は、より健全な基盤に立つ別の形態の競争を行なってきたのです。しかし地域紛争はときどき起こり、断固たる行動が必要とされるような状況も生じます。世界政府はありませんが、事実上あらゆる国家が、争いを解決する一種の世界裁判所の役割を果たす〈国際議会《カウンシル・オヴ・ネイションズ》〉の一員になっています――ご存じの国際連盟と似ていますが、ただこれはうまく機能しています。また世界の国々は〈国際合同軍《コンバインド・インターナショナル・アームド・フォース》〉と呼ばれる全地球的組織を保持し、これがCNにとって、きわめて効果的な執行機関となっているのです」

アダムスンはうなずいた。「わかりました」それからホールマンに向かって、「すると、この状況を処理する手段はお持ちのわけだ。実のところわたしはあまりこの件には深入りしたくないんです。今朝もただいつもの仕事のつもりで家を出てきただけなのでね。ここはあなたがたの時代で、わたしのじゃない。何人かでちょっとのあいだあのマシンを乗っ取って、われわれをもとの時代へ送り返してくださるわけにはいきませんか？　そうすれば、どうやってここを閉鎖するかを考えるのに、いくらでも時間をかけられるでしょう」

ホールマンは怪しむように彼をにらんだ。「あなたがたを送り返す？　ご冗談でしょう！　どこからともなくこんな話を持って実体化して、何もなかったみたいに消え失せるなんて、そんなつもりでおられちゃ困る。あなたがたのせいでいったい何がどうなるのか、まだ誰にもわからんのですからな」

「どういう意味です、わたしたちのせいとは？」心底からびっくりした様子で、アダムスンが抗議した。「いいんですか、われわれをここへ連れてきたのは、あなたがたのくそマシンですぞ。われわれは――」

「そっちが勝手に割りこんできたんだ」ホールマンが言い返した。

ショルダーは片手を上げ、諦めたようにうなずいた。「これが片づくまでしばらく留まらなければならないようなら、それでもいい」と一歩譲って、「しかしそれには時間がかかるでしょう。ところで、この中のどこかにわれわれの仲間がまだもうふたりいるんです。わたしとしては、ほかのことをとやかく言う前に、彼らのいる場所を見つけて、そこから救い出したい」

ホールマンは、なんとか怒りを抑えようとするかのように、深く息を吸いこむと、ふいに吐き捨てるように言った。「いや、これはもう保安部へまかせる方がいい。われわれのかかわりあうべきことじゃなさそうだ」

「それは少し軽率かも知れないよ、ジョン」センが警告した。「もしこの話に聞くべきところがあるとすれば、保安部を信用するのは間違いかもしれない。彼らは不正な首脳部の命令で動いているのだから」

ホールマンは不満そうな顔をしたが、その点を論じあう気はないようだった。「ふうむ、ではどうする？」

「プファンツァー博士のところに持っていったらどうかな」とセン。彼はショルダーに目をやり、「あの男は安全かね？」

「私の知るかぎりでは、大丈夫です」とショルダー。

ホールマンはためらった。一方では彼は科学者であるから、政治とかかわりあいになるのはごめんだ。他方、彼は科学者である——好奇心が強い。これほど興味津々の出来事を、誰か他人に投げ渡して忘れられるものではない。

ホールマンが何も言えないでいるうちに、腰かけた椅子をうしろに傾けて顔に夢見るような表情を浮かべていた若いショルダーが、自分の相似形に目を向けてたずねた。「単なる好奇心から聞くんですが、〝プロテウス〟という単語はあなたがたにとって何か意味がありますか？」

「ええ」とショルダーは答えた。「一九七五年から一九三九年へ送られた部隊のコードネームだ。でも、どうしてそれを？」

「ああ、これで解決がついた」と若いショルダー。「警報の前、昨夜当直だった転移管制当直の連中と話していたんですが、今朝早く、ビームに奇妙な妨害があったらしいんです。これまで誰も見たことのないもので、それが昼食のすぐ前にまた起こりました。しかも驚いたことに、妨害の記録をコンピュータで分析してみると、標準モールス信号のパターンが見つかりました。〝プロテウス〟という単語が綴られていたんです」

「それはわれわれが送ったものです」ショルダーが確認した。

「もう一つ話がよくわからないのだが」とセン。

ショルダーが説明した。「最初に部分的共鳴が得られたとき、われわれは、一九七五年と思ったその相手へ信号を送ろうとしたんですが……」声がふっと消え、ふいに彼は混乱したように、「それがいつ起きたと言ったっけ――今朝？　おかしいな」

「最後は約三時間前、最初のは、ええと、その約四時間前、そう言っていたと思います」と若い方のショルダー。

ショルダーは困惑の表情をアダムスンに向けた。「しかしわれわれがあの信号を送ったのは一月の終わりだったのでは？　それにその前は十二月、正確にはクリスマス・イヴだった……おかしい——」そしてふいに何が起きたのかを理解した彼の目は、ショックに大きく見ひらかれた。「当然だ！」ささやくような声。マシンから出てきたあと、たてつづけにいろんなことがありすぎて、考える時間がなかったのだ。心に浮かびさえしなかった。「なんてこった！」

「どうしたんです、カート？」とアダムスン。

ショルダーは二つの机に歩み寄った。「ちょっと失礼」エディが脇へ身をそらすあいだに、ショルダーはヴィデオ端末のスイッチを入れ、「アインシュタイン——われわれと一緒に仕事をしていた——が、未来へ行くほど時間はゆっくり動いていると推論しました。そして、未来への隔たりにもとづく四乗法則を出しました」そう言いながらキーボードに計算式を打ちこんだ。「キース、われわれの目的地では時間が五・七対一の割合でおそくなると言っていたのを覚えていますか？」

「ああ」とアダムスン。

ショルダーはスクリーンに結果が出るのを麻痺したように見つめた。ようやくごくりと唾を飲みこむと、「あのときわれわれは一九七五年、つまりわずか三十五年未来とつながったと仮定していた。しかし実際にやってきたここは、八十五年の未来なんです。四乗法則からすると、その割合は五・七じゃなくて、二百なんです！」アダムスンにはすぐにはその意味がわからなかった。「われわれはもう二時間ほどここにいる」とショルダー。「とすると、もとの世界では、ニューヨークを出てから十六日が過ぎたことになる！　もう向こうは三月の中旬なんだ。あなたの奥さんはひどく心配していると思いますよ」

同時に他のいろいろなことがふいに納得できて、ショルダーは思わず大きくうなずいた。ドイツとのあいだを行き来する転移操作の予定表がなぜあれほどぎっちりつまっていたのかも、今ようやくわかった——二〇二五年の側で失われる一分間は、一九四〇年での三時間以上に当たるのだ。計画のすべてが、そして打ち合わせや会議のほとんどが、ブラジルではなくドイツで行なわれたのも不思議ではない。しかし、問題はそれだけではない。

ホールマンに向けられた彼の目は、今や真剣そのものだった。「CNと遊んでいる暇はない」と彼は言った。「時間がないんだ。どういうことかわかりますか？　われわれがやって来たもとの世界では、時間が二百倍の速さで進んでいるんです。ここで会議に費やされる二日ごとに、向こうでは一年以上が過ぎてしまう——その世界では、ここでのうのうとしているあなたがたには想像もできない野蛮な暴力によって、文明が打ち倒され、いくつもの国々が蹂躪されているんです。しかし、それをやらせているのはこの世界なんだ。一九四二年の爆弾は、今ここで準備されているんだ。想像できますか、ホールマン博士？　核兵器を手にした狂人が、百年前の世界で野放しにされているのを想像できますか？　そう、それこそまさにあなたがたがやったことなんだ。さあ、保安部にまかせようとか、誰かがCNに話すのを待とうとか、もう一度言ってみるがいい」

ショルダーの爆発に続いて張りつめた沈黙。そしてやがてホールマンがこくりとうなずいた。「プファンツァーに話しにいこう」

39

ウィンスレイドとアンナとショルダーがアメリカ軍の大佐とともに〈門番小屋〉のマシンの中へ消えたあと接続が失われたというニュースは、当然ながらイギリスにいるチャーチルの一党に大きな懸念を呼び起こした。それきり二週間以上がなんの音沙汰もなく過ぎると、懸念は周章狼狽に変わった。

《アンパーサンド部隊》は成功の見込みがあるのかどうか、予測のかぎりではないので、当面ナチの脅威を相殺する西側の原爆開発が決定的な重要性を持つこととなった。だがアメリカでは、手の空いているその道の専門家のほとんどが〈門番小屋〉の何がまずかったのかを突きとめることに忙殺されていたため、原爆研究の中心はしばらくのあいだイギリスに移った。その中核となったのはロンドンの大学群で、そこではまず帝国大学のG・P・トムスン教授が、空軍省の援助によって高速中性子と低速中性子の実験を進めており、そのほかリヴァプール大学では中性子の発見者ジェイムズ・チャドウィックの下で、またバーミンガム大学でも、研究が行なわれていた。

バーミンガムで、リンデマンはゴードン・セルビーを、ルドルフ・パイエルルズ教授とオットー・フリッシュ博士の下でウランの核分裂を研究しているグループに紹介した。一九三八年の十二月にスウェーデンからコペンハーゲンへ、ベルリンで行なわれたハーン-シュトラスマン実験のニュースを持ち帰ったのがこのオットー・フリッシュだが、彼は戦争勃発のときイギリスを訪問中で、そのまま留まることを選んだのである。この共同研究では、まずバーミンガムのグループが、ウラン二三五の臨界質量——爆弾として使うのに必要な最少の量——が、それまで想像されていたようなトン単位ではなくポンド単位のものであることをつきとめるという成果をあげた。これが原子兵器の可能性に関する彼らの見通し全体を根本的に変えることになった。パイエルズとフリッシュの論文を踏まえ、またリンデマンのしつこい督促によって、政府は以後の核研究を検閲監督するための、のちにモード委員会の名で知られることとなる機関を設置した。リンデマンは、驚嘆するイギリスの研究者たちに、セルビーは自分がアメリカ側と取り決めた交換協定でしばらくこちらへ派遣されたのだと説明した。「海の向こうでやっていることを見たら驚くぞ」と彼は言った。「何人かは時代に大きく先行しているんだ！」少なくともこれは偽り抜きだ。

一方、ノルウェー作戦の立案者たちは、《プロテウス世界》では七月まで続いたロシア-フィンランド戦争の〝早期〟終結に足をすくわれた形だった。明らかに、この世界で結ばれたスターリン-ヒトラー条約によって、ソビエトはより多くの兵力をフィンランドへ向けることができ、その結果がより早期の決着となったのだ。こうしてスカンジナヴィア干渉の大きな口実はなくなった。それでもチャーチルは思いとどまらず、やはりノルウェー上陸計画を推進するよう決断を迫った。

「フィンランドの話など知ったことか！」戦争内閣の次の会議で彼は強引に弁じ立てた。「ノルウェー沿岸の水路《リード》を機雷で封鎖して、ドイツが引っかかったら攻撃する。もし引っかからなかったら、それだって知ったことか。どっちみち、攻撃するんだ！」彼なりの秘密の理由は、もちろん五月に予想されるドイツの侵攻をだし抜くことだった。戦争内閣は説得され、四月上旬出港を目途に英仏合同の遠征計画が進められた。

しかし、チャーチルと助言者たちは、駆逐艦コサックの事件のあと、レーダー提督がヒトラーに、ドイツの侵攻日を早めるよう進言していたことを知らなかった。スターリンとの条約によってドイツ側も兵力が浮いたので、ヒトラーはこの提案を受けいれた。かくて最終的にはドイツ軍もまた、四月出発を予定していた。

国防軍情報部《アプヴェーア》本部の最上階にある大きな両開きドアの奥の広い執務室で、ドイツ軍情報部長のヴィルヘルム・カナリス海軍大将は、ピーケンブロック大佐が机の上に置いた書類をにらんでいた。それをカナリスの補佐役のオスター大佐が部長の椅子の脇から見おろし、一方、ベッケル中佐は二、三歩うしろからうやうやしく見まもっている。

「すると、彼らが実際にドイツへ入ったという具体的な証拠はまだ何もないわけだな」カナリスが念を押した。

「ありません」ピーケンブロックは同意した。「明確な手がかりとしては、二月十八日のイギリス海軍省から出てくる彼ら三人の写真が最後です。もしニューヨークの馬鹿が命令に背いてへまをして逮捕されたりしなかったら、もっとわかったかもしれませんが」

オスターがうなった。「去年の六月彼らはニューヨークで訓練をしていた。それから十月にはホワイト・ハウスで送別会か何かを。そして今度は二月にロンドンだ……たしかに近づいてきている」

「そのとおりです」ピーケンブロックはほかの書類や切り抜きの方をさし示しながら、「ところで、単なる偶然かどうか、怪しく思われることがいくつかあります。三月上旬に合衆国国務次官のサムナー・ウエルズがベルリンとローマを訪れました。同じ時期、ゼネラル・モーターズ副社長のジェイムズ・ムーニーが、おそらくは私的な、平和を求める使節としてドイツに来ていました。単なる偶然でしょうか？　それとも彼らは、すでにわが国に入っているこのサボタージュ・グループと、何か連絡をとる役割を果たしたのでしょうか？」

「怪しむ理由はわかる」カナリスがつぶやいた。「それで、彼らが原子力の研究に関する何かを追っているのかも知れないというあの話の方は、どうなっているのかね？　何か進展はあったかね？」

ピーケンブロックはうながすようにベッケルの方を見やった。「知られている場所のリストをくまなく調べましたところ、どちらかと言えば、あの件は前ほど確実とは思えなくなりました」とベッケルが説明を始めた。「教育省管轄下のエーザウ教授の研究は予算が少なすぎて問題になりません。ＫＷＩについては、わたしが話した範囲の人々はみんな、見るべき結果が得られるとしてもそれは何年も先のことだろうと考えていました。ライプツィヒのハイゼンベルク研究所は理論的な面しか扱っておりません。ゴットーにある軍需省傘下でのディーブナーのチームは、まだ財源のことを論じている段階です……」両手をひろげて見せ、「ということで、どれをとってみても、重大な脅威はおろか、この段階で何か心配するに足ると思われるものは一つもありません。われわれが想定しているような手のこんだ作戦の説明にはなりません。まったく意味をなしません」

「ゴットーか」とオスターは繰り返した。「あそこではロケットの秘密研究がいろいろと行なわれている。それが目標ではないかな?」

「一つの可能性だ」とカナリスはうなずいた。「では、あそこの警備を強化するのもよかろう――軍の機関だから。さて、当面そのほかにやるべきことはあるかな?」ピーケンブロックとオスターは首を振った。「けっこう、それでは――」だが、ベッケルがもっと何か言いたそうにしているのを見て、言葉を切ると、「なんだ?」

「そのう、最後までは追いきれなかった目標がもう一つあるのです」とベッケル。「SSがライプツィヒに近いヴァイセンベルクの弾薬工廠で、書類上では原子力研究施設となっているある種の秘密設備を運営しています。そこでその内容を質問してみたところ、極端なほど敵意のこもった反応に出会いました。あそこでヒムラーの一党が何をしているにせよ、われわれには首を突っこませたくないもののようです」

ピーケンブロックはうなずいてカナリスへ目を戻した。「ベッケル中佐とわたしは、今朝ずっとその件について話しあってみました。この書類上の扱いは、何かほかのものを隠すための手段にすぎないのかも知れません」

「だがアメリカ側はそれを本気にしたというわけか」とオスター。

「いや、それとも、彼らはわれわれの知らない何かを知っているのかもしれんぞ」カナリスは、なかばひとりごとのようにつぶやくと、机を指先で叩きながら、椅子に深く座りなおした。いたるところ陰謀と派閥の確執とで鼠の巣みたいな今の体制下では、何か一つでも成しとげられたらそれこそ驚異と言えるだろう。彼自身を取り巻く状況とて似たようなものだ。

前大戦でUボートの艦長だった彼は、職業軍人の伝統をしっかりと身につけていた。軍情報部を一手に掌握する彼の立場に羨望の視線を注ぐライバル部局の長たちと、表面上は親密な関係を保っているし、ハイドリッヒとはベルリン郊外で隣人づきあいさえしている。にもかかわらず、彼は成り上がり者のヒムラー——狂暴な反ユダヤ思想と新ゲルマン封建制度という不可解な理想とを合わせ持ったもと養鶏家——に対しては軽蔑の念しか抱いていない。そしてヒムラーの方は、みずからの私兵の下にSS国家を打ち建てるという独自の夢想への最大の敵となり得る正規軍と関係のあるあらゆる人々を、疑いの目で見ている。

とすると、現在カナリスには、おそらくこれまたヒムラーの個人的な権力掌握作業に貢献するだけのこの情報を、無償で贈る義理があるのだろうか？　もしこの情報が価値あるものだったとしても、それは秘密にされるだろうし、カナリスが感謝や報酬を受けることもないだろう。またそれ以外の、ヒムラー自身の警察と情報網——ゲシュタポとSD——が発見した情報が明かされるはずもあるまい。お返しは何もないのだ。

「完全な報告書を用意してOKWへ意見具申しよう」——ドイツ軍最高司令部のことである——結局のところ彼はそこから給料をもらっているのだ。「カイテルに送っておけば、適当と思う処置をとってくれるだろう」

「直接ヒムラー閣下には注進なさらんわけですな？」ピーケンブロックが確認した。

「そんな馬鹿なことを」とカナリス。「われわれは国防軍《ヴェアマハト》のために働いているのであって、ヒムラーのためなんかじゃない。彼にはもうあり余るほどの手下がいる。それに、わが部局の士官がひとり、すでにそちらへの接近を試みて、はねつけられたのではなかったかね？　いいや、ハンス、われわれはあくまでも正規のルートを守る。カイテルがその気になれば、これを総統に持っていくだろうし、それで総統が適当と考えれば、ヒムラーに知らせるだろう。つまるところ諸君、それが彼の特権というものだよ」

さらに三日たったが、ウォーレン少佐とパディ・ライアンからはなんの消息もない。肉体的にも精神的にも万全の準備ができていながら無為の状態におかれた男にありがちなことだが、兵士たちは落ちつきを失いはじめた。

「今ならやすやすと入りこめるのにな」キャシディは憤懣やるかたない態度で、使われていない農場の納屋の屋根裏を、足音も荒く歩きまわった。四人が顔をそろえて覚え書きを比較検討し、計画の細目を打ち合わせる必要から、彼とフェラシーニはほとんどの時間をここで過ごしていた。クナッケの家のまわりを、よそものが何人もうろついているのが誰かに見られたら、一家を危険にさらすことになるかもしれない。「ハリー、ドイツに来てもう三週間近くになりますよ。あとどれだけ待てば気がすむんですか？　一日ごとに、どこかで何かがめちゃめちゃになる可能性が増えるんです。いずれはあのふたりが消されたと仮定しなきゃならない時点に到達する。そう、もうその時点は来ていると思います。決行すべきときです」

入口から数フィート奥の日陰に積まれた干草の梱包の陰に座っているフェラシーニは、戸口の方に目を向けたまま、首を振った。ウォーレンが現れるまでは、先任順位でフェラシーニが指揮を取っているのである。「目標がこれほど重要な場合、それが兵力の三分の一を意味するからには、もう少し待ってみるべきだろう。あとちょうど一週間余裕をとることにする」

「一週間ですって！　まいったな」

「このくらいですんでよかったかも知れんのだぞ」エド・ペインが、装備と毛布のあいだに仏像みたいにあぐらをかき、灯油ストーブの上にかけられたお湯のポットを見まもりながら言った。「前回、七一年にきみとハリーがここに来たときは、森の中で一カ月のあいだ野営してたと言っていたじゃないか」

「二週間だった」とフェラシーニ。「この工場はあのとき神経ガスのテストに入っていた。その物質に興味を示していた合衆国の某機関にサンプルを持って帰るためだったが、現地の接触相手が姿を見せなかったんだ」

ペインは眉を上げた。「なんだって、この同じ工場——ヴァイセンベルクの？」

「そのとおり。あとでその男の連絡員のひとりがゲシュタポのまわし者で、密告したことがわかった。彼は熔接トーチで足をあぶられたが、白状しなかった。密告者の方は、頭を吹きとばされて、川で一生を終えたよ」

「ええ、でもあのときとは状況が違う」とキャシディ。「川のそばのあそこに住んでた娘がいましたからね。ハリー、覚えてますか——赤髪で、グリーンの猫みたいな目をしてましたね？　アフリカのあれを見たあと陸軍を辞めて名前を変えて暮らしている兄と一緒に住んでいた」

「あの水門の番人のことかい？」

「そう、彼です」

フェラシーニはがっかりしたように首を振った。「キャシディ、この馬鹿が。彼の妹といちゃついていたのは知ってるさ。やれやれ、進歩のない男もいるもんだな」

「でも何かやって時間をつぶさないと」キャシディは口をとがらせた。

「じゃ、そこへ行きゃいいのに？」ペインが示唆した。「たぶん今でもその娘はいるだろう」

「一九四〇年じゃ、年齢《とし》が合わないだろう」とフェラシーニ。ふいに彼はくすくす笑いだした。「それともキャシディ、おまえが何か自分のことでまだおれたちに話していないことがあるなら別だがね」

ペインはポットに挽いたコーヒーの入った袋をひたしながら、「さて」と話題を変えた。

「さっきから、グスタフが工場で研究しているというガスマスクや何かのことを考えていたんだが――それを利用すれば、もし仮にイギリスからの装備が届かなかったとしても、仕事をやってのける方法があることに気づいたんだ。もしたとえ――」

「しっ！」農場の建物の向こうにある林の中で何かが動いたのを目にとらえて、フェラシーニは身を固くし、首を伸ばした。それから緊張をゆるめ、「大丈夫。フロイドひとりだ」

「ああ、食物か」とペイン。彼は背後に手を伸ばして調味料や何かの準備を始め、そのあいだにキャシディが屋根裏から梯子を降ろした。一分かそこらでラムスンは梯子を登ってきて、持っていた袋をおろした。ペインがそれをあけ、二匹の兎、一羽の雉子、馬鈴薯、玉葱、それに人参を引っぱり出すと、「今晩は田舎風シチューだ」と宣言した。「それで決定はどうなりました」ラムスンがたずねた。「何か決まりましたか？」

「もう一週間待ってみる」とフェラシーニ。

ラムスンは冷静にうなずき、コートの下から長い両刃のナイフを抜いた。「さて、みなさん兎が好きだといいんですが」彼はものうげにそう言いながら座りこむと、獲物の調理に取りかかった。

40

「ときどき思うんだが」とウィンスレイドが言った。「人生というのは、自分が若いとき思っていたほど賢くはないということを、年老いるにつれて発見していく過程にすぎないようだな」彼は回転椅子に身をもたせて、灰色の制服を着たふたりの警備兵が部屋の向こうの端にあるドアの内側に無感動な表情で立っているのをじっと見つめた。イギリスからニューヨークへ向かう機上で読んでいた〈リーダーズ・ダイジェスト〉の一九四〇年二月号が彼の上衣のポケットから発見され、その記事の中にヒトラーやナチスやヨーロッパの戦争に関するものがあったので、彼とアンナがショルダーに時間を与えるためにつむぎ出していたでまかせはたちまち崩れ去ってしまったのだ。すでにカーレブたちは、善後策を協議するとともに、早くもこちらへ向かっているらしいより高位の誰かの到着を待つために、部屋を引きあげていた。

アンナ・カルキオヴィッチは、低い円形テーブルの向こうの椅子から力なくほほえみかけた。「そうね、励みになるのは、これだけ多くの間違いや欠陥があっても、なおかつわたしたちが繁栄しているということでしょうね。もしあらゆるものが、決してつまずいたり過ちを犯したりしないことにかかっていたら、わたしたちはなんとも脆い、救いのない種族で、それこそもうとっくの昔に絶滅していたでしょう」

「それも一つの考えかただと思うが——おやおや、アンナ、あなたがそんな哲学者だったとは知らなかったよ」

「本当に知らなかったの？」アンナは彼に鋭い視線を向けた。言葉以上に意味ありげな口調だった。

「どうやら、それはどういう意味か、と聞くことになっているようだな？」とウィンスレイド。

「チームの誰についても、あなたの知らないことがそう多くあるとは思ってませんわ、クロード」と彼女は答えた。「ええ、全員がこういう作戦のために注意深く選ばれたのは知っています。ほんのわずかな気質上の問題点でも自動的に失格になったとか、そういったことはね……でもわたしが言うのは、もっと別のことなの」

ウィンスレイドはうなずいた。それほど意外そうな顔もしていない。「と言うと？」

「ええ、いっぱいあるのよ、クロード……」アンナは空中でふわりと手を動かして見せた。

「たとえば、チームの編成、とくにハーヴェイ・ウォーレン以下の軍人の顔ぶれね。状況の展開にあまりにもぴったり合いすぎる——ライアンは潜水の専門家、ペインは化学者、全員があの区域での作戦経験がある……まるで〈門番小屋〉が問題にぶつかって増援が得られなくなることが前もってわかってたみたい。それからアーサーをイギリスに残して、ストラングの代わりにイーデンをモスクワに送ろうとしたこと——まるで、JFKからの援軍が間に合わないことも知ってらしたみたい。クロード、わたしの言う意味はおわかりでしょう？あまりにも偶然の一致が多すぎるの。そしてさっき、あのビデオでみんなの注意をカートとキース・アダムスンから逸らそうとしたときも、あなたはどうやればいいのかご存じだった。スクリーンに現れたのが一般の住所録か何かにすぎないのはわかってるけど、問題はあなたがその呼び出しかたを知ってらしたことなの。ねえ、クロード、わたしはずっと前から、あなたがいったいどうやって——」ドアの向こう側から騒々しい話し声が聞こえ、急速に近づいてきたので、彼女は口をつぐんだ。

ドアが勢いよく開き、黒いスーツに身をかため断固たる表情を浮かべたふたりの男に率いられた一団が、外に配置されていた警備兵を押しのけるようにして部屋に入ってきた。

室内の警備兵のひとりが武器を肩から降ろして構えるそぶりを見せ、ついでとまどったように、「ちょっと、申しわけありませんが——」

「そこをどけ」スーツ姿のふたりの男のうち、背の高い方が歩調をゆるめもせず命令した。

「しかしわれわれの受けた指示は——」

「撤回された」兵士たちはすっかり動転していてなんの行動もとれず、数秒のうちに室内は人でいっぱいになった。

カート・ショルダーと、すぐそれに続いてアダムスンが、人々の中から現れ、立ち上がっているウィンスレイドの方へ歩み寄った。「無事でしたね。よかった」

「もちろんだとも」とウィンスレイド。

「ここにいるのがそのおふたりだね？」男たちのひとりがショルダーに向かってたずねた。

「そうです」

「わたしはプファンツァーといいます」とその男。「プロジェクト・グループの一つを率いています。こちらはヨルガッセン、わたしの助手です。さて、聞かされたこの話をどう考えたらいいのかわかりませんが、もし正しかった場合のために、正規の当局から調査にやってくるまで、あなたがたをここから出すことにしました。しかし、向こうに連絡するには、通信センターに行かなければならない。ここで行なわれている仕事の機密保持のため、外部への通信は制限されているのです。あそこへいったら、あなたがたはまず――」

開いたままのドアの向こうから、いっそう騒がしい人声が聞こえてきた。すぐ外の廊下で怒声が響いたと思うと、カーレブが、十数人の部下を引き連れて現れた。くちびるを一文字に結び、怒気をみなぎらせている。「誰も入れるなと命令しておいたはずだぞ！」警備兵に向かい、「それを無視したのは誰だ？　何が起きているのだ？」

「わたしだ」ヨルガッセンが立ちふさがった。「それに、そもそも何が起きているのかは、われわれこそぜひとも知りたいところだがね」

カーレブはショルダーとアダムスンの姿を目にとめた。「そこの二名は逃亡者だ」警備兵に手を振り、「拘留しろ」

警備兵たちは不安げな顔を見せた。彼らが応じるより早く、タン・センともうひとりの男がその前に立った。「諸君は彼の指揮下にはない」とタン・セン。「わたしの命令が優先だ」とカーレブ。「この区画ではこの人たちにはなんの権限もない」「いくつかの質問に答えてもらうまでは、われわれが管理する」センの横にぴたりと並んで、プファンツァーが宣言した。「何か高度の不正が行なわれており、われわれはそれをつきとめるつもりなのだ」

「非常識な真似はやめてください。さあ、ここを出て、ご自分の仕事へ戻ってくれませんか」

「この男がどこから来たのか、誰かが説明してくれないうちはだめだ」エディはショルダーの方へあごをしゃくってみせ、「ここにいるカートとまったく瓜ふたつで、ただ三十年以上年長なのだ」

「ふん、そんな話が本気で信じられるものか！」カーレブは軽蔑したようにわめき声を上げた。「まったくもって、手のこんだ悪ふざけだ。どこかの諜報組織から来たにきまっている。それに不法侵入だ。だからわれわれは、もっと詳しいことを知ろうとしているのです。それ以外のどんな理由で拘留していると思うのですか？」

彼の顔は自信ありげで、その声には疑いを植えつけるに充分な説得力があった。たしかに彼の話の方が空想的ではないようだ。室内の熱気が失われはじめた。最初になだれこんできた一行の中には不安げな視線を交わしているものもある。「それを立証できるかね？」プファンツァーが挑んだが、なんとなく自信のない口調だ。彼の背後の怒れる自警団員たちの声も、急速に静まりかけている。

　カーレブは先手を打った。「立証しろ、ですと？　わたしにはあなたがたに――あなたがたの誰に対しても――自分の行動の正当性を説明する義務はありません。また仮にあったとしても、こういう魔女狩りのような狂気に向かって何かを説明しようとすることになんの意味があると言うのですか？　すでに申しあげたとおり、そこにいる人々はこの施設に不法侵入したあと捕えられ、自己の身分について納得のいく説明ができませんでした。彼らは今、この事件が適当な部局に受けつがれるまで、尋問を受けているところなのです。さあ、どうかこの場は、こうした分野に責任を持つ人々に任せて、お仕事に戻ってください……よろしいですか？」

　カーレブと並んで立っていた色の浅黒いずんぐりした体軀の男が両手を上げ、部屋全体に話しかけるため左右に振ってみせた。「いいですね、みなさん、これで終わり――そういうことです。あとのふたりを連れてきていただいたことには感謝します。しかし、もうあとのことは任せて、このままお引き取りください。さあ、みなさん、お楽しみはこれで終わりです……」

　一瞬前にはあれほど有望そうに見えた状況がカードの家のように崩壊していくのを見つめながら、ウィンスレイドは気も狂わんばかりに頭を働かせた。ついさっきまでの彼は、自分たちが飛びこんでしまったこの奇妙な状況についてじっくりと考えをめぐらし、その利用の可能性を探っていた。警備兵がいたため、アンナには何も言えなかった。しかし、他のどこでもないここ、ここに到着したということが、彼にはまさしく天の摂理のように思われたのだ。〈ハンマーヘッド〉は地表からのいかなる形態の襲撃によっても攻略することはできないよう造られている。〈パイプ・オルガン〉もまた同じく、外部からは難攻不落である。

外部からは。

これが両施設の設計の致命的な見落としであった。設計者たちは、外部からの潜在的な脅威を防ぐことしか考えていなかった。ところが、〈ハンマーヘッド〉にも〈パイプ・オルガン〉にも、あらゆる守りを迂回するもう一つの道があったのだ。両マシンは、時の深淵に隔てられているものの、それでもいわばおたがいの内部に直接通じるハイウェイの両端にあって背中合わせに立っているわけである——ちょうど二つの城の本丸のあいだがトンネルでつながれているようなものだ。ただしこのトンネルに警備を置くのは、何者かがどこからともなくその内側に実体化することが可能だと考えた場合にしか意味をなさないだろう。

だがこれこそ、ウィンスレイド一行がやってのけたことであった。いまや彼らが一端にいる〝トンネル〟は、《プロテウス作戦》の最終目標にまっすぐつながっている。ロンドンで行なわれた《アンパーサンド部隊》への作戦説明で、彼はあの縦坑と廃水用導管を運命の気まぐれで偶然に生じた〝裏口〟と形容した。しかし今、目の前にぽっかり開いた入口と比較したら、そんなものは無に等しいだろう。

「どうやら言われるとおりのようだ」恨めしげな声で誰かが言った。「さしあたり誰も危険にさらされているわけではないのだから……しかしわれわれの懸念は知っておいていただかなければならん」

「もちろんですとも」カーレブはもう懐柔の口調になっていた。「わたしも同じことを考えていました。では、この件は一任していただけますね？」

警備兵のひとりがウィンスレイドのななめ前方数フィートのところに立っていたが、向こう向きのまま話に耳を傾けている。緊張が静まるにつれて気がゆるんだらしく、態度もくつろぎ、不注意になっていた。内部の治安をあずかる彼らは、儀仗兵に毛の生えた程度のものにすぎず、戦いに鍛えられたベテランでも、特殊部隊のような過酷な条件で選出されたエリートでもない。ウィンスレイドは、ウォーレンとその部下たちが彼の要請で立ち向かっている危険のことを考えた。チャンスがここにある今、自分が同じ目的を手にするため危険を冒すのを拒むことはできない。

「ちょっと誰か、わたしたちの話も聞いてくれませんか？」彼は注目を集めるため進み出ながら大声で呼びかけた。全員の顔が彼の方を向いた。自分の言葉を強調するかのように彼は片手をひろげて上げたが、その動きがあまりに自然だったので、警備兵はウィンスレイドがすぐ横をかすめて前に出ても、緊張すらしなかった。次の瞬間、ウィンスレイドは目にも止まらぬ動きでふり向きざま身をかがめ、肘を警備兵のみぞおちに叩きこんだ。身体を二つ折りにするのを脇によけながら一挙動で立ち上がると手刀で頸のうしろを一撃し、床に崩折れるその手から巧みに銃を奪った。ふたり目の警備兵が自分の武器を肩から外しかけるより早く、銃口がそっちに狙いをつけた。相手はその場に凍りついた。アンナ・カルキオヴィッチはほんの一瞬びっくりしたようにウィンスレイドの動きに見とれていたあと、室内の人々の大部分が起きたことに気づくより前にすばやく行動を起こし、その警備兵の手から銃を取りあげた。

ウィンスレイドは部屋全体を見わたせる一隅に下がり、銃をひと振りしてカーレブと部下たちに反対側の壁へ行くよううながした。カーレブと対決していた人々はショックのあまりまだなんの反応も示していない。「横の掛け金が安全装置だ」目の前の人々に視線を向けたまま、ウィンスレイドは早口でアンナにささやいた。「弾倉のうしろのレバーは左で通常弾、右で炸裂弾。発射《ファイア》セレクターは三段で前のグリップのすぐ前――前からうしろへ、単発、五発連射、連続」

アンナは武器を検分し、しっかりした手つきで調べた。「了解」

外にいたふたりの警備兵が様子を見に入ってきて、二挺の銃が狙っていることに気づき、立ちすくんだ。「動くな」ウィンスレイドが鋭い声で警告した。「さあ、銃を、ゆっくりと床へ」警備兵たちはためらった。ひとりが、床の上でうめきながら身を起こそうとしている人影へ不安そうに目をやり、命令に従った。もうひとりもそれにならった。「こっちへ蹴ってよこせ」ウィンスレイドは命じた。「よし、両手を上げろ」ショルダーとアダムスンに、それぞれ一挺ずつ銃を手にするよう目くばせし、「それから腰の武器もだ」ウィンスレイドとアンナの援護下でショルダーとアダムスンが四人の警備兵のベルトから拳銃を取りあげた。

「さて、次は予備の弾倉を……いいぞ」

ウィンスレイドは状況を見わたし、満足げにうなずいた。隅から部屋の中央へ進み出、顔を笑いにほころばせながら、「さて、紳士淑女諸君」と彼は愛想よく室内に宣言した。「残念ながらお楽しみはまだ終わっていないようですな」

41

夜明け前の冷たい光がベルリンの屋並を見下ろす東の空にさしはじめたばかりのころ、一台の親衛隊《SS》幹部専用車がプリンツ・アルブレヒト通りへの角をタイヤをきしませて曲がり、ゲシュタポ本部の正面玄関の前で停まった。向かいの路上で背を丸めた道路掃除人や、反対側の角で寒さにケープをしっかり巻きつけて立ち話をしているふたりの警官は、助手席から護衛兵が飛び出して後部座席のドアをあけるのを気にもとめなかった。不自然にしかつめらしく、貧弱な体軀をまっすぐに立てて現れたのは、おそらく第三帝国で二番目の権力者と目されている男、ハインリッヒ・ヒムラーだった。士官用の厚手の外套を着こみ、親衛隊《SS》長官の記章のついた黒い目庇《まびさし》のある前縁の高い帽子をかぶっている。短く刈りこんだ口髭の下できつく閉めた口をへの字に曲げ、あごをうしろへ引き、護衛につき添われて階段をのぼりながら縁なしの鼻眼鏡の奥で眠そうにまばたきした。歩哨がかかとをぴしっと鳴らして不動の姿勢をとってからドアをあけ、二つの人影はそこを足早に通りぬけると、無人のホールを横切ってエレベーターに向かった。

それから数分後、ヒムラーの右腕として帝国保安本部——ゲシュタポとＳＤの両方を一緒にしたもの——の指揮をとるラインハルト・ハイドリッヒは、彼のオフィスに入ってくるヒムラーを、落ちつきなく室内をあちこちと歩きまわりながら迎えた。三十六歳、背が高く金髪で皮膚は白く、口を固く結び、鼻筋がまっすぐで輪郭のはっきりしたその容貌は、ナチズムの人種神話が理想とする北欧人の典型であった。暴力による統治技術の化身である彼は、その卓越した自信と能力によって、帝国の大多数の指導者層から抜きんでた存在だった。個人的な遺恨を含むあらゆる感情を職務から切り離す才能とともに、ハイドリッヒは、冷静に能率を追及する技術者肌と、好都合なものは手当たり次第に利用する不誠実さとを一身に兼ね備えていた。その結果は、人間的配慮をまったく欠いた計算ずくの無慈悲さで、これは彼と接触するあらゆる人々を——ときにはヒムラーさえも——驚かせ、怖れさせた。

「おはよう」ヒムラーが声をかけた。「さて、何があったんだ?」半時間前に彼を起こした電話で、ハイドリッヒはただ〈ヴァルハラ〉——二〇二五年の〈オーバーロード〉との連絡装置を収容しているヴァイセンベルクの施設のコードネームだ——に関する緊急の問題を討議したいとしか言わなかったのだ。だがちょうどその前日、ヒトラーは保安措置に関する懸念をヒムラーに表明していた。一九三八年に設立された統合防衛本部長官の陸軍元帥カイテルが、総統に、英米の情報組織が原子力研究に関する問題を専門とするえり抜きのスパイグループを養成していることを示すカナリスからの報告を見せたのである。カナリスはとくにヴァイセンベルクに言及しており、その意見の随所に見られる懐疑的な調子は、SSの公式発表に対する彼自身の不満を強く匂わせていた。ヒトラーはこれを憂慮し、ヒムラーに調査を命じたのだった。

「思っていた以上です」ハイドリッヒは答えた。「最悪の状況です」彼は机にまき散らされた書類を指さし、その中の国防軍情報部《アプヴェーア》から届けさせたファイルをひろい上げた。「個人的にチャーチルとルーズベルトまでつながる、軍の選りすぐりの破壊活動部隊なのです」

ヒムラーはむっつりとくちびるをすぼめた。「軍の？　というとアメリカ軍が――中立国が――積極的にかかわっていると言うのか？」

「まさにそのとおりです」とハイドリッヒ。「いま申しあげたとおりルーズベルト個人がかかわっています。それを正当化できるほど重要と考えられる唯一のものはなんでしょうか？」

「なんてことだ！　つまり、やつらはヴァイセンベルクに何があるか知っていると言うのか？」ヒムラーはファイルを取り上げ、すばやく頁に目を走らせた。

「はっきりした徴候は何もありませんが、カナリスの部下たちはあれが目標だと信じています。報告書の中で、それ以外は消去されています」

「カナリスはあれが何かを知っているのか？」

「いや、知らないと思います。しかし、われわれの言っているとおりのものではないと疑っていることは確実です」

ファイルの中で、日付をさかのぼって書類をめくるにつれ、ヒムラーは身震いしはじめた。

「去年の七月だと！　十月にワシントン？　そしてロンドン？　こんなことが可能なはずは

ない！　それほど前からやつらはずっと知っていたと言うのか？」

「証拠はもっとあります」とハイドリッヒ。「三週間ほど前のキーリッツの事件をご記憶でしょうか――あそこの検問所での撃ちあいにわれわれの部隊が呼ばれて四人のテロリストを射殺したものですが？　いや、その死体はぜんぶ身元が割れました。全員記録があり、よって彼らは単なる荷物運びだったことがわかりました。この英米の破壊活動部隊の構成員はひとりもおりません。それゆえ、この部隊はまだ野放しのままということになります」

　それからもうひと束の書類を取り上げると、「これは、彼らが爆発物と一緒に運んでいた資材についての研究所の報告です。ぜんぶイギリス製で、ここにその結論の一部があります」と言ってから読みあげはじめた。「〝この衣服は危険な気体ないし液体の化学物質の環境下で全身を保護するため特別に開発されたものである可能性がもっとも高いと推測される。しかしながら、特定の目的は推論できない〟」

「化学物質か！」ヒムラーはあえいだ。「ヴァイセンベルクに違いない！　どうやってか、彼らは主区画《メイン》から中へ入るつもりなんだ！」その意味がのみこめるにつれ、彼は目に見えて青くなった。「しかもその道具がひと月近くも前に捕獲されたのだとすると……おお、なんということだ……」

「この部隊はすでにわが国に入っています」とハイドリッヒが締めくくった。「そして、これほど重要な仕事である以上、荷物がこれ一つでないことはまず間違いありません」

　ヒムラーは背を向け、ハイドリッヒのオフィスの壁にかかった地図をじっと見つめた。

〈オーバーロード〉にはヒトラー経由で報告するとして、対策の決定は通常どおり今すぐこちら側でなさなければならない。時間遅延係数二百――すべてが始まった一九二六年には三百六十で、過去が〝追いつく〟につれ絶えず減少している――は、もし〈オーバーロード〉が一時間で返答してきたとしても、ドイツではそのあいだに八日以上が経過することを意味する。戦略や長期計画ならそれでもいいが、こういう状況の場合は駄目だ。

「ライプツィヒ地区のSS長官に連絡をとり、すぐに一隊を派遣して工廠の門の警備を引きつぐように言え」ヒムラーは指示した。「また構内全域を固めて、緊急事態に備えさせろ。それから総統の本部に連絡して、あそこの指揮官に、総統が起きたらすぐこっちへ知らせるように言え」

ハイドリッヒは不安そうだった。「ライプツィヒからの援軍がたどりつくまでのあいだ〈ヴァルハラ〉内に駐留している守備隊を工廠の警備につかせたほうが賢明ではないでしょうか？」

ヒムラーは首を振った。「破壊部隊が主区画《メイン》を経由して侵入するという想定が間違っている場合に備えて、彼らは中に置いておきたい。わが優秀なる警備兵たちが職人どものパスを調べに出払っているところへやつらが入ってきたら、われわれはこけにされてしまう。しかし〈ヴァルハラ〉への入場手続きを厳密にするよう確認はとっておけ」

ハイドリッヒはほんの何分の一秒かためらってからうなずいた。「閣下の御意のままに」

「それから誰かにトット機関に連絡をとらせて、設計変更を担当した技師を突きとめさせろ。

彼らをここへ連れてこい――やったことの全計画を持ってこさせるんだ。想像しうるあらゆる侵入手段について詳細を知りたい」

ヒムラーはハイドリッヒの机の上に置かれている国防軍情報部《アプヴェーア》の報告書をにらんだ。「かくも長いあいだこの情報がわれわれに届かなかったことは許しがたい」憤怒をあらわにして、「われらが友カナリス提督は、われわれの犠牲によって自分の部署を強化しようと企てたのではないだろうか。しかし今回の干渉は、彼自身思った以上の影響を及ぼしたようだ」鼻眼鏡の奥で、彼の目は意地悪く輝いた。「危険な存在になりはじめている。この一件が解決されたら、いずれあの男は片づけなければなるまい」

そう、これがそれだったのだ、と、早朝のヴァイセンベルク工廠へ向かう車や自転車、それに徒歩で出勤する労働者の流れにのったグスタフ・クナッケのフィアットの後部座席に背を丸くして座りながら、フェラシーニは考えていた。一九七五年まで何年にもわたってもとの世界で行なわれた情報収集と計画の成果。ツラローサにおけるシステム建設。《プロテウス部隊》の募集と訓練、そして時間を遡る投射。〈門番小屋〉の設営。イギリスへの移動とそれ以降の準備。すべては四人の男――ウォーレンとライアンは一週間の最終日限を超えられなかったので――を、四月第一日の晴れたうすら寒い朝、この場所へ送りこむためのものだったのだ。この日の終わりまでにはすべての決着がつく――この法外なギャンブルが、長年の努力、測り知れぬ多くの人々の献身、そして数々の生命の危険に見合う配当を手にするのか……それとも失敗に終わるのか……。

車がヴァイセンベルクの町はずれの労働者用アパートを通り抜け、道なりに角を曲がると、そこからはもう工廠が見えた。正門は、はりえにしだの茂みが点在する平坦な空き地の向こうで、ほんの半マイルほど先だ。SSに管理され警備されている〈砦〉は別として、その化学工場群は単に一般工業レベルの警備しかされておらず、グスタフは一行を中に入れるのにほとんど困難はないものと予想していた。その中の弾薬製造区域を含むフェンスで囲まれたところに入るのは難しいが、攻撃計画上そこへ接近する必要はないのでどうということはない。しかしあくまで大事をとるため、《アンパーサンド部隊》は分散して侵入することになっていた。

「グスタフ、きみの友達は口かずが少ないな」助手席でユリウスが言った。いつもクナッケの車に同乗して出勤する同僚である。「それとも、まだ朝が早いせいかな？」

「いや、実を言うと彼のことはよく知らないんだよ」クナッケは答えた。「まだ来たばかりで――たしかPM - 4区画と言っていたと思う。誰かが、ぼくの車にはまだ空席があるから乗せてやったらどうだと言いだしてね。いや、この戦時経済ってやつがどういうものかは知っているだろう――断わるにもいかず、ってわけさ」肩ごしにふり返ると、「そうだったね――PM - 4だね」

「そうです」とフェラシーニ。わざと片言のドイツ語で、「パイプ清掃、五日前、始めました」

「それ、どこのアクセントかね？」とユリウス。

「スペイン、です。ここの天気、あまりスペインのようではない——雨と霧ばかり」

「どうしてここへ？」

「戦争はフランコと一緒で、それから、イタリアに行きました——ムッソリーニのため働きました。でも、ドイツのほうがお金になる、そう聞きました、ですね？　それでここへ来ましたが、嘘でした。お金くれますが、また持っていかれます」

「まあ、いずれ慣れるよ」苦笑いしながらユリウス。「なんと呼べばいい？」

「すみません、なんですか？」

「名前——おたくの名前は？」

「ああ。ロベルトです」

「すると、すっかり誰かさんにだまされたってわけかね？」

フェラシーニは少し考えて、「お金は、そうです」と同意した。「でも、お金なぞなんですか？　かわりにドイツの女は話つけやすい。スペインの女は、みんなとてもカトリックのママがいます——結婚するまで、ぜんぶいけなくて、法王いいと言うときだけ。女のこと法王は、何知っています？　だからたぶん、ヒトラーは、結局ドイツのためになることしています」

ユリウスは笑った。「聞いたか、グスタフ？　ロベルト、おたくはいいやつだよ」

門に近づいて車は速度を落とし、フェラシーニはポケットに手を入れて、マルガが入手した用紙を使って偽造したパスを出した。グスタフが予想していたとおり正門の保安手続きはお座なりなもので、窓に押しつけられたパス三枚に応えて退屈顔の工場守衛が手を振って車を通した。そのときフェラシーニの目に、車のすぐ外で歯のあいだにパスをくわえてよろめく自転車を立て直そうとしているキャシディの姿が映った。守衛はそれを見ようともせずに手を振った。

フェラシーニは目を閉じて長い静かな安堵のため息をついた。労働者用のバスでやってくるペインとラムスンはなんの問題もないだろう。

あとはもう、スーツや武器や装具などの託送品だけだ。しかしその手筈もすでについているはずだ。グスタフとマルガが〝エーリッヒ〟とのみ言及した第三の共犯者が、一日おきに朝早く機械工場の削り屑を集めにくる金属スクラップ運搬トラックで運び込むことになっている。出るときには検査されることもあるが、中へ入るとき停められたことは一度もないということだった。

ヴァイセンベルクから反対方向へ十マイルほど離れた、とある鍛冶屋兼機械工作所の正面に立っているオイルとタイヤの色あせた広告と時代ものの給油ポンプの前で、今しがたここまで牽引されてきたぼろトラックの運転手は、グリースで汚れたオーバーオールに皮帽子の男と言いあいをしていた。

「明日？　でもそれじゃ話にならん！　今すぐやってもらわなきゃならないって言ったろう

が！」

「おや、そうかい？　あんた、自分を何様だと思ってるの？　ここへ来る途中のおれに出会えただけでも幸運だったんだぜ。そうでなきゃ、まだあんたは路上にいたはずだからね。今朝までの約束の仕事が二つあるんで、その順番を待ってもらわなきゃ」

激昂にエーリッヒは歯ぎしりした。「いいか、おれは工廠へ朝のうちに着かなきゃならないんだ。水だけ詰めてくれ。このままで、なんとかする」

「なんだって、ラジエーターにそんな穴があって？　無理だよ！　最初の一マイルも行けやしない」

「わかったよ、じゃあ——すぐに直してくれたら、五十マルクのせよう」

「いや、本当のところ、できるかどうか……」

「六十だ！　とにかくこいつを走らさなきゃならないんだ」

「七十だ」

サイレンのむせびが話を中断し、ふたりの男がふり向くと、車の流れは道の端に寄りはじめていた。数秒後、オートバイに乗った鉄かぶとにSSの制服姿の兵士がふたり視野に入り、そのすぐうしろから指揮車一台と武装兵を満載したトラック三台から成る一団が続いて、ライプツィヒの方向から突き進んできた。事情を察してエーリッヒの顔は曇った。

「よし、七十だ」こわばった声で彼は言った。「すぐに始めてくれれば、だ。ところで、どこかに電話機はないかな？　緊急なんだが」

そのとき、道路沿いの百ヤード先でドアに鉤十字の紋章をつけ、SSの小旗を掲げた黒いメルセデスが、潜んでいたらしい路地から道路に鼻先を出し、ひと声吼えるとさきほどの一団を追って消えた。

42

若い方のカート・ショルダーが注意深く一歩前に出ると、立ちどまって首を振った。ウィンスレイドは銃を構えたまま、問いかけるようにあごを上げた。「いいですか、わたしにはまだ何が起こっているのかわからない。でも、あなたが本物であることだけはたしかです」若いショルダーはそう言って、ショルダーの方へ小首をかしげるようにしながら、「職を賭けてのことになるでしょうが、力を貸したい。もしあなたの話が本当なら、わたしはここに立って何もしないでいるわけにはいきません」

ウィンスレイドはうなずいた。「立派なお考えだ、感謝します」それから、「ほかにはおられませんか？」プファンツァーやヨルガッセンといっしょにやってきた人々はたがいに顔を見あわせ、居心地悪そうに身じろぎした。「とくに制御室の操作手続きを知っている人が必要です」とウィンスレイド。「ないしは少なくとも、室内の人々が正しく操作をしているかどうかをはっきり見分けられる程度に知っている人が」

「最初に、いったい何をしようというのか、話してくれたらどうですか」とプファンツァーが言った。

ウィンスレイドは年長の方のショルダーに目をやった。「カート、時間遅延係数は一九七五年よりここのほうが大きい、そうだな?」

「そうです」とショルダー。「あなたが考えつくかどうかと思っていましたよ」

「どのくらいかな? 推測は?」

「約二百。計算しました」

その答えをなかば予期していたかのように、ウィンスレイドはうなずいた。「すると、ロシアに対するヒトラーの一九四二年夏の攻撃のために送り込まれる予定の原爆の部品は、もうすでに用意されていなければならないはずだ」

ウィンスレイドが何をやろうとしているのかがわかるにつれ、ショルダーの目は大きく見ひらかれた。すばやく頭の中で換算してみる。爆弾を一九四二年の夏に使うためには、その部品は、そう、あそこの現在――一九四〇年春――から二年後には届けなければならない。三十日を二十四カ月、それを二百で割ると……彼はうなずいた。「今から三日半ということになる。おっしゃるとおりだ。部品はもうここのどこかにあるはずです」

「われわれがあの転移室から出たとき前室の向こう正面に見えた大きな扉の向こうだと思う」とウィンスレイド。「あれが発送準備区画でしょう?」

「今の話を聞いたか!」反対側の壁ぎわでこっちをにらんでいる仲間のあいだからカーレブが声をあげた。ウィンスレイドに倒された警備兵は、ようやく腹を押さえながら座りこんだが、まだふらふらのようだ。「こいつらは正気じゃない。みなさん、大量殺人の共犯になりたいのか?」アンナ・カルキオヴィッチが構えている銃を威嚇するように振って彼を黙らせた。

「このままここで議論を続けるわけにもいくまい」とウィンスレイドは言った。室内を横切って歩きだしながら、「隣の部屋へ行こう」アンナとショルダーが居残ってカーレブの一党を見張り、一方アダムスンはあとの人々をプファンツァーとヨルガッセンを先頭に、隣室へいざなった。「彼らが通信装置のようなものを身につけていないかどうか確認してくれ、カート」とウィンスレイド。ショルダーは残っている人々をすばやく服の上から検査し、警備兵のつけているベルトの物入れをはじめ、各自のポケットや手首のそれらしいものいっさいを取り上げた。ウィンスレイドがアンナに向かって室内の常置ビデオを目顔でさし示すと、彼女はさっそく銃を向けてそれをばらばらに吹っとばした。「申しわけない」あとじさりに部屋を出ながら、ウィンスレイドは怒りの目を向ける室内の人々に言い残した。「冒険を試みないように。ドアは外から見はっているから、出てくる最初の人間はそれと同じことになる」ドアから出ようとする者すべてを撃ち倒すよう指示してアダムスンを外に配置したのち、彼は彼とアンナが最初に入れられた会議室でふたたび残りのメンバーに合流した。

室内で、アンナとショルダーは、まだほかの人々から距離を置いていたが、カーレブの一行がいなくなったのでもう威嚇的な態度は影をひそめていた。

「さて、ちょっと待ってください」ウィンスレイドが入ってくると、プファンツァーが警戒した声で言い出した。「もしあなたが本物の核爆発装置を送り出すのにここの誰かが手を貸すと思っているのなら、あなたは正気じゃない。向こうの世界で起きていると言われる事態の件にしても、それを裏づけるのは、あなたの言葉だけだ。一方、あそこにも住民が――人類がいる。わたしの権限で誰かを殺すようなことに助力するつもりはない。その種のいかなるものにも、わたしは同意しないし容認もしない。わかりますね？　いかなるものにもです」

「誰も爆弾を送りこむ話などしていませんよ」とウィンスレイド。「しかし階下のどこかに今ある部品は、臨界量の核分裂物質を通常爆発物の成形爆薬によって爆縮して爆発させる装置を造るためのものです」ショルダーをふり返り、「カート、それがあんたがここにいたときやっていた仕事だったね？」

「つまりきみだ」ショルダーは自分の若い相似形に目をやった。「専門家がふたりいるわけだ」

ウィンスレイドはプファンツァーに目を戻すと、「さて、わたしの提案ですが、あなたは殺人行為への責任は負いたくない。そう、わたしとて同じです。当座信じようと信じまいと、この接続の向こう側の端にあるのは、あなたがたのここでの作業が生みだした世界で、そこでは、いま何かを変えないかぎり、ついには西欧文明の崩壊につながるはずの戦争が、すでに始まっているのです。わたしが問題にしているのは、何千万単位で数えられる死であって、爆弾が爆発するときそのまわりにいるかもしれない何人かのことではないのです」

「結構です、議論を先に進めるためにそれを受けいれるとしましょう」慎重にプファンツァーは譲歩した。「ところで提案がまだのようですが」

「単に、ここの状況がしかるべき当局によって解決されるまで、向こうの〈帰還門〉を使用不能にするだけのことです」とウィンスレイド。「マシンのみを目標に、爆薬をいくつか効果的に仕掛ければ、誰も傷つけずにすむでしょう。それからCNの介入を求め、あらゆる調査が終わるまでここ全体をCIAFの監督下に置きます」

「筋は通っているようだ」誰かが言った。

「なぜ〈帰還門〉を使用不能に？」ホールマンが反論した。「どうしてこのままCNを呼ばないのですか？」

「時間という要素のためです」とウィンスレイド。「あそこでは時間の進行が二百倍も速い。遅れが命取りになるかもしれない。ここでほんの数日が浪費されれば、向こうでは何年もが失われることになるのです」

ホールマンは肩をすくめ、「だから？　追って通知のあるまで、こちら側の作業を停止すればすむことでしょう。〈帰還門〉を使用不能にする必要はないはずです」

「無傷のまま置いておく危険は冒せません」とウィンスレイドは主張した。「今ここではわれわれが優位に立っていますが、この状況をひっくり返す要素はいくらでもあります。しばらくのあいだ接続が復活しないことを確実にするたった一つの方法は、装置自体を使えなくすることです」

「それからこういうふうにも考えてください」とショルダーが示唆した。「向こうの〈帰還門〉が修理に何年もかかるほどの損傷を受けたとしても、ここではそれはほんの数日の問題にしかすぎません。さして大きな損失ではありません。しかし、もし間違った手によって接続が復活したら、その結果向こうの世界は大災厄をこうむるのです」

エディが歩み出て、部屋の中央に立っている若い方のショルダーと並んだ。「畜生、誰かがここいらで決断しなきゃならんのだ。よし、引き受けよう。わたしもきみに同調するよ」

「わたしもだ」もうひとりが続いた。

プファンツァー博士は心を決めかねた様子で、「繰り返しますが、具体的に何をしようというのですか？」とウィンスレイドにたずねた。

「一つのグループが管制室を押さえます」ウィンスレイドは切迫した早口で答えた。「当直の人々にビームを送出させ、転移の準備をします。ふたりのカートは、別のグループを連れて発送準備区画へ行き、爆薬と雷管と時限信管を手に入れて、爆弾をいくつか造ります。それからわれわれの中の数人――われわれだけです、そちらの誰にもこの危険は冒させたくありませんから――が向こうへ転移して、短時間にセットした爆弾を仕掛け、できれば一九四〇年側が何も気づかない前に引きあげてきます」

「見込みはあるのですか？」疑わしげな口調でセンがたずねた。

「わかりません」ウィンスレイドは認めた。「しかしやってみなければ。危険を冒す覚悟はあります。あなたがたにお願いしたいのは、そのための手助けだけです」

「十秒くらいかな」とショルダー。「もし十秒で、向こうの端に爆弾を仕掛けてマシンに戻るとしたら、それはここではどのくらいの時間になるかな？　ゼロだ！　ぜんぜん時間はかからないことになる」

プファンツァーはうなずいた。「そのあとは？」

「通信センターへ行ってチューリッヒのCN本部に電話をかけます」とウィンスレイド。「大騒動になるな」とエディが言いだした。「保安部は何が起きているかまだ気づいていないが、通信センターに入って銃を突きつけたら、いやでも気づくでしょう。全員がこっちに向かってくる。そのあとはどうなります？」

「〈帰還門〉が動かなくなってさえいれば、何が起ころうと問題ではありません」とウィンスレイドは答えた。「たぶん銃を引き渡して、運を天に任せることになるでしょう。あなたがたは、選択の余地がなかった――わたしたちが強制的に協力させた――と言ってくださってけっこう。われわれが求めているのはそれだけ――ほんの数分間の協力です。何百万の命が助かるとしたら、何ほどのこともないでしょう」

「でももしわれわれが協力しないと言ったら？」とプファンツァー。

ウィンスレイドは弁解がましい微笑を浮かべて、構えていた銃を軽く動かして見せ、「そうなると残念ながら、どちらにせよやっていただくよう、本当に強要しなければなりますまい」と答えた。

43

フェラシーニは、片側に針金のフェンスを隔てて液冷変圧器が並び、もう片側には加工桶《バット》から出るパイプが重層して続くあいだにはさまれたコンクリートの小道をたどり、硝化物ホッパーに原料を供給しているコンベアに突き当たった。そこで右折すると、踏切を越えて車道に出て、長い、黒ペンキ塗りのブリキ小屋に沿って歩きはじめた。何もかもロンドンで教わった模型のとおりだ。

すぐ背後できしみ音がし、一瞬後キャシディが追いついて、自転車からひょいと降りると並んで歩きながら、「問題なし」と報告した。

「知ってる。おまえの直前に入ったんだ。フロイドとエドを見かけたか？」

「バスが一台、路上で追い越していきましたが、そいつかどうかはわかりません」

「すぐにわかるだろうさ」

「グスタフはどこです？」

「車を駐車してる。一分かそこらでやってくるよ」

ふたりは、やかましい音を立てている岩塩破砕機械を収めた建物の端をまわり、石炭の中に鉄道貨車が半分埋まっている線路沿いの狭い車道を歩いていった。左側はすでに目標とする廃棄物処理プラントの一部だ――鋼鉄の球形タンクがいくつも並び、その下にやはり鋼鉄製の支柱と配管がごたごたと集まっている。その背後にはもっと大きなタンクが二つそびえている。すぐ先に平屋のポンプ小屋があり、その手前に短い小道が車道から左へと続いている。

その小道に入った。ここにエーリッヒはトラックを放置しておく手はずになっていた。が、それらしいものはどこにも見えない。

キャシディは自転車を壁に立てかけ、ふたり一緒に足を早めてポンプ小屋を通り過ぎると、小道はさらに二基の水平式タンクが立っている直下の支持壁のところで行きどまりになっていた。そこからまた左へ、手すりのついた短い階段が、頭上の桁構造の基礎をなすコンクリート台座の側面と傾斜した擁壁のあいだを下っている。それを降りたところに、低くうずくまったような煉瓦造りの六角形の構築物がある――それが、問題の廃液処理用縦坑《シャフト》の地表への開口部を蔽っているのだった。その頭上高く、一群のタンクや配管や鉄骨などをまといつかせているのは、廃棄物処理ビルの背面の壁で、そこから太いパイプが何本も、急勾配で煉瓦の六角形の屋根の部分に消えている。

六角形はなかば地表に沈んだ構造で、高さ八フィート、さしわたしはおよそ二十フィート、コンクリートの擁壁で縁どられた狭い溝をまわりに巡らせている。ラムスンとペインが階段を降りてすぐの溝の中で、建物の壁に取りつけられた三フィート平方ほどの鋼鉄製ハッチの前に身をかがめて待っていた。「すでに調べました」フェラシーニがたずねる前にラムスンが言った。「トラックはこの近くのどこにもいません」

ほんの数瞬、フェラシーニは思考停止状態に陥った。目をかたく閉じ、長い絶望的な吐息をついた。今さらよしてくれ、と彼は心ひそかに嘆願した。だいなしにしないでくれ——ここまで来た今になって。頭をはっきりさせようとして二、三度首を振り、それからようやく彼は周囲を見まわした。

六角形の建物は背が低く、頭上には桁や配管やタンクが蔽いかぶさるように張り出している。溝の擁壁と頭上のコンクリート構造物がいい目かくしになっているし、どのみちここは構内でも人の少ない場所だ。さしあたり発見される危険は大きくない。その一方、彼らのやってきた小道はここが行きどまりなので、もし誰何《すいか》されたら、ほかに逃げ道はなさそうだ。「ここじゃたちまち捕まっちまう」彼の心を読んだかのようにキャシディが言った。「ことにこっちにはなんの武器もないんですから」武器もトラックの中なのだ。

しかしラムスンは工具箱を持っていた。「そのカバーは調べたのか?」フェラシーニが鋼鉄のハッチを指さしながらたずねた。

ラムスンはうなずいた。「はずせます、簡単です」

「じゃ、はずして中の状況を調べよう」とフェラシーニ。「それで、トラックにもう数分間余裕を与えることにもなる。キャシディ、階段の上から小道を見張れ」ラムスンはうなずくと、ハッチに向きなおり、一方キャシディは階段の上まで戻った。フェラシーニは頭上のタンク群と鋼鉄構造を見上げた。小道の向こうのポンプ小屋からは絶え間なく排気音がとどろき、頭上では廃棄物処理ビルの背面上部の開孔から蒸気が激しく噴き出している。プラントのどこか遠くで機関車が汽笛を鳴らした。彼が本当に欲しいのは考える時間だった。

通常の鉱山の坑道と同じく縦横十フィートの正方形をしたこの廃棄坑の上端には、円筒形の鋼鉄の縦坑頂部《シャフトヘッド》チェンバーがかぶさっており、上からくる廃棄物のパイプはその中へ通じている。側面には気密式の検査用カバーが取りつけられており、一行はそこから侵入する予定だった。煉瓦の六角形はその鋼鉄のチェンバーを囲む外室を形成している。こうして、二重の防壁が有毒ガスの洩出を防ぐ一方、修理や検査はいつでも二枚のカバーの一方だけをあけた状態で行なうことができるわけだ。

「スーツなしでも降りる手があるかもしれない」エド・ペインがラムスンに工具を手渡しながら言った。

「どうやるんだ?」フェラシーニは聞き返した。

「あの納屋の中で過ごしてるあいだに、最悪の事態にそなえるつもりで考えていたんだが」ペインは立ち上がると、「この内側の縦坑頂部チェンバーには、その壁や入口のカバーを突きぬけて縦坑内の混合ガスを検査するためのサンプリング・バルブが通っているんだ。さて、この場所では弾薬を製造しているはずだね? ところで、爆弾や砲弾を造るとき装薬に一定の形をつけるのには、空気の大きな圧力を使う。言いかえると、こういう場所ではどこでも、高圧空気の供給がふんだんにある」

フェラシーニは本能的に目で周囲を走査しつづけながらうなずいた。「うん」

「その高圧のラインを内室のバルブの一つにつなぐことができれば、縦坑の液面上にあるガスの圧力が上昇し、液面を押し下げる。〈ハンマーヘッド〉に通じる導管の口が現れるまで押し下げられるかもしれない。もしそうなれば、液体の中を泳いだりしなくても、ロープで縦坑を降りて導管に入れるかもしれないわけだ」

「時間がかかるんじゃないかな？」とフェラシーニ。

ペインは肩をすくめた。「そう。しかし、もうこれくらいしか手段は残っていないだろうね」

フェラシーニはこの提案を検討した。少なくとも、トラックが現れなかった場合には、やってみる価値がある。それにエドの言うとおり、当面やることはほかに何もない。「どのくらい時間がかかると思う？」

「わからない。液面が導管よりどれくらい上なのか、どれくらいの圧力が手に入るのか、といったような条件次第だ。もし窒息せずに内室を開いて測深線をおろす方法があれば、ざっと見つもることはできるんだが」

「カバーをはずしました」ラムスンが告げた。鋼鉄板を持ち上げて壁に立てかけると、外室内への入口があらわになった。

「中はどんなぐあいだ？」とフェラシーニ。ラムスンはうなずいて工具箱から懐中電灯を取り、開いたばかりの入口を抜けた。フェラシーニはペインに目を戻した。「グスタフはここで安全と消火用の器具を扱っている。彼ならガスマスクか何かを手に入れられるだろう」腕時計を調べ、「グスタフはいったい何をしてるんだ？　もう来てもいいはずなのに」

ペインが熱意をこめて言いだした。「ロープ、武器、導管の上の端の蓋を吹っとばすためのテルミット――」

「一度に一つずつだ、エド」フェラシーニはそれまでの話の内容を検討した。「うまくいくのか？　縦坑に圧力をかけて液面を押し下げたら、液体の一部は導管にも押し上げられるぞ。そこにたまって密封してしまわないか？」

「そうなるのは縦坑の液面が導管の出口より下がるまでのことだ」とペイン。「そのあと導管内の液体は縦坑に流れ落ちる――瓶を傾けて空にするようなものでね。泡が上に上がり、圧力を釣り合わせてくれる」

「間違いないな？」

「わたしの専門だよ、ハリー」

フェラシーニがうなずき、さらに何か言おうとしたときキャシディが外の階段を途中まで降りてきた。「グスタフが来ます――急いでます。何かあったらしいです」

数秒後、階段を降りる足音が頭上から聞こえ、キャシディに続いてクナッケが現れた。

「どうしました？」クナッケの顔に浮かんだ表情を読みとって、フェラシーニはぴしりと言った。

クナッケは、がっくりした表情で首を振った。「トラックは来ていない。エーリッヒがマルガに電話してきた——それでマルガはずっとわたしをつかまえようとしていた。トラックがヴァイセンベルクのあっち側で故障したんだ」誰も何も言えないうちに彼は手を上げ、「それだけじゃない。まだある——もっとひどい話だ。SSの兵員トラックの一隊が彼を追い越して、こっちへ急行している。ただごとじゃない。つまり、あなたがたのうちふたりと装具一組が失われているわけだから、そう、どんなことでも起こり得たはずだ。もうあなたがたをここから外へ出す時間があるかどうかもわからない」

「まあまあ、落ちついて」とフェラシーニ。「まだ終わったわけじゃない。それで、エーリッヒは何をしているんです？　トラックの修理でも？」

「そうです。しかしマルガは彼に、工廠へ入ろうとする前にもう一度オフィスへ電話するように言いました。もしSSが門を接収するか何かしたら、もう入ってこいとは言えない。まったく見込みはありませんから」

「その点はたしかにそうですな」とフェラシーニ。あとどのくらい時間があるのか見積もれるといいのだが、わからない要素が多すぎる。

ラムスンが入口のハッチの内側にふたたび現れ、「内部はすべて問題なし、聞いてきたとおりです」と報告した。「思いもよらないようなものはありません」クナッケが到着したのを見てうなずいた。「どうも」

「外は思いもかけないことばかりだぞ、フロイド」とフェラシーニ。「ヴァイセンベルクの反対側でトラックが壊れ、SSの一部隊がここへ向かってる。やっかいなことになりそうだ」

ラムスンのたった一つの反応は眉を上げて見せることだった。「じゃあ先を急いだ方がよさそうですな」彼は言葉少なに結論した。

そのとき緊急サイレンのむせび音が、周囲の騒音を圧して鳴りだした。「やつらに違いない」キャシディが顔を上げ、うしろをふり返った。「門に到着したんでしょう」

「上へ戻れ」フェラシーニはキャシディに言った。それからクナッケを身近に引きよせると、緊急を示す早口で話しだした。「いいですか、われわれは、ここから地下へ下りている廃棄坑の途中に開いている一本の導管へ入らなければならない。でも十中八、九、その開口部は液面より下にある——あなたが見たスーツはこのためでした。その導管は〈砦〉の下にある施設につながっている。いいですか、グスタフ?」クナッケは熱心に聞き入りながらうなずいた。フェラシーニは続けた。「そこでエドが、空気管を使って縦坑に圧力をかけることで導管をむき出しにするというアイデアを出した。それには、内部のサンプリング・バルブへつなげる結合アダプター、ガスやなんかの中を抜けるための呼吸装置か何か、ライト、ロープ、それに導管の向こうの端を爆破して道を開くための爆薬がいる。そのあと目標を破壊するための分もだ。それから銃もほしい」

「それから、皮膚を守るための厚い衣服とグリースもです」ペインが口をはさんだ。

フェラシーニはうなずいて、「以上のうちあなたにできることは?」

この難題にクナッケは身震いし、みじめな顔つきで首を振った。

か？」

「さあ、グスタフ、頼む！」その腕をつかんでフェラシーニはせき立てた。「空気管から始めよう。どこかこの近くから取れますか？　異径《ユニオン》ジョイントと連結器《カップリング》はどこで手に入りますか？」

クナッケはようやく声を取り戻した。「時間がない。そんな大量のものを必要な圧力まで上げるには無限の時間がかかってしまう」

「それはまだわからない」フェラシーニは切り返した。「彼らが追っているのがわれわれかどうかもはっきりとわかったわけじゃない。かりにそうだとしても、どこをさがせばいいのかは知らないはずだ。こういう場所では、ここまで来るのに何時間もかかるかもしれない」

クナッケはくちびるをなめ、フェラシーニの言ったことを心の中ですばやく繰り返した。

「向こうの端で蓋を吹きとばせば、圧力が解放される。そうなれば縦坑内の液体はまた上昇して導管をふさいでしまう。どうやって戻ってくるんです？」

フェラシーニはペインに目を向け、「エド、こいつを考えたときその点は解決したか？」とたずねた。

「液面をずっと下まで下げて、爆薬を導管の口より下に仕掛けて縦坑を陥没させ、ふさいでしまう」ペインは答えた。「そうすれば、圧力が解放されても、何も上昇してはこない」この場合、爆薬が爆発するとき彼らは縦坑内にいなければならないことになるが、爆薬にかけては経験充分の彼らは、爆破地点からある程度離れていさえすれば爆風はさほど不快な影響もなく消えてしまうことを知っていた。鉱夫たちはいつも、閉鎖空間の中で発破をかけているのである。

「とすると、もっと爆薬が必要になる」クナッケが反論した。フェラシーニはあいまいに手を振った。「おやおや、もしこんな場所で充分な量が見つからないとしたら……」

だが、クナッケは絶望したように首を振るばかりだ。「縦坑が陥没して埋まってくれるかどうかわからない。おまけにそうなると縦坑の中は、はじめからそこにあるものに加えて、爆発のガスでいっぱいになる──有毒酸化物、途中まで反応の進んだニトロトルエン、燃え残りのTNT──どれも致命的だ。どうやってそんなものの中を通り抜けるんです？」

「あなたが研究しているというあれ──ガスマスクか何か──はどうですか？」とフェラシーニ。「手に入りませんか？」

クナッケはまたも首を振った。「なんの役にも立たない──圧力のかかったこういう種類のガスにはね。それに、マスクは毒素を濾過するだけです。そこにないものをつけ加えることはできない。あの縦坑の底には酸素などまったくないでしょう」

「たしか酸素再呼吸装置のことを話してましたね──海軍が興味を示していたという。あれならどうです？」

「しかしあれは単なるプロトタイプだし、それに二組しかないので……」

「役に立ちますか？」フェラシーニは詰問した。

「おそらくは……しかし二個しかありません」

フェラシーニは質問の視線をペインに向けた。ペインは頭の中で別の方策を考えはじめた。

「その再呼吸装置は酸素ボトルをつないで使うようになっているはずですが」やがて彼は、クナッケに顔を向けてたずねた。

クナッケはうなずいた。「一本か二本、胸につけて、そこから……」

「わかりました」とペイン。「その酸素ボトルの一本をガスマスクの口のどこかにつなぐ方法があるはずです。凝ったことは何も必要ありません――数分間持ちこたえるだけでいい。まず本来の呼吸装置を着けたふたりが縦坑に入る。改造マスクのふたりは外室の中で待つ。圧力が上がって導管が現れ、縦坑に栓がされたあと、最初のふたりが通りぬけて導管を登り、〈ハンマーヘッド〉の底に通じる蓋をあける。これで圧力が下がります。それからこちらの端で待っているもうふたりが内室をあけて、懸垂降下で一気に縦坑を降り、導管を駆けあがるんです。すばやくやれば、間に合うでしょう」

全員の目がクナッケに集まった。クナッケは両手をひろげ、「たぶん……いや、不可能な気もする……わからない」みんな黙ったまま見つめている。彼は何か言おうとし、ためらった。やがて徐々に、自分の消極的な態度を恥じる気持が、心に迫ってきた。ここに、今からこの地下へ降りていくつもりの男たちがいる。進んで危険に立ち向かおうとしている彼ら。なのに、それに対するあらゆる反論を見つけようとしている自分。彼は目をこすり、大きく息を吸って、ようやく気を取りなおした。「みなさんの言われるとおりだ」と彼は言った。

「やってみなければならない。もし失敗したとしても、それがやってみることを恐れたせいであってはなるまい」

フェラシーニは彼の肩を軽くこづいた。「それでいい、グスタフ。今のあなたの口調はまるでアメリカ人みたいだ」

「わかってるとも！」とクナッケは叫んだ。

「じゃ、最後まで協力してくれますね？」とフェラシーニ。

「条件が一つ」とクナッケ。

「言ってください」

「いつか、すべてが終わって無事に出てこられたら、〈砦〉の中に何があるのか教えてほしい」

フェラシーニはけだるそうににやりとした。「ようし、グスタフ、約束しましたよ」

クナッケの態度は一転して積極的になった。「そのガスマスクだが、最新のやつはフィルターが面蔽いに直結している。こいつの改造はむずかしい。しかし古い型は別のパックになっているから、簡単にできる。どこにあるかは知っているつもりです」

「提案していいですか？」首を出してハッチから聞いていたラムスンがたずねた。

「言ってみろ」とフェラシーニ。

「爆弾は大量のガスを迅速につくり出します。どうせ縦坑を埋めるため下の方に爆薬を仕掛けるのなら、いっそそいつで圧力を上げたらどうでしょう？　今の話よりはるかに早いですよ。高圧空気のパイプをさがしまわる必要もありません」

ペインはちょっと考えてからうなずいた。「筋が通ってる。それでいけるはずだ！」

フェラシーニは挑戦するような目つきでクナッケを眺めた。「さあ、グスタフ――問題の一つはもう片づいた。さて、このあたりで爆薬――大量の爆薬――を手に入れるのにいちばんいい場所はどこですか？」

しかしクナッケは聞いていなかった。いぶかしげな表情でフェラシーニの肩ごしに何かを見あげている。ふり返って彼の視線を追ったフェラシーニは、キャシディが視線を上の方の何かに据えたままこっちを手招きしているのを認めた。そのままでいるよう、ほかの人々に合図すると、フェラシーニは忍び足で、キャシディが身をかがめているところまで階段を上がり、そこから前方をうかがった。同時に、胃がきゅっと締まるのを感じた。

ドアに鉤十字の紋章をつけたメルセデスの将校用オープン・カーが小道の端に停まり、SS中尉の制服を着てサブマシンガンを持った姿が前の座席から降り立ったところだった。後部座席ではもうひとりの士官が、用心深く近づいてくる仲間を援護している。

そのときキャシディのあごががくんと落ちた。フェラシーニはまばたきし、もう一度見なおし、それからゆっくりと立ち上がって全身をさらした。

「こいつは！」キャシディは息をはずませていた。「信じられない、ハリー。まったくもうなあんてこった……パディ・ライアンとハーヴェイじゃないか！」

44

ウォーレンとライアンは、アムステルダムから戻る宝石商人と民間の技術者を装うブルガリアの身分証明書を持ち、オランダ経由でドイツに入った。不運なことにウォーレンの人相が、同じ時期にそのルートで入国することを国境警察に密告されていたフランスのスパイの人相書と一致したため、ふたりは即座に逮捕された。

ドイツ警察はすぐ人違いに気づいたが、尋問しているうちにこの〝ブルガリア人〟たちが、どちらもそのとおりの人間ではないことがはっきりしてきた。そこで早急にオスナブリュックのSD地区本部へ連行して査問にかけるため、SSの将校用乗用車《スタッフ・カー》が到着し、かくて彼らは、大佐ひとりと運転手の中尉と衛兵ふたりに護送されて出発した。しかしこの一行はオスナブリュックへは到着せず、護送係はいなくなり、そしてふたりのアメリカ人は車を手に入れた。しかしその過程でウォーレン少佐は膝に弾丸を受けて傷を負った。SSの制服のおかげで医者の治療を受けることはできたが、片方の脚はそれ以来硬直してしまった。それでもふたりはとにかく集合地点まで行くことに決め、SSの大佐とその運転手になりすまして、盗み取った何枚かのナンバー・プレートを車につけ替えながら、一度も制止されることなくドイツを横断した。

しかし、困難はそれだけでは終わらなかった。ライプツィヒに着いたあとの接触が空振りに終わったのだ。理由は知るよしもないが、これで作戦の現地側担当者——グスタフ・クナッケ——とのつながりは断たれたわけである。誰も声をかけてはくれず、また、《アンパーサンド部隊》のあとの四人はこのすぐ近くに到着しているに違いないと思ったので、彼らはそのあと約二週間にわたってヴァイセンベルクとその周辺をずうずうしく走りまわり、部隊の誰かを見つけるか、あるいは見つけてもらうことに望みをつないだ。しかし、なんの効果もなかった。

そして今日、SSの一部隊が急いで工廠の方角へ向かって目の前を通り過ぎた。このときにはもうすべてか無かの賭けに慣れてしまっていたので、彼らは距離をおいてそのあとに従い、本隊が正門で停まっているあいだに裏門へまわると、混乱した工場の守衛はウォーレンの叫びに応えて通過を許した。

これで少なくとも武器の問題は片づいた、とフェラシーニは、あと何挺かのエルマMP三八サブマシンガンとその弾薬一ケースの入ったズックの袋を車のトランクからおろしながら思った。すでに車は小道の端のもっと目立たない場所へ移動させてある。パディ・ライアンがモーゼル九ミリ自動小銃とそのカートリッジおよび何箱かの三九型〝ポテト・スマッシャー〟手榴弾の入った別のバッグをかつぎ上げた。「厄介事をさがしているようなものだから、うまくあしらえる準備をしておいたほうがいいと思ったんです」そのまま向きを変えて歩きだしながらライアンは説明した。「連中がそこらに置きっぱなしにしているものの量といったら、信じられないほどですよ」

彼らがポンプ小屋の端の角をまわると、戸口に汚れたつなぎを着た男が立って、あたりを見まわしながら煙草をふかしていた。男はライアンの着ているSSの制服を見て、ふしぎそうな顔をした。「何を見ている?」ライアンがどなりつけた。「仕事はないのか? 戦時中であることを知らんのか?」男は何かもぐもぐと言い、ポンプ小屋の中に消えた。

一方グスタフ・クナッケは、折り畳んだ袋を小脇に抱え、正門の近くにある安全器具開発課の自分のオフィスへ戻った。「どこへ行っていたんだ?」同僚のフランツが隣の机からたずねた。「ニュースを聞いたか?」

「どんなニュースだ?」

「何か保安上の騒動が起きたらしい。SSが来て、あらゆる門で検問を始めている。部署でじっとしていろという命令だ。それでサイレンが鳴ったんだ。聞こえなかったのか?」

「ああ、訓練だと思っていたよ。何か伝言は?」

「奥さんが電話してきた」

「わかった」クナッケは机に向かって座ると、内線番号をまわした。

数秒後、女性の声が答えた。「人事部です」

「マルガ・クナッケをお願いできますか?」

「少々お待ちください」

グスタフは苛立たしげに机を指で叩いた。わずか数秒の時間が永遠のように感じられた。そしてマルガが出た。「もしもし？」

「グスタフだ」

マルガの声が低くなった。「何が起きたの？　ニュースは聞いた？」

「ああ。しかし彼らはどのみちピクニックに行くよ——計画を変えたんだ、と思う。もしエーリッヒがもう一度電話してきたら、なんとか手持ちで間に合わせたと伝えてくれ」

「はい、わかった。お天気が保《も》つといいわね」

「そうだな。行かなければ」

「気をつけて」

クナッケは立ち上がるとふたたび袋を抱え、オフィスを抜けてその向こうの研究区画へ歩き出した。酸素再呼吸装置の保管されている部屋では、工員のひとりが作業台で仕事をしていた。クナッケは一、二分のあいだテスト組立部品を持って室内を歩きまわったあと、その工員を使いに出した。部屋が空っぽになると、クナッケは人形《トルソー》の頭部と胴体にかぶせられていたひと組の装備を外し、壁にぶら下がっていたもうひと組を下ろし、上の棚から取ったいくつかの酸素ボトルと一緒に袋へ放りこんだ。

それからすばやく廊下に戻って裏手の保管区へ向かい、うしろ手にドアを閉めて戸棚を調べはじめた。以前かかわっていた実験の記憶では、このあたりに旧型のガスマスクがいくつもあるはずだ——前大戦に使われた、蛇腹のチューブが腰の上に着けた濾過器につながっている型である。二つの酸素装置に加えてあと三つあればいい。というのは、あわただしい打ち合わせの結果、足の悪い〝クリケッター〟は降下せず、後衛として縦坑頂部に残って出口を確保することに決まっていたからである。アメリカ人たちはいまだに脱出の可能性があると思っている――いや、少なくともクナッケにはそう言っていた。その点を議論してみる気にもなれない。彼は三個のマスクと予備の一個を袋に押し込み、未使用の挿入フィルターひと箱を加え、それから保管棚をまわって部屋の後端の壁の窓をあけた。

中庭を隔てた反対側の建物の戸口にキャシディが立っていた。その建物の端から少し離れたところに歩哨が配置されているが、向こうを向いて道路を見張っている。キャシディはすばやく戸口から足を踏み出しながら窓を見上げてうなずいた。クナッケは袋を投げ下ろした。キャシディはそれを受けとめ、歩み去った。窓を閉めたあとクナッケは倉庫を出て下へ降り、裏口から建物を出た。廃棄物処理プラントへ戻る途中でまわり道をして、物品倉庫から手押し車を借用し、それを使って空のドラム缶をいくつかひろい上げた。

キャシディが酸素装置とマスクを持って戻ったとき、フェラシーニとペインは煉瓦の六角形の中で、その中の鋼鉄の縦坑頂部チェンバーが開くのを待っていた。すでにもとの服を脱ぎ、全身にグリースを塗った上からオーバーオールと厚いウールの服を着こみ、バラクラヴァ帽をすっぽりとかぶっている。内室の壁のバルブの一つから一本のホースが外に伸びているのは、カバーをはずす前に余分の圧力を放出するためだ。フェラシーニは、男子便所から盗んできた銅製の浮きと、ラムスンの工具箱から出した巻尺を頼りにして適当な間隔で結び目を入れた長い縄とで、測深線を作り上げていた。

衣服とグリース、それに数個の懐中電灯と、輪に巻かれた、見たところ何マイルもありそうな縄と綱は、ラムスンとライアンの強盗遠征の成果の一つだった。そのあとふたりはまたクナッケに道順を教わって、厳重に警備された弾薬区域に侵入して爆薬を取ってくるという、さらにきわどい作戦に出向いている。ウォーレン少佐は外で見張りに立ち、必要なときはすぐ使えるように武器と弾薬を配置していた。SSは今までのところ、門と機密度の高い施設を守ることに全力を注いでおり、一般プラント区域には歩哨が配置されているだけだが、いずれ一区画ずつしらみつぶしの捜索が始まることは疑う余地もない。

フェラシーニは、ペインが拙速主義で行なっているガスマスクの濾過装置に酸素瓶をつなぐための改造を手伝いながら首を振った。「なあ、どうしていつもこんなことになるんだ？ 計画は細かい点までしっかりできていた――縦坑を下りるための丈夫な綱、着心地のいいスーツ、それに小さな化学セットまで……どの段階にも時間の余裕はたっぷりあった……それなのにまたしてもこうだ――いつもながら糞する暇もないってざまだ」背後ではキャシディが間に合わせの戦闘服を着こむ前に全身にグリースを塗るため服を脱ぎはじめた。

「導管の端の蓋を吹っとばすときそれが〈ハンマーヘッド〉の内部へ及ぼす影響のことは、もう気づいたかね？」ペインは内室のサンプリング・バルブの一つについている圧力計をのぞきこみながら質問した。

「何？」フェラシーニは、手を休めずに問いかえした。

「さっきグスタフが言っていたことだが——水素のくっついた炭化水素、ニトロトルエン、TNT蒸気、それにおそらくはシアン化合物——そのぜんぶが高圧で一気に噴き出すんだ。防護も何もなしに向こう側にいる連中への効果は絶大だろうね」

フェラシーニはびっくりしたように彼を見つめ、ついでキャシディの方をふり返った。

「聞いたか、キャス？　あとのみんなが抜けてくるまで持ちこたえられる可能性は五分五分以上かも知れんぞ」

「つまり、そういうことだな」とペイン。

「そんな話がもっとほしいですね」とキャシディ。

人影で戸口が暗くなり、クナッケが身をかがめながら中へ入ってきた。「サクソンとズールーはまだですか？」いまだに彼はまだ一行をコード名でしか知らないのだ。

「爆薬やなんかを取りにいったきりです」とフェラシーニ。「たしかそれでぜんぶ揃うはずだが」

クナッケはうなずいた。「ではあなたがたふたりの再呼吸装置がうまく働くかどうか、ちょっと調べさせてください」

彼の背後でウォーレン少佐が、ドラム缶の最初の一つを外からハッチごしに差し出した。ペインがそれを受けとり、床に置かれた二、三枚の幅の広い木の厚板の方へ転がしていった。

SSのハインツ・ラッセナウ将軍が臨時の司令部を置いている工廠保安主任のオフィスに

ひとりの少佐が入ってきて、ぴしっと敬礼した。「なんだね、少佐？」壁にかけられたこの施設の大きな平面図を副官とともに眺めていたラッセナウはふり返ってたずねた。

「第二隊がライプツィヒから到着し、正門の内側で降車中です」と少佐は報告した。その瞬間、オフィスの前室で電話が鳴った。「それから第二セクターは確保され、イエロー第二および第四分隊は第三セクター探索開始のため移動中です」

「よろしい」とラッセナウ。「到着した連中を編成して、すぐに第四セクターにかからせろ。それから〈砦〉の指揮官に電話を入れて、内部の――」

「閣下！」保安主任の緊張しあわてふためいた声が開いたドアの向こう側から呼びかけた。

「ちょっと失礼する」ラッセナウは前室へ歩を運んだ。保安主任は立ち上がり、フックからはずした電話の送話口を片手でふさいでいた。「どうした？」ラッセナウはたずねた。

「機密区域内のR三八区集合倉庫の監督からです」

「それで？」

保安主任はごくりとのどを鳴らして、「職工長ともうひとりがそこのオフィスで縛られて、さるぐつわをかまされているのが、今しがた発見されました。マシンガンで武装したふたりの男が押し入り、少なくとも百ポンドの高性能爆薬に加え、若干のテルミット爆薬、信管、雷管を持ち去りました」

ラッセナウの口が酷薄な一文字に結ばれた。「すると結局われわれは遅すぎたようだな」むっつりとした口調で、「彼らはすでに中に入っておるわけだ」

保安主任は急いでうなずいた。「やつらは弾薬区域の中にいます。大変だ、この場所の半分は地図から吹きとばされてしまう！」

「彼らの侵入を許した責任の所在はあとで論じよう」ラッセナウは冷ややかに約束した。「少佐、先刻の命令を撤回する。新たに到着した部隊の全員を弾薬区域に向かわせ、同時に一般プラント区画から四分隊をまわしてそこを外界から封鎖しろ――水も漏らさぬようにだ、わかったな。それから区域全体を一インチ刻みで捜索しろ」

「はい、わかりました」と少佐は答え、急ぎ足で出ていった。


マスクの中での呼吸はそれほど不快なものでもなく、内室の上端にかけ渡した支持棒の下で大きく輪にしたロープにもたれかかっているフェラシーニには、むしろそのロープを握る手袋の中の指のあいだでグリースがじくじくするのが気持ちわるく感じられた。カバーが閉じられた今、彼の世界は、横に並んでいるフードをかぶったキャシディの不吉な姿――手持ちの明かりに照らされて無気味に立ちこめるガスの霧の中にぼんやりと見分けられる――と、下方の暗黒の中にまっすぐ落ちている縦坑だけに狭められていた。測深によって、ここから液面までは百九十八フィートであることがわかった。とすると、導管の開口部はそれよりわずか二十五フィート下にあるにすぎない――そう悪い数字ではないだろう。今の彼らにとっていちばんの危険は、上からの襲撃で捕えられることだった。その危険を減らす最良の手は時間を無駄にしないことだ。

ひとつうなずくと彼は支持ロープに片腕をまわしてバラクラヴァ帽の上から耳を蔽った。キャシディが下へ伸びる線の一つにつけられた早発信管に点火すると、ちっぽけな炎が五十フィート下方に吊るされた一連の小さな爆薬に向かって深みへ疾駆していった。続けざまに起こる爆発の震動を、フェラシーニは聞くというより感じ、その身体はロープの動く範囲で激しく揺さぶられた。ほんの一瞬、煙の前線が坑内を下から押し寄せてくるのがちらりと見え、ついで何も見えなくなった。

キャシディの指が彼の肩で〝順調〟の信号を叩き、彼もそれに答えた。測深線を手さぐりでさがし、指のあいだをすり抜ける結び目をかぞえながら彼が浮きを下ろすあいだに、一、二分が過ぎた。ついに浮きが停まり、縄が緩むのが感じられた。足りない。爆発は圧力を上げ、液面を下げたが、これでは不充分だ。導管への入口は、まだそれより十二フィート下に沈んでいる。彼はキャシディの腕を見つけ、二連目の爆薬に点火の用意をするように接触信号を送った。キャシディはいくつかを点火すると信号を返してきた。フェラシーニは浮きを引っぱり上げはじめ、一方キャシディは鋼鉄釘で壁を叩くモールス信号で外室にいる仲間に状況を知らせた。

外室ではラムスンとペインが、マスク以外の装備を身につけ、準備を終えていた。ペインはサンプリング・バルブの計器が内部の気圧上昇を示すのを調べ、一方ラムスンは壁を叩く信号に聞き入っている。「もう十二フィート」とラムスンはハッチのところにいるライアンに呼びかけた。「これからもっと大きなのを爆発させるそうだ。外の様子はどうかね？」

ライアンは外にいるウォーレンとクナッケにこの知らせを中継し、ふり返ると、「今までのところ静かだ」と答えた。

渦巻く闇を抜けて光の明滅が走り、そして二度目の爆発がすべてをふたたび吹き消した。フェラシーニは耳がおかしくなったが、つばを飲みこむと和らいだ。煙霧が目を刺激するのが感じられる――マスクが顔に密着していない小さな隙間があり、気圧の上昇がガスを中へ押しこんだのだろう。彼はもっとうまく合う位置にそれを動かそうとしてみた。

ふたたび彼は結び目を数えながら測深線を繰り出していった。二百……二百二十五。導管より下だ……二百三十……浮きは二百三十六フィートで液面についた。導管の下十フィート以上が今やあらわになったのだ。しかし縦坑はどの程度気密なのだろう？　壁が通気性だったら？　液面は下がったままでいてくれるだろうか？

彼は計測の結果をキャシディに信号で送り、それから力を合わせて、間に合わせのドラム缶と厚板の筏をゆっくりと降ろしはじめた。そこには縦坑を崩壊させ、埋めるのに使うTNT爆薬がくくりつけられている。検査カバーの大きさの制限のため、この筏は二つに分けて作り、チェンバーに入れてから組み立てなければならなかった。永遠と思える時間のあと、筏が液面に落ちつくのが感じられた。フェラシーニは筏につけた案内綱の一端を握りなおし、測深線をキャシディに渡した。いよいよ縦坑を降りるときが来たのだ。

まるで盲人になったような気分で、フェラシーニはサブマシンガンが背中にしっかり縛りつけられていること、自動拳銃、短剣、弾薬入れ、工具、手榴弾、それに頂上の蓋のボルトを溶かすためのテルミットと付属品の入ったバッグが、どれもしっかりついていることをチェックした。それから懸垂下降用の巻綱をさぐり当てて縦坑へ投げ下ろした。最後に注意深く立ち上がるとロープの輪の中で向きを変え、懸垂下降用の綱を背中から片方の太腿にかけて一回巻きつけ、命綱をほどくとあとじさりに無の中へ踏み出し、垂直下降に入った。

綱が手袋とグリースを塗られた服でしゅるしゅると音を立て、彼は足で軽く壁を蹴って長い振子が揺れるようなバウンドをかさねながらすべり落ちていった。ねばつくぼろぼろの壁一面から岩や瓦礫がはがれ落ちるのがわかった。暗黒は絶対的で、方向感覚をいくらかでも保つには触感が唯一の頼りだった。縦坑の断面が四角なので、四つの壁の一つから離れないようにすることで方向を知ることができたが、それがなかったら彼は完全に迷ってしまったかもしれない。九十フィート下につけた警告用の結び目を過ぎると、彼は身体にまわした綱を引き締めていったん下降をとめ、慎重に足さぐりしながら最後の部分を歩み降りた。やがて導管の開口部を見つけ、中に飛びこんだ。

足場は申しぶんなくしっかりしているようだった。彼は下降用の綱を大きくゆっくりと三度引っぱり、首尾よく到着したことをキャシディに知らせた。何秒かあと、応答に綱が二度引かれる手ごたえがあった。そのあとまたしばらく間をおいて、上から三回の引きがあった。キャシディが深さを調べ、フェラシーニの下の液面の高さは安定しているという意味である。ほっとしてフェラシーニは何本かの鉄釘を壁に打ちこみ、下降用の綱の下端を固定した。ついで彼は、目には見えないが下方に浮かんでいる爆薬を積んだ筏からの案内綱のたるみを手もとに引き寄せ、それを使って筏をいま立っている場所の真下まで引き寄せた。それから、キャシディに下降の合図を送った。

結局は電話もなしに何もかもやらなければならないのだと、フェラシーニは、筏の案内綱を留めるための釘を打ちこみながら、あらためて自分に言い聞かせた。練習によって、触覚のみで周囲の状況を心理的にモデル構築できるのは、自分でも驚くほどだった。ポーツマスのイギリス海軍のタンクでやらされた果てしない盲目作業訓練が、今はありがたかった。あのときは、ウォーレンが細部にこだわりすぎているように感じられることもあったが、そうした細部には、得てして生死にかかわる重要な要素に変質していく不気味な性癖があるのだ。いつもながらクロードは、仕事に最適の人間を選んでいた。そして奇妙な話だが、このとき彼の心の片隅には、地表がSSでごったがえしているドイツの地下の毒ガスと爆薬に囲まれた真暗な穴の中で自分が行手を手探りしている今、クロードはいったい何をしているのだろうという疑問が浮かんでいた。おそらくロンドンのどこかで、チャーチルやアーサー・バナリングと一緒にワインを飲み、食事をしているのだろう、とフェラシーニは思った。

キャシディが到着して、導管の開口部のフェラシーニの横に降り立つと、フェラシーニは彼に下の筏を確保している綱を握らせた。それからフェラシーニはふたたびロープを使って導管の開口から降下し、やがて筏の上にかがみこんだ。その片隅に結びつけられた雷管と導火線の箱をさぐり当てると、続く十五分間、筏をゆっくりと動かして縦坑を一周し、筏に乗せて持ってきた鉄の突き固め棒の助けを借りて、壁の全周にわたり、割れ目や傷や窪みなどあらゆる可能なところに爆発物を深く詰めこんだ。

それが終わるとキャシディが筏を導管の入口の真下に引き戻し、フェラシーニは全部の導火線を持ってそこによじ登った。ガスは縦坑の底がいちばん濃く、彼の頬はマスクの中で汗をかいていた。精神的な緊張と下での奮闘のため呼吸は荒くなり、のどの奥にはぴりぴりする煙の味すら感じられた。だんだん目まいがしてきた。

キャシディが用意の導火線をフェラシーニが持って上がった導火線につないだ。それを背後に繰り出しながら、ふたりは導管を登りはじめた。勾配は急だったが、それはドリルで掘った孔というよりは傾斜したトンネルで、ふつうに進んでいけるだけの広さがあった。しかも床には一連の作業用の踏み段が刻まれており、これが勾配を相殺してくれた。

フェラシーニは目の刺すような痛みをこらえ、咳きこみたい衝動と必死に戦った。再呼吸装置の酸素バルブを大きい目に開くと、いくらか楽にはなったが、それだけ早くなることもわかっている。頭があまりにもうろうとしていて、あとどれだけ続くのか計算ができず、というより、そこまで気にする余裕がなかった。こつこつと歩きつづける——一歩、二歩、三歩、一段上がる。一歩、二歩、三歩、一段上がる……次の爆薬が破裂するともっとひどくなるだろう——これ以上圧力が上がったら……願わくば外へ出るまで歩き続けられますように……おっとしまった、そのあとSSと戦わなきゃならん……こつこつと歩きつづける——一歩、二歩、三歩、一段上がる……。

百フィートかそこら来てから、ふたりは導管の床にうずくまった。キャシディが導火線に点火し、同時に頭と耳を押さえる。

後方、外室の中で、ペインの懐中電灯に照らされたサンプリング・バルブの圧力計の針がぴょんとはねた。「動いた！」とペイン。「縦坑を爆破したんだ」

「今のところは無事らしい」ラムスンが、まだハッチのところに立っているライアンに中継した。「縦坑を爆破した」

「縦坑を爆破しました」ライアンが外のウォーレンとクナッケに伝えた。

内室へ入るカバーのそばで、ペインとラムスンは緊張し、装具を再点検した。針がふたたび降下したら、それは〈ハンマーヘッド〉下端の導管上端にある蓋が開いたことを意味する。それが彼らへの、内室をあけて通り抜けろ、という合図になるのだ。

はるか下方で、フェラシーニとキャシディは導管の長い勾配を上へたどっていた——そろそろ主《メイン》地区を囲む柵の下だろう。もう〈砦〉のまわりのフェンスに囲まれた重警備地帯の下だろう。〈ハンマーヘッド〉の下だろう……フェラシーニはグリースと混ざった汗で全身ぐしょ濡れだった。頭がくらくらし、思わずよろめく。キャシディが彼をがっちりと支え、しっかり立ちなおらせた。


ベルリンのゲシュタポ本部で、ハインリッヒ・ヒムラーは〈ヴァルハラ〉内の守備隊を指揮しているSSの将軍に向かって、電話で金切り声をあげていた。テーブルの向こうには設計プランが散らばり、トット機関からやって来たふたりの技術者がいちばん上にひろげられた図面を愕然とした顔で見下ろしている。

「プラントを抜けては来ないんだ、この低能。やつらはその下から来るんだ！　言ってることがわかるか？　下だ！……わかったら上の階にいるうすのろどもを引きずり下ろせ……ラッセナウは弾薬区画で時間を無駄にしている。やつらは弾薬区画になどいない。三番廃棄縦坑から来るんだ……ああ、彼は別の電話でつかまえた。すぐに一隊をそこへ走らせている。しかし、やつらはすでに降下しているかもしれない。だからおまえは〈ヴァルハラ〉を守るために……何だと？……違う、この馬鹿者、その縦坑はどうでもいいと言ったろうが。そこからおまえの尻の下にもう一本つながっているんだ。やつらは真下からやってくるんだ！」

ヒムラーがまだわめいている最中、〈ハンマーヘッド〉の最下層で、鋼鉄の蔽い蓋が、密封された開口部から吹きとばされ、赤茶色のガスがあらゆる方向へほとばしった。フードをかぶり、顔にマスクをしてサブマシンガンを持った黒服の男がふたり現れ、その近くにいた人員は窒息してばたばたと倒れた。

廃棄坑の中では、すでに次のふたりが出発し、暗黒の中をまっしぐらに下降していた。

45

ウォーレン少佐は、煉瓦の六角形の外壁に開いたハッチのすぐ外に身をかがめていた。その鋼鉄のカバーは、内室《インナーチェンバー》が開いている今、煙の雲が噴き出して状況を暴露するのを防ぐために、一時もとへ戻されている。だがすぐ外せるようにナット二つで締めてあるだけだ。内側のライアンがすばやくカバーを叩いて、ラムスンとペインが縦坑に入ったことをウォーレンに知らせた。ライアン自身も、脱出梯子――あとで縦坑を登るため二本の綱をたくさんの輪でつないだもの――を投げおろして、すぐあとに続くはずだ。ウォーレンは彼らの幸運を祈る信号を送って立ち上がり、向きを変えて、階段の上で見張りを続けているクナッケを見上げ、「ズールーがもう降りる」と呼びかけた。クナッケはうなずいたが、ふり返ろうともしない。ウォーレンは片足を引きずりながら階段を中途まで登り、下からせき立てた。

「さあ、もうこれ以上あなたのすることはここにはない。足もとの明るいうちに行きなさい。演説などしている場合じゃないが、でもすばらしい仕事をしてくださった。このことは忘れません」

「どうしてアメリカ人がこんなことをするんです?」とクナッケはたずねた。

「話すには長すぎるし、どのみち話すことは許されていません」

「すると、〈砦〉の下に何か、アメリカにとって害になるものがあるんですね？」

「全世界にとってです」

クナッケは放心したようにうなずいた。「重大なことだったんでしょうね。でも、こんなことをするのは容易なことじゃなかった。結局、わたしはドイツ人なんですから」

「ええ。こんなぐあいになってしまって申しわけない。しかし、こう言ってお気が休まるかどうかわからないが、この作戦はナチに向けられたもの——彼らを阻止できなかった場合に起こる事態を防ぐために行なわれたものなのです」

「想像はできます。だから、わたしたちも進んでお手伝いしたのです」

「いや、想像がつくようなことじゃ……」

その瞬間、気づかいでうわずった女性の声が、どこかすぐ近くから呼びかけてきた。「グスタフ！　グスタフ、いるの？」

クナッケは、かたわらの銃に手を伸ばし、階段の上を囲むコンクリート・ブロックごしに前方をうかがった。レインコートを着たマルガが小道の端に立っている。ひどくとり乱した様子で、必死にあたりを見まわしていた。「マルガ！」クナッケは声をかけた。「こっちだ」

一瞬後、どこか角の向こうから耳ざわりな声が叫んだ。「止まれ《ハルト》！」マルガはくるりと身体ごとふり返り、叫び声を上げてグスタフの方へ小道沿いに走りだした。敷石の上を走る乱れたブーツの音がして、五、六人のSS兵士の一団がその背後に現れた。「止《ハルト》まれ！」先頭に立っている士官がふたたび叫び、やおらピストルを上げた。走っているマルガの姿が射線を遮らなくなると同時にクナッケは彼を撃ち倒した。その一連射は別のひとりにも当たったようだ。その一瞬後、彼らの真ん中に手榴弾が一個投げこまれた。クナッケのすぐうしろで、ウォーレンはすでに二発目を手にしている。クナッケの次の一連射のあいだにSS兵士たちは遮蔽物を求めて散らばり、一秒後、その手榴弾が炸裂した。

マルガが階段の上のクナッケのそばに息を切らして転がりこんだ。「ここにいることがわかったらしいの。やってくることを知らせようと思ったんだけど――」

「あとで」クナッケは彼女のくちびるに指を当てながら、その手に銃を押しつけた。先見の明と言おうか、彼らは最初にこの仕事にかかわりあったとき、銃の撃ちかたを学んでいたのだ。

小道のはずれの角をまわって叫び声が近づき、ホイッスルが鳴った。どこからか、ひゅんと音を立てて銃弾が頭上を通過し、音を立てて桁に跳ねかえった。クナッケに撃たれた士官はうつぶせに倒れたきり動かず、胸の下から敷石に血だまりをひろげている。もうひとりの兵士は膝をつき、片腕をもう一方の腕で押さえて立ち上がろうとしている。そこへ角の向こうからふたりが駆け寄り、他の者が援護射撃するあいだに安全なところまで引きずっていった。クナッケは、目の前の壁の上にひょいと首を出して一連射してはしゃがんで脇へ移動し、同じ位置に二度現れることなく撃ちつづけた。

マルガは上から三、四段目に身を伏せていた。鉄かぶとをかぶった頭が二つ三つ、小道の向こうのポンプ小屋の屋根に現れた。彼女が撃ち始めるとその頭は視野から消えた。ウォーレンはその屋根めがけて手榴弾を投げ、一秒後、それは爆発して、屋根と天窓の破片を上へまき散らし、その下の窓を二つ吹きとばした。ウォーレンはもう一個手榴弾を小道の向こうの端に投げた。どこか右の方から飛んできた手榴弾が六角形の基部を囲む溝の中で爆発した。マルガは狙いを移してポンプ小屋の窓の中で動く影に弾丸を浴びせた。

クナッケは小道の端にいる兵士たちとさらに何度か火線を交わしたあと、「やつらは隊を立てなおしている」と連射の合間に肩ごしに後方へ叫んだ。「突撃してくる気だ」

ウォーレンは階段の下へ戻り、レンチでカバーの二つのナットをゆるめていた。「どこでもいい、撃て」と彼は上のふたりに叫びかえした。「騒音を出すんだ。タンクを撃って破裂させろ。それからおれの言うとおりにしろ」彼は小道の上に張り出している横型の貯蔵タンクに長い一連射を加え、ついで手榴弾を投げた。彼の自信にみちた声に押されて、グスタフとマルガは頭上や周囲のタンクやパイプを撃ちはじめ、そのあいだにウォーレンはさらに数個の手榴弾を投げた。タンクの一つが破裂し、兵士たちが角をまわって突撃してこようとした瞬間その小道に、上から白い蒸気の厚い雲を噴きおろした。そのときポンプ小屋の中の何かに火がつき、油っぽい黒い煙がそこに加わった。「大きく息を吸って——肺をいっぱいにしろ」ウォーレンはSS大佐の帽子をかぶり、制服をなおしながら叫んだ。「さあいくぞ!」カバーをぐいとはずすと濃い茶色の煙が噴き出して水蒸気と黒煙に混じりあい、周囲は窒息しそうな煙霧で何も見えなくなった。

ウォーレンは何秒も遅れて爆発するようセットした数発の手榴弾を溝の中に放りこみ、さらに空中に向かって撃ちつづけながら暗闇の中で階段をのぼると、「立て！　手を上げろ！」いきなりそう命令しながらふたりの手から銃をひったくった。クナッケは呆然としてその場に立ちすくんだ。ウォーレンはその顔を激しくなぐりつけた。「手を上げろと言うんだ！　さあ、出ろ――出てこい！」自分の銃を突きつけて、彼はふたりを小道に追い出した。ついで、溝に残してきた手榴弾が爆発しはじめると同時に、ウォーレンは六角形めがけて撃ちかえし、混乱の中でまた射撃が始まった。

煙霧は、今や武装兵に固められている小道のはずれでは、霞くらいに薄まっていた。決然として足を引きずりながらウォーレンは、手を高く上げて咳きこみ涙を流しているふたりの〝捕虜〟を連れてそこを通り抜けた。軍曹とふたりの兵が手助けしようと前に出てきた。「あそこにまだいる」とウォーレンはどなりつけた。「行って手を貸せ」兵士たちは走り去った。

彼らは敷石の敷かれた車道へ折れて、車の方へ向かった。背後では黄褐色の雲が屋根を越えて立ちのぼり、プラントの周囲を蔽いかくし、その下では叫び声、銃声、それに手榴弾の音がまだ続いている。火災警報のサイレンが金切り声をあげはじめたので、騒音はさらにひどくなった。駆け足ですれちがっていく兵士たち、その一方では何事かと周囲の建物から見に出てくる労働者たちを押し戻している兵士たち。ウォーレンは銃を下ろすと、「緊張をゆるめて、自然に歩くんだ」とささやき、ここで彼らはひとりの士官とゲシュタポらしいふたりの民間人に変身した。

ライアンとフェラシーニが停めておいた場所にそのまま残っていたメルセデスに到着するまで、誰ひとり邪魔するものはなかった。「それらしく振舞うんだ」と言いながら、ウォーレンはマルガを運転席に押しこんだ。「きみが運転しろ」それからクナッケと並んで後部座席に乗りこみ、ふたりに武器を返した。車を走らせて行くと、SSの軍曹はすぐに自分の分隊をさがらせ、車の通り道をあけてくれた。

しかし裏門の様子は、ウォーレンとライアンが入ってきたときとはすっかり変わっていた。車が近づいて行くあいだにウォーレンは状況をすばやく把握した。柵は閉じられ、SSの大尉ひとり、伍長ひとり、それに兵ふたりが門衛小屋の外に立っている。通路をはさんで反対側にはさらに三人の兵士が、機関銃を装備し運転手と射手も乗せた〝キューベルヴァーゲン〟――ジープのドイツ版――の前に立っていた。もちろん小屋の中にもいるに違いない。伍長が片手を上げて車の正面に出てきたので、車は速度を落とした。何人かが銃を構えたが、ウォーレンが立ちあがってその制服が見えるとすぐに下ろした。「まるで――」マルガの蒼白な「奥で何が起きているのですか？」と大尉が口をひらいた。緊張した顔から何げなく視線を移して、ドアの上縁にのぞいている自動拳銃の銃口に気づいた彼は、その場に凍りついた。彼女は発砲すると同時にぐいとアクセルを踏んだ。大尉はよろよろと小屋の壁に下がり、伍長は地面に身を伏せた。同じ瞬間クナッケはサブマシンガンを小屋のそばの連中に浴びせ、一方ウォーレンは反対側のキューベルヴァーゲンの射手を撃ち倒して、そのあとに手榴弾をひょいと投げこんだ。メルセデスが柵を突破したとき、キューベルヴァーゲンの前の兵士たちはまだ散り散りに地上に身を伏せたまま、爆音を立てて遠ざかっていく車の後部座席から降り注ぐ炎の雨の前に、しばらくは頭を上げることすらできないでいた。

〈ハンマーヘッド〉の最下層を占めているのは主として動力機構、換気装置、それに倉庫だった。そこにいた数人は、すでにガスと煙のため行動力を失っていた。あと何分かのあいだに回復して背後から襲われる可能性は皆無と思われたので、フェラシーニとキャシディはかわるがわる援護しながらすみやかに前進して、上階へのたったひとつの出入口である鋼鉄の階段へ向かった。

フェラシーニが階段の下に着いたとき、SSの制服姿の警備兵と白衣の男がその上の重い扉を押して閉めようとしているところだった。モーターケースのうしろから連射を浴びせると、警備兵はよろよろと後退し、もうひとりの男はぐたりと戸口にくずれ落ちた。何人かが向こう側からドアを押しているが、死体が邪魔で閉められない。誰かが身をのりだしてそれをどけようとしたが、ふたたびフェラシーニが撃ち出すと、その男も同じ場所に倒れこんだ。その援護下にキャシディが下方から接近して、扉の中へ手榴弾を二発投げこみ、さらに別の角度から撃ちはじめた。そこでフェラシーニが階段をのぼり、撃ち倒したふたりの死体を押しのけて道をあけた。

扉の奥にはもう、〈帰還門〉そのものが見えた――同じ設計に基づいて作られたブルックリンのマシンとよく似ている。主《メイン》シリンダーははるか前方の頭上にあり、その中ほどの高さを手すりのついたプラットフォームが取り巻いている。部屋の両側には計器や器具をおさめたブース、梯子、一段高いキャットウォークなどが並んでいる。そのいたるところで人影がわめきながら駆けまわっていたが、やはりいちばん混乱がひどいのは戸口のすぐ内側だった。さっき下の階からここへ逃げこんだ人々と反対側から騒動を調べにやってきた人々がぶつかりあったちょうどその真ん中で、手榴弾が爆発したのだ。下の階からガスが流入するにつれ、咳をしたり息をつまらせる人の数も増えていき、混乱はパニックとなった。

手ぎわのよさを考慮している場合ではない。フェラシーニは、ぶつかりあいながら駆けまわっているその一団を戸口からの長い連射で一掃し、そのあいだにキャシディが中へ飛び込みざま上のギャラリーめがけて撃ちまくり、手近な照明を撃ち砕いた。一瞬後、フェラシーニは次のマガジンをぴしりと銃におさめながらそのあとを追った。

戸口を抜けるとふたりは互いを援護する射撃範囲を広くとるため左右に分かれ、常に別々の角度からこの部屋の入口を援護する位置を保ちながら、マシンに接近していった。ひとりの人影が通路の上によろめきながら現れ、キャシディに拳銃を向けた。が、その男が撃つより前にフェラシーニの浴びせる弾丸がそのまわりの桁に火花を散らし、人影は視野から消えた。

あたりの光景は次第にブリューゲル描くところの冥界《ハデス》さながらの趣きを呈しはじめた——部屋のこちら側は暗く、濃い煙がそびえ立つマシンの巨体のまわりを渦巻き、負傷者がのたうちまわる血まみれの床の上を怯えた人影が退いていく。突然のすさまじい襲撃を受けたマシン室内のSS警備隊は、まったくなんの準備もしておらず、おまけにガスが、いっさいの組織だった抵抗を不可能にした。キャシディが器具ブースの裏で銃に弾丸をこめなおしはじめると、フェラシーニはマシンへの道を開くため階段とその上のプラットフォームに射撃の的を絞った。

そのとき、上階から送りこまれたSSの増援部隊の第一波が部屋の反対側の入口から入ってきた。が、性急にすぎ、また無謀すぎた——まぶしい光の中に飛び込んだとたん、暗がりから狙いをつけた十字砲火をまともに浴びる結果になったのだ。その上、ガスに対する準備もなかった。彼らは何人かを残して算を乱して退却した。入口の外で号令の声がし、さらに大勢が突入してきたが、たちまち逃げ出そうとする人々と正面衝突して無意味なもみ合いが始まった。その真ん中にキャシディは手榴弾を投げこんだ。それに続く混乱に乗じて、フェラシーニはマシンの周囲の階段の一つにたどり着き、転移室の正面に当たるプラットフォームの上に駆けあがった。

そこからは、SSの警備兵たちが機械類や計器コンソールのあいだに散開している入口内側の区域を見下ろすかたちになる。たちまち周囲の鋼鉄の枠組みに銃弾が猛烈な金属音を立てて反跳しはじめた。その合間に、キャシディが下で撃ちつづけている銃声も聞こえた。フェラシーニは手すりごしに警備兵が隠れていると覚しい場所へすばやく何連射か送りこんでから、プラットフォームの縁の陰に身をかがめ、持ってきた爆薬を大急ぎでひろげはじめた。そのとき彼は、肺があえぎだしていることに気づいた。酸素が尽きたのだ。選択の余地はない。すぐに頭のうしろの紐をゆるめて再呼吸装置のマスクを片側へ寄せた。そして無意識に空気を大きく吸いこんだ彼は、たちまち身体を二つ折りにし、膝をついて咳きこみ、嘔吐しはじめていた。ふいに部屋の暗い端に明かりが現れ、第二のドアが開いて裏の緊急エレベーターからSSの増援が送りこまれてきたことにも、彼は気づかなかった。

下方ではキャシディが、最初入ってきたドアと彼のあいだにまわりこんできたSSの一隊のため、支柱の一つと電子機器ブースのあいだに追いつめられていた。キャシディは三方に対して防戦するため必死で位置を変えながら撃ちつづけたが、もうどうにもならない。ついに最後の手榴弾を投げた。銃の弾丸も切れた……そのとき、ラムスンとペインが下の階からの入口に現れ、背後から敵をなぎ倒した。

呆然としている当直員たちの監視を続けるため、カート・ショルダーとプファンツァーをはじめとする数人を管制室に残して、ウィンスレイドは急いで階段をおり、転移室の扉の外で待っている人々と合流した。若い方のショルダーが、彼に円筒状の物体をひと束手渡した——アンナとキース・アダムスンが持っているのと同じく、一方の端からプラスティックの鉛筆のようなものが突き出している。アダムスンも一緒に行くことを主張し、〈パイプ・オルガン〉の何人かがカーレブの一党を監視する仕事を引き受けたのだった。

「ぜんぶ三十秒にセットしてあります」と若いショルダー。「その鉛筆を折って、すぐこっちへ脱出すればいいんです」ウィンスレイドは自動小銃を背に負い、アンナを見やった。

「用意はいいか?」彼女はうなずいた。

誰かが管制室から出てきて、ギャラリーから下方へ呼びかけた。「ビーム、ロックオンしました」同時に転移室の扉が左右に開きだした。その向こうの内室は早くも真紅に輝きはじめていた。

「止めろ!」と叫び声。上級管理職の制服である金色のゆるいチュニックを着た二つの人影がカーレブとその部下たちを従えて、側面のドアの一つから大股に歩み出てきた。灰色の制服を着た警備兵の一隊が上のギャラリーに現れ、管制室のドアへ向かって走った。内側の誰かがそのドアをぴしゃりと閉めたが、ショルダーが銃を構えている姿は窓ごしにはっきりと見える。プファンツァーは気が狂ったように下に手を振り、転移室を指さしている。ギャラリーの警備兵たちはドアを壊しはじめた。

そのとき転移室と反対側の扉が開いて、その向こうの発送準備区画からさらに大勢の警備兵たちが前室になだれこんできた。「行け!」若いショルダーが叫んでエディやタン・センやその他の人々とスクラムを組み、そのあいだに、ウィンスレイドとアンナとアダムスンは内室に駆けこんだ。警備兵たちは科学者の壁に突っこみ、彼らを左右に押しのけたが、間に合わなかった。転移室の扉はすでに閉まっていた。

フェラシーニの顔はプラットフォームの床の鉄網に押しつけられていたが、いつのまにか呼吸だけは恢復していた。頭上の天井ダクト内の強力なファンが、下の階に注入された新鮮な空気を引き寄せたからだ。一本の足が頭のすぐそばに突き立った。本能的に転がって身を離したフェラシーニの目に映ったのは、覗き窓のある蛇腹チューブつきのマスクに顔を蔽いその上からフードをかぶった黒服の男だった。とっさにライアンだと思ったが確信はない。プラットフォームの向こうでは別のひとりがマシンのまわりに並べた爆薬のあいだに導火線を伸ばしてそれを下からくる別のコードとつないでおり、もうふたりが床と上のギャラリーに銃を向けて撃ちまくっている。ひとりはキャシディだ。ペインらしいもうひとりは全身血にまみれ、片腕をだらりと下げたままだ。

身につけた装具をぐいと持ちあげられて、彼はふらふらしながらも膝をついて身を起こした。上からかがみこんでいるのはライアンだった。ライアンは下方の何かへ向けて一連射してから、フェラシーニが解きはじめていた爆薬をひろいあげ、ラムスンが並べているのに加えるためプラットフォームを横切っていった。マシンの外壁沿いに目を走らせたフェラシーニは、SSの制服がすでに通路の一端に上がって、徐々にこのプラットフォームへ迫っているのに気づいた。彼はまだ脇に転がっていたサブマシンガンに手を伸ばし、狙いを定め、彼らが突撃に入ると同時に引金を引いた。

何も出ない！　空だ！

フェラシーニが立ち上がろうとしたとき銃弾がまわりに飛んできた。胸の脇と上膊に焼けるような痛みを感じ、同時に肩に衝撃を受けて彼はくるりと横転し、ふたたびマシンの進入口《アクセスポート》の正面で床に大の字になった。その目の前からほんの数フィートのところに手榴弾が落ちたが、彼はそれをどうすることもできず、ただ凝然と見つめるばかりだ。そのときキャシディの姿が実体化し、フェラシーニの頭上で腰だめに撃ちつづけながら手榴弾を宙に蹴とばした。ライアンはキャシディの背後で、マシンの反対側の通路沿いを掃射している。今やSSはシリンダーの両側から迫っており、さらに下からもプラットフォームの手すりを越えようとしていた。爆薬が爆発するまで彼らを近づけてはならない——いま問題なのは、それだけだ。

ペインがまた撃たれて倒れた。ついでライアンがよろめき、ポートの入口の壁に倒れかかった。キャシディとラムスンだけがまだ戦っている。フェラシーニは弾薬入れから別のマガジンを引き出そうとしたが、いくら力をふりしぼっても腕を動かすことができなかった。目を上げると、プラットフォームの向こうからSSが近づいてくるのが見えた。先頭に立っているのは金髪で青い目の大男だ。勝ち誇ったように見おろすそいつの侮蔑的な笑いに歪んだくちびるが、そのとき、フェラシーニの背後のどこかで輝きはじめた奇妙な光に照らされて、グロテスクに浮かび上がった。フェラシーニは無事なほうの腕で腰の自動拳銃を手さぐりしたが、すでに相手の銃口はこっちを向いている……だがそのとき、そいつの頭は、金槌で叩かれた熟しすぎの桃みたいに砕け散った。

そのうしろに続いていた黒服の姿は、プラットフォームの端の手すりに叩きつけられ、全身ばらばらの破片に分解した。フェラシーニはぼんやりと頭をめぐらせて見あげた。そのとき彼は、自分の傷が思ったよりひどいことを知った。なぜなら、自分がもう死んでいることに気づいたからである。

でも想像していたのとは違うようだ――こういったことについてそれほど長い時間いろいろと物思いにふけったことがあるわけではないが、それでも彼が期待していたのは、何か神秘的な極彩色の幻影と浮き浮きした気分と、それに奇妙な音楽といったものでいっぱいの、おそらくは麻薬中毒患者たちの物語る世界のようなものであった……むろん彼は麻薬などには何の興味もない。特殊部隊の兵士にいちばん必要ないものは、混乱した頭だ。しかしそれにしても、この現実はあまりに……日常的だった。いかにも期待はずれだった。日常的なくせによそよそしく、非現実的な感じだ……。

クロードの幻影が彼の上に立ちはだかり、列車のような音をたてて小型の炸裂弾を射ち出す精巧な携帯のマシンガンのようなもので群がるSSをなぎ倒しているのだった。たぶん意識下の願望を表わしている幻覚だろう、とフェラシーニは悟りすました気分で考えた。アンナ・カルキオヴィッチもいて、同じような銃を撃ちまくっている。それにキース・アダムスンまでが――どうして彼がこの幻覚に入りこんでくるのか？――マシンから走り出てくると、身をかがめ、ペインを中へ引きずって行った。キャシディはライアンの片腕を自分の肩にまわしているし、ラムスンはぐったりと床に崩れ落ちようとするSSの身体からナイフを引きぬいたところだ。

ついでクロードが目を下に向け、彼独特の笑みを浮かべた。「さあ、ハリー、立つんだ」幻影がフェラシーニの霊魂に語りかけた。「まる一日あるわけじゃない。歓迎されて長居しすぎたんじゃないかね」

アンナ・カルキオヴィッチが身をかがめ、クロードに手を貸して彼をぐいと引きずるように立ち上がらせた。ひどく敬意を欠いた扱いだ。こっちは死んでいるのに。どうしてひとりにしておいてくれないのか？　彼女はライアンを助け起こしたキャシディに続いて、彼を門の赤い光の中に押しこんだ。クロードが撃ちつづけている音がまだ背後から聞こえてくる。「違う、そっちじゃない」フェラシーニはもつれた舌で馬鹿みたいに文句をつけている自分の声を聞いた。「向こうへ行かなきゃならないんだ。ハーヴェイが出口で待ってるんだ」

そして彼は意識を失った。

46

転移室の扉がふたたび左右へすべって開くと、前室に集まった人々のあいだから驚きの声があがった。ほんの一瞬前に消えたウィンスレイドたち三人がもう戻ってきたばかりでなく、さらに五人がそこに加わっていたからだ。油でべとべとしたフードつきの黒い服を着こみ、マスクで顔を蔽っている。うち三人は負傷して支えられており、その中のふたりはどうやら意識を失っているようだ。壁ぎわに押しとどめようとする警備兵たちの制止を無視して数人の科学者は前へとび出し、扉へ向かってくる一行に手を貸した。ウィンスレイドも頬を銃弾にかすられて醜い火傷を負い、流れる血がシャツの胸と上衣を伝っていた。

金ぴか衣装の管理職ふたりのすぐあとからヨルガッセンとともに到着していた警備部隊の指揮官フェリペ・ファンセレス少佐は、内室から出てくる痛々しい血まみれの人影と、その他の人々の様子を、むっつりと見較べていた。漂い出る一陣の蒸気の刺すような臭気がその鼻孔に触れた。「あやつらです」カーレブが前に出て指さした。「あそこのふたりとあの女。そこにいるのが警備兵を襲った男です」

「逮捕しろ！」管理職のひとりが命じた。警備兵が内室の入口に迫った。

「さあ、見てくれ！」ヨルガッセンがファンセレスに抗議した。「向こうの端にあるのは単なる科学プロジェクトだと言ってみるがいい。この連中は、戦場からまっすぐここへやってきたんだ」

「逮捕しろと言ったはずだ」管理職の男がふたたび命じた。「われわれはこの施設の責任者だ。きみたちはわれわれの命令どおりにすればいいのだ」

上のギャラリーでは警備兵たちがショルダーとプファンツァーを管制室から押し出した。そのうしろから出てきた別の男が、「接続が切れました」と下へ声をかけた。「接合関数はすべてゼロです」

「犯罪者どもに従う義務はないぞ」タン・センは彼とその仲間を壁ぎわに追いつめて銃をつきつけている警備兵たちに言った。「そいつらは殺人にかかわり合っているんだ。全員がだ」

「大量殺人だ」横合いからエディが言った。警備兵たちは指示を求めるようにファンセレスの方をふり返った。

「わたしの命令だ」管理職がきめつけるように言った。

「あんたの仕事は治安を保つことだ」タン・センはファンセレスに向かい、「ここでは重大な違法行為が行なわれていたんだ」

「彼らにはなんの権限もないんだぞ！」とカーレブはあくまで主張した。

ファンセレスは双方のグループに目をやりながら、「もう充分です」と言明した。それから警備兵たちに「全員を拘留しろ。そこの人たちも、ぜんぶだ。この件がわたしの手を離れるまでは静かにしていただく。今すぐＣＩＡＦを呼ぶことにする」

「そんなことは──」管理職のひとりが言いだしたが、警備兵のひとりに銃を突きつけられて黙りこんだ。

「もう充分と言いました」ファンセレスは繰り返した。「わたしが全責任を負います。わたしの第一の任務はここの秩序を保つことです」そしてふたたび衛兵たちに向き直った。「連れていけ。そこの人々を七階の会議室に留置。そこのは、特別休憩室へ。そこの一行は応接エリアへ。そこの負傷者のためただちに医療班をここへよこし、救急室を待機させろ。それと一緒の人たちも身体を洗わせてから一応診察を受けさせろ。そのあと、裏の職員食堂に入れ、看視をつけろ。あそこで待たせておけ」

47

すでに夕暮れが近かった。アンナ・カルキオヴィッチはアダムスンとともに、壁を白とオレンジ色に塗り分けた風通しのいい大きな部屋で、テーブルの一つに向かっていた。目の前にはスパイス・ソースのかかった牛肉と野菜と果物の皿が並んでいたが、緊張しているため誰もあまり食べていない。ショルダーはそわそわと、一方の長い窓ぞいを行ったり来たりしている。眼下に見えるフラッドライトに照らされた空港施設には、ＣＩＡＦの輸送機の第一波がすでに着陸し、空色の制服姿の隊列が効率のいい動きで、〈パイプ・オルガン〉の地上建造物のあいだにすばやく展開しているところだった。

「故郷では、わたしの計算だともう四月十一日あたりのはずだ」ショルダーが言った。「つまりもう六週間たっているということだ」

「ここでは五時間をこえたばかりなのに」アダムスンはつぶやいた。

アンナが顔を上げた。「そうすると、あの人たちはどれだけかかったわけ？　ドイツの目標にたどりつくのにひと月ほどね」

「そのとおりだ」ショルダーはうなずいた。「計画よりいくらか長くかかったようだが、それにしてもなんとも幸運だったとしか言いようがない」

「ウォーレン少佐以外はね」とアンナ。「あの人はどうしたかしら」

「そうだな、いずれわかるだろう」とショルダー。「とにかく、われわれみんな、故郷に帰るのはもう少しあとのことになると思うよ」

「でも帰してくれるかしら？」とアンナ。

ショルダーはうなずいた。「帰してくれると思う。しかし、彼らの結論がそこへ行き着くまでにどれくらい時間がかかるかは、ちょっとなんとも言えないね」

この件に関して話しあったわずかな時間のあいだに得られた情報によれば、〈門番小屋〉マシンからの〝混信〟は、〈パイプ・オルガン〉とナチの〈帰還門〉をつなぐ通常のスペクトル群からほんの少し偏った波長で共振する超次元波動関数として検出されたのだという。好奇心をそそられた管制室の当直主任のひとりが、ビームのパラメータをその偏移値に合わせるように命じ、その結果、〈門番小屋〉への接続が生じた。だからその数値を再現すれば、ふたたび接続が確立できるはずだ——ただしもちろん、それまでに〈門番小屋〉の人々があきらめてマシンを見捨てていないとしての話である。「この時間操作というやつが、いまだにどうも納得しにくい気がするんだが」とアダムスンが言った。「そもそもどうしてわれわれの世界でちょっとでも時間を経過させなければならんのかね？　もしここのマシンに、向こうの日付を選んでそこに合わせるためのノブか何か、そういう働きをするものがあるなら、ここでどれだけの時間がたったかには関係なく、われわれが出発したのと同じ日に合わせることだってできるんじゃないかな？　そうすればわたしの妻は、その日何かいつもと違った事件があったことにすら気づかないだろうに？」だがその思考の筋をたどって避け得ない結論へ到達した彼は、煙に巻かれたような渋い顔になった。「しかしそうすると、もっと早い日付に合わせることもできるはずだ。いや、それでは筋が通らない、そうですな？　おそらくわたしはここへ来ない決心をするだろうから。しかしわたしはここにいる……それに向こうにはわたしがふたりできることになる……カート、ここでのあなたがたのようにね。しかし、そんなことはなかった。まったく、なんてこった……」

「そう、世にもややこしい話です」ショルダーはうなずいた。「出てきた宇宙に再会するには同期関係を保っておかなければならない。そうしないと――たとえば過去に入ろうとすれば、これはその過去が変えられるということを意味しますが――ちょうど一九七五年からわれわれが戻ったときのように、単に新たな枝へ入ることになるんです。お望みなら可能ですよ、キース。しかしその場合、戻ったところはもとの宇宙ではないことになります」

アダムスンは考えこみ、ため息をつき、ついには首を振った。「もうこんなことはたくさんんだ。待つことにしますよ」

外ではＣＩＡＦ機の編隊がさらに垂直降下している。そのとき、室外に配置されていた護衛のひとりが部屋の向こうの端のドアをあけ、ウィンスレイドがヨルガッセンともうひとり医者の上っぱりを着た男と一緒に入ってきた。ショルダーはふり向き、アダムスンは椅子から半分立ち上がった。「容態はどう？」アンナが緊張した声でたずねた。

「ペインという男がいちばん重傷で、片腕がずたずたになり、また腹部に穴があいたため内科的な問題も生じています」とその医師は言った。「ライアンは今、金属製の腰関節を接合中です。フェラシーニは、負傷は筋肉組織だけですが、彼もまたニトロ化合物とかすかなシアン化合物の急性中毒にやられています」

「しかし、幸運なことにここは二十一世紀だ」ウィンスレイドが言葉をはさんだ。

医師は続けて、「あとのふたりは両方とも、単なる神経疲労で虚脱状態になっているだけです。いずれ全員回復するでしょう」キャシディとラムスンは休息をとるように言われたが、すぐに興奮して歩きまわるので、とうとう今は睡眠薬で眠っているという。話し終えると医師はふしぎそうな顔つきでまずウィンスレイドをじっと見つめ、それからほかの人々へと目を移した。「そうすると、みんなが言っていることは本当ですか？　あなたがたは本当に過去から来られたのですか？」

「そのうちCNの調査が終われば何もかも公表されますよ」とヨルガッセン。

医師は失望したようだ。「いいでしょう」一同をもの問いたげに見まわし、「では、これ以上ご質問がなければ……」

「今のところはないと思います」とウィンスレイド。

「みんな回復する。それさえわかればもう」とショルダー。

「何かあったら、あなたへの連絡方法はわかっています」ウィンスレイドはあらためて医師に向かい、「いや、本当にいろいろとありがとうございました」

そのとき誰かが戸口から呼びかけ、手招きした。「CIAFの人たちが来たようです」ヨルガッセンが医師に言った。「一緒に来て状況を話していただく必要がありそうです」それからほかの人々に、「失礼します。用がありますので」

他の全員が感謝をウィンスレイドのそれに加え、医師とヨルガッセンは急いで立ち去った。アンナは安堵の長い吐息をもらし、「その程度ですんで本当によかったわ」と、心からほっとした声でつぶやいた。

雰囲気はこれですっかり明るくなった。ウィンスレイドは空の椅子を引き寄せて腰を下ろすと、自分用にコーヒーを注ぎ、顔の横にテープで留められた分厚いガーゼを軽く叩いて見せた。「これを聞いてたぶんみんな安心してくれるものと思うが、どうやらわたしも生きのびられそうだよ」

西向きの窓の外では、夕焼け空が山々を黒いシルエットに変えていた。

「じゃ、やりとげたんだな」とショルダー。

ウィンスレイドは首を振った。「われわれには無理だったと思う。やったのは彼らだ」コーヒーをひと口すすり、「しかし、危いところだったようだ。情報がドイツに洩れていたらしい——彼らは目標を知っていて、もう少しで先まわりされるところだった。それで兵隊たちはあんなひどいことになっていたんだ。どうしてそうなったのか、知りたいもんだ。それに、装備はぜんぶ失われていた——荷物二つともだ。彼らは多少とも作戦そのものを現場で立てなおすことになった——事実上敵の砲火の下でだ」

「驚くべき人たちだ！」アダムスンが首を振りながらつぶやいた。「特殊部隊は選りすぐりですからな」とウィンスレイド。「たしかに、すごい連中が揃ったもんだ」

「その訓練も見ましたよ……つまり、一九七五年にいたときにですが」とショルダー。アダムスンはうなずいた。

アンナ・カルキオヴィッチは、今この場で心にあるものを口に出すのが適切かどうか迷っているかのようにじっとウィンスレイドを見つめた。そのとき会話が途絶え、ウィンスレイドは顔を上げて、彼女の視線に気づいた。その目を見かえし、椅子に背をもたせた彼の目に、何かおもしろがっているような、どことなく挑戦的なきらめきが浮かんだ——まるで彼女の心を読み、いつでも話すようにと勧めているみたいだ。「そうね」彼女は平板な声で言った。「でも説明してほしいのはそれだけじゃないわ、クロード、そうでしょう？」

ウィンスレイドは眉を上げながら、もうひと口コーヒーをすった。「ほう、そうかね？」

「さあ、もうじらしあいはやめましょう」とアンナ。「あのやりかけの会話を片づけるときよ」ウィンスレイドは黙っている。「作戦の進みそうな方向をあなたは知りすぎていたし、前もってあらゆる適切な装備を揃えていた。でもそれだけじゃない」アンナは、続く論点を指でかぞえ上げはじめた。「第一に、ここへ再物質化してすぐのとき、あなたは自分がどこにいるのかご存じだった。あなたの顔を見てたの。どうしてこんなことになったのかはわからなかったみたいだけど、どこに来たのかだけはね。下の設備の配置も、わたしたちが出てきたところの向かいの扉の奥に爆弾が用意されていることも。第二に、あのヴィデオの操作法をご存じだった。第三に、あの銃の使いかたもご存じだった。

クロード、わたしたちは、あなたに勧められてこの作戦に参加したのよ。あなたの判断は信頼しているし、あなたの決定に異議を唱えたこともありません。何人かはひどい怪我を負った。そして目標は達成された。今のあなたは、みんなに借りがあると思うの。もう説明してもらっていい頃合いよ」

ウィンスレイドはコーヒーを飲み終えると、ゆっくり慎重にカップを下ろした。そしてやっとうなずいた。

しかし、彼が答える前に部屋の端のドアが開き、ヨルガッセンが、今度は今まで会ったことのない人々と一緒に入ってきた。そのうちふたりは空色の制服に目庇のついた帽子をかぶり、幾条ものモールを下げている――おそらくCIAFの上級士官だろう。そのふたりにはさまれるようにして、髪のウェーヴした、血色のいい、目と口のまわりにいたずらっぽいほほえみを浮かべた若い感じの男が、陽気な自信たっぷりの足どりで歩いてきた。折り目正しく着こんだ空色の上下、その折り返しと飾り縁は薄い灰色、襟を開いた青と白の縞のシャツ、それに爪先の細いブーツ。ヨルガッセンが腕を振って合図するとふたりの士官は左右に分かれ、その若い男だけが前に出てきた。

「実のところCNとCIAFは、この計画全体を少し前から秘かに調査していたようです」

とヨルガッセンが言った。「ですから今回の件もそれほど寝耳に水というわけではありませんでした。こちらがその調査を担当する……」そこでふと言葉を切ったのは、ウィンスレイドが、もうなんの紹介もいらないとでも言うように、あけっぴろげの微笑を向けているのに気づいたからである。

ウィンスレイドは、やおら心の底から満足したようにうなずいた。「やあ」と彼はその若者を眺めながら、「きみが来るだろうと思っていたよ」

相手は数秒のあいだ、何かしっくりしない好意と疑念の入り混じった当惑の面もちで見返した。ついで、認識が生まれるにつれて、ゆっくりとその表情は驚愕に変わった。「そんな！」と彼は不信の叫びをあげた。「あり得ないことだ！」

「いや、あり得るのだよ」ウィンスレイドは請け合った。「ほかの人間はともかく、きみならわかるはずだ」

アンナはすっかり戸惑って、一方からもう一方へと目を移した。首を振り、もう一度見なおした。それからあらためてウィンスレイドをじっと見つめたあと、もう一方の男に目を戻しながら、心の中で彼に三十数年の年月と顔の赤みもう少々とを加え……それに眼鏡とぺらぺらの帽子もつけ加えてみて……。

そうだったの！

アンナは彼女の一生ではじめて心から呆然となって、弱々しく椅子にへたりこんだ。

その男はウィンスレイドだった——ウィンスレイドの若い姿だったのだ！

48

気がつくとフェラシーニは、窓外の緑の山々に陽光の降り注ぐ、清潔で風通しのいい部屋のベッドに横たわっていた。右腕と肩が、包帯でしっかり固定されている。ベッドのかたわらでは、看護婦の服と帽子をつけた黒髪で肌の浅黒い女性が、上部がガラス板のワゴンの上の瓶や銀色の皿を片づけている。彼はそのまましばらくこの状況を考察した。これがもし天国なら、こんなに気分が悪いはずはない。だがもし地獄なら、もっとずっとひどい気分に違いない。とすると結局、どう考えても、自分は死んではいないようだ。

「あら」彼の目が開いたのを見て、看護婦が言った。「気がついたのね。知りたければだけど、もうすぐよくなることは保証できるそうですよ」

「ほう」フェラシーニは実のところまだそこまでは考えていなかったが、そうとわかるのはうれしいことだった。「ここはどこですか?」頭を持ち上げ、もう少し周囲の様子を見ようとしながら彼はたずねた。

「ブラジルの、フルエナの近くです」ワゴンに蔽いをかけながら看護婦は答えた。

フェラシーニの頭が、枕にどさりと沈みこんだ。いったいどうしてブラジルなんぞへ来てるんだ？　彼はしばらくのあいだ、ぼんやりと天井を見つめた。ワゴンが部屋の向こうへ遠ざかる音がし、かすかなうなりを立ててドアが開くのが聞こえた。ブラジルだと？　それは、そもそもこの気ちがいじみた一件を引き起こしたもとのマシンがあるはずの場所じゃなかったか？　もう一度頭を上げると、看護婦はちょうど部屋から出ようとしているところだった。

「今は何年ですか？」

看護婦は笑った。「心配しないで。そんなに長く意識を失っていたわけじゃないから。まだ二〇二五年です」彼女の姿は消え、その背後でドアが閉まった。

フェラシーニはまた頭を枕の上に落とした。「くそ！」ひと声うめいて、彼はふたたび眠りに落ちた。

その次、今度は看護婦に起こされて目をさましたとき、外はもう夜だった。しばらくして、まだ包帯を替えている最中、医者が様子を見にやってきた。肋骨が何本か折れ、胸と上膊の筋肉の一部が裂け、肩を穴が貫通し、それにガスも吸っていると医者は言った。だが何週間かの休養で新品同様の身体になるはずだ。「ほかの連中は？」とフェラシーニはたずねた。

「ペインとライアンは手術のあとまだ意識不明だが、回復するだろう」と医者。「キャシディとラムスンは元気だ」

「会えますか？」

「耐えられそうかね？」

「もちろんです」

「よかろう、でもまず少し食べてもらわないとね」

そのときドアが開き、今まで見たことのない薄青色の制服らしいものを身につけたウィンスレイドが入ってきた。「やあ、回復したようだね……すばらしい！」そう言ってから医者に目をやると、「もう話していいんですか？」

医者はうなずき、手を振ってみせた。「ええ、どうぞ」

「ハリー、きみの意識が戻ったと聞いたので、まっすぐやってきたんだが」とウィンスレイドは言った。「よくなったようだな——くちびるの色などいつもと変わらない。気分はどうかね？」

「いいはずです」と医者。「ご用があれば、オフィスにいますので」彼は出ていった。看護婦が、フェラシーニが身を起こせるようにベッドを立て、背中に枕を当てがった。それから彼女も部屋を出ていった。

フェラシーニはうなずいた。「すぐよくなると思います」状況を思い出そうとしたが、まだ頭がはっきり働いていない。このブラジルの施設の話も漠然と覚えているだけだ。「何があったんですか、クロード。ここはカートがもといた南アメリカの例の場所なんでしょうか？」

「そうだ」ウィンスレイドはうなずいた。

思わず首を振ると、傷が痛んだ。「それでいったいここで何をしているんですか？」

「イギリスで〈門番小屋〉がふたたび連結に成功したという知らせを受けとった」とウィン

スレイド。「そこですぐに、アンナとわたしは飛行機で戻った」

「はあ」

「しかし、これもまた混信だった。マシンを抜けると、それはどういうわけか、予期していたツラローサのシステムではなく、二〇二五年の〈パイプ・オルガン〉につながっていたことがわかった」

フェラシーニは無事な方の腕を持ち上げて、ひたいをさすった。「それで……どうしてわたしたちまでがここへ？」

「〈パイプ・オルガン〉は〈ハンマーヘッド〉に直結している」ウィンスレイドは彼に思い出させた。

「ええ……」

ウィンスレイドは肩をすくめ、「そこでわれわれはその機会を逃さず、ヒトラーの〈帰還門〉の裏口から侵入しようとした――いわば思いがけぬ第二の攻撃手段が手に入ったわけだな。ところが入ってみたら、ちょうどそこへきみたちも表から入ってきていた。なんともすばらしいタイミングだったよ。この点は大いに喜んでいいと思うね」

まさにそのとおりだ。フェラシーニは、あのプラットフォーム上での光景の断片を思い出しはじめていた。ペインとライアンが撃たれている。クロードとアンナがSSを吹きとばしている。キース・アダムスンがいる。「しかし、ここにいるのはみんなナチか、そういったものじゃないんですか？」ようやく彼は言った。「どうしてそのマシンに近づけたんです

?」

「話すと長い物語だ、ハリー。そのいきさつはまたあとのことにしよう」

フェラシーニは大きく息を吸ったが、とたんにそのせいで咳きこんでしまった。一つうなずくと、「そうですね、そうしましょう……ああ、それから、どうもありがとうございました」

ウィンスレイドは首を振り、はじめてまじめな顔を見せた。「いや、ハリー、感謝するのはこっちだよ――きみと仲間の全員にな。作戦は成功した。ヴァイセンベルクでのことはキャシディとフロイドから聞いた。きみたちは不可能に近い勝算ですばらしい仕事をしてくれた。あれは無駄じゃなかったんだ。安心して休みたまえ」

やがてウィンスレイドが立ち去ると、看護婦が、落とし卵とトーストとミルクの軽食にオレンジ・ジュースと薬を二、三錠持って戻ってきた。利き腕が使えないので食事にはずいぶん時間がかかったが、食べることで口の中の苦みはきれいに消えていった。

食べ終える直前、外で何か騒ぎ立てる声がし、数秒後、まだ抗議している看護婦を外に残して、キャシディとラムスンが入ってきた。ふたりとも海老茶色のパジャマの上にまっ赤な化粧着を着、寝室用のスリッパをはいている。「思ったとおりだ」とキャシディが言った。「このとおりぴんぴんしてる。でもね、ハリー、もしぶり返すか何かしたら、このあいだ貸してあげたあの十ドルは……」

フェラシーニはなんとか笑顔をつくった。「この、馬鹿野郎」

「気分はどうですか、ハリー?」とラムスン。

「すぐ新品同様になるってさっき医者が言ったよ。エドとパディはどうだ?」

「同じです。でも少し長くかかりそうです」ラムスンは答えた。「エドはいくつか身体に穴があきましたが、治ります。パディは腰にブリキの関節が入りました。まあたいしたことはありません」

フェラシーニはどうしようもない気分で首を振った。話したいことが多すぎる。だが、ふいにその表情が冷静になった。「ハーヴェイがどうなったか誰も知らないのか、え?」

キャシディは肩をすくめた。「脱出したと思いますがね。チャンスはいくらでもあったはずです。つまり、われわれが出られるチャンスはどれくらいあると思ってたんですか?」

「まあ、たぶんな」フェラシーニはちょっと考えこんだが、いさぎよくその話は打ち切ることにした。「それで、このあとはどうなるんだ? 戻れるのか? 誰か、もうそいつをなんとかしたのか?」

「クロードが今やってます」とキャシディ。「でも、例によって、わかるでしょう——やっかいなことがあるんですよ」

「今度はどんなことだ?」

「ええと、イギリスに着いてからクロードが話してくれたことを覚えていますか——カートから知らせてきた、接続の未来側では時間の進行が遅いことをアインシュタインが計算したって話を?」

フェラシーニはうなずいた。「そんなことがあったな。はっきりわかったとは言えんが。ところで、それがどうしたって言うんだ?」

「現実のことなんですよ。しかもそれだけじゃなくって、未来に行けば行くほどものすごくゆっくりになるんです」

「おいおい、まだ頭がはっきりしてないんだよ。どういう意味なんだ?」

「おれたちのやってきたもとの過去じゃ、何もかもがすごい速さで進んでるってことです」

「どのくらい?」

「およそ二百倍です。あとはカートか誰かに聞いてください。あの人たちがぜんぶ知ってますから。ともかく、向こうじゃもう十二月になってるって話です。早くも次のクリスマスの用意をしてるわけです」

フェラシーニは疑いをこめた目つきで彼を見つめた。「おい、おれたちがここへ来てからもういったいどのくらいになるんだ?」

「落ちついてくださいよ」とキャシディ。「ほんの一日とちょっとです——たぶん一日と四分の一くらいでしょう。ハリー、意味がわかってないんですね。そういう割合なんです。ここでの一日が向こうでの六カ月以上に当たるんです。だからクロードも、早くなんとかしようとあせってるわけです。気ちがいじみた話だってことはわかっていますが、科学者ってのがどんな連中かは知っていますね。これまで彼らが筋の通ったものを発見したことがありましたか?」

「それだけじゃありません」とラムスンが言いだした。「今じゃ、彼はふたりいるんです」

フェラシーニは首をまわして、ベッドの反対側へ顔を向けた。「誰がふたりだって？」

「クロードです」

「馬鹿なことを言うんじゃない」

ラムスンは首を振った。「ここ、この世紀に、若いときの彼がいたんですよ――だいたい三十歳くらい若い。つまり、ここが、もともと彼のいた場所なんです」

「クロードが？　もとここにいたんだって？」

「なんて言うか、別のこの世界の出身なんです。そこから一九三〇年代のナチ・ドイツに放りこまれた。でもすぐに脱出して合衆国へ行った」

フェラシーニは呆然となった。「つまり、カートのようにか？」

「そうです」とキャシディが言った。「実際、彼ももうひとりいます」

「もうひとり誰が？」

「カートです」とラムスン。

「ちょっと、ハリー、おれたちが話すとよけい混乱するみたいだ」とキャシディ。「カートとアンナに聞く方がいい。あなたが目を覚ましたという知らせが来たときには、この下の階で夕食をとっている最中でした。終わったらすぐ上がってきますよ。いま言ったように、ふたりに聞けばぜんぶわかります」

フェラシーニは最後のミルクをごくりと飲みこみながら、目の前の、空っぽの皿がのったトレイをにらんだ。「キャシディ、たしかにおれは混乱しているよ。カートとアンナの話が聞きたい。ひとつ、みんなで降りていかないか？　このあたりにもっと服はないか？」

「立てますか？」とラムスン。

「もちろん」フェラシーニはトレイを脇にどけ、毛布を押しやると立ち上がろうとした。とたんに部屋がくるりとまわって、彼はベッドの端にどさりと腰を落とすと、目まいを追い払おうと激しくまばたきした。

「ほうら、言わんこっちゃない、遊び過ぎですよ、ハリー」とキャシディ。「年齢《とし》を考えてほどほどにしないと。おい、フロイド、外に車椅子があったな。ここへ持ってきてくれ。あいつに乗せよう」

五分後、毛布にくるまったフェラシーニを加えた彼らはまたもやあの看護婦の抗議の弾幕を抜けて、椅子を廊下へ押し出した。空色の制服の警備兵ふたりがエレベーターのところに立っていたが、遮ろうとはしなかった。「あいつらはなんだ？」エレベーターに入るとフェラシーニはたずねた。「それにクロードの着ていた、あのおかしなしろものは？　同じように見えるが、あっちの方が飾りが多かったな」

「ああ、当然ですよ」とラムスン。「彼は大佐ですから」

「大佐？　なんの？」

「下に着くまで待ってください、ハリー」キャシディはため息をついた。「カートとアンナの口から話してもらいましょうや」

二十分後、一同は、ショルダー、アンナ、およびアダムスンと、フラッドライトに照らされた中央施設を見おろすガラス張りのテラスのテーブルについていた。夕食の皿は脇へ押しやられ、フェラシーニはオレンジ・ジュースのグラスをすすっていた。

「そう、そのとおり」とショルダーは言った。「クロードは、本来この世界の人間でした――これに関する物理学をよく知っているものとしてもっと厳密に言うなら、ここの平行世界の、です」彼の向かい側の、アンナとキース・アダムスンが自分たちの椅子を動かしてテーブルの前に車椅子を入れてくれた場所で、フェラシーニはうなずいた。ショルダーは続けて、「彼は一九九七年ワシントンDCで生まれ、早くから軍人の世界に入り、やがて情報活動を専門としました。この分野で彼はただちに頭角をあらわし、二十八歳のときにはもうCIAFの大佐になっていました」

フェラシーニはふたたびうなずいた。アダムスンと違って、彼は〈門番小屋〉にいたあいだにショルダーからたっぷり二十一世紀の話を聞いていた。だからCIAFがどういうものかも知っている。「なるほど、で、そのあとどうなったんです？」すすっていたグラスをおろし、あごをさすりながら、「クロードの率いるグループが〈パイプ・オルガン〉の正体が何なのか、その真相をさぐり出したんですか？」

「そうです。そこには二段階の欺瞞がありました。ブラジルの僻地に何かが存在しているという事実を世界の目から隠しておけないことは明白です。そしてまた、物理学でこれほど大きな躍進が起きたことを秘密にしておくこともできません。そこで大衆向けには、この施設は革命的な物質輸送技術に関する実験施設だという話が流されました」

「物質輸送ですって？」

「まるでSFの話みたいですな」とキャシディ。「ジェフがいつも話していた、コロンビア大のあのいかれた学生のこと、覚えてますか？」

「ああ、うん」

「てことは、その男はそんなにいかれてたわけじゃないことになるな」とラムスンがつぶやいた。

「でもむろんのことこの計画にたずさわっている科学者たちをそんな話で欺くわけにはいきません」とショルダーは続けた。「彼らはこれが時間旅行システム、より正確に言うと平行宇宙間転移システム、であることは知っていました。しかし、それが発表されたときの衝撃がどういう波紋を投げるか予測がつくようになるまで、一般社会には知らせないでおくのだと、彼らは信じこまされていました。筋の通った説明だったので、科学者たち——特権的な内部グループ以外の——はそれで納得しました。私もそれに疑問を抱かなかったひとりです」

「しかし言うまでもなく、実際に行なわれていたのは、ソビエト連邦を消滅させるためにナチ・ドイツが興隆する世界をつくり出すことでした」とアンナ。「この世界——わたしたちが今いるここ——に代表されるような、伝統的な少数独裁に衰亡をもたらす状況の出現を許しておくわけにはいきません。それに代わるものとしてナチとソビエトが共倒れになるような戦争が助長されました。その結果ヒトラー以後に展開する世界では、権力も特典も、それらを当然自分のものと考える人々の手に戻るはずでした」

フェラシーニは片手を上げて彼女を押しとどめた。「キャシディも、あの海軍の学校で訓練を受けているとき、言ってましたっけ。あれはどこだったかな？」

「ポーツマス」ラムスンが横から答えた。

「ああ、そこだ。キャシディの推理によると、何をやっても自分自身の現在は変えられないはずなんです——誰もその点に誤りは見つけられませんでした。だから、〈オーバーロード〉は、別の世界をこしらえて……」

「そこでヒトラーにロシアを始末させ、〈オーバーロード〉の好みに合うような社会をつくらせた」とショルダーがあとを受けた。「ナチの体制はそのためのものでした。その最終目標が、あなたがもといた世界です」

フェラシーニはうなずいて、「それから荷物をまとめて引っ越し、接収するってわけだ。でも、連中はとうとう現れなかったみたいですよ。とすると、どこがいけなかったんでしょう？」

「ロシアが滅亡したあとアメリカがまだぐずついているのを見て、ナチの指導者たちは協力関係を打ち切ることにしたのです」とショルダーは言った。「そうしていけない理由があるでしょうか？　世界を自分の手で握れるのに、どうしてほかの誰かの世界の門番を務める必要があるのですか？　そこで接続は断たれました」

そして生まれたのがフェラシーニの世界だった。「よくわかりました。ところで、クロードはそのどこに登場するんですか？」

アンナが答えた。「クロードは、ある女相続人と駆け落ちするため身元を変えて姿を消したヨーロッパのプレイボーイ貴族になりすまして〈パイプ・オルガン〉に潜入しました。そのあげく、好奇心と功名心にかられて、向こうの端で何が起きているかを直接見ようとみずからシステムを抜けて転移しました」

「しかし、戻るのはそう易しくなかった」とフェラシーニ。

「そのとおりです。クロードにできたのは、SSの兵士をひとり殺してそれになりすまして〈ハンマーヘッド〉を抜け出すことだけでした」とアンナ。「で、手短に言うと、そのあと彼はドイツからイギリスに逃れ、そこから合衆国へ渡りました。そしてそこ――わたしたちの世界――の一九三八年に到着したわけです」

ショルダーが口をはさんだ。「おわかりのように、彼はこことよく似た別世界の出身ということになります。また、彼が行った世界も、われわれがさっきまでいた世界とは違います。両方で少しずつ事象が異なっています。例えば、彼が抜けた先は一九三八年でしたが、今のこの世界はもうわれわれの一九四〇年につながっています」

フェラシーニはひたいをさすった。これ以上その話には深入りしたくない。しかしこれでクロードがその時期ヨーロッパにいたこと、また彼がグレン・ミラーで踊ったことも説明がつく。

「そのあと一九七五年までかかって《プロテウス作戦》をまとめ上げたわけですね」と彼は納得してうなずいた。

「ナチが接続を断ったとき一九四〇年代のドイツに島流しになったカートの力を借りてね」とアンナ。

「クロードは初期のヨーロッパでのスパイ作戦でわたしと出会いました」とショルダー。

「実際、一九五五年にわたしを脱出させてくれたのは彼でした」

「するとあなたは、彼が二十一世紀出身であることを知っていたんですか？」

「ええ、知っていました」とショルダー。「こういう仕事仲間じゃ、おたがいに秘密を持つ余裕はありませんでしたよ」

「じゃあどうしてわれわれには話してくれなかったんですか？」とフェラシーニ。

ショルダーは肩をすくめた。「クロードの意向です。心理的な配慮だと思います。こういう部隊の人たち――たとえばあなた自身もですが――にとってみれば、自分たちの同類ではない一種の異邦人《エイリアン》の指揮を受けるのは、どうしても抵抗がある。またクロードの方も、二十一世紀から来た超人みたいに見られるのはまずい。親玉が超人だと思うと、誰でも得てして全力を尽くさずそっちに仕事をまかせがちになる。わたし個人としては、彼のやったことは正しかったと思います」

「わたしもそう考えます」とキャシディが言い、ラムスンもうなずいた。

「いいでしょう」とフェラシーニ。「わたしも同意しましょう。それで、《プロテウス作戦》が始まったとき、それはどの程度わかっていたんですか？　何をやってももとの世界にはなんの影響も及ぼせないことを、クロードは知っていたんですか？」

「いいえ、彼が知らなかったことは確実だと思います」とショルダー。「わたしが知らなかったことは自分で知っていますし、そのわたしの専門は物理学ですから」

「でも、疑いは持っていた」フェラシーニは突っこんだ。

「そうです。だから、予防措置を取ったわけです。確信したのはアインシュタインと話してからです。わたしがここのプロジェクトで下っぱの科学者だったと言うのは嘘ではありません。どこかこのあたりを歩きまわっている若いわたしに会ってみればわかりますよ。わたしたちの知識には大きな間隙がいくつかありました。たとえば、時間遅延効果は、まったく思いもよらないものでした」

　フェラシーニは腕と肩を楽にしようとして体重を移動させ、急に動きすぎて傷の痛さにすくみ上がりながら、「そうすると、結局JFKたちには何もしてやれなかったわけか」とつぶやいた。「あれだけいろいろ力を尽くしていたのに、残念ですね」

「われわれがやったことでは何も変わらなかったでしょう」とショルダー。その奇妙な口調にフェラシーニは気づいて、質問の目を向けた。「しかし、われわれの出発直前に、彼らが誰かと接触したことはわかっています」

　フェラシーニはまばたきした。「そうだった、そのとおりだ。あのあとどうなったのか、誰か教えてくれませんか？」

「おそらくわれわれが知ることは永久にないでしょう」とショルダーは言った。「でも、われわれはまだ、何のチャンスもなかったはずの別の世界から、それよりましなものを創り出すことができます。そしてそれによって、われわれ自身、よりよい未来を楽しむことができるでしょう。それでいいんじゃないでしょうか？」肩をすくめ、「われわれが今しなければならないのは、これ以上あまり時間を失うことなくそこへ戻ることです。向こうはもう一九四〇年の末になっています」

フェラシーニは、下の空港施設の向こうに見える暗い丘をにらみ、かつて自分があの世界をひどく軽蔑していたことを思い出した。しかし今、彼はそれを自分のものと考え、早くもそこを恋しく感じていた。クロードやショルダーと同様に、彼も本来の世界を失い、新たな世界を鍛えるのに手を貸していたからである。彼のいるべき場所はあそこであり、その未来は彼の未来となるのだ。ヴァイセンベルクでのあの日から打ち過ぎた九ヵ月のあいだに、向こうでは何が起きているだろうかと、彼は考えた。《部隊》が成しとげたことが、何か有用な成果につながっただろうか？　それともあの世界もまた彼のと同様、結局は打ち負かされる運命にあるのだろうか？

49

これだけあらゆる試練をくぐり抜けてきたあとだけに、ウィンスレイドは、《アンパーサンド部隊》の成功にもかかわらず、ヒトラーのドイツへの接続がすぐまた可能になったことを部隊の仲間に知らせるのは気が進まなかった。実際、彼自身それを認めたくない気分だった。

ヴァイセンベルク襲撃のわずか一日半後、〈パイプ・オルガン〉の計器の表示は〈ハンマーヘッド〉がふたたび活動を始め、コンタクトを修復するよう信号を送っていることを示したのである。

「明白なことをふたりとも見落としていたようですな」管制室の光沢ある計器コンソールと立ち並ぶ表示スクリーンに囲まれ、必要最少人数の操作員たちが事象をモニターしているのを見まもりながら、若い方のウィンスレイドが言った。「ナチはマシンを再建するための予備部品一式をどこかに持っていたんでしょう。実際、そう考えると、こんなに長くかかったのは意外なくらいだ」二〇二五年での一日半だから、向こうの端の世界はもう一九四一年の一月になっているはずである。

今度ばかりはウィンスレイドも、苦々しさと自責の念をあらわにしてうなずいた。「弁解の余地はないな。これだけ重大なことでは、あらゆる種類の事故に対して保険をかけていて当然だったはずだ。畜生！」

「それだけじゃない」と若いウィンスレイド。ふとためらいを見せ、「どこかほかのところで話しましょう」先に立って正面のドアを抜けてエレベーターへ向かい、箱がやってくると、地上階への昇りを指示し、ドアが閉まるのを待って、「フォーブス将軍と副議長副官のデリオーに、さっき相談してみたんですが」と、ふたたび話しはじめた。「そう長くこの場所を閉鎖しておけるかどうか、確信が持てません」

ウィンスレイドは愕然とした表情で相手を見つめた。「まさか、本気でそんな！」

「残念ながら――本気です。ここの運営が再開される可能性も現実に増大しているし――それも近々にです」

「しかし、どうしてそんなことが？」ウィンスレイドは、その話をすぐには信じられぬ思いで首を振った。

「彼らの力を過小評価していました」若いウィンスレイドは、ぽつりとそれだけ言った。「世界のあちこちにまだ存在するパワーエリート階級は、表面上低姿勢を保っているものの、手繰《たぐ》れる糸はまだいくらでもあったんです」

ふたりはエレベーターを出て下層への通路を固めている警戒線を通り抜け、そこから広い廊下を歩いて、地上の中央ビルのロビーへ出た。「それでどうなってる？」夜の空気の中へ歩み出て、空港設備を横切るコンクリートの小道をゆっくりとたどりはじめながら、ウィンスレイドはたずねた。

「本物の黒幕たちが隠れ場所から姿を見せはじめているんです」と若いウィンスレイドは答えた。「どういう連中かはわかりますね――そいつらが一見穏やかに、ただし効果的に動き出している。基本的には、無数の国際機構を動かして、この事件は一国家の内政問題への不当干渉だ、CIAFの違法使用だ、国際司法機構の無視だなどと――思いつくかぎりなんでも――言いだしている。それにもちろん、あらゆる部局に気心を通じあった人間がいるわけだし、すでに法律家どもは手当たり次第に強制執行命令を叩きつけているし――なりふりかまわずです。どうも厄介なことになりそうですな」

だがすでにウィンスレイドは最初の衝撃からすっかり立ちなおって、ふたたび前以上の明晰さで考えをめぐらせはじめていた。「とするとどうなるんだ？　連中がその気になればあらゆるものを無制限に延期できるだろうが、そのあいだに何を？――そうか、CNを動かして、公式調査の結果が出るまでここの運営を続ける許可を出させるわけだな？」ようやく裏の意味が明らかになり、彼はゆっくりとひとりうなずいた。「そう、もちろんだ。時間遅延係数は二百なのだから、向こうの端での計画が完了するまでのほんの数日間事務を停滞させておけばいい。そのあと自分たちが転移して接続を切り、調査で何かが立証されるよりずっと前にこの世界から出ていってしまう」

「わたしの推測もまさにそのとおりです」と若いウィンスレイドは答えた。「事実もうCN

の緊急閣議の席で、CIAFにここから手を引かせる動議が出されている。敵の反応がどれだけ早いか、これでわかるでしょう」

ウィンスレイドは首を振った。「逃がすわけにはいかん」きっぱりとした口調で。「そんなふうに終わらせてたまるものか。それがどういうことにつながるか、きみにはわかっているはずだ。何かできることがあるに違いない」

「何ができますか？」と若いウィンスレイド。

ウィンスレイドは考えこみ、やがて、「彼らが調査したいと言うなら、させてやろうじゃないか」と言った。「ただし本物の、真相に直結するやつをだ。こっちには、どうやっても取引きしようのないものが一つある――直接の経験から証言できるわれわれ八人だ。〈オーバーロード〉はそれにどう答えられるだろうか？　われわれなら、彼らのやっていたことを証明し、その嘘を暴くことができる。そこまで公表されれば、CNは、CIAFを引きあげる前に調査を行なうことに同意せざるを得ないはずだ。それで〈オーバーロード〉の手をマシンに触れさせないでおくことができるだろう。わたしがもしきみならそうするだろうね」

若いウィンスレイドは相手のその言いまわしに、かすかな微笑で答えた。「でも、そっちのあなたの立場を考慮した場合、本当にそうする気になれるでしょうか」と彼は問いかえした。「国際法問題、委員会や公聴会、強制執行とその差止め――そういったごたごたに引っぱりこまれてもかまわないのですか？　どれだけ長期間ここに足止めされるか、考えましたか？　ほんの数ヵ月でさえも、向こうの世界ではほとんど一生涯に当たる。あなたがあそこで見たいと思っているものは、どういう結果であれ、あなたの戻るずっと前に何もかも終わっていることになる。知人もみんな死んでしまう。それに、あなたはそれでいいとしても、一緒にここへきた人たちに、それが公平でしょうか？」

ふたりは、フラッドライトの灯の中になめらかな灰色の姿でそびえているＣＩＡＦ輸送機の列の一端で足を止めた。ウィンスレイドは境界柵の向こうに広がる森の暗黒をにらみ、大きく息を吸うと、「ああ、わかっている、わかっているとも……」言いながら重苦しく息を吐いた。「だがどう考えても、このまま引きさがって事態の推移にまかせるわけにはいかない。この世界にいるきみには、その道の行き着く先がどんなものか、想像すらできないだろう——品位と文明を象徴するあらゆるものの崩壊、公式政策としての恐怖、全人類の奴隷化、大量虐殺」首を振り、「あれを阻止するためにはここに留まるしか方法がないのだとしたら、わたしは当然そうするよ」

「しかし、もし科学者たちの疑念が正しければ、どのみちそれが起きている宇宙が事実上無限に存在しているんですよ」若いウィンスレイドが指摘した。「だからあなたは、単にその中の一つの結果を変えようとしているだけだ。そこにどんな意味があるのですか？　巨大な数から一を引いてもやはり巨大な数だ。それで何が成しとげられたことになるのですか？」

ウィンスレイドは冷ややかにうなずいた。「ああ、わかっている——そういうことに関する客観的な分析と計算には慣れているよ。しかし齢をとるにつれて人間が変わることもわかってほしいね。賢い方向へ変わっているのかどうかはわからないが、そう思いたい。すべての世界を変えられないなら一つの世界をいい方向へ変えようとするのは無意味だと言うのかね？　しかし、そうすると同じ論理で、全世界を変えられないなら自分自身をいい方へ変えようとするのは無意味だということになる。親切な行為は、それがあらゆる不親切を消してくれないから無意味だろうか？　ひとりの生命を救うのは、どうせ大勢が死んでいるから無意味だろうか？　ひとりの子供を教育するのは、ほかの大勢が無知だから無意味だろうか？　そうではないはずだ」ウィンスレイドは言葉を切り、しばらく夜の森のしじまを満たす虫の鳴き声に聞き入った。「むしろその反対なのではないだろうか。小さなことが大切なのだ。生活の場における個人的な行為にこそ価値があるのだ。普遍的真理とか宇宙的原理とか、そんなものは哲学者と神秘主義者にまかせておこう。そういうことはどうでもいいんだ」

「そう言ってくれると思った」と若いウィンスレイド。「つまり、わたしたちもほとんど同じ結論に達したんです」

ウィンスレイドはその意味がわからずにふり返った。「わたしたちとは？」

「わたしと、ここにいるＣＩＡＦの上級者何名かと、そして〈パイプ・オルガン〉の本当の目的を知らなかった科学者たちです。この世界の問題にまでかかわりあわなくても、あなたがた一行はもう充分すぎるほどのことをやってのけたと、わたしたちは考えています。あなたたちは全員その責務を果たし終えた。今度はわたしたちがやる番です」

「何か提案しているような言いかただが」とウィンスレイド。「何かな？」

「まずあなたがたを送り返すことです」ふいに若いウィンスレイドの声が低く、真剣になった。それが、これまで彼がずっと心の中で育てていた論点だったことに、ウィンスレイドはこのときはじめて気づいた。「今、非公式にだが、ＣＩＡＦがまだここを押さえているあいだならできる。あなたがたが、われわれに話してくれたあの世界に助かるチャンスを与えるに足るだけの仕事をされた以上、あなたがたにも、その世界と一緒にチャンスが与えられるべきです――あなたがた全員にね」

ウィンスレイドは百八十度向きを変えて、背後のフラッドライトに照らされた若い自分自身の姿を眺めた。「きみがやるのか――自分の権限で？　そこまでやるつもりなのか？」

「そうです。すでにあなたがたがくぐり抜けてきた危険以上のものじゃない。かなり時間をかけて論じあいましたが、みんな同じ思いです」

あまりにいい提案で断わりきれない。ウィンスレイドにしても説得されるふりをする以上に話をもつれさせる気はなく、ゆっくりとうなずいた。「感謝する、まことにありがたい。いつのつもりでした？」

「準備を完了するのに二日」と若いウィンスレイド。「法律論でそれくらいの余裕はとれるでしょう」

「あと二日か。向こうの端ではずいぶんあとになるな」

「わかってます。しかし、ペインがまだひどく弱っていることも忘れないで。医者たちにきいてみましたが、それより前に動かすのは感心しないとのことでした」

ウィンスレイドは長い息を吐いた。「わかりました。とすると、あと心配しなければならないのは、〈オーバーロード〉たちがまた〈パイプ・オルガン〉を支配下に置く可能性だけだ」

若いウィンスレイドの目に冷酷な色が浮かんだ。「そうはさせない」と彼は断言した。「わたしたち――さっき言ったここのグループ――は、どのような法的策謀が試みられようとも、ナチとの接続を回復してはならないという点で意見の一致を見、その可能性を永久に抹殺することを決意しました。これはあなたがたへの誓いです」

ウィンスレイドは射通すような視線を相手に向けた。「でも、そんなことをしたらそのあとが……」

「それも、この世界のわたしたちが果たす役割の一部です」と若いウィンスレイドは言った。

50

アルベルト・アインシュタインはプリンストン高等研究所の一階にある散らかったオフィスの机から立ち上がると、目を休ませるため窓に歩み寄った。研究所が一九三九年に大学構内の仮住居からフルド・ホールの新しい建物へ移転してもう三年が過ぎている。彼は、森林地帯や牧草地や農場に囲まれた平和なニュージャージーの環境が気に入っていた——今あらゆるところで起きている恐ろしい事件とはまったく異質の感じだ。ソ連のドイツ軍はコーカサスに達しているし、日本は東インド諸島とフィリピンと東南アジアを手にしてインド国境で満を持しているし、ロンメルはイギリス軍をまたもやエジプトまで押し戻した。こんな状況で、いったい文明は生きのびられるのだろうか？

彼はパイプを詰めながら、机のうしろの壁にかかっている黒板をふり返った——その表面はあの画期的な一九三九年末の日々以来、さすがの彼にも歯の立たない例の問題に、なんらかの解答を与えようという彼の最近の試みを示す記号と等式に蔽われている。それらの記号が表わしている空間、時間、力、素粒子、場といった表面上独立した諸概念の統一表現を構成する方法がどこかにあることを、彼は見抜いていた。そしてその表現の中にこそ、量子力学が暗示する多数の世界間の転移を可能にする手段を理解する鍵があるのだ。この状況の、じれったくなるほどわずかな一部を、彼はすでに手にしている――特殊相対論は空間と時間を、そして質量とエネルギーを統一した。一般相対論は重力が時空の幾何学の物理的表現であることを明らかにした。しかし彼が直感的に理解し、少なくとも二十一世紀の世界の物理学者たちが定式化に成功している大統一理論は、いまだに彼の手を逃れている。ときどき彼は、自分の残りの人生をそれとの取っ組みあいに費やすことになるのだろうかと思い迷うのだった。

ドアにノックの音がした、「はい？《ヤー》」アインシュタインはふり向くと窓からゆっくりとそっちへ向かった。

秘書が中へ顔を突き出した。「アインシュタイン博士、お邪魔して申しわけありませんけど、シカゴのフェルミ博士からお電話が入っています」と彼女。アインシュタインは自分のオフィスに電話を置かせていないのだ。「一刻も待てないとおっしゃるんですけど。とっても興奮なさってるみたいです」

「ああ、そう、待てないんだって？　では、出てみるのがいいだろうね」

一九四〇年の春、ドイツへ向かった兵士たちからも〈門番小屋〉のマシンに消えた人々からもなんの音沙汰もなく何カ月かが過ぎたあと、ルーズベルト大統領は、西側は自己防衛にはみずからの力を頼りにしなければならない、という判断をくだした。そこで、彼は、〈門番小屋〉に関係していた科学者全員に、その時空の物理学を理解しようというあらゆる努力を放棄して原爆計画に集中するよう命じた。こうしてやがてカーネギー研究所の所長ヴァンネヴァー・ブッシュの下で国立防衛研究委員会《NDRC》が設立され、これが核分裂研究活動の調整の任に当たった。

次の年、〈門番小屋〉が相変わらずなんの動きも見せず、ドイツのマシンが破壊されたかどうかも不明というわけで、状況はさらに憂慮すべきものとなった。そこで、一九四一年六月、ルーズベルトはNDRCを新たな大統領直属の科学研究開発局に吸収することで、計画をさらに強化した。新たな組織の下で連鎖反応に取り組む人々の長にはシカゴ大学物理学部長のアーサー・コンプトンが据えられ、そしてコンプトンは、全員を一つ屋根の下に置くべくシカゴへ移動させた——これが計画全体を軍の直接管理下に置くための第一着手であった。

「もしもし、エンリコ。こちらアルベルト・アインシュタインです。何かご用かね？　興奮しているようだと聞いたが」

「〈門番小屋〉です！」早口にフェルミの声が、「〈門番小屋〉の人たちからいま電話を受けたところです。あそこで何かが起きています！」

「起きている？……」

一九四〇年代初頭の素人スパイの逮捕以降、ドイツがこれ以上〈門番小屋〉に関心を抱いている証拠は何もなかった。今では減員された技術者だけがそこに残って、いつか何かが起こるかも知れないという消えかけた希望の火を守り、憲兵隊とFBIの駐在部隊と倦怠を分けあっていた。

「活性化しているんです――完全な接続です！」それがフェルミが電話で言える限度だった。「彼らが戻ってくるのかもしれません。ここの何人かはすぐニューヨークへ飛びます。行きませんか？」

アインシュタインは思わずパイプを吸いこみながら目をしばたたかせた。「ああ、もちろん……そうします。ぜひあそこで見てみたい」

「われわれも同じです」とフェルミ。「わかりました。あの秘書をもう一度電話に出してください。車を手配させましょう。こちらは今から五時間ほどで着けると思います」

午後三時ごろノックの音がドアに響き、CIAFの警備兵ふたりが入ってきた。キャシディがそれより少し前に来てフェラシーニの着替えを手伝い、ふたりともウィンスレイドに言われたとおり、身支度はできていた。

思えば奇妙な二日間だった――いろいろな形と大きさのVTOL機が爆音高く出入りして、偉そうな人々を大勢吐き出し、その連中が書類鞄をかかえて闊歩し、声高に話しあい、機密区画へ入ろうとしてCIAFの士官たちと悶着を起こしたりしたあげく、また立ち去って行った。フェラシーニたちにはそれがいったい何者なのか漠然としかわからなかったが、そんなことにはおかまいなく訪問者の何人かは彼らにもしつこくつきまとった。とうとう若い方のウィンスレイドは医療区画を封鎖するように命じ、各所の入口の警備を三倍に増強した。

そして最後の一日、兵隊たちは急速に快方に向かっているライアンとペインのふたりをまじえて、部屋に備えつけのコンピュータ、図書館、新聞、ステレオ、それにTVを兼ねた、なんでも出せるヴィデオシステムを楽しんだ。軌道上で建設中のプラットフォームの実況中継、火星に着陸した有人計画のドキュメンタリー、ソ連と中国とヨーロッパを舞台とする産業スパイを扱ったドラマ、その他二十一世紀世界のいろいろな断片など。ただし〈パイプ・オルガン〉で施行されている機密保持法のため、電話機の能力はそこに含まれていなかった——通信センターが外へのあらゆる通話要求を遮断していたのだ。キャシディが面白半分に〝セックス・パートナー、グループ、クラブ〟という見出しのついた章に公然と広告を出しているいくつかの番号をためしてみたが、それも拒否されてしまった。

「準備は？」低い声で、警備兵のひとりがたずねた。

「できてますよ」とキャシディ。

「持ち物はないのですか？」もう一方が部屋を見まわした。

「ありません」とフェラシーニ。「休暇の用意をしてきたわけじゃないんでね」暗い外室へ出ると、その廊下側のドアのそばに夜勤の看護婦が、スタンドの光の輪を浴びて座っていた。

「フロイドはどうした？」フェラシーニはたずねた。

「彼はパディとエドについて先に行ってます」キャシディが答えた。「向こうで追いつきますよ」

部屋を出るとき、看護婦の机の正面で足を止めると、「この男をもとどおりにしていただいてありがとう」とキャシディは挨拶した。「本当にたいした治療効果ですな。ほら、この顔つき、完全に正常ですよ」

「いろいろありがとう」とフェラシーニ。「こんなふうにあわただしくてすみません」

「もっとゆっくりできなくて残念ですわ」と看護婦は答えた。「じゃ、どんな事情があるにしても、どこへ行かれるにしても――おだいじに」

彼らは廊下へ出てエレベーターへ向かった。そこにはアンナ・カルキオヴィッチとキース・アダムスンに加えてもうふたりＣＩＡＦの警備兵が待っていた。そのひとりがエレベーターを待機させており、ほとんど言葉も交わさずに一行は地下へ降りた。そこからは長い明るく照らされたトンネルの中を進み、空港施設の地下を通って中央ビルのロビー下のコンコースへ出た。そこに待っていた二、三人のＣＩＡＦ上級士官が一同を保安区域内へ導き入れ、数分後、彼らはふたたびエレベーターで、〈パイプ・オルガン〉施設の心臓部にあたる転移室へ向かって降下していた。

そこでまた別のコンコースへ出、その突きあたりのいくつかのドアを抜けると、そこが転移装置の前室だった。ライアンとペインが横たわる車輪つき担架《ガーニー》二台を囲んで小人数のグループが待っていた。タン・センやホールマンやエディなどの科学者たち、それにプファンツァー博士、ショルダーふたりとウィンスレイドふたりもその中にいた。上の管制室ではさらに数人の科学者たちがＣＩＡＦの警備兵一個分隊の手を借りて、当惑している当直員たちを一方の壁ぎわへ追い立て、マシン操作の持場についている。切迫した雰囲気があたりにみなぎっていた。

若い方のウィンスレイドがやってきて、みんなと順番に握手し、若い方のショルダーがそれに続いた。「さて、これで全員ですな」と若いウィンスレイド。「ここの世界にもっと長くいてもらえなくて申しわけない。これくらいしかお見せできなくて」

「ここで何が進行中なのか、はっきりとは知りませんが、われわれのためにみなさんが首をかけておられることはわかります」とフェラシーニは言った。「感謝しています」キャシディとラムスンも異口同音に心のうちを述べた。

「いや、せめてこうでもしないと気が——」若いショルダーが言いかけたが、そのとき誰かが管制室からギャラリーに出て来て合図をよこした。

「ここで切りあげてしまうのは残念ですが、時間がありません」と若いウィンスレイド。

「もうビームが焦点を合わせました」

「時間だ」ウィンスレイドが言った。

フェラシーニは車輪つき担架に近づき、ペインを見おろした。「エド、旅に耐えられそうか？」

「家へ戻れるんだったら、必要とあればこいつから立ち上がって歩いてみせるぜ」ペインは荒っぽい声を出した。フェラシーニはにやりと笑った。

「パディ、戻ってからは、その腰でもめごとにかかわるなよ」ウィンスレイドはライアンの肩を軽く叩いて言った。「X線を撮られたら言いぬけはできんぞ」

ＣＩＡＦの兵士が数人で車輪つき担架を内室の方へ転がしはじめた。残りの一行が続いたが、ショルダーは若い自分との握手にちょっと手間どった。そうしているうちに、前室の反対端に当たる発送準備区画の扉が左右に開きはじめるのが目にとまった――見るとその扉の奥で、数人の技術者が、カバーをかけた太い円筒形の物体を載せた低い車輪つきの架台を囲んで立っている。今からそれを曳いてこっちへ出て来ようとしているらしい。その物体が何かを知ってショルダーは目を見ひらいた。「カート、あそこの人たち――あれは組み立てずみの――」

「急いで」と若いショルダー。「時間がないし、これからやることがたくさんあるんだから」

「しかし、あれは組み立てずみの原爆だ。何を――」

若いショルダーはその腕をしっかりつかんだ。「接続が再開されないことをわれわれは約束した」年長の自分を転移室の方へ向きなおらせながら、ささやき声で、「しかしもう時間は限られている。ついさっき、ウィンスレイド大佐の指揮官解任指令がとどいたんです。交代の部隊はすでに出発した。今にも到着するかもしれない」

担架を運び込んだCIAFの兵士たちが外へ出てきた。若いショルダーは扉の前で立ち止まり、もうひとりに早く中へ入るよううながした。年長のショルダーはふり向いて抗議しようとしたが、扉はすでに閉じはじめていた。何を言うにももう時間がない。彼はふたたび向きを変えてほかの人々の待っているところへ急いだ。赤い輝きが強まり、彼らを呑みこみ、そして一瞬後、内室は空になった。

〈門番小屋〉は、まるで以前の盛況を取り戻したかのようだった。アインシュタインが出てきているし、フェルミとテラーとシラードもすでに到着している。マシンの低いうなり、表示パネルの明滅、制御卓についている人々。奥の食堂区画ではコーヒー・ポットが沸き立っている。進入口《アクセスポート》正面のプラットフォームに上がった人々にまじって緊張に身をこわばらせているモーティマー・グリーンは、今しも内室で輝きはじめた光がそうあれと祈っているとおりのものだと信じるのがおそろしいような気持ちだった。そのそばには一年前にイギリスから戻ったゴードン・セルビーが立っているし、アーサー・バナリングもワシントンの国務省勤めから駆けつけている。

「ロック確立、ビーム励起低下」フェルミが片隅のモニター席から報告した。「主波節《プライマリー・ノード》解消」

転移室内の青い光がうすれ、緑と黄色を経て、オレンジに変わった。人影の輪郭が輝きの中に認められると、プラットフォーム上の人々の口から一様にあえぎ声がもれた。オレンジ色は鈍って赤に変わり、光輝を失っていった。人影は実体らしい形をとり、輝きが失せると、ゆっくりと前に進み出てきた。

「彼らだ!」ポートに近い有利な位置にいるフェルミが歓喜に酔いしれた声で叫んだ。「クロードとアンナだ!……キース・アダムスンだ……でもまだほかにもいる――多すぎる!」

ほかの人々もすっかり興奮して彼のまわりから前へとび出していった。信じられぬ叫びと押さえきれぬ笑いの上にテラーの声がひときわ高く響いた。「これはなんだ？　兵隊たちまでいるぞ！」

「道をあけろ、道をあけろ」誰かが叫んだ。「負傷者がふたりいるんだ。そう、そこを通してくれ」

モーティマー・グリーンは、光の中へ歩み出てくる亡霊たちの姿をじっと見つめた。「おお、神よ！」息のつまりそうな声とともに、涙がその頰をとめどなくつたい落ちた。

彼のそばでセルビーとバナリングは、ただ呆然と立っていた。「ハリー、キャシディ、フェラシーニ」セルビーが、どもりながら、「全員いる……しかし、そんなはずは……」

シラードは、めまいをふり払うかのように首を振った。「あの連中です」アインシュタインに向かい、まるで突っかかるような口調で、「たしかにそうだ——三年以上前ドイツで消えた兵隊たちです。でもどうやってここへ？」

ウィンスレイドは満面に笑みを浮かべてグリーンの肩をつかんだ。「そうとも、全員帰ってきたんだ。モーティマー、待っていてくれたんだな！　きみがわれわれを見捨てないことはわかっていたよ」

キャシディはプラットフォームの中央まで出てきて立ちどまると、大きく背伸びして肺いっぱいに空気を吸いこんだ。「故郷へ戻ってきたんだぞ、みんな」うしろの仲間に向かって、「匂いでわかる。なあ、ブルックリンの埠頭がこんなにいい香りだなんて、信じられるか？」

「今はいつですか?」とショルダーはたずねた。「日付は？　われわれはいつへ戻ってきたのですか」

「十一月です」フェルミが答えた。

「何年の？」

「一九四二年」

フェラシーニは出てくると、ふしぎな思いであたりを見まわした。キャシディの言うとおり、ここは故郷だった。記憶にあるとおりだ。まわりじゅうで人々が叫びかわし、笑顔を見せ、背を叩きあっている。そのとき彼の目が、少し向こうで感激のあまりものも言えずに立ちつくしているらしい、濃紺の上衣と白の開襟シャツを着た背の高いがっしりした体格の人物にとまった。フェラシーニがその顔を思いだすのに一、二秒かかった——最後に見たときより少々肉がつき、髪と同じ灰色のあご髭をたくわえている。彼の顔に微笑が浮かび、その微笑はゆっくりと広がっていった。「おーい、みんな」彼は仲間に呼びかけた。「ハーヴェイだ！　やっぱりやりとげたんだ！　ハーヴェイ・ウォーレンがいるぞ！」

ウォーレンが前へ出るあいだに、《部隊》の全員がフェラシーニの両側に集合した。フェラシーニは敬礼した。「作戦完了しました。欠員なし」

「気をつけ免除の許可を求めます」車輪つき担架の上からペインが口ごもりながら言った。

ようやくウォーレンの顔に笑みが大きくひろがった。「許可する」

「じゃ、脱出できたんですね」形式ばった仮面をはずしてライアンが言った。「イギリスの潜水艦とランデヴーしたんですか？」ウォーレンはうなずいた。

「グスタフとマルガは？」キャシディがたずねた。「あの人たちはどうなりましたか？」

「一緒に連れ出したよ」とウォーレン。「今はカナダに偽名で住んでいる。陸軍に入っていた息子は北アフリカでイギリス軍の捕虜になり、捕虜収容所《POW》で無事に過ごしている。もうひとりはスウェーデンにいる」

「それじゃ、まだ戦争は続いているのね」とアンナ・カルキオヴィッチが言った。「北アフリカは敵の手に落ちなかったの？　イギリスはまだ戦っているの？」

「今ではチャーチルが首相です」とウォーレンが答えた。「全国民、敵にうしろを見せる気はまったくありません。彼は国全体を戦闘機械に変えてしまいました」

アンナは疑わしげに相手を見つめた。「チャーチルが首相ですって？　そんなことが起きたっていうの？　じゃ結局本当に何かが変わったのね？」

「何かが変わったって？　それどころじゃありませんよ」とウォーレン。「アメリカが参戦したんです！　ルーズベルトが三期目に立候補して、また当選しました。それで今は、ドイツとイタリアと日本——そのぜんぶを相手にしているんです」

アンナは数秒間ぽかんと口をあけていたあと、「それでソ連は？」と信じられないような口調でたずねた。

「どんどん強くなってます」

「ナチの原爆はなかったの？」

「ありませんでした」

興奮に沸き立ったまま、人々はプラットフォームから降り、憲兵たちが前に出て車輪つき担架を降ろすのを手伝った。「ちょっと外線電話を一本かけさせてくれませんか？」下の床へ下りて食堂区画へ向かう途中、アダムスン大佐が言いだした。

「大統領に報告しなければならんな」並んで歩いていたウィンスレイドがうなずいた。「しかし普通の電話でかける必要はないでしょう。まだ、ホワイト・ハウスへの直通電話は残っているんじゃないですか？」

「それとはちょっと違うんですがね、クロード」アダムスンは弁解する口調になった。「妻に電話したかっただけなんです」

51

数台のオートバイと武装兵を載せたトラックに先導されて、二台の装甲乗用車が、オーバーザルツブルクからバヴァリア・アルプスのケールシュタイン山頂に近い岩場付近までの広大な山景を見はるかす、曲がりくねった四マイルの山道を登っていった。やがて道路の終点に着いて停車すると、その車から、ナチ最高司令部のモールと記章を飾りつけた七、八人の軍服姿が吐き出された。そこから山頂への入口を縁どる巨大な岩のアーチ形の門へ向かう一団の中心にいるのは、痩せた厳しい顔立ちに黒い狂暴な目と短く刈りこまれた黒い口髭を持ち、目庇《まびさし》のついた前縁の高い帽子の下からまっすぐ櫛を入れた前髪を見せている人物だった。彼は、山腹の中へ続く長さ四百四十フィートのトンネルへ、脇目もふらず決然たる足どりで歩を進めた。

「さあ、もう認めたらどうだ」アドルフ・ヒトラーはかたわらを歩いているでっぷり太った男に、挑むような口調で話しかけた。「結局、またもやわたしが正しかったことが証明されたのではないかね？」

「たしかにそのようだと認めざるを得ませんな」ヘルマン・ゲーリングは、歩調の速さに息を切らしながら答えた。

「あまり結論を急ぎすぎないほうがいいと思いますが」ヒトラーの反対側からマルティン・ボルマンが口を出した。「これだけ長い空白のあとですから」

「ふん、慎重に、慎重にか――誰もかれもどうしてそう同じことしか言えんのだ」ヒトラーは鼻で笑った。「帝国を築きあげるのは押しと度胸だ。問題点をさがすのと同じエネルギーを解答を求めることに向けようとする人間には、いつになったらお目にかかれるんだ？」

一行はオーバーザルツブルク駅でベルリン行き列車に乗る予定だったのだが、そのとき、ヒトラーの〝鷲の巣〟山荘から〈ヴァルハラ〉の指揮官からの緊急連絡をたずさえてきた伝令が追いついたのだった――いまだに説明のつかない機密漏洩とそれに続く英米コマンド部隊の襲撃のあと、一九四一年初頭に修復を終えていた〈帰還門〉が、ふたたび活性化されたという。このニュースで、総統はすっかり晴ればれとした気分になっていた。

「ライン西岸を手に入れたのは慎重さと小心さだったかね？」山頂への四百フィートを昇るエレベーターに乗りこみながらヒトラーは言った。「また、オーストリアやチェコスロバキアを戦闘なしに手に入れたのは？」数秒間、にこりともせず部下たちを見わたしてから自分の胸に指を突きつけ、「人はわたしを天才と言う。だが、秘密を話してやろうか？　天才であることの真の秘密を知りたいか？　知性か？　頭脳か？　教育か？　頭蓋骨に詰めこむことのできる事実の数か？……え？」ひょいと指を相手に向けると、「必要な事実はどれも本に書いておける。賢人や口うるさい学者どもは雇えばいい。天才の核心は、決断する能力、逆境に直面してもそれを守り行動する意志力、それにその行動を完了まで不動の心で見とどける度胸にある。イギリス人はそれを〝自分の銃にしがみつく〟と表現している。うまい言いまわしだ」

彼らはエレベーターから出て、山頂にあるヒトラーの私邸の玄関ホールにつながる前庭を横切った。当番兵が出てきて、総統が外套を脱ぐのを手伝い、その帽子を持ち、そして一行は、巨大な地図テーブルと何枚もの壁地図があり、窓からはバヴァリア山系の切り立った峰峰を見わたせる指令室に入った。「よってわたしが命令し、スターリングラードのパウルスはこれに従うのだ」と総統は続けた。「劣った者は優れた者に従う。これが自然の法則ではないかね？　パウルスは東部戦線における真の問題点をつかみそこねている。あの男の頭は戦術レベルでしか働かん。より大きな戦略的問題を把握するには指導者の視点が必要なのだ」

「はい、フランスでもノルウェーでも、すべてお言葉のとおりでした」ゲッベルスが崇敬をこめた口調で言った。「ロシアでもそうなるでしょう」

「〈ヴァルハラ〉のマウシェレン閣下が電話に出ておられます」電話の受話器をさし出して副官が言った。

「そうとも、しかし一九四一年初頭、いったい何人がロシアについてわたしの言葉に同意した？」受話器を受け取りながら、ヒトラーはたずねた。「修理が終わったあと新たなマシンが依然として沈黙していたとき、バルバロッサ作戦に関して、わたしを支持する勇気を持つ者が何人いた？　〝総統、接続が回復するまでロシア攻撃の危険は冒せません〟ハルダーはそう言ったぞ」ヒトラーは参謀総長の口まねをしてみせた。「ブラウヒッチュも慎重策を勧めた。そうとも、諸君、いつも同じだった。しかしそうしていたら、どれだけのものが失われたと思う？　この二年のあいだにだ！」受話器をふりまわしながら、「しかしわたしには、原子爆弾が一九四二年に引き渡される保証がなくても、ロシアに対して行動する勇気があった。そう、わたしは自分の銃にしがみついたのだ」

ゲーリングはうなずいて、周囲の人々に訴えかけた。「そしていまや、われわれはヴォルガとコーカサスに進出した。これらとて、ただ待っていては得られなかったものだ」

ヒトラーは受話器を顔に近づけながら、「さて、わたしの確信と洞察が誤っていたかどうかが今こそわかるだろう」とささやいた。それから、声を大きくして、「もしもし、マウシエレン司令かね？……ああ、こちらは総統だ……おお、本当か？　それで状況はどうだ？」ヒトラーが聞き入るあいだ部屋じゅうがかたずをのんだ。ついで総統の目に勝ち誇ったような輝きが現れ、周囲の人々は安堵の顔を見あわせた。

「わかった、ちょっと待て」ヒトラーは片手で受話器を蔽い、腰を下ろしながら部下たちに満足の笑みを向けた。「予想していたとおりだ。〈ヴァルハラ〉の接続は回復した。いま最初の転移を行なっている」彼は軽蔑したように両手をひょいとひろげて見せた。「すると、どれだけ爆弾が届く予定だった日から六カ月が失われたわけだな。これは向こうの端では、どれだけに当たる――一日か？　それ以下か？」肩をすくめ、「そうとも、無に等しい時間だ。ちょっとした技術的な故障でも、すぐにそれくらいはかかってしまう。おそらく〈オーバーロード〉側へ消え失せたコマンド部隊が、何か問題を引き起こしたのだろう。この時間の差を考慮に入れ、パニックに陥らぬことが肝要だったのだ。今やわれわれは爆弾を手に入れ、スターリングラードの問題は解決されることとなった。パウルスを自分の銃にしがみつかせておく必要があったのもそのためだ。スターリンの問題全体もだ」

ゲーリングはこみ上げる喜びを抑えきれない様子で、肉づきのよい丸顔いっぱいに笑みをたたえていた。「まったくそのとおりです！ 二年——いかにも長く思えました。しかし連結の向こう側ではそれがなんだったでしょうか？ まこと、無に等しい。われわれは無について心配していたのです」

「あと知恵でなら、そう言える」とゲッベルスがふり向いて言った。「しかし、あのときその展望を維持するには天才が必要だったのだ」

ボルマンでさえ、不承不承うなずいた。「おそらくわたしは悲観的になりすぎていたのでしょうが、それが思慮分別というものでして……」言葉を続けようとしたが、そのときヒトラーの顔に困惑の表情が浮かんだのを見て彼は口をつぐんだ。何もかもうまくいっているわけではないらしいという認識が生じると同時に、部屋じゅうで交わされはじめていた冗談はぴたりとやんだ。

「何？」ヒトラーは電話に向かってしゃべりつづけた。「どういうことだ、物体が門の中に現れただと？……どういう種類の物体だ？……大きくて丸い？……車輪がある？……もしもし……もしもし？」ヒトラーは当惑にしかめた顔を上げ、テーブルごしに身を乗り出すとフックボタンをゆすぶった。「もしもし、もしもし……司令、いるのか？」

「交換手です」別の声が答えた。

「どうしたんだ？」ヒトラーは詰問した。「〈ヴァルハラ〉の司令官と話していたのにどこかの馬鹿者が切りおったのだ」

「調べさせてください」しばらく沈黙の時が過ぎた。やがて交換手が戻り、「申しわけありませんが、総統、〈ヴァルハラ〉への電話線はぜんぶ死んでいます」と報告した。


ライプツィヒ地区上空三万五千フィートを飛んでいる英国空軍《RAF》のモスキート写真偵察機の中で、顔の下半分を大きな酸素マスクで蔽った副操縦士兼航法士が、ふいに目を大きく見ひらいた。「ありゃいったいなんだ、機長《スキップ》——見てください！」インターコムで割れたその声が、双発のマーリン・エンジンの轟きを圧倒して響いた。

「どこだ？」

「右にバンクして——あそこ、二時の方向です」

「こいつは！　いったい何が起きたんだ？」

「わかりません。何かが爆発したみたいです」

「なんてこった。こんなものは今まで見たこともないぞ！」

「でも悪い眺めじゃない、なんでしょう？」

「あそこはどこだ？」

「ちょい待ち——見てみます」

副操縦士が地図を調べているあいだに、操縦士は立ち昇る煙の雲を見まもるため、機をゆるい水平旋回に入れた。

「機長《スキッフ》、あそこはヴァイセンベルクの化学薬品と弾薬の工場のはずです。誰かがマッチでも落っことしたに違いない」

「一方の端がそっくり吹っとんだみたいだな……ざま見やがれ！」

彼らはもうしばらく旋回して写真を撮った。「当分ここはハリス爆撃隊の攻撃目標リストからはずしておけるだろう」と操縦士。「さて、そろそろ帰投の時間だぞ。ブルの店で今晩ひとつどうだね、ジョージ？」

「悪くないですな、機長《スキッフ》。よろこんでお供しますよ」

52

世界の運命にかくも絶大な変化を引き起こした《プロテウス部隊》の業績を、正確にこれと指摘することは可能だろうか？　数多くの要因が寄与しているが、ホワイト・ハウスを訪問したあと休息のために送られたフロリダの保養地でアーサー・バナリングが提示してみせた分析によれば、そのあらゆる成果は結局のところ《プロテウス世界》では起きなかった二つの重大な展開に集約できそうに思われた——すなわちチャーチルがイギリス首相に任命されたこと、および、ルーズベルトがアメリカ合衆国大統領に三選されたことである。だがこの両者を切り離して考えるわけにはいかないし、またそれを促進したものがまだいろいろと状況の裏面に隠されているのではないかと、アンナ・カルキオヴィッチは疑っていた。

一九四〇年四月、〈門番小屋〉とヴァイセンベルクでの出来事のあと、英仏のノルウェー遠征は計画どおり出港した。しかしヒトラーの西部攻勢の延期により、ドイツの遠征隊もほぼ同じ時期に——予想されていた一ヵ月後の五月ではなく——出発した。両艦隊はそこで鉢合わせとなり、ノルウェー沿岸の各処で、上陸やら交戦やらの混乱が繰り返され、次の月まで続いた。

その結果は連合軍にとってはさんざんの失敗で、イギリスの軍事面における準備の未熟さを指摘したウォーレン少佐の悲観的な予言のすべてを裏づけるものとなった。初期の交戦で連合軍が生きのびられたのは、敵の顧問たちの中に本物の大規模な戦争の経験者がいなかったからにすぎないと考えられた。

ノルウェーに送られたイギリスの兵士たちはスキーを持っておらず、それにどのみち使用方法の訓練を受けていなかった。フランス一流のシャスール・アルパン山岳旅団はスキーを持っていたが、その留め具を船に積み忘れていた。人員と装備を別々の船で送られた野戦通信部隊は、航海途中で一隻が新たな指示を受けて針路を変えたのにもう一隻が変えなかったため、一発の弾丸も浴びないうちに戦闘力を失った。兵士たちがスコットランドの港で、乗船、下船、再乗船を繰り返しているあいだに、海の向こうでは、それまでなんの防備もなかった目的地がドイツ軍に占領されてしまった。おまけに対空火器の備えはまったくなかった。

しかし最大の誤りは、あらゆる警告にもかかわらず、何世紀も海軍力に支配されてきた世界に対する空軍の影響力の大きさを、イギリスが評価しそこねていた点にあった。ドイツ空軍《ルフトヴァッフェ》がデンマークとノルウェーに基地を獲得するや、制空権はたちまちその手に移り、連合軍はもはや持ちこたえるすべを失った。この月の終わりには遠征部隊の撤退が開始され、おかげで、ほんの何週間か前の議会における〝ヒトラーはバスに乗り遅れた〟というチェンバレン首相の確信に満ちた保証は、いやが上にも不適切なものとなった。

「これが歴史に関する予備知識によってわれわれにできることの代表例だとするなら」とチ

ャーチルは、ウィンスレイドとアンナが消えて以来全責任を負うことになって途方にくれているアーサー・バナリングに愚痴をこぼした。「そんなものはないほうがましだ！」

だが結局のところ、この混乱から出てきたのは、災厄ばかりではなかった。五月上旬の英国議会で交わされた激越な討論で、政府はノルウェーでの敗走のみならず、戦争指導全般にわたって責任を追及され、チェンバレン内閣は総辞職した。しばらくのあいだは、ハリファックス卿があとを継ぐものと思われた――それなら《プロテウス世界》での経過と同じことである。しかしこの新しい世界では、ハリファックスの気質は国民の雰囲気に合わなかった。彼は戦争指導者ではなく、自分でもそのことを知っていた。そこで、ハリファックスは辞退し、国王は彼に代えてチャーチルに組閣を求めた。

「クロードとアーサーがお膳立てしたのよ！」フロリダ海岸の白い砂の上にみんなと腰を下ろしてこの問題を論じながら、アンナはそう主張した。「あのふたりがぜんぶ操っていたのよ。ノルウェー作戦が大敗になって、内閣が倒れることを知っていたんだわ」

「しかしチャーチルが引き継ぐなんて、どうしてわかったんです？」とセルビー。

「ほかに誰がいましたか？」ショルダーが反問した。

「ノルウェー作戦が失敗に終わることは明らかだった」とウォーレン。「そしてそれが、イギリス最高指導部全体のなんともすさまじい大刷新を引き起こしたわけだ。しかしわからない――クロードは本当にそんな危険を冒したんでしょうか？」

「もうひとりのクロードはどうです？」とキャシディが口をはさんだ。「あの男がどれだけのものを賭けたかはわかっているでしょう。それと同じ男なんですよ、違いますか？」

「そうなるかも知れないことを知っていたって言うのよ」とアンナは同じ主張を繰り返した。

「あのふたりがやったのよ。クロードとアーサーはイギリス政府をひっくり返したのよ」

何ヤードか向こうでは、アーサー・バナリングが日傘の下のテーブルに向かって平然たる表情で新聞を読んでいるし、一方ウィンスレイドはスフィンクスみたいなほくそ笑みを顔に浮かべながら大洋を見つめていた。どちらも何も言おうとしなかった。

チャーチルは、一九四〇年五月十日、公式に国王から首相に任命された。偶然にも、これはヒトラーが西部戦線で電撃戦《ブリッツクリーク》を開始した日であった。

「わたしは血と労役と涙と汗以外に提供できるものは何も持ちあわせていない」チャーチルは就任演説で議会にそう述べた。この敵に対して講和を結ぶという考えの出てくる余地はなかった。降伏の道がどこへ続くかを彼は知っていたのだ。「われわれの政策は何か、と諸君は問われるだろう。わたしはこう答えよう――それは、海で、陸で、空で、われわれ自身の力と、神の与えたもう力のすべてを尽くして戦争を続けることである。暗い、嘆かわしい人類の犯罪記録の中に比するもののない恐るべき専制政治に対して、戦争を続けることである……」

そのときにはもう全ヨーロッパの状況は、誰にも実感できないほどの速さで《プロテウス世界》の歴史から分岐していく運動量を獲得していた。協定どおり、北フランスのイギリス軍は、予期されるドイツ側の攻撃を迎えるためベルギーに進んだが、すでにヒトラーは計画を変更していた。ドイツ軍の攻撃の主力は平原地方ではなくはるか南のアルデンヌに向けられ、数日にしてその機甲部隊《パンツァー》は守りの薄いフランス前線を突破し、アッブヴィルの海岸へ驀進した。北部軍は腹背に敵を受け、この月の終わりにはいまだにノルウェーから引き揚げ中の部隊に加えてもっと多数の兵士たち――今度は三十万人以上――がダンケルクから脱出してきた。

ヒトラーはまだ、チャーチルの任命が意味する変化を理解していなかった。この総くずれによって連合国側の協力関係が急速に解消へ向かうことを期待した彼は、ダンケルクの脱出が行なわれる決定的な三日間機甲部隊《パンツァー》を引きとめておくことにより、自分がいまだに持っているつもりの〝相互理解〟への意欲を示そうとした。これで英仏も和睦を請うだろうという絶対的な確信を公けに表明し、一見寛容そうな条件を提示することで太っ腹の戦勝者を気どった。

イギリスの反応は、チャーチルの挑戦的な耳ざわりな口調で、電波にのって返ってきた――〝たとえヨーロッパの広い地域と多くの古く名高い国がゲシュタポをはじめとする憎むべきナチの支配機構の手に落ちており、あるいは落ちる寸前の状況にあろうとも、われわれはひるみもくじけもしない……われわれは海で、大洋で戦い、いや増す自信と兵力をもって空で戦い、いかなる犠牲を払ってもわが本土を守る。海岸で戦い、飛行場で戦い、平野で、市街で戦い、山中で戦う。決して降伏はしない……〟

しかしフランスを救うのはもはや手遅れだった。パリは七月十四日に陥落し、一週間後に休戦の調印がなされた。イギリスはただひとり、ナチ支配下のヨーロッパと、わずか二十マイルの海峡を隔てて向かいあうこととなった。次にやってくるのは間違いなく英本土への進攻だ。これに対して英国海軍に残された使用可能な駆逐艦はこのとき六十八隻。またイギリス諸島全土に戦車はわずか三百五十輛しかなかった。

もし上陸作戦が始まれば、それは国民ひとりひとりの戦いとなるはずだった。農夫や工場労働者が鉄パイプや猟銃を手に軍事教練を受け、また国王自身もバッキンガム宮殿の中に造らせた射撃場で、皇族の人々や宮殿の職員たちとともに小型軽機《トミーガン》と拳銃の練習に精を出した。王はチャーチルに向かい、イギリスが今や外国への気がねから解放されて自立自尊の立場を得たという安堵の思いをはっきり感じている、と告白した。王位継承者の若き王女エリザベスは、陸軍のトラック運転手として訓練を受けていた。

一方、地中海の舞台では、オラン港のフランス艦隊は《プロテウス世界》と違って、ヒトラーの手に落ちなかった。チャーチルが英国海軍を送って沈めてしまったのだ。前より慎重になったフランコは、今回はスペインを枢軸に加えず、ジブラルタルとマルタは陥落しなかった。ムッソリーニが参戦したときチャーチルは地中海艦隊の退却要請を一蹴し、逆にタラントへ大胆な攻撃を試みて、艦載機の雷撃によりイタリア主力艦隊を全身不随に陥れた。

こうした推移が大西洋の反対側で、ルーズベルトを三期目の立候補に駆りたて、そして彼は反対らしい反対なしに党の候補者となった。「もしわれわれがこの戦いに勝てるとしたら」フロリダからワシントンへ帰る列車に乗って座席に落ちついたとき、ウィンスレイドはアンナに言った。「一九四〇年七月、シカゴの民主党大会のときに勝っていたのだ、ということになるだろう」

それ以前にもルーズベルトの政策は《プロテウス部隊》の介在の影響を見せていた。ダンケルク事件のあとイギリスのことなど念頭にない合衆国軍の上層部を説きふせて、彼はチャーチルに船何隻分もの武器弾薬を送った――その物資を民間の鉄鋼会社に売り、そこがイギリス政府に再売却することで、中立法を骨抜きにしてしまったのだ。七月には、合衆国海軍を戦艦三十五隻、空母二十隻、海軍機一万五千機に拡大する法案に署名し、さらに九月には、西インド基地の租借権と交換にアメリカの旧型駆逐艦五十隻を貸与する法案を議会で通過させた。十月には徴兵法案が法律となり、ルーズベルトの三選によって、いずれアメリカの途方もない工業力がイギリスのために動員されることは必至となった。

結局、イギリスは侵略されずにすんだ。代わりにヒトラーは〝取引〟を蹴られたことに復讐を誓い、ドイツ空軍《ルフトヴァッフェ》の威力を示すことを決意した。一九四〇年の八月から九月にわたる猛暑の日々、ゲーリングの航空部隊は重畳する波濤のようにイギリス上空へ押し寄せた――そして《プロテウス世界》での出来事についてバナリングの警告を心に留めていたチャーチルが、フランスの絶望的な戦いに出さずに温存しておいたハリケーンとスピットファイアによって、その大部分が撃墜された。夜間には英国空軍《RAF》の爆撃機が、海峡の港に集められた進攻用船舶を粉砕した。

九月までにドイツ空軍《ルフトヴァッフェ》の昼間攻撃は頓挫した。はじめての敗北の経験に激怒して、総統は空軍の作戦をロンドン夜間爆撃に切りかえ、これは次の年まで続いた。八月中旬から十月下旬までに一万七千機以上の爆撃機がこの都市を攻撃した。九月だけでロンドンは二百六十八回の空襲を受けた。寒い冬のあいだ電撃戦はほとんど九十夜にわたって続けられた。しかし歴史自体は繰り返さなかった。今回はイギリスは持ちこたえた。

貴重な戦車のほとんどを積んだ船団がエジプトのウェーヴェル将軍増援のために長駆派遣され、この年の終わりにはイタリアは押し戻され、全軍がリビアに壊走した。

《プロテウス世界》では、一九四一年一月一日にハリファックスが、公式のイギリス降伏に調印した。しかし今回は、打ちのめされ疲れてはいるものの、イギリスはそれとまったく違った期待の持てる新年を迎えた。

〈オーバーロード〉の目的はソビエトの抹殺であったから、一九三九年の独ソ条約は、ヒトラーの攻撃準備ができるまでの単なる一時しのぎにすぎないと見られていた。《プロテウス世界》では、攻撃は一九四一年の五月に開始された。外交やその他さまざまなチャンネルを通じて、チャーチルとルーズベルトは、秘密情報による予測をスターリンに警告しようとした。しかしスターリンは相変わらず――少なくとも外面上は――なんの手も打とうとしなかった。四月から五月にかけてヒトラーはユーゴスラヴィアとバルカン諸国を併呑して、間に合わせのイギリス軍をギリシア防衛に駆りたて、空挺部隊の襲撃でクレタ島を占領することで、南の側面を固めた。

そして六月二十二日、兵員三百万、砲門七千百、戦車三千三百から成るドイツ陸軍三個軍団が、全体主義のよき隣人ぶりを示そうとばかりに東方を強襲し、冬の訪れがようやくその進軍をモスクワのすぐ手前とクリミア地方で押しとどめた。包囲されていたイギリスはついに戦友を得たのだ――チャーチルのような育ちと気質の人間からするとたしかに奇妙な仲間ではあったが、それでも味方には違いない。もう一年以上もヒトラーとただ一国で顔つきあわせていたあとでは、無下にあしらうことはできなかった。

「しかし、別の意味では、これは最悪のニュースでした」ごとごとと北へ向かう列車の中でセルビーはショルダーに言った。「それは、ヒトラーがもうすぐ原爆を手に入れるということ、したがって《アンパーサンド部隊》は失敗したという意味に取れたからです。イギリスが国内の核分裂研究を合衆国の計画と合併させることを決意したのはこのときで、そのため私もここへ戻って来ました。FDRがみんなに、もう〈帰還門〉にかかずらうのは止めて、爆弾の方に専心するよう要請したのです」

だが何にもまして最大の驚きは太平洋だった。

《プロテウス世界》では、〈オーバーロード〉の手先は日本の軍部と関係を結び、もと陸軍大臣の東条に政権をとらせることに成功した。ソビエトに対するドイツの西からの猛襲が始まってから数カ月後の一九四一年九月、東の満州から攻撃することで、日本は共同戦線への参加に踏み切った。同時に、東洋におけるイギリスとオランダの植民地を傘下に収める独自の計画を進めるため、マレー半島と東インド諸島に上陸作戦を開始した。

だが現在の世界では、それに先立つあらゆる事態の進展は何カ月か遅れており、ようやく十二月初旬になって、日本の兵員輸送船が中国とインドシナの基地を出港したという情報が入った。十二月六日、ソビエトが危険を承知でシベリアから移動させた軍隊をモスクワの前面五百マイルにわたる戦線に展開して大反攻を開始したとき、チャーチルとルーズベルトを中心とする部内の人々は、日本の満州からの攻撃が今にも始まるものと確信していた。

ついで、十二月七日、ワシントンの暗号解読課は、外交関係の断絶を指令する日本大使館向けの通信文を傍受した。それには、この通信文を一三〇〇時に国務省へ渡すようにという指示がついていた。アメリカ側は当惑した。日本がソビエト社会主義共和国連邦に攻撃をかけようとしている今、どうしてこの通信文は合衆国との国交断絶を命じているのだろうか？

チャーチルがフランス敗北のさいに学んだ、別の宇宙からの予知は利害相なかばするという事実を、ルーズベルトはまだ知らなかった。合衆国は信じられぬほど無防備なままだった。

日本大使館はこの通信が緊急のものであることを前もって知らされていなかった。平文への翻訳が悠長すぎたため、外交官たちが最終期限のことを知ったのは、アメリカの暗号破りたちよりもあとだった。その日は日曜日で、コーデル・ハル国務長官に翻訳文を手渡すための会見の予約を取るのに、さらに遅れが生じた。会見できたのは、明示されていた一三〇〇時ではなく、一四三〇時だった。

ワシントンの一三〇〇時はハワイの夜明けに当たる。通信文が渡されたのはハルが真珠湾からの第一報を受けとった直後だった。

そのときにはもう遅すぎた。日本は間違った方向へ飛びかかったのだ！

しかし、以上は、二〇二五年から一行が戻ったときすでに過去となっていた年のことである。そして一九四二年にはもう潮の向きは変わりはじめていた。珊瑚海とミッドウェイの空母による戦いで、アメリカ軍は太平洋の日本軍を打ち破り、海兵隊がガダルカナルに上陸した。北アフリカではモントゴメリー麾下のイギリス軍がロンメルをエル・アラメインで食い止め、ついで反攻に転じ、一方、西部ではアメリカ軍がモロッコとアルジェリアに上陸した。ロシア軍はフォン・パウルスをスターリングラードで破った。英国空軍《RAF》は一千機の爆撃機を飛ばしてドイツを空襲し、B-一七〝空の要塞〟とB-二四〝リベレーター〟の最初の飛行部隊もイギリスを基地として作戦を開始した。

そして十二月二日、科学者や軍関係者の集団にまじったウィンスレイド、ゴードン・セルビー、それにカート・ショルダーの三人は、シカゴ大学のスカッシュ用コートで、黒鉛三百五十トン、ウラン五トン、酸化ウラン三十六トンを使って直径二十六フィートの平たい球形に構築された炉《パイル》からフェルミとその同僚たちがゆっくりと中性子吸収棒を引き抜いていくのを、緊張して見まもっていた。シカゴの西二十マイルにあたるアルゴンヌの森でこの計画を収容するはずだった建物の建設が予定より遅れたため、代わりにスタッグ・フィールド競技場《スタジアム》の大スタンドの下で組み立てられたものである。誰もこのことを大学の学長や理事には知らせていなかった。

カウンターが中性子増殖係数一・〇〇六を記録した——世界最初の原子炉が臨界に達したのだ。制御棒がふたたび差しこまれると増殖係数は落ちた。反応は制御可能なのだ。

コンプトン博士はハーバードのNDRC議長ジェイムズ・B・コーナントに電話をかけた。

「ジム、イタリア人航海士が新世界に上陸したことをお知らせしようと思ってね。原住民は友好的だよ」

戦争の秤は急速に傾いていた。

53

一九四三年一月、《プロテウス部隊》はワシントンDCのボーリング飛行場から改造B－二四〝リベレーター〟に乗ってブラジルへ南下し、大西洋を越えてナイジェリアのラゴスへ、さらにそこから西アフリカ先端のダカールを経由して、モロッコ大西洋岸のカサブランカに到着した。パットン将軍麾下のアメリカ軍がこの地方をヴィシー政権下のフランスから奪い取るために上陸してからやっと二カ月が過ぎたばかりのこの場所で、ルーズベルトとチャーチルはそれぞれの参謀長を随伴して、戦争努力の論評と今後の戦略に関する意見調整のための会談を行なっていた。

市の郊外アンファのホテルで一泊したあと、一行は差しまわしの車で、アメリカ軍に守られた陽当たりのいい椰子の木の並ぶ道路の上を、チャーチルとルーズベルトが主要なスタッフの協議とは別途に私的な相談をしている市のはずれの別荘に向かった。今でも《プロテウス部隊》の秘密を知らされている人間はごく少数で、ほかには合衆国陸軍参謀総長のジョージ・C・マーシャルとイギリス軍参謀総長のサー・アラン・ブルックが立ちあっているだけだった。会見は別荘の奥の大きな風通しのいい部屋で行なわれた。オレンジとレモンの木が、開いたフランス窓の外の芝生とプールを囲み、裏手の高い塀の下を武装した歩哨が目立たないように巡視していた。

一行が入っていくと、手に葉巻を持ち、カーキ色のブッシュ・シャツにだぶだぶのズボンというくだけた姿のチャーチルが、慈父のような温顔を見せて、部屋の中央を占める地図に蔽われたテーブルの向こうから近づいてきた。男たちの手を温かく握って上下に振り、アンナの肩に腕をまわして抱きしめながら、「奇蹟だ!」と彼は言明した。「まことにあり得ないことだが、死の淵から生還したのだ。われわれはかなり前からすっかり諦めていたのだよ」

「モーティマー以外はね」ルーズベルトが、車椅子を転がしてきながら言った。「マシンをずっと動かしておくよう主張したのは彼だ。当然ながら彼の方がわれわれよりも諸君のことをよく知っていたわけだな」

マーシャルとブルックが紹介された。「いや、いまだに信じられん気持ですよ」マーシャルは率直に告白した。「報告は読んだし、げんにあなたがた全員がこの部屋にいるのを見ているというのに、それでも信じられん」

ブルックはただ首を振るばかりだった。「どうも適当な言葉を見つけることは不可能なようだ。向こうの世界がどうだったかは聞きましたから、自分でもこの世界との違いはわかりますが……まったく、なんと言いましょうかね?」

「〝お帰りなさい〟はどうですか?」ウィンスレイドが示唆した。

ブルックはほほえんだ。「それでいいのですか？　ああ、たいへんけっこう。では、みなさん、お帰りなさい」

「変化がぜんぶわたしたちのせいというわけじゃなかったと思いますけど」とアンナが言った。「そちらもお忙しかったんでしょうね」

ルーズベルトはうなずいた。「ああ、もちろん諸君のいないあいだ遊んでいたわけじゃない。知力の許すかぎりうまく処理してきたつもりだ……今から見るといくつか後悔や計算違いはあるが、まあそれが世の中というものだろう」

「もとの世界に較べれば、すばらしい違いですよ」とウィンスレイド。

「それからきみの傷だが、エド——心配していたんだよ」チャーチルが言った。「順調に治っているのかね？　それにパディ、それからハリー、きみたちはどうだね？　気分は？」

「もう大丈夫です、おかげさまで」とペイン。「ウォーレン少佐は、わたしがすぐにも特殊部隊の標準まで戻るだろうと言っています」ライアンとフェラシーニも快調だと答えた。

チャーチルはうれしそうにうなずいた。「すばらしい、いや、すばらしい」にっこり笑ってしばし両手をこすりあわせ、「さて、それでは諸君に興味ぶかいものをお見せするとしよう。ブルッキー？」

合図を受けたブルックは、スクリーンの前にあらかじめ据えられていたスライド映写機のスイッチを入れ、同時にマーシャルがブラインドを閉めて部屋を暗くした。現れた映像はかなりの高度から撮った航空写真だった——巨大な煙の柱が、空地と森がまだらに散在する低いなめらかな丘陵の風景の上に立ち昇っている。その煙は河畔に位置する大きな工業施設の一角から放出されているようだ。「わかるかね？」陽気にチャーチルがたずねた。「諸君が戻った数日後、わが軍の写真偵察機が持ち帰ったものの一つだ」

「もっと前に話すこともできたのだが、びっくりさせてやりたかったのでね」ルーズベルトがわざとらしくにやにやしながら言った。

その地形地物のあらゆる細部を記憶している《アンパーサンド部隊》の兵士たちは、驚愕と高揚の入りまじった気分でそれを見つめた。キャシディがフェラシーニの方をふり返り、視線が合うと、夢をふり払おうとするかのように首を振って、またスクリーンに目を戻した。映像は依然としてそこにあった。

ウィンスレイドは眼鏡の奥でまばたきした。「あいつがやったんだ！」ささやくような声で、「やると言っていたとおりのことをやってのけた。あの男の手柄だ！」

「そうね」アンナが放心したようにつぶやいた。「でも、彼がこの責任をとるとしたら……」

アラン・ブルックはしばらくそのまま映像を見せておいてから、口をひらいた。「この爆弾が言われるとおりの強力なものだったとすると、爆発の効果がこれほど局所的なのは意外ですな。そこの主《メイン》プラントはほとんど傷ついていない。煙はぜんぶその奥の端に張り出した区域から出ています」

「〈ハンマーヘッド〉は地下深くにあり、分厚い装甲で固められていました」ゴードン・セルビーが解説した。「爆風のほとんどはそれに遮られてしまったんでしょう。地下核爆発は通常、洞窟を蒸発させ、地表を押しあげますが、そのあと蒸気が凝集するときに吸い戻されてクレーターを形成します。少しでも地表に穴をあけたからには、かなり大きな爆弾だったはずです」

それに続く質問に答えて、《アンパーサンド部隊》の兵士たちはヴァイセンベルクにおける作戦の内実を語り、ウォーレンはクナッケ夫妻と潜水艦でイギリスへ帰還した次第をざっと説明した。やがて当番兵が軽い飲食物を運んで来、マーシャルがブラインドを開いた。

「あれがヒトラーの頼みの綱だったわけだが、今やそれは失われた」とチャーチルが言った。「彼はもう余力を残していない。いずれこれが、この戦争の転機だったということになるだろう」持ちこまれた食物を見まわし、シュリンプ・カクテルに手を伸ばしながら、「実をいうと、海峡を渡ってフランスを奪回する進攻計画の立案が、すでに始まっているのだ。その暗号名《コードネーム》は〈オーバーロード〉。どうかね――ふさわしいとは思わんかね？」

みんながほほえんだ。「ではとうとう、〈ハンマーヘッド〉も本当に破壊されたわけか」ショルダーが薄切りのサーモンと胡瓜のサンドイッチをつまみながら言った。「そうすると、ナチの原爆の脅威は、これで完全に消滅したと考えていいのでしょうか？」

「いや、すべてが終わるまでそういう仮定はできませんな」とマーシャル。

「それにしても、彼らが自力で爆弾を開発する可能性はどのくらいあるんですか？」とアンナがたずねた。「当然彼らはそれが可能なことを知っているはずですけど」

「わたしの言いたかったのもその点です」とショルダー。

いくつもの顔が自動的にゴードン・セルビーの方を向いた。「〈オーバーロード〉に依存していた彼らは、おそらく計画の遅れを、さほど気にしていなかったでしょう」とセルビーは答えた。「それに、一緒に仕事をしたヨーロッパ人たちや、その他独自の筋から得た情報からすると、ドイツの計画は減速材に、フェルミが使ったような黒鉛ではなく、重水を使う方針だったようです。重水を手に入れるのは容易ではありません」

「実際のところ、ナチの支配下で、わずかにしろそれを生産する能力のある設備といえば、ノルウェー南部の水力発電プラントが一つあるだけだ」とチャーチルが言った。「この十一月に空挺部隊をそこへ送ったが、作戦は失敗した。しかしすぐにも次の部隊を送ることになっている――今回はノルウェー人だ。彼らの成功を祈ろう」

「しかし最終的な保険はわれわれ自身の計画だ」とルーズベルト。「それは今では軍の統率下に置かれ、グローヴス将軍はそのすべてを、オッペンハイマーが指揮するロスアラモスの新しい研究所へ移そうとしている。われわれはそれに全力を傾けている。ドイツ側が遅れているというのは見込み違いかもしれず、その場合、唯一の保険は、こっちが先に爆弾を造ることだ」

「もしヒトラーだけがそれを手に入れたら、世界がどういうことになるか想像してみたまえ」とチャーチル。

「想像するまでもありません」とウィンスレイドは答えた。ついで、ぐっと真剣な表情になると、「戦争が終わる前に、単なる保険ではなく、原爆が必要になるかもしれません」

チャーチルとルーズベルトは不安げに目を見合わせた。「それはどういう意味かね、クロード？」ルーズベルトがたずねた。

ウィンスレイドは飲物を手にしたまま部屋のフランス窓へゆっくりと歩み寄り、庭園にちらりと目をやった。それから室内に向きなおると、「今日ドイツに育っている世代は、ナチのやりかたで体系的に野蛮化されてきました」と話しはじめた。「学校で、青年団活動で、メディアを通じて、政治的なイデオロギーのかたちで――あらゆるところでです。育児室の中ですら始まっています。彼らは暴力崇拝と軍隊信仰に、また力こそ権利確立の唯一の基盤だという考えかたに、条件づけられています。その教育は、弱者を征服する強者の権利を美化し、暴力の勝利を自然法則の現れだとして賛美するものです」

そこで軽く肩をすくめて手のひらを見せ、「いったん根づいたこういう体制を、どうやれば除去できるでしょうか？　理を説いても無駄――それは弱さと見られて軽侮を買うだけでしょう。取引きもできない――貿易は対等を意味しますが、彼らが理解するのは統治と被統治の関係だけなのです。こちらの存在自体が脅威か好機を示すにすぎないので、平和裡に共存することも期待できない――力と征服に取り憑かれた彼らは、絶えず自分の強さを試さずにいられないからです。

彼らが敬意を払うものが力だけだとしたら、その尊敬を得るただ一つの方法は、向こうの土俵に上がり、手加減抜きで徹底的にこっちの力を示すことです――向こうの基準に合わせ、向こうのルールで、真正面から打ちのめすのです。つまり、鼻柱をへし折ってやるのです。これが彼らの体制からこの病的執着を追い出すただ一つの方法でしょう」

重々しい沈黙が訪れた。やがて、チャーチルが言った。「それはわかるが、しかしその対価は？　結局、滅ぼすはずの悪と、選ぶところがないことになるのではないかな？」

ウィンスレイドはため息をつき、「ええ、その危険はよくわかります」と答えた。「しかし、ほかに選択の余地があるでしょうか？　あの怪物は、そもそもこの世界のものではありません。ここから発生したものではないのです。いわば病原菌のような、外部から押しつけられた異物なのです。健康な組織を傷つけずに伝染病を追い払うことができない場合もあります。しかしうまく行けば、有機体は回復します」

「いわば彼らの根深い権威への信仰がその培養基になったわけです」アンナは類推を持ち出した。「〈オーバーロード〉があの時間と場所を選んだ理由がほかにあるでしょうか？　これは永久に撲滅されなければなりません。一九一八年に西側は寛大で礼儀正しくあろうとしましたが、その結果を見てください」

チャーチルは三人の仲間に目をやった。「正論ですな、ウィンストン」静かにアラン・ブルックが言った。「わたしもほかの方法があればいいのにと思います」

「反論したいのはやまやまですが」とマーシャルが言った。大きく息を吸って、「でも無理なようです」

ルーズベルトはただ黙ってうなずいた。

こうしてカサブランカで、合衆国とイギリスは、戦略爆撃機による攻撃の大幅な強化と、マンハッタン計画——原爆開発計画は今では公式にそう呼ばれていた——に最優先順位を与えることに合意した。彼らの戦争目的は会談の最後に発表されたとおり、枢軸側の無条件降伏一本に絞られた。

ただ一つ残された未解決の問題は〈門番小屋〉のマシンだった。「思うに、もし諸君が行ってきた未来のあの世界がこれ以上干渉してこないとしても、そのほかの世界が故意にまたは偶然に〈門番小屋〉に同調する、と言おうか、そうしたことの起きる可能性がないわけではあるまい」とチャーチルが言った。「そうではないかね？」

「ええ、まさにそのとおりです」とショルダーは答えた。「混線はあり得ます。すでにもう何度か経験したことです」

「それにわたしの聞いた範囲では、誰ひとりとしてその原理を本当には理解していないようだ」とルーズベルト。「アインシュタインさえもな」

「そうです」ふたたびショルダーが答えた。彼はフロリダから戻って以来ほとんどの時間をプリンストンで過ごしていたのだ。

「ではもう一度さらってみよう」とマーシャル。「さて、このブルックリンのマシンには単なる帰還用の連結機能しかない——そうですな？　最初あなたがたは、ここのマシンなどまったく使わないでもあなたがたをこの世界へ送りこめる投射機によってここへ来られた。〈帰還門〉はそのあなたがたをもとの世界と連結するだけである」

「そのとおりです」とショルダー。

マーシャルはうなずいて、「けっこう。とすると、わたしが知りたいのはこういうことです。こちらに〈帰還門〉がない場合、そういったほかの世界の一つにある投射機が、偶然に何かをここ――一種の〝標識〟として働くものが何もない――へ投射してくる可能性はどのくらいありますか？」

「おやおや」ショルダーは肩をすくめた。「その一つが、枝分かれしたあらゆる世界の中でたまたまここに当たることがですか？　いや、それに比べれば干草の山で偶然針を見つける確率の方がはるかに大きいでしょうね」首を振り、「可能性はほとんどゼロです。ですからそうひんぱんに起こってはいないのですよ」

チャーチルはあとの三人に目をやり、まるでこれが聞きたかったのだとでもいうように、決然とうなずいた。ふいに、彼らがこの件をあらかじめ論じ尽くしていたことが明らかになった。「取り壊せ」と彼は言った。

《プロテウス部隊》の人々はたがいに顔を見あわせたが、誰も驚いた様子は見せなかった。彼ら自身もずっと同じことを自問自答していたからだ。抗弁しようとするものもなかった。この件に関して、チャーチルとルーズベルトがすでに心を決めていることは明白だった。

この決定によって、〈門番小屋〉のマシンをひそかに秘密裡に解体し、部品を破壊し、大洋に投棄するよう命令書が作成された。設計情報と組み立て図面は焼却され、《プロテウス作戦》に関するすべての言及は関係者全員の公式ならびに個人的な記録から削除されることとなった。〈門番小屋〉はふたたびブルックリン埠頭の倉庫の一つに戻るのだ。

これほどこづきまわされてきたことを思えば、この世界も、本来あるべき姿よりそうひどくかけ離れたものになってはいないだろう。ほかの宇宙からの干渉など、もうたくさんだ。

54

フェラシーニとキャシディがドアを抜け、階段を降りてマックスの事務所へ続く廊下に出たとき、そこは何一つそうたいして変わってはいないように見えた。クラブの入口の両開きのドアは塗りなおされていたが、その左右のきらびやかな壁紙はもとのままで、本来ならこれも張り替えられていてしかるべきところだ。クロークの女の子は前と違っていた。

「おや、きみみたいな娘《こ》がこんないいとこで何をしてるんだい？」カウンターごしにコートを渡しながらキャシディは上機嫌でたずねた。

習慣的なうんざりとした表情に切りかえはじめていたクロークの女の子は、とまどったように手をとめ、眉をひそめた。「どういうことですの？」

「どうだっていいじゃないか？　ねえ、おれはキャシディ。きみは？」

「リサです。わたし――」

「まさか！」すぐうしろで叫び声があがった。「こんなことが！　でも、間違いない――キャシディ！」

「よう、マックス、こいつめ！」とキャシディもわめき返した。日に焼けた広いひたいに縮れっ毛のマックスが満面に笑みを浮かべながら事務所から出てきて、ふたりは手を握りあった。「で、その後どんなぐあいだい、マックス？　さっきハリーに言っていたんだが……あれ、おかしいな。あの男、いったいどこへ行っちまったんだろう？」

しかしフェラシーニは、クラブの中で歌っている声に耳を傾けていたのだった。

彼はドアのすぐ内側に立って、そのまま長いあいだ、スポットライトの中の彼女を見つめていた。彼女は髪を彼の好みのふわりと波立った感じにせず、高く結いあげていたが、その方が歌い手としては似合いに見えた。わずかな受け口に高めの頬骨、上向きにとがった鼻――彼の覚えているとおりだ。きらきら光る飾りのついた金色とみかん色のドレスを着ている。

ジョージの姿はなかった。今ピアノを弾いているのはもっと年かさの、温和な感じの顔とぼさぼさの白い口髭の男で、その風貌からフェラシーニはなんとなくアインシュタインを思い出した。クラブは混んでいたが、ほとんどは見知らぬ顔だった。制服姿が大勢いる。相変わらず何を考えているのかわからない表情のルーが、黒いベストに袖口を折り返した白いシャツ姿でバーテンダーをつとめている。パールがカウンターの端のスツールに、そしてシドがもう何人かとテーブルの一つに座っている。

「ハリー、いつもそんなふうに恋に落ちてたら、生活をエンジョイする暇なんてないじゃないですか？」キャシディが近づいてきて言った。

フェラシーニはにやりとした。「だって、故郷へ帰るのはそのためじゃないのか、え、キャシディ？」そこでやっとマックスが一緒にいることに気づいた。「よう、マックス！　景気はどうだ？　いや、好調みたいじゃないか！」

「きみもな、ハリー。景気かい？　そうだな……」マックスは手を振り、「戦争でひどい目に合う人間もいることはわかるが、商売にゃそう悪くない。とにかくきみたちが戻ってくれてうれしいよ。ほかの連中、フロイドなんかは？　まだ一緒かい？」

「戻ってくるのはいいもんだ。もちろん、あいつらもあとで来るよ」フェラシーニは、ふとためらった。「その、ジャネットなんだが、まだ――」

マックスは彼の目の前で片手をひらひらと動かしてみせた。「ああ、本気なのは一つもないさ。わかるだろう、ハリー――あの種の女たちは直感を持っている。彼女はきみが戻ってくることを知っていたんだ。さて、ところで、いったいきみたちはどこに行っていたんだい？」

「最高機密の大統領命令でね」キャシディが答えた。

「ほう、なるほど――三年間もね？　でもちっとも昔と変わらないようだが？」

「本当の話なんだ」とキャシディ。

「じゃ、こっちの話も聞かせてやろうか？」マックスは彼を肘で突っつき、ウィンクしながら、「ブルックリン橋の独占代理権を手に入れたんだ。ひとつ買値をつけてくれんか」

「おい、キャシディ、飲もうぜ」とフェラシーニ。

マックスはふたりをカウンターへ連れていき、「みんな見てくれ、仲間が戻ってきたぞ」と客たちに告げた。

パールは端の椅子からくるりとふり返った。「まあ、信じられないわ！」客の中でも何人かの古なじみは、ふたりの帰還を喜んで迎えてくれた。シドもテーブルの人々に何か言い置いてこっちへやってきた。

「おい、こいつはなんだ？」キャシディがパールの手を持ちあげ、彼女のしている指輪に賛歎の目を向けた。「きみが？　いや、信じられないよ！」

「そうね、人生はこういう小さな驚きでいっぱいなのよ」パールはハスキーな声で言った。

「おれたちも知ってる男かい？」とキャシディ。

「〝J六つ〟のジョニーを覚えているかね？」とマックス。

「まさか！」

「社会への義務感よ」とパール。「誰かが彼をきちんとさせなきゃならなかったの。たった一つの問題は、あたしの方が彼に引きずられちゃってることね」彼女はため息をつき、「花嫁のヴェールの代わりに、あたしは覆面をするの。これがあたしの身の上話」

ルーが飲物をカウンターに置いた。「うちのおごりです」そして、ふと足を止めてフェラシーニの顔を眺めたとき、ちらりと不安の影がその顔をよぎった。「ハリー、あなたとキャスのことをたずねた男がいたことは、もう話しましたっけ？」

フェラシーニはまじまじと相手を見つめた。「三年前の話だぜ、ルー。おれのことに間違いないのか？」

「ええ、もちろん。ちょっと待って……ええと、背は低い方、このくらいかな。青白い顔で、髭があって、帽子をかぶって……黒い眼鏡を、店の中でもかけたままでね。ずっとおかしなそぶりをして――一種うさんくさい」

フェラシーニは考えこんだ。「ああ、思い出した……ジョージと話をしてたって言ったっけ？」彼はふしぎそうに首を振った。「そうだ、話してくれたよ、ルー。でも結局誰なのかわからなかった」

ルーはうしろを向き、カウンターの裏の棚から角を折った走り書きと紙切れがぎっしり詰まったボール紙の靴箱を引っぱり出した。しばしその山をかきまわして紙切れの一枚を取り出すと、丸めて屑籠に投げこんだ。フェラシーニは感歎の面もちで首を振った。

ダンスフロアの中央で、ジャネットが最後の曲を歌いだしたちょうどそのとき、カウンターの方へ向いた彼女の目が、パールやマックスたちと話している背の高い髪の黄色い口髭のある人物の姿に何か身近なものを感じ取った。ほんの何分の一秒か、彼女はその顔が思い出せなかったが、ついでその男と一緒にいる人物に目が移ったとき、彼女は思わず声を途切らせた。ピアノはもう一小節演奏してから止まった。前の方のテーブルで歌に聞き入っていた数人が当惑した表情でたがいに顔を見あわせた。が、ジャネットはすぐに自分を取り戻し、笑顔を浮かべた。「あら、すみません、みなさん――ちょっと調子を狂わしちゃって。オスカー、もう一度はじめからお願い」カウンターから、ウェーヴのかかった黒髪の人影が、グラスを彼女の方へ上げて微笑した。ピアノが演奏を再開し、彼女は歌った。

フェラシーニはあらためてスツールの一つに腰を落ちつけ、身を伸ばしてカウンターに肘をのせた。おそらく生まれてはじめて、彼は心の底からくつろぎ、周囲の世界に満足していた。背後でキャシディがしゃべっている話も耳に入らず、彼は一九七五年の作戦から帰投して以来自分の身に起こったさまざまなことに思いをさまよわせた——彼を別の世界へ送ったツラローサの奇妙な計画とのかかわり合い、〈門番小屋〉でのマシン建設、ついでイギリスへの移動、ヨーロッパ横断とヴァイセンベルクでの作戦、そしてそのあげくまったく別の、今度は未来の世界へ引っさらわれていくことになった。そしてようやく戻ってきたのだ。こんなことのあとで、生活があまり単調すぎなければいいのだが……。

そしていろんな人々のこと——一緒に働いた《アンパーサンド部隊》の仲間。科学者たち——アインシュタイン、シラード、フェルミ、テラー、ウィグナー。政治家やその側近や軍の首脳たち——ルーズベルトとチャーチル。イーデン、ダフ・クーパー、リンデマン。ホプキンス、イックス、ハル。ブルック、マーシャル……。

それにもちろん、クロードのこと。これがたった一つ悲しい点だ——たぶんもうクロードには会えないだろう。

フェラシーニは、カサブランカで偵察写真を見せられたときクロードの顔に浮かんだ表情を見ていた。あのときあそこで、クロードは心を決めたのではないかと彼は感じていた。クロードは若い方の彼を弁護する証人の花形たるべく、二十一世紀へ戻っていったのだ。若い彼自身が彼のためにやってくれたことに対して感じている借りを、彼は返しにいったのである。

実際のところ、若いウィンスレイドの弁護には花形証人がふたり付くことになった——アンナ・カルキオヴィッチも一緒に行ったのだ。「少し前から芽生えてはいたようだが」とカート・ショルダーはフェラシーニに説明してくれた。「でもふたりともプロだから、まず仕事の方を片づけてくれるでしょう」

科学者たちはショルダーの案に成るモールス通信法を使って、再連結を求める信号を送った。そして破壊される直前のマシンによる転移が行なわれるに当たり、〈門番小屋〉にかかわっていた全員が、出発するクロードとアンナに最後のお別れを言うために集まった。

ふたりはショルダーに、はるか昔あとにしたあの世界へ一緒に行こうとさそった。しかし、長い熟考のすえ、ショルダーは辞退した。おそらく、若いショルダーが、かつては彼自身のものだった家族とともにそこにいることを考えての決断だったろう。「ここが今はわたしの世界です——いろいろの宇宙をうろつくには年齢《とし》をとりすぎました」とショルダーは言った。「それに、アインシュタイン博士ももう昔ほどお若くはない。ヨットを走らせるとき手伝いが要ると思うんですよ」

ふと気がつくと、もうジャネットは歌い終えて、バンドは《真珠の首飾り《ストリング・オヴ・パールズ》》を演奏しはじめ、人々がダンス・フロアに集まっていくところだった。カウンターのまわりの人ごみを抜けてジャネットがやってくるのが見えた。スツールから立ち上がった彼の首に彼女は腕をまわし、そのまましばらくふたりは抱きあっていた。それから彼女は身を引き、じっと彼の顔に見入った。ふたりとも言葉が見つからず、ただたがいに笑顔で見つめあうばかりだった。

キャシディがやってきて、その呪縛を破った。「こんなに長く会わなかったんだから、もっと話すことがあるはずだと思うんですがね」ちょっと呆れたというような口調だった。ジャネットはキャシディの腰にするりと片方の腕をまわし、その頬にキスした。それからふたりの顔を交互に見ながら、「ふしぎね。ふたりともぜんぜん年とってないみたい」

「清潔な暮らし、健康食品、それに瞑想さ」とキャシディが受け流した。

「きみもちっとも変わってないじゃないか」とフェラシーニは言った。「実際、前より溌剌としてるみたいだ。ジェフはどうしてる」

「元気よ、この前の手紙ではね」とジャネット。「彼、海軍に入ったの。今は太平洋のどこかよ」

「ほら、きみが戻ってくるのを知ってたといっただろう」マックスが近づいて来ながら言った。

「運命なのよ」とジャネット。「ハリー、あなたは運命を信じる?」

「もちろんさ」とフェラシーニは答えた。「運命ってのは自分の手で切りひらくもんだからね」

ジャネットは明るい青緑の目で彼の顔を丹念に見まわした。「そうすると、何にせよ、もう終わったのね?」彼女はたずねた。「あなたは言ってたとおり出かけて、そしていま帰ってきた。これはもう、ずっといられるってことかしら?」

ハリー・フェラシーニは周囲を見まわし、このときようやく、前回この〈虹の端〉に来たときに比べて、様子がすっかり変わっていることに気づいた。陸軍がいっぱいいるし、海軍も大勢、それに空軍も、海兵隊もだ。今しもイギリスの水兵三人がカナダ兵ふたりとドアから入ってきたところだった。カウンターの向こうの端にはオーストラリアの兵士が何人か座っている。ダンス・フロアの群集の中には、自由フランスとポーランドの制服も見える。

以前イギリスがそうだったように、ここも今では全国民の戦いとなっているのだった。ルーズベルト大統領ですら、息子のひとりは偵察飛行隊でアフリカ上空を飛んでいるし、もうひとりは北アフリカ上陸に参加した駆逐艦の副長だし、三人目はソロモンで海兵隊に勤務しているし、さらにひとりは空母ホーネットの少尉だという。彼の信じていた世界はようやく立ち上がり、みずからを守っていたのだ。

彼がかつてヴァージニア州ノーフォーク沖で潜水艦の艦橋から雨の降りしきる荒涼たる夜明けを眺めたとき直面していた未来に較べ、なんという違いだろうか。

彼はジャネットを見つめ、にやりと歯を見せた。「ああ、そうとも」と彼は言った。「もうその心配はしなくていい。ずっと家にいるよ」

エピローグ

一九四七年最新型のフォード・マーキュリーV型八気筒を運転して、フェラシーニは新しく出来たハイウェイを離れ、記憶にある古い懐かしいクイーンズの街路に車を向けた。今はその旧地域のまわりにも新しい家がいっぱい建ちはじめているが、そのほとんどは緑の芝生を持った一戸建て――災厄好きの論客たちが予言していた戦後の不況が来なかった今、政治家たちが、全アメリカの一家に一戸ずつ供給することを公約している種類のもの――である。戦車とB‐一七を造っていた多くの工場が、生産を自動車と冷蔵庫に切り換えていた。あらゆる人々があらゆるものを一つずつ持ってしまったらどうなるのか、気に病むものは誰もない。あらゆるものの二つめを売りはじめるんだろう、とフェラシーニは思っていた。

カーラジオのニュースは、マーシャル――今では国務長官だ――がドイツを含むヨーロッパ再建援助のために発表した計画に、ソビエトが同意を拒んだことを報じている。手を伸ばしてチャンネルを変えると、そこでビング・クロスビーが《ぼくは気ままに《ドント・フェンス・ミー・イン》》を歌っていた。

いまだに自動車屋をやっている家の二階の窓には、今も植木鉢が並んでいた。酒屋と金物屋はちっとも変わっていない。デリカテッセンは商売を拡げたようで、その隣も食料品店になっている。フェラシーニは店の前の空いたスペースに車を停めて降り立つと、暮れなずむ周囲を見まわした。はるか前方に塀と木立、そのうしろに教会、そして丘のふもとには学校が見える。クリーニング屋だった建物はいくらか前と変わったようだ。彼は歩道を横切って店に入った。

何人かの大人と子供が片側のセルフサービス式の棚を見まわしながら歩いている。一分間ほどでフェラシーニはジャネットに買って帰るよう頼まれたいくつかの品物を選び出し、新聞や雑誌やキャンディや煙草などの陳列されているレジに向かった。「いらっしゃい」白い上着を着た黒い髭の男がレジスターに数字を打ちこみながら言った。「ほかにご入用なものは？」

「少し聞きたいことがあるんだが」フェラシーニは言いよどんだ。

店の主人はちょっと間をおいてから、顔を上げてたずねた。「なんでしょう？」

「フェラシーニという名前の人々がまだこのあたり――あの道を行った角に近いところ――に住んでいるかどうかわかりますか？」

「フェラシーニ――イタリア人の？　ああ、知ってるとも。奥さんがいつも子供たちとここに来るからね。そう、まだあそこに住んでますよ」店の主人はちょっと眉をひそめるようにしながら身をのり出してフェラシーニの顔を見つめた。「お客さんも家族じゃないのかね？　よく似てる」

「遠い親戚です。ところで聞かせてほしいんだが、最近あそこで子供がもうひとり増えましたか？」

「そのはずですよ——かなり前から大きなおなかをしてたから」店の主人は声を高めて背後のドアごしに呼んだ。「おーい、バーブ、フェラシーニさんとこはもう生まれたかな？」

豊かな胸をした女が戸口に現れた。「ええ、二、三日前にね。男の子だったわ」

「それで……母親のぐあいはどうですか？」とフェラシーニ。

「どちらさま？　あら、きっとご親戚ね。これまでお目にかかったことがないから」女はうなずいて、「無事よ——ふたりとも。奥さんの方は危なくて、医者がしばらく心配したって話だけど、もう大丈夫のはずよ。お名前を伝えておきましょうか？」

ほっとして、フェラシーニはほほえみ、首を振った。「いや、けっこうです、ありがとう。ちょっと通りかかっただけですから」

マンハッタンへ戻る途中、彼はもう一度車を停めて、ガソリンを補給し、リヴァーサイド・ドライヴのふたりのアパートにいるジャネットに電話をかけた。彼女は今でも歌っており、キャピタル・レコードが本気で契約の話を持ちかけている。彼の方はキャシディと共同で、戦争で余剰となった飛行機に投資し、そのチャーター業を営んでいた。

「クイーンズですって？」ジャネットが叫んだ。「一日休みを取ったとばかり思ってたのに。クイーンズでいったい何をしてたの？」

「ぼくの一家はここの出なんだ。覚えているかい？」

「だって、ハリー、あなた、家族の話なんてしてくれたことなかったじゃないの」

「いや、これは別でね。しなければならないことがあったんだ」

「どうやら、キャシディやラスと野球見物ね」

「いや、今度は違うよ。いま言ったとおり、しなければならないことがあった——今回だけは忘れたくない、ある人物の誕生日だったんだ。じゃああとで、いいかい？……ああ、もちろん、ほしいと言ってたものは買ったよ」

テクニカル・ノート
『多元世界』——量子力学の一解釈

途方もない実用価値と予言の成功にもかかわらず、量子論は半世紀以上が過ぎた今でも、日常的直感とあまりに相容れないため、専門家たち自身これをどう解釈したらいいのか、いまだに意見の一致を見ていない。その不一致は〝観測〟——一般に物理学者は相互作用をこう呼ぶ——を記述する問題の周辺に集中している。

形式的には、ある相互作用の結果は、それぞれが可能な結果の一つを表わす数式の重ね合わせ《スーパーポジション》である。解決すべき困難は、このような重ね合わせを、実際には一つの結果しか観測されないという事実と調和させるところにある。言いかえると、どうやってその体系《システム》（相互作用する物体。装置と対象。観測者と被観測者）は、可能な最終状態のどれか一つになることを〝選ぶ〟のだろうか？

〝伝統的〟な〝コペンハーゲン派〟の解釈は、波動関数が重ね合わせの形をとる場合、それはただちにその要素の一つに収束する、というものである。重ね合わせの中のどの要素に収束するかをあらかじめ述べることは不可能である。しかしながら、いろいろな可能性に一定の加重確率配分を割り当てることは可能であり、こういった配分の予測は実験によって充分に裏づけられた。これが量子力学の見慣れた統計的性質の基礎である。

波動関数の収束および統計的加重の割り当ては、量子論それ自体から導かれるわけではなく、先験的なものとして押しつけられたありきたりな条件からの帰結である。そのためこの解釈から、形式的な物理学理論はもはや実在を表現するものではなく、潜在的可能性から成る幽霊領域を示すにすぎないという考えかた——すなわち、その記号は統計学的な予測をするのに重宝な単なるアルゴリズムなのだという思想——が出てきた。しかし、これがもし正しいとすると、われわれのまわりにたしかに存在している客観的な実在はどうなるのか、と批判者たちはたずねた。アインシュタインはこのコペンハーゲン派の形而上学的な解決に死ぬまで反対しつづけ、その主張は、この伝統的な解釈に今日なお付随している不満の多くの基礎となっている。

一九五七年、プリンストン大学の博士論文で、ヒュー・エヴェレット三世は、そうした異質な領域の存在を否定して、全宇宙に対応する波動関数という概念を導入する新たな解釈を提案した。この汎宇宙的な波動関数は決して収束せず、それゆえ全体としての実在は厳密に決定論的である。その動的微分方程式に従って時間発展することによってこの汎宇宙的関数は自然に要素に分解するが、この過程は、宇宙が相互に観測不可能な、しかし等しく実在である多くの世界へと連続的に分裂していくことを反映したものと言える。このモデルの、最小限の仮定による数学的処理から、そのどの世界にも、見慣れた統計学的な量子法則が適用できることが導かれる。

ある意味でエヴェレットの解釈は、形式的な理論と実在のあいだに直接的な対応があるという素朴なリアリズムと古風な理念への回帰を要求するもので、これなら間違いなくアインシュタインも気に入ったことだろう。しかし、たぶん昨今の科学者が洗練されすぎていたためと、またこうした解釈があまりに異様だったため、この代案はそれにふさわしい真剣さでは受けとめられなかった。

大きな弱点は、これによる実験予測がコペンハーゲン派のそれとまったく同じで、そのため両者を区別する実験が立案できなかったことである。事実、この多元世界的解釈の数学は、この宇宙的重ね合わせの中に含まれるほかの世界の存在を明らかにできる実験はないという形式的な証明を与えている。（ここが、言うまでもなく、本書でわたしがいちばん逸脱したところである。しかし、これが科学者ならぬSF作家の特権の一つなのだ）

しかしながら、右の両解釈のあいだで決着をつけることは、直接的な研究室での実験以外の場で、究極的には可能かもしれない。たとえば、ビッグ・バンのきわめて初期において、宇宙の波動関数は、そのときまだ干渉しあっていない枝への凝集による全体的な統一性を損なわずに保有していたかもしれない。こういった初期の統一性が、宇宙論にとっては検証可能な意味を持つかもしれないのだ。

わかりやすい数学的操作を含むこの理論の詳細については、ブライス・S・ドゥイット&ニール・グレアム共編『量子力学の多元世界的解釈』(プリンストン大学出版局)を見よ。

解説

評論家 関口苑生

ジェイムズ・P・ホーガンの名前を初めて知ったのは、忘れもしない《ミステリマガジン》誌上でだった。ミステリ評論家の瀬戸川猛資さんが連載エッセイ「夜明けの睡魔」のなかで、SFながらちょっと毛色の変わった謎解き小説として『星を継ぐもの』を取り上げ、何とも熱っぽく語っておられたのに興味惹かれたのだ。

中学から高校にかけて、わたしは熱血SF少年だった時期がある。それがいつの間にか読まなくなって久しくなり、この当時（一九八〇年）ともなると、ほとんど見向きもしていなかったと思う。そんなおりに、評論家のなかでもこわもての論客として知られる瀬戸川さんが、この作品を評して、

「……これだけ錯綜した謎が、まことに単純明快に、論理的に解き明かされ、しかもすばらしい意外性に満ちている。不可解な謎の提出、中段のサスペンス、論理による謎解

きと結末の意外性。こういう種類の小説を、ぼくらは本格推理小説と呼んでいるのではあるまいか」

とまで言い切って絶賛していたのを目にしたのだ。SF作品で、この褒めよう。さすがにここまで書かれてしまうと、気にならないほうがおかしいというもんでしょう。

また実際に読んでみると、確かに凄かった。こんなにも胸がわくわくする、紛うことなき本道のサイエンス・フィクションが、こんなにも豪快な本格ミステリになるなんて、と読後はただただ呆然としていた記憶がある。極論すればよくも悪くもそこがホーガンの魅力で、読者は彼の豪腕ぶりと力業に、ひたすら圧倒されるばかりだったのだ。

本書『プロテウス・オペレーション』についても、まったく同様のことが言える。本書はまさにホーガン印の時間テーマSFであり、加えてポリティカル・スリラーの緊張と、冒険活劇小説の興奮が爆盛りにされた、まさに超豪華なサスペンス大作なのである。

時は一九七四年、第二次世界大戦で圧倒的勝利を収めたナチス・ドイツを軸とする全体主義体制は、ヨーロッパをはじめアジア、アフリカの全土を征服し、さらには南アメリカの国家群も支配下に置こうとしていた。いまや西側自由世界は、北アメリカ、オーストラリア、ニュージーランドの三国に縮小。ナチスの魔手がやがてアメリカ合衆国へと伸びてくるのは必至だった。このままでは戦争は避けられない。そこでアメリカはジョン・F・ケネディ大統領の指令の下、かねてより極秘に進めてきた《プロテウス作戦》を実行に移したが……。

実際の歴史とは異なる経過をたどった世界を描いた作品を、歴史改変小説と称するのはご承知だろう。代表的な例としてはフィリップ・K・ディック『高い城の男』がつとに有名だ。第二次大戦で枢軸国側が勝利し、ドイツと日本がアメリカを分割統治しているという設定で、しかもその世界では連合国側が勝利した世界を描いた改変歴史SFがひそかに読まれているという、一種の入れ子構造になっている秀逸な作品だった。SFの読者には比較的馴染みが薄いところでは、ロバート・ハリスの『ファーザーランド』がある。同じく大戦に勝利し全ヨーロッパを勢力下に置いたドイツが舞台だが、ヒトラー七十五歳の誕生日祝賀行事を控えたベルリンで、とある政界大物の死体が発見されたことから歴史の闇に隠された秘密が浮かび上がってくる。その謎に迫った刑事は、逆にゲシュタポに追われる羽目になる。『ドラゴンがいっぱい！』の作者ジョー・ウォルトンの『英雄たちの朝』は三部作の一作目で、一九四一年にナチスと講和条約を結んだイギリスが舞台。講和から八年後、権力中枢にいる人物の邸宅で下院議員の変死体が発見され、スコットランドヤードの刑事が捜査に乗り出す。

ちょっと変わったところでは、ヒューゴー賞、ネビュラ賞、ローカス賞というSFの主要三賞を制覇したマイケル・シェイボン『ユダヤ警官同盟』がある。こちらは一九四八年にイスラエルが建国数カ月でアラブ諸国との戦争に敗れ、そこから大量にユダヤ人難民が発生した世界の現状（物語の舞台は二〇〇七年の、アラスカ州ユダヤ人自治区）が描かれる。

とまあ、一概に歴史改変小説といっても、きわめてSFぽいものから、ミステリ、純文学までその幅はかなり大きい。つまりはそれだけ懐が深いカテゴリーだとも言えそうだ。科学を求める人も、歴史好きも（第二次大戦マニアなど）、ロマンが好きな人も、すべて取り込んでしまえそうなカテゴリーなのである。そもそも歴史が改変された世界、わたしたちが知る歴史とは異なる「もうひとつの世界」というのは、作者にとっては小説を作り上げる上での仕掛けである。この仕掛けが興味津々のうちに物語を展開させる原動力となり、やがて作品に構造を与えていく。しっかりした構造は読者を作品のなかに呼び込む力を持つ。小説とはそういうもので、それだけに仕掛けは大切な要素となっていくし、何よりも読者を心から納得させなければならない。

しかしそうは言っても、本書の場合はこれがおそろしく壮大で、途方もなく、かつまた驚愕の仕掛けで、ともかく驚いてしまうとしかとりあえずの感想が浮かばない。逆に言えば、だからこそホーガンなのだが、次から次へと唐突にアイデアが押し込まれて頭の交通整理が間に合わぬほどにもなるのだった。

さて発動された《プロテウス作戦》とは、ナチスの野望を打ち砕くために過去の世界へ精鋭部隊を送り、歴史の進路をねじ曲げてしまおうというものだった。かくして一九七五年の現在から、一九三九年の世界に科学者や軍人など十二名からなる《プロテウス部隊》が、勇躍時間の流れに飛び込んでいく。

と、ここまでがおよそ五十ページ。おそろしく早い展開で、彼らの具体的な作戦計画や行動などの説明もほとんどされない。それ以上に、まず一九七五年のアメリカにタイムマシンを造る能力があったのかよ、といった突っ込みを入れたくなるのが必定だ。しかもそのマシンは厳密に言えば一方通行の道具、つまり〝発射装置〟であり、往復の連絡を完成させるには〈帰還門〉と呼ばれる装置を、着いた先で建造する必要があったのだ。

（以下、少々ネタバレあり。注意して読まれたし）

これで驚いてはいけない。実は最初のマシンは二〇二五年の未来人によって造られ、一九二五年にはすでに彼らの運動員がドイツにやってきていたのだった。翌二六年に〈帰還門〉が組み立てられて双方向の接続が完成。さらにはその〈帰還門〉は、一九三九年の今もなおドイツ領内の〈ヴァルハラ〉と呼ばれる施設の奥深くで稼働を続けているというのだ。要するに、主人公たちが訪れたこの物語の一九三九年とは、すでに二十一世紀の人間が改変の手を加えていた世界だったのだ。いやその連中が背後で画策していたせいで、ヒトラーとナチスが台頭したのである。そこへ一九七五年の《プロテウス部隊》が、今度は〈帰還門〉を破壊するためにやってきたというわけだ。

しかしまあ、それにしても何と読みどころの多い作品なのだろうと改めて実感する。なかでも個人的には、少人数の部隊員が〈ヴァルハラ〉を襲撃する場面と、彼らに協力するドイツ人夫婦が忘れられない。もちろん、歴史好きには実在の人物が数多く登場し、ホーガンの手によって動かされていく彼らの描写もたまらないだろう。SFファンには、若きアジモフが書いた小説の原稿をアインシュタインが読み、それまでトラブっていた〈帰還門〉の問題が一挙に解決へと向かう、などというのは常道すぎるかもしれないが、こたえられないにちがいない。で、そんな小説が本当にあるのかどうかを尋ねてみたのだが、残念、わたしにはわからなかった。その代わり、ごくごく初期に散逸した原稿で「宇宙のコルキ抜き」という一篇があり、これはタイムトラベルを量子化する話だったそうだ。

それともうひとつ、時間SF特有のタイムパラドックスの問題は必ずつきまとう。過去を改変すると、未来も変わっているはずだから、戻るべき場所はもう存在しないのではないかとのアレだ。

ある意味で、本書の最大のテーマがこれであったかもしれない。が、その前に再確認しておかなければならないのは、彼らはどういう目的で歴史に干渉しなくてはならなかったのかということだ。それは二十一世紀の連中も同様で、最終的な狙いはどこにあるのかを考えねばならない。がまあ、とりあえず《プロテウス作戦》の場合は、最終的にはナチス・ドイツの排除もしくは弱体化である。ナチスがいなくなった世界を未来に実現したいのだった。少なくとも実際に襲撃に加わり、死ぬか生きるかの経験をした隊員はそう思っていただろう。けれども、それがいったいどんな社会であるかはいっさい提示されてはいない。もっとも彼ら自身とて、その世界を思い浮かべることができたかどうか。

つまりここには理想的な世界と、自分の居場所をめぐる命題が提出されている、と考えても決して不思議はない。

はたして、彼らに帰るべき場所はあったのか？

本書は、一九八七年十月にハヤカワ文庫ＳＦから刊行された『プロテウス・オペレーション』（上下巻）を一巻にまとめた新装版です。

訳者略歴　1926年生，2010年没，ＳＦ研究家・作家・翻訳家　主訳書『リングワールド』『中性子星』ニーヴン，『断絶への航海』ホーガン（以上早川書房刊）他多数

HM=Hayakawa Mystery
SF=Science Fiction
JA=Japanese Author
NV=Novel
NF=Nonfiction
FT=Fantasy

プロテウス・オペレーション

〈SF1765〉

二〇一〇年七月 十 日　発行
二〇一〇年七月十五日　印刷
（定価はカバーに表示してあります）

著　者　ジェイムズ・Ｐ・ホーガン
訳　者　小《こ》隅《ずみ》　黎《れい》
発行者　早川　浩
発行所　株式会社　早川書房
郵便番号　一〇一‐〇〇四六
東京都千代田区神田多町二ノ二
電話　〇三‐三二五二‐三一一一（大代表）
振替　〇〇一六〇‐三‐四七七九九
http://www.hayakawa-online.co.jp

乱丁・落丁本は小社制作部宛お送り下さい。
送料小社負担にてお取りかえいたします。

印刷・株式会社亨有堂印刷所　製本・株式会社明光社
Printed and bound in Japan
ISBN978-4-15-011765-8 C0197

＊本書は活字が大きく読みやすい〈トールサイズ〉です